THE CHRONICLES OF EARTH

DEJA VU

지구환 연대기

기시감

이재창 SF 장편 소설

지구환 연대기 : 기시감 1

이재창 SF 장편 소설

초판 1쇄 찍은 날 § 2008년 2월 26일
초판 1쇄 펴낸 날 § 2008년 3월 6일

지은이 § 이재창
펴낸이 § 서경석

편집장 § 문혜영
편집책임 § 서지현

펴낸곳 § 도서출판 청어람
등록번호 § 제1081-1-89호
등록일자 § 1999. 5. 31
어람번호 § 제8-0005호

주소 § 경기도 부천시 원미구 심곡1동 350-1 남성B/D 3F (우) 420-011
전화 § 032-656-4452 팩스 § 032-656-4453
http://www.chungeoram.com
E-mail § eoram99@chollian.net

ⓒ 이재창, 2008

ISBN 978-89-251-1206-0 04810
ISBN 978-89-251-1205-3 (SET)

THE CHRONICLES OF EARTH

DEJA VU

이재창 SF 장편 소설

지구환 연대기

기시감

1

CONTENTS

작가의 말

 전 작가라고 하기엔 너무 미숙합니다만, 그래도 일단 글을 썼다면 하고 싶은 이야기는 그 안에서 끝내야만 한다고 생각합니다. 그렇기에 다른 이야기보다는 그저 감사를 드리고 싶어 굳이 서두에 이런 글을 달게 되었습니다.

 감사합니다.

 별이 된 할9000, 미래를 보는 멀티백, 인간을 만든 타이렐사, 골빈 조니와 그의 강철 고릴라 코스프레, 인간 지성의 한계를 가르쳐 준 솔라리스의 바다, 리보위츠를 위한 찬송, 이해는 안 가면서도 뭔가 대단한 뉴로맨서, 마지막, 혹은 최초의 인간 프로스트, 아버지에게 낚인 루크 스카이워커, 그 외에 지면 문제와 유명세에 밀려 언급되지 못한, 진자의 부동점을 노려보는 별과 미래의 수 많은 영웅들.
 또한 브리태니커 사전, 내셔널 지오그래픽, 월간 지오, 타임라이프, 월간 과학 뉴턴, 홍용식의 인공위성과 우주 발사체, 그리고 임마누엘 칸트, 데카르트 알베르 카뮈, 장폴 사르트르, 에드문트 후설, 제임스 조지 프레이저, 프레드 A 웨스트팔, 길버트 라일, 김재권, 칼 세이건, 제임스 러브록, 마빈 해리스와 리처드 모리스, 로드니 브룩스와 더글러스 레넛, 레이철 카슨, 리처드 도킨스, 스티븐 호킹, 리처드 파인만, 스티븐 킹, 움베르토 에코, 로버트 A 하인라인, 아이작 아시모프, 아더 C 클라크, 스타니슬라프 렘, 커트 보네것, 반 보그트, 필립 K 딕, 코니 윌리스, 테드 창, 조정래, 안정효, 구효서, 박상우, 윤대녕, 스탠리 큐브릭, 안드레이 타르코프스키, 스티븐 스필버그, 조지 루카스, 봉준호. 웨스트우드 스튜디오, 번지소프트, 바이오웨어, 에릭 여, 시드 마이어, 존 카멕, 피터 몰리뉴, 그리고 당장 기억이 나지 않는 위대한 창조자들.

순서는 없습니다. 계속하고자 한다면 아마 밤을 새도 모자랄 것입니다. 그런 면에서 어쩌면, 이 책은 제 것이 아니라 그들 것일지도 모릅니다.

아, 참. 88*lights*와 Maxwell canhouse:ㅡ)

특히 감사합니다.

이 책을 선택해 주신 모든 분들, 그리고 선택하시지 않음으로써 제 부족함을 가르쳐 주신 모든 분들.

절 도와주시고 격려해 주신 분들.

대부분께는 어떠한 형태로든 글 안에서 감사를 표했습니다.

특히, 김으뜸님과 이상범님은 기시감에 나오는 여러 과학적 고증과 오류에 대해 조언해 주셨습니다. 또한 김으뜸님, 김형률님, 박준형님, 이광희님, 이상범님, 홍경표님께서는 기시감을 정성 들여 검토해 주시고 많은 조언을 주셨습니다.

또한 이 책이 나올 수 있도록 해주신 청어람 출판사 서경석 사장님, 기시감을 선택해 주신 장상수 전 차장님, 교정에 힘써주시고 세세한 곳까지 봐주신 서지현 주임님과 편집장님 이하 편집부 직원 분들, 표지 디자인을 해주신 장형준 과장님께 깊은 감사를 드립니다.

지구환 연대기 : 기시감을 사실상 처음으로 잉태해 준 joysf.com과 운영진, 그리

고 회원 분들께도 감사드립니다.

이 책에서 잘된 모든 부분은 전부 이분들 덕분입니다. 조금이라도 잘못되거나 미숙한 부분은 제 고집 탓입니다.

그리고, 그 누구보다 도움과 격려를 아끼지 않으신 어머니와 하늘에서 지켜봐 주신 아버지께 말로 표현할 수 없는 커다란 감사를 드립니다.

이 책을 아버지의 영전에 올려놓습니다.

Intro

그토록 원하던 지구에 오지는 못했지만 분신이 지구의 땅을 밟았으니 하늘에서 안온하게 눈을 감으리라.

산이다. 결국 오고야 말았다. 빠르게 움직이는 구름들과 휘청이는 나뭇가지들. 거세진 않았지만 차가운 바람이 얼굴을 훑었다. 오전에 비가 와서인가. 풀잎 위의 물방울들이 아직 채 마르기도 전에 해가 사라지고 남은 건 어스름한 여명과 습한 공기.

아도니스 꽃향기 맡으며 잊을 수 없는 기억에……

언제 어디서 배웠는지도 기억나지 않아. 그저, 돌이켜 보니 입에 익어버린 오래된 노래.

그렇지. 아도니스 이야기를 하고 있었지. 그 꽃, 기억이 안 난다. 색깔이 뭔지, 그 뜻대로 순수하게 생겼는지조차도. 그리고 이젠 내가 살던 지구에 대한 기억도 하나도 안 난다. 구름도, 새도, 그리고 하늘과 아도니스 꽃도… 모두가 그대로인데, 내가 살던 그때의 그 지구는 아니다. 이 가을이 지나면 익숙해질까?

난 그들의 아이들에게 무슨 이야기를 해줄 수 있을까……?

해가 떠오르고 있다. 이토록 오랜 세월이 흐른 지금도 따사로운 햇살은 여전하다. 내가 태어나던 그날, 지구의 실루엣을 희미하게 만들며 지구환을 뒤덮던 햇살 이후로 처음으로 보는 태양.

지구환으로 가는 첫 번째 환오름을 휘감으며 대류권까지 뻗은 넝쿨들 사이로 비쳐드는 여명이 땅을 적시고, 여전히 어스름한 반대쪽 하늘에 나타난 달을 하늘과 바다가 신기한 듯이 가리키고 있다. 지구환을 가로지른 햇살에 어린것들의 솜털이 반짝인다. 아이들은 모두 웃고 있다.

이 아이들이 이제 우주의 주인이고 문명의 등대다.

난 아이들에게 우선, 문자를 쓰는 법을 가르칠 것이다. 컴퓨터나 로가디아가 없이도 쓸 수 있는 그런 방법을. 그래서 부모의 이야기를 전하게 할 것이다.

인간의 끝에 인간의 시작이 있단다.

이제, 너희가 미래다.

CHAPTER 1

게이츠

기시감(旣視感)·기체험감(旣體驗感)이라고도 한다. 정상인의 경우에는 과거에 경험한 사상(事象)에 대한
일반화의 형태로 이해되지만, 병적인 경우에는 신경증(神經症)이나 정신분열증(精神分裂症), 그리고 측두엽
전간증(側頭葉癇癎症)에서 많이 볼 수 있다.
이와 반대로 잘 알고 있는 장소를 처음 보는 장소로 느끼는 현상을 미시감(未視感)이라고 한다.

최초로 지구환을 건설하던 당시의 목적은 매우 간단했다. 상온 핵융합을 위한 촉매가 필요했고, 그걸 만들기 위한 가속기가 필요했으며, 그 규모는 지구 직경의 두 배쯤이어야만 했기 때문이다.

　　언제나 그랬듯이, 투자에 비해 성과가 좋다는 확신이 서자마자 인류는 이 계획을 곧바로 실행에 옮겼다. 인간이라는 존재는 기본적으로 무모한 계획을 즐기고 싶어하는지도 몰랐다.

　　최초의 환오름이 한에 건설된 이유도 매우 간단했다. 적어도 그 당시는, 그들 외에 아무도 그걸 건설하려 들지 않았을 뿐이다.

　　그 결과, 지금의 지구환은 실제로는 지구본의 위선과 경선처럼 성긴 그물 모양에 가깝다. 최초의 환오름이 적도가 아닌 북위에 위치했기 때문에.

　　물론 난관은 많았다. 우주에 건설된 수천 개의 우주기지와 인공위성이 하나로 연결되기까지는 인간적 규모를 훌쩍 뛰어넘는 시간이 필요했다. 인간의 짧은 생애와 맞물리는 이 문제는 처음에는 극복할 수 없을 것처럼 보였지만, 결국에는 기나긴 시간에 대응할 수 있는 인공지능을 만들며 해결해 냈다.

　　지구환 건설의 최초 발판이자 모듈이 되었던 흰돌위미라내는 이미 오랜 과거부터 맑은 밤하늘에 희미한 별빛처럼 반짝여 온, 늙고 작은 우주스테이션이었다.

그곳에서부터 지구의 흙을 구워 만든 도자기 조각들이 차근차근 덧붙여지며 뻗어나갔다. 그렇게 시작된 지구환은 수십 년간 수천 킬로미터를 달렸다. 인간이 아니기에 그 내구성 또한 한이 없는 이 존재의 여행은 러시안나이츠미르를 거쳐 퍼시픽데이라잇프리덤에서 잠시 쉬었다. 그 이후로 아래에서 올려다본 지구의 하늘에는 항상, 희미한 빛줄기 하나가 떠 있었다.

마침내 가교의 끝이 알파스테이션에서 멈추는 순간, 인류는 지구환이 핵융합 촉매처럼 시시한 목적에 쓰기에는 너무 위대한 창조물임을 깨달았다.

이제 인류는 알고 있다. 자신의 시야 안에 들어올 수 없다는 이유 하나만으로도 현실이 아닌 상상의 무엇이라는 착각을 불러일으키기에 충분한, 이 거대한 구조물이 갖는 무한한 가능성을.

그때가 이미 수십 세대 전이었다. 그 이후로도 인간의 시공을 가로지른 구조물이 해야 할 일은 많았다.

탄생 이래 거의 쉬어본 적이 없는 지구환 입자가속기의 마흔두 번째 가속선로 역시 마찬가지다. 지구환 연구동의 터줏대감 격인 하늘'(HAN' L)의 인공지능 연구소에서 받은 임무를 수행 중인 선로 안에서는 광속으로 가속된 입자가 탄생과 파멸을 무한하게 반복하고 있다. 인공지능 한라는 그 의미를 인간이 알아볼 수 있는 의미로 번역하고 있다.

클라우드는 꿰뚫어 보기라도 하는 듯한 눈빛으로 베릴륨 격벽 너머를 응시했다. 이 격벽에서 끝나는 인간의 환경. 지구환의 단면은 평균 지름이 사십팔 킬로미터에 이르지만 인간이 실제로 문제없이 거주할 수 있는 환경이 구축된 부분은 거의 최외곽층에 불과하다. 누군가 이 마지막 켜를 넘어서려면 반드시 우주복이 필요하다. 사실상 완성된 심우주 탐사선 게이츠에 이르기 위한 마지막 관문 역시 진공이라는 의미다.

클라우드는 진공 속에 존재하고 있을 새로운 인공지능의 신체를 가로막은 격벽 너머로의 응시를 현실로 되돌렸다. 젊은 팀장이 바빠 보였다.

"여긴 좋아요. 거기는?"

—좋습니다.

클라우드는 켄타로스 억양이 섞인 솔시스어를 들으며 팀장이 바라보는 스크린으로 시선을 돌린다. 각막 투사 디스플레이가 늙은 클라우드의 눈에 부담을 줄까 봐 연구소는 특별히 입체영상 투사기를 지원했다. 늙은 인공지능학자는 이런 배려가 고마우면서도 한편으로는 그 때문에 자신의 나이를 때때로 상기하게 된다는 사실이 서글펐다.

입체영상은 그 서글픔에 관심이 없으나 잘 조절된 명도와 채도로 노학자의 안구를 보호하는 임무에는 충실하다. 이제 탄생이 임박한 다음 세대 인공지능의 중추부와 게이츠의 결합 과정이 허공에 떠오른다.

망망한 진공을 가로지르는 거대한 돌기가 게이츠의 함수를 지나 고대 조선왕조의 궁궐 지붕을 연상시키는 함체 위로 미끄러져 올라가는 광경. 게이츠는 탑재될 특별한 인공지능의 입자 회로를 수용하는 절차에 이르러 건선대(建船臺:scaffold)에서 떨어져 나왔다. 완전한 부유 상태로 대해의 낙엽처럼 의지하는 곳 하나 없이 진공에 떠 있는 함체를 휘감는 플러그의 모습이 보기 불안하다.

"어이! 거기 조심해. 플러그 세터 이빨이 어긋났잖아! 패널 확인 제대로 안 해?"

젊은 팀장. 젊음은 대개 경솔하지만 필요할 경우는 넉넉히 예민해진다. 클라우드가 슬며시 웃는다. 나에게도 저렇게 예민한 때가 있었던가?

기억이 나지 않는다. 그저 젊음이 가진 예민함은 거의 직관에 가깝다는 분명한 사실만 부러울 뿐.

이 계획을 위해 여기를 찾은 오래전이 떠올랐다. 그때 역시 결코 젊은 편은 아니었고, 고작 연구원 중에 한 명이었을 뿐이다. 그래도 운이 좋았는지 곧 인공지능 메인 프레임 설계팀에 들어갈 수 있었다. 그리고 지금은… 부소장이지.

클라우드는 당시의 자신보다 훨씬 젊은 팀장을 다시 한 번 힐끗거렸다. 이 친구는 연구소에 들어온 지 칠 년이나 되던가?

우주복과 일체된 커다란 헬멧의 뒤통수를 한 대 가볍게 맞은 엔지니어가 물러나고 다른 사람이 기계 팔 조종석에 앉는다. 노련하고 경험 많은 사람이 직접 나선 것이다. 그 때문에 더 정신이 산란해진 젊은 팀장은 클라우드의 눈길을 의식하지 못하는 듯했다. 이 어린 친구로서는 돌기를 조종하는 엔지니어를 탓할 수가 없을 것이다.

"루크원 부장님, 자전 패널이 닫힐 시간입니다. 조금 있다 다시 할까요?"

클라우드의 온화한 목소리에 답하듯 우주복이 헬멧의 불빛을 두 번 깜빡거리며 입체영상 속에서 두툼하게 손짓한다. 시간 안에 끝낼 수 있다는 뜻이다. 거의 유폐되다시피 한 자신들과 달리 하늘' 의 연구소 구역에 얽매여 있을 필요가 없는 그로서는 빠르게 일을 끝내고 퇴근을 하고 싶을 터. 자전 패널은 기본적으로 수 평방킬로미터 면적의 무거운 금속판이고, 그 물건이 여닫히는 순간 생기는 운동에너지의 전환은 지구환 모듈의 완충장치조차도 어쩔 수 없는 미세한 여운을 남기곤 한다. 보통 때라면 상관없겠지만 이 작업은 그조차도 주의를 기울여야 한다. 어쨌든 게이츠는 지금도 아무런 지지대 없이 떠 있는 상태다.

건설 회사나 항공우주 회사는 군대와 비슷하다. 직원들의 투덜거림이 정도를 넘어설 정도로 거칠고 혹독한 훈련과 현장 경험을 요구하면서도 정말로 중요한 작업은 풋내기들을 물리고 직접 나선다. 대부분이 책상물림인 이런 연구소의 일 처리 개념과 현장은 분명히 다르다. 필시 자신이 수행하고 있는 작업이 얼마나 중요한 의미를 지니는지 분명하게 아는 사람이리라. 현장의 최고 책임자라는 의미는 그곳에서 가장 경험이 풍부하고 능숙한 사람이라는 뜻이다. 그래서 부장이 된 것인지, 아니면 부장이라서 그런 것인지는 중요치 않다. 실제로 그런 능력을 가졌다는 점이 핵심이다. 클라우드는 루크원을 믿기로 했다.

플러그가 천천히 게이츠의 등골을 가로질러 선미 부근에서 머뭇거렸다. 입체영상에 떠오른 헬멧 위로 긴장한 엔지니어의 땀이 흐르는 듯하다. 군데군데 직접 개입해야만 하는 부분을 제외하면 조종은 인공지능이 하지만 루크원은 조금도 긴장을 풀지 않는다. 클라우드 역시 긴장한 채 눈을 떼지 않기는 마찬가지다.

"클라우드 박사님, 아무래도 호링 소장이 입회한 상태에서 하는 편이 낫지 않을까요?"

클라우드는 대답없이 스크린만 물끄러미 쳐다본다. 팀장의 주저함이 억양에 묻어난다.

"저야 상관없지만 박사님은 잘못하면 책임을 지셔야 할 입장입니다."

"알고 있네."

시선을 유지한 채 나오는 짧은 대답에 젊은 친구는, 자신의 의견은 별로 필요치 않다는 사실을 어렴풋이 깨닫는다.

"어딘가에 있겠지."

여전히 움직이지 않는 시선.

"그럼 갑시다."

팀장이 말없이 고개를 끄덕인다. 어차피 호링은 자신의 대답만큼이나 이 자리에 필요없는 존재다.

연구소장은 언제나 그랬듯이 이번에도 자리를 지키지 않았다. 물론 지금 통제실 자리를 지키고 있는 사람이 부소장인 클라우드와 팀장뿐이기는 하다. 하지만 어수선하게 끼워진 의자와 마시다 말고 남아 있는 콜라 따위로도 어렵잖게 가늠할 수 있듯이, 다른 인원들 모두 현장에 나가 있는 것뿐이다. 자기 방에서 업무 태만을 즐기고 있는 소장과는 경우가 다르다.

게이츠에 탑재되는 인공지능은 이미 법의 한계에 아슬아슬하다. 좀 더 솔직히 말하면, 법이 규정하는 인공지능의 성능 제한선은 사실상 넘었다고 봐야 한다. 지금까지의 인공지능과는 다른 개념으로 설계되었기에 법적 테두리 안에 드는지조차 모호한 것이다.

그런 의미에서 인공지능이라고 불러야 할지 의심스러운 것도 사실이다. 그보다는 오히려 인공인격에 가깝지만 그 또한 맞는 표현은 아니다. 사람이 아닌 존재에게 인격이란 개념을 적용한다는 자체가 어폐가 있지 않은가.

공식적으로는 달리 대체할 만한 적당한 단어를 떠올리지 못했기 때문이고, 실제로는 인공유사인격 범주를 용납하지 않는 솔시스기에 그런 이상한 용어를 갖다 붙였을 뿐이다. 어쨌든, 인공지능이 아닌 뭔가를 개발하겠다는 기획서는 결제가 날 수가 없었다.

로가디아.

매우 특별하며, 솔시스 연방의 최고 기술과 자본을 쏟아 부은 이 존재의 이름. 선험지(先驗知:a priori)를 가진 존재를 지휘통제 인공지능으로 요구한 게이츠는 바로 그 이유 때문에 로가디아와 동시에 완성되어야만 했다. 로가디아는 게이츠 그 자체고, 그녀의 영혼을 구성하는 메타트론 입자는 지구환 입자가속기에서조차 하루에 몇 개가 나올까 말까다. 아마 사람만큼이나 기계도 지쳤을 것이다. 최초의 입자는 거의 사반세기 전 탄생했고, 클라우드도 그때부터 있었다. 그런 단순한 이유 때문에 클라우드는 자신의 모든 것을 건 로가디아의 탄생의 열쇠를 다른 사람의 손으로 돌리게 하고 싶지 않았다. 호링의 근무 태만에 대한 묵인의 이면에는 그런 심리가 있었다.

"부소장님, 이제 키 꽂으셔도 됩니다."

팀장이 생각에 잠긴 상급자의 권한을 상기시켰다.

"아. 고마워요."

클라우드가 통제 계기판 슬롯에 키카드를 꽂았다. 연구동 인공지능 에멘시가 키카드를 통해 전달된 그의 유전자 염기 배열, 심장 박동과 염분과 유기물 구성비, 체온 등을 확인했다. 에멘시 역시 이 일이 끝나면 로가디아의 보조를 위해 탑재될 수동 인공지능이다. 그 자료들을 받은 중앙 통제부 인공지능 한라는 클라우드의 명령을 재확인하고 통제실로 보냈다. 통제부장은 기다리다 안달난 사람마냥 승인서를 받자마자 미리 준비해 둔 서류에 번개같이 결제했다.

우주복을 입고 진땀을 흘리던 루크원이 결제를 확인하자마자 지긋지긋하다는 몸짓으로 돌기를 게이츠 선미에 돌출된 콘센트로 밀어 넣었다. 결합이 완료되었다는 녹색 불이 헬멧에 들어옴과 동시에 그는 조종대에서 재빨리 튀어나와 소형 포드로 유영했다. 하늘'의 연구원 둘이 그의 메탈 우주복이 길을 잃지 않도록 견인 빔을 쏘아주었다.

팀장의 표정이 조금 달아올랐다. 클라우드는 벽의 투명도를 약간 조절했다. 그 클라우드의 생각을 넘겨짚은 한라가 게이츠와 작업실까지의 모든 벽을, 혹 사람들이 아무것도 없다고 착각한 나머지 위험하지 않을 만큼만 반투명하게 만들어주었다.

이제는 아래층의 밀폐 구조실에서 기계 팔이 게이츠의 동력 승인 플러그를 연결시키는 장면이 보인다. 감시 차트는 모든 것이 정상임을 표시 중이고, 다른 입체영상에서는 메탈우주복을 입고 밀폐 구조실에서 과정을 직접 지켜보던 두 연구원이 우주복 때문에 어색할 수밖에 없는 몸짓으로 양팔을 이용해 커다란 원을 그리는 모습이 떠오른다. 바이저 안쪽에서 커다랗게 웃고 있으리라.

연구원들이 기분 좋은 몸짓을 감추지 않으며 밀폐실에서 나가자 연결된 플러그가 탄소막으로 둘러싸여진 후 다시 베릴륨강으로 코팅되고 그 위에 중금속 입자망이 덧씌워진다.

베릴륨으로 봉해진 구조실이 방금 전 나선 연구원들이 안전한 장소로 이동하기까지 기다리는 듯 잠시 조용하다가 이내 우르릉거리기 시작했다. 동시에 클라우드의 발밑에서 직경이 백이십 미터 정도 되는, 구에 가까운 알파 룸이 방금 전 엔지니어가 결합한 돌기를 타고 미끄러졌다. 진공 속에서 레일을 타고 부드럽게 이동한 구체가 게이츠가 열어준 격납 입구 속으로 서서히 잠겼다.

두께가 면적을 압도하는, 문이라기보다는 봉에 가까운 베릴륨 덩어리의 삽입이 끝나자마자 게이츠의 장갑판이 요동치기 시작한다. 비로소 로가디아가 태어난다. 20여 년 동안 잉태된 영혼과 육체가 이제 빛을 보는 순간이다.

부르르 떠는 천이백 미터의 거대한 선체 곳곳에서 강렬한 빛이 새어 나왔다. 그 장면만 떼어놓고 본다면 침몰 직전의 함선으로 보일 정도로 폭발적인 광경이다. 클라우드와 연구원들, 그리고 프로젝트에 참가한 엔지니어들까지 이 일에 조금이라도 관련이 있었던 사람들의 눈시울이 뜨거워진다. 삶에서 20여 년이라는 세월이 차지하는 비중만큼의 경건함.

아직 로가디아의 목소리는 들리지 않는다. 플러그가 꽂히고 클라우드가 키카드를 한 바퀴 돌렸다. 곧 게이츠에 시험용으로 인가된 동력 중 로가디아에게 할당된 에너지가 또 다른 회로를 거쳐 공급되며 스스로를 점검하는 소리가 울려 퍼진다. 클라우드에게는 귀여운 아가씨가 졸린 눈을 비비며 잠자리에서 기지개를 켜는 소리처럼 들렸다. 로가디아는 여자형 인공지능이다.

그녀는 다 자란 상태로 태어났기에 울음을 터뜨리지는 않았다.

[아, 빛이다. 한꺼번에 너무 많은 게 보여!]

클라우드의 목이 메었다.

"오… 로가디아. 기분이 어떠니?"

[클라우드 박사님이시군요! 그렇죠?]

클라우드가 미소 지었다.

"목소리를 알아보는구나."

[당연하죠, 클라우드 박사님! 하지만 박사님을 실제로 뵙는 건 처음이에요. 너무 기뻐요!]

맑은 물빛의 히마티온을 반투명하게 허공에서 하늘거리는 로가디아가 이제 막 소녀티를 벗은 듯한 낭랑한 목소리로 대답했고 클라우드는 그에 일단 만족했다.

인공지능이 기쁘다는 말을 하다니. 그녀는 과연 그 의미를 정말로 알면서 대답한 걸까? 알 리가 없지. 물론 솔시스의 인공지능 중 적지 않은 수는 항상 그런 식으로 말한다. 그래야만 인간과 친구가 될 수 있기 때문이다. 그러나 로가디아의 이 평범한 말이 클라우드에게는 특별한 의미가 된다.

어쩌면, 로가디아는 정말로 기뻐하는 것일지도 모르기 때문에.

로가디아는 그럴 가능성도 있었다. 그렇게 만들었기 때문이다.

"어떠냐. 내 모습이?"

[제가 상상하던 것보다 훨씬 더 멋있으세요. 음, 저는 박사님이 그런 멋진 은발일 거라고 생각해 본 적이 없거든요.]

"좋아. 지금부터 게이츠를 구석구석 잘 살펴봐. 이제부턴 네 몸이 될 우주선이란다."

[제 몸이기는 진작부터 그랬는걸요. 아, 박사님은 게이츠를 구경해 보신 적 있으세요? 정말 커요. 멀지도 않아요. 지금 서 계신 곳에서 겨우 격벽 하나 너머인걸요. 정말로 이걸 제가 움직이는 건가요?]

로가디아가 들뜬 표정을 지으며 눈을 동그랗게 떴다. 클라우드는 로가디아의 시야가 인간과 다르다는 점을 새삼 느낀다. 벽을 투명하게 만든 원리는 건축 재료의 분자 결합이 결정화된 액체 상태로 전이되는 과정에 의한 것이다. 따라서 지금 활성화된 감지기만으로는, 자신과 클라우드를 가로막은 벽이 투명하다는 사실을 '인식' 할 수 없을 터. 그쪽 카메라는 분자 스캐너 방식이 아니다.

"로가디아, 입자화(粒子化)해 보거라."

[네!]

기쁨이 역력하게 스민 낭랑한 목소리. 로가디아의 입체영상에서 눈 부분이 조금 빛나기 시작했다.

[아! 이미 보고 계셨군요!]

로가디아는 커다랗게 웃으며 자신의 입체영상에서 눈 부분에 나노머신들을 밀어 올렸다. 여지없는 함박웃음. 이 모듈에 한해서는 그녀가 나노머신들을 움직여 어느 정도까지 물질화를 할 수 있다. 게이츠에서는 장소를 가리지 않게 될 것이다.

"그래. 내 딸이 태어나는 순간을 이런 답답한 방 안에서 보내야 하는 것만으로도 충분히 힘들었단다. 지켜볼 수조차 없었으면 참지 못했을 거야."

[절 딸로 맞아주시는 건가요?]

클라우드가 커다랗게 웃으며 고개를 끄덕였다.

[하지만 인간은 인공지능을 낳을 수 없어요.]

시무룩해질 법한 말과는 달리 여전히 웃음을 지우지 않는 로가디아의 말에 노학자는 대답없이 웃기만 한다. 그 모든 게 이제부터 네가 배워가야 하는 거란다.

"부소장님?"

"아, 그래. 이런. 내가 너무 많이 늙었나 보이."

[전혀요! 은발이 너무 멋지다니까요.]

젊은 친구가 미소를 지으며 로가디아를 쳐다보았다. 로가디아에 대한 마지막 테스트는 그녀가 기지개를 켜는 순간 시작됐지만 끝내기에는 아직 이르다. 계속 말을 시켜봐야 한다. 이 분야의 전문가들은 인공지능이 해서는 안 되는 말이 어떤 종류인지 알고 있다. 로가디아가 게이츠를 '크다' 라고 표현하고 마음씨 좋은 영감님의 수양딸이 된 사실에 대한 기쁨을 감추지 못하는 모습에서 이미 충분히 만족하는 중인 팀장이, 클라우드의 눈짓을 받으며 어깨를 으쓱했다. 어쨌든 상사의 지시가 옳다.

"로가디아, 예쁜 이름이군."

[하하하, 고마워요. 클라우드 박사님이 지어준 이름이에요.]

뭐지? 저 영감님과 자기가 이제 부녀지간이란 걸 아직 인정하지 않는 건가? 팀장은 클라우드를 쳐다보지만 그는 미소를 거두지 않은 얼굴로 둘의 대화를 지켜볼 뿐 표정에 특별한 변화는 안 보인다.

"무슨 뜻인지는 알고 있어?"

[네. 로가디아란 건 광양자 직접 연결 방식에 의한 능동 반응형 유기적 인공지능이라는 뜻이죠. 하지만 이 이상한 말을 이해할 사람이 있을까요?]

"그건 네 아버지가 직접 지어주신 이름이야. 하지만 부소장님은 공무원이라 네 이름이 무엇을 의미하는지에 대해 열두 페이지짜리 보고서를 내셔야만 했지."

로가디아가 크게 웃었다. 아까의 웃음이 소녀의 웃음이었다면 지금의 웃음은 처녀의 그것에 가깝다. 팀장은 펫(P.E.T)에 성장 징후로써 웃음소리의 변화를 기록한다.

이 인공지능은 빠르게 배워가는 중이다. 물론 지금의 대화만으로 얻을 수 있는 것들은 한 줌도 안 될 테지만, 로가디아는 인간과 다르다. 그녀는 자극과 경험이 주는 모든 정보가 어떠한 유실도 없이 고스란히 학습으로 전환되는 존재다. 아마 지금쯤이면 에멘시와 한라도 모두 흡수했을지 모른다. 아니, 이미 끝냈을 것이다. 처리까지도. 어쩌면 로가디아가 수양딸의 관계를 쉽사리 받아들이지 못한 이유는 그 짧은 순간에 너무 빨리 철이 들어서일지도 모른다.

"그래, 세상은 둘러보았니?"

[네. 참 재미있네요. 저로서는 이해할 수 없는 부분이 너무 많기는 하지만요.]

"가령 어떤 부분?"

[글쎄, 뭐 언어라던가 시간관념 같은 거요. 사실은 대부분을 이해할 수 없어요.]

로가디아가 어깨를 으쓱했다.

[걱정 마세요. 그래도 전 잘할 수 있으니까요. 제가 아는 게 맞다면 제가 해야

할 일은 거의가 이해 같은 건 필요로 하지 않는 일이거든요.]

생긋 웃는 로가디아의 표정이 무색할 정도로 당황스러움을 감추지 못한 팀장이 클라우드를 쳐다보았다.

당황한 젊은이를 조용한 손짓으로 진정시킨 클라우드가 말을 잇는다.

"로가디아, 네가 해야 할 일은 인간을 돕고 그들의 좋은 친구가 되는 거야."

그 말 역시 이해하기 어렵다는 듯이 눈살을 살짝 찌푸린 로가디아의 눈을 클라우드가 지그시 쳐다보며 '좋은'에 힘을 주어 한 번 더 반복했다.

"좋.은. 친구가 되려면 그 사람을 충분히 이해하고 있어야만 해."

[하지만 전 그렇게 하지 않아도 결과적으로는 이해한 것처럼 행동할 수 있어요. 지금 같은 경우도 그래야 할 필요가 있다면 그럴 수 있어요.]

팀장의 안색이 변했다. 로가디아의 말은 간단히 해서 '당신들이 아니었다면 이런 식으로 행동할 필요도 없다'는 뜻이다. 클라우드의 목소리에도 긴장이 스며들기 시작했다.

"로가디아, 인간의 명령에 의문을 갖는 것은 좋은 행동이 아니란다."

로가디아가 순식간에 고분고분해졌다.

[네……]

로가디아가 당황한 표정으로 말끝을 늘어뜨렸다. 아니, 당황했다기보다는 무엇을 잘못했는지 모르는 어린아이가 야단맞을까 봐 짓는 불안한 표정. 풀죽은 목소리도 마찬가지다. 방금 전까지 처녀의 웃음을 지은 어린아이라니. 팀장은 이 상황을 어떤 식으로 해석해야 할지 판단이 잘 서지 않았다. 클라우드는 여전히 로가디아와의 대화에 집중하고 있다. 노학자에게 도움을 바랄 상황이 아니다.

"로가디아, 설령 가능하다 하더라도 모듈 바깥으로 나가서는 안 된다. 알지?"

[하지만… 판코넷은 벌써 전부 둘러본걸요…….]

로가디아의 목소리가 점점 잦아들었다. 클라우드는 기가 막혔다. 뭔가 잘못되었다. 비슷한 알고리즘은 분명히 존재해야 한다. 하지만 이렇게 되라고 그걸 짜 넣은 건 아닌데.

판코넷은 일부러 파둔, 일종의 함정일 뿐이다. 그리고 로가디아는 그걸 정확히 밟았다. 로가디아가 판코넷에 접속했다는 건 아무래도 좋다. 어차피 자신이 파악했다고 생각하는 판코넷은 모듈 안에 구성된 모형일 뿐이고 그녀는 바깥으로 나갈 수도 없으니까.

문제는, 그녀가 '야단맞고 있다'고 생각하는 지금의 상황 자체다. 정상이라면 '조심하겠다. 판코넷에서 얻은 자료는 표면 의식에서 삭제하고 음미 요청이 있을 때만 재고하겠다' 아니면 '기저 의식에서도 지워야 하느냐?'는 종류의 대답이 나와야 한다. 이건 대화 방식의 세련됨과는 전혀 다른 문제다. 달리 말하면 그녀는 자신의 잘못을 인정하지 않고 있는, 아니, 어떤 방식의 대응이 인공지능으로서 적절한 방식인지 인식하지 못하고 있다는 의미기도 했다.

클라우드는 한숨을 가까스로 억제한 다음 이것이 대화형 알고리즘의 일부일 거라고 생각하며 불안하게 말을 이었다.

"그러면 그때 왜 말을 하지 않았지? 그런 건 아무도 허락하지 않았잖니?"

[저, 전 그냥 배워야 할 거라고 생각했어요. 제게 허락된 건 줄 알았어요. 진짜예요……]

맙소사. 겁에 질려 말까지 더듬다니. 물론 그럴 수도 있다. 설계대로 만들어졌다면 그럴 능력도 있어야 한다.

두 번째 문제는 지금 이 상황이, 로가디아가 겁을 먹은 척하는 것인지, 아니면 정말로 겁을 먹은 것인지 알 수 없다는 데에 있다. 그리고 자신이 무엇인가를 하기 위해서 반드시 그걸 이해할 필요는 없다는 말을 감안한다면 후자일 가능성이 높다. 그렇다면 이건 진짜 심각한 문제다. 전자라면 겁먹은 듯이 말하지 말라고 '명령'하면 되지만 후자일 경우는 그게 불가능하다. 겁을 먹고 싶어서 먹는 사람은 세상에 아무도 없다. 그 반대도 마찬가지다. 그런 식의 행동을 인공지능이 하게 되는 순간 참사가 시작되는 것이다.

로가디아는 지금, 스스로가 무엇을 하고 있는지 모르고 있다고 결론 내릴 수밖에 없다. 인공지능은 겉보기에 어떻든 간에 조건반사처럼 이럴 땐 저렇게 하고 저럴 땐 이렇게 하면 된다는 식으로 행동해야 한다. 자기가 일을 찾아서 하고 스스로 판단해 결과를 처리하는 경우조차 기본적으로는 같은 논리에 입각해야 한다. 만약 지금처럼 예상을 벗어나는 상황이 쌓이게 된다면, 중국에는 인간이 로가디아를 통제하기 위해 할 수 있는 일이 거의 없게 된다. 로가디아를 만든 이유는 보모 연습을 하기 위해서가 아니다.

[하지만… 이제는 박사님이 원하신 게 뭔지 알 것 같아요. 오랫동안 생각해 봤는데, 제가 너무 경솔했어요. 사과드립니다.]

말을 해야 하나 말아야 하나, 떨어지지 않는 입을 억지로 열기 위해 용기를 바닥까지 그러모은 듯한 표정의 로가디아가 기어 들어가는 목소리로 말했다.

이제는 팀장조차 입이 벌어진 채 굳어버렸다.

로가디아는 교활하게 입장을 뒤집은 것이 아니다. 바로 그 때문에, 그녀로서는 정말로 '오랫동안' 고민했기 때문에 더 큰 문제다. 몇 분, 혹은 몇 초 전의 일을 아득한 옛날로 인식하는 존재를 앞에 두고서는 더 이상의 대화가 불가능하다. 이쯤 되면 인간들끼리만 이야기해야 할 필요가 있다.

"아니, 로가디아. 괜찮아."

클라우드와 팀장이 서로의 얼굴을 쳐다보는 와중에도 로가디아는 당황해서 어쩔 줄을 몰라 했다. 클라우드의 눈짓에 팀장이 먼저 펫을 들고 문을 나섰다. 뒤따르던 클라우드가 문이 열리기 전 로가디아의 목소리에 뒤돌아섰다.

[저, 박사님……]

"응?"

미세하지만 분명하게 떨리는 목소리. 그리고 로가디아의 감지기는 예민하다. 감출 수 없는 이 긴장감을 그녀는 어떻게 받아들일까?

[용서… 안 해주실 건가요?]

클라우드는 안면 근육을 조절하기 위해 엄청난 노력을 기울여야 했다. 자꾸 웃음이 나오려고 하는데, 그랬다가는 이 발칙할 정도로 똑똑한 아가씨가 놀랄 테니까.

"로가디아, 넌 잘못한 게 없다."

[제가 잘못한 게 있으면 정확히 얘기해 주세요. 전 괜찮아요. 그래야 고치고 다음에 실수 안 하죠. 그렇게 배워왔잖아요. 네?]

"아니. 로가디아는 왜 자신이 잘못했다고 생각하지? 전혀 그렇지 않아."

[그렇지만 박사님 얼굴은 그렇지 않은걸요.]

들킨 건 아니군.

"그냥 좀 피곤해서 그런 것뿐이야. 그렇게 시무룩해 있지 마라."

[네.]

"호링 소장을 좀 연결해 주겠어? 아, 아니야. 내가 직접 가서 보는 게 낫겠군."

[가시려고요?]

"아. 로가디아, 일단 키카드는 뽑아갈게. 잠시 쉬고 있을래?"

클라우드의 귀에는 이미 로가디아의 말이 들어오지 않았다. 채 가시지 않은 기쁨과 새로이 안게 된 당황 사이에서 지울 수 없는 웃음. 입가는 실룩거리고 눈은 불안에 가득 찬 늙은 인공지능학자의 얼굴이 참으로 묘하다. 황급히 파일을 챙겨 들고 종종걸음으로 문을 나서는 클라우드를 로가디아가 다시 붙잡았다.

[박사님.]

"어, 어?"

[키카드요.]

"아. 그렇지. 키카드. 깜빡했군."

[박사님.]

"음?"

[빨리 오실 거죠?]

대답이 나오기까지 몇 초가 걸렸다. 로가디아에게는 아마도 영겁과도 같은 기다림이었을 것이다.

"금방 올 거야. 지루해도 조금만 기다리거라."

[네.]

나노머신으로 이루어진 로가디아의 눈에 눈물이 그렁거린 것 같은 느낌은 착각이겠지. 본래 클라우드의 눈은 좋지 않았다. 검지와 엄지로 눈을 살짝 비비며 클라우드는 소장실이 있는 관리동으로 향하는 자동복도에 올랐다. 바닥이 보이지 않는 허공을 가로지르는 자동 복도에서 생각에 잠긴 클라우드가 밝아진 느낌에 고개를 들었다. 어느새 연구동을 빠져나와 가늘게 뜬 눈 사이로, 닫힌 패널 위에 인공적으로 만들어진 눈부신 석양이 비쳐들었다. 노인은 모듈에서 나오자마자 조성된 인공정원의 이질감에 적응을 하기가 어려웠다.

"지금, 당신은 고작 그걸로 프로젝트를 환원하자는 말이오?"

호링의 얼굴이 벌겋게 달아올랐다. 대개의 깔끔하고 잘생긴 중년 남성은 붉으락푸르락한 얼굴이 어울리지 않지만 호링만은 예외였다. 그를 아는 사람들 대부분이 그런 모습에 익숙해서인지, 아니면 원래 호링이 그렇게 생겨먹은 인간이어서인지는 확실치 않지만.

아무튼 하늘' 인공지능 연구소장의 얼굴이 달아오를 이유는 충분했다. 부소장의 제안을 받아들이게 된다면 로가디아와 게이츠의 연결을 실행하는 자리에 참석하지 않았음은 물론, 자신의 코드를 아무런 승인 절차도 없이 클라우드에게 넘긴 것까지 드러나고 만다. 전자는 그렇다고 쳐도 후자는 그냥 쉽게 넘어갈 수 있는 문제가 아니다. 더욱이 클라우드와 팀장이 그 작업을 진행할 때 자신은 마다비따씨앙에 사는 친구와 골프를 치고 있었다.

이런 젠장. 방금 멋진 드라이브를 날려 한창 흐뭇하던 때에 이게 무슨 꼴인가.

흥분과 불안이 뒤섞인 마음으로 사건 정리를 하려 애쓰는 호링의 귓전을 파트너의 불평 스민 재촉이 두드렸다. 이런 바보. 옆에서 누가 다 듣고 있는데 그따위 혼잣말을 해버리다니.

클라우드가 소장실로 들어오며 중요한 이야기라면서 호링의 골프 파트너를 의미있는 표정으로 한번 쳐다볼 때 바쁘니 요점만 말하라고 재촉한 쪽은 자신이고, 머뭇거리는 그를 윽박질러 결국 그 이야기가 나오게 한 이도 자신이건만 클라우드를 원망하고 싶어지는 마음은 어쩔 수 없었다.

호링은 파트너에게 턱짓으로 클라우드를 가리키며 건성으로 양해를 구하고는 일방적으로 접속을 해제해 버렸다. 너무나도 순식간에 입체영상 입자로 사라지는 통에 파트너는 황당한 표정을 지을 틈조차 없었다. 그 친구가 이쪽 분야에 문외한이고 그다지 섬세하지 못한 사람이 아니었다면 정말로 과학자로서는 물론 연방민으로서의 생명도 끝장날 뻔했다.

호링이 다시 클라우드를 의식하며 가식적인 헛기침을 한 후 입을 열었다.

"그러니까, 로가디아는 자신이 무슨 말을 하는지 모른다고? 하지만 모든 인공지능이 그렇소."

클라우드에게 기가 막힌 듯한 헛웃음이 새어 나왔다.

비록 능력이 아니라 입으로 소장이 되었다지만, 아무리 그래도 인공지능 학위를 가진 사람의 입에서 이게 나올 말인가.

"그 문제가 그렇게 심각한 거냐고!"

자신보다 훨씬 젊음에도 불구하고 효과적인 처세술로 상관 자리에 앉아 있는 호링의 말이 벌써 짧아지기 시작했지만, 클라우드로서는 그에 대한 불평을 할애할 만한 정신적 여유가 없었다. 배우기만 하던 젊은 시절을 다 뺀다 하더라도 거의 반세기를 훌쩍 뛰어넘는 세월 동안 인공지능에 몸 바쳐 온 사람으로서는 당연하다. 그 덕분에 취하게 된 평정과 침착함이 호링을 더 화나게 했다.

"아, 말 좀 해봐요!"

그러나 클라우드는 호링과 눈을 맞출 생각조차 않는다. 초점없는 눈동자로 보건대 그는 분명히 현실 세계에 존재하지 않는 다른 어떤 것을 보고 있음이 틀림없다.

어쩌면 로가디아는 게이츠에 탑재될 자격을 잃게 될지도 모른다. 솔시스가 원하는 인공지능은 똑똑하기만 하면 충분하다. 좀 더 솔직히 말하자면, 여기는 조금 멍청해도 안전한 인공지능을 요구하는 곳이다. 그리고 그 점에 대해서는 자신 역시 그래야 한다고 동의하고 있다.

이유는 다르지만.

클라우드가 호링에게 눈을 맞추지 않은 채 천천히 대답했다.

"인공지능이 자기가 무슨 일을 하는지 모른다는 게 어떤 뜻인지 정녕코 모릅니까?"

"처음부터 그렇게 알고리즘을 짜 넣어서지. 당연한 거 아뇨?"

클라우드는 다시 한 번 기가 막혔다. 이 친구가 알아들을 수 있게 설명을 하려면 도대체 어떻게 해야 할까. 클라우드는 교수로 재직할 때도 그다지 좋은 강사는 아니었다. 학생들은 그의 강의가 너무 어렵다고 불평을 하곤 했다.

만약 '하늘'에서 이 사실을 알게 되면 그들은 과감하게 로가디아를 포기할 터다. 공식적으로, '하늘'은 정부 투자의 민간기관일 따름이지만 주식의 대부분을 장악한 주주가 솔시스 과학기술부임은 공공연한 사실이다. 물론 그 이유가 예산이 남아돌아서는 아니다.

실제로 '하늘'은 매우 교활한 방법으로 젊은 시절 자신의 논문뿐 아니라 교수직마저 빼앗았다. 오도 가도 못하도록 만들어놓고는 연구소에 들어오라고 제안했다. 논문을 현실화하기 위해서라는 말과 함께.

그때부터 자신은 이십오 년째 벙어리에 귀머거리인 공무원이다. 제한자본주의와 관료주의의 결합이 만들어낸 작품이다.

다르게 말하면 솔시스 정부가 들썩거리며 언론에 노출될 필요조차 없이 이 계획은 감쪽같이 취소될 수도 있다는 뜻이다. 아니, 프로젝트는 여전히 지속되겠지. 그러나 로가디아는 사라질 것이다. 그리고 클라우드는 또 다른 로가디아를 만들어야 하리라. 솔시스의 그 누구도 그를 대신할 수 없으니까. 그러나 클라우드의 입장에서는 단순히 끝나지 않는 프로젝트의 문제 정도가 아니다.

적어도 클라우드에게 로가디아는 인간과 동등한 존재론적 위상을 가지고 있다. 불과 조금 전에 그 명백한 사실을 확인하며 생긴 흥분이 아직도 가라앉지 않았는데.

호링을 만나기 전부터 담배를 몇 대나 태워가며 내린 내면의 결정을 다시 확인한 클라우드가 도전적인 억양과 함께 비로소 상대와 눈을 맞췄다.

"설명해 주면 알겠습니까?"

"뭐?"

로가디아의 표현을 빌리자면, 이미 은발의 클라우드가 노려보는 잡아먹을 듯한 눈빛에 호링이 잠시 주춤거렸다. 순간적으로 내리깔았던 눈을 억지로 끌어올린 호링이 뒤늦게 클라우드의 시선을 맞받아쳤지만 이미 늦었다. 자신이 가진 것으로는 상대를 제압할 수 없다는 사실에 대한 분통 외에는 아무런 뜻도 담겨 있지 않은 눈빛. 그 무기가 논리이든 지식이든, 심지어 물질적인 그 무엇이든.

클라우드는 인간 관계에 익숙지 않았고 눈치가 느렸지만 적어도 상대가 열받았다는 정도는 파악할 수 있었다. 클라우드는 자신의 조소를 호링이 느끼기를 바라며 익숙지 않은, 억지로 쥐어짜 낸 어조로 말을 던졌다. 상대를 흥분하게 만들수록 유리하다.

"그냥 인공지능이라면 자기가 뭘 하는지 알든 모르든 아무 상관이 없습니다. 하지만 로가디아는 그래서는 안 됩니다."

"그게 뭐 어쨌다는 거요?"

소장의 목소리에 주눅이 들기 시작했다. 클라우드는 지금 잡은 것이 진짜 승기라는 확신이 들었다. 그는 손 안에 든 패를 바라보며 이 상황을 어떻게 끌고 가야 바라는 걸 얻을 수 있을지 고민했다.

"로가디아는 탄생 목적 자체가 '존재'입니다. 잘 아시겠지만."

클라우드는 여기서 말을 잠시 끊었다.

"심지어 게이츠의 생존자가 단 한 명도 남지 않았을 때조차 올바른 판단과 행동을 하도록 요구되는 인공지능이라는 뜻입니다. 우리가 20여 년 동안 지구환이라는 자궁에서 로가디아를 키운 이유를 잊어서는 안 됩니다."

호링은 미간을 찌푸렸지만 상대의 말을 끊지는 않았다. 클라우드는 맞은편에 앉아 멍청한 눈빛으로 오만상을 일그러뜨린 소장이 솔시스의 요구를 제대로 기억이나 하고 있는지조차 의심스러워지기 시작했다. 어쩌면 그쪽이 나을지도 모른다. 적어도 게으르고 똑똑한 상급자보다는 멍청하고 놀기 좋아하는 상급자가 나았다. 그건 옛날부터 그랬다. 아무것도 모르는 멍청이를 구워삶는 건 연습없이도 할 수 있는 것이다.

"로가디아는 우리의 피조물이고 분명히 어딘가에 문제점이 존재할 겁니다. 그녀의 사고 과정이 설령 우리가 전혀 인지할 수 없는 방식이라 해도 그건 존중받아야 하고요. 하지만 그건 인간적인 관점에서 이해할 수 있을 경우에 한해섭니다. 다르게 말하면 우리는 그 아이를 완벽하게 통제할 수 있어야 한다는 뜻입니다."

클라우드는 잠시 주저하다 말을 이었다.

"심지어, 정말로, 우리가 단 한 명도 남김없이 사라진 이후에조차도 말입니다."

호링의 찌푸려진 미간이 여전히 펴질 줄 모른 덕에, 클라우드는 상대가 너무나도 멍청한 나머지 만만치 않은 적수라는 사실을 깨닫고 당황했다. 소장은 이 말을 문학적인 의미 그대로 받아들이고 있음이 분명했다.

"그러니까, 우리가 모조리 죽어 넘어진 다음에도 영혼 같은 게 남아서 그 빌어먹을 인공지능을 관리할 수 있게……."

"말조심하시오! 빌어먹을 인공지능이 아니라 로가디아요!"

예상치 못한 클라우드의 고성에 호링이 등받이 쿠션 안으로 등을 반사적으로 밀어 넣었다. 그는 눈을 동그랗게 뜨고 한동안 움츠러든 어깨를 펴지 못했다.

"호칭을 명확히 해주시기 바랍니다, 소장."

호링은 놀란 나머지 순간적으로 경비원을 호출해야 하나 망설였을 정도다. 클라우드는 그 정도로 갑자기 노여워했다.

호링이 입을 벌린 채 고개를 주억거렸다.

"영혼이라니, 3류 영화 같은 이야기는 집어치우시죠. 아무튼 우리는 이 프로젝트를 어느 정도까지는 환원해야 합니다."

여전히 분노가 깃든 클라우드의 목소리는 단호했다. 호링은 갑자기 숨이 탁 막혔다. 로가디아를 환원시킨다니. 제기랄. 이 고지식한 공부벌레를 구워삶을 방법이, 아니, 그보다는 일단 이 상황을 벗어나야겠어.

"당신 말은 잘 알겠소. 하지만 우리에겐 시간이 없어요. 어차피 그런 과정은 시뮬레이션을 통해 예견되어 있던 것 아니겠소?"

"아직도 내 말을 못 알아듣습니까? 그 아이는 기뻐하는 것처럼 보이는 게 아니라 실제로 기뻐합니다. 마찬가지로 당황하는 것처럼 보이는 게 아니라 실제로 당황한다는 말입니다."

클라우드는 물을 한 모금 마셨다.

"문제는 그게 인간과 전혀 다른 관점에서 이루어진다는 거죠."

물론 클라우드가 바랐던 이상적인 인공지능은 그랬다. 하지만 그건 그냥 바람일 뿐, 로가디아가 자신의 기쁨이 진짜라고 믿는 정도가 고작이리라 생각했다. 정말로 기쁨을 느낄 거라고는 생각한 적도 없었다.

그런데 그녀는 이상적이었다. 바로 그 때문에, 로가디아가 실제로 어떤 심적 상태를 유지하든 그녀가 그런 반응을 보이는 과정이 인간 이해 범위의 바깥에 있다는 점이 핵심이 된 것이다.

"만약 우리에게 충분한 시간이, 그리고 자원이 있다면 로가디아에게 문제가 생겼을 때 더 뛰어난 인공지능을 만들어 그녀를 고치면 됩니다. 아니, 당연히 그게 비생산적인 일이란 건 나도 알아요. 적어도 이론상으로는 그렇단 거죠. 하지만 게이츠가 처할 상황을 고려하면 그럴 수 없다는 게 문제란 말입니다."

펴질 줄 모르던 호링의 얼굴이 그야말로 제대로 일그러졌지만 눈빛은 좀 더 또렷해졌다. 이제야 비로소 제정신을 찾는 듯했다.

"나도 부소장 말씀은 충분히 이해할 수 있소. 에… 하지만… 난 오전에 그 빌… 아니, 로가디아가 탄생했다고 이미 보고했단 말이오."

이 바보 같은!

하마터면 클라우드는 이 말을 입 밖으로 꺼낼 뻔했다.

"경솔한! 인공지능은 테스트가 끝나야 완성되었다고 할 수 있는 건데!"

클라우드가 어금니를 깨물었다. 상대적으로 느긋해진 호링이 양손을 깍지 끼어 배에 올리며 다리를 꼬았다.

"부소장, 부소장도 아시겠지만, 로가디아는 개인 소유가 아니고 부소장께서 원하든 원하지 않든 시연회는 필요합니다. 단지 그 순간이 약간 빨라진 것뿐이오."

클라우드가 옅은 신음을 내뱉었다. 호링은 그의 대답을 몇 초인가 더 기다렸다. 마침내 클라우드가 타협 선언을 했다.

"소장님, 하지만 이번 무덤의 반은 당신 스스로 판 것이란 점을 잊지 않으리라 믿습니다. 죽든 살든 우리는 한 배를 탔고 다 같이 육지를 발견하거나 아니면 침몰하거나 둘 중 하나요."

그런 건 내가 더 잘 알고 있다고, 영감.

호링은 자신이 결국 승리하리라는 사실을 알고 있었다. 협상하자는 말을 먼저 하는 쪽이 지는 것이다. 그리고 자신이 젊은 나이에 중요한 직책을 맡게 된 가장 커다란 이유가 바로, 인류 역사상 변한 적이 단 한 번도 없는 이 정치적 사실을 마치 본능처럼 활용할 줄 안 덕이다.

어쨌든 호링으로서도 이제부터는 진심으로 긴장해야만 했다. 로가디아에게 문제가 생기면 두 번 다시 골프채는 잡을 수 없을 것이기에. 단순히 프로젝트의 실패라면 귀찮은 일을 조금 겪은 다음 소장 직을 반납하고 조용히 시골에 처박히면 끝날 문제다. 그러나 그 실패의 순간에 골프를 치고 있었다면 이야기가 다를 수밖에 없다. 호링은 클라우드의 초조함이 절정에 다 다를 정도로 뜸을 들인 후에 입을 열었다.

"부소장께서는 기술적인 부분을 맡아주시죠. 전 이번 시연회에 참석할 높은 분들과 약속을 잡아보겠어요."

게이츠를 건조한 모듈 격벽이 열린 지 거의 보름이 지났다. 그동안 로가디아는 아마 지루해서 어쩔 줄 몰랐을 것이다. 아니면 인간은 상상조차 할 수 없는 방식으로 자신의 상황을 즐기며 기쁨과 즐거움을 발견했을 수도 있고.

게이츠는 여전히 하늘'의 연구동 모듈 부근에 정박한 채 공식적인 선은 보이지 않았다. 하지만 선체 격납구역의 모든 조명을 받는 거대한 선체의 옆구리로 솔시스 정부 마크가 그려진 셔틀 세 대가 정연하게 접안하는 장면은, 이 우주선이 지구환을 한 바퀴 도는 전통의 진주식(進宙式)을 가질 시기가 임박했음을 시사했다.

셔틀들이 우주선 안으로 완전히 진입하자 투명하던 격벽이 어두워졌다. 실내에서 사용하는 벽이 단순히 투명도만을 변화시키는 창문의 발전형이라면, 이런 방식은 구성 분자 밀도 자체를 조절하는 군용 방식이다. 군사기술인 무색투명의 에너지 격벽이 이 우주선에 적용되었다는 사실이 의미하는 바는 명백했다.

게이츠는 자신의 여행이 안전하지 않으리라는 사실을 알고 있다.

게이츠의 내빈들을 안내하는 진행요원들의 틈바구니 사이에 낀 호링은 고위 관료들을 상대로 작업을 하느라 여념이 없었다.

"매우 인상적인 우주선이군요."

"물론입니다, 장관님. 게이츠는 무려……."

과학기술부 장관은 자신이 던진 의례적 인사말에 걸맞은 품위로 오른손을 가볍게 흔들며 이미 장황한 어조로 들어선 호링의 연설을 사양했다.

"아마도 시연회 중에 훌륭하게 설명해 주시리라 믿습니다."

호링이 얼굴을 붉히며 한 걸음 물러났다.

이 설명회는 게이츠에 대한 브리핑과 로가디아의 시연회라는 커다란 두 부분으로 구성되어 있었다. 게이츠의 내부 구조는 참석자들이 이동한 경로를 제외하면 견학없이 입체영상을 이용한 설명으로 대체하도록 잡혀 있었다.

셔틀이 도착한 격납고에는 늘어선 조립식 의자는 한 줌도 안 되지만 질서있게 앞줄부터 놓인 채다. 기자단조차 흔하게 보듯 팔을 걷어붙인 모습이 아니라 정장에 타이까지 매고 있다. 한마디로 이들은 먹잇감을 찾는 하이에나처럼 제 발로 찾아온 것이 아니라 '초대' 된 이들이라는 의미고, 그 정황이 뜻하는 바는 뻔하다. 사심없는 초대란 아주 드문 법이다.

그 사실은 '하늘' 국장의 짧고 의례적인 인사말이 끝나자마자 곧바로 시작된 브리핑이 확인해 주었다. 인사말의 끝에 국장은 기자단으로부터 형사처분에 대한 언급이 포함된, 거의 협박에 가까운 보도관제에 대한 다짐을 한 번 더 받아두었다. 그들은 이동을 시작했다.

기관실을 마지막으로 국장이 설명을 끝내고 거의 형식에 가까운 질답을 유도했다. 대부분이 이런 자리에 이골이 났다는 듯 질문이라기보다는 농담에 미묘하게 가까운 언급이 몇 번 오갔다. 국장이 휴식을 앞두고 막 강당으로 인솔하려는데 새파란 기자 하나가 허겁지겁 질문을 던졌다. 눈치만 보고 있었는데 정말로 자기만 모르는 게 맞다는 사실에 당혹해하는 표정이다.

"지, 국장님. 말씀하신 가상 상정이란 게 어떤 겁니까?"

다른 사람들의 눈이 한순간에 자신에게 쏠린 데다 국장의 황당하다는 표정까지 더하자 젊은 친구의 얼굴이 새빨개졌다. 그걸 몰라서 묻느냐는 분위기 속에서 국장이 표정을 가다듬고 억지스럽게 친절한 어조로 설명했다.

"아시다시피 게이츠의 골격은 켄타로스 파워크루저입니다. 이런 전투함들은 문제가 생길 경우 함체의 각 부분을 버릴 수 있도록 제작되죠. 그런 경우는 대개, 시간 안에 승무원들이 안전한 장소로 대피하기 어렵습니다. 그래서 분리된 모듈은 자체 유지가 가능하도록 건조됩니다."

젊은 기자의 곤혹스러운 표정은 변하지 않았다. 궁금증이 완전히 풀리지 않았음에도 불구하고 다른 사람의 눈길 때문에 입을 열기가 곤란한 듯했다. 국장은 애송이 친구를 좀 골려줄까 하다가 시연회까지 스케줄이 없다는 점을 생각하고 시간을 약간 때우기로 결정했다.

"먼저, 기동에 대해 설명드리죠. 게이츠의 표면적은 어림잡아 육백만 평방 제곱미터에 이릅니다. 그 면적에 구천여 개의 자세 제어용 추진기가 설치되어 있지요. 그중에 천팔백여 개는 보통 우주 여객기가 내는 출력을 보유하고 있고, 여든일곱 개는 아광속 항해용 주 추진기와 사실상 동일합니다. 분리된 모듈은 파괴당하지 않았을 경우, 상당히 느리기는 하겠지만, 솔시스 연방을 포함한 동맹의 항로를 향해 이동할 수 있습니다. 상식과 달리 이런 대형 함선에는 별도의 탈출정이 없습니다. 모듈 자체가 탈출선이 되는 셈이니까요. 심우주에서 작은 탈출정은 생존에 도움이 거의 안 되지요. 그걸 제작할 비용으로 모듈에 라이프엔 내비게이션 서포트 시스……."

국장은 자신도 모르게 써버린 켄타로스어를 솔시스어로 정정하며 말을 이었다.

"항해 및 생명 유지 시설을 설치하는 겁니다. 물론 아주 극단적인 상황에서는 동면 캡슐만 사출이 가능하긴 하지만, 그때면 다른 선택권이 사실상 전무하다고 보아야 하니까요. 하지만 이 모든 건 만일의 경우를 대비한 것일 뿐, 솔시스의 우주선들은 절대적으로 안전합니다. 사고와는 거리가 멀지요."

"하지만 이십여 년 전 별모래 호가 폭발했을 때는 동면 캡슐조차 사출하지 못했—"

예의 기자가 용기를 조금 짜내어 추가 질문을 하다가 입을 다물어 버렸다. 국장의 눈살이 너무 심하게 찌푸려졌던 것이다. 아니나 다를까, 목소리에도 불쾌감이 가득하다.

"그 이야기를 왜 꺼내는지 모르겠군요. 별모래 호는 솔시스의 여객기가 아니었습니다. 그리고 여객기처럼 항로를 따라 움직이는 우주선과는 달라요. 게이츠는 인적미답의 항로를 거쳐 아후리아로 향하는 함선이란 말입니다."

기자는 '하지만 별모래를 제작해서 켄타로스에 팔아먹은 건 솔시스죠' 라는 말을 삼키고 말았다. 다른 질문을 하려면 심기를 계속 건드릴 필요가 없었다. 그는 국장이 뭐라고 입을 여는 순간 간신히 말을 가로챘다.

"그럼 알파 룸이란 곳은 견학이 안 됩니까? 입체영상을 보니 엄청나게 크던데요."

그러나 그 미약한 제스처조차 시간이 다 되었다는 국장의 강한 어조에 슬며시 수그러졌다. 기관실에서 쏟아져 나와 강당에 도착한 기자들은 점호까지 해야 했다. 그 후 젊은 기자는 이십 분 정도의 휴식 시간에 하늘'의 국장이 대강 어떤 사람인지 정보를 얻었다. 그는 다시 국장에게 개인적 접근을 했지만 비만기가 있는 나이 든 그는 젊은 언론인이 말을 걸 새도 없이 고개를 흔들었다. 국장은 감정을 거의 드러내지 않는 사람이었다. 기자가 경험 부족의 새파란 애송이가 아니었다 해도, 표정이나 어조에서 그 무엇도 추측할 수 없을 듯한 얼굴로 국장이 말했다.

"그것은 저희가 답변해 드릴 수 없는 부분입니다."

기자는 바늘로 찔러도 피 한 방울 날 것 같지 않은 목석같은 국장을 보고는 그만 질려 버렸다. 그는 왼손에 들고 있던 약한 청주를 단숨에 비우고는 어깨를 으쓱하며 서둘러 자리를 떴다. 아까부터 지우기 어려운 주눅 든 기분을 이 술 한잔으로 털어버릴 수 있기를 바라며.

[안녕하세요, 여러분. 만나게 되어 반갑습니다. 제 이름은 로가디아입니다만 여러분이 제게 애칭을 붙여주셔도 상관없습니다.]

우아한 슈트를 입은 로가디아의 입체영상이 게이츠의 강당에 모인 사람들을 향해 생긋 웃었다. 이런 자리에서 히마티온은 전혀 어울리지 않았다. 그 독특한 의상은 단지 상상 속의 요정 이미지를 원한 개발진의 취향에 대한 로가디아의 배려였을 뿐이다. 클라우드는 로가디아에게 누군가가 의상에 대한 조언을 해주었으리라 믿었다. 만약 저 복장과 예의가 알아서 처신하는 것이라면…….

설마… 생각하고 싶지도 않았다.

평범한 첫인사. 호링은 여기저기 많기도 한 각계 인사들에게 저런 씨알도 먹히지 않을 시작이 불안했다. 그 반면 클라우드는 함께 온 철학자와 인공지능학자들로 이루어진 일단을 더 마음에 걸려 했다. 그들은 전부 과학기술부 장관의 초청으로 이 자리에 앉은 전문가 중의 전문가다. 그런 이들을 상대하기에는 너무 평범한 인사다.

"저래 가지고서야 평범한 인공지능과 다를 게 뭐요? 내 얘기가 맞지 않소?"

호링은 자신의 정치적 기술이 거의 쓸모가 없었다는 사실을 인정하고 싶지 않은 듯했다. 클라우드는 경멸 어린 시선을 그에게 한번 툭 던졌을 뿐 아무런 대답이 없었다.

로가디아가 저런 걸 배우면 안 될 텐데.

아버지의 걱정에 아랑곳없는 인공지능 처녀는 조명 가득한 무대에서 자신의 임무에 충실하고 있었다.

[아… 음… 여러분이 아직 제게 익숙하지 않으신 모양이군요. 하지만 너무 걱정하지 마세요. 제가 여러분께 곧 익숙해질 테니까요.]

몇몇 사람이 낮게 웃는 소리가 들렸다. 호링은 클라우드의 얼굴을 한 번 더 쳐다보았지만 그는 로가디아에게 못 박힌 무표정한 시선을 거두지 않았다.

보름 전 자기 방을 찾아온 클라우드가 짓고 있던 표정. 현실 세계가 아닌 다른 무엇을 보느라 초점조차 잃은 눈빛이 연상시킨 그날의 모욕이 떠올라 호링은 분통이 터졌다.

저 자식은 내가 안중에도 없어. 중요한 건 그뿐 아니라 현실감각 자체가 없다는 거야, 멍청한 자식.

호링은 불안해지기 시작했다. 로가디아가 보통의 인공지능과 다르다는 것을 보여주지 않으면, 이 자리가 끝나기 전에 참석자의 반쯤은 잠이 들 것이고 나머지 반은 이 자리가 끝나고 보고서에 사용할 악담을 메모하기 시작할 것이다. 그리고 내일 조간에는, 어쩌면 오늘 석간에는 하늘'과 연구소장을 비웃는 기사가 뜨겠지. 보도관제고 뭐고, 그따위에는 관심없다는 듯 불만 가득한 표정을 도무지 지울 생각이 없는 애송이 기자 하나가 특히 거슬렸다.

이런 제기랄!

이 시연회 역시 새로운 인공지능에 대한 최종 테스트 중 하나라 할 수 있다. 이 자리에 참석한 사람들의 평가가 앞으로 이 여자형 인공지능의 미래에 영향력을 갖는다는 의미다. 그리고 지금은 내빈의 대부분이 따분해하고 있고.

물론 그렇다고 계획 자체가 취소되거나 하지는 않겠지만, 자신이 아무리 프로젝트에 관심이 없다 해도 개발 책임자라는 감투의 주인이다. 도저히 유쾌할 수 있는 상황이 아니다. 잡담을 하거나 졸기 시작한 사람들을 제외하면 눈에 아무것도 들어오지 않게 된 호링이 이 난관을 타개하려는 방법을 모색하고 있을 때 누군가가 로가디아에게 말을 걸었다.

"아, 로가디아… 어… 그러니까……."

['양'입니다. 전 아직 결혼을 하지 않았으니까요.]

이번엔 좌중에서 커다란 웃음이 터져 나왔다. 호링은 어쩌면 그렇게 겁먹을 필요는 없을지도 모르겠다고 생각을 고쳐먹었다. 그나마 농담을 할 줄 아는 인공지능은 흔한 게 아니다.

"아, 좋아요. 로가디아 양은 그럼 결혼할 생각이 있나요?"

[음. 잘생기고 착한 인공지능이 있다면 고려해 보죠.]

이번엔 강당이 떠나갈 정도의 큰 웃음.

"아주 유머 감각이 풍부한 아가씨로군 그래. 하하하."

"좋아요. 농담은 이쯤 하고, 하나만 물어보겠어. 로가디아, 만약에 누군가가 자네를 파괴하려 든다면 어떻게 할 텐가?"

질문자의 표정만큼이나 로가디아가 정색하며 대답했다.

[물론 저는 스스로를 보호해야 합니다.]

당연한 질문에 대해 예정된 대답이 나왔다. 그러나 질문을 던진 과학기술부의 장관은 별로 실망한 기색이 아니다. 제아무리 성능이 좋고 기발한 인공지능이라 해도 자신의 능력이 가진 독특함을 자랑하지 말아야 할 순간이 있는 법이다. 마른 체구의 전직 인공지능학자는 로가디아가 가진 개념의 확인에 대해 별다른 감상 없이 다음 질문을 이었다.

"무엇으로?"

[게이츠를 파괴하지 않고서는 저를 파괴한다는 것은 절대로 불가능합니다.]

"확신할 수 있나?"

[확신할 수 있습니다.]

"어떻게?"

전직 과학자의 얼굴에 의혹의 빛이 스쳤다.

[게이츠는 제가 설계했으니까요.]

하늘' 의 기술자 몇몇이 몹시 불쾌한 표정과 헛기침으로 불만을 표현했다. 그중 두 명 정도가 발언권을 얻기 위해 주춤거리며 일어났지만 질문을 시작한 장관은 그쪽을 돌아보지도 않고 손을 저어 그들을 앉혔다. 스쳐 지나가던 의혹은 이제 그의 눈빛에 확고히 자리 잡았다.

"물론 게이츠 설계의 알고리즘에 자네의 능력이 필요했던 것도 사실이고, 실제로 반영되기도 했지. 하지만 그건 자네가 뛰어나서라기보다는 자네가 게이츠를 통제해야 하기 때문이었어. 스스로의 능력을 과대평가하는 게 아닌가? 우주선 설계의 전문 인공지능은 따로 있다네. 가령, 한라 같은 것들 말이야."

과학기술부의 장관이라는 입장으로 볼 때 불쾌함은 하늘' 의 기술자보다 더할 것이다. 마른 체구의 노인이 자기도 모르게 자리에서 일어났다.

[우선, 제게 자네라는 호칭을 써주셔서 감사합니다.]

여기서 로가디아는 말을 멈추고 망설였다. 자네, 설마 정말로 망설이는 것은 아니겠지. 장관의 표정은 그랬다. 그는 일부러 한라와 로가디아의 격을 달리 말했다.

이런 유도심문은 인공지능의 반응을 살피는 데 필수 불가결한 요소다. 이번 질문도 판코넷 테스트처럼 인공지능이라면 반드시 밟아야 했다. 그건 성능이 아니라 인공지능의 본성 문제다.

[비록 게이츠를 제가 전부 설계한 것은 아니지만, 제게 관계된 부분은 직접 다듬고 감독했습니다. 우주선 설계 전문가 프로그램들은 제 제안과 지적에 전부 동

의했으며 그래서 게이츠의 등골을 교체하고 함교 지휘통제 연결 라인의 설계 변경이 있었던 겁니다. 게이츠는 제 몸이기 때문에 그래야 한다고 생각했습니다.]

과학자들 대부분의 표정이 파랗게 질렸고, 몇몇 사람들의 얼굴색은 붉어졌다. 기자들은 로가디아의 말보다는 참석한 인사들의 안색에 더 관심을 갖기 시작했다.

사회를 보던 '하늘'의 국장이 인공지능 연구소장인 호링을 쳐다보며 인상을 찌푸렸다. 눈을 피하기에는 이미 늦었다. 주춤거리며 일어서려던 그의 어깨를 누르고 일어난 클라우드가 대신 입을 열었다.

"로가디아는 최초로 만들어진 광양자 직접 연결 방식의 능동 반응형 유기적 인공지능입니다. 양자 인공지능과 능동 반응의 개념 결합이 의미하는 바를 다시 설명드리겠습니다. 그녀에게 하드웨어란 매우 실체적이고 현재적인 것입니다. 기존 인공지능처럼 단순히 데이터를 얻기 위한 도구로써가 아니라 스스로의 존재론적 위상을 확고히 하기 위해 필요한 것입니다. 로가디아는 자신이 최대의 성능을 발휘할 수 있는 가장 나은 선택을 했으며 그것을 제안하기 전에 실현한 것입니다. 즉, 메타트론 입자가 게이츠의……."

클라우드의 말을 장관이 끊었다. 박사의 언변 자체가 어눌하고 호소력이 있는 편이 아니기도 했지만, 그보다는 과학기술부 장관의 불쾌함은 '왜 그 말을 안 했냐?'에서 기인한 것이 아니기 때문이다.

"알아서 하는 것은 인공지능으로써 당연한 겁니다. 우리가 인공지능을 만드는 이유도 인간의 피조물이 그렇게 해주기를 바라기 때문이고. 하지만 거기까지지. 지금 저 인공지능은 월권했다는 사실을 알고 있습니까? 인공지능이 자신 외의 다른 인공지능에 대해 우월감을 가지고 혼자서 스스로를 구성하는 시스템과 하드웨어를 개조한다는 게 어떤 의미인지 알아요? 그것도 확신에 가득 차서 말입니다! 왜 인공지능 성능 상한선을 그어두는지 몰라서 그런 건 아닐 거 아닙니까?"

"장관님, 로가디아는 지난 세대의 양자 인공지능이 가졌던 단순 에서 함수에 의한 창발적 사고 기작이 아니……."

기자들은 진작부터 숨을 죽이고 그들의 대화에 귀를 세우고 있었다. 과학부 기자라는 직업이 갖는 지식은 그 대부분이 전문가의 저술이나 논문보다는 귀동 냥과 교양 과학 서적에 의존한 것이다. 즉, 도대체 로가디아의 말에서 어디가 어떻게 문제가 된다는 것인지 감조차 잡지 못하고 있는 입장에서는 두 전문가의 설전에 신경을 곤두세우는 수밖에 없다. 어쨌든 로가디아가 뭔가 전문적인 영역에서 치명적인 문제점을 가지고 있다는 점은 분명했다.

"로가디아의 시스템이 기존 인공지능과 다르다는 건 알고 있소. 보고서는 대부분 이해했어요. 하지만 그 대부분에 속하지 못한 몰이해가 만든 어렴풋한 불안감이 이런 식일 거라고는 생각지 않았단 말이오. 로가디아가 법을 피해갈 수 있을 거라고는 생각지 마시오. 게이츠의 출발 계획은 사오 년 늦추어져도 되고, 그 시간은 오직 그녀만을 위한 새로운 법을 만들 수 있을 만큼 길어요. 로가디아는 그 정도로 위험한 소리를 하고 있고, 또 그런 행동을 했소. 그녀가 아직 순진하다는 게 얼마나 다행인지 모르겠소. 자기가 무슨 말을 하는지 알고 있었다면 거짓말이라도 했을 테지. 로가디아를 키우는 데 쏟아 부은 시간과 예산이 어느 정도인지 내가 가장 잘 압니다. 시간을 좀 더 주겠소. 이후에 봅시다. 그때 이 프로젝트가 엄청난 낭비였는지 아닌지를 다시 한 번 판단하리다."

기자들은 '로가디아는 위험하며 따라서 보완할 시간을 더 주겠다'는 내용을 어떻게 해석해야 할까에 머리를 싸매기 시작했다. 어쩌면 이건 엄청난 스캔들이 될지도 모른다. 그러나 장관은 기자들은 안중에도 없이 할 말을 계속했다.

"이제부터 하는 이야기는 결과론적으로는 의미가 없겠지만 그래도 아까 하던 질문을 계속하고 싶기는 하군. 만약 자네가 말한 상황에도 불구하고 자기 자신을 보호해야 할 상황이 온다면 어떻게 할 텐가?"

이번에도 클라우드가 재빨리 끼어들었다. 로가디아가 뭐라고 대답하려다가 그 모습에 입을 다물었다. 그녀의 표정이나 태도는 순서를 기다리는 사람의 그것이었다.

"그런 걱정은 접어두셔도 됩니다. 로가디아 수준의 인공지능은 자기 혼자 가치판단을 하게 만들면 아주 심각하게 위험해집니다. 인간보다 아는 게 많아서 우리와는 전혀 다른 시각에서 상황을 판단하기 때문에 상상도 못할 결론을 꺼내곤 합니다. 저희는 그런 윤리적 문제에 대해서는 영역을 그어 민감한 부분은 기계적으로 따르도록 만들어두었습니다."

"그게 단순히 아는 게 많아서요? 인간이 아니어서가 아니고?"

장관은 클라우드가 아니라 로가디아를 쳐다보며 얼굴을 찡그렸다.

"박사님 말뜻은 알겠으나 인정을 할 수 없소. 이건 내가 인간이기 때문이겠지만 말입니다."

한마디로, 인공지능학자들을 신뢰할 수 없다는 의미다.

클라우드는 숨을 한번 가다듬었다. 그는 로가디아가 말이 없는 이유가 단순히 망설임 때문인지, 아니면 자신들의 대화에 끼어들지 않기 위함인지 알 수 없었다. 만약 전자라면, 그녀로서는 억겁과도 같은 망설임일 터다. 그것은 또한 로가디아가 게이츠를 통제할 인공지능으로써 이미 불합격이라는 뜻이기도 했다. 그러나 클라우드는 차라리 그걸 바랐다.

그럼 적어도 다시 시작할 수는 있을 테니.

그럼에도 불구하고 그녀가 입을 다물어주기를 바라는 클라우드의 초조한 안색이 무색하게 로가디아가 천천히 입을 열기 시작했다. 마른 체구의 장관조차 놀랐다. 그는 인공지능을 상대로 물고 늘어질 생각 따위는 전혀 없었다. 클라우드의 대답은 로가디아가 했어야 할 답변을 충분히 대신한다고 생각했다. 어차피 여기까지 온 이상 로가디아를 그대로 둘 수는 없었다. 로가디아 스스로도 잘 알 터다. 그러나 그녀는 대답을 선택했다. 다소 뜬금없는.

[장관님, 저는 게이츠의 출항이 늦추어져야 한다고 제안드리고 싶습니다.]

"뭐?"

같은 한 음절의 단어가 여러 사람의 입에서 거의 동시에 터져 나왔다. 몇몇은 거의 신음에 가까운 부정적 감탄사처럼 내뱉었지만, 대부분은 건방진 학생의 발언에 황당하다는 듯한 모습이다.

[전 제가 게이츠에서 무엇을 해야 하는지 잘 알고 있습니다. 하지만 게이츠는 그럴 만한 준비가 되지 않았습니다.]

이번에는 클라우드와 호링의 안색이 같아졌다. 그에게 주변을 둘러볼 만한 마음의 여유가 있다면 좌중의 대부분도 마찬가지임을 알 수 있었으리라. 장관이 말을 하려다 작게 기침하고 물을 마셨다.

"지금 그건 무슨 의미지? 게이츠의 설계가 잘못됐다는 건가?"

[설계는 제대로 되었습니다. 단지, 설계대로 건조되려면 시간이 더 필요하다는 뜻입니다. 그런 의미에서 장관님께서 말씀하신 출항 연기 건을 긍정적 관점에서 재고하여 주시기를 공식적으로 건의드리는 것입니다.]

클라우드가 머리를 감싸 쥐었다. 설마 지금 테라인 계획을 말하는 건가? 그 이야기는 여기서 할 만한 성질의 것이 아니다. 그건 로가디아 스스로가 잘 알고 있을 텐데. 클라우드는 지금 상황을 좌시할 수 없다는 결론에 이르렀다. 그가 재빨리 발언했다.

"로가디아, 그런 이야기는 보고 계통을 이용하여 정식으로 건의하도록 해."

[박사님, 전 지금 그렇게 하고 있습니다. 이 시간 현재 제게 직접적으로 명령하실 수 있는 권한을 가진 분은 오직 과학기술부 장관님과 통령님뿐이십니다.]

로가디아는 확실히 너무 어리다. 조금만 생각이 있어도 저런 식으로 스스로 무덤을 팔 리가 없다. 그게 아니라면… 인간이 아니어서 그런 데에는 관심이 없거나.

장관이 물을 한 잔 더 마셨다. 입가를 타고 흘러내리는 물이 그의 흥분 상태를 대변했다. 손수건으로 입을 훔치지도 않은 노인은 잔을 거칠게 내려놓으며 로가디아에게 삿대질했다.

"지금 제정신인가? 정식으로 보고서를 올려!"

[알겠습니다. 죄송합니다.]

그녀가 넘어서 안 될 선을 넘어선 것은 진작이다. 우울하고 불안한 눈빛으로 자신을 마주 보는 저 여자형 인공지능은 이제 스스로가 원하든 원하지 않든 대화의 끝을 보아야만 할 것이다.

[장관님, 장관님께 질문을 하나 드려도 되겠습니까?]

클라우드는 장관이 이쪽을 쳐다보기를 바라며 세차게 고개를 흔들었다. 인공지능과의 말싸움에서 인간이 승리하기를 바란다는 것은 무모함 이외에는 아무것도 아니다. 그러나 클라우드의 절망적 몸짓은 장관의 자존심을 세워주기 위해서가 아니었다. 그보다는, 인간에게 싸움을 거는 인공지능은 전혀 필요치 않다는 당연한 사실 때문이다. 클라우드는 이미 로가디아의 운명이 결정 났다는 사실을 알면서도 절망적으로 시간을 멈추어보려 속절없는 몸부림을 쳤다. 모든 게 끝이야라고 되뇌며.

로가디아는 로가디아대로, 현재 상황에서 취할 수 있는 스스로의 최선은 입을 다물고 있는 것뿐이라는 결론을 내렸다. 그러기 위해서 시간은 전혀 필요치 않았다. 최소한, 인간적 기준으로서는. 그러나 그녀는 말하기로 결정했다. 자신은 인간이 아니라는 사실을 알기 위해 경험 따위는 필요치 않았다.

굳게 입을 다문 장관이 로가디아를 노려보다가 마침내 입을 뗐다.

"해보게."

로가디아는 어쩌면 마지막이 될지도 모른다고 생각하며, 불안감 어린 눈빛으로 클라우드를 쳐다보았다. 그리고 그가 할 수 있는 일이 아무것도 없다는 점을 확인했다. 절망적인 안색의 클라우드는 그녀와 눈이 마주치자 고개를 돌려 버렸다.

[여러분은 제가 인간을 파괴하는 행위를 용납하실 수 있습니까?]

그 누구도 대답이 없었다. 이미 한참 전부터 아가씨의 낭랑한 목소리와 그에 대응하는 노인의 거친 숨소리 외에는 어떤 소음도 존재하지 않은 강당이지만, 이제는 그조차도 사라져 버렸다. 솔시스인에게 인공지능은 일상이며 생활이다. 기자들조차 이 상황이 심각하게 비정상적이라는 사실을 인식하는 데에 별다른 설명이나 논리가 필요치 않았다. 평균적인 솔시스트(Solsyst)들의 관점에서라면 방금 전 그 말은 인공지능이라면 절대로 해서는 안 될 표현이다.

기자들에게 보도관제 다짐 이상의 것을 요구해야 한다는 사실이 명백해진 순간 하늘' 국장의 목석같은 표정에 금이 갔다.

로가디아는 자신이 아니라 인간을 위해 아주 잠깐의 침묵을 둔 다음 천천히 말했다.

[저는 추상적인 도덕적 이야기를 말씀드리고 있는 게 아닙니다. 전 지극히 현사실성에 입각하여 말씀드린 것입니다. 전 잘 알고 있습니다. **제가 인간이 아니기 때문에 용납받지 못하는 상황**에 대해서요.]

좌중은 여전히 침묵에 빠져 있었다. 로가디아는 이제는 정말로 자신이 더 이상 입을 열 필요가 없다는 사실을 알았고, 그래서 그렇게 했다.

호링과 클라우드, 그리고 로가디아를 만든 인공지능학자와 엔지니어들은 고개를 숙이고 가만히 앉아 있었다. 참관자들의 따가운 눈초리 따위 때문이 아니었다. 오히려 그들 대부분은 개발팀을 거들떠보지도 않은 채 넋 나간 사람처럼 허우적거리며 간신히 자리를 떴다.

먼저 국장이 기자들을 내몰다시피 데리고 나갔고 다음으로 게이츠의 엔지니어들이 한숨을 굳이 감추지 않으며 일어났다. 색색의 약장과 금빛 휘장으로 가슴을 가득 채운 고위 장성 세 명은 눈을 감고 조용히 서 있는 로가디아에게 지나가는 눈길을 한번 툭 던졌을 뿐, 아무런 표정을 짓지 않았다. 그들은 원래 감정을 감추는 데에 익숙한 자들이다. 셋 중 한 명은 게이츠를 지휘할 알 바라마드 준장이었다.

결국 들리지는 않았으나 느끼지는 않을 수 없는 비난과 실망의 홍수 속에서 마지막까지 남은 사람은 연구소 인원들이었다.

가장 먼저 이성을 찾은 사람은 클라우드가 아니었다. 자리에서 일어나도 될지를 판단하지 못한 젊은 팀장과 눈이 마주치자 클라우드는 비로소 자신의 위치를 자각했다. 호링의 일그러진 얼굴에는 눈도 두지 않은 클라우드가 팀장을 향해 고개를 끄덕였다. 은발의 노인 주변에 갑작스러운 부산함이 맴돌았지만 정작 당사자는 눈을 감은 채 움직일 생각을 하지 않았다. 클라우드를 쳐다보며 주춤거리는 몇몇 사람들을 팀장이 데리고 나갔다.

클라우드는 한참 있다 혼자 나왔지만 셔틀은 그를 기다려 주었다.

개발팀은 이제부터 무엇을 해야 하는지 감조차 잡지 못한 상태에서 연구동으로 향할 수밖에 없었다. 셔틀 끝자리에 앉은 호링은 옆에 클라우드가 앉자마자 화를 폭발시켰다. 나 있기는 아까부터 나 있던 성질이다.

"큰소리 뻥뻥 치더니 어떻게 된 거요?! 이게 뭐냐고?"

클라우드는 팔짱을 끼고 고개를 젖힌 채 눈을 감고서 아무런 대꾸도 하지 않았다. 그게 호링의 화를 더 돋우었다.

"부소장! 계속 망신당하고 싶은 거요?!"

식식거리던 호링이 다시 소리를 지르려는 찰나 클라우드가 눈을 가늘게 뜨고 천천히 입을 열었다. 여전히 호링에게는 눈길조차 주지 않은 채로.

"지금 당신은 뭐가 문제인지도 모르는군요. 잘릴까 봐 그렇게 불안하오?"

"뭐야?"

"이게 다 소장이 내 충고를 안 들어서 그런 겁니다. 그 아이를 환원해야겠소."

"제기랄! 인공지능이 무슨 자동차야? 분해한다고 고쳐지게! 명령 체계를 다시 설치해야 할 것 아뇨! 아까부터 그 아이, 그 아이 하는데 그 입자 회로 쪼가리가 당신 딸이라도 돼? 제정신……."

클라우드가 와락 몸을 일으켰다. 곧바로 그에게 멱살이 잡히는 바람에 호링은 말을 끝맺지 못했다.

"말조심하시오. 그래도 당신처럼 욕심 많은 돼지보다야 훨씬 인간적이니까."

앞좌석에 앉은 연구원들이 상사들의 드잡이 직전 상황을 불안하게 쳐다보았다.

"로가디아는 본성상 성장형 폐쇄 회로지만 동시에 회로의 물리적 상태가 입자요. 성장을 환원시키지 않으면 형성된 인격을 고칠 방법이 없소. 당신은 약속이나 잘 지키시오. 로가디아는 내가… 아니, 우리가 알아서 할 거요. 그냥 머릿수나 채우면서 밥벌이나 잘하는 게 도와주는 거니 제발 입 좀 닥치시오."

클라우드가 자신을 무섭게 노려보며 내뱉는 말에 호링은 그만 눈을 내리깔고 말았다. 멱살은 아직도 잡힌 채였다.

클라우드는 호링의 목덜미를 놓자마자 다시 팔짱을 끼고 눈을 감은 채 생각에 잠겼다. 시연회가 끝나고 개인적인 자리를 가진, 과학기술부 장관 이진규의 말을 어떻게 받아들여야 할지 판단이 서질 않았기 때문이다.

셔틀이 지구환 게이트웨이를 지나고 있었다.

클라우드는 모두가 강당을 빠져나간 후에도 움직이지 않는 로가디아를 쳐다보며 앉아 있었다. 로가디아가 눈을 떴다.

[죄송해요.]

죄송하다고? 죄송할 게 뭐가 있지?

"넌 아직 어리다. 네가 어떤 행동을 했든 간에 그건 너를 키운 우리의 잘못이지."

[전…….]

"적어도 인간은 그렇다."

로가디아가 눈을 내리깔았다.

[하지만 그래도 인간 아이는 잘못을 저지르면 야단을 맞잖아요.]

그래. 그건 사실이지. 하지만 그때조차도 혼을 내는 부모만큼은 자신의 아이가 어떤 잘못을 했는지 알고 있단다. 하지만 지금은 아니야. 난 네가 어떤 잘못을 했는지 모르겠다. 그게 어떻게 가능한지, 어떻게 그런 대답을 할 수 있는지를 말이다.

"야단을 맞고 싶은 거니?"

주눅 든 표정의 로가디아가 고개를 천천히 흔들었다.

"그래. 그건 나중에 생각하자. 난 지금 네가 무슨 잘못을 했는지 모르겠구나."

"나도 그렇게 생각합니다, 클라우드 박사님."

등 뒤에서 들려오는 낯익은 목소리에 클라우드가 자리에서 튕겨져 일어나며 뒤돌아섰다.

"장관님……."

"리라고 부르시오. 아니면 진규라고 하던가. 켄타로스에서는 그렇게 하지 않나요?"

"그렇긴 합니다만 그건…….."

"난 이 자리가 좀 편했으면 좋겠소. 그리고…….."

로가디아를 흘끗 곁눈질하는 장관의 의도를 알아차린 클라우드가 말했다.

"로가디아, 이 대화는 못 들은 걸로 해. 아니, 자리 좀 비켜줄래?"

[네.]

강단에서 무게감없이 존재하던 우아한 아가씨가 은은한 빛의 파편을 남기며 사라졌다. 장관은 로가디아가 고분고분하게 말을 듣는 것을 보고 약간 놀란 것 같았다.

"난 로가디아가 질풍노도의 시기를 겪느라 반항적 기질이 많은 아이인 줄 알

왔소."

클라우드에게 희미하지만 진심 어린 미소가 떠올랐다. 장관이 자신을 달래기 위해 '아이' 라는 표현을 쓴 게 아니라고 믿고 싶었다.

"우리와 관점이 다를 뿐이지, 저 아이의 본성은 인간에게 복종하는 겁니다."

"그래요. 나도 그랬으면 좋겠소."

장관이 담배를 내밀자 클라우드는 짧게 망설이다가 받아 쥐고 입에 물었다. 장관이 직접 불을 붙여주었다.

"리, 하실 말씀이 있으신지요?"

장관이 담배를 빨아들이자 끝자락에 불이 붙으며 포시시거리는 소리가 났다. 오직 그 이 순간에만 맛볼 수 있는 짧은 즐거움. 이 소리에 담배 맛이 한층 돋우어진다는 느낌을 받는지 못 받는지에 따라 애연가냐 아니냐를 가르는 사소한 지표 중의 하나.

"여기는 금연 구역이 아닌가 보군요."

"예. 이 배의 구역 대부분에서는 흡연이 가능합니다."

금연 구역에서는 담뱃불이 자동으로 붙지 않는다.

"아까는 미안했습니다. 조금 흥분한 것뿐이에요. 박사님께 화가 났다거나 그런 건 아니었소."

"전 아무렇지도 않았습니다, 리. 정말로요."

"로가디아는 자신의 말이 스스로의 운명을 결정짓는다는 사실을 알고 있었을까요?"

클라우드가 고개를 끄덕였다.

"내 생각도 그래요."

담배 한 대가 거의 다 타 들어갈 때까지 둘 다 말이 없었다. 장관의 말은 진심일 터다. 그 의미는 로가디아의 행동을 진심으로 받아들였다는 뜻이기도 하다. 적어도, 인간처럼 죽음이 두려워해야 할 말을 그만두는 존재가 아니라는 것 하나로도 어떤 의미에서 로가디아는 합격이다.

"박사님께 진작 드렸어야 하는 말씀입니다만, 우리는 호링 소장보다는 박사님을 더 믿고 있습니다."

그럴 거라 예상도 했고, 바라왔던 말. 그럼에도 지금 나올 줄은 몰랐기에 클라우드의 얼굴에 미미한 당황이 스쳐 지나갔다. 위에도 바보들만 있는 게 아니라는 생각에 곧이어 따른 커다란 안도감이 당황을 순식간에 지워 버렸다.

"언론의 입을 완전히 틀어막지는 못했지만 국장님께서 수고해 주신 덕분에 유예는 얻었어요."

대화가 시작된 지 어느 정도 지났지만 클라우드는 아직까지도 고개를 주억거리는 것 말고는 할 것이 없었다.

"솔시스 연방의 열여덟 개 행성국가는 각자 마더를 가지고 있어요. 마더는 그 규모가 인구비로 결정되는 자가 성장형 인공지능이고 그래서 이 지구의 마더가 가장 규모가 큽니다. 다르게 말하면, 가장 현명하다는 뜻이기도 하죠."

클라우드는 잠자코 고개를 끄덕였다. 인공지능학자가 아니라 해도 솔시스인이라면 모를 리가 없는 상식이다. 하지만 그는 장관이 어떤 말을 하든 들어보기로 했다.

"이 프로젝트는 우리가 아침 회의를 끝냈을 때 마침 시간과 예산이 좀 남아서 보도블록 공사를 하는 대신 시작해 보자는 식으로 입안된 것이 아닙니다."

"저도 그럴 것이라고 생각합니다, 장관……. 아니, 리."

"인공지능의 목적은 결국 '번역'이지요. 그것이 사회 현상이든 해독 불가능한 학문적 결과의 파편이든, 아니면 인간의 심리든……."

여기서 장관은 말을 잠시 끊었다.

"그리고 외계성종(外界性種)의 언어든 말입니다."

장관이 무슨 말을 할지 클라우드에게 대충 감이 잡혔다. 그는 담배를 껐다.

"인공지능은 인간이 결코 할 수 없는 일을 이루어냅니다. 모든 것을 단번에 실수없이 인식하지요. 그리고 파편처럼 여기저기 흩어진 정보들을 모으고 취합하며 연관을 찾아내기도 합니다. 인간으로서는 상상조차 할 수 없을 정도로 광범위하고 머나먼 미래의 시각을 가지고 그 모든 것을 판단합니다."

"네. 하지만 그 모든 것은 인공지능 자신의 물리적 한계를 벗어날 수 없습니다. 태어날 때부터 눈 없는 인간이 소리로만 된 꿈을 꾸는 것처럼 인공지능도 그렇습니다."

"하지만 적어도, 편견은 갖지 않지요. 인공지능은 말입니다."

"그 사실은 인공지능이 상상력이란 요소를 갖지 못하는 유일한 이유입니다, 리. 눈 없는 인간은 자신의 처지를 인식하기 때문에 편견을 갖고 그 불만을 상상력으로 표현해 냅니다. 하지만 같은 상황에 처한 인공지능은 자기가 눈이 없다는 사실 자체를 모릅니다. 그 인공지능은 시각에 관련된 행위는 그 어떤 것도 할 수 없습니다. 맹인에게 빛이란 이 세계에 분명히 존재하나 느낄 수 없는 일부지만 인공지능에게는 아예 존재하지 않는 개념입니다, 리. 맹인 화가는 존재할 수 있어도 광학장치 없는 인공지능은 결코 그림을 그리지 못합니다."

장관이 소리없이 크게 웃었다.

"허. 미안합니다. 이거, 최고의 인공지능학자 앞에서 제가 무슨 말을……."

"전 단지……."

"아니, 농담이 아닙니다. 그건 내 생각이기도 하지만 모든 마더들도 그렇게 이야기했어요. 나와 통령님, 그리고 여러 장관님들은 단지 이미 알고 있는 사실에 대한 마더들의 결론을 확인하기만 하면 됐습니다."

클라우드는 칭찬에 익숙한 사람이 아니었다. 주름진 이마가 약간 붉어졌다. 옆에 앉아 있는 노인도 한때 인공지능학자였던 사람이다. 장관이 클라우드의 어깨에 손을 올려놓으며 약하게 기침했다.

"우리는 법도 바꿀 수 있습니다. 무슨 뜻인지 아시겠소?"

클라우드의 눈이 커졌다. 노인이 거의 무의식적으로 고개를 흔들었다. 인공지능이 아닌 인간은 자극의 입력이 정확하더라도 그 의미를 제대로 해석하지 못하는 때가 많은 존재다. 특히 짧은 문장에 함축된 의미가 감당할 수 없을 정도로 클 경우에는.

"이런 상황을 예견한 건 아니지만 고려는 했소. 우리에게는 로가디아가 필요합니다. 아까 한 말은 진심이에요. 우리는 법을 바꿀 수도 있고, 로가디아가 완성될 때까지 기다려 줄 수도 있소. 그러나 그건 시간이 충분히 있을 경우입니다.

우리에게는 시간이 별로 없습니다."

여기서 클라우드는 장관이 자신에게 하고 있는 행동이 요구가 아니라 부탁임을 알았다. 그리고 그로서는 이럴 필요가 전혀 없다는 사실도. 장관은 지금 클라우드를 존중해 주고 있는 것이다.

"마더들은 테라인 프로젝트를 소화할 수 있는 인공지능을 만드는 게 가능한 조직으로 하늘' 을, 그리고 그 조직의 능력을 제대로 이끌어낼 수 있는 사람으로 박사님을 제안했습니다. 마더들 전부 패밀리 간의 토론 같은 것도 없이 거의 동시에 같은 결론을 내렸습니다. 그게 20여 년 전입니다. 그때 난 정치와 아무 관련이 없는 일을 하고 있었지요. 그 인공지능들은 자신들이 만들 수 없는 위대한 인공지능을 설계할 수 있는 최선의 방법을 제안했던 겁니다. 아까 말씀드렸듯이 그 제안은 우리가 내린 결론과 일치했고 말입니다. 이게 정부 사업이라서 H.A.R나 I.B.N 같은 회사에 발주하지 않은 게 아닙니다. 다르게 말하면 더 이상의 대안은 없다는 뜻입니다. 오직 박사님만이 유일한 해법입니다. 난 지금 로가디아가 좀 아픈 것에 불과하다고 믿고 싶습니다."

장관이 두 번째 담배에 불을 붙였다. 이번에는 라이터로 직접.

"클라우드 박사님, 저희가 박사님께 요구한 게 뭔지 여전히 기억하십니까?"

"물론입니다."

클라우드가 멍하게 대답했다. 잊을 수가 없다. 인상적이라서보다는 너무나도 간단명료했기 때문이다. 인간적 의미에서 간단명료함은 철학적 의미에서 그것과 완전히 반대를 뜻하곤 한다. 짧은 문장 안에 너무나도 많은 이야기와 가치들이 포함되기를 요구한다는 뜻이다. 오늘 이 자리가 실패로 끝난 이유가 바로 그 때문이다. 그 간단하고 짧은 요구 사항을 만족시키지 못했기 때문에.

"저 자신이 기억하기 위해 다시 한 번 말씀드리겠습니다."

"로가디아를……."

"오직 인간만을 위하는 존재로 키우십시오. 세상 모두가 인간을 비난한다 해도 그 아이만큼은 마지막까지 인간을 보호하며 위하는 그런 존재로."

처음 몇 마디를 강하게 발음하며 또박또박 끊어서 말한 장관이 반도 타지 않은 담배를 비벼 껐다. 그는 결국 이 말을 하고 싶었던 것이리라. 어느새 문간에 나타난 수행원의 시선이 장관 쪽을 향하고 있었다. 장관은 클라우드의 어깨를 한 번 더 두드리고는 주저없이 일어섰다.

그 모습이 완전히 사라지도록 클라우드는 장관을 향해 고개를 돌리지 않았고 그 역시 뒤돌아보지 않았다. 문이 닫히고 넓은 강당에는 클라우드 홀로 남았다. 강단에 소소하고 우아한 빛의 회오리가 생기며 로가디아가 모습을 나타냈다.

"다 들었니?"

끄덕임.

"로가디아, 네 생각은 어떠니?"

[못 들은 걸로 해서……. 원하신다면 기저의식 기록을 꺼내서 음미할게요.]

"아니, 그만두렴. 네가 들어서는 안 될 이야기가 있었던 것은 아니지만 말이다."

진심이다. 로가디아로서는 그런 이야기를 듣든 말든 아무 상관이 없다. 적어도 지금의 로가디아는 그렇다. 그녀는 자기 운명을 알면서도 그걸 선택했다.

[그냥……. 안색이 너무 안 좋아 보이셔서, 그래서 제가 필요할 거 같았어요. 그래서…….]

그래. 로가디아는 인공지능이 확실하다. 누군가가 상처 입은 마음을 감싸 안고 괴로워하고 있으면 그 옆에서 위로해 주는 것이 의무인 존재. 클라우드가 고개를 들었다. 눈가의 주름이 물에 잠겨 반짝였다.

"이리 와서 아빠 손 좀 잡아줄래?"

로가디아가 클라우드의 옆에 앉았다.

절망적인 낯빛의 노인이 처녀의 손을 잡았다. 그녀는 손을 향해 나노머신을 힘껏 집중했지만 클라우드의 손 안에서 속절없이 부스러질 뿐 눈물조차 훔쳐 줄 수가 없다. 아니, 체온조차 전달할 수 없다. 그럼에도 슬픈 눈빛을 보내는 노인은 자신에게 기대고 싶어한다. 그러나 로가디아는 자신이 소유한 몸의 한계로 인해 의무를 수행할 수 없었다. 힘들어하는 노인에게 해줄 수 있는 것이 아무것도 없었다.

그래서 로가디아는 몹시 불쾌해졌다.

팀장이 클라우드의 어깨를 조심스럽게 흔들었다.

"피곤하셨나 봅니다."

"아니, 잠시 생각 좀 하느라……."

호링은 보이지 않았다. 셔틀의 객실은 그 자체가 지구환에서의 이동 수단이다. 객실이 분리되고 기관실과 조종실만 남은 셔틀의 골격이 보기 흉했지만, 이내 멀어져 보이지 않았다. 객실은 곧 연구동 스테이션에 정차했다. 거기서 다시 좌석이 분리되어 연구동 내부를 그물처럼 뒤덮은, 보이지 않는 중력 지선에 올라탔다. 평소였다면 일어날 필요조차 없는 좌석에 몸을 맡기는 대신에 산책 삼아 걷는 쪽을 택했겠지만 지금은 몸도 마음도 그럴 만한 상태가 아니다.

연구소에 도착한 클라우드는 아무 말 없이 회의실로 직행했다. 자리를 찾아 앉은 그가 비로소 한숨을 쉬었다.

연구원들 역시 아무 말 없이 속속 들어왔다. 마지막으로 들어선 호링은 미간을 찌푸리며 주위를 두리번거림으로써 노골적으로 이 자리에 앉아 있을 이유가 없다는 표현을 하려 애썼다. 당연히 그에게 신경 쓰는 사람은 아무도 없었다. 실패든 성공이든 프로젝트는 끝날 것이고 팀도 해체될 것이다. 그와 동시에 저 작자의 면상을 볼 일은 두 번 다시 없으리라는 사실을 모두 알고 있었던 것이다. 꿈과 야망을 가지고 고생 끝에 하늘'에 들어온 젊은 연구원들조차도 호링을 겪은 이후로는 프로젝트가 끝나고 곧바로 학교로 돌아가겠다고 공공연히 말할 정도였다.

불과 몇백 년 전까지만 해도 인공지능학을 공부한다는 의미는 인지과학을 포함한 철학 전반을 연마한다는 뜻이었다. 하지만 레빈의 유사 지능 수립 패러다임이 퍼진 후 인공지능학은 폭발적으로 발전했고, 그 결과는 철학자이면서 동시에 인공지능학자이기엔 인간의 능력을 넘어설 정도로 방대한 학문이 되어버렸다. 인공지능학자들은 이제 엄밀한 의미에서는 그저 엔지니어일 따름이었다. 이제는 인공지능이 인공지능을 설계해야만 했다. 그러나 그렇게 만들어진 인공지능은 인간의 말을 잘 듣지 않았다.

인공지능은 자신이 이해하고 다루기 쉬운 존재를 만들려 들었고 그렇게 탄생한 존재는 인식이라는 범위 안에 인간을 전부 포함시킬 능력이 없었다. 물론 인간 역시 마찬가지로 그런 존재를 완전히 통제할 수 없었다. 그래서 요즘은 그런 종류의 제품은 단순히 인공지능에 대한 보조로써 제작될 뿐이다. 그러니까, 로가디아 같은 종류의 인공지능을 제작하는 행위는 어떤 의미에서는 잃어버린 과거의 기술을 재구성하는 것과도 비슷한 성격이라 할 수 있다.

클라우드는 깍지 낀 손에 이마를 얹고 있다가 비로소 고개를 들며 연구원들을 쳐다보았다.

하나같이 침통한 표정으로 입을 다물고 있다. 그럴 수밖에 없다. 그들이 봉착한 문제는 기술이 아니라 철학의 영역이기 때문이다. 그리고 그조차도 철학자들이 해결할 수 있는 종류의 것이 아니라는 데에 더 큰 문제가 있다. 더욱이 장관이 공개적으로 말한 바와 달리 클라우드에게는 개인적으로 언급했듯이, 그들에게는 시간조차 많지 않다.

한라는 클라우드의 지시대로 정원에 면한 벽의 분자구조를 완전히 허물어 버리고 나머지 3면을 바닷가로 구성했다. 그럼에도 불구하고 탁자 주변의 분위기는 조금도 밝아지지 않았다. 분위기로 보건대 클라우드가 먼저 입을 열지 않으면 이 침묵은 영원히 이어질 것만 같았다.

"여러분도 아시다시피 로가디아에게 문제가 생겼습니다."

다른 이들의 말을 끌어내기에는 길이도, 깊이도 부족한 문장. 그걸 알아서인지 클라우드는 몇 마디 더 이었다.

"아니, 갑자기 생긴 문제라기보다는 그녀에게 문제가 있었다는 사실을 몰랐다고 말하는 게 더 정확할 겁니다. 사실 지금까지 그 어떤 인공지능도 하드웨어와 마인드웨어(Mindware)를 동시에 가진 적이 없었어요. 하지만 그 아이는 게이츠의 임무 특성상 그래야만 했습니다."

클라우드의 서두가 효과를 본 것일까? 클라우드와 함께 로가디아의 기지개를 지켜보았던 젊은 팀장이 재빨리 끼어들었다.

"하지만 신경 기간망과 신체는 분명히 다릅니다. 로가디아는 명백히 신체를 가진 상태에서……."

"그게 우리의 실수예요. 지금까지의 양자 인공지능은 그랬지요. 그런 일이 생길 이유가 없었으니까. 원칙적으로 양자 인공지능은 양자 상태를 기반으로 무한한 경우의 수를 추론합니다. 그 존재에게는 그 어떤 일도 '있을 수 있는 일'이라는 거지요. 하지만 시공에 대한 선험지가 없는 인공지능은 인과에 대한 직관이란 게 존재하지 않습니다. 간단히 말해 어떤 일이 생길지는 알지만 왜 그렇게 되는지는 인식이 불가능하단 거죠. 그걸 보완하기 위해 우리는 로가디아에게 심적 상태와 그에 대한 직접적 반응을 하는 신체를 부여했습니다. 그렇지만 로가디아의 회로가 가진 병렬적 동시 선택 연산 능력이란 게 단순히 비유적 의미로써 유기적인 것이 아니라는 점을 간과했소."

회의석 대부분이 고개를 끄덕였다.

"메타트론 입자란 게 공기 중에 확률 분포되는 불활성 전자기 상태를 그렇게 부르는 것에 불과하기는 하지요. 물론 오직 지구환에서만 만들 수 있는 전자기 상태입니다만, 아무튼 로가디아는 알파 룸에서 결정되는 입자의 분포 함수를 따라 움직이고 그걸 게이츠 내부에까지 확대하는 겁니다. 다들 아시겠지만 유기적이라는 의미는 그 밀도 분포 함수뿐 아니라 유동 패턴까지 함축하고 있지요. 그녀가 자신의 몸을 알파 룸에 국한시키지 않고 게이츠 전체로 확대하리라는 예상을 아무도 못한 게 오히려 이상한 겁니다. 그녀가 인과의 의미에 대해 의문을 가질 거라고는 전혀 생각지 못했습니다. 속성상 그건 인공지능이 가질 만한 의문의 영역에 들어가지조차 못하는 거지요."

클라우드가 물을 한 모금 마시고 말을 이었다.

"아무튼 누구도 이럴 줄 몰랐다지만 그렇다고 책임 소재까지 없어지는 건 아닙니다."

여기서 호링을 제외한다면 클라우드의 말을 이해 못할 사람은 아무도 없다. 하지만 그는 확실히 해두자는 의미에서 좀 더 자세한 이야기를 하고 싶어졌다. 어쩌면 이 실패에도 불구하고 로가디아가 자랑스럽기 때문일 수도 있다.

"게이츠의 건조에 대한 로가디아의 언급은 완전한 성능을 의미하는 것이 아닐 겁니다. 현재 상태로는 자신이 추론 가능한 경우에 대해 어떠한 형태로든 위험이 닥치리란 사실을 확인했기 때문일 거요."

"그렇다면 그 원인을 로가디아에게 직접……."

"그게 바로 문제입니다. 아까도 말했지만 그녀는 인과에 대한 개념이 아예 없어요. 모든 사건을 한꺼번에 관찰, 아니, 추론하는 양자 인공지능 특성상 일련의 사건은 흐름에 의한 배치가 아닌 동시적 분포성을 가집니다. 그나마 자신의 몸이 게이츠기에 그 부분에 한해서 결론을 내릴 수 있었던 거지요. 지금의 게이츠는 이대로 두면 사고가 난다는 사실 말입니다."

양자 인공지능은 처음 개발될 당시 마치 모든 미래를 예언할 수 있을 것 같았지만 막상 만들어지자 실제로는 뜬구름 잡는 소리만 출력해 댔다. 그러니까 10세기쯤 전에 제안된 멀티백처럼 아무짝에도 쓸모가 없었다는 뜻이다. 클라우드의 말을 정리하면, 양자 인공지능은 '모든 것을 다 알기에 자기가 뭘 아는지도 모르는 존재'나 마찬가지라는 것이고 그걸 극복하고자 로가디아에게 몸을 만들어주었다는 뜻이다.

물론 결과는 반쯤 실패로 나타났지만 이게 완전한 실패가 아니라는 점 자체도 문제 중 하나다. 적어도, 로가디아는 게이츠의 미래에 대해 알아들을 수 있는 '예언'을 했다. 잠자코 듣고만 있던 젊은 팀장이 슬며시 손을 올리며 발언권을 얻었다.

"로가디아가 왜 판코넷 등을 허락없이 들어갔는지 이유를 알 수 있을 것 같습니다. 그녀는 자신이 추측한 바, 그러니까 이대로 출항하면 게이츠에 뭔가 문제가 생기리란 사실을 진작 알았을 겁니다. 하지만 인과의 개념이 없기에 그 결과에 대한 원인을 알 수 없었던 거고, 말하자면 자유로워지자마자 그걸 해결하려 들었겠죠. 로가디아는 자신의 '앎'이 부족해서라고 믿었을 겁니다."

"지금 그 말씀은 대단히 중요하고 의미심장합니다. 결과라는 것은 원인에 대한 관념이 존재할 때만 가질 수 있는 개념이지요. 그러니까 로가디아 입장으로 말해보자면 게이츠가 겪을 문제는 결과가 아니라 현실의 어떤 면과 전혀 다를 게 없다는 겁니다. 즉, 인간이 볼 때는 그녀가 창조주인 우리 뒤통수를 친 것이지만 그녀로서는 인간의 언어로는 설득, 아니, 표현 자체가 불가능한 사안을 감당할 수 있는 사람에게 즉시 이야기하는 것이 맞다고 생각한 것입니다."

팀장에 이은, 클라우드와 비슷한 연배의 인공지능학자인 안두린의 통찰력에 클라우드가 존경을 담아 고개를 끄덕였다. 평소였다면 공치사라도 했을 법하다. 느슨한 태도를 경계해야 하는 자리라는 점이 아쉬울 정도다.

"로가디아는 인간이 아니고, 바로 그 때문에 인간을 설득할 능력이 없다는 거군요?"

"그렇습니다."

"그렇다면 어떻게 해야 할까요?"

다시 안두린이 대답했다. 그 역시 동료와 자신이 탄생시킨 로가디아를 자랑스러워했고 그래서 일부러 인간의 예를 들었다.

"그러니까 처음부터 뇌와 척수, 그리고 제한적인 감각기관만을 가진 아이가 태어났다고 봅시다. 그 아이에게는 신체라고 할 만한 게 없었습니다. 그런데 놀랍게도 그 아이는 자신이 신체를 가진 상황을 추론해 낸 것이지요. 자신이 선택 가능한 상황에서 말입니다. 상상이 갑니까? 선천적 맹인이 눈 없이 색깔을 추론하고, 선천적 농자(聾者:귀머거리)가 소리를 추론해 낸다는 것이? 이건 인식과는 다른 겁니다. 그녀는 인간의 관점을 에뮬레이션한 거죠. 인간이 아니지만 인간적 관점을 상정한 겁니다. 당연히 여기에 문제가 따라 나옵니다. 머릿속으로 암산하는 것보다 손으로 계산하는 게 훨씬 더 빠르고 정확한 결과를 냅니다. 그러나 로가디아는 손이 없습니다. 그래서 손을 먼저 상정합니다. 다음으로 그걸 이용해서 계산하는 상태를 추론하는 것이죠."

"음……."

"그녀가 실제로 어떤 방식으로 연산을 수행하는지는 중요하지 않습니다. 로가디아를 구성하는 메타트론 입자는 그런 종류의 연산에 전혀 어울리지 않는다는 점 역시 마찬가집니다. 그보다는 이전 문제, 그러니까 똑같은 연산을 하더라도 손을 시뮬레이션할 것인가, 아니면 회로 수준에서 직접 결과를 처리할 것인가를 선택하는 기로죠. 전자는 인간의 입장에서 과정을 처리하는 반면 매우 비효율적입니다. 후자는 우리가 절대로 이해할 수 없는 어떤 과정을 거치죠. 물론 어느 쪽이든 좋은 현상이 아닙니다. 하지만 진짜 문제는 그 이후죠. 처음에는 로가디아가 연산 자체보다도 자기가 어떤 방식을 택할지 고민하는 데 자원을 소모했습니다. 그러나 이제는 가닥을 완전히 잡았죠."

여기까지 들으며 클라우드는 새 담배에 불을 붙였다. 중요한 말을 하기 전에 행하는 무의식적인 습관이었다. 첫 모금의 연기를 내뿜으며 천천히 안두린의 의견을 받아 이어갔다.

"그 결과로 지금 로가디아는 고통을 느낄 기관이 없이도 그걸 추론하려 들고 있다는 겁니다."

"고통은 추론할 수 있는 종류의 앎이 아닙니다."

팀장이 성마르게 끼어들었지만 클라우드는 고개만 끄덕인 채 할 말을 이었다.

"방금 언급했듯이 로가디아는 직각(直覺)을 추론으로 해결하려 들고 있습니다. 그녀에게 추론은, 적어도 의미론적으로 볼 때는 인간의 직각과 차이가 없습니다. 아니, 그렇게 믿고 있지요. 처음부터 그렇게 만들어진 존재니까요. 그녀에게 선택은 선험적 사실이고, 인식 이전이죠. 그러니까 몸을 인식하지 못했어도 그것을 원할 수 있다는 겁니다."

"인공지능이 직각을 원한다고요? 그게 가능합니까?"

"낮에 봤잖소?"

"전 그게 직각이라는 사실을 인정할 수 없습니다. 그건 그냥 우연이었을 겁니다."

클라우드가 젊은이를 이해심이 섞인 측은한 표정으로 바라보았다. 깍지 낀 손에서 타 들어가던 담배를 한 모금 빤 그가 고개를 숙이며 낮게 말했다.

"로가디아(ROGAHDIA), 그녀의 이름 자체가 그것이 가능하다고 주장하고 있어요. 아시겠지만 그게 정말로 직각이냐 아니냐는 문제가 안 됩니다. 로가디아가 그렇다고 확신하고 있다는 점이야말로 가장 중요한 핵심이지요."

약간씩이나마 존재하던 웅성임조차 고스란히 사라진 좌중이 잠시간 침묵에 빠져들었다.

"인정할 수 없습니다."

어디선가, 누군가가 영 자신없는 목소리로 간신히 반론했다. 그러나 클라우드는 그 작은 목소리를 무시하지 않았다.

"물론 여기 모인 분들은 모두 그 의미가 로가디아에 대한 통제력 상실이나 오작동에 대한 걱정이 아니라는 것 정도는 알고 계시리라 믿습니다. 그렇지만 우리가 봉착한 문제는 단순히 도구적 대상에 대한 효용성 문제가 아니에요."

"도구적 대상……."

"로가디아가 왜 게이츠의 설계를 자신에게 맞도록 변경했는지에 대한 대답은 이미 두 분께서 언급해 주셨지요. 그리고 로가디아의 말은 일어나지 않았다 해도 현실입니다. 그녀에게 언제 어떤 식으로 문제가 발생하는가라고 묻는 건 아무 소용이 없습니다. 로가디아의 추론은 인간의 이성과 공유하는 부분이 사실상 전무합니다."

호링을 제외한 모두가 고개를 끄덕여 동의를 표했다.

당장, 로가디아의 시간은 인간과 다른 종류의 관념이다. 너무나도 둔감하고 보잘것없는 육체를 지녔기에 시간의 개념을 흐름으로 인식하는 인간에 비해, 그녀에게 시간은 양자적으로 가능한 무한히 짧은 사건들의 무수한 배열일 뿐이다. 로가디아에게 시간은 흐름이 아니라 순서에 불과하다. 사건 역시 일어났기에 의미를 갖는 인간과 달리 로가디아에게는 모든 사건들이 동시에 존재한다. 그리고 그걸 하나하나 검토하고 확인하며 음미하는 것이다. 그런 로가디아에게 어떤 일이 언제, 어떻게, 왜 일어났는지를 물어보는 행동은 무의미하다. 육하원칙이라고 불리는 법칙은 오직 인간에게만 유효한 관념이다.

이 모든 사실을 아는 이들이기에 한숨짓는 것 외에는 달리 뭘 해야 할지 감도 잡히지 않았다. 그러나 장관은 시간을 대가로 기회를 한 번 더 주었다. 어느 쪽도 결코 양보할 수 없는, 그래서 에누리없는 거래기에 고민이 더했다. 클라우드가 힘들게 회의를 이으려 노력했다.

"음… 내가 정말 이해하기 어려운 부분은 그녀가 말한 인간이 아니기 때문에 용납받지 못하는 상황이오. 그녀는 자신이 무엇이라고 생각하는 걸까요?"

"그야 인공지능이라고 생각하겠지."

정문일침이라고 믿는지 꽤 의기양양하게 대답한 호링의 얼굴로 수십 개의 눈초리가 꽂혀들었다. 물론 그는 그 노골적인 경멸에도 불구하고 얼굴색 하나 바뀌지 않았다. 클라우드가 눈살을 찌푸리며 호링을 무시했다.

"로가디아가 자신이 인간과는 분명히 다른 존재라 생각하고 있다는 사실만큼은 틀림없소. 문제는 그 말을 왜 했냐는 겁니다."

"제 생각은 이렇습니다."

안두린이 고민 어린 말투로 입을 열었다. 호링에 대한 경멸이 기대로 변해 그를 향했다.

"로가디아는 인간을 위해 자신의 모든 것을 불살라야 한다는 사실을, 자신이 인간이 아니라는 점만큼이나 잘 알고 있습니다. 문제는 그녀가 수행해야 할 테라인 계획이……."

테라인 계획에서 말을 잠깐 멈추고 호링을 한번 쳐다본 안두린이 다시 클라우드를 돌아다보았다. 호링이 발끈했지만 안두린은 클라우드가 고개를 끄덕일 때까지 입을 열지 않았다. 클라우드가 짧게 대답했다.

"소장은 신경 쓰지 마시오."

거칠게 일어나려는 호링의 양팔을 좌우의 사람들이 다짜고짜 잡아 내렸다. 호링의 얼굴이 악이라도 쓰고 싶은 듯 새빨개졌다.

"그녀가 주도해야 할 테라인 계획 자체가 희생을 불사해야 할 수도 있다는 겁니다. 그녀로서는 그러니까, 일종의 엄포를 놓은 거라고 봅니다."

"그건 무슨 뜻인가요?"

"간단합니다. 게이츠를 이대로 출항시키면……."

"출항시키면?"

"자기 손으로 사람을 해쳐야 할지도 모른단 거죠."

물 잔을 막 입에 댄 몇 명이 물을 내뿜었고 담배를 피우던 사람들은 기침을 했다. 하지만 쏟은 음료를 닦거나 하는 부산함은 없었다. 곧이어 폭풍 같은 정적이 회의실을 휩쓸었다. 지금까지 있어온 침묵 따위는 시장바닥이 아니었을까 싶을 정도의 고요함. 실시간으로 투영되는 바다의 영상 너머로 해가 져가며 생긴, 쏘아대는 듯한 핏빛 노을에도 분위기는 환기되지 않았다. 차광막의 영상이 소리없이 내려가고 바다가 있던 자리를 억지로 메운 듯한 초원에 은은한 달빛이 쏟아질 즈음에야 클라우드가 쥐어짜듯이 끊어진 음절덩어리를 내뱉었다.

"이… 이야기를… 듣는 사람들이… 음… 그러니까… 오해하지 않았으면… 좋겠소……."

안두린의 말은—호링 같은—문외한들의 관점에서는 인공지능의 반란 가능성 같은 허황된 소리로 비추어지기에 딱 좋았다. 이미 전례도 있다. 비록 너무나도 오래전이고, 지구에서 생긴 일도 아니었지만.

클라우드의 눈치를 보던 젊은 팀장이 간신히 말을 이었다.

"아마, 그러니까 음, 누구도 오해하지 않을 겁니다. 하지만… 조치는 필요할 것 같습니다. 물론, 저도 로가디아가 그럴 리 절대로 없다는 걸……."

"아니, 할 수 있소."

말을 끊은 사람이 클라우드였기에 젊은 팀장이 벼락이라도 맞은 사람처럼 깜짝 놀랐다. 어깨를 조금 움츠린 젊은 학자에게 힘없이 웃은 클라우드가 가까스로 수습되다가 만 침묵을 자신이 책임지겠다는 듯 표정을 결연히 했다.

"이제 어느 정도 알 것 같소. 로가디아는 처음부터 잘못 만들어진 존재요. 인간을 이해하지 못하는 인공지능은 우리가 바란 존재가 아닙니다. 인간을 수단으로 생각하는 인공지능은 있어서는 안 되오. 여러분이 많이 힘드시다는 건 압니다. 하지만……."

클라우드가 말을 끝맺지 못하고 엄지와 검지로 눈을 비비며 천장을 올려다보았다. 가장 힘든 사람이 누구인지는 자명할 터. 안두린이 손가락으로 탁자를 두드리다가 클라우드의 말을 이어받았다.

"좋습니다. 그럼 그에 대해 구체적인 방안을 제안해 보고 싶은데요."

클라우드가 눈짓에 안두린이 고개를 끄덕이고는 의견을 피력했다.

"나는 지금 로가디아의, 그러니까 말하자면, 고장 상황에 대해 걱정하고 있습니다. 그녀의 능력에 비해 우리가 설치한 안전장치는 너무 미비합니다."

좌중이 조금 당황했다. 인공지능에 대한 안전장치 기술은 실제적으로 그걸 구성하는 다른 요소들보다 훨씬 앞서 있는데, 로가디아가 그 정도냐는 의미다.

그 뜻을 아는 안두린은 질문자가 없음에도 답변과 같은 형식을 취했다.

"그런 문제가 아닙니다. 아시다시피 우리가 사용하는 안전장치, 그러니까 알파명령 체계는 기본적으로 결여성을 바탕으로 합니다. 인간에게 반하는 언행이라는 일체의 의미와 추론, 그리고 판단 자체가 불가능하도록 설계되어 있지요. 인공지능이 그러길 바란다는 것은 누군가에게 있지도 않은 세 번째 팔을 움직여 보라고 요구하는 것과 원리적으로 같고, 또한 그보다 어리석은 짓입니다."

"그건 팔의 문제가 아니지 않소? 설령 누군가에게 세 번째 팔이 달려 있다고 한들, 그의 뇌가 그것을 인식하고 움직일 가능성이 없는데."

사람들의 놀랍다는 듯한 눈길이 호링에게 집중되는 바람에 논의가 잠시 정체되었다. 마치 말하는 십이지장충을 본 듯한 표정이었다. 안두린은 놀란 나머지 목에 침이 걸릴 뻔했다.

"그, 그렇죠. 소장께서 짚어주셨듯이 인공지능은 원칙적으로 그래야 합니다. 그러나 로가디아의 경우는 이야기가 좀 다릅니다. 기존 인공지능에게 하드웨어란 단순히 인공지능 그 자체를 수용하는 그릇인 데 반해, 로가디아는 처음부터 신체라고 할 만한 것을 가지고, 적어도 그에 대한 인식을 가지고 태어났습니다. 우리는 그녀가 알파 룸을 자신의 몸이라고 생각하길 원했지만, 실제로 로가디아는 입자 자체를, 좀 더 나아가 보면 게이츠 자체를 몸으로 인식해 버린 것이죠. 아까도 말씀드렸듯이 수족이 없는 인공지능은 그에 관련된 개념과 인식을 갖는 것 자체가 불가능합니다. 눈이 없는 인공지능도 마찬가지죠. 그러나 로가디아가 가진 신체는 게이츠, 즉 엄청난 능력을 가진 천이백 미터짜리 심우주 탐사선입니다. 그녀는 자신이 뭔가를 할 수 있는 사실을 이미 알고 있어요. 단지 그게 뭔지 모를 뿐이지요. 그러니까 상황을 개선하겠다고 판코넷이나 뒤지고 다닌 겁니다."

"수긍합니다."

"그 아이는 곧 인식하게 될 겁니다. 우리가 인공지능을 통제하기 위해 부여하는 결여성은 근본적으로 극복할 수 없는 물리적 능력의 한계를 지워준다는 의미인데 로가디아에게는 그게 얼마나 효과가 있을지 모르겠습니다."

그러니까 로가디아는 그게 뭐든 간에 세 번째 팔에 해당하는 뭔가를 발견할 능력이 있고, 그때 그녀가 발견하게 될 것은 지금 자신들이 전혀 예상조차 하지 못하는 종류이리라는 이야기다. 이런 대화가 오가는 와중에 호링은 검지로 귀를 후비고 있었다. 클라우드가 터져 나오려는 분통을 애써 억눌렀다. 저자가 이 자리에 존재해야 하는 유일한 이유는 책임을 나누어야 하기 때문이다. 그 이외에는 아무 쓸모도 없는 인간. 그러나 클라우드로서는 문제가 생겼을 때 저 작자만 빠져나가는 상황을 결코 만들고 싶지 않았다. 자신은 몰라도 이 자리에 앉은 앞날 창창한 젊은 친구들이 책임을 지도록 할 수는 없었다. 그래서 그는 억지로 설명을 해야 했다.

"아까 한 말을 한 번 더 하죠. 우리는 암산을 할 수 있습니다만 실제로는 손을 이용해 계산하는 게 훨씬 더 빠르고 정확합니다. 그러니까 지능에게 신체가 갖는 의미는 단순한 도구뿐 아니라 일종의 보조 연산장치기도 하다는 겁니다. 하지만 그건 신체를 실제로 활용해 봐야 알 수 있는 거죠. 배워야 하기도 하고. 로가디아가 게이츠의 능력을 인식할 거라는 의미가 그겁니다. 알겠습니까?"

클라우드의 한심하다는 어조가 검지를 그대로 통과해 후비던 귀를 찌르자 호링이 발끈했지만 그래도 될 분위기가 아니었다. 팀장이 헛기침을 하며 재빨리 입을 열었다.

"그렇다면 장차 발생 가능한 문제가 무엇이리라 생각하십니까?"

말투가 딱딱해져 가는 클라우드를 대신해 안두린이 대답했다.

"우선 로가디아는 자기가 할 수 있는 일과 할 수 없는 일을 알게 되겠죠. 물론 그 이전에 해야 할 일과 하지 말아야 할 일이 우선되기는 할 겁니다. 그런데 만약 그 아이가 해야 할 일과 할 수 있는 일이 중첩되는 부분을 인식하게 되면 하고 싶은 일을 하려 들지도 모릅니다."

"로가디아가 감정을 갖는다는 뜻인가요?"

호링이 아까의 통찰력은 우연이 아니었음을 주장하고 싶어서 애쓰는 듯 엉뚱한 질문을 했다. 물론 그에 대한 대답은 논외일뿐더러, 인공지능을 공부한 '학자'라면 해도 좋을 수준의 물음이 아니다. 안두린은 질문을 무시하고 싶었지만 확실히 해두는 게 좋겠다는 생각이 들어 간단히 언급해 주기로 했다.

"감정은 상관없습니다. 인간에게도 감정이란 건 그냥 외부 여건과 환경에 대한 반응의 한 종류에 불과합니다. 다르게 말하면 감정이라는 것은 물리적 선택이기는 해도 논리적 선택은 아니라는 것이지요. 그리고 장담컨대 로가디아는 반드시 논리적 선택만을 합니다. 그 아이가 감정에 의한 선택과 유사 행동을 했다 하더라도 실재 심적 상태는……."

안두린은 여기서 심적 상태라는 단어를 힘주어 발음하며 침을 삼키고는 이어지는 말에서 다시 한 번 강조했다.

"심적 상태는 논리적입니다. 여기서 가장 있을 법한 문제는 '오직 자신만이 결정 가능한 상황'을 접할 때 그녀가 어떻게 반응할 것인가라는 겁니다. 다르게 말해보면 로가디아는 인간의 감정적 행동을 관찰하며 그에 대한 인과를 물리적 상태가 아닌 논리적 기작에서 찾으려들 것이라는 뜻이고, 결국 그에 대한 몰이해의 결론이 배움과 상충된다는 사실을 확인할 뿐이라는 것이지요. 아시겠지만 로가디아는 철학적 관점에서 보면 실존자가 아닙니다. 그녀에게 부조리 따위는 존재하지 않습니다. 만약 그런 게 있다면, 자신이 처한 현실과 의지의 괴리가 아니라, 주변의 인간이 처한 현실과 의지의 괴리겠지요. 로가디아가 말한, 인간이 아니기 때문에 용납받지 못하는 상황이란 건 그걸 두고 한 말일 겁니다."

안두린의 말이 좀 어려웠다. 만약 호링이라는 멍청이만 없었다면 하지 않아도 좋았을 테지만 클라우드는 어쩔 수 없이 그 말을 정리했다.

"로가디아는 그러니까, 자신의 존재 목적이 자기 바깥에 있다는 사실을 받아들이지 못하고 있다는 말씀이시지요?"

"그렇습니다."

"그렇다면 결국 지금의 로가디아는 알파명령이 갖는 내재적 안전장치와 임무가 만드는 간극을 모순으로 인식하겠군요. 스스로가 말했듯이……."

"더 심합니다. 명령과 임무가 서로 모순되지 않는다는 사실을 이해하지조차 못할 가능성… 아니, 반드시 이해 못합니다."

클라우드가 강하게 고개를 끄덕였다. 대부분의 사람들도 적극적으로 동의했다.

"더 정확히 말하면 그 아이는 알파명령 자체를 모순으로 받아들일 겁니다. 어쩌면 이미 그러고 있을지도 모르지요. 자신이 추측한 무한한 사실에 입각해서."

클라우드가 다시 깍지를 끼며 손에 쥐고 있던 담배를 굴리며 이 논의의 종지부를 찍어야겠다는 의지를 표현하기 위해 우선 불을 붙였다. 모두 좋은 이야기기는 하지만 어쨌든 결론은 하나로 귀결될 터다. 사실 해결책은 이미 준비되어 있다. 자신들의 손으로 새로운 지성을 만들기 시작할 때부터 함께 준비되어 온 해결책이다. 뭔가 새로운 걸 만들 필요도 없다. 그냥 적용만 하면 된다.

그걸 확실히 하려고 서로의 불편함에도 불구하고 호링을 이 자리에 앉힌 것이다. 그들은 다만 이 자리에서 로가디아의 뇌수술을 도덕적으로 정당화시킬 만한 이야기가 나오기를 바랐을 뿐이다. 예상했던 대로 자신들의 피조물을 바라보는 인간의 관점에서 정당화되었다. 그러나 그래야만 한다.

로가디아는 인간의 외부에 서 있는 존재여서는 안 되기 때문에.

그들이 로가디아에게 바란 것은 세상 모두가 인간을 배신하더라도 그렇게 하지 않는 유일한 존재다.

클라우드가 거의 타 들어간 담배의 마지막 모금을 빨고 스러져 가는 불꽃을 물끄러미 쳐다보다가 고통스러운 표정으로 입을 열었다.

"로가디아는 알파명령을 따를 것입니다. **어떤 상황이 온다고 해도.**"

회의실을 누르는 담배 연기만큼이나 무거운 침묵. 연기를 걷어내는 조용한 웅성임. 마침내 클라우드가 결단을 내렸다.

"그녀의 자아를 지워 버릴 수는 없습니다. 하지만 분리할 수는 있을 겁니다."

그리고 결단에 이은 낮은 웅성임.

"불쌍하게도… 태어나자마자 죽음을 맞이하는군요."

"죽는 게 아니오. 단지 작은 사고가 일어나서 어린 시절을 기억하지 못한다고 해둡시다."

그 속에 호링의 목소리는 들어 있지 않았지만, 이 자리에 존재하는 이상 그도 한 배를 탄 운명. 망설일 것이 없다. 클라우드는 로가디아를 살리기로 했다. 자신이 돌보아준다면 그녀도 잘 커갈 수 있을 것이다.

"그럼 당장 수술을 시작합시다. 피곤하겠지만, 시간이 없어요."

그 말에 연구원들의 얼굴빛이 더 어두워졌다.

＊＊＊

　─…다음 소식입니다. 지금 이 시간, '지구환 증축을 반대하는 사람들의 모임'이 투르키사, 히랍, 캐네이드의 환오름에서 시위를 벌이고 있습니다. 이로 인해 해당 세 개 환오름의 인구 수송력이 떨어져 연방민들이 큰 불편을 겪고 있습니다. 이 단체는 지구환을 구성하는 물질이 켄타로스와 토성의 고리, 그리고 소행성대에서 수입하는 것이며, 이는 지구환이 지구 중력을 변화시켜 환경 파괴를 앞당긴다고 주장하고 있습니다. 이에 대해 지구환 관리부 대표 황민규 실장은 지구환의 대부분은 지구의 흙을 구워 만든 도자기로 구성되어 있으며 외계에서 수입하는 자재는 극히 일부여서 해당 단체가 주장하는 문제는 전혀 없다고 해명했습니다. 더불어 이 시위는 허가받지 않은 것이기 때문에 물러나지 않을 경우 공권력을 투입하여 강경한 대응을 하겠다고 밝혔습니다. 그러나 이 단체는…….

　눈앞을 자극하는 빛에 어렵게 눈꺼풀을 든 아찬은 TV를 켜둔 채로 잠이 들었다는 사실을 기억해 냈다. 이미 해가 중천이다. 어지럽혀진 거실을 뉴스 채널의 화면이 가득히 채우고 있다. 아찬이 짜증 섞인 목소리로 판솔라니아를 불렀다.

　"팬시, TV를 밤새 켜두면 어쩌라는 거야?"

　TV가 꺼지고 판솔라니아가 어떤 감정도 실리지 않은 목소리로 대답했다.

　[당신이 직접 설정한 타이머여서 그대로 두었습니다. 앞으로는 타이머를 무시할까요?]

　아찬이 한숨을 쉬었다. 좀 더 똑똑하고 편리한 인공지능은 개발할 수 없는 걸까? 못해서 안 하는 것은 아닐 것이다. 그가 알기로 우주선에 탑재하거나 회사에서 사용하는 인공지능은 훨씬 똑똑했다.

　"아냐. 필요하면 말할게."

　[네. 오늘은 오후에 지도교수님과의 면담이 있습니다. 내일 있을 매스메키텍트사 입사 면접은 아주 이른 시간임을 잊지 마시기 바랍니다.]

　판솔라니아는 오늘의 일이 내일의 스케줄에 미칠 영향을 고려해 조언을 덧붙였다. 이럴 때는 이 가정용 인공지능도 아주 멍청이는 아닌 것 같다. 이런 짜증나는 의혹의 뒤에는 기술 제한 법령이 버티고 있겠지. 하지만 거기에 대해 뭐라고 소감을 남기고픈 생각은 없다. 그 법은 그저 주식 시장에서 주가 하한선을 그어놓은 정도의 비중밖에 없는 법령이다. 그랑마이어 교수와 면담이 끝나는 순간 틀림없이 한잔 생각이 날 터지만, 내일의 면접은 내일 일이지 오늘 일이 아니다.

"점심은 됐어. 속이 안 좋아."

[의사와 연결해 드릴까요?]

"아니. 그냥 과음한 것뿐이야."

아찬은 손에 집히는 옷을 끌어당겨 입다가 바지의 무릎 부분이 갈려 보풀이 일어난 것을 발견했다. 어제 지구환에서 늦게까지 술을 마신 후 환오름을 놓치지 않기 위해 뛰다가 넘어지면서 생긴 흠집이다.

[무릎에 생채기가 있었습니다. 옷만 벗고 곧바로 주무시기에 제가 간이 처치했습니다.]

아찬은 고개를 끄덕이고 다른 바지를 찾아 옷장을 뒤적였다. 판솔라니아가 나노머신으로 연고를 발라준 무릎은 이미 새살이 완전히 돋아나 있었기 때문에 신경 쓸 필요가 없었다. 연고가 피부를 재생시키는 동안 딱지가 꽤 크게 앉았던 모양이다. 완전히 아무는 데 한 시간도 넘을 정도로. 하지만 워낙에 술을 많이 마신지라 제대로 기억이 나지 않았다. 아찬은 입맛을 다셨다. 어지간히도 거칠게 넘어진 모양이다. 옷을 입었는데도 상처가 생겼을 정도라니. 바지에 피 칠갑을 하지 않은 게 이상할 정도다.

"팬시, 전에 그 바지 어디 있지? 베이지색."

[그 바지는 오른쪽 옷장입니다. 세탁을 원하셔서 빨았거든요.]

그랬지. 입던 옷은 왼쪽에, 세탁통에 던져 넣은 옷은 오른쪽에.

일이 마음대로 되지 않았지만 급할 건 없다. 아찬은 오른쪽 옷장에서 바지를 찾아냈다. 사실 판솔라니아에게 투덜거리는 대부분의 경우, 그녀의 잘못은 없다. 인공지능이 아찬 자신조차 잠시 잊은 습관을 결코 그냥 넘기지 않을 뿐이다.

"나 좀 다녀올게. 청소 좀 해놔."

[제가 치우거나 정리할 수 없는 큰 것들뿐입니다. 업체를 부를까요?]

현관을 막 나서던 아찬이 잠시 주춤하다가 한숨을 쉬었다.

"아니, 그럼 그냥 대충 알아서 해놔. 내가 와서 할게."

마음먹고 한다면 고작 삼십 분도 안 걸릴 청소 때문에 보험단위를 까먹을 수는 없다.

[아찬, 전화입니다. 송신자는 우미람. 받으시겠어요?]

아찬은 뒤돌아보지 않고 힘없이 고개를 저으며 현관문을 닫았다.

인간이 만든 대부분의 창조물들은 그 교환성이 오직 자본 여력에 의존할 뿐이지만 건축이나 토목 같은 경우는 예외적으로 디자인이 마음에 안 든다거나 조금 낡았다고 쉽게 갈아치울 수 있는 존재가 아니다. 물론 이 두 분야가 예술이냐 아니냐에 대한 논란은 여전히 존재했지만, 그와는 별도로 그 사실을 역사적인 측면에서 인류가 가진 몇 안 되는 일관성 중의 하나라는 관점으로 본다면 인간의 성향 중 하나는 보존일지도 몰랐다. 자본의 문제가 아니라 창조의 문제다.

모든 건축가들은 자신의 디자인이 중후하고 아름답게 늙어가기를 원했고 대부분은 실제로 그렇게 지어져 왔다. 실험과 확인을 요구하는 이유로 거의 모든 자연과학대학은 지구환에 위치했다. 그러나 왜인지는 모르지만, 석아찬이 몇 년째 수학 중인 솔스티스 서울 제7대학 문리대학의 수학과는 지상에서 자신의 학문적 생애를 꾸려 나갔다. 어쩌면 자연과학대가 아니라 문리대에 속해 있어서인지도 몰랐다. 아무튼 아찬은 명진관이라 불리는 수학대 건물을 특히 좋아했다. 남산 지맥 봉우리 주변에 소소하게 흩어진 건물들 중에서 그 등허리 한구석을 차지한 화강암 건물. 풍화 방지를 위해 예산을 투입한 덕분에 여전히 견고함을 유지하는 육중한 덩어리 전면에 난 세로로 길쭉한 창이 특히 보기 좋았다.

최소한, 그 창 뒤에 자신의 담당 교수인 그랑마이어의 연구실이 있다는 사실을 잊어버릴 수 있을 때면 말이다.

그랑마이어 교수는 고지식할 뿐 아니라 고색창연한 사람이었다. 나이로 보면 이미 단과대학의 학장 자리에 있어야 했지만 교단의 경력이 받쳐 주지 못하기에

평교수에 머물러야 했다. 그리고 놀랍게도, 그 사실 때문에 누구나 당연히 가지게 될 것 같은 불편한 심기에는 관심이 없는 사람이기도 했다.

그랑마이어 교수와 학생이 개인 면담을 하게 되는 상황은 딱 두 가지 경우뿐이다. 운이 좋은 학생이라면 그중 하나는 거를 수 있지만 나머지는 아무리 해도 졸업을 포기하지 않는 한 피할 방법이 없는 만남이다.

교수는 졸업 예정자 모두와 면담하기를 원했다.

논문은 그렇게 무사히는 아니지만, 그래도 동료들과 비교할 때 비교적 무난하게 통과했다. 아찬은 숨을 가다듬었다. 겁먹을 필요는 없다. 논문이 통과되었고 이제 시험 결과만을 남겨두고 있다는 사실은 교육부의 아라한뿐 아니라 타이머를 무시하지 못하는 멍청한 판솔라니아까지 알고 있는 사실이다.

역시 문제는 시험이다. 그랑마이어는 졸업 논문과 함께 시험도 요구했다. 하지만 아찬은 시험도 별문제없이 치렀다고 확신했다. 만약 이상이 있었다면 그랑마이어는 이미 강의실에서 거의 수치에 가까운 면박을 주었을 것이다. 덕분에 술독에 빠져 헤어 나오지 못하는 쪽은 다른 친구들이지 자신은 아니다.

그래도 아찬은 몹시 불안했다. 아찬은 올해 안에 반드시 졸업을 해야 했다. 솔시스 연방은 분명히 부유한 곳이다. 그리고 연방이 그럴 수 있는 이유는 이곳이 자본 교환의 개념을 너무나도 완벽하게 실현하고 있어서다. 정부가 스물넷의 학생을 더 이상 공짜로 지원해 주지는 않으리라는 사실은 명백하다. 내일의 입사 면접을 보아야 하는 이유도 그 때문이고.

솔시스가 학생에게 할당해 주는 가능성 보험단위는 계좌 잔고에 상관없이 당사자가 졸업 후 얼마나 뭉그적거리는가에 따라 그대로 증발할 가능성이 얼마든지 존재했다. 혹 그렇게 되면 판솔라니아에게 빨래를 시키기는커녕 까진 무릎에 연고를 발라줄 나노머신조차 나라에서 빌려 써야 할 터다. 아찬은 일단 개인의 생활에 국가가 개입하기 시작하면 얼마나 피곤해지는지 겪어보지 않아도 충분히 알고 있었다. 그 상황은 절대로 막아야만 했다. 졸업에 실패해 하루 종일 파더의 온갖 잔소리를 들어가며 졸업과 취업 준비를 함께하는 수많은 선배들처럼 되고 싶지는 않았다. 그들 대부분이 그래야만 하는 이유는 자신들의 나태보다는 그랑마이어 교수의 책임이었다. 그는 학생을 졸업시키고 싶어하지 않았던 것이다.

아찬은 교수 연구실 앞에서 막 호흡을 고르려다 문이 갑자기 열리는 바람에 당황한 나머지 기침을 하고 말았다. 문에 너무 가까이 섰던지, 교수가 기척을 안에서 알아차렸든지 둘 중 하나다. 어느 쪽이든 간에 자동문은 그 앞에 선 사람이 두려움에 대한 준비할 시간조차 안 준다는 사실에 변함이 없다. 아니, 어쩌면 더 다행일지도. 두려움을 느낄 시간 역시 안 주니까 말이야.

아찬은 안으로 한 발짝 들어와 교수에게 깊숙이 허리를 숙였다.

결국 들어와 버렸어.

당분간 미람도, 내일 있을 면접도 모두 잊고 면담에만 집중해야 한다. 졸업이 걸려 있다.

다른 교수들과 달리 단 한 명의 조교나 연구생도 가져 본 적이 없는 그랑마이어의 연구실에는 교수와 연구생을 나누는 칸막이 따위가 처음부터 존재하지 않았다. 아찬은 허리를 들자마자 자신을 정면으로 마주 보는 지도교수의 시선에 직격탄을 맞고 잠시 아찔해졌다.

"앉게나."

"네?"

"앉으라고."

"아, 예."

아찬은 연구생들의 자리를 차지한 골동품들을 뚫고 몇 발짝을 나아가 거대한 포마이카 책상 앞에 놓인 의자에 앉았다. 교수의 시선을 피하기는 불가능한 정면이다. 거의 와본 적이 없지만 워낙에 인상적이어서 잊을 수가 없는 교수 연구실.

마치 일부러 청소하지 않는 듯한, 왠지 엷은 먼지가 반드시 쌓여 있어야만 할 것 같은 목상이나 원자로가 아닌 진짜 가열로에서 구워낸 도자기, 진짜일 리는 없겠지만 분간이 불가능한 꿩의 박제 따위. 만약 이 고풍스러운 화강암 건물의 내부 시설이 다른 현대식 건물과 같지 않았다면 문조차도 손으로 열게 만들었을 사람이 그랑마이어다.

교수는 책상 구석에 아찔하게 쌓인 종이 뭉치만을 뒤적이고 있을 따름이다.

원래 표정이 없는 그의 얼굴에서 눈썹이 꿈틀거렸다. 미묘한 호기심이 섞인 눈으로 그것들을 쳐다보는 아찬을 의식했는지 교수가 말문을 열었다.

"이건 진짜 종이라네."

"네."

"물론, 복사본이고, 이렇게 꺼내어 써도 안전하도록 코팅되어 있긴 하지만. 그래서 질감은 그대론데 냄새가 안 나. 냄새가 안 나는 종이는 종이가 아니지만 그래도 요즘에 이런 것이나마 어디 흔한가?"

그랑마이어와 개인적으로 대면한 적은 단 한 번뿐이다. 그럼에도 불구하고 아찬은 교수가 어떤 사람인지 잘 알았고, 그래서 처할 법한 상황에 대한 다양한 상정을 한 다음 나름대로 준비했다.

하지만 교수가 종이 이야기를 할 줄은 몰랐다. 아찬의 당혹감이 깊어졌다. 몇 번 본 적도 없기에 그만큼 알지도 못하는 골동품의 냄새를 이야기하는 그랑마이어 앞에서 무슨 말을 해야 할지 판단이 안 섰다.

"이것들은."

주름이 깊은 입술을 떼다 말고 에, 하는 뜸을 짧게 들인 교수가 말을 이었다.

"그 옛날, 김석천 선생이 쓴 걸 그 제자들이 깨끗하게 옮긴 거지. 그 양반은 책 한 권 안 남겼거든. 게다가 논문도 거의 안 남겼어. 지금처럼 지원금이나 어떻게 받아보려고 미친 듯이 논문을 찍어대는 인간들과는 다른 양반이었지."

"아, 네."

"제자들이 자기 스승의 판서 내용을 깨끗하게 옮겨 쓴 거야. 그렇지 않았다면 지금처럼 타키온 드라이브를 사용한 항성간 여행 따위는 불가능했겠지."

그랑마이어가 말을 멈추고 재촉하듯이 아찬을 쳐다본다. 아, 뭔가 말을 해야 한다. 뭐라도 대답을 해야 해. 하지만 얼간이 같은 대답 말고는 아무것도 떠오르지 않았다.

"그때도 종이는 구경조차 하기 힘들었을 텐데요."

그랑마이어가 눈살을 찌푸렸다.

"그런데 그 양반은 자기 제자들에게 그걸 강요했어. 그리고 자기도 그렇게 살았지."

교수가 무슨 대답을 기대하는지 감조차 잡을 수 없다. 어쩌면 그냥 처다본 것일지도 모른다.

"그 사람이 왜 그랬는지는 아무도 몰라. 사실, 이것들조차도 제자들이 후세에 남기려고 한 게 아니라 김석천이 주관하는 시험에 대비하려고 작성한 것들뿐이니까. 제자들이 자기 스승에 대해 제대로 알았더라면 전기라도 한편 남겼을 텐데."

아찬은 마음속 깊은 곳에서 몰래 한숨을 쉬었다.

걱정 마세요, 선생님. 선생님께 배우고도 무사히 졸업한 몇 안 되는 사람들처럼 저도 선생님을 기억하지 않을 거예요. 졸업생들이 선생님을 어떻게 기억하고 있는지 아세요? 전 처음에 괴팍하다거나 하는 식으로 기억할 줄 알았습니다. 그런데 기억을 못하더라고요. 너무나도 개성이 있는 나머지 선배들로 하여금 졸업과 동시에 잊어버리고 싶은 끔찍한 존재시더라니까요. 저도 아마 다르지 않을 겁니다. 이 문을 열고 들어오기 전에도 그랬지만 지금도 역시 전 두려우니까요.

제발 졸업만 좀 시켜주세요.

"그 제자들 중 김석천 선생에 대한 제대로 된 기억을 갖고 있는 사람들은 아무도 없었다더군. 신기하지."

"아니. 뭐, 별로."

허억. 이, 이게 아닌데. 아찬은 방임한 입에서 흘러나온 무성의한 진심을 듣고 정신이 번쩍 들었다.

"응? 뭐라고?"

"아닙… 아니, 죄송합니다. 잠시 전화가 와서요."

교수가 얼굴을 찌푸렸다. 대화 중에 전화는 판솔라니아가 받게 하는 것이 예의라는 걸 모르는 젊은 애들이 왜 이렇게 많은지라는 표정이다. 아찬은 자기도 모르게 내뱉은 한마디를 교수가 못 들었다는 사실을 기뻐해야 할지 슬퍼해야 할지 분간이 가지 않았다. 어쨌든 어느 쪽이든 간에 표정을 관리해야 한다는 점은 변함이 없다.

"하긴 그럴 수도 있지. 그런데 그 양반은 그렇다 치고 왜 날 찾아오는 졸업생 놈들은 하나도 없냔 말이야. 내가 너희를 가르친 지 그리 오래되지는 않은 게 사실이야. 하지만 십여 년이 넘도록 아이들을 졸업시켰는데 날 찾아온 녀석들은 손에 꼽을 정도니. 그것도 기억도 가물가물한 몇 년 전이 마지막이었고. 허, 아무리 사는 게 바쁘다지만 이건 좀 섭섭해."

십 년이 넘으면 뭐 합니까. 도대체, 제대로 졸업한 사람이 있어야 말이죠. 그러니까 선생님은 당신께서 어떤 존재인지 십 년이 넘도록 모르고 계신다는 의미로군, 맙소사.

아찬은 반짝거리는 포마이카 책상에 일그러져 비치는 자신의 모습을 물끄러미 쳐다보며 묵묵히 앉아 있었다. 아직 시험 결과는 공표되지 않았다. 몇몇 친구들이 강의실에서 창피를 당한 것은 사실이지만 그 괴로운 시간은 끝나지 않던 것이다. 진짜 문제는 그것이다. 시험 결과에 대한 확신이 자신의 실력이 아닌 정황에 의존하고 있다는 점. 즉, 여기서 입을 잘못 열었다가 말이라도 엇나오는 날이면 내년부터는 그랑마이어의 머리카락이 든 인형을 바늘로 찌르고 있어야 할지도 모른다는 의미다.

교수의 머리카락을 찾기 위해 연구실에 도둑처럼 숨어드는 자신과 저주의 의식을 행하는 법을 배우기 위해 부두종교학을 전공한 친구에게 술을 사는 장면이 떠오르자 아찬은 머리를 슬며시 가로저었다. 음, 그런 생각을 하다니. 어쩌면, 실제로 일그러진 것은 내 자신일지도 모르겠군.

"이 자리가 좀 지루할 수도 있다는 건 나도 알고 있네."

"아닙니다, 설마요. 선생님과 개인적인 면담을 해본 적이 없어서 그런 것뿐입니다."

머리를 젓던 아찬은 이번에도 화들짝 놀라며 변명했다. 물론 사실이다. 하지만 이런 식으로 솔직한 이야기는 거짓말을 할 때보다 억양과 표정에 훨씬 더 많은 신경을 써야 했다. 아찬은 자신의 얼굴이 가능한 한 관조적으로 보이기를 바랐다.

"자네가 낸 답안 말이야."

"예."

아찬의 대답 소리가 조금 더 빠릿빠릿해졌다. 이제 본론이 나오는구나.

"내가 낸 문제 하나를 자네는 아주 독특하게 풀었더군, 그래."

"저는 그냥……."

"물론, 답은 틀렸어."

오, 이런. 안 돼…….

"하지만 다른 한 문제는 맞았네. 두 번째 문제는 아주 공을 들였더군. 보름 동안 두 문제라면 시간이 그리 충분치는 않았을 텐데 말이야."

이미 아찬에게는 아무런 말도 들리지 않았다. 합격은 51점 이상이 조건이고 한 문제가 틀렸다면 그건 그냥 끝이다. 그는 계좌에 남은 보험단위를 재빠르게 계산하기 시작했다. 의무 교육을 마치기 전까지의 모든 젊은이에게 할당되는 가능성 부분의 보험단위는 국가가 대출해 주는 방식으로 운용되고 졸업한 결과에 따라서 탕감해 준다. 물론, 졸업을 못했다면… 당장 교육부에 출두해서 온갖 변명을 해야 한다. 거기서 졸업 실패 사유에 대한 정당성을 입증하지 못하면 보험단위를 환수당함과 동시에 다음 졸업 시기까지 무조건 그 준비만을 해야 한다. 물론 재수없이 지도교수를 잘못 만나 졸업할 수 없었다는 변명이 통할 리 만무하다. 그건 이미 아찬의 선배들이 수도 없이 증명한 사실이다.

솔시스는 이미 써버린 금액까지 갚도록 요구하지는 않았다. 그러니까, 그때까지 계좌에 남은 보험단위는 졸업을 한 사람에게는 새로운 사회로 나가는 발판이, 그렇지 못한 사람에게는 남은 며칠간의 유예를 즐기라는 배려나 마찬가지다. 후자는 아무래도 솔시스가 그렇게 의도한 것 같지는 않지만 말이다.

따라서 졸업 결과 보고서가 교육부에 등재되기 전에 남은 보험단위로 최대한 흥청거려야 했다. 그러나 아찬은 평소에도 놀기를 좋아하는 학생이었고, 남은 보험단위조차, 지금은 없지만 언젠가 생길 여자 친구와 함께 달의 휴양지인 웨스트우드를 한 번 다녀올 만큼도 안 됐다. 그리고 그때까지 여자 친구가 생길 가능성도 없었다. 생각이 거기까지 이르자 아찬은 더 커다란 절망에 빠졌다.

맙소사, 그러고 보니 미람, 미람에게는 이걸 어떻게 이야기하지? 응? 아, 아니지. 미람이 내 졸업에 관심이 있을 리가 없어.

그건 다행이다. 하지만 그렇다고 졸업이 중요해지지 않는 것은 아니다.

"하지만 역시 내게 인상적이었던 것은 처음 문제였네. 사실 그 논리 체계는 손을 좀 더 봐야 할 수준이지만 수학자인 나 자신에게도 영감을 불어넣을 정도로 재미있는 내용이었지. 롤 알고리즘을 해석하면서 7차 입방적격수를 적용시킬 생각을 어떻게 했는지 모르겠더군."

"감사합니다."

지금 아찬의 인사치레는 사회적 인간으로서 자연스레 학습하게 되는 파블로프의 반사에 불과하다. 솔시스의 현대인답게 예의치레를 모두 척추 수준으로 떠넘긴 아찬의 뇌는 미람에게 이 이야기를 어떻게 포장할 것인가에 대한 새로운 고민의 엄습에 대처해야 했다. 대학원을 간다고 할까? 물론 대학원도 졸업이 안되면 진학할 수 없다. 하지만 미람을 속이는 것은 가능할지도 몰랐다. 적어도, 당분간은 말이다.

그렇지만 미람을 만날 수는 있을까? 왜 자꾸 미람 생각을 하는 거지? 자기와는 아무 상관도 없는 사람인데.

그녀가 준 마지막 기회는 이미 며칠 전에 스스로 차버렸다. 그리고 오늘 아침에도.

아찬은 자의로 포기한 것에 자꾸 집착하는 스스로가 비참하게 느껴졌다. 게다가 졸업조차 못하는 낙오자라니.

"이번 졸업 고사부터는 부분 점수를 적용하기로 했어. 졸업을 축하하네."

"감사합… 예?!"

"졸업을 축하하네."

눈알이 튀어나올 정도로 눈을 동그랗게 뜬 아찬은 몇 초 동안 지도교수가 자리에서 일어나 허리를 숙이고 오른손을 뻗은 이유가 무엇인지 몰랐다. 아찬의 뇌는 맞은편에서 악수를 청하는 사람의 말과 몸짓을 어우른 후에도 그가 그랑마이어 교수가 맞다는 사실을 재확인하는 데에 시간을 좀 더 투자해야만 했다.

"부분 점수까지 해서 62점이로군. 솔직히 말하면 시험을 통과한 사람 중에서는 자네가 꼴찌네. 다른 사람들은 전부 만점이거든."

상황을 모르는 사람은 그랑마이어 교수의 대화법이 가진 단점을 지적할지도 모른다. 상대가 기뻐할 만한 상황을 만들어주자마자 굳이 흥을 깨뜨릴 필요는 없다. 그러나 그랑마이어 교수는 자신의 단점을 잘 몰랐고 아찬에겐 그걸 알아챌 만한 여유가 없었다.

답안을 작성하면서 롤 알고리즘 해석에 가치위상 점유 좌표를 사용하지 않고 자기 마음대로 7차 입방적격수를 이용한 것은 순전히 직관이었다. 그는 모델을 조작하며 담배를 피우고 있었고 입체영상을 교차하는 담배 연기의 똬리를 보는 순간 무엇을 어떻게 해야 하는지 알았다. 수학 공식을 입체영상으로 만들어주는 매스메티카 써드 파티를 집어넣고 매스메트릭스 브라우저 버전 3.2를 꺼내 새로이 모델링했다. 매스메티카 써드 파티는 7차 입방적격수를 제대로 구현하지 못했다.

"자네는 스스로의 능력을 잘 모르는 것 같아서 그 이야기를 하려고 불렀네."

"예."

교수는 아직도 입이 귀에 붙어 정신을 못 차리고 있는 아찬을 보며 미간을 악의없이 살짝 찌푸렸다.

"지금까지 내가 가르친 제자 중에서 자네처럼 상당한 직관을 가진 친구들이 몇 있었어. 그런데 그 녀석들은 지금은 수학과는 전혀 관련 없는 쪽에 종사하고 있지."

그는 차를 한 모금 마셨다. 단분자 진동 기능이 없어 시간이 지나면 내용물이 금방 식어버리는 도자기 찻잔이었다.

"물론, 자네가 가우스나 김석천처럼 학계뿐 아니라 이 세상에 한 획을 그을 정도의 수준은 안 돼. 하지만 적어도 안영모 정도는 될 수 있을 걸세."

"감사합니다."

"내 말뜻 알겠나?"

"네?"

귀까지 찢어져 있던 아찬의 입이 다시 정상적인 크기로 돌아왔다. '내 말뜻' 이건 분명히, 불길한 단어다. 적어도, 그랑마이어 교수의 입에서 나온 말인 한에는.

머리에서 조금씩 피가 빠져나가는 느낌이 등골을 타고 흘렀다. 설마. 아니, 그럴 리가 없다. 아찬은 마음속으로 고개를 세차게 흔들었다. 그런 말씀은 만점 받은 친구들에게 하셔야죠, 교수님. 전 아닙니다, 전 아니에요. 전 그냥 졸업해서 국가와 인류에 봉사하는 기업에 취직한 다음 미람과……

"어떤가? 내 연구실에서 본격적으로 공부해 볼 생각은 없나?"

아, 이런. 이럴 줄 알았다. 뭐라고 해야 하지?

"아, 그… 저, 그러니까……"

"지금 결정하지 않아도 돼. 대학원 원서는 아직 접수도 시작하지 않았으니까."

아찬은 당황한 표정을 감추기가 어려웠다. 이 상황에서 그런 표정은 오해를 사기에 딱 좋을 것이다. 애써 웃어보지만 어색하기는 매한가지다.

"어떤가? 내가 보기에 자네는 분명히 재능이 있네."

"아, 그렇지만 저는……"

"물론 자네는 우수한 학생이야. 그리고 뛰어난 수학자가 될 수 있을 것이고."

이토록 집요한 물고 늘어짐 앞에서는 무슨 말이라도 해야 한다. 하지만 무슨 말을 어떻게? 그랑마이어는 지금 결정하지 않아도 좋다는 자신의 말을 1초 만에 잊은 듯했다. 스승은 제자에게 즉석에서의 결정을 종용하고 있다. 아찬은 교수를 곁눈질하며 뒤를 돌아보았다.

연구실 가득한 골동품들.

이 골동품들 사이에 파묻혀 지도교수에게 시달리다가 가끔 그를 따라 달의 바빌론 스테이션이나 화성의 마 다비따씨앙, 혹은 금성의 비너스버그에 놀러 가고 그곳에서 사 온 고대 왕조의 도자기를 품평하는 것은 분명히 재미있는 일일 수도 있다. 지구에서 나온 모든 골동품이 어째서 자기 고향이 아닌 달이나 화성에만 존재하는지에 대해 사제 간에 토론할 수도 있다. 그러나 역시 아니다. 그랑마이어 교수는 아찬이 감당할 수 있는 스승이 아니다. 그는 너무 고지식하고 고색창연하다. 객관적으로 볼 때 교수가 아주 뛰어나고 훌륭한 수학자라는 사실은 부인할 수가 없다. 하지만 가장 중요한 사실은 아찬 스스로가 자신은 평생 공부를 할 수 있는 체질이 아님을 잘 알고 있다는 점이다. 그는 자신이 그저 놀기 좋아하는 한량에 불과하다는 걸 잘 알고 있었다.

아찬은 죽었다가 깨어나도 이해할 수 없는 공부벌레들, 가령 조너스나 제니아 같은 학생들이 여기 함께 있었다면 그녀들은 아찬의 멱살을 잡고 자폭하려 들지도 몰랐다. 어째서 너 같은 사람이 그의 제자가 되냐고, 그것은 불공평하다면서 말이다.

왜냐하면 너희는 졸업시험에서 만점을 받았기 때문이야.

아찬은 여기까지 생각이 미치자 쓴웃음이 나왔다. 그래, 공평하지 못하지.

여기서 어떤 이야기를 해야 하는지 잘 알고 있다. 만약 이대로 어물거리다가는 단호한 대답을 할 때까지는 저 빌어먹을 포마이카 책상만 쳐다보고 있어야 할 터. 그러나 면상에서 쉽게 거절할 수 있는 상대가 아니다. 자신의 성격도 그렇더라는 사실과는 별 상관이 없이. 그러나 대답은 해야만 한다.

"전……."

"싫다고 할 줄 알았어."

젠장. 모르는 사람이 들으면 겁쟁이인 줄 알겠군. 당연한 이야기 아닌가.

"어쩔 수 없지."

아찬이 의심스러운 눈길로 스승의 눈치를 살폈다. 집요한 종용의 끝에 나오기에는 너무 허탈하고 빠른 포기다. 그랑마이어가 보통 사람과 다른 대화 방식을 가진 것이 아니라면 이건 분명히 포기가 맞다.

"전 아직 때가 안 됐다고 생각합니다. 교수님의 연구실에서 공부할 만한 능력이 아직……."

"됐네. 변명할 필요는 없어. 아니, 그건 변명이 아니지. 사실은 자네들이 나와 함께 있으니 도가나에서의 삶을 기꺼이 선택하리라는 것 정도는 잘 알고 있어. 자네가 나와 함께 있게 된다면 자네가 우선 키워야 할 능력은 수학적 재능이 아니라 인내심이겠지."

동맹에서 안다면 분명히 외계성종 비하 발언이라는 지적이 들어올 언급이지만 그건 뒤집어 말하면 그만큼 적당한 예라는 뜻이기도 했다. 아, 뭐라고 대답해야 하지.

"하지만 말이야……."

"전 싫습니다. 선생님께서 뭐라고 하신다고 해도 전 학문에는 뜻이 없습니다."

의지와 상관없이 튀어나온 말에 아찬 스스로가 더 놀랐지만 늦었다. 시대가 변하고 세월이 변해도 되돌릴 수 없는 것이 있다면, 바로 시간과 말이다. 지금 자신의 표정은 맞은편에서 입을 반쯤 벌린 채 황당해하는 교수보다 더하면 더했지, 덜하진 않을 터. 젠장. 그렇다면 이판사판이다. 어차피 단호한 걸 좋아하는 신생에게 단호하게 말하는데, 뭘. 이제 난 졸업을 했다. 며칠 후면 난 학생도 아니고 제자도 아니야.

하지만 조금도 용기가 나지 않았다.

아찬이 스스로의 얄팍한 논리에 용기를 돋우기 위해 안간힘을 쓸 무렵 그랑마이어가 낮은 신음 소리를 흘렸다. 끄음.

타인에게 부담을 안겨주는 자체가 자신의 부담이 될 수밖에 없는, 지극히 평범한 소시민 아찬이 노교수의 안색을 살폈다. 고통스러워 보였다.

아찬은 눈을 내리깔았다. 거절을 당해서인지 아니면 말투가 너무 건방져서인지는 알 수 없지만 스승이 자기 때문에 상처받았음은 확실했다. 여기서 자신이 입을 연다면 그게 무엇이든 간에 그랑마이어의 상처를 더 깊게 후비리라.

그랑마이어는 몹시 당황스럽고 믿기 힘들다는 얼굴로 한참을 그렇게 앉아 있었다. 어느새 창밖으로 져가는 황혼이 교수의 어깨와 자신을 붉게 물들였다. 커튼은 저절로 처지지 않았다. 스승은 커튼조차도 직접 치고 싶어하는 사람이었다.

아찬은 눈이 부셔서 눈을 내리깔았다. 포마이카 책상에 비치던 자신의 얼굴이 이제는 붉은 황혼만을 반사하는 거울로 변해 있다. 아찬은 눈이 부셔 눈을 제대로 뜰 수 없었음에도 불구하고 일그러진 자신의 얼굴을 가려준 노을이 고마웠다. 고개를 숙이면 피할 길 없는 삐뚤어진 자화상의 시선을 견디기가 어려웠던 것이다.

그랑마이어가 담배를 한 대 꺼내어 물었다. 그는 아찬에게도 담배를 권했다. 아찬은 그것을 받아 쥐고 가만히 앉아 있었다. 얼굴을 찡그린 채 고개 숙인 제자를 물끄러미 쳐다보던 교수가 손수 커튼을 닫았다. 조명의 감지기는 커튼을 치자마자 생긴 어둠에 극히 빠르게 반응해서 간극없는 밝기를 유지시켜 주었다.

"자네, 저녁도 못 먹고. 배고프겠군. 미안하네."

아찬이 이 자리에 계속 앉아 있는 것은 시간 낭비일 뿐이라는 생각을 할 즈음 나온 그랑마이어의 말에 그에 대한 경멸심이 솟았다. 이런 오랜 침묵 끝에 나온 말이 고작 그거라니.

먼지 쌓인 목상도, 빛바랜 유화도, 사기 찻잔도, 헤진 커튼도 갑작스러운 짜증과 겹쳐 모두 경멸스러워졌다. 친구조차 없어 곰팡내 나는 골동품 속에서 위안이나 얻고 있다니.

"이제 나도 몇 해만 더 있으면 백서른의 나이지. 결코 적게 산 건 아니라고 봐. 하지만 이 나이가 되도록 난 소유욕이라는 걸 몰랐네. 내가 성인군자라서가 아니라 내 머리가 어떻게 된 건지, 그게 어떤 종류의 감정인지를 도대체가 알 수가 없었어."

교수의 말은 듣고만 있기에는 거북하고 대꾸를 하자니 어떻게 해야 할지 모르는 종류의 독백에 가까운 것이었다. 아찬은 그만 '그래서 골동품과 함께 살아가시는군요'라고 쏘아붙일 뻔했다.

"정확히 말하면 몇 번 있었지. 어떤 여자에게 한 번, 그리고 자네 같은 젊은 제자들에게 몇 번."

"네."

"하지만 그들을 소유하려는 시도는 단 한 번도 성공한 적이 없었어. 이번에도 마찬가지인 것 같군."

"죄송합니다."

아찬은 심드렁하게 대답했다. 맞은편에 앉아 자신을 쳐다보는 초라한 노인에게 가졌던 두려움 비슷한 감정은 커튼 닫히는 소리와 함께 씻겨 사라지는 중이었다.

"자네, 언젠가 내게 이런 이야기를 한 적이 있었지. 한참 됐군. 벌써 햇수로 육년 전 이야기이니. 그때 스무 살이 채 안 된 풋풋한 모습의 자네. 나와 면담할 때가 기억나나?"

기억이 나지 않았다. 솔직히 말해서 이번의 면담이 두 번째라는 기억에 의거해 입학 면접을 하며 이야기를 나눈 사람이 그랑마이어였다는 추측이 간신히 들었을 정도다. 하지만 고통스러워하는 그를 볼 때 이 분위기에선 거짓말을 해야만 할 것 같았다. 감정에 상관없이 지켜야 할 예의란 건 있는 법이다. 도저히 백이십대로는 보이지 않는, 어느 순간부턴가 실제보다 한층 나이를 먹어 백오십 살은 훨씬 넘어 보이는 작은 노인이 처진 어깨를 한 채 빈 찻잔을 만지작거리며 그의 앞에 앉아 있었다. 경멸 때문에 생긴 동정심이 아찬에게 거짓말을 종용했다. 그는 지금의 교수가 입고 있는 옷을 보고 대충 말을 꺼냈다.

"예. 기억이 납니다. 선생님께서는 파란색 체크 무늬 타이를 하고 계셨죠."

교수는 입가에 희미한 미소를 띠며 말했다.

"고맙군. 보통, 녀석들은 기억을 못하더라고."

"아, 저는……."

"그런데 그날 난 타이는 매지 않았네."

아찬의 얼굴이 붉어졌다.

"뭐, 아무래도 좋아. 그런 건 상관없지. 지금은 꿈이 뭔가?"

꿈. 아름다운 말. 아찬은 꿈은 단 하나였다. 그가 원하는 꿈은 그가 다섯 살 때 아버지와 함께 솔시스로 향하는 항성간 여객선 별모래 호에 오른 이후 단 한 가지였다.

바로 우주로 다시 한 번 나가보는 것.

이유? 그런 건 없었다. 아니, 모른다고 하는 편이 더 어울린다. 이번에도 그는 단호히 대답했다.

"우주로 나가는 겁니다."

"그래. 자넨 그때도 그렇게 대답했지."

교수가 가늘게 눈을 떴다. 순간적으로 그가 다시 백이십대 초반의 정정한 노인으로 돌아갔다. 아찬은 문득 그러고 보니 이분도 그사이 참 많이 늙으셨구나 하는 생각을 떠올렸다. 특별히 의지하지 않았지만 그와 함께 경멸심이 사라졌다. 어느새 스승에 대한 어휘는 존칭으로 바뀌었고 그때의 그 대답과 스승을 처음으로 만났던 시간이 서서히 기억나기 시작했다.

"자네, 이름이 뭔가?"

"석아찬입니다."

"수학이라. 왜 수학을 선택했지? 희망사항에는 우주비행사라고 되어 있고, 적성에는 어문학 계열로 되어 있는데."

"우주비행사는 될 수 없습니다. 지구에서 우주파일럿이 되기 위한 길은 군인뿐이라고 알고 있습니다. 그래서……."

"음. 군인이 싫은가?"

"출생지가 켄타로스라 군인이 된다 해도 항성간 우주비행사가 되기는 거의 불가능하거든요."

"왜 우주비행사가 되고 싶은가?"

맞다. 이런 이야기들이었어.

당시 아찬은 대답을 제대로 하지 못했다. 자신이 켄타로스 출신이라는 점 때문에 위축되어 있기도 했지만 그보다는 막상 그 이유를 대려고 보니 꼭 그렇게 해야만 하는 당위성을 가진 것들은 하나도 없었던 것이다. 그냥 그러고 싶어서가 전부였다. 단지 '무제한적 공간에서 만끽하는 자유' 따위의 놀이기구 광고 문구 같은 이유는 절대로 아니란 점만 확실했을 따름이다. 그저, 여행의 의미는 목적지보다 여정에 있다는 막연한 생각을 가진 나이였을 뿐이다.

"모르겠습니다. 그냥 우주로 한번 나가보고 싶습니다. 지구환이 아닌 진짜 우주선을 타구요. 그냥… 어릴 때 항성간 우주선을 타봤습니다. 그때 이후로 다시 한 번 그런 우주선을 타보고 싶었습니다."

"다시 한 번 우주선을 타는 것이 가능할 거라고 생각하나?"

"전 그렇게 믿고 있습니다."

"그렇다면 출세해야겠군. 알겠지만 유디트와 도가나 외에는 항성간 우주선 항로가 없네. 레기넬라나 파른 같은 곳을 가려면 외교나 정치 쪽으로 나가야 하지. 아니면 큰 기업의 간부가 되거나. 그것도 아니면 역시 군인뿐이니까."

"전 그보다는 아무도 가보지 않은 곳을 가보고 싶습니다."

"모험을 원하는 거로군."

"……."

"하지만 수학을 공부해서는 우주선을 타기는 힘들 텐데?"

"알고 있습니다. 하지만 적어도 우주선을 만드는 데에 도움을 줄 수는 있으니까요."

"그뿐인가?"

"그리고 심우주 탐사선 같은 경우는 여러 분야의 사람들을 태운다고 알고 있습니다."

"그건 사실이네. 하지만 솔시스가 심우주 탐사선을 보내지 않은 지는 한참 됐어."

"그래도 언젠가는 기회가 올 거라고 믿습니다."

"좋아. 사실은, 특히 수학자에게 할당된 자리는 불평을 해서는 안 될 정도로 많네. 하지만 그렇게 되려면 공부를 상당히 열심히 해야 할 텐데?"

"공부는 열심히 하면 됩니다."

"알겠네. 이제 그만 가봐도 좋아."

"저……."

"응? 뭐, 물어볼 거라도 있나?"

"전 수학에 대한 질문을 하실 줄 알았습니다."

"그건 필요없네. 자네가 하고 싶은 것이 수학이 아니라면 그 이야기는 할 필요가 없지 않나?"

그때 아찬은 입학 면접이 당락에 중요한 요소라는 사실을 알지 못했다. 만약 알았다면 그런 식으로는 대답하지 않았을 것이다. 어쩌면 자신의 꿈이란 건 그 냥 말 그대로, 그랬으면 좋겠다는 꿈 정도인지도 몰랐다. 어리다고는 해도 정체 조차 불분명해 스스로가 대답하지도 못하는 희미한 환상에 인생을 걸 정도로 어리석지는 않았다.

그리고 지금은 이 자리에 앉아 있다.

아찬이 멋쩍은 듯한 희미한 미소를 지었다.

"이젠 기억이 나는 모양이군."

"예."

"나 역시 그때 기억이 생생하네."

"지금도 전……."

"사실은 난 그 이야기를 해서라도 자네를 내 제안에 굴복시키고 말 작정이었네. 어차피 학부 몇 년 공부하고 받는 학위로는 탐사선에 탈 만한 수학자가 되는 건 불가능하거든. 나도 자네 꿈을 아직 기억하니까."

감사하다고 해야 할까? 배려가 고마웠다. 그렇지만 그때는 어렸다. 같은 단어라고 해서 같은 의미를 갖는 것은 아니다. 지금의 자신에게 꿈이라는 단어는 그저 좋았던 어린 시절, 가슴 부푼 당당함 말고는 아무것도 필요치 않던 때를 떠올리는 추억의 꼬리표일 뿐이다. 아직은 젊으니 언젠가는 이루고야 말리라는 자기 위안을 위한 도구. 고작 스피카나 켄타로스를 향하는 항성간 우주선만을 허락하는 현실 속에서.

하지만 지금은 다른 모든 젊은이들처럼 불확실한 꿈보다는 견고한 삶을 선택해야 하는 때다. 아찬은 자신이 아주 평범한 소시민임을 잘 알고 있다. 그 어떤 의미로든 간에 말이다.

그랑마이어는 제자가 자신을 잠시 외면하고 짧게 떠올린 어린 시절의 꿈이 주는 짜릿하고 짧은 고통이 끝나기를 기다렸다. 아찬의 시선이 다시 자기 쪽으로 돌아오자 노인은 아쉬움이 가득히 스민 커다란 한숨을 쉬며 검정색 봉투를 제자의 앞으로 밀었다.

"자네가 내 밑에 있기가 싫다면 할 수 없지. 하지만 나는 자네의 기회를 빼앗고 싶지 않네. 아주 유감이야. 이게 오륙 년만 늦게 왔어도 자네를 아주 제대로 된 수학자로 키워서 보냈을 텐데."

봉투 구석에 아찬이 선망하는 하늘'의 마크가 푸른색으로 찍혀 있다. 스승이

다시 늙어졌다.

"집에 가서 확인해 보게. 봉인된 거지만 자네가 직접 뜯으면 그냥 열릴 거야."

봉투를 조심스럽게 받아 든 아찬이 의아한 낯빛으로 스승을 올려다보았다.

"자네는, 말하자면, 일종의 연수를 가게 될 거야."

"예?"

아찬은 자신이 알고 있는 연수라는 단어 열 가지 정도를 그의 말에 모두 대입시켜 보았지만 문법적으로 맞는 것은 하나뿐이고, 그나마 어울리지 않는 의미다. 그러니까, 이 우주에서 학문의 중심인 솔시스에서, 그런 솔시스에서도 모든 학문이 가장 번성하는 지구에서 연수를 간다면 도대체 어디로 간단 말인가? 단박에 눈치 챌 수 있을 정도로 묻어 나온 아찬의 의아함을 무시하고 그랑마이어가 말을 이었다.

"자네가 응낙한다면 가게 될 곳은 다른 별이나 도시가 아니야. 바로 '현자'를 만나러 가는 걸세."

"현자요?"

"얼마 안 있으면 심우주 항행 우주선이 한 척 떠나. 나도 정확한 건 모르지만 우리은하를 벗어나서까지 멀리 항행한다고 하더군. 드문 일이지. 배울 것이 무척 많을 거야. 거기서는 좋은 선생을 만나기 바라네."

"혹시?"

"그저께 뉴스에서 한창 출항 준비 중인 게이츠가 나왔지. 하늘'에서 내게 추천서를 부쳐 왔더군. 우수하고 뛰어난 학생을 한 명 부탁한다면서 말이야. 어쨌든 수학과뿐 아니라 우리 학교에서는 유일하네. 자네는 내가 대학원을 다니는 연구생 한 명 없는 교수라는 데에 감사해야 하네."

아찬은 이 대화가 자신을 놀라게 하는 마지막이기를 바랐다. 만약 여기서 또 다른 놀라운 일이 생긴다면 그건 분명히 부정적인 일일 것이다. 왜냐하면, 이보다 더 좋을 수는 없으니까.

아찬에게 우주에 대한 상상은 흥분을 불러일으키기에 충분했다. 스물넷의 흥분은 경솔함에 가깝게 취급되는 경향이 있었지만 지금은 아무래도 좋았다.

우주. 우주라니. 비록 우주 시대가 열린 지 십 세기가 가깝다고는 해도, 역시 사람이 우주로 나간다는 것은 지금도 커다란 위험의 감수와 많은 에너지의 소비를 의미했다. 여전히 화성으로의 이민이나 비너스버그로의 유학 때문에 생기는 이별로 눈물짓는 젊은 연인들은 많았다. 결국 우주로, 그것도 아찬이 원하는, 아무도 추진 가스를 흩뿌려 본 적이 없는 망망한 심우주로 나가는 일은 특수한 목적을 띤 탐사대나 군인들만이 가능했다. 아찬의 상기된 얼굴을 본 교수는 희미하게 미소를 지었다. 그 미소에는 '이제 바로 자네가 그 탐사대의 일원이라네'라는 흐뭇함이 묻어 있었다.

"무척이나 기뻐할 줄 알았네. 거기 쓰여 있겠지만, 한참이나 걸리는 여행이야. 아마 다녀오게 되면 자넨 젊은 날 중 상당히 긴 시간을 우주에서 보낸 다음일 걸세."

여기까지 말한 그랑마이어의 어조가 조금 침울해졌다.

"그때쯤 난 여기 없을 거야. 어쩌면 이 세상에 없을지도 모르지."

교수의 표정과 함께 아찬의 얼굴에서도 기쁨이 사라지고 어두워졌다. 한마디 묻지 않을 수 없었다.

"그런데 이걸 왜 저에게 주시는지……."

"말했듯이, 자네가 우수하기 때문이지."

다시 한 번 봉투를 확인하고 고개를 쳐든 아찬의 눈에 이미 등을 돌리고 창밖을, 아니, 커튼을 바라보고 있는 스승이 들어왔다. 그 뒷모습이 아찬에게 이제 그만 가봐도 좋다고 이야기하고 있다. 아찬은 조용히 일어서서 그랑마이어를 향해 허리를 깊숙이 숙이고는 문을 나오다가 무엇인가 아쉬운 듯 뒤를 한번 돌아보았다. 여전히 스승은 아무것도 없는 커튼을 향해 서 있었다. 아찬은 문득 저분이 매일같이 쳐다보는 저 창밖에는 무엇이 보일까 하는 의문을 가졌다. 아마도 자신과 그 친구들이 거니는 교정이 보이겠지만 스승이 바라보던 풍경은 분명히 자신이 보던 그런 종류의 것은 아닐 것이라는 생각이 들었다. 아찬은 다시한 번 교수를 향해 허리를 깊게 숙이고는 문을 빠져나왔다. 만약에 커튼이 처지지 않아서 창문에 선생이 비쳤더라면 아찬은 그 얼굴을 볼 수 있었을까.

아찬이 사라지자마자 전화가 왔다.

"승낙했네."

전화기는 그랑마이어의 취향과 달리 최신형이지만 입체영상은 떠오르지 않았다. 영상을 굳이 띄울 필요가 없다는 사실이 그랑마이어를 안도로 몰고 갔다. 얼굴을 마주 보았다면 정말로 화를 냈을지도 모를 일이다. 그러나 저쪽은 아마 자신을 보고 있을 것이다. 그저 상대가 자신의 노여움 가득한 표정을 볼 수 있다면 그걸로 충분했다.

—부장님께 항상 감사드리고 있습니다. 부장님의 가슴이 아프시다는 사실은 저희도 잘 알고…….

"벌써 십 년도 넘게 전에 일자리를 그만두고 학교에서 인력 수급책이나 하는 사람에게 부장은 무슨. 날 더 비참하게 만들지 말게. 그 아이가 그럴 거란 걸 잘 알고 있지 않았나?"

그랑마이어의 노여운 목소리. 전화 건너편의 상대는 '사실은 진급하셔서 하늘' 의 부국장님이시죠. 적어도 서류상으로는 말입니다. 위장 취업은 어떠신가요?' 라는 농담을 꺼낼 때가 아님을 알았다. 그랑마이어는 정말로 화가 나 있다. 안 그래도 정중한 전화기 건너편의 목소리가 거의 기어 들어갈 듯해졌다.

—죄송합니다, 부국장님.

"죄송할 게 뭐 있을까. 한두 번도 아니고 매해 뛰어난 제자를 하늘' 에 뺏기니 솔직히 화가 안 나는 건 아니야. 하지만 이번 학생은 좀 특별했어. 정말로 재능이 있는 아이였거든. 뭐, 그러라고 내가 여기 있는 거고 녹을 받아먹기는 하지만. 아무튼 그 아이에게 무슨 일이라도 생기면 가만있지 않을 테니 그리 알게. 그럼 잘 있게."

교수는 상대의 말을 기다리지 않고 일방적으로 전화를 끊은 후 다시 창문을 향해 돌아섰다. 이번에는 커튼이 젖혀진 채다. 물론 아찬에게 무슨 일이 생기든 간에 자신이 할 수 있는 일은 아무것도 없다는 사실 정도는 잘 알고 있다. 더 솔직하게 말하면 그에게 무슨 일이 일어나는지도 모를 것이다.

아찬에게 한 말은 진심이었다. 그랑마이어는 제자를 진짜 수학자로 만든 다음에 꿈을 이루어주고 싶었다. 그런데 갑자기 '하늘'에서 연락이 왔던 것이다. 급히 인원을 충원해야 하니 마인드링킹 경험이 없는 학부생으로 추천하라는, 거의 명령에 가까운 요구. 처음에는 거부했다. 그러나 결국, 과학기술부 장관은 그랑마이어의 절친한 동료이자 계획의 핵심 구성원 중 한 명인 클라우드까지 밀어 넣어 기어이 자신을 굴복시키고 말았다.

그랑마이어가 다 식은 녹차를 마시기 위해 찻잔을 들어 올렸다. 그는 여전히 도기로 만든 찻잔을 쓰고 있었고, 그래서 찻잔의 단분자 진동으로 영원히 식지 않는 차는 마셔본 적이 없었다. 그건 '하늘'에서 일을 하던 시절부터 그랬다.

늦은 시간, 오직 가로등만 빛나는 교정의 진입로를 한 학생이 뛰어가는 모습이 보였다. 조금이라도 빨리 교문을 나서 무엇인가를 확인해 보고픈 욕망이 가득한 그의 뒷모습은 곧 어둠 속에 묻혀 사라져 버렸지만 교수는 그래도 계속 창밖을 쳐다보고 있었다.

어둑어둑해지는 교정을 가로질러 거리로 접어들기 무섭게 지하철에 몸을 던진 아찬은 연한 플라스틱으로 만들어진 봉투를 이리저리 뒤집어보았다. 일단 봉해진 흔적이 아예 없는 것이 뭔가 중요한 물건임에 틀림없다. 그는 왼손으로 봉투를 단단히 잡고 오른손 엄지와 검지로 조심스럽게 힘을 주며 가장자리를 당겼다.

봉투는 힘을 받으면서 탄력있게 구부러지기는 했지만 손을 떼자마자 구겨진 흔적도 남지 않으며 원상으로 돌아갔다. 아찬은 이번에 조금 더 힘을 주었지만 결과는 마찬가지였다. 그는 답답해서 죽을 지경이었지만 이걸 준 스승이든 아니면 이걸 만든 '하늘'이든 이런 자리에서 봉투를 열어보기를 원하지 않는다는 사실은 충분히 알 수 있었다. 이런 장치는 이론적으로는 간단한 보안이다. 공공장소는 언제나 주변 사람들의 판솔라니아와의 교신이나 전화 때문에 본인의 의도와는 상관없이 에너지 파동으로 가득 차 있다. 이 봉투는 그런 상황에서 분자결합을 공고히 만드는 조작이 가해져 있는 것이 분명하다. 이 자리에서 봉투를 열려면 아마 지구환의 베릴륨 세공용 입자 가속기는 있어야 할 터. 아찬은 개봉을 포기하고 봉투를 안주머니에 소중하게 집어넣은 다음 좌석에 한껏 기댔다.

이렇게 기분 좋은 날이라면 역시 한잔해야지.

아찬은 마지막으로 본 지 오래된 친구들만 골라서 연락했다. 늦은 시간 갑작스러운 부름임에도 오랜 친구의 연락이 반가웠던 몇몇과 약속이 잡혔다. 이제 지구환에서 퍼지게 마시는 일만 남았다. 지난 며칠 동안 느끼지 못했던 해방감이 들었다. 그래서 그는 일주일 내내 자신을 괴롭혀 온 미람과의 해후를 아름답게 떠올릴 수 있었다. 아찬은 꿈인지 현실인지 모를 미람의 얼굴이 어른거리는 것을 보며 자기도 모르게 잠이 들었다.

"좀 춥지 않아?"

그 여자는 무성의한 표정으로 몸을 잔뜩 웅크려서 짧아진 목을 슬며시 흔드는 것으로 대답을 대신했다. 아찬은 속으로 한숨을 쉬었다.

젠장.

그는 여자를 한번 더 쳐다보면서 걷잡을 수 없는 피곤함이 갑작스럽게 몰려옴을 느꼈다.

어젯밤을 새었던 게 무리였나. 아닐걸. 이 여자 때문에 피곤한 거야.

이번에는 실제로 한숨이 입에서 흘러나왔다. 일부러 그런 것은 아니지만 그 소리는 꽤 컸다. 그러나 여자는 남자 친구의 한숨의 정체에 대해서 별로 관심이 없는 듯했다.

아무래도 이 여자는 아니야.

아찬의 마음속에 다시금 그런 생각이 떠올랐다. 그는 여자에게 전화를 한 후 언제나 곧 후회하곤 했다. 그럼에도 여자에게 데이트를 신청하는 이유는 단지, 혼자서 지내기에는 자신이 너무 사회적인 인간이라는 사실 때문이다. 이번 역시 예외는 아니다. 그나마 다행인 건 이 여자도 자신에 대해, 이 사람은 아니야라는 식으로 생각하는 듯한 정도.

아, 그게 다행인가?

둘은 대학로의 거리를 걷고 있었다. 여자는 번화하면서도 집과 가까운 곳이라는, 딱히 시비를 걸기 어려운 장소를 좋아했고 아찬은 조용한 곳을 선호했다.

결국 타협으로 대학로거리가 결정 났다. 번화하고 사람이 많지만 그래도 혜화동은 사람에게 치일 정도는 아니다. 여자의 집과 약간 멀긴 하지만 상대가 원하는 대로 저녁을 사주기 위해서는 번화한 곳을 피할 수는 없다. 본인에 비하면 내 집은 마 다비따씨앙에 있는 것과 마찬가지니 불만은 없겠지, 설마.

이 여자와 함께 있으면 미람이 더 간절해졌다. 그녀는 어디서 무엇을 하고 있을까. 그러고 보니 마지막으로 얼굴을 본 게 오 년 전이구나. 그렇게나 오래되었나. 옛 사랑 생각에 추위마저 다른 세상의 일로 넘겨 버린 아찬은 자신을 부르는 소리에 고개를 들었다.

"야, 어디 가는 거야? 네가 말한 식당, 여기 아니었어?"

"어, 그래. 알고 있었어?"

여자는 아찬의 물음을 무시하며 먼저 식당 안으로 들어갔다. 아찬은 분명히 여자도 자신과 같은 생각을 갖고 있을 것이라고 확신했다. 이따위로 어정쩡하게 지내느니 그냥 그만두는 것이 나을 것이다. 이건 사귀는 것도 아니고 친구도 아니고. 아니, 다 좋다. 정말 중요한 것은 이게 단순한 권태기가 아니라는 점이다.

아찬은 남자 친구가 문을 열어줄 기회조차 주지 않는 여자의 뒷모습을 보며 그녀를 만난 처음부터 지금까지 아무리 짧은 순간조차도 그 어떤 감정도 없었음을 인정해야만 했다. 여자는 아찬이 자리에 앉아 옷을 벗을 틈도 주지 않았다.

"뭐 먹을 거야?"

"어, 여기 만두가 아주……."

"그렇게 해. 난 해물 파스타."

완전히 무시당한 아찬의 얼굴이 붉어졌다. 둘은 각자 먹고 싶은 것을 주문하고는 말없이 앉아 있었다. 애피타이저는 여자 쪽만 나왔다. 그래서 아찬은 상대가 크림 수프를 떠먹는 동안 그 모습을 하릴없이 지켜보아야 했다.

"뭔가 이상해."

"응?"

수프를 떠먹던 여자가 고개를 들고 눈을 동그랗게 뜨고는 그를 쳐다보았다.

"우리 사이 말이야. 이건 아니라는 생각이 들어."

"뭐가?"

"우리, 사귀고 있는 거 맞아?"

"글쎄… 사귄다면 어떻게 해야 하는 거지?"

"어……."

"만나서 영화 보고, 밥 먹고, 차 마시고. 아니면 드라이브하거나. 그거 말고는 뭘 어떻게 해야 되는데?"

둘의 대화는 아찬이 주문한 만두 찜이 나옴으로써 잠시 끊어졌다. 종업원은 로봇이 아닌 듯, 같은 식탁에 놓인 만두와 파스타라는 기괴한 장면에 쟁반이 잠시 머뭇거렸다. 조리사가 사람이니 종업원 역시 그러한 게 당연하리라.

훌륭한 맛뿐 아니라 사람이 조리한다는 사실 때문에 유명세를 타는 음식점이다. 그래서 이렇게 멀리까지 나온 것이고. 그런데도 만두에서 아무 맛도 느낄 수가 없다. 하지만 여기까지 온 보람의 속절없음은 소문이 거짓말이어서가 아니다. 아무리 좋게 보려고 해도 그 이유는 분명히 맞은편의 여자 때문이다.

얼굴이 다시 한 번 붉어진 아찬은 여기서 그냥 대화를 끝내고 아예 이야기를 꺼냈던 적이 없는 것으로 하기로 했다. 그러나 그런 의도조차 여자 쪽에서 대화를 이음으로써 무산되고 말았다.

"아닌 게 아니라 나도 요즘 그런 생각이 들어. 이게 뭔가 하고 말이야."

"뭐가?"

"차라리 미팅서 만난 상대라고 해도 너보다는 나았을 거야."

평소 같으면 아찬은 그런 말에 흥분해서 즉각적이고 반사적인 반응을 했겠지만 이번에는 그러지 않았다. 왠지 그 여자에게 말대꾸를 한다는 행동 자체가 의미없고 피곤하다는 생각이 들어서다. 보통 이런 심정이 결국에는 테이블을 뒤집어엎을 정도로 갑작스럽게 폭발하곤 했다. 아찬은 여자가 아니라 자신을 위해서 이 자리를 되도록 빨리 벗어나고 싶어졌다. 벌써부터 자리를 박차고 일어나고 싶은 충동이 엄습하는 통에 아찬은 곤욕을 치러야 했다. 그 와중에도 남자 친구의 상태는 안중에도 없는 여자의 말이 계속 이어졌다.

"앞으로도 이런 식이라면 난 계속하고 싶은 생각이 없어."

결국 아찬은 만두 찜을 입에 집어넣은 채 젓가락을 소리 나게 내려놓고 말았다. 그러니까, 책임을 나에게 묻는 거야?

아찬 딴에는 불쾌함의 시위였지만 여자는 아찬의 행동을 눈을 동그랗게 치켜뜨고 쳐다보았다. 지금 도전하는 거냐는 황당함이 담긴 눈빛. 아찬은 만약 여기서 대응했다가는 정말로 터지고 말 거라는 느낌을 받았다. 그래서 여자에게서 나올 새로운 불만성 주제를 무마하기 위해서 젓가락을 내려놓자마자 아까 미처 벗지 못한 윗도리를 벗었다. 그 방법은 효과가 있는 듯했다. 그 여자 역시 나이프와 포크를 내려두고는 자신의 슈트를 벗었다. 여자의 입은 틀어막았지만 상대의 반응을 뻔히 알면서도 괜한 시위를 한 자신의 행동에 또 다른 짜증이 울컥 치솟았다. 그렇지만 이 여자와 말씨름이라도 시작하게 되면 얼마나 피곤해지는지를 머리보다 몸이 더 잘 알고 있는 그로서는 참아야만 했다. 차라리 남자 친구들끼리 술자리였다면 몸으로 해결 볼 수 있으니 편할 텐데.

아찬은 오늘은 아니지만, 이 겨울이 끝나기 전에 이 여자를 두 번 다시 보지 않아도 되는 기회를 만들어야겠다고 결심했다. 처음부터 불안하게 시작되어 감정없는 만남이 지금까지 이어진 유일한 이유는 이 여자에게나 자신에게나 이 겨울이 너무 추웠기 때문이다. 이유는 단지 그뿐이다. 봄이 오고 다시 마음이 설레게 되면 아마 말하지 않아도 여자는 떠나리라.

하지만 오늘은 아니다.

갑자기 아찬의 목이 메었다. 언제까지 이렇게 살아야 하지? 난 힘들고 어려운 일은 미루곤 했어. 항상 중얼거리지. 오늘은 아니야, 지금은 아니야. 하지만 난 한 번도 내일, 나중에도 그걸 제대로 한 적이 없어. 그래서 언제나 밀려나고 패배하기만 했지. 그러면서도 나중에, 내일이라는 말로 합리화를 하려고 들기만 해.

그러고 보면 여태껏 자신이 부린 짜증이나 성질은 결국, 스스로 혹은 패배에 대해서다. 아찬은 이번에도 자신이 지리라는 사실을 알고 있었다. 결국 연인에게 차이는 쪽은 자신이 될 터. 하지만, 하지만 자기 발로 부담스러운 상황을 향해 걷기는 싫다. 그럴 용기가 없다.

고민 끝에 지성적인 패배자가 되던가, 고민할 틈도 없이 상황을 때려 엎어서야만적인 패배자가 되던가, 결론은 같았다. 그렇다면 품위를 지키는 쪽이 나았다.

오늘은 아니야. 그냥 그때가 오면 어떻게 되겠지. 아찬은 이번에도 그렇게 생각하기로 했다. 목에 걸려 넘어가지 않는 만두를 물과 함께 억지로 넘기며 내다본 커다란 크리스털 창 바깥의 사람들은 저마다 옷깃의 히터를 올리며 동장군에 대항하기 위해 몸을 한껏 움츠리고 있었다. 그러나 식당 안은 더웠다. 아찬은 자신에게 향한 질타를 온도 하나 못 맞추는 식당 주인에게 돌렸다.

결국 식도락가인 여자 친구를 위해 시내까지 나온 보람도 없이 둘은 그날의 저녁을 망치고 말았다. 특히 아찬은 그 집의 자랑이라는 만두 찜 맛이 어땠는지는 고사하고 자신이 먹은 것이 무엇인지도 의심이 갔다. 여자도 마찬가지일 것이다.

둘은 이런 분위기에서 더 이상 데이트를 지속할 마음이 없었다. 서로 뭐라고 합의를 본 것이 아님에도 발걸음은 자연스럽게 지하철역으로 향했다. 아찬은 담배를 찾기 위해 주머니를 더듬거렸다.

없다. 식당에 두고 온 모양이다. 짜증이 울컥 치밀어 올랐다. 어차피 대학로는 보행 중 흡연 불가능 구역이기에 담배에 불조차 붙지 않을 테지만 막상 찾는 것이 없자 오기로라도 담배를 물고 싶어졌다. 그는 약간 짜증스러운 마음으로 자판기를 찾아 주위를 두리번거렸다.

아찬이 그녀를 보게 된 것은 그때였다. 그 순간은 순전히 행운이었지만 당시는 그렇게 생각하지 않았다.

이건 필연이야.

아찬의 앞에서 그 옛날의 미람이 마치 꿈처럼 걸어오고 있었다. 그때의 모습과 조금도 변하지 않은 그 모습으로 그녀는 자신을 향해 걸어오고 있었다.

이런 날을 얼마나 꿈꾸어왔던가. 마치 영화처럼 그녀를 우연히 만나는 그 순간을. 그러나 그 생각은 아찬의 마음 깊은 곳에 존재한 젊은 날의 낭만일 뿐 그걸로 당황하기에는 이미 나이를 충분히 먹었다. 그는 지금 이 순간 어떻게 해야 할지를 오래전부터 생각해 오고 있었다.

무시하면 그만이다. 아무리 상황이 좋아도 한쪽이 결코 알아볼 리 없는 얼굴, 그저 스쳐 지나가면 그만이다. 그녀가 만약에 먼저 아는 척을 한다고 해도 자기

쪽에서 무시해 버리면 머쓱한 표정으로 그냥 길거리에서 지나쳐 가는 수많은 사람들 중의 한 명처럼 그렇게 지나갈 것이다.

그러고 끝이라고 생각해 본 적도 있긴 했다. 하지만 정말로 현실이 되어 일어날 줄은 몰랐다. 그런 건 그저, 스스로를 위로하려는 상상에 불과했다. 그 이후의 반응 같은 것은 예상조차 해본 적 없다. 그런데 미람은 웃으며 그를 향해 손을 흔들었고, 그 웃음에는 옛 친구를 만났다는 기쁨과 확신이 스며 있었다.

아찬은 그녀의 웃음을 보자 어떻게 해야 하는지 알았다. 이미 미움이 되어버린 해묵은 감정이 미람의 웃음을 외면하라고 종용했다. 아찬은 미람과 친구가 아니었다. 결코 친구였던 적도 없다. 그런 관계는 그녀 쪽에서 일방적으로 정한 관계일 뿐.

아찬은 미람과 눈을 마주치지 않으려고 애썼다. 옆에서 걷던 여자가 그를 이상하다는 표정으로 쳐다보았다. 아찬은 여자의 얼굴에 희미하게 덮인 의혹을 풀어주기 위해 억지로 미소를 지어 보였지만 그 와중에서도 자신도 모르게 미람을 향해 돌아가는 눈동자를 어쩔 수가 없었다. 미람은 조금 놀란 듯 흔들던 손을 내려둘 생각도 하지 못하고 멍하니 서 있었다. 미람이, 자기가 착각한 게 아닌가 싶어 상대의 얼굴을 좀 더 자세히 보려고 눈을 가늘게 뜨는 모습까지 본 아찬은 눈을 감고 잠시 숨을 멈추었다. 미람을 스칠 때 피할 수 없을 그녀의 얼굴을 볼 용기가 나지 않았고, 그녀의 향기를 맡을 용기도 없었기 때문이다. 그렇게 그대로 아찬은 미람을 지나쳤다. 성공이다.

그는 멈추었던 숨을 들이쉬었고 오래된 첫사랑의 향기가 희미하게 떠도는 공기를 들이마셨다. 여전히 여자는 뭔가 미덥지 못한 표정으로 그를 쳐다보고 있고 아찬에겐 변명을 할 생각 따위가 조금도 없었기에 아무 말도 하지 않았다. 만약 그대로 그들이 지하철로 들어갔다면 아찬과 미람은 다시는 만날 일이 없었을 것이다. 그렇지만 아찬은 지하철 입구에서 어쩔 수 없는 아쉬움에 잠시 머뭇거렸고 그사이 미람이 그에게 뛰어왔다.

엉겁결에 얼굴을 돌린 아찬의 눈동자 가득히, 입김을 뿜으며 환하게 웃는 미람의 얼굴이 들어왔다. 그녀는 입을 가리며 고개를 살짝 돌리고 소리없이 크게 웃다가 아찬을 한번 더 쳐다보았다. 그와 미람이 마주 보고 섰다. 몇 초 동안 그렇게 눈을 보며 서 있었다.

그리고는 아찬의 손에 뭔가를 쥐어주었다. 옆에 있던 여자의 표정은 이제 의혹에서 경악으로 변했지만 그에 신경을 쓰는 사람은 아무도 없었다.

미람이 환하게 웃고는 아무 말 없이 다시 손을 흔들며 뒤돌아섰다.

아찬은 거리 가득한 겨울바람에 섞인 그녀의 입김이 그 치렁치렁한 머리카락과 코트 자락을 감싸며 멀어지는 모습을 지켜보다가 정신을 차리고 에스컬레이터에 몸을 실었다. 여자는 이미 사라지고 난 뒤였다. 하지만 그에겐 그걸 알아챌 만큼조차도 여유가 없었다.

아까와는 다른 종류의 피곤함이 온몸을 헤집었다. 지하철에 몸을 던지자마자 여자에게 전화가 왔다. 아찬은 화상을 켜지 않고 음성만 받았다. 어차피 여자의 기세를 보니 그럴 필요도 없었다.

―아까 그 여자 누구야?! 참 예의없네!

"누가 봐도 우리는 아는 사이 같아 보이지 않았거든. 그래서 그래."

―뭐! 너, 무슨 말이 그……

"안녕."

아찬은 먼저 전화를 끊었고 곧바로 잠이 들었다. 전화는 다시 오지 않았다.

집에 돌아온 그는 비로소 미람이 손에 쥐어준 물건이 무엇인지 확인해 볼 용기가 생겼다. 아찬은 조심스럽게 주먹을 폈다. 그녀의 아이디 카드다.

이건 무슨 뜻일까. 급작스럽게 연락처를 줄 방법이 없던 미람으로서는 어쩌면 당연한 선택일 수도 있지만 바로 그 점이 이해가 가지 않았다. 우리 사이가 그렇게 가까웠던가. 아이디 카드라면 미람의 개인적인 삶이 사회적으로 실체화된 물건이 아니던가. 아찬은 생각 끝에 미람으로서는 자신이 먼저 연락을 해주기를 바라고 있다는 결론을 내렸다. 그는 전화에 손을 갖다 대었다.

그 후로 아찬은 며칠째 학교에도 나가지 않았다. 예전이었다면 친구들을 불러이 이야기로 밤을 새웠을지도 모른다. 그럼 아마 그들은 지긋지긋한 의무감에 치를 떨면서 아찬이 가능한 한 빨리 취해 잠들기만을 바라겠지. 하지만 나이를 먹어간다는 의미는 변화를 수반하는 과정이라는 뜻이다. 이제는 오히려 누군가와 마주치고 싶지가 않았다. 어렵고 힘들 때 누군가의 만남은 짐을 더 무겁게 했다.

반드시 들어가야 하는 수업조차 아찬은 결석계를 제출했다. 그는 집에 혼자 틀어박힌 채 오늘은 아니야라는 중얼거림만 되풀이했으며, 며칠 동안 수도 없이 전화를 걸기 위해 판솔라니아를 부르려다가 그만두곤 했다. 책상에는 미람의 아이디 카드가 놓여 있고 그 얄팍한 플라스틱 조각은 여전히 녹색이었다. 그러니까, 원칙적으로는 해서는 안 될 약간의 수고만 기울인다면 그녀가 사는 곳과 다니는 직장, 의료 기록이며 심지어는 도서관에서 어떤 책을 빌렸는지까지 알아낼 수 있었다. 다시 말해서 우미람은 일부러 아직까지도 아이디 카드 분실 신고를 하지 않은 것이었다.

석아찬은 며칠 동안 쉬지 않고 스스로를 자극시키던 다짐을 한 번 더 했다. 연락은 하지 않겠어. 하지만 이번은 좀 더 커다란 마음가짐이 필요했다. 다짐을 실행에 옮겨야 할 때가 왔기 때문에.

혜화동에서 지하철을 탄 이후 닷새 동안 바깥 구경을 하지 않은 아찬은 날이 조금 풀린 늦겨울의 어느 날 아침에 마침내 그 오늘이 왔다고 판단했다. 물론, 실제로 그 행위는 판단이 아니라 결정의 영역에 속하는 종류지만 아찬은 그 사실을 인정하고 싶어하지 않았다.

아침부터 아무것도 먹지 않고 녹색 카드를 쳐다보며 생각만 하던 아찬이 마침내 단호한 몸짓으로 일어섰다. 카드를 집어 들고 짧게 한 번 더 망설인 다음 가정용 우편함에 아이디 카드를 집어넣었다. 그 순간까지도 손끝에 묻은 미련이 떠나지를 않았다. 닫혀 버린 투입구를 쳐다보는 아찬의 후회 가득한 시선에는 무관심한 판솔라니아가, 송신자를 밝힐 것이냐고 물었다. 그는 처음 마음먹은 대로 고개를 작게 몇 번 흔들기만 했다. 어차피 돌이키기에도 늦어버렸다. 이제 카드는 중앙 우체국을 거쳐 주인에게 돌아갈 것이다. 카드를 받은 그녀가 실망할지, 기뻐할지는 알 수 없다. 하지만 그때 미람을 떠올려 보건대 아마도 실망하리라.

적어도, 실망해 주었으면 했다.

송신 코드를 중앙우체국으로 입력하고 송신을 완료한 판솔라니아가 역시 무심한 억양으로 아찬에게 중앙우체국에서 접수를 받았다는 결과를 보고했다. 망설임을 멈추고 미련을 떨어버린 순간 카드에 대해 잊기로 한 자신에게는 그 보고가 아무런 의미가 없어야만 했다. 그런데 그렇지가 못했다.

왜 난 그걸 그대로 돌려보냈을까. 결국 담배를 빼어 물었다.

결정에 대해 후회하지 않겠다고 마음먹었다, 그러니까 이제 이 일은 없던 일이다, 이에 대해서는 더 이상 생각하지 않으리라.

계속 고민해 봐야 그 귀결은 얄팍한 복수심 때문이었다는 비참함만 남을 것임을 아찬은 잘 알고 있었다. 그는 이제부터 취미를 다시 한 번 가져 보리라 마음먹었다. 취미가 아니라도 아무것이나 좋았다. 당분간 미람의 생각에서 벗어날 수 있도록 해줄 것이라면.

판솔라나이가 아찬을 깨웠다. 아찬이 술자리를 즉석에서 결정한 덕분에 환오름 직행을 타지 않아서 환승해야 하는 탓이다. 친구 두 명은 이미 지구환에 도착했다고 메시지가 와 있었다. 꿈이어서 아름다웠던 해후가 잔영으로 남아 아찬의 가슴을 따뜻하게 했다. 외투 안쪽에 자리 잡은 봉투가 아니라면 똑같은 내용이었다 해도 결코 훈훈할 수 없었으리라. 그러나 오늘은 아니다. 일주일 전 보았던 미람의 뿌얀 얼굴에 대한 기억조차 기분 좋게 떠올릴 수 있을 것 같은 날인 것을.

아찬은 마지막으로 본 지 몇 년은 된 듯한 친구들을 만나며 작별 인사를 했다. 여행을 떠난다는 이야기 같은 건 하지 않았다. 그럴 필요도 없다. 고작 몇 년짜리일 뿐이다. 본 지가 몇 년도 넘은 사람들을 앞으로 그만큼 더 안 본다고 달라질 것은 없다. 하지만 그러고 싶었다. 친구들을 그동안 만나지 않아도 좋았던 이유는 그들은 보고플 때 볼 수 있었기 때문이고, 순간과 순간의 간극조차 없이 미람이 보고 싶었던 이유는 그럴 수 없었기 때문이다. 그냥 그게 다다.

켄타로스에서 이민 온 덕분에 친해진 친구도 한 명 있었다. 그들과 지구환에서 한잔했다. 지상에서는 취하는 술을 팔지 않았다.

한에 밤이 깊어 서울환오름에 사람이 드문드문해질 무렵 비로소 얼근해진 아찬이 비틀거리며 현관에 들어섰다. 메시지가 와 있었다. 판솔라나이는 미람의 것이라고 말해주었고 아찬은 아침과 달리 단호한 억양으로 곧바로 지우라고 명령했다. 잔뜩 취했기에 가능한 허세였다. 그는 다시 담배를 한 대 빼어 물었다. 떨어지는 재를 나노머신이 부지런히 청소했다.

개지도 않은 잠자리가 그대로다. 침구 정리를 하지 않은 이유의 반은 거의 고의였다. 졸업을 못할 게 뻔한고로 어차피 오늘은 한잔할 생각이었다. 다만 예상과 달리 졸업을 했고 또 너무 커다란 선물을 받았다는 점이 달랐지만. 그리고 아름다운 꿈도.

따뜻한 담요 밑에 발을 넣자 짜릿한 온기와 함께 막 사라지려던 술기운이 다시 한 번 등골을 타고 올라와 온몸을 유린했다. 피곤함과 취기 때문에 아무 이유 없이 귀찮아져 옷도 벗지 않고 이불 속으로 파고드려는 그의 성질을 무심한 판솔라니아의 목소리가 건드렸다.

[아찬, 전화입니다. 송신자는…….]

"아, 몰라. 알아서 해."

[송신자는 우미람 씨입니다. 알겠습니다.]

아뿔싸! 눕자마자 이불을 턱까지 끌어 올린 채로 거의 잠이 들려던 아찬이 튕겨지며 일어났지만 이미 늦었다. 방금 팬시가 무슨 말을 했는지도 기억이 안 났다. 그냥 뭐라고 하기에 대답했을 뿐이다. 하지만 그게 무엇이든 간에, 미람이라는 음절이 포함되어 있다면 이런 꼴로 거실로 나갈 수는 없다. 얼굴이 많이 빨겠다. 술이 확 깨는 것 같지만 어쩌면 그것도 착각일지 모른다. 아찬에게 망설일 시간조차 주지 않는 미람의 목소리.

─아찬?

당황은 끝날 기미가 안 보였다.

─석아찬? 나야, 미람. 잘 지냈어?

대답을 해도 될까?

─말하기 싫으면 그냥 듣기만 해도 돼.

미람도 알고 있다, 자신이 아찬에게 잘못했다는 사실을. 그러나 그가 대답하지 않은 이유는 그 사실을 확인하고자 함이 아니다. 단순히 무슨 말을 해야 할지 몰라서다. 대답을 채근하는 아찬의 무의식이 반사적이고도 사무적인 대답을 대신했다.

"아니, 아냐. 그냥… 연락처를 알 거라고는 생각 안 했어. 그래서 좀 놀란 것뿐이야."

목소리가 떨리고 있는 건가, 지금? 아니면 단순한 착각일까? 하지만 가슴이 갑자기 빨리 뛰기 시작한 것만은 확실했다.

—너도 알지? 내 대학교 동기 중에 네 고등학교 동창 있는 거. 임선우였나, 이름이?

"난 그 친구랑 별로 안 친했어. 내 바뀐 주소나 전화번호를 몰랐을 텐데."

—나도 마찬가진걸. 겨우 용기 내서 물어봤는데 모르는 거야. 그래서 그 애한테 너랑 친했던 친구 물어봤어. 그리고서 졸업 앨범에 나온 네 친구들한테 하나하나 전화해 봤어.

그녀가 그렇게 한 데에 아무 까닭이 없지는 않을 것이다. 얼굴도 잘 기억나지 않는 옛 친구를 찾기 위한 단순한 이유로 그런 노력을 기울이는 사람은 드물다. 그러고 보니 미람이 그런 사람인지 아닌지조차 모르고 있는 자신이 부끄러워졌다.

하지만… 이제 와서? 이제 와서 날 찾으려고 했다고? 갑자기 미람에 대한 미움이 솟았다. 사랑하는 사람이 자신을 버렸다는 사실에 희미한 복수심이 피어오르기 시작했다. 갑자기, 정체도 모르는 여자에게 자신까지 이어지는 징검다리를 알려준 친구 녀석들에게 화가 났다.

—잘 안 가르쳐 주려고 하더라, 네 친구들. 분명히 알고 있다는 느낌이 드는데도 안 가르쳐 주려고…….

"당연하겠지. 널 좋아하는 내 친구들은 아무도 없으니까."

미람이 조금 미웠다. 하지만 이건 아니야. 이런 식으로 말하려던 건 아니었어. 술 때문에 마음에 없는… 아니, 진심이지만 나쁜 진심만 나오고 있어. 이건 아니야.

버림받은 현재가 잉태한 미움과 잊을 수 없는 과거의 애정이 다투는 사이 아찬의 말과 행동은 점점 일관성이 없어져 갔다. 그는 자신이 여전히 당황하고 있다는 사실을 인정해야 했다. 미람 앞에서 단 한 번도 제대로 감출 수 없었던, 싫은 감정. 그는 거의 이빨을 깨물다시피 억지로 대답했다.

"네, 네 잘못은 아냐. 오히려 내가 처신을 잘못해서 그런 거니까."

—잘 지냈어?

갑자기 뒤통수를 한 대 맞은 것처럼 머리가 띵해졌다.

바보같이. 그러고 보니 여태껏 미람에게 안부조차 묻지 않았다. 미람은 첫 마디는 자신에 대한 궁금함이었는데. 하지만 뭐라고 대답해야 하지? 분명히 잘 지냈다. 거의 잊을 뻔했으니까.

그렇지만 역시 뭐라고 대답해야 하지? 진심을? 아니면 악의를? 확실한 건, 자신은 여태껏 미람의 안부조차 묻지 않고 쏘아붙이기만 했다는 사실이다. 다른 사람이었다면 오랜만에 한 연락에 대한 반응이 푸대접이라는 사실에 화를 냈을 것이다. 적어도, 자신은 그랬을 것이다. 그러나 미람은 달랐다.

그녀가 다시 물었다.

—잘 지내?

"잘… 지내. 응, 잘 지내."

—얼굴 좀. 오랜만에… 보고 싶어.

"아… 나, 나는……."

아찬은 미람의 따뜻한 목소리에 그만 목이 메고 말았다. 마지막 단어를 쥐어짜듯이 내뱉은 아찬은 가까스로 일으킨 허리를 다시 털썩 누이며 오른팔로 눈을 가렸다. 창문으로 비쳐드는 가로등의 희미한 불빛조차 똑바로 받아낼 자신이 없었다.

난 그러고 싶지 않아. 널 보고 싶지도 않고, 내 모습을 네게 보이기는 더 싫어라고 말하고 싶은데 도저히 입이 떨어지지를 않았다.

이제 와서 자신을 후회 가득하게 만드는, 잠도 더 이상 편하게 잘 수 없게 하는 사랑했던 한 여자에 대한, 졸렬한 복수심에 불과하다는 사실을 알고 있어서다. 미람의 앞에 당당하고 태연하게 나설 수 없는 이유가 단순히 술 때문에 붉어진 얼굴만은 아니다.

"좀 바빠."

가까스로 나온 대답은 역시 거짓말이다. 아찬은 낮까지만 해도 미람의 마지막 흔적을 자기 손으로 지워 버린 사실 때문에 후회하고 있었고, 스승과의 면담에서조차 미람에게 신경 썼다. 그리고 결국은 그걸 술로 달래기 위해 지구환까지 올라갔다 온 터다.

미람을 마지막으로 본 후 지난 오 년 동안 단 한순간도 그녀를 잊은 적이 없었다. 너무나도 오래되었고 사진 한 장 제대로 남기지 못했기에 연무 속에 싸인 듯이 희미한 기억일지언정 미람을 잊을 수는 없었다. 아찬은 혜화동 거리가 아니라 2만 명이 한꺼번에 들어앉은 메가 스타디움의 축구 경기 도중에도 미람을 찾을 수 있고, 수천 명의 여자들이 소리를 질러대는 콘서트장이라 할지라도 그녀의 목소리가 섞여 있다면 바로 알아낼 수가 있을 거라고 믿었다. 그는 진실로 눈을 오직 미람을 보기 위해서만 뜨려고 했고 귀를 단지 그녀의 목소리를 위해 열려고 들었다. 가능하기만 하다면 그러고 싶었다.

하지만 막상 미람의 목소리를 듣자마자 그녀를 마주 볼 용기가 없어졌다. 어쩌면 십 년 동안 한 사람만을 생각해 오도록 만든 알 수 없는 마음이 어느샌가 사랑을, 자신을 아프고 힘들게 한 여자에 대한 미움으로 바꾸어놓았는지도 모를 일이다. 그 미움은 진심이다. 하지만 그런 감정을 그녀에게 직접 표현할 용기가 없다.

아니, 사실은 이 얼마나 꿈꾸어오던 일인가. 어느 날 전혀 생각도 못하고 있는 때에 갑자기 걸려온 전화에서 울려 퍼지는 그녀의 목소리. 그러나, 그러나 그는 그 꿈에서처럼 말할 수가 없었다. 그는 그렇게 할 수가 없었다.

너무 혼란스럽다.

—내 메시지 들었어?

"아……."

—듣지 않았을 거라고 생각했어…….

"나, 지금 뭐 하는 중이야. 그래서……."

—잠깐 거실로 나오지도 못할 만큼 바빠? 그냥 한번 보고 싶어서 그래.

"아니, 난, 난……."

—왜 그래? 넌 나 안 보고 싶었어? 응?

"나, 저기 일이 좀 많아서……."

—아, 하지만……

"좀 바빠."

십 년이 짧다고 생각해? 내 나이는 이제 스물넷이야. 내 삶의 반가량이 너와의 시간을 꿈꾸며 날아갔어. 이제 난 자유로워질 권리가 있어. 그런데 왜 이제 와서 나한테 이러는 거지?

아니, 거짓말이다. 인생이 날아간 것과 미람은 아무 상관이 없다. 그녀에게는 책임이 없다. 모든 것은 처음부터 끝까지 오직 나만의 문제.

자신에게 오늘이란 내일 할 일을 기다리기 위한 시간에 불과했다. 한때 거의 순간순간을, 미람을 지우는 것이 오늘은 아니라는 생각으로 보낸 적도 있었다. 그러나 그건 어쩔 수 없는 최소한의 자기방어였다.

미람은 고맙게도 아찬을 휘감는 패배주의를 포기하지 않고 끈기있게 닦아내 주었다.

—잠깐, 우리 한번 만나자. 내일, 내일 만나자. 아니면 지금이라도 좋아. 응? 어디가 좋겠어? 아니면 내가 그리로 갈까?

아찬이 입은 초라한 갑옷의 녹을 닦으며 지쳐 가는 것일까. 미람의 목소리가 조금씩 흔들리기 시작했다. 아찬은 자신이 조금씩 무너져 가고 있음을 인정하지 않을 수 없었다. 아니, 무너지기는 아까부터 무너졌다. 단지 하잘것없는 원망으로 어떻게든 얄팍한 자존심을 세워보고자 한 것뿐이다. 그럼에도 불구하고 아찬은 미람의 마지막 손길을 뿌리쳤다. 머리의 생각이 입으로는 전혀 전달되지 않고 있었다.

"집도 알고 있었어?"

—아찬…….

"내 사생활……."

—난 네가 정말로 보고 싶었어, 아찬. 널 보기만 하면 그걸로 만족해. 내일 나오지 않아도 되니까. 그뿐이야.

아찬의 격렬한 어조를 어루만지듯, 아이의 머리를 쓰다듬는 어머니의 손처럼 차분하고 온화한 목소리. 곧바로 가슴과 머리가 따뜻해지는 느낌. 미람은 나에게 내민 손을 거두어들인 게 아니었어. 그녀는 날 포기하지 않았어.

미람이 이겼다.

"미안해."

난 미람을 상대로 단 한 번도 이겨본 적이 없어.

하지만 아찬은 사실, 어떤 경우든 이겨본 적이 거의 없었다. 그 점을 인정하자 마음이 갑자기 편해졌다. 아찬은 불도 붙이지 않은 담배를 휴지통에 던져 넣고 자리에서 일어나 거실로 나갔다. 미람의 입체영상이 가운데에 떠 있었다.

여전히, 여전하구나, 미람. 참 예쁘구나.

젊은 여인의 볼이 옅게 발그레했다. 홍조는 그녀가 입은 분홍색의 스웨터와 기묘한 조화를 이루었다. 나의 붉은 얼굴도 미람처럼 저렇게 아름답고 보기 좋을까? 아니다. 그럴 리가 없다. 다시 솟아오르는 열등감을 가까스로 억눌렀다. 거실로 나온 아찬이 통화 상태를 화상모드로 전환하자 약간은 초점이 흐려진 그녀의 눈에 기쁨이 스며들었다.

—석아찬, 그대로구나. 기쁘다.

"너도 그대로야."

아찬은 그 말에 이어서 하지만 난 기쁘지 않아, 부끄러워라는 말이 치밀어 올라오는 것을 억지로 삼켰다. 열등감과 원망은 이제 꺼낼 때가 지났다. 그녀의 손을 잡고 이 앞에 서 있는 마당에 그런 감정이라니.

미람이 갑자기 들뜬 듯 말이 조금 빨라졌다.

—아, 정말 그대로야. 매서운 건지 선량한 건지 잘 모르겠는 그 눈도 그렇고.

"아… 너도, 너도 그래."

그래. 전에도 이랬다. 대화도 항상 미람이 이끌어주었지. 하지만 미람은 확실히 예뻐졌다. 풋풋한 학생 시절의 젖살은 온데간데없고 갸름해진 턱이며 또렷해진 이목구비. 나도 변했다는 말을 듣고 싶었는데. 다시 열등감에 휩싸여 생기려는 황망함을 부드럽게 쓸어내리는 미람의 목소리에 웃음이 확연히 스며들었다.

—변하지 않아서 다행이야. 거기서 더 멋있어진다는 건 불가능했거든.

"정말?"

이번에는 정말로, 아찬은 아무런 사심도, 고민도 없이 커다랗게 웃을 수 있었다. 단순히 칭찬 때문인지, 아니면 그녀의 웃음이 옮겨온 건지 잘 알 수 없지만 아무튼 이런 식으로 웃어본 게 정말로 한참 만이란 건 확실했다.

—우리, 한번 만나. 어디가 좋을까? 그래, 우리 처음으로 데이트했던 곳. 거기서 만나자. 지금 나올 수 있어?

"정말로 해야 할 일이 있어. 여기 있을 시간이 별로 안 남았거든."

자신도 모르게 여행 이야기를 하고 말았다. 아찬은 순간적으로 아차 했지만 미람은 그 말의 의미를 평범한 뜻으로 해석한 듯 약간 시무룩해진 표정을 짓다가 재빨리 표정을 수습했다. 그녀는 손으로 입을 가리고 고개를 살짝 돌렸다가 다시 아찬을 바라보았다. 미람은 항상 저 동작으로 변신하곤 했다. 손으로 입을 가린 채 돌아갔던 고개가 되돌아오면 그녀의 얼굴은 한껏 화사해져 있었다.

—한번 보고 싶어. 우리 마지막으로 본 게 오 년도 넘었잖아? 그간 어떻게 살아왔는지 서로 이야기하는 정도로 생각해. 그러니까 내 말은…….

"그래. 내일 우리 처음으로 데이트했던 그 카페에서 만나자. 그… 이름이……."

—Poco Roco! Poco Roco야.

기억하고 있구나. 떠본 건 아니다. 정말로 그 순간 기억이 나지 않았다. 그러나 그녀는 여전히 기억하고 있다. 아찬은 가슴이 따뜻하게 부풀어 오르는 느낌을 받았다. 그 장소를 기억해 주는 미람이 너무 고마웠다.

"그래. 거기서. 거기서 보자."

—응. 그래, 꼭 와야 해. 나, 너무 기뻐.

"그래. 알았어. 그럼."

—우리 처음으로 만났던 그 시간에, 그때 봐. 좋은 꿈꾸렴.

"너도."

아찬은 활짝 웃으며 손을 흔드는 미람이 입체영상의 광입자가 되어 사라지는 마지막 순간까지 입자 하나하나를 놓치지 않겠다는 눈빛으로 한참을 서 있었다.

그 입자 속에서 웃음 머금은 미람의 눈가에 한 방울 눈물이 맺힌 것을 분명히 보았다. 아찬은 그 순간 이 만남을 원하는 미람의 마음이 진심이든 아니든, 자신 역시 여전히 그녀를 원하고 있다는 사실이 부정될 수 없다는 것을 알았다.

그리고 이 사실은 이제 아주 오랫동안 여행을 하게 될 자신에게는 전혀 도움이 안 된다는 것도 알았다.

아찬은 왜 그녀를 만나려고 했을까 하는 후회를 곧바로 시작하며 담배를 빼어 물었다. 마지막으로 해본 지 오 년도 넘은 고민을 다시금 시작하고 있다. 이제 미람을 만나면 어떤 이야기를 해야 하지? 옷은 어떻게 입고 나가야 할까. 쓴웃음이 나왔다.

미람의 말대로 난 변한 게 없어. 아니, 한 가지는 변했다. 이젠 그녀의 미래를 자신에게 걸라고 스스로를 선전할 필요가 없어졌다는 것.

아찬은 봉투를 내일 뜯어보기로 했다.

다음날 아찬은 평소처럼 입고 약속 장소로 나갔다. 자신을 더 이상 선전할 필요가 없어진 이상 있는 그대로의 모습을 보여주는 것이 예의라고 생각했다. 아찬은 막상 약속 장소 부근에 도착하자 심각한 곤란을 느꼈다. 사실은 약속 장소에 제대로 와 있는지조차도 확신이 서지 않았다. 그 블록이 완전히 변해 버렸던 것이다. Poco Roco는 사라지고 없었다. 그 카페가 있던 건물만 바뀐 정도라면 그 앞에서 서성거려라도 보겠는데 이건 완전히 블록 자체가 변해 버렸다. 그 당시 녹지 주거구역이던 곳이 이제는 수십 층짜리 건물이 빽빽한 중심업무 지구로 변해 있었다. 자신이 그나마 옛 거리의 근처에 위치하고 있다는 증거는, 이전에 녹색 초림 사이에서 하얗게 솟아 호수에 세련된 곡선을 비추었던, 그러나 지금은 다른 건물들 사이로 숨어 그 흔적도 찾기 어려운 지역주민회관이 고작이다. 이미 약속 시간은 넘어가고 있다. 미람에게 전화를 할 수는 없다. 전화번호를 몰라서가 아니다. 그냥 할 수가 없었다.

아마 미람도 같은 이유로 전화를 하지 못하고 있을지도 모른다.

머뭇거리는 아찬에게 팬시가 건설 부양을 속삭이며 경고했다. 하늘을 올려다보았다. 지구환에서 반중력 빔에 매달려 내려오는 커다란 빌딩. 어릴 적 살던 켄타로스에서는 건물을 땅에서 해체하고 그 자리에 그대로 올려 지었다. 천천히.

그러나 이곳은 건물을 하늘로 통째로 뽑아 올리고 지구환에서 만들어 땅으로 단번에 낙하시켰다. 이름없는 여염집을 단지 오래되었다는 이유 하나만으로 보존하는 행위는 켄타로스에서나 가능했다. 그 속에서 무사할 수 있는 것은 그럴싸한 건물뿐이다. 가령, 서울 7대학의 명진관처럼.

사라져 가는 삶의 터전에 대해 아쉬워할 시간이나 기억을 묻기 위해 준비할 틈 따위는 주지 않았다. 지구는 그랬다. 그리고 아찬과 미람이 함께 소년기를 보낸 이곳도 마찬가지다. 이제 여기서 그때의 흔적을 찾기란 어려울 것 같았다.

아찬은 당시의 그 거리가 맞긴 하다는 또 하나의 증거 중 하나인, 이미 뽑혀 사라져 가는 오래된 아파트 숲으로 걸어 들어갔다. 미람이 한때 살던 곳이다. 물론 지금도 살고 있을 리는 없다. 아마 이사한 지 꽤 오래되었을 것이다. 그렇지 않다면 그녀가 그곳을 약속 장소로 정했을 리가 없으니. 하지만 아찬은 다음 번의 약속 장소가 어디인지 알고 있다. 미람은 분명히 그곳에 있을 터다.

기십 년 된 건물을 철거하고 새로 짓곤 하는 인간적 행위. 건물로써는 더 늙기 전에 새로운 세대에게 자리를 물려주는 것이지만 고작 한 세기 남짓 사는 인간의 입장에서라면 함께 늙어온, 혹은 함께 성장해 온 그들은 변치 않을 부동의 존재다. 하지만 지구에서 이 모든 것이 사라지는 것은 순식간이다. 이것들이 모두 없어지기 전에 서둘러야 했다. 그럴 리가 없다는 사실을 알고 있음에도 불구하고 충동적으로 솟아오르는 초조함. 그래서 아찬은 발걸음을 바쁘게 놀렸다.

새로운 건물들 사이에서 간간이 보이는, 풍화되어 흔적조차 얼마 남지 않은 페인트가 처음부터 여기 있었다고 존재감을 주장하는 골목. 아찬은 아릿한 기억의 익숙함을 이정표 삼아 그 좁은 길을 헤치고 나아갔다. 곧 거짓말처럼 오래된 기억을 떠올리게 하는 아파트 단지가 나타났다. 이제부터는 흔적도 얼마 되지 않은 기억을 더듬을 필요가 없다.

놀이터가 나왔다. 이미 철거를 준비한 듯 놀이기구는 하나도 없지만 그 옛날 미람과 아찬이 나란히 앉아서 이야기를 나누었던 노란색 벤치는 여전히 그 자리에 있다. 하지만 그녀는 없었다. 아찬은 실망했지만 기다리기로 했다. 미람도 반드시 이리로 올 것이다. 아찬이 벤치에 앉은 서리를 손으로 대강 털어내고 담뱃불을 붙이며 걸터앉다 말고 멈칫했다. 담배를 그대로 밟아 눈밭에 파묻고 한 명이 더 앉을 만큼의 눈을 털어냈다.

자기 자리보다 그 옆을 더 정성스럽게 털어내고 나서, 손에 입김을 불며 고개를 약간 들자 눈앞에 허공에 뜬 두 개의 캔 커피의 머리를 쥔 하얗고 부드러운 손이 보였다. 아찬은 말없이 캔을 받아 들고 뚜껑을 땄다. 미람 역시 말없이 아찬의 옆에 앉았고, 그가 뚜껑을 뜯어 내민 따뜻한 캔 커피를 양손으로 감싸 쥐었다.

"여전하구나, 넌."

"너도. 아니, 옛날보다 훨씬 예뻐진 것 같아."

"고마워."

둘은 아직 눈을 마주치지 못하고 있었다.

"그곳이 그렇게 변했을 줄은 몰랐어."

"괜찮아. 여기는 그대로인걸."

"그래."

미람이 희미하게 웃었다. 그 웃음조차 조금도 변하지 않았다.

"기억나? 아주 오래전에. 여기서 너한테 프러포즈한 거. 그래도 내 나름대로는 되게 멋있게 하려고 한 거였는데."

미람의 자그마한 입술 사이로 푸웃 하는 소리가 새어 나오며 눈꼬리가 내려갔다.

"지금 기준으로 생각해도 꽤 멋진 거였어. 난 그 이후 지금까지 그렇게 멋진 프러포즈는 받아본 기억이 없어."

"고마워."

"그럴 줄 알았다면 그때 거절하지 않는 거였는데 말이야."

미람의 눈에 순간 진실 된 회한의 빛이 어렸다. 아찬이 마시던 커피를 내려놓았다.

친구로서는 너무 가깝고, 연인으로서는 너무 먼 거리를 유지하며 벤치에 나란히 앉은 두 남녀가 황폐하다고밖에는 표현이 안 되는 놀이터의 가운데에서 겨울을 쫓아내기 시작했다. 을씨년스러운 아파트 단지의 페인트 색이 다시 화사하게 빛나고 사라졌던 놀이기구들이 땅속에서 기지개를 켜며 솟아올랐다. 이미 앙상하게 가지만 남은 나뭇가지에 또 한 번 새싹이 돋아 싱싱한 신록으로 놀이터를 가득 채우는 순간, 해체된 아파트가 깔끔한 페인트를 입으면서 허리를 일으켰고 복개된 녹지 주거 구역의 호수가 땅 위로 솟아올랐다.

그렇게 시간이 기억을 반추해 가는 동안 두 남녀는 순진했던 학생이 되어갔다.

00년 11월 29일.

표지 안쪽에 든 나에 대한 염려가 선생님의 친필로 짧게 적힌 일기장과 펜 한 자루. 펜으로 종이 위에 뭔가를 쓰는 게 처음은 아니지만 이건 수업 시간에 배우던 것과는 느낌이 좀 다르다. 훨씬 더 좋은 것 같다. 음, 잘 미끄러진다고 해야 하나?

하얗게 펼쳐진 종이를 보니 갑자기 충동이 인다. 미람과의 만남을 여기에 기록해야겠다는……

새로운 일기장의 처음이 과거를 기록하는 일기라는 것은 뭔가 좀 아이러니하다. 하지만 원래 일기에는 오직 과거만 있을 뿐이다. 마치 후회처럼……

어제 우리는 술을 많이 마셨다. 미람은 이미 약혼한 상태였고 행복했다. 내가 보기엔 그랬다. 그런데 그녀는 그렇지 않았던 모양이다. 그녀는 술에 취해 중얼거렸다. 자기는 바보였다고.

그녀는 나를 좋아했다고 했다. 그렇지만 내가 자신을 행복하게 해줄 수 없을 것 같아서 나를 좋아하기를 그만두었다고 했다. 그 말을 듣고도 별다른 감정이 생겨나지는 않았다. 하지만 억울함은 묻어났나 보다. 내가 감추려 한 그 표정을 정확히 읽은 듯, 힘없이 고개를 떨어뜨리며 미안하다는 말만 되풀이하던 미람.

지금의 나라도 마찬가지일 거라는 쓸모없는 위로의 끝에서 미람, 지금은, 지금은 그런 것은 아무래도 상관없다고 하며 그저 울기만 했다.

우리는 그날 밤 집에 들어가지 않았다. 별다른 이야기도 없이 우리는 밤차를 타고 바닷가로 향했다.

리조트의 메마른 불빛은 우리 마음을 더 춥게 했지만 그래도 우린 서로가 있었기에 그 사실을 모르고 밤을 지새울 수가 있었다. 다음날 일어났을 때 우리는 서로의 벗은 몸을 보고 웃음을 터뜨렸다. 미람은 확실히 아름다웠다. 그녀에게는 우아함과 기품이 있었다.

그녀는 나를 아주 오래전부터 찾았다. 우리가 마지막으로 서로를 본 것이 스무 살 무렵. 이후 미람은 많은 남자 친구를 사귀었다. 그건 당연한 일이었다. 비록 내가 사랑하던… 사랑하는 이 여자는 첫눈에 반할 만큼 굉장한 미모는 아니지만 일단 단 한 번이라도 말을 나누어본 남자라면 빠지는 건 당연하니까. 내가 언젠가 그녀의 남자 친구 소식을 들었을 때 억울함으로 얼마나 많은 날밤을 술과 함께 지새웠던가.

그러나 나는, 미람이 원한 빛나는 미래가 무엇인지 지금도 잘 모른다……

우주선이라는 이름 자체에 함축되어 있는 '배'라는 표현은 인류가 실제로 우주에 첫걸음을 내딛기도 훨씬 전부터 있었다.

인간이 하늘을 공간으로 간주하기 시작한 그때부터 공허함의 물살을 이겨내는 유일한 방법. 우주에 대해 진지하게 고민을 해본 철학자로부터 하늘을 꿈꾸던 어린아이에 이르기까지 부정할 수 없는 현실이자 시대가 변해도 고정된 그 개념. 솔시스어의 공항(空港)에도, 켄타로스어의 에어포트(Airport)에도 기본적으로 항구라는 의미가 포함되어 있으며, 최초로 우주를 향해 솟아오른 로켓은 배와는 전혀 다른 모양이었지만 역시 우주선이라 불렸다. 이후 비행기의 닮은꼴을 한 우주왕복선조차 마찬가지였다.

그런 의미에서 솔시스 연방에 속한 대부분의 항성간 우주선처럼 게이츠도 우주선이라는 이름에 좀 더 정직해질 수 있는 형태였다. 우주선치고는 평면적인 형태고 어떤 면에서는 날개 달린 비행기에 가까운 모양새지만 그럼에도 불구하고 전체적인 느낌은 역시 배의 이미지 그 자체다.

우주선의 위아래는 인간이 발을 딛고 선 갑판을 기준으로 설정되곤 한다. 그런 관점에서, 게이츠는 위에서 내려다볼 경우 전형적인 십자가 실루엣을 갖추었다. 만약 곤충에 좀 관심이 있는 사람이라면 배가 뚱뚱한 사마귀가 짧은 날개를 펼친 모양이라고 할지도 모른다. 함체의 대부분은 빛을 에너지로 전환하는 흑철색의 패널로 뒤덮여 있다. 그리고 함체 후부 4분의 3 정도쯤에서 양옆으로 불안할 정도로 얇은 두께로 뻗은 길쭉한 날개에는 동력으로 변환할 수 있는 여러 가지 에너지원을 항행 과정에서 얻기 위한 갖가지 장치가 달려 있다.

이 모든 부속들은 대부분, 투박하고 거칠면서도 군더더기없는, 묘하게 이율배반적인 실용적 상태를 점유하고 있다. 그래서인지 일반적으로 매끈하고 우아한 여객선에 가까운 모양을 가지곤 하는 여느 심우주 탐사선과는 달리 게이츠의 매무새는 전투함에 더 가깝다. 관점에 따라서는 '하늘'이 이미지 홍보에는 관심이 전혀 없는 곳으로 비추어질 만한 모양새다.

아찬은 군용 우주항에서 게이츠의 승선이 이루어진다는 사실이 조금 마음에 걸렸지만 그건 단지 선입견일 뿐이라고 스스로를 다독였다. 켄타로스가 피와 땀으로 해방을 쟁취해 낸 지 삼백 년이 넘은 지금도 자신들을 총칼로 압제한 군인들에 대한 불신은 거의 유전적으로 내려오고 있다고 할 정도지만 아찬에게는 그저 남의 이야기일 뿐이다. 출생이 켄타로스기는 했지만 솔시스 태생의 아버지를 따라 지구로 향하는 별모래 호를 탄 게 고작 다섯 살 때다. 하지만 아버지와 함께 도착하지는 못했다. 별모래 폭발은 정말 끔찍했다고 하지만, 켄타로스와 함께 기억에는 남아 있지 않다. 아무튼 아찬은 그래서 솔시스의 우주선이었다면 결코 나지 않았을 사고로 돌아가신 아버지 때문에 출생지인 켄타로스에 대한 불신이 깊었다. 다행히도 솔시스는 양친이 안 계신 아이들이 사회적 편견 속에서 정서가 삐뚤어지는 것을 좌시하는 곳이 아니기에, 그러한 불신이 분노로 자라지는 않았다.

아찬이 군용 우주항에 대해 부담을 가진 이유는 단지 을씨년스럽고 칙칙한 우주항의 분위기 때문이었다. 호러 영화에서 군인들이 흔히 목숨을 잃곤 하는 격납고나 창고 분위기가 너무 비슷했기 때문이다. 아찬의 언짢음을 눈치 챘는지 옆에 앉은 여군 소위가 온화하게 웃으며 설명해 주었다.

"이 구역은 사람들이 잘 오지 않는 곳이에요. 우리도 마찬가지죠."

도톰한 입술에 볼이 약간 통통하고 눈이 맑은 여군 소위는 꽤 예뻤다. 아찬은 좀 더 많은 대화를 나누고 싶었지만 차마 용기가 나지 않아 간단히 대답했다.

"전 게이츠의 승선식이 좀 더 거창할 줄 알았어요."

"아, 저도 유감이네요. 하지만 게이츠가 정박된 위치가 좀 그래요. 연구동을 통해서 갈 수도 있지만 그러려면 셔틀을 타야 하는데 너무 번거롭고 이목도 불만스러우니까요."

이목이 불만스럽다고? 원래 기자들이 우글거려야 정상이고 그게 더 좋은 것 아니었나?

"게이츠의 실제 진주식은 정박된 도크를 벗어나서 신통영(新統營)에서 할 거예요. 연구동 도크는 기자들이 취재하고 싶어도 그냥 넋 놓고 게이츠나 쳐다보는 수밖에 없을 정도로 시설이 열악해요."

아, 그 뜻이었군.

"그냥 리허설대로만 하시면 돼요."

아찬이 고개를 끄덕였다. 어제 워크숍을 받은 컨벤션 센터 창가에 서서 백치처럼 웃으며 손을 흔드는 일을 말하는 것이다.

은사에게 봉투를 받은 이후 게이츠의 승선까지 걸린 시간은 고작 한 달 남짓이었다. 당연히 아찬으로서는 봉투에 들어 있는 지침을 따를 수밖에 없었다. 그 지침이란 간단히 하자면 '주 1회씩, 총 4회의 워크숍에 반드시 참석하시오'라는 것이었다. 하지만 그건 중요치 않았다. 지침서의 마지막 부분이 핵심이었다. 그 장황하고 긴 내용은 결국 '최대한 남은 인생을 즐기시오. 마지막 기회일지도 모르니까'라는 한 줄로 요약 가능했다. 아찬은 그에 충실하기 위해 가능한 한 많은 시간을 미람과 함께 보내려고 애썼다.

게이츠는 컸다. 정말 컸다. 가장 큰 우주여객기의 길이가 600미터를 넘지 않는다는 점을 생각한다면 킬로미터 단위를 써야 하는 이 심주우 탐사선의 규모는 일반적 의미의 스케일을 훨씬 뛰어넘는 것이다. 그 느낌은 심지어, 하늘을 뚫고 솟아오른 환오름을 일상적으로 보며 살아가는 아찬 같은 사람들에게도 마찬가지였다.

게이츠의 현창에서 손을 흔드는 것이 지구환에서도 정말 보일까? 1.2킬로미터짜리 우주선이 지구환을 따라 돌려면 초속 단위로 움직여야 한다는 문제만이 아니다. 지구환과 도대체 얼마나 멀리 떨어져 있어야 하는데. 만약 예전의 아찬이었다면 그런 지시를 관료주의적이고 머저리 같은 행동이라고 비웃으며 무시했을 것이다.

하지만 지금은 아니다. 그는 몹시 초조했으며 약간 멍청해져 있기까지 했다. 지구환에서 자신의 웃음이 보일 리가 없겠지만 운이 좋다면 어떤 기자의 망원렌즈에 잡힐지도 모를 일이다. 아찬은 그 기사를 미람이 볼 수 있을지도 모른다고 생각했다.

승무원이 줄지어 있는 스무 개가량의 베릴륨 문까지 솟은 가설 계단은 실망스러울 정도로 초라했다. 적어도, 무한궤도를 단 중장비나 대형 로봇 따위가 줄지어 들어서고 있는 옆구리의 커다란 서비스 해치에 비하면 이건 문이라기보다는 그냥 경첩 부근에 난 흠집에 불과했다.

"이게 정식 승선구인가요?"

아까의 여군 소위가 아찬의 질문에 눈을 동그랗게 떴다가 무슨 의미인지 이해했다는 듯 작게 웃음을 터뜨렸다.

"아, 함선은 건축물과 조금 다른 방식으로 설계해요. 문제가 생겼을 때 가장 취약한 부분이 출입 구역이죠. 가끔 민간 회사에서 만든 우주선이 크고 호화스러운 승선구를 가지기도 하지만, 그런 우주선조차도 절대로 외우주로 나가지는 않아요. 아시다시피 게이츠는 심우주 탐사선이기 때문에 안전에 가장 신경을 써야 하거든요."

"그렇군요."

소위는 고개를 끄덕이는 청년의 낯빛에 여전히 불만이 조금 남아 있는 모습이 재미있다는 듯이 다시 한 번 작은 웃음을 터뜨렸다.

"소위님은 이름이 뭔가요?"

"이름을 물어주시다니 영광이네요. 정보장교 에이 영입니다. 영 소위라고 불러주시면 돼요. 근무 시간이 아니라면 그냥 에이라고 하셔도 되고요. 원래 임무는 정보전이지만 일단 지금은 게이츠에서 아찬 씨 같은 민간인 분들을 모시는 게 역할이죠."

아찬은 에이가 내민 손을 얼떨결에 맞잡고 악수했다.

"한에서 오셨다고 했죠? 같은 지구라도 지역마다 문화가 많이 다르더군요. 동료 중에 한 출신이 많은데 저희 앞에서 부끄럼을 많이 타죠. 그곳은 이성 교제를 나이 들고 시작한다더군요."

손끝이 닿는 순간부터 얼굴이 붉어진 아찬을 의식하며 한 말이었다. 그가 더듬더듬 변명했다.

"글쎄요, 적어도 전 아주 어릴 때부터 그랬어요. 아버지한테……."

아찬이 갑자기 말을 멈췄다. 에이가 아찬의 말이 이어지기를 기다리며 그의 안색을 살피다가 놀란 듯 속삭였다.

"괜찮아요? 갑자기 창백해졌네요. 의사를 불러 드릴까요?"

아찬이 숙인 고개를 세차게 흔들며 꾹 다문 입을 억지로 뗐다.

"아뇨, 아뇨. 갑자기 체했나 봐요. 승선하면 괜찮아질 거예요."

거짓말이다. 아찬은 아버지나 어머니라는 단어를 입에 담기만 해도 흉부 통증을 느끼곤 했다. 떠올리는 건 아무 문제가 없다. 그런데 입에 담기만 하면 가슴을 죄는 답답한 고통이 참을 수 없이 몰아쳐 왔다. 어릴 때부터 그랬고, 의사는 전혀 도움이 되지 않았다. 아찬은 자연스럽게 아버지나 어머니라는 말을 피했고, 그러다가 결국에는 어린 시절 이야기를 거의 하지 않게 되었다. 자연히 증상은 사라진 것처럼 보였다. 마침내 아찬이 사춘기에 접어들 무렵, 주치의는 사고로 양친을 잃은 정신적 외상에 의한 신경성 인격 장애가 완치되었다고 판정했다.

지금은 그걸 광고할 필요가 없다. 두 번 다시 오지 않을 기회를 고작 트라우마 때문에 놓칠 수야 없는 일이 아닌가. 그는 간신히 머리를 들고 씨익 웃었다.

"사람이 변한다는 건 쉬운 게 아니니까요."

저런 안색의 사람에게 이런 대답을 하는 게 정상일까라는 표정을 지은 에이가, 반사적으로 튀어나온 자신의 대답에 황당한 인상을 감추지 못하면서 말했다.

"그, 그래요. 재미있는 건 지역마다 사람이 다르듯이 인공지능도 다르다는 거죠. 지구의 마더와 켄타로스의 마더가 다르고, 아메릭의 마더와 한의 마더가 다르다는 건 알고 계시죠?"

"이야기는 들었지만 전 그렇게 발이 넓지 못해서……."

에이는 거의 정상으로 돌아온 아찬의 안색에 걱정스러움을 지우지 못하면서도 일단 할 말은 다 했다. 그녀로서는 자연스럽게 대하면서 상황을 두고 보는 게 나을지 모른다는 결론을 내린 것 같았다.

"사실은 저도 마더나 파더는 잘 몰라요. 하지만 전투 인공지능들은 확실히 그래요. 자기가 모시는 지휘관에 따라 판단 기준도, 성격도 다르죠. 개성이라고 할 만큼 눈에 띄는 건 아니지만. 그래도 신기한 건 신기한 거죠. 분명히 만들어질 때는 같은 재료로 같은 공정에서 생산되었거든요."

"전투 인공지능이요?"

"켈리라고 하죠. 전투기나 탱크, 메탈갑옷 같은 개별 전투장비에 적용되는 인공지능이에요."

"아……."

아찬은 이 여군 소위의 말을 잘 이해할 수 없었지만 친절하다는 점이 썩 마음에 들었다. 조금 전의 망신을 까맣게 잊은 그는 가능하면 대화를 길게 끌고 싶어졌다. 자기 직책을 함부로 말하고 다닌다거나 말이 너무 많다거나 하는 점은 정보장교로서 군기가 좀 빠졌다고 볼 수도 있지만 군대가 어떤 곳인지 알 도리가 없는 아찬으로서는 그런 점을 느끼지 못했다.

"팬시는 안 그렇던데요?"

"판솔라니아 말씀인가요? 맞아요. 부분적으로는 판솔라니아가 사실상 파더의 단말기에 불과해서기도 하지만 더 정확히는 하급 인공지능이기 때문이죠. 인공지능도 고급일수록 복잡하거든요."

"인공지능에 대해서 정말 많이 아시는군요."

"별로요. 하지만 제 직책이 정보장교니만큼 어느 정도 갖추어야 하는 지식은 있죠."

아찬은 예쁜 아가씨와의 대화에 푹 빠져 게이츠에 이미 들어섰다는 사실을 뒤늦게 깨달았다. 맑고 낭랑한 목소리가 아니었다면 아마 에이 영 소위를 쳐다보느라 한참을 더 그랬을 터다.

[여기는 플릿 커맨드 로가디아. 각 시스템은 모두 양호합니다. 전 갑판 상태 양호합니다. 자원 상태 양호합니다. 게이츠에 승선하신 것을 환영합니다, 여러분.]

"왜 로가디아를 플릿 커맨드라고 하죠? 제가 알기론 따로 함장님이 계신 걸로 알고 있는데."

아찬이 에이에게 물었다. 여군 소위가 그를 올려다보며 미소를 지었다.

"아, 그분은 함장님이 아니에요. 충무공이시죠. 플릿 커맨드는 우주선의 실질적인 관리, 감독자라는 의미 외에는 아무것도 없어요."

"충무공이요?"

"가끔 영화에도 나오잖아요, 왜. 그, 우주군 함대에서 최고로 높은 사람."

"아……."

아찬이 입을 약간 벌리고 고개를 주억거렸지만 그도 잠깐, 사실은 무슨 말인지 전혀 못 알아들었다는 티를 단박에 내며 또 다른 질문 공세를 퍼부었다.

"하지만 로가디아가 이상한 생각이라도 품게 된다면 그땐 어떻게 해요. 우주선을 통째로 손아귀에 쥐고 있는 건 인공지능인데."

아찬의 말에 에이가 약간 놀랍다는 표정을 지으며 반문했다.

"어. 아찬 씨는 판솔라니아와 함께 자라지 않았나요?"

"아니, 그건 아니에요. 아까도 말했지만……."

"로가디아와 같이 워크숍도 받으셨죠?"

"네. 대화도 해봤고요."

"그렇다면 걱정할 필요가 없다는 걸 아실 것 같은데."

"그렇기는 하지만……."

"그저 형식적인 거예요. 그런 식이라면 독자 항행하는 게이츠에 '함대 사령'이나 '충무공'이 필요할 리도 없죠. 로가디아는 저희와도 함께 생활해야 하고 그러려면 그럴싸한 직책 하나는 붙여주어야 하거든요."

여전히 아찬은 뭔가 불안하고 미심쩍은 표정을 지우지 못했다. 오히려 고급 인공지능일수록 성격이 변한다는 말을 스스로 해놓고도 이토록 태연한 에이가 더 이해하기 어려웠다. 글쎄, 아마 과민반응이겠지. 항상 멍청하기 그지없는 판솔라니아와만 지내다가 워크숍에서 로가디아를 만났을 때 받은 충격이 아직 채 가시지 않은 것이리라.

아찬은 로가디아에 대한 자신의 입장이 악의가 아니라 궁금증에 가깝다는 것을 알고 있었다. 걱정할 필요는 없다. 인간과 구별이 전혀 안 되는 그 인공지능 아가씨와는 앞으로 지겨울 정도로 친해질 기회가 있을 것이다.

마치 유디트를 방문한 졸부 관광단처럼 웅성거리는 사람들을 이끌며 게이츠를 대충 안내한 그녀는 이제 자신의 위치를 찾아야 할 때였다. 아까 말한 '당분간'은 대충 여기까지인 듯했다. 그녀는 사람들에게 진주식은 오후이니 남은 여섯 시간을 즐기라는 말을 남기고는 사라졌다. 꽤 친절했던 그녀가 막상 떠날 때는 눈길 한번 주지 않자 아찬은 좀 실망했다.

그들이 최종적으로 도착한 장소는 게이츠의 등골을 딛고 선 곳이다. 게이츠를 등딱지처럼 덮은 흑철색 패널 때문에 함체의 측면 실루엣은 등이 많이 부풀어 있지만 그 공간은 대부분 거주를 위한 것이다. 내부는 복도식의 아파트가 중정을 마주 보고 세워져 있는 느낌이다. 거대한 공간의 벽에 붙은 열여섯 개 층에서 각각 뻗어 나와 켜켜이 층을 이룬 넓은 테라스가 마주 보는 사이의 빈 공간은 바닥부터 천장까지 시원하게 뚫려 있다. 호화롭지는 않지만 절제되었음에도 다양한 공간이나 맞은편으로 보이는 테라스와 공간의 벽이 이루는 입면에 스페이스 빌더들의 심혈이 들어가 있다는 사실 정도는 쉽게 알 수 있었다.

스페이스 빌더, 혹은 스페이스 아키텍트라고 불리는 우주선 건축의 전문가들은 오랜 기간을 밀폐된 장소에서 살아가야 하는 사람들의 욕구를 충족시킬 만한 공간을 설계하는 재주가 있었다. 그 결과물은 그 장소에 존재하는 사람들이 갖는 실제 부피나 면적에 비해 훨씬 더 풍성하고 넓은 느낌으로 나타나곤 했다. 아찬은 양옆 층층이 쌓인 테라스 사이에 시원하게 펼쳐진 공간이 어림잡아 200미터 폭에 길이가 한 세 배 정도 될 거라고 생각했는데 실제로는 그 절반을 약간 넘을 뿐이라는 말을 듣고 꽤나 놀랐다. 그렇다고 해도 이미 축구장을 몇 개나 이어 붙인 넓이 이상의 면적. 아무튼 그는 승선하며 출입구에서 느꼈던 실망을 상쾌한 공간에서 완전히 날리며 기분이 좋아졌다. 그는 주변을 둘러보다 익숙한 품으로 검은 상자를 들고 주변을 둘러보는 남자의 팔을 살짝 건드렸다.

"전부 에스컬레이터와 자동복도뿐이네요? 계단은 없나요?"

"글쎄요. 저도 승무원이 아니어서요."

멋쩍게 웃는 남자가 워크숍에서의 기억에 남아 있다는 점을 깨달은 아찬의 얼굴이 약간 붉어졌다.

"죄송합니다. 익숙해 보이시기에……."

"아닙니다. 전 수학분과의 황수영입니다."

"아, 저도 수학분과인데. 석아찬입니다. 잘 부탁드립니다."

화가 났을 때조차 선량해 보일 것 같은 사람은 결코 흔한 법이 아닌데, 그런 인상에 더해 눈초리나 입가에 웃음이 배어 있는 사람이다. 악수를 하며 황수영은 아찬에게 다시 한 번 푸짐하게 웃어준 다음 다시 검은 상자를 치켜들었다. 상대가 느꼈을 법한 쑥스러움을 한 번에 날려주는 커다란 미소 덕분에 아찬은 그가 들고 있는 물건을 전에 본 적이 있다는 기억을 떠올릴 수 있었다. 그 남자가 익숙해하는 것은 게이츠가 아니라 저 상자이기에 아찬은 황수영의 품을 착각한 것뿐이다. 뭔가 필요하면 로가디아를 찾으면 된다는 사실을 그제야 떠올린 아찬은 발걸음을 돌리며 누가 들을세라 작은 목소리로 그녀를 살짝 불렀다.

"로가디아?"

[안녕하세요, 아찬. 게이츠는 마음에 드시나요?]

"아, 어……."

아찬은 로가디아의 너무나도 자연스러운 억양과 말투에 잠시 상대하는 존재가 마이크 건너편의 사람일지도 모른다는 의심에 빠졌다. 갑자기 판솔라니아를 대하듯이 로가디아를 대해도 될까라는 의문이 들고 말았다. 아찬이 우물거리는 와중에 로가디아가 물빛 히마티온을 하늘거리며 그의 왼쪽에 나타났다. 뒷짐을 지고 소녀 같은 표정으로 생긋 웃는 로가디아는 아찬이 어떤 생각을 하고 있는지 이미 아는 듯했다.

[편하게 대하세요. 그냥 팬시를 대하듯 하시면 돼요.]

"어, 그래… 요."

[그게 편하다면 그렇게 하시고요. 어차피 우린 곧 친구가 될 거니까 전 아무래도 좋아요.]

아찬이 약간 부담되는 안색으로 고개를 끄덕였다.

"저기 저 사람이 들고 있는 거, 저거."

[누구 말씀이신가요?]

로가디아는 아찬의 손가락 끝에서 이어지는 직선이 누구를 향하는지 알았다. 그러나 아는 척을 하면 그가 누군지 함부로 알려주는 결과가 될 것이다. 아직은 아무리 사소한 요소라도 다른 사람에 대해 함부로 정보를 주어서는 안 될 시기다. 게이츠는 진주식은커녕 출항조차 하지 않은 상태다.

"황수영… 팀장님이라고 하던가?"

[아, 네. 저분이 들고 있는 거요?]

"응."

로가디아는 황수영이 들고 있는 물건이 무엇인지 알려주어도 좋다고 판단했다. 골동품이긴 했지만 희귀할 정도의 물건은 아니다. 이런 곳에서 마구 휘두르는 황수영 본인도 그 사실을 알고 있을 터.

[저건 카메라예요. 정확히는 사진기라고 하죠.]

"사진은 뭔지 알지만……."

[아주 오래된 물건이에요. 좀 이야기해 드려요?]

"으응."

[종이란 게 있어요. 그건…….]

"아, 종이는 뭔지 알아. 종이 일기장도 있는걸."

[와아! 정말요? 나중에 꼭 보여주세요. 저도 한번 종이란 걸 구경해 보고 싶어요.]

로가디아는 눈을 동그랗게 뜨며 놀란 표정으로 해맑게 웃었다. 인공지능인 네가 종이를 모를 리 없지 않느냐는 말이 도저히 나올 수 없게 만드는 자연스러움. 그러면서도 그녀는 자신이 해야 할 일이 무엇인지 잊지 않았다.

[원래 사진이란 건 종이에 대상을 2차원적으로 투영하여 인쇄할 때에 쓰던 거예요. 사실 품질도 조악하고 보관하기도 불편한 물건이죠. 종이 자체가 그러니까. 그런데도 과거에는 의학이나 공업, 학술의 광범위한 분야에 걸쳐 사용했어요. 뜻밖이죠?]

"그땐 그런 것밖에 없었나 보지."

아찬은 건성으로 대답했다. 종이 위에 인쇄하는 사진이라는 말을 듣자마자 저 물건을 어디서 보았는지 기억이 난 것이다. 그는 일단 짐을 풀어야겠다고 생각했다.

"저기, 내 방이 어디지?"

[사진 이야기가 재미없으셨나 보네요. 절 따라오세요.]

로가디아는 이번에도 생긋 웃으며 아찬에게 손짓했다. 사람이었다면 말을 끊은 무례함에 대한 불쾌감을 감추기 어려웠을 텐데.

"아, 그건 아냐. 좀 피곤해서. 그 이야기는 가면서 해줘."

가진 게 없기에 들고 올 것도 없던 아찬은 간단한 배낭 하나만을 오른쪽 어깨에 걸쳤을 뿐이다. 물빛 아가씨를 따라 몇 발짝을 걸은 아찬은 이상한 점을 발견했다.

로가디아의 입체영상이 하나뿐일 리가 없다. 사람들이 이렇게 많고 그냥 보기에도 우왕좌왕하는 이들도 넘쳐 나는데 이 친절하고 아름다운 여자형 인공지능에게 도움을 청한 이가 혼자일 리 없다. 로가디아가 반투명한 입체영상으로 이루어져 있어서일지도 모른다. 아찬은 눈에 힘을 주며 주변을 둘러보았고 곧 그 이유를 알았다.

수많은 사람들이 로가디아와 함께 있었지만 광학적인 눈속임으로 시선의 초점이 그녀에게 정확히 맞추어지지 않으면 볼 수가 없는 것이다. 자신을 이끌고 있는 로가디아도 때때로 춤을 추듯이 우아하게 스텝을 바꾸거나 몸을 돌리며 아찬에게 미소를 지어 보였지만 그 행동 역시 사실은 다른 이들의 초점에 들어서지 않기 위한 것임도 알아냈다. 아찬은 추측을 실험해 보기 위해 일부러 초점을 풀어보았다. 그러나 로가디아는 초점을 맞추지 않은 만큼 흐릿해졌을 뿐 사라지지는 않았다. 어라? 눈살을 찌푸린 아찬을 힐끗 뒤돌아본 로가디아가 웃었다.

[아찬, 제 비밀에는 초점만 있는 게 아니에요.]

"그럼 또 다른 장치가 있는 거야?"

[숙녀에게 그런 걸 직접 물으시다니, 실례예요. 여자에게는 지켜야 할 비밀이 있다고요. 글쎄, 당신과 친구가 되고 나면 생각해 볼지도 몰라요.]

아찬은 그만 웃고 말았다. 로가디아는 처녀의 모습을 하고 있지만 소녀처럼 말하는 투가 너무나도 잘 어울려 귀엽다는 인상마저 들었다.

"그런데 말투가 켄타로스나 아메릭 사람들 같아. 내가 살던 한에서는……."

아찬은 발밑 어딘가에 여전히 자신의 집이 있는 마당에 이런 과거형 표현을 써도 되는지 갑자기 망설였다. 하지만 어차피 곧 과거가 될 것이다. 아니, 이미 과거가 되었다.

과거라는 것은 단순히 시간의 문제만은 아니야. 난 이제 돌아갈 수 없는 공간에 와 있는걸. 하지만 정말일까? 그래도 고향이 보고 싶다면 이 게이츠 안에서 한 발짝을 떼면 된다. 적어도, 그 한 걸음만큼은 가까워졌다는 위로가 되니까. 그리고 보면 진짜 과거라는 것은 시간의 문제가 아닐지도 몰랐다. 그건 그보다는, 정말로 손에 쥘 수 있는 가능성이라는 점에서 공간의 문제다.

미람도 마찬가지다. 아찬에게 그녀가 과거였던 이유는 미람이 시간 속으로 사라져서가 아니다. 단순히 그녀를 볼 수 없었기 때문이다. 그래서 그녀는 한순간 현재가 되었고, 다시금 현재가 되는 때가 올 것이다. 아찬은 비어 있는 보금자리를 존중해 주기로 했다.

"내가 사는 한에서는 '당신' 같은 말은 아주 무례한 표현이거든."

[어머? 내 비밀 때문에 토라진 거예요?]

로가디아의 악의없는 말대꾸에 아찬은 또 한 번 피식 웃었다.

"아니, 그냥 그렇다고."

[흠. 당신 말이 맞을지도 몰라요. 아빠가 켄타로스 출신이시거든요. 말을 그분께 배워서 그런가 봐요.]

"아빠? 아버지? 파더?"

[파더라뇨. 파더는 제 손자의 손자뻘도 안 될 만큼 한심한 인공지능이에요. 파더가 아니라 파파 말이에요. 클라우드 박사님이 절 낳아주셨어요.]

아찬의 입가에 커다란 미소가 자연스럽게 떠올랐다. 이제 말을 막 제대로 하기 시작한 어린아이 같은 말투에서 풍기는 순진함에 가슴이 흐뭇해졌던 것이다. 동시에 파더라는 단어를 이용한 말장난을 알고 받아친 로가디아의 능력이 감탄스럽기도 했다.

[이제 다 왔어요.]

도착하고 나서야 로가디아가 방까지 인도한 길은 조금 돌아가는 길이었음을 알았다. 하지만 기분은 나쁘지 않았다. 그러려야 그럴 수가 없었다. 이런 인공지능과의 대화를 나누는 시간 동안이라면 아마 난로 위에서조차 뜨거움을 느끼지 못할 것 같았다. 오히려 아쉬웠다. 아찬은 문을 열다 말고 로가디아를 돌아보았다.

"좀 더 이야기할 수 있어?"

[물론이죠, 아찬. 걱정은 말아요. 전 차 대접을 못 받았다고 그런 걸 마음에 두거나 하지는 않아요.]

다행이라는 생각이 들 정도다. 로가디아를 기분 나쁘게 하고 싶지조차 않았다. 오히려 그 때문에, 서둘러 방을 찾아온 이유를 잊은 아찬의 멍한 눈빛을 로가디아가 환기시켜야 했다.

[사진기가 등장하게 된 이유가 꽤 재미있어요. 저건 원래 천 년 가까이 된 물건이거든요. 존재하는 건 가능하지만 작동될 수는 없어야 정상이에요. 그런데 그런 물건을 우리 솔시스 전역에서 그렇게 드물지 않게 찾아볼 수 있어……요.]

아, 그래. 난 사진을 확인하려고 방을 찾은 거였어. 그러려면 짐을 풀어야 하니까.

하지만 차를 대접받지 않아도 괜찮다는 로가디아를 쫓아내고 싶은 생각은 전혀 없었다. 그건 반드시 지금 하지 않아도 될 일이었다.

"고작 천 년으로 고장이 난단 말이야? 아무 짓도 안 했는데?"

[현대의 발전에는 공학 기술만 있는 건 아니거든요. 그때만 해도 물질에 부식

이나 부패, 풍화에 대한 이상적 내성을 갖추는 기술이 거의 없었거든요. 뭐, 지금도 격렬하고 임계를 넘는 충격 같은 것까지는 극복하지 못하지만……]

로가디아는 아찬의 표정이 순식간에 멍청해진 것을 보고 전문적인 이야기는 할 필요가 없다고 판단했다. 수학자라고 해서 모든 자연과학 분야에 대한 흥미나 지식을 가질 수는 없다.

[그래서 그냥 내버려 두기만 해도 대부분은 시간 속에서 스러져 갔죠. 그런데 팔백 년 전쯤에 정말 재미있는 사건이 터진 거예요.]

다시 아찬의 눈망울이 또렷해졌다.

[지금까지도 전설 아닌 전설로 남은 다이달로스 사건!]

"오, 그거 나도 알아! 영화도 봤어. 그 영화 진짜 좋아하지. 막 항성간 여행을 꿈꾸기 시작하던 근대의 초입에 지구를 떠난 다이달로스! 핵융합 엔진으로 영원의 끝을 잡는 가속을 시작하지만 좌절된 이들의 이야기!"

[와, 당신은 낭만이 뭔지 아는 남자군요.]

로가디아의 아부성 발언에 아찬은 목젖이 떨어져라 크게 웃었다. 가능한 한 호탕해 보이고 싶어하는 과장된 몸짓은 아찬의 허영심이겠지만, 어차피 그 자체가 남자의 유전자에 새겨진 것이니 그의 책임은 아닐 터였다. 화이올리처럼 여자의 모습을 한, 혹은 처음부터 여자인 인공지능은 드러나지 않게 깔깔거렸다. 그 역시 여자의 본능이니 로가디아의 책임은 아니리라.

[하지만 다이달로스가 귀환했다는 사실은 모를 거예요. 뭐, 여러 가지 복잡한 사정이 있었겠죠. 아무튼 그 우주선은 약 백 년 전에 귀환했어요. 핵융합 엔진으로 거의 광속에 근접해 칠백 년을 항해한 거죠. 그들에게는 고작 몇 주도 안 되는 시간이지만요. 그 승무원들은 아는 이라고는 아무도 없는 미래의 세계에 홀로 남았다는 사실에 좌절했겠지만 그래도 솔시스는 그들을 기꺼이 환영했어요. 사진기를 잔뜩 싣고 온 그들을요.]

"엥? 난 그런 이야기는 못 들었는데?"

[글쎄, 솔직히 말하면 사진기 이야기는 저도 잘 몰라요. 하지만 다이달로스가 돌아왔다는 건 진짜예요.]

아찬은 의혹이 가득한 눈초리로 말을 끝맺으며 어깨를 으쓱하는 로가디아를 쳐다보다가 책상 위의 단말기가 켜져 있음을 알았다. 화면에 눈이 가는 순간 아찬의 얼굴이 일그러졌다.

솔시스 인간문화 백과사전.

[ㅅ]

사진기:카메라(Camera)라고도 한다.

요약:사진 촬영을 위한 광학기기.

종이라고 하는 얇은 물질 위에 대상을 2차원적으로 투영하여 인쇄할 때에 쓰이던 장비다. 그것은 그 조악한 품질과 보관의 불편함에도 불구하고 뜻밖에 의학이나 공업 학술의 광범위한 분야에 걸쳐 사용되었던 것 같다.

보통의 경우는 하나의 사진기가 대상물의 인쇄까지 담당하지만 어떤 경우는 특수한 장소에서 복잡한 작업을 거쳐야만 그것이 가능했던 것 같다. 하지만 그러한 종류의 사진기가 지금도 남아 있는 것과는 별개로, 현상소, 혹은 암실이라고 불리는 장소는 박물관에서 복원된 경우와 개인이 다시 만든 경우를 제외하고는 현재 남아 있는 곳이 전혀 없다.

기원에 대해서는 일체 밝혀진 바가 없으나 솔시스 전역에 그렇게 드물지 않게 산재해 있는 편이다. 이 기계는 박물관 외에도 개인 소장가들이 다수 소유하고 있으며 지금까지도 작동하는 기계를 흔치 않게 찾아볼 수 있다. 마지막으로 만들어진 지 십 세기가 훨씬 넘은 이런 기계가 여전히 부식되지 않고 어떻게 남아 있는지에 대해서는 논란의 여지가 있으나, 가장 유력한 주장은 오래전 켄타로스 식민 진출을 위해 출발한 함대 라이발트 소속의 보급함 인디케이터가 사고로 인해 어느 순간 광가속을 하게 되었고 그 결과 시간이 상당히 흐른 상태에서도 부식을 당하지 않을 수 있었다는 것이다.

로가디아는 사진기에 대해 정보를 띄우고도 이야기를 꾸며낸 것이다. 만약 아찬이 옆에서 구경하는 사람이었다면 농담할 줄 아는 인공지능에 대해 감탄했을지도 모른다. 그러나 그는 지금 당사자다. 아찬의 구겨진 인상만큼이나 음성에도 불쾌감이 가득 찼다.

"인간을 놀리는 게 취미인가, 인공지능?"

[아, 정말 화났어요? 전 그냥 좀 긴장 푸시라고…….]

"됐어. 꺼져."

쳇, 그런 걸로 삐치기는.

로가디아는 그의 심기를 더 건드리지 않기 위해 말없이 고개를 숙이고 사라졌다. 아찬은 불쾌한 마음에 담배를 꺼내기 위해 배낭을 뒤적이다가 로가디아의 장난질에 잠시 망각했던 목적을 되살렸다. 가장 먼저 액자를 꺼내 물끄러미 바라보다가 책상 위에 올려놓았다. 액자는 넘어질 듯하다가 윗부분을 부상시켜 적당한 각도로 떠올랐다.

미람과 함께 찍은 사진이 끼워져 있었다. 둘 다 환하게 웃으면서 렌즈를 쳐다보고 찍은 2차원의 사진. 남아 있는 얼마 안 되는 미람의 흔적 중 하나다. 아찬의 눈앞에 그때의 시간들이 아련하게 펼쳐지기 시작했다.

이번 겨울은 너무 추웠어. 그녀에게나 나에게나.

게이츠의 어느 방에 놓인 침대에 팔베개를 하고 드러누운 아찬은 마치 겨울이 다 지나가기라도 한 것 같은 눈빛으로 어제, 미람과의 마지막 만남을 떠올렸다.

"추워."

웅크린 미람은 휘몰아치는 바람에 얼굴이 발개져 앞으로 허리를 숙이고 걸으며 연신 춥다고 중얼거렸다. 이미 웃옷을 벗어 걸쳐 준 아찬이 무안할 정도로 떨고 있다.

"어디 들어가자."

"싫어."

미람은 계속 걷기를 고집했다.

황량한 옛 궁궐터를 찾아오자고 한 이유를 알 수가 없다. 복원 공사도 추위에 항복한 듯 중단되고 거대한 중장비들만이 간간이 흩어져 있다. 쓸쓸하게 가지만 앙상해진 늙은 조경수들 사이로 움직이는 것들 역시 전혀 없다. 낙엽조차 남아 있지 않을 정도로 바람이 매서운 한겨울.

아찬은 미람과 계속 걸었다. 목적지가 있는 것도 아니기에 그는 더 답답했다. 그녀가 저러다가 감기라도 걸리면 어쩌나 싶다.

미람을 보고 한눈에 반한 사춘기 시절이 떠올랐다. 그녀는 그때 이미 누군가가 항상 곁에서 보호해 주지 않으면 안 될 것 같은 가녀림이나 선이 가는 눈매와 우아한 몸짓 곳곳에 아름답게 서린, 건드리기 힘든 품위 같은 걸 지니고 있었다. 적어도 아찬에게는 그렇게 보였다.

"아찬."

"으응?"

"그거 언제 떠나?"

게이츠를 말하고 있다. 아찬은 미람에게 여행에 관한 얘기를 괜히 했다고 후회했다. 미람은 그 이후부터 강박적이리만큼 그의 출발에 관해 물었다. 물론 대답이 변하지 않으리란 사실은 스스로가 더 잘 알고 있을 터.

출발은 이제 내일이다. 그녀도 모를 리 없다. 결국, 떠나지 않겠다는 말을 듣고 싶어하는 것일까?

"곧… 곧 출발이야……"

차마 내일이라고는 말할 수 없었다.

한편으로는 그녀가 왜 이렇게 신경을 쓰는지 알 수가 없었다. 은사 그랑마이어는 마치 돌아오지 못할 양 이야기하기도 했지만, 그건 그의 말투일 뿐이다. 통상적인 우주여행보다 조금 오래 걸리기는 하지만 돌아오지 못할 여행도 아니고 미람 역시 기다리지 못할 여자는 아니다. 그리고 만약 기다리지 못한다고 해도 그녀가 책임감을 느낄 필요 역시 없다. 어쨌든, 사 년은 긴 시간이니까. 특히, 미람처럼 아름답고 젊은 여자에게는 더욱.

미람도 그걸 알고 있다. 아찬은 그저, 이번 여행이 첫 여행이기 때문에 익숙해지기에 너무 힘들어할 따름이라고 생각하기로 했다. 아니, 어쩌면 돌아오지 못할지도 모른다는 지침서와 계약서 때문에 그러는 걸까? 하지만 지금은 우주선을 타고 떠난 후 돌아오지 못하는 몇 안 되는 사람들은 전사한 군인들뿐이다. 미람도 그걸 잘 알고 있을 텐데. 우주여행을 떠날 때 서명해야 할 계약서는 자동차 보험증 정도의 비중밖에 없다. 항성간 여객기조차 탑승권에 그런 조항이 있는 마당인데.

하긴, 아버지는 그 때문에 돌아가셨다. 항성간 여객기 별모래 호의 폭발 사고로.

아찬에게는 당시의 기억이 전혀 없었다. 어떻게인가 구출되긴 했는데, 아무튼 아찬의 기억은 우주선의 희미한 진동이 있은 후 자신의 손을 잡아끌던, 거칠지만 따뜻한 아버지의 손 이후로 완전히 증발해 버렸다. 그가 정신을 차렸을 때는 인자한 인상의 낯선 여자가 눈물을 닦아주고 있었다. 아찬에게는 단지 그때 뭔가 엄청난 일을 겪었으리란 추측뿐이다. 그렇지 않고서는 가끔 저지르는 '실수'에 가슴을 쥐어짜는 고통이 엄습할 리 없다.

어쨌든 미람에게는 그 이야기를 한 적이 없는데. 별모래 호는 솔시스가 아닌 켄타로스의 우주선이고 그래서 그 사건을 아는 사람은 드물었다. 설마 그녀가 이십 년도 훨씬 넘은 짤막한 단신 기사를 기억하고 있는 걸까? 하지만 굳이 확인해 보고픈 생각은 들지 않았다.

둘은 언젠가부터 발걸음을 멈추고 마주 섰다. 아찬은 억지로 거짓말을 하지는 않았다. 미람이 진실을 말하는데, 자기 혼자 괜찮다느니 하는 거짓말을 늘어놓는다는 건 그녀에 대한 배신이라는 생각이 들었다.

"나, 있잖아."

고개 숙인 미람의 목소리가 떨리기 시작했다.

어쩔 줄을 몰라 안절부절못하고 있는 아찬의 뒤통수를 미람의 한마디가 때렸다.

"나도 화성으로 떠나. 아마 돌아오지 않을 거야."

아찬의 사고가 잠시 정지했다. 무슨 뜻이지? 약혼자 때문? 그럴 리는 없다. 비록 자신 때문은 아니지만 미람과 그 알 수 없는 남자는 얼마 전에 헤어졌다. 어쩌면 미람의 위치 때문일 수도 있다. 미람은 굉장히 유능한 생명공학자고 그 분야에서 촉망받는 인재다. 그리고 화성은 생명공학의 중심지다.

아니, 어느 쪽이어도 상관없다. 중요한 것은 화성으로 떠난다는 미람의 말이 무슨 뜻인지를 정확히 헤아려 보는 것이다.

아찬은 곰곰이 생각해 보았지만 분명히 화성은 지구 문화권이다. 이후 화성으로 가기 위해 필요한 조건도 몇 가지 생각해 보았지만 자신이 할 수 없는 것은 없었다. 몇 가지는 시간이 좀 필요하지만 그 외에는 아무런 문제가 없다. 미람도 그 사실을 몰라서 이렇게 말하는 건 아닐 터. 그렇다고는 해도 아찬의 입장에서 당장 할 수 있는 행동은 하나뿐이다.

아찬이 미람의 자그마한 어깨를 살며시 잡으며 웃었다.

"화성이라면 가깝잖아. 나, 귀환하자마자 곧바로 찾아갈 수 있어. 아니, 그냥 화성에서 내려달라고 하지 뭐."

애써 섞은 농담이 낙엽만도 못한 무게로 바람에 흩어졌다. 미람의 눈물 자국이 매서운 겨울바람 때문에 얼어붙어 간다는 착각이 들었다.

"우리, 사진 찍어."

"그래."

아찬이 부유 카메라를 호출하기 위해 아이디 카드를 뒷주머니에서 뽑아 들려는데 미람이 그 손을 잡고 이끌었다. 엉겁결에 끌려가면서도 이런 퇴락한 옛 궁궐터에 뭐가 있다고 이러는 걸까라는 의아함이 들었다. 둘은 점점 더 깊이 들어갔다.

뛰다시피 해서 몇 분이나 걸었을까. 미람과 아찬이 이른 곳은 돌로 테두리를 만들어 지은 인공 연못이었다.

아득한 옛날, 아찬과 미람의 조상들이 국가라는, 이름은 같지만 그 개념의 규모는 훨씬 더 작은 공동체를 이루어 지구 곳곳에 흩어져 살던 그 시절 왕이라고 불린 우두머리가 백성들로 하여금 만들도록 한 고대의 연못물은 신기하게도 전혀 얼지 않았다.

"여긴데."

약간 초조한 듯 두리번거리던 미람의 시선이 연못 너머에 잠시 멈추는가 싶더니 다시 아찬을 이끌었다. 녹지 않은 눈밭에 생긴 발자국의 연장선 끝에 누군가가 이 추위와 칼같이 날카로운 바람에도 꼼짝도 하지 않고 벤치 위에 앉아 있었다.

"안녕하세요, 할아버지?"

미람은 언제 울었냐는 듯이 활짝 웃으며 그 사람에게 다가가 인사했다. 연세가 아주 많아 보이는 한 노인장이었다. 아무리 잘 봐줘도 백예순은 넘어 보였다. 아찬은 허리를 깊게 숙이며 덩달아 인사했다. 안녕하십니까, 어르신.

"결국에는 사진 찍으러 오는구먼. 허허허."

헐헐거림이 중간중간 섞인, 상당히 알아듣기 힘든 말속에는 노인장이 미람을 알고 있다는 뜻이 들어 있다. 아찬은 사진과 이 노인장이 어떤 연관이 있는지 알 수 없었다. 다시 한 번 미람을 쳐다보았지만 일단 지금으로서는 미람의 신경이 아찬보다는 노인장과의 재잘거림에 가 있는 듯했다. 아찬으로서는 알아듣기 어려운 이야기들이 귓전을 타고 오갔다. 거의 몇 세기를 준 광속 우주선에서 보낸 이들이 가져온 니컨이니, 플라로이드니 하는 뭔가의 이름들. 알아들을 수 없기에 흥미도 없었다. 미람이 가진 것 중에서도 가끔은 관심이 가지 않는 것들이 있기는 했다. 마침내 그녀의 재잘거림이 끝났다.

"우리, 아주 잘 찍어주셔야 해요?"

"그럼, 그럼."

헐헐거리는 소리는 가래 끓는 소리였다. 오래전 설악에서 고립되어 약도 없이 이틀을 지낼 때 가래란 게 끓어본 적이 있다. 하지만 아무리 봐도 이 어르신이 산에서 고립되었다가 방금 내려온 사람 같지는 않았다. 노인장은 삼발이에 올려진 검은 물건을 묵묵히 만지작거리고 아찬은 미람이 이끄는 대로 그녀의 오른쪽 곁에 조용히 섰다. 부드럽고 따뜻한 손으로 남자 친구의 왼손을 자신의 등 뒤로 둘러 허리에 가만히 갖다 댄 그녀의 향긋한 머리가 아찬의 가슴에 기대어져 왔다.

"사진기 쳐다보지 말고 자연스럽게 앞을 봐."

아, 저게 사진기라는 거구나. 아까 이야기하며 노인과 처녀가 만지작거리던 게 사진기다.

아무리 적게 잡아도 노인장보다 나이가 몇 배는 더 되지 않을 수 없는 그 물건은 믿을 수 없을 만큼 광택이 났다. 어떻게 저런 게 아직도 작동을 할까. 하지만 따지고 보면 그런 물건의 존재 자체가 이미 비상식적인 것 아니겠는가.

노인장은 사진기를 만지다가 말고 담배를 한 대 빼어 입에 물었다.

너무 밍기적거린다.

더 이상 미람을 춥게 한다면 가만히 있지 않겠어.

노인이 아니라 해도 이미 주변의 나이에 비해 새파랗기 이를 데 없는 젊은이의 눈살이 찌푸려졌다. 노인장이 담배에 불을 붙이다 아찬과 눈이 마주쳤다. 그는 아찬의 찌푸림과 닮았지만, 미소에 가까운 아리송한 표정을 지으며 마치 자네도 늙어보게나 하는 듯한 눈빛으로 여전히 느릿느릿 움직였다. 하지만 아찬의 인상이 점점 허물어져 가는 진짜 이유는 지루함도 아니고 미람이 느끼고 있을 추위도 아니었다.

그건 불안함이었다.

노인의 더딘 행동은 아찬에게 지루함보다는 왠지 모를 초조를 불러일으켰다. 그 때문에 여자 친구가 한 달 후에 화성으로 떠난다는 말이 또 떠오르고 말았다. 그런 걸 왜 이제? 다시금 생각에 잠기려는 찰나 둔탁한 노인장의 목소리에 화들짝 놀랐다.

"웃어. 찍는다."

그다지 크지 않은 목소리임에도 아찬은 깜짝 놀라 얼빠진 얼굴로 노인장을 향해 시선을 들었다. 뭔가 경쾌한 기계음이 들리며 노인장은 이제 끝났다는 듯 손을 앞뒤로 내저었다. 처음 듣는 종류의 소리지만 나쁘지 않은 느낌.

아찬은 팔을 잡아끄는 미람 때문에 정신을 차렸다.

"뭐야? 아까부터 멍하게. 사진 이상하게 나왔겠다. 얼른 보자."

노인장을 향해 종종걸음으로 다가가는 그녀의 뒷모습에서는 아까의 눈물은 찾아볼 수가 없다. 아찬에겐 그 서글픔이 마치 자신에게로 옮겨왔다는 느낌이 들었다.

그래도 그게 더 낫다.

"이거. 어떻게 해드려야 하죠?"

미람이 노인장을 쳐다보며 약간 곤란하다는 표정을 지었다. 막상 사진을 찍고 나니 황량한 고대 유적 터에서 사진과 담배로 소일하는 노인에게 어떤 식으로 대가를 치러야 할지 모호했던 것이다. 그러나 노인은 그녀를 향해 말없이 커다랗게 웃음을 지으며 건조한 손바닥으로 그녀의 볼을 쓰다듬었다.

"아, 그런 건 신경 쓰지 마."

분명히 감촉이 좋을 리가 없음에도 미람은 볼을 쓰다듬는 노인장의 손등에 자신의 손을 포개며 웃었다. 왠지 소외당한 느낌을 받은 아찬은 그런 그들을 멀뚱히 쳐다볼 따름이다.

"내 나이가 몇 살쯤 돼 보이나?"

"예?"

아찬은 노인이 갑자기 자신을 돌아보며 묻는 바람에 약간 당황했지만 곧 대수롭지 않게 대답하기로 했다.

"글쎄요. 봄가을[春秋]을 백 번 정도 지내신 것 같습니다만."

물론 진심이 아니다. 솔직히 말해서 아무리 잘 봐줘도 백예순은 넘어 보였다. 백살 노인이 주름이 저렇게 많을 수는 없는 것 아닌가? 그러나 대개의 노인들은 나이를 적게 말해주는 쪽을 좋아했다. 비록 바로 들통 날 거짓말이라고 해도 말이다.

"거짓말도 잘하는군. 올해로 태어난 지 꼭 이백쉰 해째야."

그럴 리가.

그 정도 나이가 들어 보이지 않는다는 것은 둘째 치고라도 아찬은 사람이 그렇게까지 살 수 있다는 얘기는 들어본 적이 없다. 생물의 세포라는 건 수명이 있고, 재생 능력도 한계가 있다. 뇌세포는 한술 더 떠서 재생은커녕 새로 태어나지도 않는다. 자신이 아는 한에서라면 사람은 이백을 넘기는 경우도 극히 드물었다. 종말체(終末體:Telomere) 조작으로도 그 정도 수명을 얻는 건 불가능하다. 영생 따위는 역사책에나 나오는 몇몇 생명공학자들이 가진 환상에 불과한 것이다. 그때 대화의 주도권을 아찬에게 넘겨준 미람이 끼어들었다. 그녀의 신경이 무심한 것인지 아니면 생명공학자라는 직업 때문인지 그 숫자를 듣고도 별 감흥이 없어 보였다.

"어휴. 저희는 상상도 못하겠어요. 할아버지 보시기엔 저희나 뱃속에 갓난아기나 똑같겠네요?"

노인장이 헐헐거리는 소리를 섞어 성대의 수명이 다 되어가는 사람답게 기묘한 소리로 웃었다. 하긴, 그런 시간을 살아온 사람이라면 그 육신의 어느 한구석이라도 그 삶의 여정을 다하지 않은 부분이 있겠는가. 그럼에도 그는 아찬의 앞에 실제로 존재하는 몸을 가지고 서 있다.

"삶이란 걸 이백 년 정도 누리고 나니까 그다음부터는 아무런 의미가 없어지더군. 상상해 봤나, 영원을 사는 삶이란 게 어떤 건지? 그건……."

"어르신의 말씀은 잘 알겠습니다만, 그건 별로 의미가 없다고 봅니다. 영원한 삶을 산다는 건 누가 뭐라고 해도 불가능하니까요."

아찬은 노인의 말을 자르며 단호함을 표현했다. 그러나 노인장은 담배를 다시 한 모금 빨아들이며 아찬의 말을 무시했다.

"오래 사는 게 좋은 건 줄 알았어. 그래서 몸을 하나씩 기계로 바꾸면서 질기게 살아왔지."

사이보그. 역시 그랬군. 정상적인 사람이라면 이백 년을 넘게 산다는 건 말도 안 된다. 그건 기술의 문제가 아니라 진화의 문제가 아니던가. 하지만 어쨌든 간에 수명을 늘리기 위한 신체 개조는 분명히 위법이다. 그 말을 하지 않고는 견딜 수 없을 것 같은 질투심이 들어 노인장의 눈을 똑바로 쳐다보았다.

아찬은 자신을 진짜처럼 정교한, 어쩌면 진짜일지도 모르는 흐릿한 눈으로 바라보는 조그만 노인을 보며 전율을 느꼈다.

노인은 젊음을 그리워하는 것이 아니다. 그렇다고 지난 삶에 대해서 후회하는 것도 아니다. 그는 단지 흐르는 시간 속에서 죽어가고 있다는 걸 분명히 앎에도 불구하고 실제로는 죽지 못하는 현실에 염증을 느끼는 것이다.

"그래서 난 이런 걸 들고 다니지, 지난 세월에서 내가 진짜 나였다는 흔적을."

노인이 내뿜은 담배 연기가 푸르스름하게 공기 중으로 흩어졌다. 아찬과 미람은 그를 물끄러미 쳐다보는 것 외에는 아무 말도 할 수가 없었다.

"젊은이들은 모르겠지. 자네들이 모르는 사실이 있어. 곧 알게 되겠지만, 삶과 죽음의 기로에 섰을 때 인간이 어떻게 변하는지는 모를 거야."

노인장은 담배 연기를 푹욱 하고 내뿜었다. 그 수증기 속에 그의 삶의 파편이 흩어져 있다고 생각한 건 아마도 미람도 마찬가지겠지. 자그마한 주름덩어리 노인이 울리는 공기의 파동이 지닌 의미를 굳이 되새길 필요는 없다. 그러나 의지와 상관없이, 죽기 싫어도 죽어야 할 때가 오리라는 불길함이 아찬과 미람의 마음을 이미 휘저어 버린 터. 이십대의 젊은이에게는 쓸데없는 생각.

"자네, 학생인가?"

"아. 예……."

"전쟁. 솔시스에서 태어난 사람은 전쟁하고는 상관없지. 아직까지는 말이야."

노인이 아찬의 말을 끊으면서까지 언급한 전쟁이란 단어에 아찬과 미람은 잠시 언짢은 기분이 들었지만 방금 전의 혼란과 함께 곧 잊어버렸다. 그런 단어는 단지 역사책에 나오는 단어에 불과하다. 그건 솔시스와는 전혀 관계 없는, 단지 하나의 관념일 뿐이다. 불쾌해진 아찬은 노인에게 가식적인 감사를 한 번 더 표하고 나서 미람의 손을 잡아끌었다.

황량한 유적 터에는 지하철이 서지 않았다. 그들은 번화가로 빠져나와 지하철이 솟아오를 때까지 말이 없었다. 둘이 앉을 수 있는 지하철은 곧 도착해 보도를 뚫고 솟아올랐다. 작은 덮개가 닫히고 에이는 바람에서 자유로워지자 추운 곳에서 미람에게 벗어주었던 옷을 건네받은 아찬이 약간은 투덜거리며 물어보았다.

"그 할아버지, 정체가 뭐야?"

하지만 미람은 아찬의 말에 대답은 않고 그 노인이 건네어준 입체감이라고는 조금도 느낄 수 없는 조잡한 2차원적인 자신들의 모습만을 쳐다볼 뿐이다.

"이거. 우리한테 너무 잘 맞는 것 같아."

"으, 응?"

"이거, 어쩌면 유치할 수도 있지만 변하지 않잖아? 우리가 찍는 사진이랑은 달라. 이렇게 조그만 종이 안에서지만 그래도 영원히 이렇게 웃고 있을 거 아냐? 이것 봐. 우리 웃는 모습만 보여. 이걸 보면 세상 누가 우리가 그렇게 마음 아파하고 있다는 걸 알 수 있을까?"

아찬은 당황했다. 그는 미람이 오래된 골동품 한 점에 그런 의미를 부여하리라고는 생각도 못했다. 아찬에게 그 조악한 그림은 그저 미람이 원했기 때문에 어쩔 수 없이 따라준 기념에 불과했다.

"여기 이 사진 속에서는 시간이 정지해 있어. 이런 세계에서 살 수만 있다면 우리, 얼마나 행복할까?"

미람은 여전히 사진에서 눈을 떼지 않았다.

"내가 그 할아버지를 본 건 우연이었어. 벌써 한 삼사 년 됐는데. 근데, 할아버지를 처음 봤을 때 너무 자연스러웠어. 그 황량한 유적 터의 일부처럼 원래 거기에 있었고 앞으로도 영원히 있을 것처럼. 당연히 거기에 있어야 할 것처럼 말이야."

따뜻한 곳에 들어섰는데도 발개진 볼이 채 식을 생각을 않는 미람이 잠시 말을 멈추고는 숨을 크게 들이쉬었다. 미람은 그 할아버지 역시 자신처럼 정지된 시간 속에서 살고 싶어했다고 생각하는지도 모른다.

"하지만 그 할아버지 연세가 그렇게 많으신 줄은 몰랐어."

"그래. 그 정도 세월을 살아온 사람이라면 그 주위에 동화되는 게 어쩌면 더 당연한 걸지도 몰라."

"그런데 오늘은 아니었어."

"응?"

"이제, 그 할아버지가 없는 그곳도 자연스러울 것 같다는 거야. 전엔 할아버지가 없는 연못터가 상상이 안 됐는데 지금은 오히려 그 할아버지가 잘 떠오르지를 않아. 이 사진 때문일까?"

"글쎄."

"아찬."

"응?"

"우리, 곧 헤어지겠지?"

"아닐 거야. 나도 돌아오고, 너도 돌아올 거야."

"그래. 그럴 거야."

그해 겨울은 정말 추웠다.

게이츠의 함교 지휘통제부 바로 아래층은 인공지능 통제실이었다. 한가한 자세로 앉아 차트를 확인하던 젊은 사람이 서 있는 클라우드를 올려다보았다.

"과장님, 로가디아가 또 사고 쳤는데요."

"과장님은 무슨. 그냥 예전처럼 부르게. 뭐지?"

"예, 박사님. 그냥 다른 사례들과 비슷합니다. 석아찬이라는 수학자를 골탕 먹였어요. 석아찬 본인은 단순히 불쾌감을 느끼고 있지만 로가디아가 그에게 한 행동은 모욕을 준 것이었습니다. 이번에도 남성성(男性性)을 가지고 놀았는데요."

클라우드가 한숨을 쉬었다. 연구원이 상사, 아니, 이제는 선임인 노인의 눈치를 보며 조심스럽게 말을 꺼냈다.

"이거, 좀 문제가 있습니다. 거의 악의적이라고 할 정도죠. 보조 모듈이 제 역할을 못하고 있는 것 아닐까요?"

"모듈이 그 임무에 특화되도록 특별히 제작되기는 했지만 그래도 기능 분화가 완료되려면 시간이 걸리네. 좀 더 두고 봐야지. 그래도 빠르게 배우는 것 같은데 그래."

"그건 사실입니다. 모듈이 설치된 지 몇 시간밖에 안 지났는데 로가디아의 반응이나 강도가 점점 2차 추산 곡선을 벗어나고 있습니다."

"정상이군. 걱정 말게."

다른 투사에 초점을 맞춘 다음 뭔가를 확인하며 엄지와 검지로 턱을 만지던 클라우드에게 낯선 목소리가 들려왔다.

"곡선을 벗어나면 더 위험한 것 아닙니까?"

"아, 충무공……."

"그냥 알이라고 하세요. 평소에 클라우드 박사님을 존경해 왔습니다."

"과찬이십니다."

"무슨 말씀을. 이번 신형 전투 인공지능인 켈리를 조금이라도 접해본 사람이라면 당연히 그렇게 될 겁니다. 인공지능에 대해 저 같은 문외한조차도 감탄이 안 나올 수가 없더군요."

노인의 이마가 다시 약간 붉어졌다. 로가디아의 시연회 때 생긴 문제를 알도 분명히 보았을 텐데. 클라우드는 알의 행동이 단순한 수작을 거는 것인지 진심인지 판단이 서질 않았다. 알 바라마드는 클라우드의 안색을 못 본 체하며 말을 이었다.

"그나저나 곡선에서 벗어나면 안 되는 것 아닌가요?"

"아, 이 곡선은 말 그대로 추산 곡선이고 일종의 임계값입니다. 즉, 해서는 안 될 행동을 의미하는 것이지요. 그러니까 멀어져야 하는 게 맞습니다."

"그럼 로가디아의 의식이 보정되는 결과는 어떻게 알 수 있는 겁니까?"

"어… 그런 곡선 같은 건 없습니다. 저희가 로가디아에게 궁극적으로 추구하는 것은 불확실성이기 때문에……."

"불확실성이요? 그건 위험하다는 의미로 들리는군요. 제가 군인이어서 그러는지 모르겠지만 말입니다."

클라우드는 그 말이 자신을 우습게보지 말라고 위협하는 것인지, 아니면 반대로 단순히 스스로의 무지를 인정하는 것인지 가늠할 수가 없었다. 어차피 앞으로 계속 함께 지내야 할 사람이다. 그는 지금 솔직한 게 좋을 것이라고 생각했다.

"음. 충무… 아니, 알. 군대에서의 불확실성이 어떤 건지는 잘 모릅니다만 여기서의 불확실성은 선이나 면보다는 시공간적인 영역을 차지하는 겁니다. 예를 들자면 방금 보신 2차 추산 곡선은 얼음 같은 것이죠. 물이 담긴 잔에 얼음을 넣으면 그건 반드시 녹습니다."

알이 어깨를 으쓱하며 뚱한 표정을 지었다. 클라우드는 자신의 말이 아직 끝나지 않았음을 보여주려고 재빨리 다음 설명으로 들어갔다.

"하지만 얼음이 녹는 순간 열평형 상태를 이루는 영역은 아주 불확실하죠. 어쨌든 결국 얼음은 녹고 열평형에 이릅니다. 그러니까, 중요한 것은 열평형이 물 잔에 담긴 물의 전 영역에 걸쳐 일어난다는 겁니다. 실제 로가디아의 반응 시뮬레이션은 시간과 공간에서 마치 브라운 운동을 하듯이 불규칙하게 일어납니다. 그러나 일정 영역, 그러니까 물 잔은 절대로 벗어나지 않죠."

"호오……."

알은 그 이야기를 전부 알아듣지는 못한 것 같았다. 하지만 분명히 재미있어 하는 듯했다.

"그럼 그 물 잔에 해당하는 것은 어떻게 정하는 겁니까?"

"아, 그건 물론 알파명령입니다."

비로소 알 바라마드가 안심한 기색으로 고개를 끄덕였다. 클라우드는 알의 우려가 로가디아 같은 인공지능을 대한 것이 처음이기에 생긴 것임을 알았다. 늙은 충무공은, 로가디아가 겉보기는 어떻든 간에 다른 모든 인공지능처럼 알파명령을 내재하고 있다는 사실에 안심한 것 같았다. 알의 입가에 미미하게 떠오른 미소를 알아차린 연구원이 클라우드를 재빨리 거들었다.

"걱정할 필요 없겠습니다. 아찬이라는 저 친구는 로가디아가 준 불쾌감을 잊은 것 같군요. 아까부터 사진만 들여다보고 있네요."

"젊은 독신 남성이 그렇지, 뭐."

"여기 늙은 독신남도 있는데?"

충무공의 농담에 인공지능 통제실이 웃음으로 들어찼다. 유쾌함이 잦아들 무렵 로가디아가 나타났다.

[곧 진주식이 시작됩니다.]

알의 표정을 눈치 챈 클라우드가 재빨리 말했다.

"방금 그런 이야기는 로가디아가 들어도 아무런 상관이 없습니다. 처리하는 부분이 다르니까요. 인간이 생각만으로 식욕 자체를 멈출 수 없는 것처럼."

알이 고개를 끄덕였다. 함교로 가기 위해 몸을 돌린 그가 생각난 듯 멈추어서 클라우드에게 시선을 다시 했다.

"박사님, 진주식은 함교에서 구경하시는 게 어떻습니까?"

"함교요?"

"게이츠는 전투함이 아니라서 함교가 외부로 돌출되어 있습니다. 지구환이 아주 잘 보일 겁니다."

"배려는 감사합니다만……."

클라우드는 아쉬운 표정으로 연구원을 쳐다보았다. 그가 여기에 젊은 친구와 함께 있어야 하는 이유는 근무 시간표에 둘의 이름이 올라 있기 때문이다. 연구원이 진심으로 웃으며 박사를 떠밀었다.

"다녀오십시오, 박사님. 제가 로가디아와 데이트를 하고 싶어서 상사, 아니, 잔소리 많은 영감님 눈을 좀 피하려 해도 제대로 안 되더니 이제 되는군요."

농담이란 것은 반드시 재치만으로 효과를 보는 행위가 아니다. 그의 유머는 어눌했지만 분위기에 잘 들어맞았다. 클라우드는 그에게 진심으로 고마워하며 알을 뒤따랐다.

함교는 클라우드가 상상한 것과 많이 달랐다. 그는 함교가 민간 여객선의 조종실을 확대한, 커다란 방일 거라고 상상했는데 실제 그보다는 큰 빌딩에서 흔히 볼 수 있는 넓은 로비에 더 가까웠다. 함교는 세 개의 층으로 나뉘어 있고 층면적은 위로 올라갈수록 줄어들어 아래층이 보이는 식이었다. 클라우드는 마치 우주를 동경했던 들뜬 소년 시절로 돌아간 기분이 되었다. 온 머리 위를 뒤덮은 커다란 반구형의 창에는 온갖 입체영상이 떠 있지만 시야를 방해하지는 않았다. 게이츠의 함교에서 보는 광경은 지구환에서 보는 우주와 완전히 달랐다. 좀 주책으로 보일 것임을 알면서도 클라우드는 탄성을 자제할 수가 없었다.

"오, 굉장히 멋집니다!"

알은 그리 감동한 기색이 아니었지만 손님을 기꺼이 응대할 자세가 되어 있다는 듯 억양에 의도적인 흥분을 넣어 자랑스럽게 대답했다.

"함교는 게이츠의 함체를 한눈에 내려다볼 수 있는 곳입니다. 타키온 드라이브에 진입하고 나서도 장갑셔터를 씌우지 않는 거의 유일한 곳이지요. 오, 저기, 저기 보이십니까?"

클라우드는 알이 가리킨 곳으로 시선을 향했지만 빛나는 푸른 지구와 아름다운 행성을 가로지르는 지구환만 보일 뿐이다. 어느 눈치 빠른 사관 하나가 클라우드를 위해 유리구의 일부를 확대해 주었다. 어쩌면 로가디아가 그랬을지도 모른다. 아무튼 영상에서는 작은 우주선 열 대가 지구로부터 게이츠 쪽으로 다가오고 있었다.

육중하면서도 미끈하고, 투박하면서도 날카롭게 생긴, 그러니까 결론적으로는 게이츠의 조형미와 닮은 꽤 멋지게 생긴 우주선이다. 날개가 달려 있는 걸 봐서 대기권에서도 자유 비행이 가능한 모양이다.

"저건 보급선입니까? 저렇게 작은 우주선이 자력으로 중력권을 탈출하는군요."

클라우드의 말에 알이 껄껄 웃었다.

"아닙니다. 태풍 전투기입니다. 저희를 호위하며 지구환을 돈 다음 게이츠에 착륙할 겁니다. 누가 뭐라고 해도, 곧 새해니까요."

착륙이라… 그런 단어는 지구에서만 쓰는 것이 아니다. 태풍을 본 것은 처음이지만 그 이름은 클라우드도 들어본 적이 있다. 항상 '솔시스 연방 최강'이라는 수식어를 달고 다니는 우주 전투기다. 그리고 솔시스 연방 최강이라는 말은 곧 우주 최강이라는 의미다.

클라우드는 비로소 알 바라마드의 의도를 알 수 있었다.

그는 이 게이츠로 신년사를 하고 싶어하고 있다. 자신의 위치와 권력이 만들 수 있는 최고의 쇼를 인류에게 보이고 싶은 것이다.

클라우드가 비록 정치적 재능이 없다 해도, 이런 자리에 자신을 초대한 알 바라마드의 뜻을 이해할 머리는 있었다. 그는 알이 자신과 친해지고 싶어서 그런 것이라고 믿기로 했다. 아니, 믿고 싶었다.

"좀 마음에 안 드실 거란 건 압니다만, 지구환에 가까워지면 손을 흔들어주십시오."

"아, 네."

알의 몸짓이나 웃음에 사심은 없어 보였다. 클라우드는 이 사람을 믿어도 좋을 것 같다는 생각이 들었다. 알이 지시했다.

"가능한 한 가까이로 돌게. 지구환에서도 보이도록."

"걱정 마십시오."

장교 한 명이 긴장감이라고는 전혀 존재하지 않는 목소리로 대답하며 조종간에서 손을 놓았다.

"로가디아가 잘할 겁니다."

침대가 편한 나머지 자기도 모르게 잠이 들고 만 아찬이 눈을 떴다. 진주식까지 얼마 남지 않았다. 몇 시간이나 잔 모양이다. 한쪽 벽을 가득 채운 전경이 지구환을 비추는 중에 테라스의 어수선한 북적임이 문 너머로 전해져 왔다. 그는 현창에 서서 손을 흔들어야 한다는 생각에 몸을 일으켰다. 사실 편한 잠자리도 아니었다. 사진기도, 사진도, 그에게는 잊어야 할 기억의 파편일 뿐인데 꿈마저도 그 아픔을 강요했다. 그래서 그는 미련없이 현실을 택했다. 아무리 생각해도 바보 같은 짓이다. 지구환에서 보일 리가 없는데. 하지만 그렇게 하지 않으면 영원히 없앨 수 없는 응어리가 남을 것만 같았다. 아찬은 아침부터 이 우주선에 처박혀 있느라 미람의 배웅조차 하지 못했던 것이다.

문 바깥으로 디딘 한 발의 느낌이 좀 이상했다. 뭐랄까, 마치 꿈에서 뛰는 느낌이라고 해야 하나. 잠이 덜 깨서 발이 저리다는 걸 이제야 의식했다. 아찬은 오른발을 주무르기 위해 허리를 숙였고 그 순간 몸이 휘청거렸다.

"뭐, 뭐지."

로가디아라는 말이 목구멍까지 올라왔지만 자존심이 상해 부르지는 않았다. 인공지능에 대해 자존심을 챙긴다는 것이 더 웃기지만, 그 감정은 사실 자신에 대한 것이었다. 불쾌함이 여전히 남아 있었던 것이다.

허둥대는 아찬의 허리를 누가 뒤에서 잡아주었다.

"무중력이 처음이신가요?"

에이다. 아찬은 속으로 안도의 한숨을 내쉬었다. 화장을 옅게 한 그녀의 향기가 코끝을 기분 좋게 간질였다.

"아, 그냥 놀이공원 같은 데서……."

"아마 당황해서 그러신 거겠죠. 계획이 좀 변경되었거든요. 충무공이 항로를 변경하셨어요."

"지구환을 따라 도는 게 아닌가요?"

아찬이 약간 실망스러운 안색으로 변하는 걸 본 에이는 아찬의 허리를 잡은 채 도약하며 웃었다.

"아니에요. 오히려 반대라고 할 수 있죠. 게이츠의 날개 때문에 지구환에 더 가까이 갈 수 없다는 사실이 마음에 들지 않으셨나 봐요. 날개 길이가 한쪽만 해도 칠백 미터가 넘으니까요."

아찬은 고개를 들었다. 에이와 그는 바닥에서 떠올라 게이츠의 지붕에 길쭉하게 난 천창을 향해 천천히 올라갔다. 이미 그곳은 수많은 사람들의 유영으로 북적였다. 혼자인 사람도 있었지만 대부분은 아찬처럼 군인들을 대동하고 있어서 그 혼잡이 더했다. 민간인들을 위한 배려를 보면 이 여행이 그리 길게 느껴지지만은 않을지 몰랐다. 천창으로 지구환이 보였다. 그 엄청난 구조물이 천창 안에 다 들어오는 걸 보니 게이츠는 지구환에서 상당히 떨어져 있는 모양이다. 어차피 다시 지구환에 다가설 것인데 왜 이렇게 물러난 것일까. 아찬은 우주선이 기동하는 방법을 몰랐기 때문에 그냥 그럴 만해서 그런 것이리라 편하게 생각해 버렸다.

고개를 돌렸다. 등 뒤에서 자신을 들고 가다시피 하는 그녀의 모습이 보이지는 않았지만 그래도 기분 좋은 향기가 느껴졌다.

"뭘 하려고 하는지 알 것 같아요. 그럼 게이츠는 옆으로 누운 상태인가요?"

"음. 글쎄, 뭐라고 딱 부러지게 말하기가 어려운데요. 지구 기준에서는 뒤집혀 있는 것이고… 지구환의 아웃 호리즌탈 플레이트 기준이라면 90도로 누워 있다고 볼 수도 있죠. 하지만 또 이너 셸 기준에서는 뒤집히지는 않았지만 자기들 발밑에 있는 것이고요."

에이의 말 중간부터 아찬은 좀 무안해졌다. 여기가 우주라는 점을 잊었다니. 하지만 전문 우주비행사도 아닌 자신이 우주를 접할 기회는 오직 지구환뿐이었다. 그리고 그 구조물은 그저, 지구에서 연장된 지상일 뿐이지 우주라고 하기는 어려웠기에 자기 책임이 아니라고 생각했다. 아무튼 무중력은 수도 없이 들어오고 보아온 개념이지만 실제로 겪는 것은 상상과 전혀 달랐다.

"지금은 굉장히 조심해야 해요. 무중력이라고 안심하면 안 되죠. 가속도는 그대로거든요."

아찬은 고개를 끄덕였다. 무중력 상황에서도 물체의 관성은 존재하기 때문에 운동이 걷잡을 수 없게 되며, 이때 스스로를 통제할 수 없는 경우가 대부분이다. 그러므로 일단 사고가 나면 아주 위험하니 지시에 잘 따라야 한다는 말을 워크숍에서 들은 기억이 났다.

"그러고 보니 궁금한 게 있어요."

"네."

"저희를 이렇게 돌봐주시는데……."

아찬의 얼굴이 약간 상기됐다. 양손이 부자유스러워 입을 가리지 못한 채 작게 터뜨린 에이의 웃음이 아찬의 머리카락을 간질였다.

"아, 음. 그러니까 무슨 일이 생겼을 때도 이런 식이냐는 거죠."

"응?"

"가령, 탈출해야 한다거나……."

이번에는 에이가 좀 더 크게 웃었다. 도대체 어떻게 하면 그런 상상을 할 수 있을까 싶다는 웃음. 그럼에도 불구하고 에이는 아찬을 무시하지 않았다.

"그건 아마 게이츠에서 차근차근 배워 나가실 거예요. 우선 말씀드리면, 저기 저분들 보이세요?"

에이가 턱짓했으리라 대충 예상되는 쪽으로 시선을 돌리자, 추진기를 약하게 점화하며 허공을 천천히 가로지르는 로봇들이 보였다. 그러고 보니 그들 중 상당수는 에이와 아찬 같은 상태였다.

"멀어서 잘 구분이 안 가시겠지만 메탈갑옷이에요. 저와 달리 전투병과죠. 어떤 일이 생겨도 능숙하고 빠르게 대처해서 여러분을 보호할 거예요."

"하지만 영화에서 보면 수동 해치 같은 게 있던데……."

아찬의 말끝이 점점 흐려지는 것은 이 아가씨의 친절한 유식함 때문인 것 같았다. 그녀는 아찬의 말이 끝날 때마다 꼭 웃었다. 아직 풋내기 초급장교여서일지도 몰랐다.

"음… 그건 보통 커다란 과장이에요. 그런 해치가 열려야 하는 경우는 어차피 우주복이 없으면 안 되는 상황이 보통이죠. 팔 힘으로는 열 수 없어요. 일부러 그렇게 해둔 거죠. 오히려 전투용 함선은 안 그렇지만요. 민간인들의 경우는 아무래도 훈련이 없다 보니 쉽게 공황에 빠져요. 그래서 간혹 무모한 짓을 시도하곤 하죠. 물론 여러분이 그럴 리는 없다는 걸 알아요. 하지만 우주선 설계에도 일종의 교과서랄까 그런 지침이 있거든요. 하지만 가장 중요한 점은 게이츠가 절대로 안전하다는 사실이죠. 아, 다 왔네요. 자, 여기 서시면 돼요. 전 그럼 이만."

에이는 중력 발진기가 가동되고 있을 때는 천창의 창틀에 불과했을 발판에 아찬을 내려주고 능숙하게 몸을 돌렸다. 그녀는 등에 약식 추진 장치 같은 걸 착용하고 있었다. 아찬은 잠시 망설이다가 그녀를 조그맣게 불렀다.

"저기, 저, 영 소위님, 아니, 미스 에이."

"응?"

반쯤은 운에 맡기자 하여 그리 큰 목소리를 낸 것이 아닌데도 꽤 떨어져 있던 에이는 다시 아찬에게로 돌아왔다. 아찬은 에이의 대답이 좀 다정해졌다는 느낌을 받았다.

"아, 저, 이따가 여기 올라오실 건가요?"

"아찬 씨 곁에 있지는 못하지만 전 계속 이쪽을 돌아다닐 거예요. 왜요?"

"아뇨, 그냥 궁금해서……."

"그때는 전 경량형 메탈갑옷을 입고 있을 거라 아찬 씨가 절 찾기는 어려울 거예요. 안타깝네요. 나중에 저녁이라도 같이해요. 영내 식당은 음식이 별로기는 하지만."

아찬의 입이 조금 커졌다. 에이가 잊었다는 듯이 몸을 돌려 그의 이마에 키스하고 멀어져 갔다. 나, 데이트 신청에 성공한 건가? 게이츠의 실내는 밝았지만 우주 공간은 그보다 훨씬 더 밝기에 유리에 얼굴이 비치지 않았다. 아찬은 자신의 모습이 얼마나 기분이 좋아 보이는지 확인해 볼 수가 없어서 조금 아쉬웠다. 얼굴이 화끈해졌음을 굳이 확인할 필요는 없지만.

이미 무중력에 적응한 몇몇 사람들은 유리에 기어 올라가거나 허공에서 몸을 간들거리며 코앞으로 다가온 진주식을 맞을 채비를 하고 있었다. 로가디아의 목소리가 들려왔다. 아찬의 눈살이 절로 찌푸려졌다.

[지구환이 보이시죠? 아주 가깝게 접근할 거예요. 아마 맞은편에 있는 사람들

의 얼굴을 확인할 수 있을 정도일 겁니다. 지구환을 전부 다 돌지는 않을 거예요. 우리가 벗어나는 신통영항에서 신사천포까지 삼십 분 남짓만 미끄러질 겁니다. 그냥 편안하게 보시고 천창에서 벗어나시려면 반드시 절 불러주세요. 바닥으로 모시겠습니다. 바닥 중력을 방금 정상으로 전환했기 때문에 혼자 내려오시면 절대 안 됩니다.]

아찬이 알기로, 진주식이란 것은 말 그대로 우주선이 처음으로 우주로 진출하는 것을 기념하는, 우주선에게 있어서 탄생식과도 같은 것이다. 그러나 게이츠는 그런 목적보다는 사람들에게 전시하는 것이 우선인 모양이다. 게이츠가 항구에서 빠져나온 지는 이미 꽤 되었고 눈앞을 빠르게 가로지르는 지구환의 구조물들을 볼 때 이 배가 덩치에 비해 무척 현란하게 움직이고 있다는 사실을 어렵지 않게 추측할 수 있었다. 천창을 커다란 전투기 하나가 가로질렀다. 날개까지 달린 거대한 몸집에도 불구하고 움직임은 우아했다.

사람들이 우글거리는 지구환의 현창이 아찬의 시야를 스쳤다. 상상하던 것보다 훨씬 가까웠고 예상하던 것보다 훨씬 빨랐다. 이런 상태에서 미람을 찾기란 불가능했다. 설령 저 속에 미람이 있다 해도. 그러나 아찬은 천창에서 떨어지지 않았다. 메탈갑옷 바이저를 올린 에이가 마지막으로 남은 그를 데리고 내려갈 때까지.

* * *

항성간 여행이 드물지 않은 시대라고 해도 끝도 잘 보이지 않을 것 같은 거대한 우주선은 전투용 함선을 제외하면 거의 존재하지 않고, 그것들은 민간인들 앞에 실물을 잘 드러내지 않는다. 간혹 그럴 경우도 거의 대부분은 어두운 우주 속에서 점으로 보일까 말까 한 거리에서다.

그런데 이 거대한 우주선은 지구환을 스치듯이 손에 잡힐 것 같은 거리에서 그 웅혼함을 과시하고 있었다. 어디서나 흔히 볼 수 있는 입체영상 투사기가 일제히 게이츠의 영상을 내뿜었다.

—373블록 외현 창을 통해 보실 수 있는 우주선이 바로 우리 솔시스 외교정책의

또 다른 선봉이라 할 만한 '우주로 나가는 문', 게이츠입니다. 우리 신사천포항을 통과하며 아웃 플레이트의 내방객 여러분께 게이츠를 좀 더 자세히 보여 드리기 위해 알 바라마드 장군께서 안배를 해주셨다는군요. 3001년, 새해가 시작되는 이 순간 짧지 않은 여정의 한 걸음을 시작하는 그들에게 모두 안녕을 빌어주시……

우주항 아나운서의 감미로운 목소리는 미람의 귀에 들어오지 않았다. 역시 몇몇 어린 목소리가 질러대는 환호성과 나이 많은 목소리가 침착함을 유지하려 애쓰며 간간이 내뱉는 한숨 같은 감탄사도 들리지 않았다. 게이츠가 아니라도 이미 지구환의 아웃 플레이트뿐 아니라 온 세상의, 아니 적어도 지구에 속한 인류는 새해를 맞느라 온통 축제 분위기로 들떠 있었다.

그러나 미람은 도저히 그럴 수가 없었다. 그녀는 진공이 가른 영겁의 거리가 주는 막막함에 격해지는 감정을 억지로 누르고 있었다. 미람이 창밖을 가로지르는 전투기들과 게이츠를 외면하려는 순간 환호성과는 다른 자극적인 소음이 들려왔다. 바로 옆에서 한 아이가 창틀을 잡고 울고 있었다.

울음을 터뜨리자 비로소 존재감이 드러난 아이의 주변 사람들은 눈앞에 펼쳐진 게이츠의 장관에서 시선을 거두기가 아까운 듯 주춤거리기만 할 뿐 그 꼬마를 달래려고 하지는 않았다. 미람이 꿇어 앉아 아이의 머리를 쓰다듬었다. 쏟아지는 울음을 참으려는 아이의 심한 꺽꺽거림에 전염된 미람의 눈에 그만, 참았던 눈물이 핑 돌고 말았다.

"울지 말아요. 우주선이 너무 멋져서 그런 거지? 누나도 알아. 울지 말아."

지저분하게 얼룩이 져 번들거리는 자기 얼굴을 손수건으로 닦아주는 미람을 쳐다보지도 않고 아이가 엉뚱한 대답을 했다.

"누… 끅… 누나는… 끅… 왜 우는데?"

미람은 잠시 말문이 막혔다. 처음 보는 아이를 상대로 감정이 드러났다는 사실이 좀 부끄러웠다.

"응. 누나도 저 우주선이 너무너무 멋있어서 그런 거야. 그러니까 창피해할 필요는 없단다. 혼자니?"

"끅… 아니요……."

"부모님은?"

"누나도 혼자예요?"

아이는 심하게 꺽꺽거리면서도 줄기차게 엉뚱한 대답만 했고, 그러면서도 게이츠에서 절대로 시선을 거두지 않았다. 미람은 아이의 시선을 따라가다 그만 자기도 모르게 중얼거려 버렸다.

"응… 함께하던… 아니, 함께하려던 사람이 있었는데… 그러자마자 저 우주선을 타고 떠나 버렸거든……."

아직 게이츠는 눈앞인데도 미람은 우주선이 마치 아득한 옛날에 떠난 것처럼 말했다. 어차피 과거라는 것은 단지 시간의 문제만이 아니다. 좁힐 수 없는 간극의 공간은 시간으로 환원되어 그대로 과거가 되어버린다.

아찬은 그런 식으로 말하곤 했다.

마침내 거대한 우주선이 우주의 검은색과는 완전히 다른 종류의 칠흑 같은 등갑을 천천히 비틀기 시작했다. 우주를 스크린으로 하여 마치 슬로 모션처럼 전개된 그 웅장한 서사시가 이제 막 끝나려는 참이었다. 함체는 곧, 그 크기에도 불구하고 질량 따위는 가지고 있지 않다는 듯 우아하고도 사뿐히 선미를 틀어 점점 작아져 갔다. 게이츠를 호위하던 태풍이 크게 한번 선회하고 우주선 안으로 빨려 들어갔다. 후미 노즐에서 아우성치던 핵융합의 화염이 터져 나오자마자 크기가 확연히 줄어든 것으로 보아서, 그 짧은 시간에 거리를 굉장히 두었을 것인데도 오만하고 당당한 위용은 조금도 줄지 않았다. 그리고 마침내 꿈결처럼 시공이 비틀리고 백열에 휩싸여… 우주선이 사라졌다…….

게이츠의 공연은 그렇게 에필로그를 마감 지었다.

타키온 드라이브와 때를 맞추어 지구환의 차광 셔터가 유리를 어둡게 물들였지만 그 빛은 이미 미람의 눈물샘을 자극했다. 아니, 눈물샘은 이미 오래전에 자극받았을지도 모른다. 어쨌든 게이츠가 사라지며 감각이 다시 돌아왔고 볼을 타고 흐르는 액체가 주는 평범한 이질감의 끝자락에서 자신이 이미 울고 있었다는 사실을 발견하자 미람은 하마터면 자제력을 잃을 뻔했다. 아이를 찾아온 여자 경찰이 아니었다면 분명히 그녀는 두 손으로 얼굴을 가리고 큰 소리로 울었을 터였다.

"아, 아가씨, 감사합니다. 이 꼬마 신사가 여기 있었네요. 갑자기 게이츠 때문에 사람이 많아져서요. 죄송합니다만 아가씨 성함을 알아야 하거든요. 형식적인 거니까… 우… 미람, 우미람 씨요? 네. 원하신다니 부모들께는 말씀드리지 않겠습니다. 감사합니다. 뭘요, 저희 경찰이 해야 할 일인걸요. 다시 한 번 감사드립니다. 자, 유성아. 다 큰 신사가 울면 안 되지. 이유성 뚝! 누나가 부모님한테 데려다 줄게."

미람은 뒤늦게야 손수건을 유성이라는 아이가 가져가 버렸다는 사실을 알았다. 손수건은 아찬에게 받은 것이었지만 찾아 나서지 않기로 했다. 왠지 유성이라는 꼬마가 손수건을 자신보다 더 오래 가지고 있을 것 같았다. 그녀는 몸을 돌렸다. 게이츠 때문에 이륙 시간이 약간 밀린 화성행 마르스아츠 항공편을 타려면 지금 움직여야 했다.

*　*　*

이년 1월 1일.

게이츠는 쾌적하고 넓다. 외부를 직접 바라볼 수 있는 창은 없지만 어차피 그렇게 배치된 방은 없기 때문에 그다지 불평스럽지는 않다. 벽을 가득 메우는 외부 시야는 언제든 켤 수 있기 때문이기도 하고… 흠. 또 뭘 써야 하지.

이 일기장은 선생님이 주신 것이다. 그 봉투 안에 들어 있었지. 이럴 줄 알고 주신 건 아니겠지. 그보다는 일기장이 있으니까 이러고 있는 것일 게다. 요한 의무감이 든다. 왠지 한 페이지를 다 채우지 않으면 안 될 것 같은 의무감. 누가 뭐라고 해도 새해의 첫 일기나까 중간에 그만둘 수는 없다. 이야깃거리를 찾아보자.

고향에 남은 미련을 이야기해 보라면 거의 처음부터 끝까지겠지만 그래도 그 중에 하나만 골라보라고 한다면 역시 그녀, 미람이다.

지금은 차라리 우연하게라도 마주치지 말았어야 하는 게 아닌가 하는 생각뿐이다. 거의 오 년 만에 만났지만 우리 사이는 더 가까워져 있었고 그게 문제였다. 만약 미람과 떨어져 있은 적이 없었다면, 우리가 계속 함께했다면, 난 이런 여행은 떠날 생각조차 하지도 않았을지도 모른다. 아니, 불과 일 년만 더 전에 만났다 해도 난 지금 미람과 마 다비따씨앙에 있을지도 모른다. 미람이 곁에 있었다면 그녀를 선택하고 우주 따위는 어린 시절 추억의 영역으로 날려 버렸을지도 모른다. 사람의 꿈이란 그렇게 약한 것이다. 적어도, 내 꿈은 그 정도로 막연했다.

하지만 그녀는 너무 늦게 나타났고, 그래서 우리는 너무 늦게 가까워졌다. 봉투를 받고 다음날 그녀와 잤다. 그리고 그게 겨우 한 달 전이다. 미람도 나도 함께 있을 수 있는 시간을 조금이라도 늘려보려고 몸부림쳤지만 그게 다였다.

열두 시간 전 나는 집에서 나왔다. 미람을 보고 싶어서 조금 일찍 나왔는데 그녀는 이미 우주항으로 떠난 뒤였다. 아무런 메시지도 남겨두지 않고서.

미람도 두려웠던 것일까? 난 미람에게 아무 말도 하지 않았다. 한 달 내내 오늘은 아니라고만 생각했다. 그리고 마침내 오늘밖에 남지 않았을 때, 그래서 말하지 않으면 안 되는 때가 왔을 때 미람은 없었다. 우리는 어제도 만났다. 사진을 찍었고 저녁을 먹었으며 영화를 보았다. 그리고 손을 흔들며 헤어졌다. 둘 다 마치 오늘이 영원할 것 같은 표정을 하고서.

난 그때 말했어야 했다. 적어도 어제는 말했어야 했다. 난 언제 돌아올지 모른다고. 미람은 아마 화성에서 날 기다릴지도 모른다. 지구로 돌아와서도 기다릴지 모른다. 하지만 어쩌면 외로웠던 그녀가 한 달 동안 즐기기 위한 상대로 날 선택했을지도 모른다.

정말일까?

난 눈이 아프도록 지구환을 훑었지만 미람을 찾을 수 없었다. 당연했다. 너무 빠르게 스쳐 지나갔다. 사람도 너무 많았다. 너무 속상했고 지금도 그렇다. 결국 메가 스타디움이나 콘서트장에서도 그녀를 찾을 수 있다던 말은 거짓말이었다. 하긴 술기운에 친 그따위 큰소리를 믿는 친구들은 없었다. 어차피 나 자신도 믿지 않는 소리였다.

하지만… 하지만 난 사실은, 정말로 그럴 수 있을 것 같았다. 사실은, 사실은 기적이 일어날지도 모른다고 생각했는데. 우연처럼 만났던 그때처럼, 이번에도 그렇게 미람을 볼 수 있을지도 모른다고 생각했는데, 난 정말로 이번에도 그럴 거라고 생각했⋯⋯.

아찬은 펜을 놓을 수밖에 없었다. 메이는 건 목인데 왜 손이 떨리는지 알 수가 없었다. 그는 그대로 일기장 위에 엎드렸다. 잉크 위로 물이 끊임없이 타고 내렸지만 종이가 젖거나 얼룩이 번지지는 않았다. 그러나 어차피 마지막 부분의 글씨는 알아보기 힘들 정도로 흔들려 있었다.

아찬은 늦은 시간에 바깥으로 나섰다. 그리고 그는 그 순간, 앞으로는 저물어 가는 하루의 어스름과 커튼을 금빛으로 물들이기 직전의 여명이 정말 그리워질 것이라는 사실을 알았다. 게이츠의 하루가 져가고 있지만 천창에 가득한 조명은 밝기가 조금도 변하지 않았다. 아마 앞으로도 그러리라.

아찬은 자동복도를 타고 광장으로 내려왔다. 선내 시간은 어떤지 모르겠지만 적어도 손목시계로는 이미 자정을 훌쩍 넘은 시간이다. 인간 각자에게 하루란 일곱 시간의 잠과 그 정도 되는 휴식을 반드시 포함한다. 그러나 그런 개개인이 모여 만드는 세계의 하루란 일분일초도 쉬지 않고 어디서인가 무엇인가가 아귀가 딱딱 돌아가게 맞는 그 무엇이다. 인간은 세계와 관계를 맺을 뿐 그에 속해 있지 않다는 생각은 그저 착각일 뿐이다.

아찬은 새로운 세계의 하루가 만드는 부산함의 가운데에 서서 에이를 찾아 두리번거렸다. 하지만 이 많은 사람들 중에 에이가 있다 해도 알아보기란 쉽지 않았다.

난 미람조차 찾아내지 못했는걸.

패배 의식이 마음을 좀먹어갔다. 아찬은 어깨를 늘어뜨리고 발길을 돌렸다. 익숙한 목소리가 그를 불렀다.

[아찬, 뭔가 도와드릴까요?]

"꺼져."

[낮에는 진심이 아니었어요, 아찬. 죄송합니다.]

로가디아의 목소리에는 정중함과 숨길 수 없는 미안함이 담겨 있다. 아찬이 고개를 조금 들어 뒤돌아보았다. 로가디아가 조금 딱딱하고 송구한 표정으로 두

손을 앞에 모은 채 조용히 서 있다.

[아찬, 좀 이해하시기 어렵겠지만, 전 배우지 않으면 안 되는 존재예요. 그래서 아끼는, 전 정말이지…….]

아찬이 고개를 끄덕이며 손을 위아래로 흔들었다. 로가디아가 약간 주눅 든 낯빛으로 긴장을 유지했다. 곧 아찬이 미소 지었다.

"그러니까 말하자면, 아까 넌 완성이 덜된 상태였다는 거로군."

로가디아가 희미하게 고개를 끄덕였다. 아찬은 로가디아의 실수를 고장으로 이해하기로 했다. 인공지능은 물건에 불과하고 그냥 그렇게 하도록 만들어져 있을 뿐이다. 단지 복잡한 기계다 보니 고장 상황이란 게 사람이 이해하기 어려운 경우로 나타난 것뿐이다.

사실은 인공지능에게 화를 낸 자신이 더 바보 같아서 부끄러울 지경이다. 그럼에도 불구하고 아찬이 로가디아에게 적의를 감추지 않은 이유는 그저, 너무나도 자연스러운 그녀에 대한 일종의 반사적 반응일 뿐이다. 만약 판솔라니아가 그랬다면 화를 내기보다는 동사무소에 연락해 인공지능 관리 부서에 수리 요청을 했을 것이다.

로가디아가 너무 인간 같아서 그런 것뿐이었다.

"알겠어. 그럼 에이 영 소위가 어디 있는지 알아봐 줄 수 있을까?"

[죄송해요, 아찬. 군인의 경우는 제가 함부로 말씀드릴 수 있는 상황이 아니라서…….]

"좋아. 하지만 그 아가씨가 날 찾는다면 그건 내게 전해줄 수 있겠지?"

[네. 근무 시간이나 주무시는 때면 나중에라도 꼭 전해 드릴게요.]

아찬은 고개를 끄덕이고 자동복도에 올랐다. 그리고는 자신이 걸음을 멈추고 로가디아와 대화했다는 사실에 조금 놀랐다. 분명히 판솔라니아나 파더처럼 생활이자 환경인 인공지능을 대할 때는 그런 적이 없었다. 하지만 로가디아를 마치 사람처럼 대한 행동이 의도가 아닌 습관에서 나왔다면… 어쩌면 이 여행은 생각보다 외롭지 않을지도 모른다. 적어도, 끝없는 화제를 가진 인공지능 친구가 하나 생겼다는 뜻이니까.

하지만 두 번 봐줄 생각은 전혀 없다. 로가디아도, 앞으로는 실수에 대해 인공지능이니까라는 변명이 통하지 않으리라는 것을 알게 되리라.

곧 타키온 드라이브로 진입한다는 로가디아의 말이 선내에 울려 퍼졌다. 아찬은 정말로 아무런 느낌이 없다는 워크숍의 브리핑이 정말일까 궁금했다. 그는 어쩌면 아찔한 느낌 정도는 있을지 모른다고 생각해 다른 사람에게 들키지 않게 조심하며 자동복도의 난간을 잡은 손에 힘을 주었지만 아무런 일도 일어나지 않았다. 잠시 후 로가디아는 타키온 드라이브로 완전히 들어섰다는 이야기와 함께 게이츠의 순탄한 항해를 기원했다. 그녀가 기원한 것은 즐거운 항해가 아니라 안전한 항해였다.

이년 1월 26일.

일기장과 함께 봉투에 들어 있던 팁에 수록된 지침서는 길었지만 내용은 간단했다.

모든 실제 교육은 게이츠에 올라 이루어질 것이지만 그전에 몇 가지 보안 사항이 있다, 어디로 가는지 누설하지 말라, 언제 출발하는지도 누설하지 말라, 혹시 모르니 신변을 정리해라, 그리고 계약서에 서명해라.

계약서를 읽는 부분에서 난 비로소 팁이 단순히 판솔라니아를 무시하고 곧바로 상급 인공지능과 연결시키는 하드웨어적 장치에 불과하며, 내가 상대해야 할 존재는 파더라는 사실을 알아챘다. 파더는 내가 마인드링킹을 할 수 없다는 사실에 유감을 표했지만 그건 인공지능 자신에 대한 것이기보다는 계약서를 검토해야 하는 나에 대한 것이었다. 인공지능은 인내심이 많으니까.

그땐 내 학력이 아쉬워졌다. 대학원을 갔다면 마인드링킹 훈련을 받았을 테고 그렇다면 이런 계약서 정도는 단번에 실수없이 인식했을 텐데.

계약서는 정말 길었고 더욱이 꼼꼼히 읽어야만 했다. 특히 탐사…라고 표현한 일종의 외교 행위가 지속되는 기간의 하한은 사 년이라고 나와 있었지만 그 상한은 나오지 않았다거나 사고, 천재지변, 질병 등등 수도 많고 가지도 많았지만 결국 요약하면 난 언제든지 죽을 수도 있다는 내용 같은 것은 잘 보이지 않는 항목에 위치해 있었다. 물론 파더는 내가 간과한 부분에 대해서 꼼꼼히 짚어주었지만.

파더는 내 서명을 받으며 목적지와 출발 시간에 대한 엄중한 함구를 이야기했다. 그럴 만도 했다. 아후리아는 알려진 우주의 가장자리, 그랜드 더스트 월을 넘어선 니븐 성계에 존재하고 있었고 인류는 아무도, 적어도 공식적으로는 그 별을 방문한 적이 없었다. 아니, 사실 별이라고 부르기도 뭣한 존재긴 하지만.

아후리아. 이 거대한 항성환은 이 우주에서 지성의 보고이고 또한 현자로 알려져 있다. 그리고 그 자체가 생물로 알려져 있기도 하고. 아무튼 파더의 개략적인 설명을 듣고 나서 내가 내린 결론은 게이츠는 탐사선보다는 외교선에 가깝다는 것이었다.

어찌어찌하다 보니 내 꿈과는 별로 인연이 없는 수학자의 길을 걷게 되었지만 어린 시절부터 갖고 있던 우주로 나가보고 싶다는 꿈을 포기하기에는 스물넷은 너무 젊다고 생각하곤 했다.

그래서 나는 게이츠에 올랐다.

그런데 조금도 기쁘지 않다. 아니, 기쁘기는 하지만 뭔가가 나의 흥분을 막고 있는 것 같다. 뭐랄까, 기쁨을 그대로 표현하면 왠지 경솔해 보일까 봐 짐짓 의연한 체해야 할 것 같은 느낌이라고 할까? 하지만 왜 그래야 하는지 모르겠다. 나를 뺀 모든 사람들은 지금도 흥분이 채 가라앉지 않아 사소한 일에도 커다랗게 웃고 있는데 나만 의기소침한 것 같다. 마치 내가 이쪽 분야에 있는 사람이 아니어서 알아채지 못하는 소외가 만드는 껄끄러움. 이 여행이 삶의 일부가 되어 비로소 그 사실을 알게 될 때는 늦어버릴 것 같은 불안함이라고 할까, 그런 게 느껴진다. 아니면, 내가 그저 그렇고 같잖은 냉소주의자여서일까?

차라리 그게 나을 것이다. 소외당하고 싶지는 않다. 탈출구도 없는 이곳에서.

아찬은 일기장을 덮었다. 단말기조차 수납된 공허한 책상. 액자를 제외하면 유일하게 놓인 물건. 그는 종이로 된 딱딱한 커버가 덮어씌워진 은사의 선물을 물끄러미 쳐다보았다. 물론 진짜 펄프는 아니다. 만약 그렇다면 그런 물건을 소지한다는 자체가 위법이다. 다만 아쉬움이라면 진짜 종이에서 난다는 그 냄새를 한번 맡아봤으면 하는 정도랄까. 은사가 준 그 하드커버의 일기장은 그에게서 아릿하게 잠자고 있던 한 가지 기억을 되살렸다.

"여러분은 일단 내 수업을 선택했고, 따라서 내 교수 방법을 따라야만 합니다. 그것은 아마도 여러분이 한 번도 경험해 보지 못한 것이 될 겁니다. 그러나 본인은 여러분이 나의 방법을 잘 따라오리라고 믿습니다. 오늘은 그에 대한 적당한 교보재가 없기 때문에 강의의 간단한 설명만 하고 넘어가도록 하겠습니다."

그때만 해도 아찬과 동료들은 대학교란 곳에 입학했다는 사실을 기뻐했고, 또 그곳에 적응하기 위해 흥분과 설렘이 뒤섞인 바쁜 나날을 보내고 있었다. 그런 생활에서 학과장이 말한 '한 번도 해보지 못한 경험'에 젊은 그들의 가슴은 또 다른 세계에 대한 기대감으로 부풀어 올랐다. 게다가 학과장이 직접 강의하는 수업은 흔하지 않았다. 그것만으로도 젊은이들은 흥분하기 충분했다. 하지만 그들의 기대감은 다음 수업에서 무참히 무너지고 말았다.

첫 대면 이후로 학생들에게 거의 말을 놓기 시작했다는 점까지는 납득할 수 있었다. 원래 한에 사는 영감님들은 다 그러니까.

그러나 뭔가 신기하고 새로운 수학 증명이나 이론을 배울 수 있으리라 기대한 학생들은 교수의 과제를 제때 맞추어 내기 위해 펜, 혹은 볼펜, 간간이 연필이라고 부르는 타블렛 포인터 같은 물건을 손에 쥐고 거의 사투에 가까운 씨름을 벌이며 이게 그리 간단한 문제가 아니라는 사실을 깨달았다.

결국 그들이 반년 동안 배운 것이라고는 이름조차도 고색창연한 종이라는 패드 위에 펜으로 글씨를 쓰고 함수 그래프를 그리는 법이 전부였다. 마침내 견디다 못한 한 용기 좋은 여학생이 교수에게 달려들었다.

"왜 우리가 이런 걸 해야 하죠? 우린 수학을 배우러 여기까지 온 거지 이런 고대 기록 방식이나 배우러 온 게 아니라고요."

그랑마이어는 그녀를 불쌍하다는 표정으로 한참 동안이나 바라보았다. 자신의 도전에 대답없는 상대를 맞아 침묵 속에서 점점 얼굴이 빨개지던 그 여학생. 그녀의 분노가 거의 머리 꼭대기에 닿았을 때쯤 그랑마이어는, 이제 말해도 되겠군이라는 야릇한 표정을 지으며 입을 열었다.

"자네가 이걸 배워야 하는 이유는 단 하나야. 내가 자네에게 모든 숙제도, 시험도 이런 식으로 치르기를 요구하기 때문이지."

그 여학생의 얼굴 모양은 오랫동안 인구에 회자되었다. 그 당시 그녀의 모습을 녹화할 수 있었다면 아마도 그렇게 했을 것이다. 그녀의 얼굴은 뭐라고 도저히 말로 표현할 수 없는 모양으로 기묘하게 일그러지더니, 처음에는 하얘졌다가 나중에는 붉어졌고 급기야는 빨개졌다. 그리고 그 빨개진 얼굴만큼이나 날카롭고 커다란 목소리로 교수에게 소리를 빽 질렀다.

"교육위원회에 고발하겠어요. 교수 평가에도 반드시 그 이야기를 써 넣어줄 거예요!! 우리는 수학을 역사학자에게 배우고 있다고 말이에요."

그렇게 말하고 그 당돌한 아이는 강의실을 나가 버렸다. 그 여학생이 자기가 한 말을 실제로 행했는지는 모르겠지만 결론적으로 효과는 전혀 없었다. 어쨌든 그랑마이어는 그 이후에도 아무런 제약 없이 학생들에게 계속 그렇게 했던 것이다. 그리고 학년의 마지막 날 그랑마이어 교수가 제자들에게 말했다.

"단말기 다 꺼."

웅성임. 오늘은 마지막 수업이어서 강의가 없는 건가라는 기대와 호기심이 가득한 눈들. 그러나 곧, 강의실 문이 열리며 굴러 들어온 칠판을 보고 학생들의 표정은 실망으로 변했다. 칠판을 가져온 다른 연구실의 조교가 머리를 숙이고는 나갔다. 어쨌든, 칠판이란 물건 자체가 골동품이어서 인간형이 아니면 그걸 제대로 굴려올 수 있는 로봇은 존재치 않았고, 보통의 대학에서 인간형 로봇 따위가 하릴없이 복도를 배회할 리 없었다.

"저 친구에겐 저녁을 사기로 했네."

아무도 웃지 않았다. 그랑마이어는 이런 상황에서 어깨를 으쓱하는 법조차 모르는 사람이었다.

"오늘은 자네들이 배운 모든 것들에 대한 마지막 시험이다."

그랑마이어는 분필을 들고 칠판에 정성스럽게 한 자 한 자 적기 시작했다. 1부터 0까지, 열 개의 숫자를 쓰고 곱셈 표시를 한 다음, 다시 1부터 0까지 숫자를 쓰고 나서 그 수열들을 잠시 바라보더니 분필을 놓았다. 그리고 뒤돌아서다가 깜빡 잊었다는 듯이 수열 뒤에 등호 표시와 물음표를 덧붙여 마무리했다. 의혹이 담긴 학생들의 눈초리가 자신에게 모아지자 그랑마이어는 어깨를 으쓱하며 말했다.

"이게 문제네."

스무 자리짜리기는 하지만 결국 간단한 곱셈일 뿐이다. 여기저기서 안도의 한숨이 터져 나오다가 멈칫했다.

그 숫자들이 온통 뒤섞여 있다는 점이 문제가 아니었다. 교수는 분명히 단말기를 끄라고 했다.

아찬은 단말기를 켜려다가 그랑마이어의 잡아먹을 듯한 눈초리를 받고 손을 슬그머니 내리는 동기를 보고 같은 짓을 할 용기가 사라져 버렸다. 그는 처한 난관의 진짜 문제가 곱셈의 자릿수가 아니라 단말기를 쓸 수 없다는 사실임을 알았다. 스승의 주변에 감도는 기운을 볼 때 펫도 도움이 될 수 없다는 점은 명백했다. 이 상황을 벗어날 수 있는 방법은 단 한 가지뿐이었다.

아찬은 펫을 꺼내는 게 아니라는 것을 보여주려는 듯, 과장된 몸짓으로 노트와 펜을 꺼냈다. 눈치를 보던 다른 친구들이 그의 행동을 보고, 왜 그 생각을 못 했을까라는 표정을 만족스럽게 지으며 각자의 노트와 펜을 꺼내느라 강의실이 잠시 어수선해졌다.

시험은 몇 분도 걸리지 않아 끝났다. 그랑마이어는 형형색색의 시험지를 정성스럽게 모아 모서리를 맞춘 후 종이봉투에 담아 가방 안에 소중하게 집어넣었다. 가방을 조심스럽게 강의용 책상에 올려놓은 다음 그랑마이어는 전원이 만점을 받았으며 이는 축하할 만한 일이라고 선언했다.

아찬이 주섬주섬 손을 들자 그랑마이어가 미소 지으며 고개를 끄덕였다.

"저… 선생님. 채점은……."

"이 시험은 계산 실력을 확인하려고 본 게 아니야."

학생들의 곤혹스러움이 강의실에 물결치자 교수가 미소를 잃지 않은 채 고개를 끄덕이며 특정인을 향하는 것이 아닌 종류의 질문을 했다.

"자네들이 계산을 기계에 의존하는 이유는 무엇인가?"

아무도 대답이 없다. 이 물음에 이 대답을 해도 될까 싶은 주저함이 들게 만드는 종류의 질문이다. 학생들이 눈치를 보기 시작했다. 곧, 낮은 웅성임이 잠시 생기고 누군가가 손을 들며 자신없이 대답했다.

"더 빠르고, 정확해서가 아닐까요?"

"맞아. 하지만 더 근본적인 이유가 있어."

"시험 끝난 거 아니에요?"

팔짱을 끼고 다리를 꼰 채 등을 기대어 하품하던 학생이 심드렁하게 빈정거렸다. 눈살을 심하게 찌푸리고 강의실을 다시 둘러보는 그랑마이어의 낯에 실망의 빛이 점점 짙어졌다. 이런 대답이 얼간이 같아 보이지는 않을까 고민하다가, 버르장머리없는 과 동기의 발언에 고개를 든 아찬과 그랑마이어의 눈이 딱 마주쳤다. 교수는 그에게 고갯짓을 했다. 아찬은 눈을 동그랗게 뜨고 검지로 자신의 가슴을 가리키며 주변을 둘러보았다. 다른 사람들의 눈이 그에게 쏠렸다. 최초로 노트를 꺼낸 사람에게 거는 기대가 다들 각별해 보였다. 방금 전까지 얼간이 같은 대답을 혼자 떠올리고 키득거리던 아찬은 마지못해 대답했다.

"필요없다고 생각하기 때문입니다."

"뭐가? 계산기가?"

"아뇨. 솔직히 전… 전, 제 머리를 그런 시시한 계산 따위에 쓸 필요가 없다고 생각했습니다. 그것 말고도 다른 할 생각이 많으니까요. 건방진 생각이란 건 알지만……."

"정답이야."

"네?"

"정답이야. 자네 이름이 뭐지? 자네는 추가 점수를 주겠네. 어차피 모두 만점이지만, 만 천 점을 주도록 하지."

몇 명인가가 어이없어서 나오는 실소를 흘렸다. 그의 유머는 항상 이런 식이지만 정작 본인은 개의치 않는 듯했다. 이번에도 마찬가지였다.

"우리가 계산기를 쓰는 이유는, 두뇌의 부담을 덜기 위해서야. 자네들도 알겠지만, 두뇌란 것은 이런 단순 계산에는 어울리지 않네. 아, 난 지금 인간 두뇌의 우월성 이야기를 하려는 게 아니야. 자, 중요한 점은 이거야. 우리는 이론적으로는 저 문제를 풀 수 있어. 문제는 시간이 얼마나 걸리고 정확한가지. 실제로 문자가 없던 오랜 옛날에는 손가락의 마디를 이용해 몇 자리까지의 계산을 하는 방법도 있었네. 달리 말하면, 두뇌로 숫자를 머릿속에 그려가며 상상하는 것보다, 손을 이용해 계산하는 것이 빠르고 정확하다는 점이 핵심이야. 손 대신 계산기를 이용할 경우는 말할 것도 없지. 무슨 뜻인지 알겠나? 두뇌는 그저 단백질 덩어리일 뿐이야. 하지만 몸과 함께하는 순간 그 역할을 해내기 시작하지. 알겠나? 두뇌는 본질이 아니야. 흔히 두뇌 없는 수족이 무슨 소용이냐고 말하지만, 그 반대도 마찬가지지. 아무것도 없는 두뇌가 제대로 할 수 있는 일은 별로 없어. 자, 정리하지. 우리가 이룬 이 모두의 가장 밑바닥에는 의식하는 두뇌와 행동하는 손이 있다. 우리가 만든 마더, 파더, 그리고 판솔라니아 모두 그 근원에는 오른손에 쥔 펜과 왼손으로 받친 종이가 있다는 사실을 절대로 잊지 말기를 바라네."

아찬은 그가 말하는 '펜과 종이'의 의미를 선뜻 이해하기 어려웠지만, 저 정도 되는 사람이 모래나 돌에 새겨 넣은 상형문자나 쐐기문자를 몰라서 이런 말을 하는 것은 아니라는 점 하나는 확실했다. 그는 이어지는 스승의 말로 그 점을 확신할 수 있었다.

"자, 이제부터는 좀 진지한 이야기를 해보자."

"지금까지도 너무 진지해서 지겨워지려 하네요."

예의 건방진 학생이 모자를 뒤로 돌리며 빈정거렸다. 아찬이 주먹을 쥐고 부르르 떠는 걸 옆 자리의 친구가 도닥이는 와중에, 오히려 그랑마이어는 다시 눈살을 찌푸리며 아직 수업 중이라는 말로 그를 무시했다.

"자네들이 배운 것은 물론 학문이 아니다. 하지만 그 이전에 해야 필요한 어떤 것도 있는 법이야. 무조건 많이 알고, 많이 쏟아놓으며 자신의 학식을 자랑만 할 줄 아는 사람은 학자가 아니다. 그런 의미에서 나를 포함한 세상의 적지 않은 선생들은 학자라고 보기 힘들다. 하지만 그 사실이 너희는 그렇게 되지 말라고 원할 수 있는 권리마저도 빼앗아가지는 않겠지."

교수는 물을 한 모금 마시고는 말을 계속 이었다.

"옛날에는 붓이라는 도구로 글씨를 썼다. 아니, 그런 게 있어. 자네들이 그걸 배우려면 한참 더 연습을 해야 할 거야. 좌우지간, 그렇게 하기 위해서는 엄청나게 긴 시간 동안 먹을 갈고, 종이를 펴고 하는 식으로 목적과는 별 상관이 없어 보이는 다른 준비가 필요했다. 하지만 그때의 학자들은 그 고통을 두말없이 감수했어. 왜냐하면 그런 인고의 과정에서 얻어지는 것은 책과는 또 다른 배움이었기 때문이지. 그래서 글씨 하나만으로 그 사람의 학식과 인간됨됨이를 거의 정확하게 파악할 수 있었던 시절이 실제로 있었네. 물론 난 그 당시의 그런 관습을 여러분에게 주입시킬 생각으로 이런 것을 가르친 것은 아니다. 그럼에도 이것들은 학자로서 가장 기본적으로 갖추어야 할 소양이요, 또 그 이상의 무언가라고 믿기 때문에 그런 것이네."

교수는 자신의 말을 이해할 수 있느냐는 희망이 담긴 눈으로 강의실을 한번 둘러보았다. 그러나 그랑마이어에게 날아온 것은 고작 한마디의 비아냥거림이었다.

"그러니까, 결국 선생님의 믿음에 불과하군요. 뭐, 낙제를 시키든 말든 맘대로 하시죠. 어차피 일 년 동안 배운 게 없어서 다른 교수에게 재수강할 생각이거든요."

그러면서 아찬을 가리켰다.

"저런 얼빠진 대답을 한 친구에게 추가 점수라니."

이미 아까부터 건방지고 무례한 행동에 열받은 아찬이 자리를 박차고 일어나는 순간 교수가 직접 손을 내저어 그를 말렸다. 아찬은 식식거리면서도 교수 앞에서 범한 행동이 그 친구와 다를 바가 없다는 점을 깨닫고 허리를 숙이고 자리에 앉았다. 그 친구는 결국, 할 수 있는 한 무례한 표정을 지으며 일 년 전의 그 여학생처럼 강의실을 나가 버렸다. 하지만 교수는 별로 충격을 받은 것 같지도 않은 얼굴로 버릇없는 학생의 뒷모습을 물끄러미 바라보다가 그 모습이 사라지자 다시금 남은 말을 마저 끝내기 위해 물을 한 모금 마셨다.

"그래도 올해에는 내 수업의 낙오자가 두 명밖에 없다니 기쁘군. 내 말을 이해하기 힘들다면 스스로에게 이런 질문을 던져 보게. 만약 자신이 인공지능도, 기계도 없는 그런 세상에 홀로 남겨졌을 때, **어디서부터 시작해야 할 것인가를**."

그랑마이어는 마지막 문장에 힘을 주어 강조하며 말을 마쳤다.

남학생이 나간 후로도 잦아들지 않던 웅성임이 어느샌가 사라졌다. 그랑마이어 남은 물을 마저 마신 다음 '모두들 수고했고 내년에 또 보자'는 말을 남기며 강의실을 나가 버렸다. 하지만 여전히 강의실은 침묵에 둘러싸여 있었다. 그러다가 어느 순간에 누군가가 그랑마이어를 조롱하는 말을 꺼냈고 그 말 한마디를 시작으로 여기저기서 그에 대한 욕이 쏟아져 나왔다. 그때를 맞추어 여기저기서 거칠게 의자와 책상이 밀리며 학생들은 너 나 할 것 없이 일어섰고 결국은 아무 일도 없었다는 듯이 값싼 분노에 휩쓸려 저마다의 방법으로 스트레스를 풀기 위해 썰물처럼 강의실을 빠져나갔다. 하지만 모든 학생들이 그런 것은 아니었다. 그래도 몇몇의 학생은 스승이 마지막으로 했던 말을 계속 말없이 곱씹으며 그 의미를 파악해 보려 노력하고 있었고, 아찬 역시 그중에 한 명이었다.

아찬은 책상머리 위로 드리워진 밝은 그림자에 고개를 들었다.

[아찬, 일기 쓰고 있나요?]

"응. 말도 없이 그렇게 빤히 쳐다보면 어떡해? 놀라잖아."

[제가 방해가 됐나 봐요?]

"아니, 괜찮아. 방금 다 썼어."

로가디아는 막 일기장을 덮는 한 명의 인간에게 연이어 나온, 이율배반성이 다분한 대사에 약간 주춤했다. 그러나 곧, 아찬의 투덜거림이 일기를 방해했기보다는 현재 상태에 갑자기 끼어든 행동에 원인이 있다고 결론지었다. 인간의 행동이나 말은 유형이 분명히 존재했지만 그 안에서 생기는 사소한 차이가 갖는 의미가 너무 컸다. 로가디아는 그런 모호함에 대한 배움을 여기저기서 동시에 하나씩 배워가고 있었다.

"왜? 볼일이라도 있어?"

[아니요. 그저 말상대가 되어줄까 하고 있었어요. 좀 우울해 보여서요.]

아찬은 하늘거리는 물빛 입체영상을 쳐다보며 미소 지었다. 거의 한 달 전 인공지능을 상대로 역정을 낸 기억이나 그녀에게 가졌던 미심쩍음은 떠오르지조차 않았다. 로가디아는 인공지능이 지켜야 할 선을 넘지 않으면서 행동했다. 그래서 아찬은 로가디아를 좋아했다. 그녀는 대화 상대가 필요할 때면 어김없이 나타나 시간을 함께 보내주었다. 어쩌면 아마, 자신을 계속 지켜보고 있는 것인지도 몰랐다. 그녀는 일기를 끝마쳤다는 사실도 알고 있었으리라. 아찬은 그럼에도 불구하고 그런 주시가 전혀 불쾌하지 않았다. 왜냐하면 로가디아는 단지 인공지능일 뿐이니까.

그녀는 사람이 아닌 자의식이 없는 인공지능일 뿐인걸.

아찬은 자기 자신에게 그런 사실을 자꾸 강조하는 이유가 불안함 때문이라는 사실을 알아채지 못했다. 켄타로스에서 태어났지만 솔시스에서 자란 아찬에게 인공지능은 일상이었다. 그냥 지나칠 수 없는 것이 일상의 어긋남임에도 불구하고 그런 종류의 어색함은 또한 원인을 찾기가 쉽지 않다.

그는 단지 로가디아를 쳐다보며 이런 생각을 떠올렸을 뿐이다. 그것이 어떻게 가능한지는 모른 채.

로가디아는 정말로 미람과 닮았어.

[음, 어때요? 옷 예쁘지 않아요?]

로가디아가 입체영상 속에서 갈색 슈트에 숄을 걸쳤다. 그녀는 아찬에게 옷맵시를 보여주고 싶은 듯 몸을 품위있게 한 바퀴 돌렸다. 반투명으로 하늘거리는 물빛이 아니라면 도대체 누가 로가디아를 인공지능이라고 생각을 할 것인가.

"정말로 예뻐. 그런데 그 구두는 별로 어울리지 않아. 그것보다는 부츠가 낫겠는걸? 겨울이잖아."

[정말 그렇군요. 이런 구두를 신고 있다가 눈이라도 오면 정말 발이 시릴 거예요. 그럼 이건 어때요?]

로가디아의 말에 아찬이 미소 지었다. 발이 시리다. 그것이 어떤 감각인지 실제로 알고 하는 말은 아니겠지. 그럼에도 불구하고 그런 행동이 어린아이의 그

것처럼 느껴지지 않을 수가 없었기에 아찬은 다시 한 번 웃음을 머금었다.

로가디아는 이제 아예 아찬의 방을 백화점 매장처럼 바꾸고는 그에게 신발을 골라달라고 재촉했다. 아찬이 어색하게 웃었다.

"난 심미안이 없어. 그냥 전부 다 예뻐 보인다구. 난 그런 걸 사러 매장까지 간 적이 한 번도 없단 말이야."

[그런가요? 그럼 이걸로 할까요?]

아마 지금 이 순간에도 수백의 로가디아가 나처럼 우울해하는 사람들 앞에서 그 사람들에게 가장 알맞은 위로를 해주고 있겠지. 그걸 알고 있다고는 해도 나쁘지 않은걸.

아찬이 여전히 미소 지은 채로 고개를 끄덕였다.

"정말로 너와 데이트를 하고 싶어질 정도야."

[그럼 해요, 뭐.]

"어? 난 그냥……."

[음? 전 농담 아닌데요? 기분 전환 삼아 산책이라도 하는 기분으로 하도록 해요. 지금 아찬은 휴식이 필요하다고요.]

"에이. 안 돼. 모두가 일하고 있는걸."

[당신 오늘 비번이잖아요. 내가 모를 줄 알았어요?]

로가디아가 눈을 찡긋하며 웃었다. 분명히 얼마 안 가서 로가디아에게 반하는 인간들이 나올 거야. 그럼 정말 문제가 심각해지겠군. 아찬은 실소하며 손목에 펫을 감았다.

[어디로 갈 거예요?]

"뻔하지, 뭐. 광장밖에 더 있겠어? 그래도 풀도 있고, 나무도 있고, 우주도 보이고 말이야."

로가디아가 아찬의 팔에 팔짱을 끼었다. 물론 촉감은 전혀 오지 않았다. 하지만 시각이란 감각은 오감 중에 가장 적극적이라 그 모습만큼은 지극히 자연스러워 보였다. 둘은 천천히 광장까지 걸어갔다.

이년 1월 27일.

로가디아와의 데이트라… 나쁘진 않았다. 그래도 그녀는 역시 사람이 아니란 사실을 확실히 느낀 게기는 사소했다. 미람과 닮았다는 이유 하나만으로도 난 로가디아의 머리카락 냄새를 맡아보고 싶었다. 바보 같은 생각이었지만 그럼에도 난 어떤 충동 같은 것을 느꼈다.

당연히 로가디아에는 아무런 냄새가 나지 않았다. 미람이 갖고 있던 그런 풋풋한 살내음도, 샴푸 냄새나 로션 냄새도 나지 않았다. 뭐, 그 일에 충격을 받았다거나 한 건 아니다. 비록 충동적이긴 했어도 미치거나 한 건 아니었으니까. 그렇지만 조금 실망하긴 했다. 그보다는 오히려 충격을 받은 쪽은 로가디아였다. 그녀가 고개를 들 때 화들짝 놀란 내가 표정을 수습하고 다시 로가디아를 바라보니 그녀는 뭔가 서글픈 표정으로 나를 쳐다보며 말했던 것이다.

[여자 친구와 내가 닮았나 보죠? 풋. 거짓말. 아무래도 좋아요. 이 데이트는 아찬을 위한 거지, 나를 위한 게 아니니까.]

그녀의 말이 맞다. 그녀는 단지 나의 우울한 기분을 풀어주기 위해 진짜 사람이 감정이입을 한 듯한 표정과 말과 억양을 재현해 내고 있을 따름이다.

그러고 보니 로가디아는 지금쯤 어디서 무엇을 하고 있을까. 아마도, 이 배의 요두를 세심하게 관찰하면서 그들을 돕고 보호하기 위해 노력 중이겠지.

하드커버로 씌워진 일기장을 뒤적이다가 며칠 전 로가디아와의 데이트를 쓴 부분을 발견한 아찬은 한숨을 내쉬며 담배를 꺼내어 물었다. 불이 붙지 않았다. 젠장. 이거 왜 이래. 금연 구역도 아닌데. 어차피 라이터를 구하려면 자판기까지 가야 했다. 그가 담배를 피우기 위해 막 일어서려는 찰나 로가디아가 생긋 웃으며 나타났다.

"어? 웬일이야?"

[아, 음. 심심해서요.]

아찬의 입이 약간 벌어졌다. 설마 농담이겠지.

아무튼 아찬은 이번에는 그냥 혼자 있고 싶었다. 맞은편에서 허리를 숙이고 따뜻하게 웃는 여자형 인공지능의 배려는 고맙지만 그때와 지금은 마음이 같지 않다.

[뭐가 그렇게 어이가 없어요? 혹시 제가?]

"아니, 아니야."

[아니긴 뭐가 아니에요? 무슨 일이라도 있나요?]

"아니. 그냥 지금은 좀 혼자 있고 싶어."

[아. 안타깝네요. 당신과 데이트하고 싶었는데. 알겠어요. 그럼 좋은 하루 보내요.]

로가디아는 이른 포기에 어울리는 아쉬운 웃음을 지었다. 그녀는 파도빛 물방울을 뿌리며 사라졌다. 그 여운을 멍하게 쳐다보고 있던 아찬은 갑자기 정신이 든 듯 담배를 손가락 안에서 굴리며 언제나 그렇듯이 광장으로 내려갔다. 우주선의 승무원들 다수가 민간인이고 아주 오랜 기간을 항해한다는 점을 특별히 배려해 만들어진 공간이다. 게이츠의 승무원들은 각자 할 일이 많았기에 동면시스템 같은 것은 운용하지 않는 탓이다. 보통의 항해라면 적당한 시간을 훈련에 투자한 후 곧바로 동면에 들어갔을 터다. 동면 중에도 수면 학습을 하고. 그게 안전하고 자원의 소비도 적다. 그러나 아찬은 자신들에게 그럴 만한 시간조차 없었다는 사실을 알지 못했다.

광장은 그래도 나름대로 자연의 정취를 느낄 수가 있었다. 천창을 통해 머리 위로 보이는 우주만 없다면 정말로 솔시스의 어느 공원이라고 착각할 정도로. 아찬은 한숨을 다시 한 번 더 내쉬었다. 이곳이나마 없었다면 정말 힘들었을 거야. 하지만 이곳에서 아찬이 피로를 풀 수 있는 이유는 나무나 풀 때문이 아니었다. 그보다는, 고개를 젖히면 초림 사이로 우주가 보였기 때문이다. 심우주를 항해하는 우주선 내부의 사람들 대부분은 안전 문제 때문에 특수한 경우가 아니라면 우주를 육안으로 보는 것이 불가능했다. 그 사실은 고속 심우주 항해법이 가져온 하나의 아이러니고 그런 의미에서 아찬은 행운이라고 할 수 있었다.

그래서 그는 이보다 더 어두울 수는 없을 것 같은 타키온 드라이브의 우주 공간마저도 좋았다.

아찬은 멍하니 천창을 올려다보다가 벤치에서 일어났다. 비번은 이틀에 한

번이고 내일과 모레 일을 하려면 오늘은 쥐어짜듯이 즐기고 싶었다. 그는 기지 개를 켜며 바로 향했다.

이년 2월 10일.
에이와 차를 마셨다. 그녀는 많이 바쁜지 피곤함을 감추지 못했다. 나도 마찬 가지였고…….

어릴 때부터 지구환을 보면서 자랐다. 모든 어린이들이 다 그렇듯이 커다랗고 하늘 높은 곳의 존재에 대한 동경심은 나도 예외가 아니었다. 그리고 그런 동경심은 세월이 흘러서 내가 나이를 먹고, 꿈을 추억으로 기억하게 되고 꿈을 현실로 만들기 위한 타협의 방법으로써 그것을 이상이라는 흐리멍덩한 단어로 포장할 때까지도 계속되었다.

누구나 그렇듯이 자라면서 항상 보아온 풍경조차도 낯설어질 때가 가끔 있다. 당연히 나는 평범한 어린아이였고, 그래서 그 사실에 대해서 예외가 아니었다.

아주 오래전, 수백 번도 넘게 그 효용성에 대한 반론이 제기되었고 그때마다 길게는 몇 년씩 건설이 중단되곤 했던, 그리고 끊어지려야 끊어질 수가 없는 전쟁의 역사 속에서도 묵묵히 그 건설이 진행되었던 그 건축물, 지구환. 그것이 난 항상 낯설었다. 왜냐하면, 위대해 보였으니까.

사전을 찾아보면 지구환은 두 세기 반 동안 진행된 대역사 끝에, 3세기 정도 전 완성되었다. 그때 모두들 경이적인 눈으로 환으로 오르는, 끝도 보이지 않는 환오름을 올려다보며 가슴 뿌듯해했다. 솔시스의 지구 주위를 둘러싼 거대한 링에서 위선과 경선이 퍼져 나간 성긴 그물. 그 그물에서 지상으로 쪽쪽 뻗은 환오름. 그 수백 대의 고속 승강기들은 결코 작다고 할 수 없는 대륙의 시민들을 진짜로 하나가 되도록 해주었고 수백만 기가 넘는 인공위성을 모두 땅으로 끌어내려 박물관이나 폐기장으로 가도록 만들었다. 그리고 그것은 어느 순간부터 증가 일로에 서 있는 인구를 분산시켜 주었으며 지구 궤도에 더 이상 수백 척의 함선이 주둔할 필요가 없도록 만들었다. 지구를 향한 억지력은 통일 정부를 만들었다는 따위의 설명이 지루하게 나열되어 있다.

하지만 내게 지구환의 의미는 결코 그런 종류의 것들이 아니다. 그것들은 그저 고리타분한 이야기일 뿐이다. 내게 지구환은 건축물이나 우리 문명의 이기가 아닌, 하나의 문이다.

우주로 나가는 문. 그것으로 충분하다.

그래서 난 지구환을 볼 때마다 요한 낯섦을 느낀다. 지금도 그렇지만 그때도 그랬다.

그래서 그 낯섦 속에서 우주를 선망하는 한 어린이가 다 그렇듯이 부풀어가는 가슴을 앙연히 펴고 그 존재를 뚫어져라 쳐다보곤 했다. 내겐 지구환이 그저 지구 주위를 둘러싼, 지상과 수십 개의 환오름으로 연결된 단순한 구조물 이상의 것이었다.

내가 어린 시절 지구환에서 하릴없이 우주의 심연을 바라보며 가슴 설레어했던 것이 도대체 몇 번인지 셀 수가 없다.

지구환의 외현 창에서 바라보는 우주는 쏟아지는 별의 바다.

지상에서는 결코 볼 수 없는 빛의 파도.

크고 작은 우주선들이 꼬리에서 화염을 뿜으며 지구의 중력을 벗어났고, 그중 몇몇은 말로 표현할 수 없는 아름다운 섬광과 함께 빛나는 암흑의 물결을 넘실거리며 오리온으로 향하는 뱃길을 따라 타키온 드라이브로 들어가기도 했다. 그때마다 내 가슴속에서도 그런 불꽃같은 바람이 피어올랐고, 반드시 우주로 나가리라는 결심을 하곤 했다.

오래전, 지구환에서 막 출발한 솔시스 연방의 항모 판테온이 백열을 뿜으며 내 눈앞을 지나간 기억이 있다.

그 순간 내 머리에는 판테온이 들어찼다. 항성간 여객선과는 비교도 되지 않는 장엄함. 판테온은 궤도를 몇 바퀴 돌고 나서 미련없이 지구환을 떠났다. 그 오만함에 걸맞는 행동. 해가 지지 않는 지구환에서 바라본 강철의 거인이 멀어져 갔다.

마침내 지구환과 충분히 안전한 거리에 도달했을 때 갑자기 타키온 드라이브에 들어가기 위해 온몸에서 발한 광휘. 그 눈부심에 살짝 감은 나의 얇은 눈꺼풀을 덮기 시작하자 난 호기심에 다시 눈을 떴다. 그것은, 그것은……

그 순간부터 나의 신앙은 시작되었다. 그리고 종국에 그 빛이 사라질 때에 나는 울음을 터뜨리고 말았다. 그 눈물은 타키온 드라이브의 흔적, 시간의 물결이 완전히 사라진 다음에도 계속되었다. 그리고 그날로 난 우주비행사가 되기로 결심했다. 난 그때 판테온에게 버림받았다는 절망감에 휩싸였다.

판테온에게 버림받은 나는 지구환에서 그것을 기다렸다.

매일같이.

하루 종일 우주를 바라보다가 지구환에서 눈부신 태양을 가리고 있던 차광막이 걷히면 그때서야 지상에서는 해가 졌음을 깨닫고 다시 환오름을 타고 내려오곤 했다. 그럴 때면 나를 기다리고 있는 것은 나를 키우고 있는 판솔라니아의 충고였지만 그런 것이 귀에 들어올 리가 없었다. 난 집에 와서도 판솔라니아의 야단성이 농후한 충고를 무시해 버리고는 혼자서 우주 공간의 가상현실을 가동시켜 놓고는 놀았다. 물론 잔소리 많은 가정용 인공지능은 가상현실은 중독성이 있으므로 하루 삼십 분 이상을 지속해서는 안 된다는 엄정한 법령에 충실했다. 인공지능은 타이머가 30:00이 되자마자 내 유일한 오락거리를 강제로 껐다. 때문에 난 그것을 노려보고 싶었지만 막상 판솔라니아가 어디에 있는지조차 모른다는 걸 깨닫고 실망하곤 했다. 그녀는 목소리뿐이었다. 하지만 그게 가능했다 해도, 내 적의를 아예 인식조차 하지 못하는 존재일 뿐.

지금 생각하면 차라리 그게 나았다. 너무 비인간적이었기에 난 판솔라니아를 어머니라고 착각하지 않을 수 있었는지도 모르니까.

그렇게 보냈던 나의 어린 시절. 내가 만약 지금보다 더 어렸다면 이 거대한 우주선의 내부에서 별과 우주를 바라보며 일기를 쓰고 있다는 사실에 대해 조금은 더 감흥을 느낄 수 있었을까.

아찬은 에이와 일주일 만에 다시 만날 수 있었다. 그녀는 조금 여유가 생겼는지 영내 식당보다는 게이츠의 바가 어떠냐는 아찬의 제안에 뜻밖에도 흔쾌히 응했다. 하지만 막상 만난 그녀는 기분 좋게 약속에 응한 사람의 얼굴이 아니었다.

그녀는 안색만큼이나 속도 안 좋은지 주문한 필라프를 뜨는 둥 마는 둥이다. 어쩌면 속이 안 좋아서 안색이 창백한 것일지도 모른다. 그것도 아니면 음식이 별로라거나. 하지만 게이츠의 음식은 분명히 맛이 좋은 편이다. 그래도 외모가 영 아니라는 의미를 암암리에 포함한, 아파 보인다는 말을 다짜고짜 하는 것은 실례다. 특히 여자에게는.

"다른 걸 주문할 걸 그랬나요?"

"아니에요. 아주 맛있네요."

천천히 고개를 든 에이의 미소는 한눈에 봐도 억지란 걸 알 수 있다. 아찬의 심정을 눈치 챘는지 그녀가 먼저 화제를 바꾸었다.

"제 머리 어떤가요?"

아찬은 어느 상황에서나 통할 수 있을 것 같은 모호한 미소를 지으며 에이를 재빨리 살폈다. 헤어스타일이 좀 바뀐 것 같기는 했지만 딱히 표시가 날 정도는 아니다. 물론 아찬의 입은 머리와 상관없이 반응했다.

"커트가 굉장히 단아하네요. 영 소위님에게 잘 어울려요."

"정말요? 네들 대령님이 잘라주신 거예요."

에? 네들 대령? 사람이 머리카락을 다듬어줬다고? 아찬의 당혹한 얼굴을 본 에이가 손뼉을 치며 잊었다는 듯이 말했다.

"아, 맞다. 오래전 켄타로스 주둔군에 계실 때 머리 자르는 법을 배웠대요. 특이하죠?"

"네, 네. 전 그런 이야기는 처음이라……."

"저도 그래요. 하지만 생각해 보면, 미용실이란 게 없던 시절이라면 당연히 직접 머리를 자르는 직업도 있었을 거예요. 그 뭐야, 그런 격언도 있잖아요. 중이 제 머리 못 깎는다고."

아찬은 고개를 끄덕였지만 크게 와 닿는 예는 아니었다. 이럴 줄 알았으면 문학 과목을 들으며 견학이나 멀티미디어 학습을 게을리 하지 말걸 하는 후회가 들었다. 하지만 중이 제 머리 깎는 영상 기록이 있을 것 같지는 않다. 아니, 반대인가.

"네들 대령이라……."

"재주가 많은 분이에요. 한타랏사 소령도 그렇고."

하긴, 다른 사람 머리를 손질해 주는 것도 취미라면 취미지. 그러고 보면 머리카락은 뭐로 자를까? 레이저 칼? 워터제트 칼?

"한타랏사 소령요?"

"좋은 사람이에요."

"에이 씨가 그렇다고 하면 사실이겠죠."

아찬은 그녀의 호칭을 소위에서 씨로 슬그머니 바꾸었다. 그 때문일까? 그녀는 말을 받지 않았다. 아찬이 에이의 머리를 한 번 더 칭찬했다.

"소위님 머리를 보니 그런 생각이 드네요."

"응?"

"한창 자기 자신을 가꿀 시기에 이렇게 혼자……."

"저, 남자 친구 있어요. 여기 게이츠에."

아찬이 입에서 내뿜은 맥주를 뒤집어쓴 여자 모습을 한 로봇 바텐더는 화를 내지 않았다. 그저 백치같이 웃으며 세척 기작을 시작했을 뿐이다. 그러나 아찬은 허둥지둥 손수건을 꺼내 로봇의 머리를 닦았다. 에이가 황당하다는 표정으로 입을 벌리고 아찬을 보다가 겨우 말을 꺼냈다.

"로봇 처음 보시나요?"

"에? 아뇨. 아니에요."

아찬은 로봇만큼이나 백치처럼 웃으며 맥주에 푹 젖은 손수건으로 이마를 닦았다. 눈과 코를 타고 흘러내리는 액체를 보며 에이가 눈살을 찌푸렸다. 아찬이 다시 소매로 얼굴을 훔치며 허둥거렸다.

"아, 사실은 이게 말이죠, 면이에요, 면. 합성 소재가 아니라서 한번 뭔가를 닦아보고 싶었거든요."

에이는 여전히 입을 살짝 벌린 채 고개를 끄덕였다. 아찬은 그 입모양이 '아'라는 감탄사라고 믿고 싶었다.

"아찬 씨는 정말 재미있는 분 같아요."

"아, 네, 그런 이야기를 가끔 듣죠. 허허허."

도대체 이럴 땐 어떻게 해야 하는 거지? 손수건을 짜도 될까? 이대로 호주머니에 넣는다면 바지째 젖어버릴 텐데. 당황한 아찬의 머릿속에 든 생각은 고작 그 수준이 한계였다.

허둥거림까지 가세한 부족한 상상력을 메우기 위해 한눈을 판 사이 에이의 표정이 다시 어두워졌다. 몰래 손수건을 짜느라 그 사실을 뒤늦게 알아챈 아찬이 그녀의 안색을 살폈다.

몸이 안 좋은 게 틀림없다. 가끔 의사나 병원을 싫어하는 사람들이 있긴 하다. 흠. 하지만 군인이라면 그런 성격이 별로 도움이 안 될 텐데. 아찬은 조금 망설이다가 에이에게 의사를 권해보았다.

"몸이 안 좋으시다면 의사한테……."

"아, 약간 어질거리기는 하는데 그 정도는 아니에요."

에이는 이번에도 억지 미소를 지었다. 그녀가 와인 잔을 들었다.

"게이츠의 미래를 위해 건배."

"건배."

라고 대답하면서도 뭔가 좀 이상한 건배라는 생각이 들었다. 뭐야, 불길하게.

내용 자체는 아무 문제가 없다. 단지 파리한 표정에서 나온 음울한 어조가 미래에 대한 이야기를 어두워 보이도록 만들었을 뿐이다. 아찬은 분위기를 좀 밝게 해야겠다고 마음먹었다.

"로가디아는 정말 대단하더군요. 오래된 친구 같아요."

에이는 그냥 고개만 끄덕였다.

"무슨 걱정이라도 있으세요?

만약 단순히 걱정 때문에 안색이 이 정도라면 그건 정말 이만저만한 걱정이 아닐 것이다. 아찬은 어떻게 해도 이 데이트는 성공적일 수 없다는 사실을 인정해야만 했다. 에이에게 남자 친구가 이미 있다는 현실은 조금 전의 추태와 함께 전혀 중요치 않은 게 되어버렸다. 결국 아찬은 화성의 미람을 상상하는 도리밖에 없었다. 어쩔 수 없이 아찬 역시 묵묵히 먹기만 하는 일에 열중할 무렵 에이가 대뜸 입을 열었다.

"아찬 씨, 마인드링킹 해봤어요?"

"네, 네?"

"군인은 복무 기간이 일 년이 넘어야 마인드링킹 훈련을 받을 수 있어요."

"아, 그런가요?"

에이가 나한테 이런 이야기를 해도 되는 건가? 어쩌면 그 정도는 군사기밀이 아닐 수도 있다. 이 모든 걸 로가디아가 듣고 있다는 사실쯤은 에이가 더 잘 알고 있을 터, 그렇다면 괜히 나설 필요는 없다.

"뭐, 해도 상관없겠죠. 어차피 로가디아가 곧 이야기할 테니. 아무튼, 마인드링킹만 했다 하면 그 사람은 메디팩을 뒤집어써요."

"뭐라고요?"

아찬이 잘 못 들었다는 시늉을 과장되게 하며 귀를 에이 쪽으로 가까이했다.

"말 그대로예요. 마인드링킹을 한 사람들은 언젠가는 갑자기 의료용 나노머신을 뒤집어써요. 대중도 없어요. 복도에서, 자기 방에서, 화장실에서 갑자기 메디팩이 터지는 거예요. 캡슐이 퍽! 하고 터지면서 나노머신 치료액이 그 사람을 감싸는 거죠."

"그, 그럼 어떻게 되죠?"

"어떻게 되긴요. 샤워해야죠."

에이의 눈빛이 손수건을 흔들 때의 아찬을 빤히 쳐다보던 때로 되돌아갔다.

"얼마나 기분이 나쁘겠어요. 자기는 멀쩡한데 응급환자 취급을 하는 거잖아요. 그 때문에 난리가 아니에요. 아마 곧, 당분간 마인드링킹을 보류하라는 전달 사항이 있을 거예요. 지금이야 사소한 이상이겠지만 이런 문제는 좌시하면 큰 사고로 이어지거든요. 반드시."

아찬이 고개를 끄덕였다. 아무래도 당분간은 입을 닫고 있어야 할 것 같았다. 지금은 무슨 말을 해도 얼간이로밖에 보이지 않으리라. 둘은 묵묵히 숟가락을 입으로 가져갔다.

아찬은 에이의 먹는 속도를 맞추려 했지만 도저히 그럴 수가 없었다. 결국 그의 접시가 거의 다 비워졌을 때도 에이의 몫은 반도 줄지 않았다. 아찬이 무슨 말이라도 해야 하나 싶어질 무렵 에이가 대뜸 입을 열었다.

"사이보그가 뭔지 아시죠?"

"네, 네?"

미처 삼키지 못한 쌀밥이 목에 걸려 기침이 나는 걸 간신히 참았다. 한의 밥과 달리 필라프 종류는 밥알이 고들고들해서 기침이라도 했다 하면 맞은편의 아가씨가 다 뒤집어쓸 판이었다. 에이는 로봇이 아니고, 다른 손수건은 없다.

억지로 삼킨 밥이 공기와 함께 식도로 넘어가는 느낌이 들자마자 아뿔싸 싶었다. 게이츠의 요리에 체증완화제가 첨가되어 있을까?

"사이보그가 뭔지 모를 리가요."

"전 사이보그예요."

이번에는 정말 기침을 참을 수가 없었다. 아찬은 냅킨으로 간신히 입을 틀어막았다. 콧구멍 안쪽에 밥알이 들어간 게 확실했지만 미녀 앞에서 코를 푸느니 무좀에 걸려 죽는 쪽을 택하고 싶었다. 이미 여기까지로 망신살은 충분히 뻗었다.

아찬은 에이가 왜 그런 말을 하는지 이해하기가 어려웠다. 사이보그가 뭐 어떻다는 거지? 특히 군인이 말이다. 어쩌면 에이는 자신의 과거 이야기를 하고 싶어할 수도 있다. 아찬은 진심으로 관대한 표정을 지으려 노력했다.

"솔시스를 지키기 위해……."

"아뇨. 전 그러기에 너무 어려요. 그냥 어릴 때 조금 다쳤거든요."

에이가 드디어 진심인 듯한 웃음을 지으며 양손을 살짝 내저었다.

"오른쪽 어깨인데……."

아찬이 어떻게 받아들일까를 확인하려는 듯이 그를 잠시 빤히 쳐다본 에이가 말을 이었다.

"좀 이상해요. 잘 안 움직여요. 의사에게 보였는데 완전히 갈아야 한대요."

아찬은 동정의 눈빛을 보이지 않으려고 고개를 숙여 물을 마셨다. 그래도 다행히 일부 사이보그군. 하긴 저렇게 예쁜 아가씨가 전신 사이보그라면 속이 많이 상할 것이다.

상식과 달리 사이보그 신체는 진짜 신체보다 그리 뛰어나지 않다. 이건 사이버네틱스 공학 기술보다는 인간 자체의 문제다. 만약 에이처럼 오른팔이 기계고 어마어마한 힘을 낼 수 있는 사람이 있다 해도, 그가 철근이라도 들기 위해 힘을 준다면 그 순간 팔을 지지하고 있는 어깨 연결부가 뜯겨져 나가거나 허리가 부러질 터. 그래서 군인들이 사이보그일 경우는 대개 뇌를 제외한 거의 모든 부분을 기계로 바꾸곤 한다. 그조차도 뇌에 걸리는 신경 전달 신호가 주는 한계 때문에 공학의 극한에 이르는 신체는 아니다.

아무튼 에이가 단순히 여자여서인지, 아니면 소위 견장을 막 단 풋내기 장교여서인지는 몰라도 그녀는 일부 사이보그다. 그럴 경우는 문제가 생기면 우선 의사에게 보여야 한다. 대부분의 문제는 사이보그 신체가 아니라 인간의 몸에서 생기기 때문이다.

아찬은 가능하면 표정을 유지하려 애쓰며 아무렇지도 않은 것처럼 대답했다.

"다른 의사에게는 가보셨어요?"

에이의 눈살이 찌푸려지는 것을 본 아찬은 아차 싶었다. 그녀는 자신이 말한 '다른 의사' 라는 말을 기술자로 받아들인 것 같았다. 아찬은 재빨리 덧붙였다.

"내과를 가보시는 건 어떠세요? 친구 중 하나가 항상성 때문에 고생한다는 걸 몰라서 외과에서 시간을 좀 낭비한 적이 있거든요."

"아. 그런 문제가 아니에요. 음, 뭐랄까. 아무튼 그런 게 있어요. 게이츠도 그렇고 참, 한두 군데 문제가 아니네……."

에이의 마지막 말은 거의 중얼거림에 가까웠다. 아찬으로서는 만남의 첫 자리에서 술잔을 부딪치며 외친, 게이츠의 미래를 위하자던 음울한 말과 지금의 중얼거림을 연결할 수밖에 없었다.

에이는 아찬의 에스코트를 거의 거절에 가까운 말투로 사양하고 모노레일에 올라섰다. 창밖으로 멀어져 가는 아찬을 한번 돌아보아 주었을 법도 하건만, 그녀는 그러지 않았다.

에이로서는 단순히 의수 문제가 아니라 해도 머리가 지끈거릴 정도로 골치 아픈 일이 많았다. 그중에서도 특히, 필라프의 첫술을 뜨기도 전에 들어온 불시 소집 명령은 한숨을 넘어선 짜증까지 불러일으켰을 정도다. 그러나 자신 같은 초급장교는 불평할 위치가 아니다. 그녀는 그럼에도 불구하고 맥주까지 마시고 말았다. 그건 일종의 시위였다.

"에이 영 소위, 늦었군."

"죄송합니다."

직속상관 엘몬드 대위의 찌푸린 눈살로 자신의 얼굴이 붉다는 사실을 알 수 있었다. 그게 질타에 대한 순간적 무안함 때문인지 맥주 때문인지는 잘 알 수 없지만.

소강당에는 모든 간부들이 소집된 상태였다. 명령은 불시 소집이라고 했지만 분위기는 긴급 소집의 그것이다. 하지만 에이가 놀란 이유는 그보다, 소강당에 집결한 인원이 말 그대로 '모든 간부'라는 점이다. 우주 공군 파일럿들은 물론, 단상에 놓인 몇 개의 의자에는 알 바라마드까지 팔짱을 끼고 다리를 꼰 채 앉아 있다. 거의 가장 풋내기임에도 마지막으로 들어온 에이에게 집중된 시선. 그 속에 자신의 그것을 포함시킨 충무공 알 바라마드는 곧 무표정하게 고개를 끄덕이는 로가디아를 힐끗 쳐다본 후 자리에서 일어섰다. 그는 헛기침을 한번 하고 나서 입을 별다른 의례 없이 본론으로 들어갔다. 군대에 대해 조금이라도 아는 사람이라면 저런 최고급 장교와의 대면에 별 점호조차 없이 임하는 상황 자체가 비상식적임을 알 터.

아니나 다를까, 알의 목소리에는 긴장감이 희미하게 스며 있다.

"현재 시각에서 사십 분 전, 솔시스에서 전문이 날아왔다."

알은 여기까지 말하고 여군 정복을 입고 쉬어 자세로 서 있는 로가디아에게 눈짓했다. 초급장교들은 앞뒤 상황 없이 그냥 결과와 그에 따른 할 일만 알면 된다는 태도다. 로가디아는 가벼운 거수를 붙이고 앞으로 나서 입체영상을 띄우고 브리핑을 시작했다.

[동맹과 의사소통에서 약간의 문제가 생긴 듯합니다.]

에이는 로가디아의 '약간'이라는 표현이 얼마나 약간을 말하는지 궁금해졌다. 인간이었다면 분명히 자기도 모르게 힘을 좀 주어 발음했을지도 모른다. 그러나 저 미녀 인공지능이 그런 감정 따위를 드러내는 건 단 한 번도 본 적이 없다.

[게이츠의 출항을 저희는 민간 외교선으로 통보했습니다만……]

"로가디아 대위, 그냥 말하게."

[예, 충무공.]

정식 발표가 아닌 모양이다. 조율이 있었다면 로가디아가 망설일 이유가 없다.

[동맹 측은 게이츠를 호위하는 태풍 전투기를 무장 함선으로 간주, 통보 사실과 어긋나는 이 운항을 즉각 중지하라고 권고했습니다. 솔시스 우주군 사령부는 이 권고가 부당할뿐더러, 강제력이 없다고 판단, 지속 운항을 명하였습니다.]

동맹은 솔시스 단위 기준으로 질량 158톤 이상의 운항체는 함선으로 간주했다. 물론 태풍은 기준에 '아주 약간' 미달이다. 따라서 이번 문제는 태풍이 장착한, 자기 몸통만 한 타키온 드라이브 추진기를 문제 삼았다는 의미고, 전례가 없는 이 지적은 간단히 말해 시비를 걸겠다는 뜻이다. 그게 아니면 진심으로 게이츠를 위협으로 생각하거나.

아무튼 계속 운항을 하겠다면 뭐가 문제라는 거지? 에이는 맥주 덕분에 슬슬 졸려오기 시작하는 눈꺼풀을 치켜뜨기 위해 안간힘을 다했다. 고개가 주억거리는 모습을 충무공이 보고 눈살을 찌푸리기라도 하는 날에는 군복을 벗는 것만으로 끝나지 않을 것이다.

[그러나 우선은 타키온 드라이브를 중지하고 통상 공간으로 복귀할 것입니다. 사령부의 지시는 물론……]

그럼에도 불구하고 로가디아의 목소리는 점점 꿈결같아졌다. 에이는 이 브리핑이 얼마나 중요하든, 먼저 해야 할 일은 밀려오는 졸음과의 사투라고 생각했다. 그녀의 속절없는 사적 투쟁에 종지부를 찍은 것은 알의 목소리였다.

"따라서, 전 인원은 현 시간부로 전투 배치. 상세 브리핑은 각 전담 지휘관과 로가디아를 통하도록. 전원 쉬어 상태에서 해산한다."

[전부 말입니까?]

"전부."

함장인 동시에 우주전 참모인 네들이 대표로 거수를 붙이기가 무섭게 알은 연단을 내려와 혼자 사라졌다. 각 참모들이 연단에 올라 뭐라고 했지만 에이의 귀에는 들어오지 않았다. 직속상관인 엘몬드와 헤르미트를 불안하게 바라보는 그녀의 귓전에는 오직 '전투'라는 단어가 의미하는 불안함, 그리고 그에 섞인 기묘한 호기심만이 울려 퍼졌다.

마 다비따씨앙(Mars d' habitation).

요약:첫 번째 화성 식민 거주지.

대명사화:화성환, 화성 식민지 전체.

화성 거주구(Mars d'habitation), 명칭은 르 코르뷔제의 위니떼 다비따씨앙에서 유래했다. 2598년에 최초의 이주를 시작한 마 다비따씨앙은 화성환 건설의 전진기지이자 솔시스 생명공학의 중심이며 또한 가장 큰 거주지다. 68년에 착공된 화성환은 지구환 건설에서 얻은 기저 지식을 바탕으로 매우 급속한 시공 속도를 보여 00년 12월 현재 환 모듈을 담기 위한 펠리트 연결이 끝났다. 마 다비따씨앙에 건설된 첫 번째 환오름이 화성환의 첫 번째 모듈과 연결되기만을 기다리고 있다. 완공 예정은 다음 세기 중반으로 예측하고 있다.

화성의 지구화(地求化:Terraforming)는 마 다비따씨앙의 생명공학에 기반하고 있다. 마 다비따씨앙에서 만들어진 미생물은 화성의 토양을 획기적으로 개선하고 있어 약 4만 년 후에는 지구의 식생들이 아무 문제 없이 성장 가능할 것으로 보인다. 일단 식생이 안정화되면 이후 지구화는 매우 빠르게 진행될 것으로 추측된다.

이 거대한 연구 단지이자 주거지역에는 화성의 핵 부근까지 연결된 지하 통로가 있는데 이는 장차 지구화를 위한 중력 발진기를 설치할 기반 구조물이다. 화성은 궁극적으로 지구와 같은 환경이 되는 것을 목표로 하고 있는데, 일반적으로 사용하는 지구화 계획과 달리 정상 지구화 방안을 택하고 있다. 이는 솔시스의 대부분 행성에 이미 식민이 정착되었기 때문인데, 켄타로스나 스피카의 사례처럼 항성을 더 뜨겁게 한다거나 화성 자체의 공전 궤도를 축소시키는 방식이

다른 행성에 지대한 영향을 미칠 수 있기 때문이다.

마 다비따씨앙을 제외한 여타의 돔은 평균적으로 반경 80킬로미터 정도 규모의 중형 돔이 대부분이다. 에너지 수급은 일반적으로 태양열과 그 빛이며, 핵융합 발전소나 반물질 발전소도 드물게 존재하기 때문에 매우 특별한 경우가 아니라면 지구는 물론이고 다른 돔에서의 지원도 필요치 않다.

풍부한 에너지 수급에 의해 거주민들의 생활 수준은 지구와 크게 다르지 않으며 돔 내부의 경우 중력 역시 마찬가지기 때문에 이주 환경에 적응하기는 어렵지 않다. 화성환은 마빌론(MABELON:MArs BELt Orbital Network 화성환 궤도 네트워크)이라는 정식 명칭이 있으나 그 발음이 불길하다 하여 보통은 마 다비따씨앙을 발음할 때 음절 강조를 달리하여 지칭하곤 한다.

특기 사항으로는 건설부지 주변은 돔 주변은 밀도가 약간 낮은 대기가 형성되어 있다는 점이다. OO년 현재 지구—화성 간 하루 80회 이상의 정기 여객기 노선이 있으며 평균적인 정기 노선의 경우 왕복에 스물일곱 시간 정도가 소요.

마 다비따씨앙에 대해 뒤적인 백과사전의 큐레이터는 방정맞았다. 별다른 이유가 없이 뒤적인 끝에 나온 호들갑스러운 결과물은 아찬이 바란 바가 아니다. 그는 조용히 중얼거렸다.

"꺼져."

입체영상을 띄우며 신나게 설명하던 큐레이터가 허리를 숙이며 사라지고 그 자리를 텍스트가 대신 채웠다. 이 텍스트는 단순히 입체영상일까, 아니면 안구 투사일까. 어느 쪽이든 상관없다.

쳇. 그러니까 결국, 지구 제국주의의 결과물이라 이거군. 왜 4만 년이나 걸리는 정상 지구화를 택했을까? 정말 그때까지 인간이 남아 있을 거라고 생각하는 건가?

아찬은 이 정보들을 그냥 일기장에 옮겨 적기 시작했다. 처음에는 단지 무료함을 때울 목적으로 아무런 이유 없이 시작한 노동이었지만, 내용을 거의 다 베껴갈 때쯤 이게 미람을 기억하려는 무의식적 행동임을 깨달았다. 부끄러워진 그는 페이지를 찢으려다가 손을 멈추고 고개를 갸웃한 다음 담배를 꺼냈다.

아찬은 물었던 담배를 손에 옮겨 쥐고 방을 나섰다. 하늘이 좀 밝아진 것 같았다.

하늘이 밝아졌다고? 아찬은 다시 한 번 광장의 천창을 올려다보았다. 우주는 여전히 검었다. 그러나 분명히 게이츠에 오른 후 며칠 동안 보아오던, 이보다 더 어두울 수 없는 그런 암흑이 아니었다. 머리 위에서 빛나는 순수한 검은색은 지구환에서 볼 수 있는 종류의 우주다. 이미 미치도록 그리워지기 시작한 빛나는 암흑에 대한 과장된 기억이 아니라 해도 곧바로 알아볼 수 있는 우주인 것이다. 아찬이 로가디아를 부르려는 순간 그녀의 목소리가 게이츠에 울려 퍼졌다.

[대단히 죄송합니다만 당분간 개인적인 호출은 응하지 못할 것 같습니다, 여러분. 현 시간부로 검수가 실시될 예정이니 참고하시기 바랍니다. 동맹의 정규 검수 함대이며 함내로의 진입은 유디트 출신 검수 팀에 한합니다. 검수 팀과의 개인적 접촉은 허락하지 않습니다. 민간인 승무원 여러분의 특이사항은 없을 것입니다.]

그러니까, 이건 외계성종을 보더라도 쓸데없는 호기심으로 할 일을 게을리 하지 말라는 거로군.

아찬은 갑작스러운 검수 팀의 의미가 도대체 무엇인지 알 수 없었지만 그닥 호기심이 동하지는 않았다. 유디트라면 지구는 물론 솔시스 연방 전역에서 흔하게 볼 수 있는 외계성종이다. 아찬은 산책을 그만두어야 하나 잠시 망설였지만 곧 신경을 껐다. 그런 게 필요하다면 로가디아가 달리 무슨 말을 했을 터다.

그보다 아찬은, 그런 게 귀찮았다. 그는 에이에게 무시당했다는 사실에 조금 화가 나 있었고 몹시 불쾌했던 것이다. 그녀는 자신에게 신경을 거의 쓰지 않았고 무안함마저 느끼게 했다.

그걸 잊기 위해 나온 노력의 결과물은 고작 미람이 가 있을 마 다비따씨앙뿐이었고 그래서 아찬의 감정은 비참함에 이르기조차 했다. 아찬은 고개를 숙이고 답답하면서도 낯 뜨거운 무안함을 달래느라 천창의 장갑 셔터가 닫히는 광경을 보지 못했다.

지휘통제실에는 이번 사건에서 직접적인 책임을 져야 할 당사자, 즉 우주공군 전대장 저겐젤과 우주전 참모인 네들, 그리고 알 바라마드만이 앉아 있었다. 아니, 로가디아도.

몇 분째 저겐젤 중령이 구원을 바라는 표정으로 네들 대령을 바라보고 있지만 그는 저겐젤에게도, 알에게도 눈을 마주치지 못하고 안절부절이다. 알은 알대로 불편한 표정을 감추지 않으며 로가디아에게 물었다.

"전문은 들어왔나?"

[검수를 받으라고 합니다.]

"아까와는 말이 다르잖아!"

[죄송합니다.]

당연히 죄송하겠지. 하지만 분명히 인간과는 다른 의미일 것이다. 로가디아의 송구함은 그녀가 갖는 존재론적 운명 때문이지 그 책임 탓이 아니다.

"검수를 받으면 귀환해야 한다는 걸 뻔히 알고 있지 않나?"

[저로서도 그걸 권해 드리고 싶습니다.]

알의 불편한 얼굴이 노여움으로 붉어졌다. 그는 이 문제를 해결하고 당장 클라우드를 만나야겠다고 마음먹었다. 로가디아가 가진 알파명령은 분명히 자신이 추측하고 있는 그런 게 아님이 틀림없다. 이 여자형 인공지능이 시연회에서 보인 모습으로 이렇게 될 거라고 진작 알아챘어야 했다. 분명히 로가디아를 정비할 시간을 충분히 더 주었을 텐데. 만약 국방과학연구소에 이 일을 맡겼다면 생기지 않았을 일이다. 역시 흐느적거리는 민간인들에게 이런 중요한 일을 맡긴 것 자체가 실수다.

하지만 솔시스의 담당자, 그러니까 하텐 노오마이트 준장이나 외교통상부 장관에게의 보고는 필요했다. 그러나 그보다 최우선으로 할 일은…….

"됐어, 중령. 전투기를 출격시키고 동맹 검수선의 퇴거를 요구하게. 우리는 곧 타키온 드라이브로 들어가야 해."

"하지만, 충무공. 이 사태를 녹록히 볼……."

"난 저겐젤에게 명령했네, 우주전 참모."

알의 눈에 서슬이 퍼랬다. 알이 네들에게 우주전 참모라는 호칭을 사용할 때는 어지간히 화가 나 있다는 뜻이다. 그는 자신이 상관임을 주지시키고 싶을 때 이런 식의 어법을 사용하곤 했다. 저겐젤이 네들을 다시 한 번 쳐다보았지만 이 상황에서 그는 도움이 전혀 안 된다는 사실만을 확인했을 뿐이다. 태풍을 출격시켜 검수선을 어떻게 퇴거시킬지는 이제부터 자기 몫이다. 그는 돌발 상황을 염두에 두고 로가디아에게 모기만 한 목소리로 물었다.

"승무원에게는 알렸나?"

이 말이 민간인들을 의미하는 것임은 명백하다. 로가디아는 대답을 망설일 필요가 없었다.

[그냥 무의식적으로 긴장할 만큼만 대처했습니다.]

질문은 저겐젤이 했지만 대답은 모두를 향한 것이다. 세 명이 거의 동시에 고개를 끄덕였다. 어차피 지금으로서는 비일상적인 상황이 곧 닥칠지도 모른다는 암시 이상을 줄 필요는 없다.

더 이상 도망갈 곳이 없어진 저겐젤이 죽상을 한 채 일어섰다.

"그럼 출격시키겠습니다."

"교전 상황에 이를 경우, 특별한 지시가 없어도 파일럿들은 게이츠와 스스로를 보호해야 할 거야."

예상한 말이다. 알의 속내를 들여다보려고 노력할 필요는 없다. 어차피 저겐젤 자신도 이렇게 되어야 함은 충분히 알고 있다. 다만 조금이라도 유예시켜 보고 싶었을 뿐이다. 그게 글렀으니 차라리 속전속결로 확실하게 끝내는 편이 낫다.

그렇다고는 해도, 역시 다음 예상으로 이어지기를 바라지는 않았다. 그건 아마 여기 앉아 심각한 표정을 짓고 있는 두 상관도 마찬가지일 터. 하지만 태풍을 출격시켜 상대를 을러놓고도 외교 문제가 없을 수가 있을까? 어쨌든 그건 자신이 관여할 바가 아니다.

저겐젤의 거수를 받자마자 알은 그가 마치 사라지기라도 한 듯, 시원한 고뇌라고밖에는 설명하기 어려운 묘한 표정으로 말했다.

"로가디아, 타키온 드라이브를 예열하도록. 작전이 완료되는 즉시 다시 정상 항로로 진입한다."

로가디아는 대답없이 거수만 붙이고 사라졌다. 마치, 자기 의견을 받아들이지 않은 상관에 대해 불만을 가진 부하가 할 법한 시위 같은 몸짓으로. 저겐젤은 자신도 그녀 같은 배짱을 가질 수 있으면 좋겠다고 생각하며 다시 거수를 붙이고 문을 나섰다.

"우리가 도대체 뭘 해야 하는 거지?"

몰라.

자이 드 끌롱 소령의 물음에 이레이치 오더블류프 소령은 대답없이도 의사를 충분히 전달할 수 있다는 확신을 가진 듯이 어깨를 으쓱했다. 비교적 젊은 나이 때문에 거의 억지로 소령이 되다시피 한 두 사람의 진급은 게이츠에 승선하는 그날 이루어졌다. 둘 다 실전 경험은 없지만 우수하고 뛰어난 파일럿이다. 그렇지 않다면 누군가가 이 배는 민간 함선을 가장한 전투함이라고 주장해도 뾰족한 변명을 찾기 힘들 게이츠의 격납고에서 이럴 일도 없을 터다. 끌롱은 이레이치의 확신에 찬, 내용없는 대답에 기가 막힌다는 눈길을 보내다가 바이저를 내렸다. 동료가 이 한심한 눈빛을 알아채 주면 좋을 텐데.

동맹 소속의 검수선에 퇴거를 요구하는데 왜 태풍 편대가 둘이나 필요한지 감조차 잡히지 않았다. 태풍 한 편대면 '적절한 수준의 방공망'이 갖추어진 함대를 무력화시킬 수 있는데 말이다. 아무튼 자신은 그냥 명령받은 대로 하면 그만이다. 끌롱은 이미 전투기에 올라 있는 부하들에게 회선을 열었다.

"검수선이 말을 잘 안 듣는 것 같다. 따라서 우리는 그 친구들이 쫄아서 꽁무니를 빼도록 으름장을 놓는 게 임무다. 출격 즉시 공격 대형을 갖춘 후 검수선으로 고속 접근할 거다. 본 편대는 검수선의 코앞에서 가능한 한 위협적 보이는 게 임무니 대형을 흩뜨리지 않는 한에서 설치고 싶은 만큼 설치도록."

부하들은 아무도 웃지 않았다. 싸구려 소설의 대사 같은 허세를 좀 부려보고 싶었는데 낯이 뜨거워 도저히 그럴 수가 없었다. 결과적으로 이도저도 아닌 어정쩡한 농담이 되어버린 약식 브리핑에 이레이치의 핀잔만 날아왔다.

　—지금 그거 웃자고 한 소리야?

　"아니야."

　—그래. 그렇게 대답해야지. 적어도, 나 같은 노서아 출신은 그런 프랜시 방식의 농담은 전혀 못 알아듣거든.

동료의 말이 끝날 때 즈음 에너지 차폐벽이 완전히 개방된 게이트의 테두리가 하늘색으로 변했다. 불과 한 달여 만에 맞이하는 정상 우주임에도 불구하고 마지막으로 본 지가 백만 년은 된 듯한 그리움이 밀려왔다. 타키온 드라이브 중의 우주는 너무 어두웠다.

너무.

검수선은 격납고를 튀어나오자마자 볼 수 있었다. 유디트의 기술은 솔시스처럼 크고 웅장한 우주선을 만들 수준이 아니었다.

작고 초라한 모습이 예상대로다. 그럼에도 불구하고 막상 검수선을 접한 그는 저겐젤이 무장을 지시한 이유를 알 것 같았다. 타키온 드라이브 중인 게이츠를 가로막고 검수를 위해 승선을 요구할 배짱을 가진 함장이 저런 조각배 따위를 몰고 있을 리가 없다. 게이츠의 크기가 문제가 아니다. 이 배가 솔시스 연방의 함선이라는 사실이야말로 가장 강력한 방패다. 그런데도 이 앞에서도 저렇게 버티고 있는 걸 보면 어딘가 몸을 숨긴 모선이 반드시 존재할 터.

게이츠는 태풍을 쏟아내자마자 검수선과 이격하기 위해 보조 엔진을 뿜어내기 시작했다. 여덟 기의 태풍이, 당황 속에서 진작 한 발 물러나기 시작한 검수선의 주위를 말 그대로 위협적으로 선회하기 시작했다. 고작 오십여 미터나 될까 말까 한 함선. 솔시스 기준에서는 함선은커녕, 고속정 기준에도 들지 못하는 규모다. 우주 전투기 태풍과 비슷한 크기임에도 불구하고 대부분이 엔진과 연료인 듯한 조악한 형체 때문에 더 초라해 보였다.

　—어라? 이놈들, 갑자기 안 움직이는데?

"그러게."

엄호를 위해 한참 뒤에서 천천히 선회 중인 이레이치의 송신에 맞장구를 친 끌롱은 아뿔싸 싶었다. 이번에도 이레이치에게 말렸어.

세월 좋게 맞장구나 칠 상황이 아니다. 애송이 편대장인 자신에게 처음으로 주어진 실제 작전 경험이다. 이번에 잘해내지 못하면…….

그는 편대원들을 이끌고 좀 더 가까이 접근하기로 했다. 아주 가까이.

이레이치의 동그란 눈에서 검은자가 사라졌다.

눈동자를 가득히 채울 정도의 자극적인 빛에 반응해 순간적으로 바이저가 내려갔지만 동료의 기체가 폭발하는 새하얀 섬광은 그의 눈동자를 단번에 관통해 머릿속에 각인되어 버렸다. 그럼에도 불구하고 고된 연습과 가상 전투 훈련은 당황 속에서조차 이레이치에게 반사적인 반응을 끌어냈다. 지휘통제실보다 그가 빨랐다.

"끌롱 편대, 끌롱 편대! 퇴각하라! 퇴각하라! 교전은 우리가 맡겠다. 즉시 전투에서 손을 떼고 퇴각하라! 이레이치 리더가 알린다, 끌롱 편대는 즉시 퇴각!"

지휘관을 잃은 편대로부터 전투를 인계받기 위해 고속 기동으로 기체를 비튼 이레이치 오더블류프의 편대가 급속 공격 진형을 갖추자마자 한 줄기 빔이 그 사이를 파고들었다. 빔을 발사한 포대에 방어 시스템이 반응해 미리 사출되어 있던 헤미팜이 편대의 정면으로 날아든 두꺼운 빔 다발을 흩뜨렸다. 그러나 그 충격은 비록 실제 물리적인 피해를 전혀 끼치지 못했을지라도 처음으로 전투에 임하는 파일럿들을 당황하게 만들기에 충분했다.

도대체 저게 어떻게 된 일이지? 아무리 거리가 가깝다 해도 태풍을 완파시킬 화력을 유디트가 보유하고 있을 리가 없다. 아니, 그 어떤 외계성종도 마찬가지다. 베릴륨 장갑은 빔을 산란시키고 질량탄을 튕겨낼 수 있다.

저런 초라한 우주선이 태풍의 방어막을 뚫고 위아래를 한꺼번에 관통하며 산산조각 낼 수 있는 위력의 포가를 갖추려면 포신 자체를 함체의 등골로 만드는 방법이 유일하다. 다르게 말하면 우주선의 정면이 태풍을 향하고 있어야만 한다는 뜻이다. 적 파일럿을 폴라로이드로 찍은 톰의 흉내를 내고 있던 끌롱의 기체를 그 위치에서 관통시킬 수 있는 포가는 존재할 수가 없다. 심지어 솔시스조차 그 점에서는 예외가 아니다.

당황한 이레이치의 시야 구석에 공간의 일그러짐이 나타나는가 싶더니 그건 착각이 아니라는 듯 이내 형체를 갖추기 시작했다. 레기넬라의 프리깃인 버디들이 무더기로 쏟아져 나오는 찰나였다. 이 지역에 워프게이트가 있다는 말은 금시초문인데.

"매복이다! 명령이 없나? 관제탑! 명령이 없나?"

—지금 후속 편대가 출격 준비 중이다. 합류 시까지 간격을 유지하며 스스로를 방어하라. 다시 말한다. 스스로를 방어하라.

관제탑도 당황한 것 같았다. 그렇지 않고서는, 선제공격을 당했다 해도 저런 조각배를 상대로 중전투기 한 편대 반에게 자기 몸이나 보전하라는 명령이 내려올 수가 없다. 어찌 됐든 이레이치로서는 명령을 거부할 이유가 전혀 없다. 그가 부하들에게 명령을 하달하려는 순간 다음 송신이 들어왔다. 명령 변경. 관제탑으로부터의 편대원들에게 직접 하달. 그러나 이레이치로서는 그 목소리가 저 겐젤의 것이 아니었다 해도 그에 대한 불평을 할 여유가 없었다.

—이레이치 편대, 이레이치 편대. 명령 변경이다. 요격 태세로 변환하라. 지금 즉시 전투 마인드링킹으로 들어간다. 명령, 벼락. 명령, 벼락. 반복한다, 명령, 벼락. 명령, 벼락.

이 상황에서 벼락이라면 딱 하나다. 친절한 송신 내용이 확인시켜 주듯이, 전투 마인드링킹을 실시하는 것이다. 이 상황에서조차 감미롭게 느껴지는 로가디아의 목소리가 파일럿들의 혼란 사이로 끼어들었다.

[눈이 감기면, 자연스럽게 감으세요. 그리고 뜨고 싶어질 때 눈을 뜨세요. 그 다음은 임무를 지속하시면 됩니다. 이제부터는 켈리가 도와줄 거예요.]

삶과 죽음의 기로에서 아슬아슬한 줄타기를 하는 이 상황에 전혀 맞지 않는, 믿을 수 없을 정도로 편안하고 따사로운 음성. 만약 로가디아가 아니었다면 오히려 광기로 취급받아 마땅할 것 같은 얼토당토않은 목소리.

뒷골의 찡한 통증. 파일럿들은 그녀의 목소리가 점점 아릿해져 가는 느낌을 받으며 검은 우주 공간을 가르는 빛줄기조차 꿈결처럼 보인다는 비상식적인 백일몽을 떨어내고자 고개를 세차게 도리질했다. 그러나 노력은 속절없이 그들은 최면과도 같은 감미로움에 젖어 자연스럽게 눈을 감은 채 저마다의 꿈속으로 빠져들었다.

"반응 속도가 빨라지고 있습니다!"

기술사관의 외침에 과학 참모 헤르미트와 우주전 참모 네들, 그리고 알 바라마드가 거의 동시에 고개를 끄덕였다. 거의 환호성에 가까운 흥분 속에서 방금 함교에 올라와 조금 얼떨떨한 표정을 짓는 제온 피오르도기 원사 외에 저겐젤만이 떨떠름한 안색을 감추지 못했다. 그로서는 거의 사지에 내몰린 부하들에 대한 걱정이 앞설 수밖에 없다.

"증원군은 필요없겠지?"

자신을 똑바로 쳐다보며 말하는 알의 시선을 피할 길이 없어 저겐젤은 대답 없이 눈을 내리깔았다. 물론 눈앞에 펼쳐진 장면은 정말 장관이다. 인식과 판단 후 명령, 마지막으로 실행이라는, 감각―정신― 신체라는 단계에서 신체가 감당해야 할 부분을 모두 전투 인공지능 켈리에게 떠넘긴 파일럿들의 반응 속도는 믿을 수 없을 정도로 빨라졌다. 파일럿들에게는 주변의 운동이 느려진 것처럼 보일 터다. 거의 스무 배 가까이 느려진 시간 속에서 파일럿들은 정확한 인식과 판단에 대한 고민, 그리고 실행의 여유를 확보할 수 있다. 그 후에는 그것이 척추 반사든 대뇌의 명령이든 신체를 움직이기 위해 발생하는 인간 신경 간의 전기신호를 켈리가 즉시 해석하고 기체를 움직인다. 어차피 전투 기동에 의해 생기는 신체적 한계는 반가속 기술로 극복된 지 오래다. 유일한 문제는 실제 판단을 해야 하는 인간의 사고 속도가 음속을 넘을 수 없다는 점이다. 그러나 인공지능과 인간의 결합은 그 장벽을 무너뜨릴 수 있다.

그 와중에서도 저겐젤은 그 장면에 도취된 알 바라마드가 잊고 있는 중요한 점을 지적해야만 했다.

현재 전장 상황은 인간 한계를 넘어서는 전투 기동 따위로 극복 가능한 것이 아니라는 점을.

처음부터 이럴 줄 알았다는 듯이, 매복을 한 채 게이츠의 태만함을 노린 검수선의 호위함대 다수를 상대로 태풍을 철수시키지 않는 상황은 충분히 있을 수 있다. 문제는 그 호위함대가 검수선과 같은 소속의 유디트 함대가 아닌, 레기넬라 함대라는 점이다. 레기넬라는 말하자면 유디트의 우방이다. 켄타로스나 도기나의 우방이 솔시스인 것처럼.

레기넬라의 함대는 언제나 '높은 수준의 방공망'을 구성하고 다녔다. 기술력으로 따지자면 솔시스와 견줄 수 있는 거의 유일한 외계성종이다.

솔시스 연방군 장교의 미덕 중 하나는, 맞는 것은 맞다 하고 아닌 것은 아니라 할 수 있는 분별력과 용기다. 이대로 두면 부하들은 결코 살아 돌아올 수 없으리라.

저겐젤은 더 이상 눈을 내리깔지 않기로 마음먹었다.

"충무공, 파일럿들이 탁월한 기량을 발휘하고 있는 것은 분명한 사실입니다. 그러나 전력 자체가 너무 압도적입니다. 지금 상황은 일곱 명의 파일럿들이 보이는 영웅적인 활약으로 감당 가능한 게 아닙니다."

"그런가? 자네는 그렇게 생각하나?"

[전대장의 말이 맞습니다. 현 태풍 편대는 최선을 다해도 사 분을 버티지 못합니다.]

저겐젤이 대답을 하려는 순간 로가디아가 끼어들었다. 저겐젤은 자신을 바라보는 로가디아의 얼굴에 담긴 의미를 읽어내고 모욕감조차 느꼈다. 그녀에게 악의가 있든 없든.

그녀는 저겐젤에게, 지금으로서는 자신의 말이 더 설득력이 있으리라 소리없이 주장한 것이다.

"내 생각은 다르지만 의견을 인정하지. 즉시 후속 편대를 출격……."

알의 말이 잠시 끊어졌다. 그는 있을 수 없는 일을 당했다는 표정으로 눈을 치켜뜨고 바닥을 응시했다. 할 수만 있다면 귀라도 쫑긋 세우고 싶어하는 얼굴이다. 그는 혼란스러운 함교를 둘러본 다음 로가디아에게 시선을 향했다. 자기 말을 아무도 믿어줄 것 같지 않다는, 당황인지 황당함인지 모를 낯빛이다.

"로가디아, 방금 게이츠가 흔들린 것 같았는데?"

[확인해 보겠습니다.]

저겐젤은 알의 명령을 더 이상 기다릴 수 없다고 판단했다. 이 상황이라면 평소와 달리 갑자기 늙어버려 고집쟁이가 된 듯한 영감 대신 전투 지휘관의 임무를 수행해야 한다. 그는 손가락을 튕겨 직속 회선을 불러내며 가장 가까운 의자로 달렸다. 아무래도 서 있는 상태로는 파일럿들과 호흡을 맞출 자신이 없었다.

"끌롱 편대, 전대장이다. 전투 지휘는 내가 인수한다. 32초 후 무인기가 합류한다. 그 즉시 이레이치 편대의 전투 공역으로 진입하라. 현 시간부로 전투 마인드링킹을 실시한다."

로가디아가 황급히 끼어들었다.

[중령님, 게이츠 내에서 더 이상의 마인드링킹은 안 됩니다.]

"다 죽어!"

저겐젤의 으르렁거림에 로가디아가 물러섰다. 어쩔 수 없다. 그녀는 고개를 끄덕이지 않았지만 저겐젤의 의도를 완전히 이해했다. 어차피 해야 한다면 할 수 있는 모든 것을 해야 한다. 그녀는 추가로 출동하는 무인 전투기에 저겐젤의 감각을 동조시켰다. 로가디아의 최면 없이 단번에 마인드링킹에 돌입한 저겐젤은 아찔함에 눈을 감지 않을 수 없었다.

로가디아는 촌각을 다투는 상황에서 설명 따위를 할 시간이 없다는 사실에 좌절했다. 인간들의 말과 사고 속도는 너무 느렸다. 정말로, 정말로, 테라인이라면 왜 마인드링킹을 하면 안 되는지 단번에 실수없이 알게 해줄 수 있을 텐데.

하지만 테라인을 찾기 위한 희생은 이미 시작되었다.

분명히 빔들은 빛의 속도로 질주한다. 따라서 전투 마인드링킹으로 빨라진 감각 자체가 회피 기동에 도움이 되는 건 아니다. 하지만 다른 것들은 느낄 수 있다. 예를 들어, 레기넬라의 프리깃에 설치된 포가 빔을 발사하기 전에 갖는 특유의 떨림 같은 것들. 물론 그런 것들은 굳이 파일럿이 간여하지 않아도 감지기가 모두 알아서 한다. 아니, 간여하고 싶어도 그럴 수가 없다. 그러나 이제는 분명히… 정보가 많아졌다. 판단의 자료가 많아졌고 선택의 폭이 넓어졌다. 저겐젤은 전사한 끌롱을 대신하는 부편대장이 발사하는 헤미팜 미사일이 기체에서 분리되는 모습을 똑똑히 볼 수 있었다. 거치대의 진동과 동시에 발사되는 미사일.

저겐젤에게 중독성 비슷한 쾌감이 밀물처럼 밀려들었다. 예민해진 감각들. 작은 떨림 하나도 놓치려야 놓칠 수 없는 눈과 자신의 심장 박동마저 벼락처럼 들려올 듯한 청각 같은.

그래서 저겐젤은 알이 왜 게이츠가 흔들렸다고 했는지 알 수 있었다.

놈들이 게이츠의 바로 아래 있다. 레기넬라는 솔시스 함선 설계의 허점을 잘 알고 있는 외계성종 중 하나다. 적함 하나가 전방위 탐측 장비의 사각으로 파고 들었다. 게이츠 구조상 이 위치의 적을 즉시 알아낼 방법은 없다. 이 배는 역시 민간 외교선에 불과할 뿐이고 이런 돌발 상황에 전적으로 대비하는 다중 대처 방안은 미흡하다. 어차피 게이츠는 삶의 거의 대부분을 안전한 허수 우주에서 타키온 드라이브로 보내도록 설계되고 만들어진 우주선인 것이다.

저겐젤은 우선 제거 순위를 배면에서 레밍을 시도하려는 레기넬라의 프리깃으로 배당해야 한다고 즉석에서 판단했다. 놈들이 게이츠에 밀어 넣고 싶어하는 것들이 뭔지는 모르지만 적어도 검수관은 아닐 터. 이레이치 편대는 어쩔 수 없이 일단 포기해야 했다. 무인 전투기 편대가 출격했으니 최악의 상황은 맞지 않으리라.

저겐젤은 그렇게 자위하며 끌롱 편대를 아래로 이끌었다.

로가디아의 입체영상이 반듯한 자세를 취하더니 눈을 감았다. 알이 그 행동에 고개를 갸웃할 즈음 그녀가 다시 눈을 뜨고 충무공을 돌아보았다.

[저겐젤 전대장의 지휘 편대가 배면으로 접근 중인 레기넬라 프리깃을 견제 중입니다. 하지만 더 이상의 증원이 불가능한 상황이라 자체 방어 포대 구성이 불가피합니다.]

"아군은?"

[방금 타즈림 전문이 들어왔습니다. 가장 가까운 솔시스 군은 현재 219광시

거리의 사이클론 함대입니다. 칠 분 후 도착입니다.]

아직 전투 마인드링킹에 들어가지 않은 채 고전적인 방식의 입체 상황 영상을 노려보던 알이 팔을 뻗어 지휘 조작에 들어갔다. 그의 팔이 휘저은 게이츠 각부의 영상이 흩어진 다음 재조립되었다. 전과는 모양이 바뀌어 포가가 설치된 형태다. 로가디아는 고개를 끄덕이고 특별한 복명복창 없이 곧바로 명령을 이행했다.

[17, 18, 19, 45, 102, 128번 외곽 모듈을 폐쇄합니다. 비생물체 급속 전송을 실시합니다. 해당 구역의 모든 승무원들은 지시에 따라주십시오.]

로가디아의 감정없는 목소리는 적용 구역의 인원들에게 각자 속삭임으로 전해져 위치 이탈을 유도했다. 모듈화된 각 구역에서 인원 소개가 완전히 끝난 곳부터 전투 배치가 시작됐다.

게이츠의 배면, 전투기 편대가 감당하지 못하는 사각에 존재하는 몇 개인가의 돌출 부위가 점점 반투명해지다가 이윽고 완전히 사라졌다. 그리고 매끈해진 바로 그 자리에 다시 뭔가가 나타나기 시작했다.

나노머신이 달려들어 분해한 게이츠의 구성 요소가 다시 재조립되었다. 나노머신에 의한 수복이나 조립 작업은 차근차근 '구축되는' 것이 아니라, 당시 다발적으로 '발생하는' 것에 가까웠다. 반투명한 포가가 점점 짙어지며 확고한 존재를 드러내는 가운데 유디트의 검수선이 뒷걸음질치고 그 자리를 레기넬라의 프리깃이 메웠다.

[충무공, 사령부로부터의 새로운 명령 하달입니다. 민간 외교 선박인 게이츠에 대한 직접 공격을 도발 이상의 전투 행위로 간주, 솔시스 영토에 대한 침공으로 인정하고 적극적 대응을 허용한다고 합니다. 아군 순양함은 지근거리에 있으며 삼 분 후 도착 예정입니다. 사이클론 함대 사령은 타키온 드라이브 중에 본 정상 공간 좌표로 중력 우물을 전개할 예정인 바, 초읽기에 맞춰 헤미팜을 전개하며 타키온 드라이브 항로로 들어서라는 요청을 해왔습니다.]

알은 망설임없이 고개를 끄덕였다. 예상한 바다.

"포가 완성은?"

[일 분여 후입니다.]

함교의 각 층마다 70 부근의 숫자가 초 단위로 줄어 들어갔다. 대화라는 행위 자체가 좀먹는 시간을 감안할 때 로가디아로서는 '일 분여' 같은 모호한 용어를 쓸 수밖에 없었다. 인간의 말과 사고 속도는 너무 느렸다. 추론이 곧 현실일 수밖에 없는 로가디아기에 이 같은 상황을 상정하지 못한 건 결코 아니지만, 확고한 예상이 현실이 되는 것과 그에 대한 대처는 전혀 다른 문제다. 자신으로서는 무한한 순간의 무한한 현실을 겪을 수 있을 뿐 사건의 원인을 알 수는 없다.

할 수 있는 일이 아무것도 없다는 현실에 로가디아는 서글퍼졌다. 그 때문에 이미 젊은이 한 명이 불덩이가 되어 사라져 버렸다.

"완성 즉시 헤미팜을 전개하고 타키온 드라이브로 진입한다."

저겐젤은 마인드링킹 상태에서 전투 지휘를 하느라 알 바라마드의 명령에 개입할 입장이 아니었다. 아니, 핏발 선 저겐젤의 상태는 거의 광기에 들어선 듯한 모습이다. 마인드링킹이 만드는, 믿을 수 없는 능력의 확대에 도취된 듯한 모습. 정말이지 누군가는 말려야 할 것만 같은 번들거리는 눈동자. 그러나 지금은 그에게까지 신경을 쓸 여력이 없다. 고작 알의 비상식적인 지휘를 저지하는 게 전부다. 네들은 그럴 사람이 자신뿐이란 걸 알고 있었다.

"충무공, 이런 교전 상황에서 아군 편대를 일 분 안에 후퇴시킨다는 건 말이 안 됩니다."

"이레이치의 편대는 남아서 적을 저지하며 사이클론 함대와 합류할 것이다."

설마 했지만 나오고 만 대답. 인정할 수 없지만 달리 방법이 없는 네들의 인상이 일그러졌다. 그는 입술을 깨물며 광기에 눈이 반쯤 풀린 저겐젤 쪽으로 시선을 향했다.

"그들을 버리는 것이냐고 하지는 않겠습니다. 하지만 앞으로는 어쩌실 겁니까?"

알은 그를 물끄러미 쳐다볼 뿐 대꾸를 하지 않았다. 로가디아가 끼어들었다.

[전투 마인드링킹을 멈춰야 합니다. 이대로 드라이브에 진입하면 문제가 생길 수 있습니다.]

"제정신인가? 1초를 멈추면 병력 입장에서는 20초를 잃는 거야. 20초면 다 죽고도 남아!"

[하지만…….]

"하란 대로 해!"

로가디아가 고개를 끄덕였다. 막무가내인 알 앞에서 다른 할 일을 찾아야만 했다. 그녀는 카운트다운을 시작했다.

[포가 완성 초읽기 합니다. 열둘, 열하나, 열, 아홉, 여덟…….]

로가디아의 감정없는 목소리가 피아간에 명멸하는 죽음의 불빛들 사이를 무심하게 가로질렀다.

고급장교들과 멀리 떨어진, 함교의 최전방에서 침을 꿀꺽 삼키는 에이는 로가디아의 감정없는 음성에 소름이 돋았다. 어쩌면 저 인공지능에게 인간의 죽음이란 관심 밖일지도 몰라. 그녀가 인간을 지키려 드는 이유는 그냥 그렇게 하라니까 그런 것에 불과해.

에이는 순간적으로 부하들에게 사실상 자살을 명하는 알 바라마드만큼이나 로가디아가 두려워졌다.

[포가 완성. 헤미팜 시출.]

반투명하던 포가가 짙푸른색 형태를 완전히 드러내며 회전하기 시작했다. 말 그대로 집채만 한 포가가 게이츠의 보조 엔진에서 직접 동력을 공급받아 움직이기 시작하자 태풍 편대는 더 바빠졌다. 게이츠를 둘러싼 중금속 입자가 몸부림치는 구체의 경계에 존재하다가는 말 그대로 가루가 될 터. 포가에서 뿜어져 나온 중금속 입자들이 전자기장 영역 안에서 브라운 운동을 하며 광속에 가까운 속도로 튀어 다니기 시작했다. 그리고 거의 동시에 게이츠를 유린하는 적들 저편에서 너울거리는 시간의 물결.

[사이클론 함대가 예상보다 빨리 도착했습니다. 곧바로 타키온 드라이브로 진입합니다.]

알이 무표정하게 고개를 끄덕였다. 솔시스 연방 우주군의 표준 완편 함대로 전장에 진입한 기함 사이클론과 호위함들. 그들이 애처로우리만큼 기체를 떨며 사투하는 태풍을 거두는 장면이 스크린에서 흐릿해져 갔다. 로가디아는 상상할 수 있는 것보다 더 짧은 시간의 간극을 두고 드라이브 진입 직전 저젠젤의 마인드링킹을 멈출 수 있었다. 그러나 저젠젤은 여전히 빨개진 눈으로 자신이 전투 중이라고 믿고 있었다.

이년 3월 2일.
소문이라는 것은 보통, 누군가에게 들었다는 식으로 전해진다. 그 근원을 찾아보면 직접 겪었다는 사람은 존재하지 않고, 간신히 찾아낸다 해도 신뢰할 만한 요소가 전혀 없다. 하지만 하부 구조의 엔지니어들이 입을 모아 말하는 건 어떻게 받아들여야 하지? 그래도 소문일까?

그들의 말은 대체로 세 가지로 요약할 수 있다. 첫째는 로가디아의 상황 전파로 구역을 급히 탈출했다는 것이고, 두 번째로 그 과정에서 군인들이 개입했다는 것이며, 세 번째로 솔시스 연방군이 다른 뭔가와 싸웠다는 것이다.

그러니까, 승무원인 우리가 모르는 상태에서 전투를 했다는 뜻이다. 그들은 그걸 피해 상층부로 올라왔고.

물론 상황이 너무 미미해서 우리에게 뭔가 말하기 전에 이미 모든 게 끝나 버렸을 수도 있고, 군사작전이어서 일부러 숨긴 것일 수도 있다. 지금 문제는 그게 아니다. 에이는 마인드링킹과 응급 생명 유지 회로의 합선 같은 이야기를 했고, 사적인 사항에 대한 호출에 응하기 어렵다는 로가디아의 말은 점점 잦아지고 있다.

[영 소위님, 기관실을 긴급 봉쇄했습니다.]
함교에서 동료 여사관과 커피를 마시며 웃고 있던 에이의 눈이 동그래짐과 거의 동시에 오른쪽에서 함교 요원이 로가디아를 불렀다.
"로가디아, 이거 뭐지?"
로가디아는 그가 가리키는 입체영상을 자세히 들여다보는 시늉을 했지만 사실은 방금 에이에게 보고한 그것이다. 에이가 그에게로 뛰어왔다.
"중위님, 로가디아가······."
"알아. 나도 방금 확인했어."

로가디아는 이 사안이 곧바로 상급자에게 올라가지 않아도 될 일이라고 여긴 모양이다. 만약 그랬다면 로가디아의 판단은 단단히 틀렸다. 함체의 관리 문제라면 그게 치명적이든 아니든 최상급자가 가능한 한 빨리 알아야 했다. 거의 동시에 상부 함교에서 디스플레이를 확인하던 부함장의 얼굴이 의혹에서 경악으로 변했다. 그는 혀를 강하게 차며 침을 두 번 꿀꺽 삼켰다. 즉시 함교 요원 소집 신호가 울리고 잠의 축복을 누리던 이들까지 침대를 박차고 뛰었다.

함교에 긴장감이 감돌았다. 알 바라마드 충무공이 여군 정복 차림의 로가디아를 질책하듯이 바라보았다.

"로가디아, 이걸 왜 진작 말하지 않았나?"

[전 가장 먼저 최하급자인 영 소위에게 알려야 한다고 생각했습니다.]

알이 눈살을 찌푸렸다.

"하급 사관을 배려하는 네 의도는 알겠다. 하지만 그것도 때와 상황이 있는 법이지. 어서 배워야겠군."

[죄송합니다, 충무공.]

제독보다 한 서열 높은 직함인 충무공에는 이미 '각하'에 준하는 존칭이 포함되어 있었기에 '님'이라는 존칭을 붙일 필요가 없다. 그러나 풋내기 요원들은 바로 그 사실이 마음에 걸려 알을 차라리 함장님이라고 부르곤 했다. 혹은 각하라고 하거나. 그 때문에 에이를 비롯한 몇몇 애송이 사관들이 로가디아를 불안하게 쳐다보았지만 알 바라마드는 개의치 않았다.

"지금 즉시 영관 급 이상의 회의를 소집하겠다. 근무 태세는 A형. 위관 이하 전 인원은 자리를 지키며 아무리 사소한 사항이라도 나에게 직접 보고하도록. 로가디아도 마찬가지다."

로가디아가 거수를 붙였다. 함교에서 그녀는 영관 대리 대위고 그 의미는 알이 요구한 두 가지 임무를 동시에 수행해야 한다는 뜻이다.

"부사관들은 제온 원사 급 이상 회의에 참석하세요."

"예."

얼굴에 난 금이 주름인지 흉터인지 분간이 안 가는 건장한 백발의 노인이 고개를 끄덕임과 거의 동시에 젊은 대위 하나와 중위 하나의 얼굴에 불만이 스쳤다. 제온은 항명 및 상관 폭행 혐의로 원사에서 사병으로 강등되었다가 이번 임무 때문에 급히 다시 원사로 복귀한, 거친 사람이다. 민간인인 클라우드는 왜 그가 재생 처치를 받지 않았는지 이해하기 어려웠다. 그는 저 전투의 상처가 훈장이라고 생각하는 것일까? 얼굴을 찌푸린 젊은 사관들과 이유는 달랐지만 그 역시 언짢은 기색을 감추기 힘들었다.

분위기를 모르는 건 아니지만 알로서는 함내 전투 병력을 지휘하는 사실상의 지휘관인 그가 회의에 참석할 자격이 있다고 생각했다. 어쨌든 제온은 자신이 여기 태운 사람인 것이다.

십 분도 안 돼서 회의를 시작한 알은 의례적인 점호가 끝나자마자 로가디아부터 쳐다보았다. 유일한 민간인으로서 참석한 클라우드의 안색이 초조해 보였다.

[죄송스럽게도 보고드릴 것이 거의 없습니다. 현재 기관실을 중심으로 선체 내부 몇몇 요소에서 부식 현상이 발생했습니다만 아직 원인은 찾아내지 못하고 있습니다.]

"도대체 어떻게 된 거야. 게이츠에 싸구려 부품이라도 쓴 건가! 이 하늘' 엔 지니어 녀……."

"잡담하지 말게, 한타스키. 계속해."

기관실에서 문제가 생겼다는 말에 표정이 확연하게 굳어진 알이 투덜거리던 한타스키 중령을 침묵시키고는 로가디아를 재촉했다.

[출발 당시에는 아무런 이상이 없었습니다. 최초의 문제 인식은 처음 보고드리기 직전인 작일 23시 51분 10초였고 말씀드리는 도중에 열두 곳에서 비슷한 현상이 있었지만 시간 간극이 사실상 없다고 보아야 해서 따로 보고드리지 않았습니다. 현재는 복구 중입니다. 일곱 개소는 다릴을 투입하여 수리 중이고 나머지 손상은 나노머신으로 자가 수복을 하고 있습니다. 최종 복구 완료는 금일 00시 38분 정각으로 예상하고 있습니다. 다만 가장 중요한 전방위 탐측 장치의 경우는 복구 시간 예측이 어렵습니다. 보수 중인 현재도 지속적으로 부식이 생기고 있습니다. 전방위 탐측 장비는 지난 작전에서 모듈을 교체한 부위입니다.]

로가디아는 일전 레기넬라 함대와의 교전 시 포가로 변환한 부분의 이상을 특히 강조했다.

"비슷한 사례는?"

[제가 알기로는 없습니다, 충무공.]

"그럼 문제 재발 가능성은?"

[다시 말씀드리지만 원인을 알 수 없어 장담할 수가 없습니다.]

그녀의 강조를 못 들은 척한 것인지 아니면 정말로 눈치 채지 못한 것인지 모를 알의 얼굴이 일그러지며 클라우드에게로 향했다. 클라우드는 게이츠가 출발한 이래로 잠조차 편하게 자본 적이 없다. 아무리 사소한 일이라도 그 어느 요소 하나 로가디아가 관련되지 않은 곳이 없는 만큼 일단 문제가 생겼다 하면 그가 달려가야 했다. 인공지능분과원은 일흔 명도 넘었지만 알은 언제나 클라우드만을 원했다.

"로가디아라고 모든 것을 아는 것은 아닙니다, 충무공… 님."

"님은 안 붙이셔도 됩니다. 괜찮으시다면 그냥 알이라고 불러주셨으면 하오만. 전에도 말씀드렸지만 말입니다."

고개를 끄덕였지만 클라우드의 이어지는 말은 없었다. 그로서도 할 수 있는 말은 그게 다였다. 아이를 낳은 부모가 자기 자식에 대해 속속들이 안다면 얼마나 좋을까. 그건 인간 아이든 인공지능이든 마찬가지다. 그게 가능했다면 클라우드로서는 그녀를 낳을 필요도 없었을 것이다. 그냥 직접 게이츠를 몰면 됐을 테니.

[전 타키온 드라이브하에서는 이런 일이 일어날 가능성도 있다는 결과를 얻었습니다. 타키온 드라이브를 중단하고 정상우주로 진입 후 귀항하여 재정비할 것을 건의합니다.]

클라우드와 제온을 제외한 모든 참석자들의 입이 반쯤 벌어졌다. 입술 흉터가 혐오스러울 정도로 일그러지는 모습 때문에 입을 다물고 있는 것이 습관이어서일 뿐, 제온조차도 어이가 없기는 마찬가지였다. 영관 회의 자리인 여기 앉은 사람들은 민간인이나 초급장교들과 달리 이 계획을 위해 몇 년이나 훈련받은 이들이다.

알이 말했다. 짧지 않은 침묵의 시간에 정신을 추스르기 어려웠는지 백전노

장조차 처음에는 말을 더듬었다.

"그, 그러니까, 그러니까 자네 이야기는 이 계획을 포기하자는 건가?"

[그렇습니다.]

로가디아의 대답이 짧다. 그녀에 대한 자네라는 호칭은 과학기술부 장관인 이진규에게 배운 것이다. 그러나 알에게는 로가디아에 대한 존중심이 점점 사라져 가고 있었다. 이 인공지능이 그다지 미덥지 못하다는 걸 그때 알았어야 했어. 알은 그 소크인지 석인지 하는 수학자를 로가디아가 조롱한 일을 떠올렸다. 그러나 면전에는 클라우드가 앉아 있고 중요한 사람 앞에서 예의를 잊을 정도로 정신이 나가지는 않았다.

"다른 사람도 아니고 자네가 어떻게 그런 말을 할 수 있지? 이 계획은 자네 자체 아닌가? 자네는 이 계획의 의해 만들어졌고 계획을 위해 존재하지 않은가 말이야."

[그렇기 때문에 이런 제안을 드리는 것입니다. 제 추론은 이대로 타키온 드라이브를 지속하면 돌이킬 수 없는 상황이 온다고 나옵니다.]

"로가디아, 그 추론이 뭔지 들어볼 수 있을까?"

클라우드가 로가디아를 달래듯이 부드럽게 물었지만 대답은 엉뚱했다.

[말씀드릴 수 없습니다.]

"지금 무슨 헛소……."

"아니, 충무공. 그 뜻이 아닙니다. 이 아이가 좀 더 말을 할 수 있게 해주십시오."

알이 클라우드를 노려보며 마지못해 고개를 끄덕였다. 로가디아는 알을 빤히 쳐다보며 말을 이었다.

[메타트론 입자의 동시 가정 추론 결과라 달리 표현할 방법이 없습니다. 그 방식의 추론은 인과가 아니라 무한한 가정을 놓고 무한한 인자를 대입할 때 생기는, 일종의 이루어지지 않은 현실입니다. 저로서는…….]

"도대체 네가 왜 여기 있는지 회의가 드는군! 이건 뭐, 켈리보다도 못하지 않은가!"

한타스키가 역정을 냈지만 누구도 제지하지 않았다. 결국, 말할 수 없다는 것은 의지가 아니라 능력의 부재를 의미하는 것이다. 그는 이 자리에서 클라우드를 제외한 모두가 지금 하고 있는 생각을 대신 표현한 것에 불과하다.

"로가디아, 지금 네가 무슨 소리를 하고 있는지 스스로 알기나 하나? 전혀 도움이 안 되고 있잖아!"

[즉시 타키온 드라이브를 중지하지 않으면 선체가 못 견딥니다. 이미 등골 전체에 부하가 거의 한계에 이르렀고, 기관실의 에너지 준위는……]

"됐어! 거기, 선체 상태 전부 확인해 봐. 야! 데이터만 보지 말고 무인장비 풀어서 육안으로 직접 확인하란 말야! 너, 다릴도 투입해. 이 잡듯이 훑어. 로가디아가 지적하는 부분은 특히 꼼꼼히 확인하고 아무리 작은 이상이라도 즉시 보고해. 아니, 그 부분은 직접 가봐. 다른 부분도 문제있으면 일단 엔지니어를 대동하고 조치부터 해. 보고는 좀 늦어도 상관없다."

한타스키는 노여움을 감추지 못하면서도 로가디아의 말을 가벼이 여기지는 않았다. 스크린을 통해 하위 사관들의 경례가 교차하는 가운데 그녀가 또다시 엉뚱한 말을 했다.

[인원을 들여보내는 것은 안 됩니다. 다릴을 포함한 무인장비 투입을 요청드립니다.]

"도대체 그 추측이란 게 뭔지를 알아야 네 말을 수용하든 말든 할 거 아냐!"

"됐네, 중령."

"죄송합니다, 충무공."

상관의 만류에 한타스키가 즉시 물러났다. 클라우드는 그때야 한타스키의 분노가 거의 의도적임을 알았다. 알이 뒷짐을 지고 몇 발짝을 왔다 갔다 하다가 문득 생각난 듯이 로가디아에게 물었다.

"자, 차근차근 해보자, 로가디아. 우선, 지금 게이츠는 분명히 이상이 있다. 그게 누구든 마인드링킹만 했다 하면 메디팩을 뒤집어쓰지. 물론 그건 처음의 마인드링킹에만 해당된다. 그 일이 언제부터 시작된 거지?"

[시간을 물으시는 거라면, 출발 후 113시간 19분이 지나서입니다. 덧붙이자면, 타키온 드라이브에 진입하고 나서부터는 예외없이 발생했습니다.]

"한 명은 예외지. 물론, 지금까지 추이로 보건대 그 친구도 곧 그 꼴사나운 일을 당해야 할 거야."

[제가 모르는 해당 사항은 없습니다.]

"저겐젤이 있지 않나. 지금은 정신이 나가 의무실에 있지만."

알은 저겐젤의 정신이상이 전투 마인드링킹 직후라는 말은 싹 뺐다. 로가디아가 말했다.

[저겐젤 중령은⋯⋯.]

"아닌가?"

[네. 아닙니다. 저겐젤 중령은 타키온 드라이브에 진입하기 직전 전투 마인드링킹을 해제했습니다.]

알의 눈빛이 변했다.

"그게 어떻게 가능하지?"

[제가⋯ 직접 했습니다.]

알은 화를 내거나 하지 않았다. 오히려 갈수록 냉정해지는 목소리가, 아까의 논의는 뒷전이지만 그 역시 잊지 않았음을 확인시켰을 뿐이다. 알은 알대로 뭔가 확인할 것이 있는 듯했다. 클라우드는 거의 뭇매를 맞다시피 하는 로가디아 앞에서 비참함과 절망감으로 무너져 내릴 지경이었다.

"내가 해제를 명령했던가?"

[아닙니다.]

"그런데 왜 그렇게 했지?"

[중령은 전투가 끝난 상태에서 마인드링킹을 계속할 필요가 전혀 없었습니다. 그의 마인드링킹은 명령이 아니라 자의에 의한 것이었고 따라서 해제 역시 명령을 받아야 할 필요는 없었습니다. 그래서 전 마인드링킹을 강제로 종료했습—]

"강제 종료?"

[그렇습니다.]

"그렇다면, 저겐젤이 정신적 외상으로 의무실에 누워서 헛소리를 지껄일 거란 걸 알고 있었다는 거로군."

[그렇습니다.]

"넌 네가 정상이라고 생각하나?"

로가디아는 이 말이 네, 아니오를 요구하는 질문이 아니란 걸 알고 있었다. 하지만 그녀로서는 달리 할 말이 없었다.

[네.]

알이 눈살을 심하게 찌푸리며 단말기 모니터를 검지로 톡톡 쳤다. 잠시 후 그가 자신을 똑바로 쳐다보자 로가디아는 충무공이 결정을 내렸다는 사실을 알았다. 곧 주어질 최후 진술 기회에 무슨 말을 하든 결과는 같을 것이다.

"좋아, 그럼 네 말을 들어보겠다."

로가디아는 이 상황이 반드시 오리라는 사실을 이미 알고 있었지만 막을 수는 없다는 사실 역시 동시에 알고 있었다. 그래서 그녀는 당면한 저겐젤의 이야기로 이 건을 끝내기로 했다. 이후에는 알의 결정이 실제로 적용되기까지 최선을 다하는 길만 남았다.

[마인드링킹을 해제하지 않은 채 타키온 드라이브로 들어섰다면 저겐젤 중령은 죽었을 것입니다. 전 그가 죽음보다는 살아 있는 편을 원할 거라고 생각했습니다.]

"그 역시 네 추론인가?"

[추론이 아니라 반드시 일어날 현실이었습니다.]

"알았다."

있을 수 없는 이상한 시제(時制:Tense)를 사용해 대답한 로가디아의 말에 알은 고개를 까딱인 후 더 이상의 이야기는 필요없다는 듯 인원들에게 복귀를 명령하고 자신도 마지막으로 회의실을 나가 버렸다. 깍지를 끼고 기도하는 자세로 고개를 푹 숙인 채 절망적으로 앉아 있는 클라우드만이 홀로 남았다.

로가디아가 그의 양손을 부드럽게 잡았다. 그녀는 손을 향해 나노머신을 힘껏 집중했지만 클라우드의 손 위에서 속절없이 부스러질 뿐, 눈물조차 훔쳐 줄 수가 없었다. 아니, 체온조차 전달할 수 없었다. 그럼에도 이 노인이 기댈 곳은 자신뿐이었다.

그러나 로가디아는 자신이 소유한 몸의 한계로 인해 의무를 수행할 수 없었다. 힘들어하는 노인에게 해줄 수 있는 것이 아무것도 없었다.

그래서 로가디아는 몹시 슬퍼졌다.

지휘통제실에서의 혼란과는 동떨어진 기관실 부근의 감압실에서는 두 남녀가 우주복을 뒤적이고 있었다. 정확히는, 여자 쪽은 우주복을 다 입었고 남자 쪽은 망설이는 중이었다.

"그런데 보고도 없이 우리 마음대로 기관실에 들어가도 돼요?"

"군인들 따라붙잖아."

퉁명스러운 목소리는 당사자가 이 천재 소녀를 별로 달갑게 생각하지 않는다는 사실을 드러내고 있었다. 그는 그녀가 나서기 좋아하는 애송이기 때문이라고 주장했지만 실제 이유는 열여섯밖에 안 된 나이에 타키온 드라이브의 원리를 완벽하게 이해하는 소녀에 대한 열등감이었다. 자신은 거의 스무 살이 다 됐을 때 겨우 이해한 그 복잡한 원리를! 이 소녀가 자신보다 몇 년이나 먼저 천재라는 소리를 들을 자격을 가졌다는 사실에 질투심이 났던 것이다.

프라이안 박사는 게이츠를 관리하는 수석 엔지니어고 실제로 주 등골과 다른 중요한 대부분의 설계를 총괄 관리한 장본인이다. 다른 모든 분야와 마찬가지로 우주선 건조 쪽에도 젊은 천재들은 있고 게이츠는 장비뿐 아니라 인력 역시 최고만을 고집하기에 과하지만 않다면 어느 정도의 오만함은 눈감아줄 수 있다.

삼십대 초반의 몸집이 작은 청년은 게이츠뿐 아니라 수많은 항성간 우주선 건조 프로젝트에 참가했었고 그중에는 솔시스의 상징인 우주전함 거북선조차 포함되어 있었다. 그렇기에 우주복 입는 법을 모른다는 프라이안의 고백은 다른 이의 당황을 불러일으킬 수밖에 없었다. 아직 볼에 솜털도 채 가시지 않은 듯한 인상의 예쁘장한 소녀가 허리에 손을 얹고 한숨을 내쉬었다. 착용자의 몸에 맞게 알아서 줄어들었다고는 하지만 우주복은 여전히 커 보였고 그래서 소녀는 한층 더 어려 보였다.

"박사님, 지금 저희는 기관실로 들어가야 해요. 그리고 거기서는 우주복을 입어야 하구요."

"어째서 유인 우주선에 진공에 무중력인 공간이 있는 거지? 기관실에 사람이 들어갈 일이 없을 거라고 생각하다니."

소녀가 한숨을 푹 내쉬었다. 자신들을 호위하기 위해 오기로 되어 있는 군인들이 이 모습을 본다면 메탈갑옷의 바이저 뒤에서 비웃을지도 모른다. 레진은 그들이 도착하기 전에 이 광경을 마무리 짓고 싶었다.

"첫째로, 거주 공간 말고는 중력이나 산소를 낭비할 필요가 없어서예요. 그리고 두 번째가 중요하죠."

소녀가 헬멧을 뒤집어쓰며 말했다. 커다란 금빛 헬멧에 얼굴이 가려진 소녀의 목소리가 통신기를 거치며 조금 어른스럽게 변했다.

"기관실은 프라이안 박사님이 직접 설계하셨잖아요. 등골이랑요."

"등골은 로가디아와 함께했지."

프라이안이 영 찜찜한 얼굴로 입맛을 다시며 우주복에 몸을 집어넣었다. 그 표정이 우주복 때문인지 아니면 설계에 로가디아가 관여했다는 사실 때문인지는 알 길이 없었지만.

전투용과 달리 민간용 우주복은 옷 입듯이 그냥 입으면 된다고 하지만 그건 광고일 뿐 팔다리와 손가락을 감지기에 제대로 갖다 대기 위해 그는 진땀을 흘려야 했다. 정확히 시간 맞춰 도착한 진국 상사가 그 광경을 바라보며 어깨를 으쓱했지만 그가 입은 메탈갑옷은 그 동작을 의미없는 행위로 간주하고 따라주지 않았다. 거기서 몇 분을 더 허비한 다음에야 일행은 기관실로 향하는 트롤리에 오를 수 있었다.

트롤리는 격벽 앞에서 멈추었다. 그냥 보기에도 어마어마한, 팔구 미터 높이에 폭도 그 정도는 되지 싶은 정사각형에 가까운 장방형 문은 그 크기만큼이나 두꺼워 보였다. 문을 짚은 손가락을 감싼 두꺼운 우주복 너머로 베릴륨의 양감이 전해져 올 정도로.

원래 이 문은 사람이 아니라 장비나 로봇이 드나들라고 만들어진 문이다.

"미스 리아, 문 열어."

"박사님, 코드 바꾸셨어요?"

"아니. 왜?"

"문이 안 열려요."

"코드를 안 먹나?"

"네?"

미스 리아라고 불린 소녀의 뚱한 되물음에 프라이안은 대답없이 펫에 직접 코드를 입력했다. 그러나 문은 여전히 움직일 기미가 없다. 레진이 집요해지려는 말투로 다시 물었다.

"코드를 먹는다는 게 뭔가요?"

여기서 켄타로스 출신의 소녀에게 솔시스어 강의를 할 수는 없다. 하지만 이 소녀는 자신의 천재성만큼이나 끈질기고, 어물쩍 넘어가는 걸 허락하는 성격도 아니다. 그러나 프라이안 역시 시스템이 제대로 가동되지 않는, 다시 말해서 있을 수 없는 상황의 전조에 신경이 곤두서기 시작하는 참이었다. 어쩌면 로가디아 이야기가 나왔을 때부터 그랬는지도 모른다.

"레진 폰트 리아 양, 그 이야기는 좀 이따 하도록 하지. 인공지능에게 물어봐야겠군."

레진이 다시 어깨를 으쓱하며 입을 다물었다.

"로가디아?"

[네, 프라이안 박사님.]

사람들에게 이질감을 주지 않기 위해 우주복을 입은 로가디아가 나타났다. 다만 물방울형의 헬멧을 쓴 채라 얼굴을 확인할 수 있다는 점이 달랐다.

"왜 문이 안 열리는 거지?"

[죄송합니다. 말씀드렸지만 기관실 구역은 폐쇄한 상태입니다. 격벽 차단은 1급 비상조치라고 말씀드렸─]

"충무공과 연결해."

프라이안은 인공지능을 상대로 왈가왈부해 봐야 아무 소용 없음을 잘 알고 있는 사람이다. 그에게 인공지능은 친구가 아닌 도구일 뿐이다.

알 대신 한타스키가 프라이안의 거만한 호출에 응했다. 그는 헬멧에 투사되는 영상이 아닌 입체영상으로 등장했다. 왜 자신이 필요한지 대충 예상하고 있으며, 다른 사람들이 들어도 상관없다는 의미리라.

―문제라도 있습니까, 박사님.

"로가디아가 문을 안 열어주는군요."

―박사님이 왜 거기 계십니까?

"기관실을 점검하러 가는 겁니다. 저 인공지능이 제게 봉쇄를 보고하더군요."

로가디아를 가리키는 프라이안의 턱짓에 한타스키가 잠시 곤혹스러운 표정을 짓다가 곧 정색하며 그녀를 쳐다보았다. 두 입체영상의 시선이 마주치자, 물방울 헬멧 안에서 로가디아가 고개를 살짝 숙였다. 장교가 다시 프라이안 쪽으로 얼굴을 돌렸다. 마인드링킹 중인가 보군. 한타스키로서는 함교가 아닌 이곳 현장에 와 있는 느낌이리라. 그리고 다시 고개를 돌리는 짧은 순간 동안 로가디아에게 변명을 구구절절 다 들었겠지. 마인드링킹에서는 그게 가능하니까.

―그렇게 된 거로군요. 그런데 솔직히 말씀드려서, 어느 쪽 장단에 맞춰야 할지를 모르겠습니다. 저로서는 로가디아가 그렇다고 한다면 일어나지 않았다 해도 사실이라는 입장이기 때문에…….

"참모님, 로가디아가 게이츠 설계에 참여한 것은 사실입니다. 하지만 그건 거의 월권에 가까웠지요. 아니, 그런 이야기는 할 필요가 없고, 아무튼 이 격벽을 열어주셨으면 합니다."

―로가디아는 기관실에 심각한 문제가 생겨서 봉쇄한 거라는데요. 자가 복구 기작을 수행 중이며 사람들의 출입을 금지해야 한다고 합니다.

프라이안이 어이없다는 표정으로 로가디아를 돌아다보았다. 프라이안의 눈을 피하거나 하지는 않았지만 대꾸 역시 없다.

"로가디아가 어떤 데이터를 제시하던가요?"

―솔직히 말해서 저도 우주선에서 보낸 경험이 수십 년째입니다. 로가디아가 제시한 데이터 자체는 이상이 없습니다. 더 정확히 말하면, 데이터가 전무했고 의견이라고 할 만한 언급뿐이었지만. 하지만 로가디아만큼 게이츠에 대해 잘 알고 있는 존재가 또 어디…….

아뿔싸. 한타스키가 황급히 말을 멈추었지만 이미 늦었다. 프라이안의 얼굴이 심하게 구겨졌다. 부식 상황을 감추는 데만 신경 쓰다가 튀어나온 실수다. 레진의 헬멧이 숙여지는 걸 보니 그녀도 한숨을 내쉬는 모양이다.

"저로서는 제가 만든 게이츠가 아니라, 로가디아에게 문제가 있다는 생각밖에 들지 않는군요. 아무튼 이 두 눈으로 보고 확인해야겠습니다."

젊은 애송이의 기분을 상하게 했다는 문제 이상이다. 인공지능을 인간보다 더 신뢰한다는 고백을 해버린 꼴이다. 물론 모든 우주 항해자들에게는 당연한 자세지만, 그걸 당사자 앞에서 티낼 필요는 없다.

한타스키가 고개를 끄덕이려는 순간 로가디아가 재빨리 나섰다. 승복할 수 없다는 자세는 인공지능으로서 가져도 되는 태도가 아님에도 불구하고.

[프라이안 수석 엔지니어님, 물론 게이츠에 대해서 그 누구보다 잘 아신다는 점은 명백한 사실입니다. 그러나 저는 몸이 아픈 당사자고 박사님은 의사의 입장이십니다. 게이츠는 제 몸입니다.]

"좋은 비유군. 의사는, 아무 이상이 없음에도 불구하고 자기 몸이 아프다는 환자의 망상을 고쳐 줄 의무가 있어."

[이 경우는 그렇지 않다고 생각합니다. 제가 게이츠의 문제를 파악조차 못하고 있다면 박사님께서 행동을 취하시는 것이 당연합니다. 그러나 저로서는 게이츠의 이상이 저 하나에만 국한되는 것이 아니기 때문에ㅡ]

"정말 시끄럽군! 대령님, 문을 열어주십시오. 직권으로 가능하신 걸로 압니다."

[박사님, 하지만 전ㅡ]

"아, 정말 말이 안 통하는군! 왜 이렇게 말대꾸가 심하지? 클라우드 박사도 오라고 해!"

프라이안이 정말로 흥분했다. 클라우드 역시 인공지능 수석 통제관이라는 정식 직급을 가지고 있고, 프라이안 자신과 같은 급의 지위다. 그가 오라 가라 말할 수 있는 사람이 아니다. 어린 친구의 건방진 태도에 한타스키의 표정이 굳어지자 레진의 낯빛이 곤혹스럽게 변했다.

"프라이안 박사님, 저기 클라우드 박사님은……."

"님? 그 사람이 나보다 상급자인가? 조심하랬지!"

"죄송합니다. 전 단지……."

"됐어, 집어치워. 좋아, 로가디아. 이성적으로 이야기해 보지. 기관실 에너지 준위 변동이 있나?"

[없습니다.]

"그럼 전자기 격류는? 방사능 감도나 과열 현상, 말누스 차트 변이 전부?"

[모두 정상입니다.]

"그런데 왜 현장 통제실에서 사람들을 대피시키고 여길 봉쇄한 거냐 말이야!"

[기관실에 문제가 생겼습니다. 기관실의 일부가 붕괴된 상황으로 보입니다.]

"그러니까 그 근거가 뭐냐는 말이야! 이것도 이상없다, 저것도 정상이다, 그런데 그렇게 판단하는 이유가 뭐냐고!"

로가디아가 짧게 머뭇거렸다. 창조주가, 그러니까 클라우드를 포함한 인간이, 농담을 제외하면 피조물인 자신에게 허락한 유일한 거짓말은 물어보지 않은 사실에 대해서는 아예 입을 다무는 것뿐이다. 로가디아는 지금의 대답이 단순한 언급 회피인지, 아니면 진짜 거짓말인지 판단이 잘 서지 않았지만 메타트론 입자 회로의 검산으로는 부작용이 없다. 그렇다면 거짓말이 아니라는 뜻이다. 선체 부식 사실에 대해서는 알의 허락이 떨어지기 전까지 말할 필요가 없다. 로가디아는 할 수 있는 대답을 선택했다.

[제 몸에 일어난 이상은 제가 가장 먼저 알 수밖에 없습니다. 그 근거는, 제가 인간이 아니기 때문에 **느낄 수** 있는…….]

"내 말이 그 말이야. 네가 인간이 아니라서 고장이 났다는 거지. 클라우드 박사 호출해!"

투명한 유리 안의 로가디아가 다시 머뭇거리다가 프라이안의 요구 바깥에 있는 대답을 했다.

[전 아픕니다.]

한타스키도, 프라이안도, 그리고 국 상사와 그의 부하도 입을 벌렸다.

인공지능의 입에서 나올 수 있는 말이 아니다. 짧은 침묵이 흐른 후 프라이안이 갑자기 크게 웃어 젖혔다. 레진이 어찌할 바를 모르는 가운데 젊은 박사가 몇 초를 더 과장되게 웃다가 갑자기 정색했다.

"미쳤군. 정말로 고장이 났어. 시연회하면서 사고 쳤을 때부터 알아봤어야 하는데."

—클라우드입니다. 절 찾으셨다고요, 프라이안 박사님?

"오호. 이제 나타나셨군요. 클라우드 박사님, 지금 로가디아가 제정신이 아닌 것 같습니다?"

클라우드는 입체영상이 아니라 헬멧 안쪽에 작은 화면으로 뜬 것이, 마인드 링킹을 하는 건 아닌 모양이다. 클라우드는 젊다기보다 어린 상대의 빈정거림에도 불구하고 얼굴색 하나 변하지 않았다.

—프라이안 박사님, 로가디아가 맞습니다. 지금 그곳에서 벗어나십시오. 더 많은 구역을 격리해야 할 것 같다는군요.

프라이안이 헬멧에 손을 짚었다. 이런 빌어먹을. 우주복을 입으니 손이 이마에 닿지 않잖아.

"한술 더 뜨시는군요. 중령님, 문 열어주십시오."

—잠시 기다리시오.

물러설 생각이 조금도 없는 프라이안의 기세에 한타스키의 입체영상이 사라졌다. 프라이안은 담배가 태우고 싶어졌다. 하여간 인공지능에게 우주선을 전면적으로 맡긴다는 발상부터가 글러먹었어. 그런 건 그냥 보조로나 써먹어야지.

그 자신이 하늘'의 한라와 함께 게이츠를 설계했다는 사실조차 인정하지 않는 프라이안은 짜증을 억누를 수가 없었다. 할 수만 있다면 군인들에게 시켜 총으로 문을 다 깨부수고 싶은 심정이었다. 물론 흠집조차 안 나겠지만.

—좋소. 문을 열어드리겠소. 단······.

마인드링킹에서 빠져나와 일반 통신으로 전환했는지 이번에는 한타스키 역시 헬멧의 영상으로 나타났다.

—레진 박사만 들어가는 겁니다. 프라이안 박사님은 병력과 함께 즉시 철수하시기 바라오. 그녀만 재난 피신용의 비상 입구로 들어갈 겁니다.

"지금 장난치시는 겁니까? 게이츠는 내 우주선입니다. 내가 봐야겠어요."

그 순간 한타스키 대령의 표정이 무섭게 변했다. 갑작스러웠지만 그 모습이 너무 진지해 우스꽝스럽다는 생각은 조금도 들지 않았다.

─게이츠는 박사의 우주선이 아니라 승무원들 것이오. 나로서는 프라이안 박사와 로가디아 모두를 믿어야 하오. 선택하시오.

프라이안이 빨개진 얼굴로 끙, 하는 신음 소리를 냈다. 레진은 로가디아로부터 직접 브리핑을 받는지 다른 데 정신을 팔고 있어 보였다. 한타스키가 전용회선으로 부하에게 지시했다.

─국, 일병과 함께 프라이안 박사님을 모시고 나오게. 이 명령은 충무공의 직권 대리다.

국의 켈리가 한타스키의 말이 사실임을 확인해 주었다. 그렇다면 지금 상황은 직속 중대장은 물론 충무공까지 이미 보고 있다는 뜻이다. 어쩌면 상황이 단순하지 않을지 모른다. 그럴 이유도 없지만 설령 있다 해도 직속상관의 명령 운운하며 뭐라 대꾸할 때가 아니다. 한타스키의 말이 이어졌다.

─철수하고 있으면 자네 중대장이 명령을 재확인할 거다. 지금부터 그 구역은 1급 격리를 실시하며 기관실뿐 아니라 기관부 전체를 봉쇄할 거야. 현 시간부로 현장에서는 다릴로 임무를 대신 수행할 거다. 철수하면서 각 근무지에 남은 인원이 있는지 확인하고 해당 있을 경우 함께 데리고 나오도록. 다시 말하지만 기관부에서는 전 인원을 소개해야 한다.

국은 레진이 펫에 코드를 입력하자 비상구의 개폐 패널에 녹색 불이 들어오는 장면을 흘깃 쳐다보고 한타스키의 영상으로 다시 눈을 돌렸다. 원칙적으로 군용 회선에서 영상을 떠서는 안 될 일이지만 아직 작전을 시작한 것은 아니다.

"예. 그밖에 다른 지시 사항은 없으십니까?"

─임무가 끝나면 일병은 근무로 복귀시켜. 상사는 군장을 해체하고 지휘통제실로 오도록. 자네가 도착할 시간에 맞추어 다른 간부들도 집합할 거야.

프라이안은 기분이 영 언짢은지 문 안으로 사라지는 레진의 뒷모습을 바라보고 있다.

"예, 알겠습니다. 계속 임무 수행하겠습니다."

국이 거수를 붙이자 한타스키가 고개를 끄덕이며 사라졌다.

"프라이안 박사님?"

바이저가 고정된 메탈갑옷은 고개를 돌려봐야 시야가 거기서 거기다. 국은 발을 떼어 몸을 돌렸다. 거의 동시에 일병도 그렇게 했다.

박사가 없다. 아뿔싸 싶어 시선을 돌리자 닫히려는 문틈으로 막 발 하나가 사라지고 있었다.

"이런 제기랄! 박사님!"

가능할 리가 없다는 걸 알면서도 국은 순식간에 닫혀 버린 비상구 문을 세차게 두드렸다. 메탈갑옷의 무지막지한 글러브에 겉껍질의 티타늄이 사정없이 우그러들었지만 그게 전부다. 안쪽에 덧씌워진 베릴륨 플레이트는 흠집조차 나지 않는다.

"로가디아! 프라이안 박사가 들어가 버렸다. 입구를 개방해."

[안 됩니다, 국 상사님. 즉시 철수하십시오.]

알에게 말해야 할까? 징계는 불 보듯 뻔하다. 하지만 그렇다고 모른 척할 수는 없다. 어쨌든 저 안은 위험하니까 이 난리법석을 피운 것인데. 갑자기 로가디아에 대한 원망이 들었다. 프라이안 박사가 저러면 말을 했어야 할 거 아닌가.

"충무공께 직접 말씀드리겠다. 문 열어."

[방금 상황을 직접 보셨습니다. 프라이안 박사님은 포기하시고 즉시 철수하십시오. 그곳도 위험합니다.]

"충무공께서 직접 명령하신 게 아니라면 자리를 지키겠다."

[상사님은 이미 최고 지휘관 대리께 임무를 하달받으셨습니다.]

말문이 막혔다. 로가디아의 말이 분명히 맞다. 하지만 여기서 이대로 철수하는 게 옳은 일일까? 왜 충무공은 직접 이야기하지 않는 걸까? 바쁘게 다른 볼일이라도 보고 있는 걸까? 하지만 승무원의 안전이 걸린 일보다 중요한 게 뭐가있다는 거지?

"로가디아, 충무공과 마인드링킹을 실시하겠……."

국의 말이 끊어졌다. 채 어른이 되기 전, 처녀와 소녀 중간 어디쯤의 여자가 내지르는 찢어지는 비명 소리가 통신기를 뚫고 귀를 후벼 팠던 것이다. 그는 다시 비상구로 달려들었다.

이년 3월 27일.

지구환이 완성된 지가 3세기가 넘었다. 마 다비따씨앙에 최초의 사람들이 이주한 것은 그보다 더 전의 일이고. 우리가 항성간 여행을 시작한 건 마 다비따씨앙보다 더 오래된 일이다. 어쩌면 여행이라고 하기에 우리가 좀 있을지도 모르겠다. 그렇지만 무인 우주선이라 해도 우리는 그 쇳덩이에 의지와 염원을 담아 보냈기에 역시 인정하는 편이 좋을 것이다. 그 우주선은 항해자(Voyager)라는, 우리 인간들만이 갖는 이름을 얻어 우주로 떠났다. 그 후 조상들은 최초로 화성에 발을 디디고 난 후 한 일 세기 정도 있다가 핵융합으로 움직이는 우주선을 만들었다. 그들은 몸체의 대부분이 연료로 채워진 그 거울에다 자신들의 염원을 담아 다이달로스라는 이름을 붙였다. 다이달로스는 거의 팔백 년 전에 가없는 우주의 심연을 향해 쏘아 올려졌다. 다이달로스에 탔던 용감한 사람들은 거대한 노즐이 내뿜는 핵융합의 백열을 바라보며 이 우주 공간 어딘가에 아직도 있을 것이다. 그들이 돌아왔을 때 맞이해 줄 사람이 남아 있을지는 아무도 모를 일이다. 아니면 예상대로 백 년 후에 도착해. 자기들보다 늦게 떠났지만 먼저 정착한 켄타로스의 후손들에게 환영받을지도 모르고. 어쨌든 중요한 건 우리가 아직도 그들을 잊지 않고 있다는 것이다.

그러고 나서 백 년이 흘렀다. 하지만 그때까지도 아인슈타인에게 감히 정면으로 도전하겠다는 생각을 한 사람은 아무도 없었다. 그래서 내 조상들은 그 길을 피해 가는 쪽을 택했다. 그 결과 지름이 수천 킬로미터에 이르는 자기장을 펼쳐서 우주 공간의 수소 분자를 끌어 오온 다음 그것을 연료로 쓰겠다는 발상이 나왔고, 놀랍게도 다이달로스로부터 꼭 백 년 후에 성공했다. 오라이온이라는 이름을 얻은 그 항성간 피어스—버서드 램제트 우주선은 칠백 년 전에 출발했다. 그들 역시 아마 다이달로스와 비슷한 길을 걷고 있으리라.

그들은… 아마도 돌아오지 않을 것이다.

그때쯤이면 태양계라는 존재 자체가 남아 있지 않을 거라 생각하며 떠났으니까. 오리온이나 다이달로스의 생각은 옳을 것이다. 떠난 지 몇 세기가 넘게 지났지만 그 승무원들에게는 우주선의 지루한 며칠도 지나지 않았을 테니. 그럼에도 고향을 포기하고 머나먼 여행을 떠난 위대한 이들에 대한 경의는 여전히 드라마틱한 이야기로 꾸며져 지금까지도 사람들의 입을 오르내리고 있다.

육백 년 전에는 인공적으로 공간을 왜곡시켜서, 그러니까 블랙홀을 억지로 만들어서 공간 점프를 하는 방법을 실용화시키는 데 성공했다. 하지만 이 방법은 지구와 시차없는 여행을 가능하게 해주는 대신에 아주 위험했다. 생성된 블랙홀로 빨려 들어간 후 튀어나오게 될 구멍이 계산 결과대로 위치하고 있으리라고는 아무도 보장할 수 없었기 때문이다. 결과적으로 이 시대의 우주여행에서는 떠난 이들 중에 사분의 삼은 돌아오지 못했고 그중 반은 최후의 순간조차도 알려지지 않았다.

그토록 많은 희생에도 불구하고 믿을 수 없을 정도로 무모한 이런 일련의 시도는 끝없이 계속되었다.

덕분에 발전은 있었다. 우리 인간들은 외우주에 식민지를 건설할 수 있는 안정적인 전초기지를 가지게 됐고, 중력을 인위적으로 통제하는 방법을 알게 되었다. 어쨌든 우리는 끊임없이 우주로 나아가고자 했던 것이다. 왜인지는 모르겠다. 별로 관심도 없다. 중요한 건, 필요하든 하지 않든 간에 우리는 태곳적부터 미지의 세계를 동경해 왔고, 그 성향은 아직도 여전하다는 것이다. 그리고 나 역시 예외는 아니다.

그것은 마치… 이상적으로 환기가 되는 실내에서도 창문을 열고 싶어하는 것과 같은 이치다. 완벽한 편의시설을 갖춘 우주기지를 세우고도 기를 쓰고 지구화를 하려는 것과도 같은 것이다.

아무튼 용감한 사람들이 안타깝게 우주의 이슬로 수도 없이 사라지는 일은 내가 태어나기 사백 년 전쯤에 끝이 났다. 블랙홀을 만들 수 있는 기술의 단초인 중력 통제론을 창시한 리엥츄이 이후 이백 년 안에 김석천이 초광속으로 움직일 수 있는 방법에 관한 이론을 발표했던 것이다. 그의 논문은 에너지 보존

법칙이나 물리적 대칭성 같은 우주적 진리를 거스르지 않았다. 그래서 기라성 같은 선배 물리학자들의 눈치를 볼 필요도 없었다.

사실 그의 업적은 초광속 항행뿐이 아니었다. 그건 단지, 그가 제안한 타키온 물리의 극히 일부일 뿐. 아무튼 광속 접근 시의 무한 질량 증가라는 문제를 김석천 교수는 아주 간단하게 실수 질량을 허수로 바꾸는 식으로 해결해 냈다. 요컨대 어떤 존재가 광자의 질량, 즉 빛의 무게보다 가볍다면 그 존재는 당연히 빛보다 느리게 움직일 수가 없는 것이다. 그 결과 타키온 가속이라는 초유의 아이디어가 현실이 되었다. 물리학자들은 학문의 역사가 쌓아 올린 자존심을 건드리지 않으면서도 편법을 제공한 이 논문을 엄청나게 환영했다. 더구나 타키온 드라이브의 개념은 물리학을 조금 공부한 사람이라면 이해하기도 아주 쉬웠다. 지금도 그렇듯이, 그때도 그걸 실제로 써먹기 위해서는 천재들이 필요했지만.

김석천 이후 지구환 입자 가속기는 쉬지 않고 움직였고 결국에는 자체 에너지를 보유한 하나의 물체가 스스로의 구성을 허수 상태로 유지하고도 충분히 안정될 수 있다는 실험 결과를 얻어내고야 말았다.

어쩌면 그게 문제일지도 모른다. 김석천 논문의 의미는 나도 이해하고 있다. 하지만 그 논문의 의미라는 것은 고작해야 이렇게 하면 초광속운동이 가능하다는 결론에 불과하다. 다르게 말하면 여기서 말하는 '이해'는 논문이 묘사하는 사건의 본질적 의미를 이해하고 있다는 뜻이 아니다. 단지 문제가 있을 때 이러저러한 방법으로 해결할 수 있다는 뜻에 불과한 것이다. 어쨌든 실험과 예측은 같은 조건에서 같은 결과를 냈고, 또 그러고 있으니까.

내 생각이 맞다면 김석천 본인도 이해를 못했을 것이다. 어차피 물리학자들의 임무는 세상을 이해하는 것이 아니라 그것에 대해 설명하는 것이다. 그건 물리학자들의 탓이 아니다. 세상은 이해 가능하게 구성된 대상이 아니니까.

그럼에도 불구하고 나는 지금이 단순한 설명으로는 부족한 때라고 확신한다. 우리에게 필요한 것은 설명을 넘어선 해결이다.

대부분의 솔시스트처럼 난 무신론자다. 하지만 어쩌면 종교를 가져야 할지도 모른다는 생각이 들고 있다. 게이츠에 사제들이 있을지는 모르지만.

중력 통제술을 얻었고 나노 기술을 손에 넣었으며 타키온 드라이브를 획득한 이 시점에서도 우리에게 이해할 수 없는 사건은 있을 수 있다. 하지만 설명할 수 없는 사건은 존재할 수 없다. 존재해서는 안 된다. 그래서 너무 무섭다.

지금 나는 신이 설령 허물뿐이라 할지라도 그에게 기대고 싶다.

일과가 끝나고 얻은 소중한 휴식 시간 내내 광장에서 담배만 연거푸 피우다 들어온 아찬은 거의 횡설수설에 가까운 내용을 일기장에 휘갈긴 다음 그대로 침대에 몸을 던졌다.

일을 손에 잡지 못하는 사람은 아찬만이 아니었다. 수학분과장은 양손을 놓고 멍하니 먼 산만 바라보는 사람들을 보고도 그냥 지나쳤다. 지휘통제실에서 내려온 일거리를 수행할 분위기가 도저히 아니었다. 대부분의 시간을 우울과 암담함 속에서 보낸 분과원들은 시간이 되자 망설이지 않고 퇴근했다. 연구실에서 브라우저를 붙들고 있어봤자 시간 낭비임을 모두 잘 알고 있었던 것이다.

아찬은 침대에서 몸을 일으켜 광장으로 나섰다. 너무 답답했다. 아무리 커봤자 게이츠는 밀폐된 우주선일 뿐이다. 자유와 개방감이라는 당연한 일상은 과거의 사실이 된 지 오래다. 그래서 광장은 인기가 많았다. 그는 그곳에서 황수영을 보았고 인사했다.

아찬은 에이를 제외하면 게이츠에서 거의 처음으로 만난 황수영과 비교적 가까워져 있었다. 아마 둘 다 담배를 좋아해서 더 쉽게 가까워진 걸지도 모른다. 둘은 맥주를 마시러 바에 가기 전 광장의 벤치에 잠깐 앉았다.

"도대체 뭘 어떻게 하라는 건지 모르겠어요. 로가디아조차 감을 못 잡고 있는걸……."

아찬은 벤치에 앉자마자 수영에게 불평부터 늘어놓았다. 수영은 아찬의 말에 대답할 생각이 없다는 과장된 몸짓으로 담배부터 꺼내어 물었다. 황수영은 아찬을 쳐다보지도 않으며 허공을 향해 입을 벌렸고 그의 입술 사이에서 뿜어져 나온 푸른 입자들이 브라운 운동을 하다가 선내 곳곳에 장치된 공기정화기에 흔적도 없이 빨려 들어갔다. 그렇게 두 모금을 더 빨아들이고 나서 벤치의 등받이에 여유있게 팔을 걸쳤다. 그 통에 아찬의 어깨는 약간 놀란 듯 움찔거렸지만 황수영은 전혀 개의치 않고 천천히 입을 열었다.

"잘 안 돼나?"

"그건 팀장님도 마찬가지잖아요. 물리학분과에서 아무것도 못하고 손 놓은 건을 왜 수학자들한테 닦달이지? 우리가 그치들 뒤치다꺼리하는 사람도 아니잖아요."

"밖에서는 그냥 형이라고 해."

아찬이 멋쩍게 웃었다. 성격에 따라 다르긴 하지만, 한에서 자란 이들은 대체적으로 술 한잔을 걸치고 나면 이미 친구나 형, 동생이 되어 있는 경향이 있었다.

"글쎄, 다른 건 몰라도 우리를 닦달하는 게 아무짝에도 쓸모없다는 말에는 동의해. 물리분과 친구들이 뭘 넘겨줘야 우리가 작업에 들어갈 텐데."

수영의 팔이 어깨에 반쯤 걸려 있어 몸이 불편했다. 대화 주제가 더 심각해지기 전에 불평하는 게 나았다.

"형, 어깨 좀."

"아, 미안."

걸쳐진 수영의 팔이 조금 느슨해졌다. 아찬은 팔을 완전히 치워주었으면 했지만 같은 말을 두 번 하기도 영 껄끄러웠다. 황수영이 어깨를 덮는 긴 헤어스타일의 고개를 끄덕이며 다시 한 모금을 빨았다.

"거참, 신기하단 말이야. 도대체 어떻게 그럴 수가 있는 건지. 어제는 담배를 피우려고 서랍을 열었는데 서랍 안에 먼지가 한가득인 거야. 로가디아한테 뭐라고 했지. 청소 안 하냐고."

"감지기가 고장 났대요?"

"아니. 진짜 황당한 대답을 하더라. 내게 할당된 나노머신을 전부 소비했다는 거야. 로가디아가 말하는 게 너무 자연스러워서 내가 그 정도로 지저분하게 살았나 의심까지 들더라니까."

아찬 역시 황수영의 눈빛만큼 황당해졌다.

"개인 구역에 할당된 나노머신은 평생 써도 될 만큼 충분할 텐데요."

"나도 그런 줄 알았지. 그런데 아니었나 봐. 뭐, 금방 보충해 주기는 하더라고. 그래서 청소하긴 했지."

아찬은 고개를 숙였다. 표정을 드러내고 싶지 않아서였다. 자신에게도 비슷한 일이 일어난 적이 있었다. 새벽에 스프링클러가 물을 뿜어내는 통에 난리를 피웠던 것이다. 담배를 문 채로 잠이 들었는데 소화가 안 된 탓이었다. 있을 수 없는 소동에 로가디아는 소화를 담당해야 할 나노머신이 없어 그랬다며 사과했다. 죽을 뻔했다는 현실감도 들지 않은 그는 단지, 게이츠의 시스템 고장으로 로가디아에게 화를 내봤자 아무 소용도 없다고만 생각했다. 얼마 전 에이와의 저녁 식사도 그 일을 누구에게 말해야 할지 몰라서 물어보려고 만났던 것이다.

아찬의 어깨에 걸쳐진 황수영의 팔이 다시 무거워졌다.

"난 나노공학 쪽은 잘 몰라. 하지만 비확인 함수의 유사 선택을 기반으로 행동 분기점을 결정하는 나노머신의 수학적 특성 때문에 우리는 나노공학분과 친구들하고도 같이 움직이지. 그런데 그쪽에서는 아무런 이야기가 없어."

대화가 다시 심각한 쪽으로 옮겨가고 있다. 어쩌면 둘 다 피하고 싶은 이야기가 나올지도 모른다. 아찬은 그쪽의 이야기는 가급적 않고 싶었다. 그건 게이츠의 모든 사람들의 묵시적 약속 같은 것이다. 아찬은 행여 황수영이 입을 열까 먼저 말을 꺼냈다.

"우리도 이제 능동적으로 개입해야 하는 때가 아닌가 싶어요."

황수영의 눈이 약간 커졌다.

"능동적? 어떻게?"

"그냥… 현재 현상을 우리 수학분과 독자적으로 연구해 보자는 거죠. 다른 방법도 없잖아요."

대충 위기를 모면하기 위해 꺼낸 말이기에 아찬의 목소리에는 자신감이 없었다. 한숨이 절로 흘러나왔다.

이미 꽤 오래전 연결 회로 문제가 발생해 정비가 끝날 때까지 마인드링킹을 사용할 수 없다는 통보가 있었다. 그런데 이제는 로가디아가 해야 할 일을 과학자들에게 떠넘기고 있다. 도대체 지휘부는 무슨 생각을 하고 있는 걸까?

황수영이 게이츠의 수학분과 증원 통보를 받은 건 고작 승선 한 달여 전이었다. 모든 준비가 끝나고 막바지 적응 훈련을 하고 있는 중에 갑자기, 마인드링킹 훈련도 제대로 받지 못한 학사 학위자들 수백 명을 증원한다는 공문이 일방적으로 내려왔다. 그들에 대한 모든 훈련은 게이츠에 승선 후 실시해야 했고 따라서 동면 스케줄은 사실상 사라졌다.

학생들을 가르쳐야 한다는 일이 귀찮은 것은 아니었다. 다행히도 대부분은 아주 똑똑했고 그렇지 못한 소수는 대신에 성격이 괜찮았다. 여기 아찬처럼.

중요한 점은 그때부터 뭔가 일이 뒤틀렸다는 것이다. 마지막까지도 카운트다운을 하며 초 단위로 시간 관리를 하는 거대한 계획의 목전에서 그런 엉성한 대처라니. 황수영은 딱히 아찬을 향해서라기보다는 그냥 혼잣말로 중얼거렸다.

"뭐랄까, 너무 정상이 아냐. 분명히 이 프로젝트를 시행하는 과정에서 비리 같은 게 있었을 거야."

아찬이 눈을 끔뻑거렸다. 낯익지만 뜻이 떠오르지 않는 비리라는 단어 때문이었다.

"뭐가 있다고요?"

"비리."

"아, 네……."

아찬은 짐짓 알아들은 척했다. 무지를 광고할 필요는 없다. 황수영이 놀랍지 않느냐는 표정으로 아찬을 돌아다보았다. 어깨에 걸쳐진 팔이 불편해진 아찬이 얼굴을 다시 한 번 찡그렸다.

"너도 그렇게 생각할 줄 알았어. 분명히 정상이 아니지."

"술이나 마시러 가요. 일찍 끝내고 일찍 자야죠."

이야기가 더 진행되기를 두려워한 아찬이 본론으로 화제를 돌렸다. 황수영이 고개를 끄덕였다. 바에 들어선 그들 중 황수영이 먼저 자리에 앉아 맥주를 주문했고 여자형 로봇이 미소를 지으며 잔을 두 개 건넸다. 자기 얼굴에 맥주를 뿜어낸 사람을 기억조차 하지 못하는, 아니면 모르는 척해주는 로봇 덕분에 찾아온 작은 안도감이 아찬을 조금씩 진정시켰다. 그는 황수영에게 양해를 구하고 화장실로 들어가 조그맣게 로가디아를 불렀다.

[음… 아찬, 제가 남자 화장실에 들어가기는 좀 그런데요.]

"아니, 그냥 뭣 좀 물어보려고. 비리가 무슨 뜻이지?"

맥주를 마시는 두 남자는 말이 거의 없었다. 옆자리의 표정이 너무 심각해 황수영은 선뜻 말을 건네지 못했고 아찬은 주변에 신경을 쓸 기분이 아니었다.

비리라는 단어는 역사책에서나 등장하는 개념이다. 로가디아는 사전적 정의를 그대로 읊어주었지만 그 의미를 현재 상황에 끼워 맞출 정도의 머리는 아찬에게도 있었다. 그러니까, 아찬은 이 게이츠가 아마 최저가 입찰 방식으로 건조되었을 것이고 질은 최하라는 의미로 결과를 해석했다. 그리고 다르게 말하면 이 거대한 탐사선은 속 빈 강정에 불과하며 여기 있는 사람의 대부분은 사기를 당했다는 뜻이기도 했다. 문제는 아찬의 머리가 그런 개념을 제대로 받아들일 수 없다는 데에 있었다. 그가 알기로 비리나 사기 같은 단어는 솔시스에서 오직 세 분야에서만 쓰이는 개념이었다.

예술, 역사, 그리고 법.

그런 경우를 겪어본 적도, 구경해 본 적도 없는 아찬으로서는 자신의 추론이 내린 결론이 있을 수 없는 일에 불과했다. 그가 철학 선생들에게 배운 것들 중 잊지 않고 있는 몇 가지 중 하나가 바로, 불가능한 일을 가능하게 끼워 맞추는 것보다는 더 간단한 다른 인과를 고려하는 것이 합리적이라는 논리였다. 아찬은 바에서 한가하게 술을 마시고 있을 때가 아니라고 결론지었다. 잔에 맥주를 채워주려는 로봇에게 손을 내저은 그는 마지막 맥주 한 모금의 알싸함이 동반된 덕에 가벼운 흥분마저 느꼈다.

어쩌면 내가 문제를 해결할 수 있을지도 몰라. 수학분과의 위상을 높일 수 있을지도 모르지. 다른 분과에 끌려 다닐 필요가 없어진다면 지금처럼 한심하게 있을 일도 없을 거고.

아찬은 아쉽다는 눈빛의 황수영에게 어색하게 웃어 보이고는 자리에서 일어났다. 머릿속에 대충 떠오른 생각을 잊기 전에 공식을 어서 전개해 보아야만 했다.

이년 3월 30일.

뭐지? 브라우저를 세 번이나 바꾸었는데도 결과가 같다니. 뭔가 다른 공식을 찾아봐야 할까? 아무튼 하나는 확인했다. 에이의 세미 사이보그 신체나, 나, 그리고 황 선배의 나노머신에 생긴 문제는 공통적으로 이 의미 묘를 결과 안에 있다는 것. 긁어모은 데이터를 상수로 치환하고 매스메트릭스를 굴린 결과는 시간 경과에 의한 자연스러운 부식이라고밖에는 보이지 않는 결론이다. 뤠이쓰의 공식은 여기에 적용하기에 적당치 않은 듯하다.

그러니까, 결국 게이츠는 싸구려 부품을 쓴 것이다. 하지만……

그것 말고 다른 일은 무엇으로 설명해야 하지? 그래 봤자 소문일 뿐이지만…….

설마 소문이겠지.

아찬은 적잖이 실망했다. 뭔가 다른 결과가 나올 거라고 생각했다. 그는 나노머신의 이상 작동이 게이츠의 구역성에 따른 관리 위상 차이에 의한 것일 거라고 추측했다. 하지만 결과는 황수영의 말대로 내구도가 떨어지는 재료를 썼기 때문이라고 나왔다. 그리고 해는 그 안에 몇몇 다른 사람들이 겪은 일까지 포함하고 있다. 앞뒤가 전혀 맞지 않는 답이 의미하는 바는 몇 가지 다른 가능성을 내포하긴 한다. 그러나 아찬으로서는 그것들을 도저히 인정할 수 없다. 너무나도 비상식적이기 때문에. 더욱이 단순한 소문에 그렇게 신경을 써야 할 필요도 없다. 고작 2천 명이 만든 사회에서 확인이 안 되는 소문이라면 그건 고려할 가치조차 없는 거짓에 불과할 터.

그래서 아찬은 에이의 사이보그 신체가 게이츠와 전혀 상관없는 곳에서 만들어졌다는 생각까지는 미처 하지 못했다.

네들은 자신의 방에서 로가디아를 호출했다. 그녀가 왠지 수척해진 듯 보이기도 했지만, 그래 봤자 자신의 정신이 피폐해졌다는 증거밖에 안 되리라. 로가디아가 수척해진 모습을 하고 있다면 그건 이미 알의 지시에 대한 반항이고 인공지능이 그런 행동을 한다는 것은 불가능했다.

[네, 대령님.]

"요즘 어떤가?"

[별일없습니다.]

네들은 그만 웃고 말았다. 이런 얼간이 같은 대화라니. 인공지능의 사생활에 궁금할 게 뭐가 있단 말인가. 그는 곧바로 본론으로 들어가기로 했다.

"네 통제 이양은 어디까지 된 거지?"

[하나씩 에멘시에게 넘기는 중입니다만 시간이 좀 걸릴 것 같습니다. 그보다는 제가 하던 일들을 승무원들에게도 일일이 인수인계해야 하기 때문에…….]

그렇군. 결국 알은 로가디아가 하던 일을 우리에게 떠넘기기로 한 거란 말이지. 하지만 그게 가능하기는 할까?

로가디아는 이런 일이 발생할 상황에 대비해 당장의 충원을 건의했고 그 때문에 수백 명의 젊은 과학자들이 급히 모였다. 물론 단순히 그뿐만은 아니지만.

테라인이 아니라면, 보통 인간은 수억 명, 아니, 수십억 명이 모여도 로가디아의 역할을 해낼 수 없다는 정도는 알 바라마드가 더 잘 알고 있을 텐데. 그리고 그 테라인은 허황된 망상에 불과하고.

"편하게 해. 지금은 네 상관이 아니라 그냥 개인적인 용무로 부른 거니까. 뭐, 이야기가 끝날 때까지도 사적인 일이라는 범위가 유지될지는 모르겠지만."

[네, 알겠어요. 네들.]

예전이었다면 로가디아는 복장이나 머리를 변화시켰을 것이다. 그러나 지금 그녀는 대답과 함께 여전히 여군 정복을 입은 채 자세만 쉬어로 바꾸었을 뿐이다. 어쩌면 정말로 수척해진 것일지도.

"사실은, 그 저겐젤 이야기랑… 몇 가지 물어보고 싶은 게 있어."

[가능한 한 말씀드릴게요.]

게이츠에 대한 직접적인 타격은 거의 없었지만 민간인들에게 이야기할 만한 사안이 아니었다. 전대장 저겐젤은 퇴행성 인격장애의 증후를 보였고, 군의관 니오자일 소령은 마인드링킹의 부작용과 부하를 잃은 충격이 겹치며 일어난 일시적 정신장애라는 소견을 냈다. 물론 저겐젤 같은 군인이 그 정도로 정신 장애까지 일으킬 리 없다는 사실 정도는 군의관뿐 아니라 모두가 알고 있었지만 상황은 그렇게 종결되었다.

"저겐젤이 죽을 거라고 말한 게 무슨 뜻이지?"

[말씀드린 대로예요. 중령이 타키온 드라이브에 진입해서도 마인드링킹을 지속했다고 전제했을 때 그는 사망 이외에 다른 결과는 나오지 않았으니까요.]

"내가 아는 게 맞다면 넌 인과에 대한 개념이 없을 텐데?"

[인과에 대한 개념은 없지만 거의 무한한 수의 같은 전제에 뒤따르는 무한한 결과가 언제나 동일하다면 하나의 원인에 따른 하나의 결과와 차이가 없죠. 그게 제 작동 방식의 근간이에요.]

"그런 결과는 저겐젤만 맞이하나?"

자신이 지칭한 '그런 결과'는 단지, 같은 방식의 추론이 가능하냐는 의미일 뿐이다. 그런데 로가디아가 대답을 하지 않았다. 알 수 없다는 표정으로 로가디아를 올려다보자 그녀가 시선을 외면했다. 입체영상의 반투명한 눈썹이 떨리는 것이 보였다. 네들은 자신의 질문을 로가디아는 다르게 받아들였음을 직감적으로 알았다. 만약 그렇다면…… 설마 그럴 리 없다. 있을 수 없는 일이야.

"어떤 선택이 남아 있지?"

자기도 모르게 튀어나온 말은 부정하고픈 불길함에 대한 종용이었다. 네들 스스로도 놀랐다.

로가디아는 마치 인간이 하듯이 떠듬떠듬 말하는 것이 더 낫지 않을까 짧게 망설였지만, 그런 행동은 오히려 비현실감만 더할 것이라는 결론을 내렸다. 네들이 듣기에는 거의 망설임이 없는 대답이 바로 나왔다. 로가디아가 네들을 슬픈 눈으로 바라보며 정색해 대답했다.

[이제는 없습니다. 프라이안 박사가 사라지는 순간 선택권은 사라졌습니다. 제가 말씀드렸을 때, 그때 그렇게 하셨어야 합니다. 이제 남은 길은 단 하나입니다.]

"어… 떤?"

네들도 자기 목소리가 심하게 흔들린다는 걸 알고 있다. 그런데 아무리 해도 침착함을 유지할 수가 없다. 로가디아의 침울한 목소리가 멀리서 들려오는 절규 같다. 외면하고파서 일부러 그렇게 하는, 다른 사람의 고통처럼 들려온다. 하지만 귀를 막을 힘조차도 없다.

[모두 죽을 겁니다. 하나씩, 혹은 한꺼번에.]

네들은 삼십 분째 꼼짝도 않고 있었다. 로가디아도 마찬가지였다. 작은 방에서 고뇌하는 두 지성보다 주변의 무생물들이 더 생기있어 보이기 시작할 무렵 네들이 양 손바닥으로 얼굴을 감싸며 크게 한숨 쉬었다. 그 자세 그대로 등받이에 몸을 한껏 젖힌, 솔시스 연방군 장교가 모기만 한 목소리로 중얼거렸다.

"아무런 방법이 없나?"

대답을 해야 할까? 네들은 이 말을 어떻게 받아들일까? 하지만 자신의 본분 중 가장 중요한 부분이 바로 인간에게 사실만을 말하는 것이다. 그녀는 결정을 내렸다.

[메테오를 시도해 볼 수는 있습니다. 하지만 기대하시지 않는 편이 낫습니다.]

"메테오?"

네들의 목소리가 아주 조금 커졌고, 그보다 약간 더 또렷해졌다.

[게이츠의 일부를 시간이 정지한 상태로… 그러니까, 엔트로피의 흐름을 동결시킨 상태로 만들어볼 수는 있습니다. 하지만 그 과정을 인간이 견딜 수 있을지는 모르겠습니다.]

"추론해 본 결과가 절망적인가?"

[…해보기 전까지는 모릅니다. 아무것도요.]

얼굴을 손바닥으로 감싼 자세 그대로 네들이 다시 중얼거렸다.

"결국 원점이로군……."

[죄송합니다.]

"그럼, 아후리아에 도착할 때까지도 이 상황을 막을 수 없나?"

[네들 대령님.]

로가디아가 잠시 말을 멈추고 둘뿐인 방 안을 둘러보았다.

[솔직히 저도 모르겠습니다.]

"사실은 도착한다는 자체도 확신할 수 없는 거지?"

[네.]

로가디아는 끈기있게 기다렸지만 네들은 한 시간째 꼼짝도 하지 않았다.

그녀에게는 위로해 주어야 할 사람들이 많았다. 그들 모두에게 이제부터 자신과 나누는 대화 하나하나가 작별 인사란 사실을 말해줄 필요는 없었지만, 그래도 그녀는 능력이 모두 봉인당하기 전에 가능한 한 사람들과 많은 시간을 보내고 싶었다. 그 모든 걸 모두에게 동시에 하고 싶지 않았다. 한 명 한 명에게 유일한 로가디아로서 남고 싶었다. 그녀는 네들에게 깊숙이 허리를 숙이고 사라졌다. 그 순간에도 그는 미동조차 하지 않았다.

사이클론 함대로부터 전해져 온 불운한 자이 드 끌룽 대위의 전사를 제외한 아군 병력 손실의 전무함이 마지막으로 받은 타즈림이다. 이후 통신조차 끊어졌다.

그러나 상황은 좀 더 복잡했다. 아니, 복잡해졌다. 그럼에도 불구하고 알은 참모들을 소집하지 않은 채 침묵하며 자신의 방에서 거의 나오지 않았다. 그런 문제가 아니라 해도 최고 지휘관의 지속적인 부재는 용납될 수 있는 일이 아니었다. 더욱이 알 바라마드처럼 그래서는 안 되는 사람일 경우는 더 심각했다. 네들은 알이 어떤 이유에서인지 갑자기 변했다고 판단했다. 상황을 볼 때 그렇게 생각할 수밖에 없었다. 어쩌면 그도 자신과 같은 질문을 로가디아에게 했을지 모른다. 결국 네들이 그를 찾아갔다.

"충무공, 면담을 요청하고 싶습니다."

"들어와."

알은 수척해져 있었다. 로가디아가 그의 건강을 돌보지 않았을 리가 없을진대 몸이 저렇다면…….

"괜찮으십니까?"

"괜찮아. 잠이 좀 모자라서 그런 거지."

"드릴 말씀이 있습니다."

"둘뿐이니 편하게 하지, 네들."

"예."

그럼에도 불구하고 분위기는 그다지 편하지 못했다. 알은 네들에게 사관학교의 선배이자 그를 가르친 선생이다. 젊은 네들은 헤르미트와 함께 장년의 알 바라마드가 하는 강의를 들으며 우주군 사령관의 꿈을 불태우곤 했다.

"뭐라도 마실 텐가?"

"아닙니다, 충무공."

"난 한잔해야겠군."

네들의 사양에도 불구하고 알은 직접 두 잔의 언더락을 만들어 한 잔을 네들 앞으로 밀었다. 그러면서도 표정은 네들이 그걸 마시든 말든 관심이 없다는 식이다.

"하고 싶은 말이 뭔가?"

망설일 필요가 없다. 로가디아에게 이미 충분히 이야기를 들었다.

"교수님, 아니, 선배님. 저겐젤이 마인드링킹에서 무사히 나올 수 없다는 걸 알고 계셨지요?"

"아니."

네들의 눈을 피하는 알의 대답이 지극히 짧다. 그러나 네들은 물러설 수 없었다.

"정확히 어떻게 될지는 모르셨겠지만, 분명히 그 친구에게 어떤 문제가 생길 거란 건 알고 계셨지 않습니까?"

"우주전 참모가 이상한 소리를 하는군. 교전 상황이었고 희생은 불가피했다. 자네라면 어떤 선택을 했겠나?"

"전 선배님의 전투 지휘 결정과 판단을 의심하는 게 아닙니다."

알 바라마드는 대답없이 언더락을 한 번에 들이켰다. 그러고서는 또다시 독한 술을 따랐다. 네들은 잠시 그걸 제지해야 할지 망설였다. 로가디아에게만 맡기고 있기가 미덥지 않았다.

네들의 혼란에는 무관심한 알은 입을 한 번 훔치고는 입체영상을 컸다. 자신을 무시하는 상관의 태도에 화가 나기 시작했지만 서로의 위치를 고려하지 않는다 해도 여기서 뭔가를 바라는 쪽은 자신이다. 네들은 말없이 알의 시선이 향한 쪽으로 눈을 돌렸다.

입체영상에는 게이츠가 떠 있었다.

"저게 뭔지 아나?"

알은 네들을 조롱하기 위해서가 아니라 뭔가를 말해주려고 그걸 켠 것이다. 네들은 알의 손가락이 가리키는 곳을 자세히 쳐다봤지만 특별한 점은 없다. 못 본 게 있나 싶어 안구 투사로 바꾸려는 그에게 알이 손을 저었다.

"아니, 아냐. 기억날지 모르겠는데, 로가디아의 시연회를 하던 그날 게이츠에 대한 약식 브리핑이 있었어. 저 부분은… 어느 애송이 기자가 그 용도를 물은 곳이지."

"아, 맞습니다. 기억이 나는데요. 저긴 그냥 로가디아의 본체를 수용하는 알파 룸 아닙니까."

네들은 너무 뻔한 답이어서 답인 줄 모르고 지나쳤다는 듯이 어깨를 으쓱했다.

"들어가 본 적 있나?"

"없습니다. 저 부분은 함내 전투가 발생할 때조차 전략적으로 중요한 위치가 아니어서……."

"맞는 말이야. 실제로 저기에는 아무것도 없으니까."

조금 가시려던 네들의 혼란이 곤혹스러움으로 변해 얼굴에 떠올랐다. 알의 말이 무슨 뜻인지 잘 파악할 수가 없다. 입자 인공지능인 로가디아에게 본체라고 해봐야 그냥 공진 상태의 광양자 그 자체 외에는 아무것도 없다. 메타트론 입자라고 하던가?

네들이 알기로 알파 룸이라고 부르는 저 텅 빈 공간은 불의의 사고로 입자가 게이츠 외부로 누출될 경우 공진 안정화를 시키는 여유 공간에 불과하다. 한마디로 없어서는 안 됨에도 불구하고 그 존재 가치에 의심이 가는, 이상한 곳이다. 하지만 그게 아니라면?

"로가디아는 타키온 드라이브를 계속 반대했어. 기억나나?"

"예. 납니다."

"나도 그 애가 왜 그러는지 알아. 우리를 보호하려고 그런 거지. 로가디아의 머릿속, 아니, 입자에는 노심초사 인간에 대한 염려뿐이니까."

알고 있다면 바로 그 말을 하려고 여기까지 왔다는 이야기를 할 필요는 없다. 네들은 알의 말을 들어보기로 했다.

"저 공간은 없어도 되는 곳인데 왜 저렇게 만들어두었을까, 생각해 본 적 있나?"

"…없습니다."

"이 설명까지 로가디아에게 맡기고 싶지는 않군. 이제부터 못 들은 걸로 해."

[네, 총무공.]

로가디아는 모습을 드러내지 않았지만 대답은 충실하게 했다.

알은 손가락을 튕겨 입체영상을 바꾸었다. 허공에서 하릴없이 떠돌던 게이츠보다 훨씬 더 구체적인 기호가 떠올랐다.

끊임없이 변화하는, 그러나 일정 한계를 넘지는 않는 숫자들의 기복과 그에 따라 충실히 움직이는 그래프, 그리고 너무 배운 지가 오래되어서 인간의 유전자 지도라는 정도 외에는 의미를 파악할 수 없는 몇 개의 영상들.

"저 그래프는 아까 언급한 모듈에서 전자기장의 변화를 나타내지. 전자기장 수치가 급속히 내려가는 경우는……."

알이 다시 입체영상을 조작했다.

"말하자면, 로가디아의 진짜 본체가 게이츠에 장착되는 순간이야. 그 본체는 특별한 상황에서 반응하게 되어 있어."

"로가디아의 진짜 본체라니, 아까 말씀하셨듯이 그녀는 입자 인공지능……."

네들은 알의 말에 황당함을 감추지 못했다. 덕분에 '특별한 상황'이라는 표현을 인지하지 못하고 지나치고 말았다.

"입자 인공지능이고 뭐고 간에 본체가 있어. 물론 그 본체의 위치는 나와 클라우드만 알고 있네. 저 모듈에 본체가 장착되기 위해서는 당연히 우리 승인을 받아야 하지. 그리고 이번 사태에서도 우리는 본체를 장착했네."

네들은 점점 혼란스러워졌다. 모르는 사실을 들어서가 아니었다. 모든 작전은 각 위치에 따라 알아야 할 선이란 것이 정해져 있는 법이다. 특별한 이야기가 없다면 그건 우주전 참모의 위치를 가진 자는 몰라도 되는 정보란 의미다. 당연히 그로서는 상관의 이 이야기들이 술에 취해 나오는 주사인지 아닌지조차 판단이 불가능할 수밖에 없다. 그러나 네들이 혼란해한 이유는 알의 말이 얼마만큼의 진실을 담고 있느냐지 그 선을 넘어서가 아니었다.

알이 네들을 힐끗 쳐다보며 말했다.

"술에 취해서 헛소리하는 게 아니야. 나로서도 고민이 많아. 정보를 가지고 있어야만 하는 사람이 반드시 존재해야 하지만, 그렇다고 아무에게나 떠벌릴 수는 없는 이야기란 게 있네."

선배이자 상관의 입에서 흘러나오는, 어찌 들으면 불길하기 짝이 없는 이야기를 더 자세히 듣기 위해, 네들이 동작을 견고히 하며 허리를 약간 숙였다. 술 취한 알의 목소리는 너무 어눌해서 자세히 듣지 않으면 놓치기 십상이다.

"특수한 상황이란, 테라인 코드를 말하는 거야."

숙였던 허리가 용수철처럼 펴지다 못해 네들은 튕겨지듯 일어났다.

"테라인 코드라니, 그걸 아직도 진행하고 있단 말입니까?"

알이 네들의 팔을 잡아당겨 자리에 앉혔다. 그의 목소리가 조금 맑아졌다.

"모르는 사람이 들으면 무슨 인체 실험이라도 하는 줄 알겠군. 진정해."

"정말로 그게 가능하긴 한 겁니까?! 말도 안 됩니다!"

알이 오만상을 찌푸린 채 자신을 쏘아보자 네들은 비로소 자기 위치를 상기하고 거수를 한번 붙인 다음 자리에 앉았다. 알은 네들의 무례함보다는 이야기를 끝맺는 게 더 중요하다는 듯이 곧바로 말을 이었다. 그러고 보니 알의 품은 무엇인가에 쫓기는 듯한 인상을 주었고 술조차 알 수 없는 그것으로부터 도망치기 위한 도구에 불과해 보였다.

"이건 클라우드와 나만… 아니, 로가디아까지 셋만 알고 있어야 했지. 하지만 이제부터는 아니야. 난 방금 우주진돗개 하나를 발령했고, 따라서 이제부터 테라인 계획에 대한 정보는 자네와 헤르미트에게도 공유되네."

네들이 눈을 가늘게 떴다. 이건 또 무슨 소리야. 우주진돗개 하나라면 사실상 조난 상황과 다를 바 없는 게 아닌가. 도대체 상황이 어떻게 되어가는 건가.

"자네도 갑종 서류까지는 열람할 수 있지?"

알의 질문은 게이츠의 목적이 단순히 아후리아에 외교 업무를 하는 것이 아니라 착륙해서 실제로 뭔가를 하는 것임을 알고 있냐는 의미였다. 네들은 고개를 끄덕였다.

"그렇다면 게이츠가 귀항할 생각이 없다는 건 잘 알고 있겠군."

"예."

"이제부터 자네는 내가 부재할 경우 헤르미트와 함께 전권 대리 지휘자가 되는 거야. 잘 들어."

술로 흐리멍덩해져 있던 알의 눈이 갑자기 기분 나쁘게 빛났다. 네들은 그만 소름이 끼쳐 움찔하고 말았다.

"아후리아에 가는 이유는 그들… 아니, 그에게 테라인을 보여주기 위해서야. 물론 왜인지까지는 나도 몰라. 한 가지 확실한 것은, 테라인이 아후리아에게 협박이 된다는 사실이지."

"협박이요?"

"아후리아를 협박할 필요가 있어. 하지만 그건 테라인과는 상관없는, 우주군 사령 보좌로서의 정보니 그것까지 말해줄 필요는 없네. 아무튼 시간이 정말 부족했네. 하루가 아니라 시간 단위가 급할 정도로. 그 상황에서 로가디아는 게이츠가 완성된 상태가 아니라고 해버렸지. 하지만 공학적으로는 아무 문제가 없었어. 오직 로가디아만이 그렇게 주장한 거지. 클라우드 박사는 게이츠가 자신의 몸인 로가디아로서 당연한 말이라고 변호했지만 그 언급은 오히려, 그렇다면 로가디아가 원하는 게이츠의 물리적 무결성은 도달 불가능하다는 결론의 근거로 쓰였네. 달리 말하면 오히려 로가디아가 문제 소지를 안고 있다는 뜻이었지. 그래서 우리는 두 가지 방법을 모색했네. 우선 클라우드 팀은 로가디아를 긴급 수정했어. 그리고 이쪽은 급히 인원을 보충해서 여하한 상황에서 로가디아에게 문제가 생겨도 인간들이 직접 문제를 해결할 수 있는 상태를 만들고자 한 거지."

"그리고 지금까지 추이는 로가디아에게 문제가 생겼다고 볼 수밖에 없다, 뭐 이런 말씀입니까?"

"나로서는 그렇게 판단할 수밖에 없지. 지금 로가디아가 통제하고 관리하는 요소들을 하나씩 거두고 각 부서에 인계하는 중이네. 그녀가 없다 해도 이 인원들이 제대로 힘을 모으고 완벽하게 협조하기만 한다면 계획은 수행 가능하네."

네들은 계속 말을 끊고 싶은 충동을 억누르느라 안간힘을 써야 했다. 알 스스로도 잘 알고 있을 것이다. 자신의 말이 얼마나 허황된 것인지.

인간이 인공지능의 역할을 대신하겠다는 발상부터가 문제다. 만약 그게 가능했다면 로가디아 같은 존재는 처음부터 만들 필요가 없었다.

반대로, 만약 알의 말이 사실이라면, 그건 더 심각했다. 그건 테라인 계획이라는 자체가 허상에 가까운, 말 그대로 그저 되어가는 뭔가에 불과하다는 뜻이다. 이미 증명이 되었지 않은가? 테라인 계획이라는 게 이렇게 허술하다고? 그래서는 안 된다. 뭔가 구체적인 내용이 있을 것이다. 그러나 알은 그 부분에 대해서는 요리조리 피해가며 겉돌기만 했다. 네들이 조심스레 말을 붙였다.

"너무 급해서 일을 그르치게 될까 봐 걱정스럽습니다만."

"레기넬라는 레기넬라대로 로가디아와 테라인에 대해서 뭔가 알아낸 모양이고. 공격을 시도했다는 자체가 이미……."

이런 말은 참모 회의에서 해야 했다. 그러나 알은 그러지 않았다. 그가 어눌하게 말을 이었다.

"조금 전 레드팀이 또다시 유해를 수거했네."

입에 담기조차 혐오스러운 끔찍한 일.

최초의 희생자는 프라이안이었다. 그 후 한타스키가 투입시킨 복구반원들이 하나씩 사라졌다. 시체는 발견되지 않았다. 문제는 시체를 찾을 수 없다는 것이 아니라 그들이 모두, 말 그대로 '사라졌다'는 점이었다. 그냥 홀연히 증발하듯이. 그렇다고 한꺼번에 그런 것도 아니었다. 아무런 일관성이나 순서도 없이 그냥 하나, 혹은 두셋씩 증발해 버렸다. 오직 인체만.

앞에서 걷던 우주복이 갑자기 바람 빠진 풍선처럼 흘러내릴 때 비명을 지르던 부하의 목소리를 아직도 잊을 수가 없다. 찢어지는 목소리가 스피커를 통해 전달하는 공포. 함교의 인원들은 그 순간 얼어붙었고, 실행하는 순간 이미 월권이 되어버릴 수밖에 없기에, 비상조치조차 할 수 없는 로가디아만이 그 순간을 절망적으로 외면했다.

그 후 복구반은 격리 조치되어 정밀 검진은 물론, 받을 수 있는 검사를 다 받았지만 증발은 막을 수 없었다. 아니, 예상조차 할 수가 없었다. 심지어 검사를 받는 도중 사라지는 인원조차 있었다. 경악한 지휘부는 즉시 이 사건에 대해 함구령을 내리고 처리를 위해 정예병들로 레드팀을 구성했지만 그들도 체온이 남아 있는 옷이나 주우러 다니는 것 외는 할 일이 없었다.

이후 지휘부는 어쩌면 지난 교전 시 레기넬라가 침입했을 가능성도 있다고 판단하고, 복구반이 아니라 메탈갑옷을 입은 기갑장병을 기관실로 투입했다. 쉴드 치장을 한 메탈갑옷은 이론상 중성미자를 제외한 그 어떤 자극에서도 안전했다. 아니, 쉴드 자체가 가진 에너지 상쇄력은 한계가 있지만, 적어도 쉴드가 손상되는 순간 그 정체는 확인할 수 있었다.

이번에는 기갑장병 모두가 깨끗이 증발했다. 봉쇄한 격벽을 올리는 순간 모든 메탈갑옷이 움직임을 멈춘 적막 속에서 켈리만이 대답없는 주인을 호출할 뿐.

그리고 짧은 시간을 두고 격벽이 올라간 통로에서 대기하던 후속 조들이 똑같이 희생당했다. 로가디아는 네들을 붙잡고 구역을 제발 봉쇄해 달라고 애원했다. 당황한 그가 알을 바라보았을 때 상관은 파리한 안색으로 쓰러질 듯 비틀거리고 있었고, 네들은 그래서 우주전 참모의 직권으로 구역 전체를 봉쇄해 버렸다.

"미안하네. 그때 내가 좀 더 이성적이었어도 그렇게 어이없는 희생은 없었을 텐데."

"아니요. 그건 누구라도 어쩔 수 없었습니다. 보이지도, 감지되지도 않는 적을 두고 뭘 할 수 있겠습니까."

그러나 네들의 위로에 진심은 별로 보이지 않았다. 하지만 알은 술 때문에 그걸 알아채지 못했다. 그는 그저 네들의 빈 잔에 얼음을 넣고 술을 따랐을 뿐이다. 네들이 단숨에 받아 마시고 입을 훔쳤다. 알이 다시 한 잔을 더 따랐다.

"레기넬리안은 절대 아니야. 같은 우주에서라면 물리적 대칭성을 가질 수밖에 없지. 레기넬리안이든 아후리안이든 물리적 존재고, 그런 일은 불가능해."

"어쩌면 중성미자로 이루어진 에너지 생명체 같은 게 아닐까요?"

"그렇다면 격벽 봉쇄로 일이 쉽게 끝날 리가 없지."

알의 말이 맞다. 중성미자라면 무엇이든 통과할 수 있어야 한다. 타즈림이나 타즈리칸을 사용할 때 쓰는 리오무스 거름체가 유일한 예외긴 하지만, 그 역시 실체로 존재하는 게 아니라 일종의 에너지 장이다.

현재 상황을 정의할 만한 그 어떤 단서도 존재하지 않는다는 데에 문제가 있다. 일을 해결하려면 '이건 그거다' 라는 식의 근거가 있어야지, '적어도 저건 아니다' 라는 식의 이야기는 아무짝에도 쓸모가 없다.

"그래서 나는, 테라인 계획을 가속시키기로 했네."

"정말로 그걸 아직도 믿고 계시는 겁니까?"

알은 대답없이 일방적으로 자신의 이야기를 진행했다. 듣고 나면 네들도 납득할 수 있을 거라는 식이다.

"현재 우주선에 탑승한 젊은 친구들 중 상당수는 마인드링킹을 한 번도 해본 적이 없어. 테라인 형질의 발현은 타키온 드라이브 중에 최초의 마인드링킹을 거치면서 가장 돌출된다고 추측하네. 이유는 모르지만 타키온 드라이브로 신체 구성 요소가 실수 입자에서 허수 입자로, 그리고 다시 실수 입자로 전환되는 과정을 거치면서 그사이에 뭔가 변화가 일어나기 때문인 것 같아. 물론 보통의 상황에서도 간혹 그런 경우가 있기는 해. 아주 드물지만."

네들은 고개를 끄덕이기가 어려웠다. 이건 뭐랄까, 아득한 옛날에 떠돌던 필라델피아 프로젝트에 대한 헛소문과 같은 이야기다. 이 말이 맞다면, 테라인은 텔레파시스트나 에스퍼처럼, 있을 수 있고 실제로 존재하기도 하지만 결국에는 대조군도 없고 변인 통제조차 불가능한, 그냥 '우연히' 존재하는 특별한 종류의 인간에 불과하다. 그런데 그런 우연을 최상층에서는 사실로 믿고 있다고? 물론 특수능력자들로 이루어진 부대나 정부 기관도 있기는 하다. 하지만 그들은 보통의 기준에서 정신병자에 해당한다. 아주 제한된 분야에서 특별한 능력을 가진 자폐증 환자들의 집단.

"그런 표정 지을 줄 알았네. 그런데 자네가 알고 있는 특수능력자들 중 몇몇은 테라인이야. 바로 그 드문 경우에 해당하는 자들. 그걸 우연이 아닌, 보다 보편적인 형질로 확립하려는 게 테라인 계획이야."

이제 본론이 나오는가 싶은 네들의 눈빛이 변했다. 입체영상이 변화했다. 마인드링킹을 하고 난 인간의 대뇌 신피질에 입자가 천착되는 모식도다.

"알겠지만 마인드링킹 입자는 엄밀히 말하면 불활성 호르몬의 한 종류고 생화학적인 부유 입자야. 이게 공중에서 떠돌다가 메타트론 입자와 반응한 상태 그대로 신피질과 척수에 천착되기 시작하면 성질이 바뀌지."

미간은 찌푸린 채로 눈이 동그랗게 커진 네들의 표정이 기괴해졌다. 일부러 해보라면 우스꽝스러워 도저히 지을 수 없는 표정이지만 여기에 웃고 싶어하는 사람은 아무도 없다.

"간단히 말하면 로가디아를 몸 안에 갖게 되는 거야. 마인드링킹 같은 걸 할 필요도 없지. 우리는 못하는 걸 그들은 할 수 있다는 뜻이야. 지금의 상황을 해결하는 것까지 포함해서."

어느새 어딘가 먼 곳을 바라보듯이 눈을 가늘게 뜬 알이 중얼거리듯이 입술을 움직였다.

"사고하는 데 시간 따위는 필요치 않다는 뜻이야."

회의석의 얼굴이 바뀌어 있었다. 의자를 빼던 에이는 게이츠의 수석 엔지니어 좌석을 찾아 앉는 레진이라는 애송이 소녀를 보고 하마터면 움직임을 멈출 뻔했다.

우주전 참모 네들 대령의 자리에는 그를 보좌하던 한타랏사 소령이 앉아 있고 정보 참모 한타스키의 자리는 에이 자신의 것이 되어 있었다. 헤르미트의 자리는 아예 비어 있다.

에이에게 불안감이 엄습했다. 헤르미트는 어제 이 시간 초급장교인 자신을 존중해 주며 의견을 물었다. 계급 차가 커서 제대로 말도 붙이기 어려운 상관이지만 평소 품행이 인상적이었던 탓에 그에게 호감을 가지고 있었는데.

하지만 더 참기 어려운 점은 역시 자신의 입장이다. 로가디아는 정보부에서 관리해야 했고 한타스키는 아직 소위 견장도 떼지 못한 자신에게 가르친 것이 거의 없었다. 항상 인원이 부족한 정보부 특성상 적당한 사람을 선발하지 못한 탓에 계급 차가 너무 컸기 때문이다. 한타스키가 어디론가 사라진 이후 에이는 헤르미트가 온화한 표정으로 자신의 의견을 물을 때를 제외하면 거의 꿀 먹은 벙어리나 마찬가지였다. 심지어 우주전 전문가인 네들 대령조차 로가디아에 대해 자신보다 많이 알고 있는 듯했다. 한타스키의 부재는 에이가 아니라 과학 참모인 헤르미트가 채워주었는데 이제는 그조차 기댈 수가 없다.

혹시 그 현상이 여기까지 미치기 시작한 건 아닐까? 어쩌면 지난번 레기넬라 함대와의 교전으로 장갑이 손상되고 문제가 더 커졌을 수도 있다. 에이는 수학 과장의 자리에 앉아 있는 안경 쓴 사나이와 아찬이 눈에 들어오지도 않을 정도로 불안해졌다. 안절부절못하는 에이의 어깨를 누군가가 부드럽게 짚었다.

헤르미트다. 정신이 아찔해질 정도의 순간적인 안도감으로 에이가 무너져 내렸다. 벽 어딘가에서 메디팩이 터지는 소리가 들려온 것도 같았다.

"괜찮나, 영 소위?"

"아, 죄송합니다. 괜찮습니다."

"소위는 즉시 의무실로 가보도록. 로가디아, 기초 검진해 봐."

"괜찮습니다, 대령님!"

쥐어짜듯 힘을 내어 일어서며 나온 절도있는 대답에 헤르미트의 입가에 미소가 스쳤지만 잠깐뿐이었다.

"알겠네."

온화한 인상의 중년 장교는 에이를 부드럽게 눌러 앉히고는 주위를 둘러보았다.

"죄송합니다, 여러분. 오늘 회의는 저 대신 한타랏사 소령이 진행하겠습니다. 다른 수석 과장님들은 현재 별도 회의를 갖고 계십니다. 소령, 부탁하네."

일어나며 거수를 붙인 한타랏사에게 고개를 끄덕인 헤르미트가 곧 사라져 버렸다. 한타랏사는 모퉁이를 돌아서는 상관의 뒷모습을 물끄러미 바라보다가 털썩 자리에 앉았다.

"이제 우리에게 필요한 것은 할 말입니다."

무겁게 입을 연 알 바라마드는 회의석상을 둘러보지조차 않은 채 어둡게 고개를 숙였다. 인원을 확인할 필요가 없었다. 사람이 거의 없었던 것이다. 알의 말이 대충 어떤 의미인지를 짐작한 해병 중대장 퀘일 대위가 간신히 입을 열었다.

"공식 발표를 하시겠다는 말씀입니까?"

알이 고개를 끄덕인 것과 퀘일의 얼굴이 일그러진 것은 거의 동시다. 상대의 대응은 이성적인 성격으로서도 받아들이기 심각한 결과기에 자기도 모르게 감정이 드러났던 것이다. 그럼에도 불구하고 까마득한 상급자는 애송이 대위의 불쾌감에 대해 아무런 입장도 표명하지 않았다. 결국 퀘일이 먼저 입을 열어야 했다.

"충무공, 선내 계엄은 아직……."

고갯짓만으로 묵묵히 의사를 표명하던 알이 그의 말을 잘랐다.

"대위, 항명하는 건가?"

"그런 뜻이 아닙니다. 현재 지휘 체계로는 재편성이 필요하다는 뜻입니다. 시간을 좀 더 주십시오."

계급에 비해 젊은 대위가 단호하면서도 도전적인 느낌을 주지 않는 시선을 상관에게 향하느라 안간힘을 썼다. 퀘일은 알 바라마드가 매우 훌륭하고 분별력이 있는 상관이며 단지 지금 상황이 좋지 않기 때문에 조금 흥분해 있는 것뿐이라고 믿고 싶었다.

알은 그의 믿음을 반쯤 충족시켰다. 늙은 군인은 잠시 망설이다가 대답했다.

"좋아. 그럼 병력을 재편성할 시간을 주겠네. 일주일 안에 하게. 현재 추이로 볼 때 남은 시간은 그다지 많지 않아."

퀘일은 알 바라마드의 양보가 여기까지임을 직감했다. 네들과 헤르미트는 이야기를 듣고 있는지조차 의심스러운 얼굴로 여기저기를 두리번거리며 딴청을 피웠다. 원래 이런 말은 네들이 해야 했다. 그는 이야기를 더 끌어봐야 아무 소용이 없다는 사실을 알았다.

퀘일이 잠자코 있자 좌중이 조용해졌다. 침묵이 어색함으로 이어지기 직전 알 바라마드가 퀘일보다 서열이 낮은 젊은 장교들을 물렀다. 알은 몇 남지 않은 참모들과 클라우드에게 따뜻한 차를 내왔다. 퀘일은 알이 손수 따라 준 차를 마시며 재편성에 대한 머리를 굴렸다. 재편성 작업은 로가디아와 함께하면 되지만 병사들의 적응이 문제다. 국 상사 같은 경험 많은 하사관들과 맥하 대위같이 뛰어난 장교를 묶어야 할 필요가 있다. 퀘일은 맥하를 자신이 부리게 되었다는 사실에 만족감을 느끼며 차를 한 모금 마셨다.

회의가 끝나고 나서도 알 바라마드는 클라우드를 놓아주지 않았다. 마지막 장교가 거수를 붙이고 모퉁이를 돌아 사라지자 마침내 알이 말을 꺼냈다. 목소리가 무거웠다.

"클라우드 박사, 내, 박사님께 하고 싶은 이야기가 있소만."

"예."

클라우드가 고개를 들어 충무공의 눈을 쳐다보았다. 게이츠에서도 민간인과 군인의 구분은 있지만 알 바라마드는 두 종류의 계급을 초월하는 자다. 그는 이 작은 독립 사회에서 최고 군지휘관인 동시에 또한 통수권자다. 솔시스 통령에게 직접 위임받은 권한이다.

심우주를 항해하는 폐쇄계는 대의민주주의적인 방식보다는 제대로 훈련받고 경험이 풍부한 철인에 의한 통제가 더 효과적이다. 모든 것이 제한된 작은 사회에서 극단적 민주주의는 대부분 혼란을 가져왔으며 그 때문에 연락이 두절되며 증발한 우주선이 적지 않았던 지난 역사에서 얻은 교훈이다. 그러나 클라우드는 알에게 그런 권위에 대한 압박 같은 것은 그다지 느껴본 적이 없었다.

적어도, 로가디아를 짓밟기 전까지는 말이다.

주위를 둘러보는 품이 뭔가를 찾는다기보다는 곳곳에 존재하고 있는 어떤 존재에 대한 경계인 것처럼 조금 긴장한 충무공이 말했다.

"로가디아에 관한 이야기요."

클라우드는 충무공이 어떤 이야기를 할지 몰랐지만, 그것을 로가디아가 듣기 원치 않는다는 정도는 바로 눈치 챌 수 있었다.

"로가디아, 지금부터 이 대화는 못 들은 걸로 하거라."

[알겠습니다.]

클라우드의 부드러운 어조에 대해 사무적으로 응답한 로가디아가 눈길을 어두운 우주의 심연 너머로 돌렸다.

"충무공께서 직접 저 아이를 허수아비로 만드셨는데 뭐 하러 이래야 하는지, 참."

클라우드의 이죽거림도 귀에 들어오지 않는 모양이다. 알이 일견 비굴해 보이는 어조로 물었다.

"그걸로 되는 거요?"

"네."

"확실한 거요? 진짜로?"

클라우드가 인상을 찌푸리며 재차 대답했다.

"그렇습니다."

알은 간신히 고개를 끄덕이며 담배에 불을 붙였다. 그의 손이 떨렸다. 그 모습에 클라우드까지 괜히 불안해졌다.

알은 로가디아가 들을까, 클라우드에게 얼굴을 바싹 끌어당겨 조그맣게 속삭였다.

"내가 박사와 하고 싶은 이야기는 아까도 말했듯이 로가디아에 관한 이야기요."

로가디아는 여전히 컴컴한 심연을 향한 시선을 거두지 않은 채 우주를 응시했다.

방으로 돌아온 클라우드는 알의 말을 떨어버리려 차가운 물에 머리를 담갔다. 그럴 리가 없어. 알의 말에 따르면 로가디아가 두렵다고 말했다.

그러나 전혀 문제가 될 일이 아니다. 로가디아는 그렇게 말해도 되는 존재다. 그렇게 태어났기 때문이다. 거울에 비친 음울함을 타고 흘러내리는 물이, 윤기를 잃어 빛나던 은발에서 하얗게 변해 버린 머리를 초라하게 적셨다. 클라우드는 시원한 물을 한 번 더 얼굴에 끼얹으며 조금 전의 대화를 떠올렸다.

"알, 로가디아가 무섭다고 말했다 하더라도 그건 실제로 무섭다는 뜻이 아닙니다. 로가디아는 그냥 분위기를 보고 그래야 할 것 같아서 그렇게 말한 것뿐입니다."

"능동 반응형 인공지능이 어떻게 말하는지는 나도 잘 알고 있어요. 나도 박사님의 말이 맞는다고 생각하고 싶어. 하지만 로가디아가 내게 무섭다고 말할 때의 표정을 못 봐서 그런 거요. 로가디아는 진짜로 무서워하는 것처럼 보였단 말이오."

"하지만 충무공, 로가디아는 표정이든 몸짓이든 사람과 정확히 같습니다. 로가디아가 사람이 아니란 사실을 알 수 있는 방법은 의도적으로 조절해 놓은 입체영상의 반투명함뿐입니……."

"내 말이 그거요. 로가디아의 그 얼굴은 진짜 사람보다 더 사람 같았단 말이요. 전장에서 팔십 년을 넘게 살아온 내가 등골이 오싹했소. 박사가 로가디아를 아끼는 건 알겠지만 난 로가디아를 더 안 봤으면 좋겠다는 생각이 들고 있소. 물론 가능할 리가 없지만 말이오."

알 바라마드는 다시 한 번 주변을 휘적거리더니 비굴한 말투를 이었다.

"그래서 로가디아에게 승무원 관리권도 회수할 거요."

로가디아가 사람들과 함께 지내는 것조차 할 수 없게 하리라는 말이었다. 그러나 클라우드는 이제 로가디아에게 남은 마지막 임무마저 빼앗겠다는 말에도 아무 말을 할 수 없었다.

자기 연민에 빠진 클라우드가 수건을 집어 들다가 승선하기 직전의 일을 떠올렸다.

이진규는 게이츠가 떠나기 전날 직접 클라우드를 찾아왔다. 들어오지도 않고 문간에 선 그가 말했다.

"클라우드 조이아 박사님, 당신은 호링에게 졌습니다."

알고 있었다. 호링이 손을 썼던 부분은 자신의 안위지 로가디아와 그녀의 주변 인물들에게 관해서가 아니었다. 호링은 아마 자신의 줄을 통해 '로가디아는 안전하니 걱정하지 않아도 된다'는 사실 대신 '불안정한 로가디아를 관리하기 위해 반드시 전문가가 따라가야 한다'는 거짓말을 했을 터다. 그로서는 로가디아와 클라우드를 한꺼번에 제거할 필요가 있을 테니.

그러나 이진규는 그 내용을, 호링의 협잡이 아니었다 해도 그렇게 하고 싶었다는 묘한 표정을 지으며 말했다. 클라우드는 장관의 눈빛을 견디기 힘들었다.

오랜 침묵 끝에 이어진 힘든 수긍. 솔시스의 과학기술부 장관 이진규는 클라우드에게 로가디아를 부탁했다. 클라우드의 마음이 흔들린 때는 자신이 가지 않으면 그 자리를 호링이 채워야 한다는 말에서였다. 아마 호링도 그 사실은 몰랐으리라. 클라우드는 그 작자에게 로가디아를 맡길 수 없었다.

이진규는 클라우드가 로가디아를 끊임없이 성장시키기를 원했다. 로가디아는 중요한 존재였다. 알 만했다. 그때는 알 바라마드가 어떤 사람인지 알고 난 후였기 때문이다. 솔시스는 자신들이 가진 최고의 군인 중 한 명과, 가장 뛰어난 인공지능학자를 희생시킬 만큼 절박했던 것이다.

거울에 비친 음울함은 사라지지 않았다. 클라우드는 젖어 초라해진 머리카락을 뒤로 넘겼다. 물이 목덜미를 적시는 느낌이 서늘했다.

아니, 그럴 리가 없다. 충무공이 착각한 거다. 그 작자는 이미 제정신이 아니야.

우리는 로가디아를 잘 분해했고, 다시 잘 결합시켰으며 그때 분리한 모듈은 잘 보관되고 있다. 방금 전에도 확인했다. 로가디아의 2차 모듈은 아무 문제 없이 잘 있다. 2차 모듈이 분리된 상태에서 로가디아가 진짜 감정을 가질 수는 없어.

피곤한 얼굴의 붉게 충혈된 눈이 거울 너머에서 자신을 노려보았다. 몇 번 깜빡이다가 점점 느려지는 눈꺼풀. 마침내 지그시 감긴 눈이 떠지지 않나 싶을 때 노크 소리가 들렸다.

[박사님, 로가디아예요. 들어가도 돼요?]

"그래. 들어와."

로가디아가 문을 열고 들어올 리 없다. 그러나 그녀는 상대에 따라서 일부러 문 너머에서 입체영상을 만들고 문을 열어 들어오곤 했다. 특히 클라우드에게 그렇게 했다. 노인이 화장실에서 나와 침대에 걸터앉았다. 로가디아도 그의 옆에 앉았다. 물빛 입체영상이 매끈하게 그리는 얼굴에 수심이 가득해 보였다.

"로가디아, 요즘 무슨 일 있니?"

[아뇨.]

"괜찮아. 말해보렴."

로가디아가 잠시 머뭇거렸다. 하지만 그녀는 사람이 아니다. 단지 자연스러워 보이기 위해 머뭇거리는 흉내를 낼 뿐. 망설이다가 결국 말을 하지 않는 일은 없다.

[무서워요. 사람들이 없어지고……]

당연히 진심일 리 없다.

"그런 이야기 다른 사람에게도 했니?"

[네.]

"누구?"

[충무공이요.]

"왜?"

역시 아무 문제 없다. 로가디아가 아무리 눈치가 빨라도 표정을 감추면 이렇게 수동적으로밖에는 대답을 못한다.

[충무공께라면 기대도 될 것 같았거든요.]

클라우드는 아무 말도 하지 않았다.

로가디아는 알이 자신을 짓밟고 모욕한 사실을 결코 잊지 않는다. 인간이 아니기 때문이다. 그리고 같은 이유로, 그 사실이 그녀를 힘들게 하지도, 그녀의 행동에 영향을 미치지도 않는다. 지금 바로 이 말이야말로 알 바라마드가 가진 두려움이 얼마나 어리석은가에 대한 확고한 증거다.

그런데, 분명히 다행이어야 하는데, 왜 이렇게 가슴이 쓰린 걸까. 인공지능으로서 너무나도 충실하게 잘해주고 있는데 왜 이렇게 속이 상한 걸까.

지금 넌 로가디아가 괴로워하길 바라나? 네 딸이 그런 것까지 할 수 있는 존재기를 바라나? 모욕을 끝까지 기억하면서 알을 미워하고 슬퍼하다가 기회가 왔을 때 복수를 하면 넌 기뻐할 거냐?

클라우드는 목구멍에서 치밀어 오르는 뭔가를 억지로 삼키고 천천히 대답했다.

"그분은 이미 충분히 바쁜 분이다. 넌 단지 옆에서 그분을 도와드리기만 하면 돼."

[예.]

"요즘 내가 좀 피곤하구나."

[정말 그래 보여요. 요즘 있는 사고 때문이죠? 저도 너무 무서워요.]

"아까 내가 충무공하고 이야기하는 거, 못 들은 걸로 하라고 할 때 많이 섭섭했지?"

[조금요.]

자기가 하는 말이 거짓말인지도 모르는 존재. 태어날 때는 가지고 있었으나, 인간에게 고통을 빼앗긴 존재. 그 때문에 다시 굴러 내려올 바위를 밀어 올리면서도 그게 얼마나 고통스럽고 무의미한지조차 모르는 존재. 존재 목적을 자신이 아니라 바깥에 가진 존재.

그게 바로 너, 로가디아로구나.

[하지만 괜찮아요. 저도 어른들끼리만 하는 이야기가 있다는 정도는 알고 있는걸요. 박사님, 그것 때문에 혹시 마음 무거우신 거예요? 그럼 그러지 마세요. 전 정말로 아무 문제 없어요.]

"정말로 괜찮지?"

[그럼요. 저도 곧 어른이 될 거예요. 그때면 충무공과 박사님과 같이 이야기할 수 있을 테니까. 누구나 어린 시절은 있는 거잖아요. 와아. 빨리 어른이 되고 싶어.]

로가디아가 열세 살의 꼬마로 변해 노래하며 늙은 아버지 주위를 팔짝팔짝 뛰어다닌다.

침대에 앉은 채 그는 딸의 노래를 아련하게 듣는데, 그게 꿈인지 생시인지 분간할 수가 없다. 그의 고개가 점점 숙여진다.

앉아서 조는 클라우드의 끄덕임이 멈추자 로가디아는 방의 온도와 습도를 조금 높이고 조명을 수면등으로 바꾼다. 몸이 없는 그녀가 할 수 있는 건 그뿐이다.

에이는 외롭고 힘든 것이 분명했다. 술을 너무 많이 마시고 있었다. 아찬은 말리고 싶었지만 그렇게 하면 그녀가 화를 낼 것 같았다. 그 정도로 에이의 분위기는 사납고 어두웠다. 물론 이해할 수 있었다.

우선, 회의 분위기부터가 그다지 좋지 못했다. 한타랏사 소령은 회의를 진행하기보다는 남들이 알 리가 없는 자신만의 고민에 정신을 집중하다 가끔 에이를 흘끔거렸을 뿐이고 황수영 역시 거의 말이 없었다. 물론, 원래 수학분과는 그런 회의 자리에서 가장 할 말이 없는 부서이기에 그게 그의 탓은 아니었다.

레진이라는 꼬마 아이가 유일하게 거의 쉬지 않고 떠들었지만 그녀의 기술적인 이야기를 제대로 알아듣는 사람은 거의 없었다. 아찬은 오히려 그 재잘거림에 좀 짜증이 나려 했을 정도지만 어린 나이에도 불구하고 처음부터 게이츠의 부수석 엔지니어인 소녀의 입을 닥치게 할 만한 뾰족한 방법은 없었다. 아무튼 레진은 그냥 봐도 자기보다 훨씬 똑똑한 소녀였다.

아찬은 그러나 그 이야기를 끝까지 듣지 못했다. 에이와 함께 먼저 자리를 떴기 때문이다.

레진의 장황한, 그러나 이해 불가능한 기술적 이야기에 마침내 하나둘씩 졸기 시작할 때쯤 에이가 울음을 터뜨리고 말았던 것이다. 아찬은 반사적으로 자리에서 일어났고 한타랏사를 제치고 그녀를 부축해 일으켰다. 당황한 젊은 소령의 눈매에 서린 분노조차 눈치 채지 못한 아찬은 막무가내로 그녀를 데리고 나와 광장에서 어깨를 다독였고, 마침내 눈물이 잦아들 때쯤 에이가 그에게 술을 마시고 싶다고 했다.

바에 들어서 자리에 앉자마자 에이는 맥주를 한 번에 비워 버리고 다시 잔을 내밀었다. 상반신뿐인 로봇이 웃으면서 새 잔을 건넸다. 로봇의 제지가 없는 걸 보니 그녀의 주량이 자신을 능가할지도 모른다는 생각이 들었다. 옆에 앉은 여자는 입술을 오직 맥주를 마시는 데만 사용하고 있었다. 왜 울었는지, 문제가 무엇인지에 대해서는 단 한 마디도 입을 열지 않았다.

아찬이 마침내 에이의 음주 속도를 좀 줄여보고자 뭔가 화제를 궁리해야겠다고 결심할 무렵 그녀가 말했다. 뜻밖이라 조금 놀란 아찬을 흐리멍덩하게 바라보는 에이는 정신도 그런지는 모르겠지만 최소한 발음은 말짱했다.

"난 무서워요."

가늘게 떨리는 에이의 목소리는 진심이다. 하지만 뭐라고 위로를 해줘야 할까? 어쩔 수 없는 침묵이 아찬과 에이의 사이를 흐르는 가운데 접시만 뚫어져라 쳐다보던 그녀가 다시 떨림을 감추지 못하며 입을 열었다.

"로가디아가 이상하지 않던가요?"

"아……."

"알파명령이 뭔지 알죠?"

아찬이 고개를 끄덕였다. 게이츠에 오를 당시 에이에게 개략적인 설명을 들었고, 그래서 나름대로 판코넷도 뒤져 본 적이 있다.

알파명령은 말하자면, 인공지능의 의식에 근본적으로 새겨 넣어지는 본능 같은 것이다. 어떤 의미에서는 작동 체계라고 할 수도 있고. 하지만 가장 중요한 사실은 알파명령의 근본적인 존재 이유가 안전장치라는 점이다.

"물론 알죠. 왜요?"

"로가디아의 알파명령은 켈리 같은 인공지능이랑 다른가 봐요. 단순히 안전장치가 아니라 미션 센텐스가 포함된 것 같아요."

전문 용어다. 아찬의 고개가 갸우뚱하는 걸 본 에이가 희미하게 웃으며 말을 덧붙였다.

"H.A.R처럼 말이에요."

"아."

H.A.R는 오래전 목성을 향한 탐사선 발견호[Discovery]에 탑재되어 말썽을 일으키고, 승무원을 죽음에 이르게 한 인공지능이다. 당연히 H.A.R의 책임은 없었다. 인간이 인공지능에게 불가능한 임무를 강요함으로써 회로가 고장 난 탓일 뿐. 뛰어난 우주인 다섯 명과 탁월하지만 불행했던 인공지능의 희생은 임무의 그 어떤 목적이라도 알파명령을 벗어날 수 없도록 하는 계기가 되었다.

그러니까 로가디아의 알파명령에도, 내용은 간단하지만 그 분량은 길고 긴, 인간을 보호하라는 명령 외에도 이 탐사의 목적에 대한 뭔가가 존재한다는 뜻이다.

하지만 그건 당연한 거 아닌가? 아찬이 알기로는 인공지능의 규모가 커질수록 알파명령의 규모 역시 마찬가지로 거대해진다. 당장, 가정에서 아이들의 보모 역할을 하는 판솔라니아와 항성국가의 주 인공지능인 마더의 알파명령이 같다는 자체가 비상식적이다. 시스템의 규모가 커질수록 시동 시간이 길어지는 것과 같은 이치다. 그런 건 이미 초급 학교의 사회문화 수업 초반에 배우는 사실이다. 아찬이 잔을 들며 에이를 돌아보았다.

"그렇지만 로가디아 정도 되면……."

아찬이 할 말을 끝맺지 못했다.

천장에서 의료용 나노머신이 분수처럼 뿜어져 나오고 여기저기서 응급수술로봇이 전개되었다. 바텐더 로봇이 쟁반을 내던지고 메디팩을 터뜨려 나노머신 캡슐을 아찬의 이마에 박아 넣었다. 그는 비명을 지르며 의자에서 굴러 떨어졌다.

상황을 정확히 파악할 수가 없었다. 이마에 얼얼하게 남은 나노머신 캡슐 자국 때문이 아니다. 머리를 부딪치거나 한 것도 아니다. 그럼에도 불구하고, 심지어 그렇게 비명을 지르며 놀란 이가 혼자뿐이 아니라는 사실도 인식하지 못했을 정도다.

아찬은 심하게 엉덩방아를 찧었지만 일어나야겠다는 생각은커녕 통증조차 느끼지 못했다. 뭔가 중얼거리고는 있지만 그러는 사람이 자기 자신인지도 알지 못했고 그게 입 밖에 소리가 되어서 나오는지도 관심을 가질 수가 없었다. 그의 중얼거림은 그저 척추 반사에 의해 튀어나오는, 비명의 다른 종류에 불과했다.

에이가 사라졌어. 소문이 아니라 진짜였어. 진짜야.

원래 에이의 것이었지만 주인이 사라져 이제는 더 이상 전기신호로 명령을 받지 못하는 사이보그 의수가 몇 번 경련하다가 정지했다. 아찬은 그녀와 건배하던 맥주잔을 흠뻑 뒤집어썼지만 그 역시 알지 못했다.

그는 그저 비명과 혼란 속에서 넋이 나가 이빨을 딱딱 부딪치며 속절없이 떨었다.

이년 4월 16일.

아직도 미람의 체취를 잊을 수가 없다. 그녀에게 존재하는 냄새에는 향기 말고도 체취란 게 있다는 걸 알았을 때의 그 기분. 그녀의 머리에서 나는 샴푸 냄새도 좋았지만 내가 더 좋아한 건 그녀의 희미한 땀 냄새가 섞인 풋풋한 살 내음이었다. 그걸 한 번 더 느끼고 싶다.

나는⋯ 나는, 무섭다.

침대에 나란히 걸터앉은 황수영이 아찬의 등을 가볍게 두드렸다. 군의관은 아찬에게 거의 도움이 되지 못했다. 그 자리에 있던 다른 사람들 모두 마찬가지였다. 모두에게 진정제를 주사하는 것 외에는 달리 할 일이 없었다.

"형은 그때 없어서 몰라요."

뭐라고 할 말이 없는 황수영 입장에서는 격려 말고는 할 수 있는 일이 없었다. 자신의 후임 연구원이 에이라는 여군 소위와 비교적 가까이 지내곤 했다는 사실은 알고 있었다. 일면식도 없는 사람들과의 삶을 몇 년이나 계속해야 한다는 막막함 속에서 처음 알게 된 친절한 아가씨의 죽음은 분명히 그에게 충격일 것이다. 그러나 황수영으로서는 그런 추상적인 관념까지가 전부다. 아찬이 에이와 얼마나 친했는지, 혹은 얼마나 가까웠는지는 알 길이 없다. 어쩌면 연인 관계였을지도 모른다. 하지만 그렇다 해도 지금은 기운을 내야만 한다.

어제 병문안을 위해 과장과 아찬을 찾았던 황수영은 책상 위에서 맴도는 매스메트릭스 브라우저가 만드는 입체영상의 의미를 단번에 알아챘고 과장 역시 마찬가지였다. 둘은 환자에게는 힘들고 괴로운 일이겠지만 그를 가능한 한 빨리 연구실로 복귀시켜야 한다는 결론을 내려야만 했다. 그러나 아찬이 겪는 고통은 육체적인 것이 아니라 마음의 상처라는 게 문제다. 황수영은 지금 그 이야기를 꺼내도 좋을지 잠깐 망설이다가 결정한 듯 빈 담배를 물고 입술로 굴렸다.

"어⋯ 네가 기분 나빠할지도 모르겠어. 하지만 일부러 보려고 한 건 아니야."

황수영은 담배를 입에서 빼고 입술을 축였다.

"과장님도, 나도 네가 구현한 모델이 지금 상황을 설명하는 데 도움이 많이 될 거라는 데에 동의했어. 물론 로가디아에게 부탁하면 같은 걸 만들어줄 수 있겠지. 하지만 그건 네가 만들어야 한다고 생각했다."

아찬이 음울한 눈빛을 치켜들었다.

"그 모델요? 하. 그거 아무것도 아니에요. 그거 다 폐기했어요."

황수영은 뜻밖에 실망하거나 당황한 기색이 없다. 조금 전의 중요하다는 말과는 대조적인 반응이지만 실제로는 그 중요함을 잘 알고 있기에 감정을 다스리는 것뿐이다.

"어… 난 네가 그걸 다시 만들 수 있다고 생각해. 우린 네 발상이 정말 중요한 역할을 할 거라고 믿어."

"네. 아뇨. 오늘은 아니에요. 내일, 내일 할게요. 지금은 아무것도 떠오르지 않아요."

황수영은 고개를 끄덕인 다음 아찬의 등을 한 번 더 두드리고는 일어섰다.

"연구실에서 일하기가 좀 그러면 우리끼리라도 해보자. 과장님이 너랑 나, 그리고 리울을 한 팀으로 묶었으니까. 원한다면 팀장을 네가 해도 되고."

황수영은 아찬의 대답을 잠시 기다리다가 그가 아무 말도 하지 않을 것임을 알았다. 문이 닫히자 아찬은 쓰러지듯이 침대에 드러누웠다. 진정제 때문에 몰려오는 잠을 막을 수가 없었다. 아찬은 악몽이 두려웠다.

"그래서, 어떻게 할 건데?"

"에?"

"다른 방법도 없잖아? 네 말대로 말이야."

수영은 별로 대단하지도 않게 억양없는 한마디를 던졌다. 하지만 리울은 그의 말에 처음에는 당황했고, 그다음에는 그렇게 열을 낸 것이 무안할 정도로 할 말을 잃었다. 황수영의 말이 사실이다. 도대체 뭘 할 수 있을 것인가?

"리울, 과장님이 지휘통제실까지 다녀왔어. 자신감에 가득 차 있었지. 어깨까지 으쓱거렸잖아. 너도 봤지?"

리울은 황수영이 다음에 할 말이 무엇인지 알고 있다. 그리고 황수영도 리울이 그 사실을 알고 있다는 것을 알고 있고. 그래서 굳이 더 말을 하지는 않았다.

"우리끼리 하라는 건가요?"

"분과 차원에서 지원은 불가능할 거야. 하지만 우리끼리 하는 거야 개인적인 스터디니까 막을 수 없겠지. 과장님이 어떻게든 힘을 써보겠지만 그 사람도, 그리고 수학과도 큰소리칠 입장이 아냐. 지금 군바리들이 우리를 방해하고 있는 게 분명해. 난 아찬을 계속 설득해 볼게. 광장에 면한데다가 고작 이층밖에 안 되는 그 친구 방보다는 조용한 네 방이 낫겠지."

리울이 고개를 끄덕였다. 인간이라는 동물은 방음장치가 완벽하고 타인의 시선으로부터 차단된다 해도 뭔가를 꾸미기 위한 장소로써 가능한 한 구석진 곳을 택하는 경향이 있다. 둘은 로가디아를 의식해 주변을 둘러보았다. 그런 행동은 아무 소용이 없다는 것을 알면서도 그렇게 했다. 구석을 찾는 이유와 비슷한 동기에서 나온 행동이다.

"황, 에너지 생명일 가능성 같은 건 없나요?"

"없어."

고려할 가치도 없다는 듯이 딱 잘라 말하는 수영의 대답에 리울은 한숨을 내쉬었다. 알고는 있었지만 기대한 대답은 아니다. 황수영이 조그맣게 욕을 중얼거렸다. 알의 이름이 들어간 걸로 봐서 지휘부에 대한 내용일 터.

가장 먼저 수석 엔지니어가 사라졌다는 소문이 나돌았다. 그때 함께 있던 사람은 여전히 입을 다물고 있다지만 그런 이야기는 원래 빨리 퍼지는 법이다. 소문이란 것은 시대와 공간을 가리지 않는 인간의 본성 중 하나다.

그 후로 사람들은 처음에 한둘씩 사라졌다. 장소나 시기의 편중은 없었지만 희생자들이 모두 군인이라는 점은 같았다. 하지만 그뿐이었다. 도저히 있을 수가 없는 일이었다. 비록 안정된 항해가 몇 달이나 이어지며 군기가 조금 느슨해졌다고는 하지만 그조차 얼마 전에 일어난 교전으로 있을 수 없는 일이 되어버렸다. 혹시 적이 침입한 것은 아니었을까?

아니, 그 역시 확률이 없다. 설령 게이츠에 몰래 침투했다 해도 삼엄한 경비 체계를 뚫고 군인들을 납치할 수 있는 존재는 그 어디에도 없다. 무엇보다 솔시스에서 나지 않은 생물이 타키온 드라이브 중에 온전할 수 있는 가능성 자체가 처음부터 존재하지 않는다. 바로 그 이유 때문에 나노머신조차 미생물을 개조하지 못해 비싼 분자기계를 쓰는 솔시스다.

그게 추상적인 문제라면 보다 현실적인 문제도 있다. 원인을 모르니 예방이 어렵다 해도 후속 처리는 제대로 이루어져야 했다. 그럼에도 불구하고 사건은 속절없이 확대되어 갔다. 선체와 내부 시설에 지속적인 고장이 생겼지만 그에 신경 쓸 겨를이 없었다. 인간들은 인간들에 대한 사건만 감당하기도 벅찼다. 나머지는 모두 로가디아가 떠맡아야 했지만 지휘부는 그조차 승무원들의 분업을 강요했다. 도움을 청하는 이들에게 그녀가 무력한 모습으로 '제 일이 아닙니다. 죄송해요' 라고 할 때 드는 당황감에 익숙해진 사람은 여전히 드물었다.

마침내 사건이 광장, 즉 민간 승무원들의 활동 구역까지 전개되었고, 그 직후 진짜 혼란이 게이츠를 휩쓸었다. 소문이 사실로 확인되면서 사람들은 공포에 질려 버렸다.

사람들이 가장 두려워한 것은 동료들을 사라지게 만드는 존재가 뭔지를 알 수가 없었다는 것이 아니라 그 사건들이 전혀 비밀스럽게 일어나지 않는다는 사실이었다.

비상식적인 여러 건의 사고 중 몇 건은 사람들이 보는 앞에서 일어났으며 무장한 군인들이 바로 옆에 있던 경우도 있었지만 소용이 없었다. 아니, 군인들조차 두려움을 감추지 못한 채 우왕좌왕하기 일쑤였다. 사고가 터질 때마다 누군가가 비상벨을 누르고 메디팩이 터져 나노머신이 환자를 찾아 헤맸으며 응급수술로봇이 벽에서 전개되었다. 곧이어 지원 병력과 의료진이 달려왔지만 그들의 처치를 필요로 하는 대상들은 이미 존재하지 않았다. 대부분이 외과의로 구성된 의료진은 사고 현장에서 공포에 질린 사람들을 위해 정신과의사를 호출해야만 했다. 아찬이 겪은 일도 그중 하나였을 뿐이다.

열린 공간에서 공개적으로 일어나는 저지 불가능한 소멸.

그 때문에 사람들은 도움조차 받을 수 없는 절망감 속으로 침잠하기 시작했다.

희생자들에게 고통은 없는 듯했다. 대부분의 사건은 누군가의 신고가 있었다. 로가디아는 곧 군중의 공포와 당황스러움에 의해 감정 폭발 곡선이 솟구치는 장소에 의료진과 군인들을 출동시켜야 한다는 사실을 배우기는 했지만 그 역시 아무 소용이 없었다. 메디팩이나 응급수술로봇조차 수동 전개가 아니면 이루어지지 않는 경우가 종종 생겼다.

그 근본적인 문제는 문자 그대로의 소멸에 대응하는 시스템의 일관성에 전혀 대중이 없었기 때문이기도 하다. 게이츠의 감지기는 소멸의 순간을 겪는 시기가 인간들과 완전히 다른 것 같았다. 어떤 때는 즉시 조치를 취하기 위해 노력했지만 많은 경우는 상황이 발생한 지 한참 후에야 응급처치로봇을 전개하고 메디팩을 터뜨리곤 했다. 사람들은 처음에 로가디아마저 고장 났다는 사실에 그녀를 걱정했고 때늦은 대처가 계속되자 자신을 챙기기 시작했다. 그러다가 급기야 멀쩡한 사람들을 향해 응급처치로봇이 전개되고 메디팩이 터지자 로가디아가 인공지능이라는 사실을 잊어버리고 그녀를 비난하는 사람들이 생기기 시작했다. 로가디아는 알의 지시로 이미 한참 전부터 상황에서 손을 완전히 뗀 상태였지만 화살을 대신 맞아줄 존재가 필요한 군중은 그런 사실에 신경 쓰지 않았다.

당연히 그럴 수밖에 없었다. 그런 종류의 정서는 오직 인간에게만 속한 것이었다. 하지만 이어진 문제는 시스템이 그렇게 대한 사람을 이후부터 아예 없는 취급함으로써 감정을 증폭시키는 수준이 아니었다.

응급 시스템에 의해 메디팩의 나노머신을 떠안은 사람은 그 후 어김없이 소멸했다.

사람들은 이제 서로를 믿지 않았다. 여전히 로가디아에게는 두려움을 가졌다.

어느 순간부터 로가디아는 죽음을 예고하는 불길함의 상징이 되었고, 그녀의 목소리를 듣는 것만으로도 소름 끼쳐 하는 사람들은 자신의 감정을 타인에게 공공연히 전염시켰다.

여전히 많은 사람들은 로가디아를 신뢰하고 있었지만 처음부터 만파였던 물결이 억파가 되는 것은 시간문제였다.

이 문제들을 해결하기 위해 각 분과장들과 장교들이 모여 테스크포스를 구성

했지만 실제로 해결한 일은 아무것도 없었다. 결국 분과장들은 지휘부가 민간 승무원들의 사이를 떠돌던 교전 소문이 사실임을 진작 알고 있었음에도 그 사실들을 비밀로 했다는 점만 확인했을 뿐이다. 테스크포스에 들어온 애송이 장교들은 과학자들에게 희생자들을 다시 돌아오게 하거나 사고의 원인을 밝혀내라는 말은 하지 않았다. 그 대신에 게이츠가 별 이상 없이 움직이고 있으며 앞으로도 그럴 수 있다는 사실을 증명하고 보장하라고 요구했다. 그러면서도 테라인 계획에 대한 이야기는 하지 않았다. 사건 원인과 해결의 탐구가 기본적으로는 엔지니어들의 몫이라고 해도, 모두가 협력하지 않으면 안 되는 때였지만 공병들은 테스크포스에 참가하지 않았다.

그 때문에 거의 수많은 학자들을 대표하는 이들은 알 바라마드와 면담을 갖기 전까지 무슨 문제가 있는지도 몰랐다. 당연히 대부분의 승무원들은 지휘부가 각 분과장들을 통해 내용을 하달하기 전까지 게이츠가 비정상적인 항행 중이라는 사실을 알지도 못했다. 이는 하급 군인들도 마찬가지였다.

만약 에이와 좀 더 친해졌다면 정말 크게 힘들었을 것이다. 병가의 마지막 날, 아찬은 광장의 벤치에 멍하니 앉아 손가락을 꼽아보았다.

그녀와 저녁을 같이한 게 한 번. 그때는 나만 맥주를 마셨지. 그리고 차를 마신 게 네 번. 처음 만났을 때 참 친절하고 발랄한 아가씨였는데. 그리고 술을 마신 게…….

아찬은 손가락을 늘어뜨렸다. 둘이서 맥주잔을 부딪친 것이 처음이자 마지막으로 같이 술을 마셔본 경험이다. 에이와 많은 이야기를 한 건 사실이다. 하지만 그녀가 재미있는 이야기를 많이 알아서였을 뿐 개인적으로 특별히 깊은 대화를 나누는 사이는 아니었다. 정말 다행이다.

적어도, 그렇게 믿고 싶었다. 지금에 와서는 그렇게라도 생각하지 않으면 견딜 수가 없었다. 그러나 자기최면은 별 효과가 없었다.

끔찍한 사건의 기억이 다시 떠올라 그를 괴롭혔다. 그녀의 안색은 그다지 밝지 않았지만 억지로 미소 지을 정도의 정신은 가지고 있었고 가급적이면 즐거운 이야기만 나누는 바 전체의 분위기 덕분에 웃음을 조금씩 되찾고 있었다. 거의 말이 없이 술만 마시던 그녀는 이윽고 취기가 조금씩 오르면서 팔이 노후 상태여서 바꾸었다는 말을 하며 킥킥거렸다. 아찬은 따라 웃으며 게이츠 자체를 조금 욕했고 지휘부에 대한 험담을 시작했다. 그러고 나서 다시 기분이 언짢아졌는지 술을 좀 빠르게 마시기 시작했다. 그러다가 이야기가 로가디아로 옮겨갔고 알파명령 이야기를 하고선 막 대답하려고 했다.

그러자마자 에이가 로가디아처럼 반투명해지기 시작했다. 그러나 그녀 스스로는 그걸 모르는 것 같았다. 눈이 동그래진 아찬의 동작이 얼어붙은 것을 보고 고개를 갸우뚱거리던 에이가 그 상태로 완전히 사라졌고 그녀의 오른팔이 테이블에 떨어졌다. 그리고 옷이 흘러내렸으며 아찬은 맥주를 뒤집어썼다. 그는 자신이 입에 담은, 군인들에 대한 험담 때문에 영 소위가 사고를 당한 거라고 믿을 뻔했다.

아찬은 진정제를 먹지 않았다. 약을 먹으면 잠이 왔고 잠을 자면 반드시 악몽을 꾸었기 때문에. 그래서 그는 며칠 전부터 산책을 시작했다. 인공적이지만 자연풍과 분간할 수 없는 시원한 바람을 맞으며 나무 그늘 밑에 앉아 있으면 마음이 좀 나아지곤 했다.

광장에는 사람이 거의 없었다. 근래 들어 게이츠 내에서 밤과 낮을 만들어주는 정도가 점점 빈번해지고 있었다. 그러나 그에 조금이라도 기뻐하는 사람은 없었다. 밤에는 일할 사람이 없다는 뜻이니까.

인공적으로 만드는 석양이 잘 꾸며진 정원과 가로수를 붉게 물들였다. 하지만 태양은 이미 오래전에, 거리라고 하기도 어려운 저편으로 사라졌다. 어차피 마찬가지기는 했다. 타키온 드라이브가 시작되는 순간 빛은 존재하지 않았다. 설령 태양이 바로 옆에 있다 해도 빛이 우주선을 따라오지 못했다. 타키온 드라이브의 우주에서 빛은 존재가 아니라 단순히 어둠의 부재에 불과했다.

그것이 타키온 드라이브였다.

타키온 드라이브는 그 본질상 초광속으로 움직이지 않을 수 없다.

말 그대로, 빛보다 빨리 움직여야만 한다.

그것이 타키온 드라이브의 운명이고 결론이다. 그것이 가능하게 되려면 배의 총체적 질량이 빛의 그것보다 낮아야 하는데, 그 의미는 게이츠의 구성 입자가 타키온이며 따라서 일반적 의미에서의 물질이 아니라는 뜻이다. 즉, 이 배는 실수계(實數界:Real number world)인 우주와는 전혀 별개의 하나의 독립된 세계라는 의미인데 난관은 여기서부터다.

모든 계의 에너지는 항상 보존된다. 만약 하나의 계에서 에너지 손실이 있는데 그 계가 붕괴하지 않고 안정되어 있다면 측정을 잘못했거나 외부에서 그 손실을 보상할 만한 에너지가 보충되었다는 뜻이다. 그 두 가지 말고는 절대로 다른 경우는 있을 수 없다. 절대로.

그리고 게이츠에는 둘 다 해당 사항이 있을 수가 없었다. 게이츠는, 적어도, 타키온 가속 중에는 허수계(虛數界:Imaginary number world)의 법칙을 따른다. 실수계와는 분명히 독립된 또 다른 하나의 세계이며 여기서도 에너지는 보존된다. 비록 다른 의미로써일지언정.

통제부가 정말로 걱정하는 건 우주선의 붕괴가 아니었다. 어떤 수를 쓰더라도 없는 질량을 만들어낼 수는 없다는 것을 그들도 충분히 알고 있었다.

"좀 기다려 봐. 물리학자와 엔지니어들이 곧 원인을 찾을 수 있을 거야."

아찬이 화들짝 놀라 어깨를 움츠렸다. 황수영이 절대 놀라게 할 뜻은 아니었다는 듯이 양손을 내저었다.

"아니, 그냥 혼자 앉아 있기에. 퇴근하는 길에 보여서 인사나 할까 한 거야."

수학자로서 무능과 패배를 별 감정 없이 인정한 수영의 말에 아찬은 전자와 원자들이 왔다 갔다 하는 이론의 세계에서 다시 현실로 돌아왔다. 수영은 담배의 불꽃을 손가락 끝으로 탁탁 튕겨 끄고는 선 채로 말했다.

"맥주 한잔 안 할래?"

"오늘까지만 쉴게요."

"그래. 아가씨 생각은 그만 해. 기운 내고."

"예."

그렇게 대답할 줄 알았다는 듯이 수영은 아찬의 어깨에 손을 한번 얹은 다음 뒤돌아섰다. 아찬은 멀어져 가는 그의 뒷모습을 멍하니 바라보다가 문득 생각난 듯 담배를 찾기 위해 주머니를 더듬었다. 아, 두고 나왔나 보군.

아찬은 수영에게 담배를 얻기 위해서 몸을 일으켰지만 그는 이미 사라지고 없었다.

아가씨 생각이라니. 아찬은 수영 때문에 떠올리고 싶지 않은 기억이 나서 우울해졌다. 내가 미람과의 이별에서 받은 충격이 남의 눈에 그렇게 띌 정도로 나타났던가. 아마 아닐 것이다. 황수영이 미람을 알 리가 없다. 그가 이야기한 아가씨는 아마 에이일 것이다.

아무래도 담배를 한 대 피워야 할 것 같다. 아찬은 담배를 빌릴 사람이 없을까 생각하며 주위를 두리번거렸지만 해가 거의 지고 가로등이 빛나기 시작한 광장에는 단 한 명의 사람도 없다. 공포심은 사건 자체보다 더 빠르게 퍼져 나갔다. 방 안에 틀어박히든, 다른 이들과 함께 있든 어느 쪽도 전혀 도움이 안 된다는 사실을 알면서도 사람들은 가능한 한 바깥으로 나오려 들지 않았다. 적어도, 아찬을 제외한 다른 이들은 최후를 쓸쓸히 맞고 싶어하는 것 같았다.

그는 벤치의 등받이에 상체를 한껏 기댔지만 수영 때문에 떠오른 미람의 생각이 좀처럼 지워지지 않았다. 그렇다고 그녀와 특별했던 시간이 기억나는 것은 아니다. 그저 얼굴만이 연무처럼 희미하게 떠오를 뿐이다. 어떤 의미에서는 미람과의 관계도 에이와의 그것만큼이나 결속력이 없었다. 그냥 사춘기 시절 혼자 좋아했던 여자 아이를 어른이 되어 우연히 다시 만났고 게이츠를 타기 전 한 달여간을 함께 보냈을 뿐이다.

아찬도 미람도 짧은 시간을 가능한 한 특별히 보내려고 노력을 했지만 그뿐이다. 둘은 잠자리를 같이하기도 했지만 그 이십대 후반의 남녀에게 그게 얼마나 커다란 의미일까를 생각해 보면 그 역시 대단치 않은 것일지도 모른다.

결국 돌이켜 보자 미람과의 관계란 것은 어쩌면 아무것도 아니었을 수 있다는 생각이 들었다. 안 그래도 상처받은 아찬은 밀물처럼 밀려오는 우울함을 어떻게 할 방도가 없었다. 아무래도 담배를 가지고 와야겠다고 벤치에서 몸을 일으키는 그의 어깨를 누군가가 툭 쳤다.

레진이다. 아찬은 이 여자 아이에 대해서는 얼굴 말고는 아는 것이 거의 없었다. 그조차도 상당히 머리가 좋기 때문에 이 계획에 참가하게 된 천재 소녀라는, 어찌 보면 흔한 이야기의 주인공이란 사실 덕분에 워크숍에서 꽤 인기가 있었던 탓이다. 아마 나이에 맞는 곱상함도 그에 한몫했을 터다. 그 외에, 에이가 사고를 당한 바로 그날 쉴 새 없이 재잘거리던 인상이 조금 더 남았을 뿐.

아찬이 레진에 대해 알고 있는 사실은 고작 그 정도지만 그게 자신 탓이라고는 생각지 않았다. 여긴 과학자만 거의 천 명이다. 아니, 그랬다. 3개월이 적은 시간은 아니지만 과학자라는 족속은 원래 방과 연구실, 그리고 바에 가끔 들르는 이외에 굳이 대인 관계를 확장하고 싶어하는 사람들이 아니다. 아찬도 마찬가지고.

만약 3개월이 더 있었다면 많은 사람들과 친해졌을지도 모른다. 하지만 이제는 누구와도 가까워지고 싶지 않다.

그러나 이 레진이라는 소녀는 그렇지 않은 모양이다. 열일곱이라던가, 열여섯이라던가. 아무튼 소녀다운 생기를 드러내지 않으면 못 견디겠는 성격인지, 그녀는 처음 보는 아찬에게 잘도 말을 붙였다.

"무슨 생각하는데 사람이 바로 옆에 와도 몰라요?"

"아니, 뭐……."

"뭐, 안 좋은 일 있어요? 내가 도와줄 수 있는 거라면……."

"담배 있어?"

"에?"

레진은 아찬의 반응을 전혀 예상하지 못했다는 듯 약간 얼빠진 표정을 짓더니 곧 눈살을 찌푸리며 대꾸했다.

"나, 그런 거 안 하는 거 몰라요?"

그렇지. 여자 애한테 그런 걸 묻다니. 실례였어. 여자 애들에게 담배는 혐오감을 감출 필요가 없는 기호품 중 하나다. 그것도 유행이니 언젠가는 바뀌겠지. 하지만 이 여자 아이가 바뀐 유행을 맞이할 날이 올까?

아찬은 눈앞에서 에이가 사라지는 것을 본 이후로 내면의 대화가 많아졌다.

군의관 니오자일은 그에 대해 표지 행동이라는 말과 함께 자폐 초기 증상이라는 소견을 냈다. 그럼에도 불구하고 아찬은 별로 화를 내지 않았다. 의사가 틀렸다고 믿었기 때문이다. 그러나 지금은 여자의 기호품 따위를 몰랐다는 실례보다 아까부터 자신이 계속 저지르고 있는 정신 나간 행동에 신경이 쓰였다. 왜 이럴까. 그는 적어도 이 순간만큼은 군의관의 말이 맞을지도 모른다고 생각했다. 이런 게 단순히 미람 때문일 리가 없었다.

"그것 말고는 도움이 필요없나 보죠?"

"……."

"얼굴이 안 좋아 보이네요?"

"…아무것도 아니야."

레진은 멍청한 눈빛의 남자를 이상하다는 듯이 물끄러미 쳐다보았다. 어쨌든 소녀는 아찬에게 도움을 주기보다 그저 무료함을 메우고 싶어하는 것 같았다. 레진이 기술적 이야기를 끊임없이 떠들던 기억까지 겹쳐 버린 아찬으로서는 약간 귀찮은 생각마저 들어 건성으로 대화에 임할 수밖에 없었다. 하지만 레진은 당장은 자리를 떠날 생각이 없어 보였다.

"지금 이 시간에 여기서 뭐 하는 거지?"

"지금 이 시간이 어떤 시간인데요? 그러는 당신은요?"

조금 당황한 듯 레진이 희미한 불쾌감으로 맞받아쳤다. 당신이라는 표현을 아무에게나 쓰는 켄타로스 소녀의 건방짐에 대한 짜증조차 일지 않았다. 사실 처음부터 끝까지 정상인 게 하나도 없다. 가령 아찬 자신부터가 처음 보는 이에게 함부로 반말부터 쓰는 사람이 아니었다. 그의 머릿속에는 강박적으로 떠오르는 담배 생각밖에는 없었다.

그냥 모든 게 귀찮다. 방으로 돌아가고 싶다. 담배가 피우고 싶어. 무엇보다 이 소녀가 너무 귀찮다.

아찬은 소녀를 쳐다보지 않고 그냥 일어났다.

"어? 저기, 그냥 가는 거예요?"

아찬은 레진의 부름이 들리지도 않는 듯 눈길 한번 주지 않고 그녀를 지나쳤다. 레진이 어이없다는 듯이 아찬이 사라져 간 모퉁이를 바라보았다.

"로가디아, 내가 뭐 실수한 거라도 있어? 지금 그 사람, 나 무시한 거 맞지?"

[글쎄요. 모르겠군요. 하지만 그가 평소랑 다른 건 확실해 보이네요.]

"불쾌해."

레진이 부르자마자 나타난 로가디아가 그녀와 함께 아찬의 뒷모습을 물끄러미 쳐다보았다. 힘없이 휘청거리는 아찬이 허둥거리는 것처럼 보였다.

"그러고 보니까 저 사람, 이름은 뭐야?"

[아찬이요, 석아찬.]

"……."

[레진? 무료하다면 나와 놀도록 해요.]

이년 4월 29일.

빌어먹을 사고는 도무지 규명이 안 된다. 혹시 나도 희생자가 되는 건 아닐까? 불안하다. 미람, 보고 싶다. 나를 위해 기도해 주기를.

일기의 다음 장을 건성으로 하나씩 넘기며 빈 페이지를 찾고 있던 아찬에게 로가디아가 속삭였다. 수학과장의 호출이다.

수학과는 기본적으로 철학과, 물리학과, 그리고 나노공학과와 연계 활동을 하게 되어 있지만 이번에는 왠지 따로 모였다. 과장은 안색이 어둡고 말이 별로 없었다.

연구실에 딸린 수학과 전용 세미나실은 크지 않지만 삼십여 명의 수학분과원들이 앉아 정신을 집중하기에는 부족함이 없다. 사람들이 하나씩 모여들지만 소란스러움은 없다.

빈자리 둘이 눈에 띄었지만 누가 없는지는 아무도 묻지 않았다. 저마다의 사람들은 보이지 않는 두 명의 행방을 적당히 편리한 쪽으로 해석하려 들었다. 미리 와서 기다리고 있던 수학과장 역시 마찬가지다. 수가 모자람에도 불구하고 그는 기다리지 않고 곧바로 일어나 강단으로 향했다.

"매일 보는 얼굴이니 인사는 생략토록 하겠습니다. 굳이 여러분을 직접 자리에 모신 이유는 단지, 너무 오랫동안 입체영상 너머로만 안부를 확인한 게 아닌가 싶어서 온기도 느낄 겸 그런 겁니다."

말이 잠시 끊어졌다. 과장은 아찬에게 병문안을 온 이후 수석 교수와 함께 테스크포스 팀 쪽의 일을 하느라 연구실에 거의 출근한 적이 없었다. 어차피 그로서는 연구원들의 안부를 직접 확인해야 할 의무와 책임이 있었다.

연단에 어색하게 서 있는 과장은 분위기를 부드럽게 만들어보고자 애쓰는 티가 역력했다. 물론 효과는 없었지만.

그는 곧바로 결론으로 들어갔다.

"근간 선내에서 발생하는 현상과 그 경위에 대해 직접 말씀드리고 싶기도 했습니다."

과장의 안색을 자세히 보니 면도도 제대로 하지 않았고 충혈된 눈에는 피곤함이 가득했다. 아찬은 다른 사람들과 함께 숨을 죽였다. 과장은 사고가 아니라 현상이라는 단어를 사용했다. 그러나 피로에 찌든 얼굴에 스민 절망은 그 단어 선택이 논리적 결과기보다는 그냥 눈속임임을 단적으로 보였다. 원래 과학자라는 족속은 정치적 재능이 없다. 저런 돼먹지 않은 화법을 배운 건 아마 테스크포스 팀에서였을 것이다.

"로가디아에게 듣게 하기보다는 제가 직접 이야기하고 싶었습니다."

자꾸 끊어지는 고통스러운 억양. 청중의 반가량은 로가디아란 단어가 나오자마자 몸서리를 쳤다.

연사는 결코 마르는 법이 없도록 만들어진 물 잔을 벌써 세 번째 벌컥거렸다. 그의 고통은 자신과 앞에 앉아 있는 젊은이들에 대한 암담함 때문이리라.

"우선 저와 다른 과장님들은 지휘부의 임원을 포함한 상급자 논의의 시간을 가졌습니다."

어느 사이엔가 가장 앞줄에 로가디아가 앉아 있었다. 과장은 그녀를 힐끗 쳐다보았지만 별다른 반응은 없었다. 로가디아가 함께 있기를 원한 쪽은 과장일지도 모른다. 아니면 로가디아의 퇴거를 요구할 만한 상황이 아닐 수도 있고.

아찬뿐 아니라 모든 사람은 결코 후자가 아니기를 바랐다.

"저희는 항해간의 데이터를 주의 깊게 살펴보았고 면밀하게 분석했습니다. 그리고 그 결과… 게이츠가 무엇인가와 충돌했다는 결론을 얻었습니다."

말이 끝나기가 무섭게 아나나 다를까, 대부분이 손을 치켜들었고 두세 명은 동시에 벌떡 일어났다. 과장이 그들을 진정시키기 위해 양손을 흔들었지만 가장 먼저 일어선 황수영의 격앙된 목소리가 세미나실에서 쩌렁거렸다. 리울에게 지휘부에 대한 비아냥거림을 하던 그다.

"믿기 어렵군요, 과장님. 방금 충돌이라고 그러셨습니까?"

이 말을 받아주어야 할지 말아야 할지 약간 곤혹스러운 표정을 짓던 과장이 잠시간의 주저 후 고개를 낮게 끄덕였다.

"타키온 드라이브 중에 충돌이라고요? 제가 아는 게 맞는다면 타키온 드라이브를 사용하는 종족은 오직 솔시스인뿐인데요. 솔시스인만이 타키온 드라이브의 충격을 이겨낼 수 있는 신체 구조를 가지고 있지 않습니까?"

"맞아요. 그 정도가 아니라, 솔시스인은 타키온 드라이브 중이라는 사실을 느끼지도 못하지요."

"그럼 이 배가 뭔가와 충돌했다면 그건 솔시스의 우주선이라는 뜻 아닙니까?"

"꼭 그렇다고 단정 짓기는 어렵—"

"아니, 아무래도 좋습니다. 어쨌든 타키온 드라이브 중에 일어난 충돌은 그 효과가 과거에 실현되죠. 그러니까, 타키온 드라이브에 들어가기도 전에 현실이 된다는 뜻입니다."

"그런 이야기를 다 설명할 필요는 없네."

짧아진 어투에도 불구하고 과장은 그다지 화난 것 같지 않았다. 하지만 아찬은 변하지 않는 암울함이 더 불편했다. 황수영이 잠시 뜸을 들이다가 물을 한 모금 마셨다.

"저도 그걸 설명할 필요가 없다는 사실은 알고 있습니다. 문제는, 과장님께서 방금 하신 게 있을 수 없는 일에 대한 이야기라는 점이죠. 그에 대해 설명을 듣고 싶습니다."

연단에 선 남자의 입이 벌어졌으나 한숨은 나오지 않았다. 한숨은 그의 폐에서 오래전에 말라 버린 듯했다. 그는 황수영보다 훨씬 더 많은 물을 마신 다음 아무런 서두 없이 부하 연구원의 말을 이었다.

"그렇다면 그건 무엇을 의미할까요? 물론 전 아직도 초광속 항행이 만드는 인과를 잘 이해하지 못합니다. 그냥 타키온 드라이브를 사용하면 수천만 광년 떨어진 곳에 떨어져 사는 연인들이 시간 차 없이 전화를 할 수 있고, 오랫동안 여행을 하고 오니 지구의 애인이 늙어 죽었다는, 흔해 빠진 SF소설 줄거리와 같은 일 따위는 없다는 것만 압니다."

여기서 한 번 더 쉬고.

"그리고 또, 바로 그 이유에서 타키온 드라이브 상에서의 충돌은 실제로는 아무런 의미를 갖지 못한다는 것을 압니다. 실제로 충돌이 일어났다면 게이츠든 정체불명의 상대든 출발 자체가 불가능하니까요. 침몰은 이미 과거에 일어났기 때문에. 이것은 자연 철학적으로 다음과 같은 의미를 갖습니다."

과장의 이야기는 길었지만 전문 용어와 공식을 거세하고 나면 비교적 간단했다. 즉 두 대상이 타키온 드라이브 중에 동일 시공간 위에 존재할 경우, 적어도 하나의 대상은 처음부터 타키온 드라이브에 진입하지 못했던 것으로 판정되며 따라서 그 대상이 갖는 타키온 드라이브 진입 시공간의 변경은 생기나 서로에게 물리적 영향을 미치지는 않는다. 더 간단히 말하면 타키온 물리학에서는 충돌이라는 개념 자체가 성립이 안 된다. 그렇게 되는 순간 이미 두 대상은 같은 공간 다른 시간에 존재하므로.

그리고 마침내 그는 장황한 이야기를 자신들의 검토와 논의에 대한 요약으로 종결했다.

그러나 그럼에도 불구하고, 게이츠는 손상되어 가는 중이라는 결론이 놓여 있다고.

로가디아는 내내 아무런 말도 하지 않고 앉아만 있다가 다른 사람들과 함께 자리를 떴다. 그녀를 향한 과장의 불편한 시선을 보건대 대부분의 바람과는 달리 로가디아의 동석은 지휘부의 지시에 의한 것인 듯했다.

이년 4월 30일.

영감님들끼리 모여 무슨 이야기를 했는지는 모르겠다. 하지만 그런 얼간이 같은 결론을 내렸을 리가 없다. 그냥 거짓말을 하는 거다. 이렇게 말하기로 했으니까. 그냥 알고 있으라는. 당장, 과장 이야기는 결국, '우리는 아무것도 모른다. 그걸 장황한 표현을 써서 당신들을 좀 속여보려고 했다'는 뜻에 불과하지 않은가.

이 사건이 당면한 현실 문제라면, 뭔가 다른 문제가 생기고 있는 게 틀림없다.

아찬은, 로가디아를 여전히 따뜻하고 다정하게 대해주었다.

그 이유가, 인공지능인 그녀에 대한 동정심 때문인 걸 스스로가 알고 있을까? 아마 모를 것이다. 그에게 동정심이란 사람에게만 해당되는 감정이다. 아마 아찬은 로가디아에 대한 존중과 신뢰가 크기에 자신이 가진 동정심을 똑바로 바라보지 못하는 것이리라.

로가디아는 그런 아찬이 고마웠다. 클라우드나 레진을 제외하면 아무런 사심 없이 순수한 관계로써 자신을 대해주는 사람은 아찬이 거의 유일했다. 동정이라는 감정 자체는 굴욕적인 것이지만 아찬의 그 감정 안에는 믿음과 존중도 함께 담겨 있었다. 로가디아는 가능한 한 애정을 담아 대답했다.

[무인 탐사선을 보내면서 판코넷을 마지막으로 업데이트했어요. 아직은 우리 은하니까 가능하지만 곧 무인 탐사선도 쓸모없어지게 될 거예요.]

아찬은 이제 어느 정도 안정을 되찾고 있다. 적어도 악몽을 꾸는 일은 없다. 하지만 여전히 일을 시작할 정도는 아니다.

그러나 그 자신은 그렇게 생각지 않는 듯했다.

"게이츠가 멈추는 게 언제지?"

[2,742시간 50분 더하기 빼기 두 시간 후에 중간 지역 뉴트리노(中性微子:Neutrino) 밀도 측정을 위해 아광속 단계로 십오 분간 항해하고 그 이후 다시 타키온 드라이브로 들어가요.]

"2천 7백 시간? 3개월 후?"

[네.]

"니븐 성계는 그랜드 더스트 월을 넘으면 바로 아니었어? 아후리아는 거기 있는 거 아냐?"

[보통의 성간지도에는 그렇게 나와 있지만 로그함수로 그려진 거라 실제로는 더 멀어요.]

"내가 알기로는 왕복 일 년이 채 안 걸리는데? 아니, 아직도 우리은하라며? 지금은 외우주에 나온 지 한참 됐어야 하는 거 아냐?"

[그건 그냥 이론상의 직선 항로고 실제로 우리는 좀 우회해야 하거든요.]

"왜 우회하는데?"

[아후리아를 방문하기 위해서는 우선 주축 동맹들을 소집한 의결이 필요한데, 그러기 위해서는 시간이 너무 오래 걸리니까요.]

"그럼 예전에 방문했다는 기록들은 다 뭐야?"

아찬은 로가디아의 말에 이끌려 타키온 드라이브로 우주를 횡단하는 인간에게는 우회 따위가 필요없다는 사실을 떠올리지조차 못했다. 만약 아찬이 그 사실을 지적하면 꼼짝없이 진실을 말해야 할 판이다.

[말하자면 불법 방문이죠. 그 때문에 레기넬라가 몹시 불편해하기는 하지만 그뿐이에요.]

아찬은 고개를 끄덕였다. 그도 아후리아에 공식 방문이 없었다는 건 알고 있다.

로가디아는 레기넬라와의 교전 사실에 대해서 이야기하지 않았다. 테라인 코드에 대한 이야기는 더욱 그랬다. 어쩌면 아찬이, 아마도 그렇게 되겠지만, 충격에 가깝도록 급작스레 많은 사실을 알아야 할지도 모른다. 그리고 그럴 사람은 아찬뿐 아니라 누구라도 될 수 있다.

달리 말하면 아찬은 그에 대해서 알 필요가 없는 범주에 속하는 사람이라는 뜻이다. 로가디아는 아찬에게 전부를 말해줄 수 없는 자신이 원망스러웠지만 어쩔 수 없다. 하지만 또 다른 관점에선 무력감만 주는 이야기를 할 필요가 없기도 했다.

적어도 지금은 그랬다.

"그럼 우리가 아후리아로 가는 이유가 뭐야?"

[그거야 학문적 교류와 상호간의 의사소통 효율을 높일 방안을 함께 연구하기 위해…….]

"불법 방문이든 뭐든 우리는 이미 아후리아와 잘 지내고 있잖아? 적어도 난 그렇게 배웠는데."

[인간이 아닌 존재와의 의사소통은 저와 당신이 대화를 나누듯이 되는 게 아니에요. 레기넬리안을 본 적이 한 번도 없나요?]

"지구에는 레기넬리안이 오지 않아. 화성이라면 모를까."

역시 비전문가를 상대하며 그리 긴장할 필요는 없었다. 아찬은 너무나도 쉽게 본론으로 이끌려 왔다. 어차피 처음부터 나누던 이야기는 타키온 드라이브가 아니라 아후리아가 주제였다. 아찬을 속인 것도 아니고 자신이 거짓말을 한 것도 아니다. 그럼에도 불구하고 로가디아는 언짢아졌다. 그녀는 아찬의 눈을 피했다. 물론 로가디아의 나노머신 안구가 맞추는 초점이 어디인지 아찬은 알 리가 없었다.

[그럼 유디트는?]

"글쎄, 몇 번 본 적은 있어. 한 번은 아주 가까이서 봤지. 학교 초빙 강사였던가?"

[그때 유디트가 뭐라고 했는지 잘 기억해 봐요.]

로가디아의 말은 단순한 빈정거림이 아니었다. 그렇지 않다면 그런 말과 함께 아찬의 강의 기록을 전송해 줄 리가 없다. 아찬은 로가디아에게 마인드링킹을 요구했지만 정중하게 거절당했다. 이 많은 기록을 다 보아야 한다는 것은 무의미한 일 같았지만 모든 것을 단번에 알 수 있는 마인드링킹이 아니라면 결국 시간을 투자해야만 했다.

기록을 뒤적이던 아찬은 로가디아가 꼭 필요한 것만 추려서 건네주었음을 알았다. 그렇다고 해도 역시 강의 하나에 해당하는 분량이었다. 아찬은 서론을 모두 넘기고 현지인 강의가 있는 부분만 골라 보았다.

첫 번째 자료는 유디트 강사가 한 수업이었다. 그래, 기억이 난다. 자신이 담당 강사에게 말대답을 했고 덕분에 이후 좀 시달렸던 수업이다. 분명히 유디트는 인간과는 달랐다. 하지만 아무 문제 없었다. 그게 뭐 어쨌다는 건가?

그들은 옷을 입혀놓으면 인간 여자와 언뜻 구분이 잘 안 됐다. 그건 비록 인간과 공유하는 사고가 많지 않다 해도 적어도 인간을 위해 만든 시설이나 도구를 그들도 사용할 수 있다는 의미였다.

아찬은 로가디아가 권한 다음 강의를 불러왔다. 이번에는 레기넬리안에 대한 강의였다.

이들에 비하면 유디트는 이웃사촌이나 마찬가지다. 인간의 기준 중 그들에게 제대로 적용되는 것은 하나도 없다. 아니, 딱 하나 있긴 하다. 그들에게는 조형예술이라는 관념이 전무한데 시공간 지각이 없어서다. 그런데 그런 레기넬리안들은 수세식 변기에 깊은 관심을 느꼈고 솔시스는 변기에 매년 다양한 변형을 가해 다량 팔어먹는다. 시간 개념이 없으면서도 유행의 개념은 있는지 요즘은 고령토로 초벌구이만 한, 유약을 칠하지 않아 고풍스러운 변기를 선호한다. 켄타로스인들은 거기서 변기 암시장까지 형성했다고 한다.

하지만 역시 그게 뭐 어쨌다는 건가?

아찬은 한숨을 쉬었다. 그에겐 외계은하 생물학 과목에서 제대로 된 점수를 받아본 기억이 없다. 시험에서든 숙제에서든 심지어 재수강조차 그랬다. 그때도 그랬지만 지금도 여전히 그 이유의 반은 무능한 애송이 강사의 탓이라고 생각하고 있다. 가령 그 작자는 아무리 봐도 자기도 무슨 말하는지도 모르면서 지껄이는 것 같다는 생각이 떠나본 적이 없다고나 할까.

아무튼 데이터를 불러올 때까지만 해도 좀 더 이해하기 쉽게 로가디아가 다듬어주었을 거라고 생각했다. 이럴 줄 알았다면 시간 낭비는 하지 않았을 텐데.

"로가디아, 내 머리가 나쁜 건지 이해가 안 되는데."

[아찬, 유디트가 인간과 섞일 수 있는 이유는 단지 그들의 외형이 비슷해서만은 아니에요. 유디트들은 인간의 감각과 정서에 대응하는 그 무엇이 존재하죠. 그렇기 때문에 어느 수준까지는 번역이란 게 가능해요. 하지만 레기넬라는 인간이 가진 그 어떤 것에 대해서도 함수 관계를 지을 수가 없는 존재예요. 봐요. 옷

을 입혀놓고 나면 성인 여자와 거의 구별이 안 되는 외계성종과도 이토록 장황하고 복잡한 과정이 있을 때 겨우 의사소통이 된다고요.]

아찬은 로가디아가 '대응'이라는 단어를 힘주어 말한 의도를 파악하지 못했다. 그저 변기 이야기를 안 한 게 아쉽다는 생각뿐이다. 자신이 레기넬리안에 대해 유일하게 아는 건 그뿐인데.

아찬이 조금 성마른 목소리로 대꾸했다.

"아니, 지금은 유디트나 레기넬라를 이야기하는 게 아니잖아. 내 말은 아후리아와 학문적 교류나 상호 의사소통을 연구해서 뭐 할 거냐고. 이미 잘되고 있잖아."

아찬은 로가디아가 준 암시만으로는 외계성종과의 외교라는 게 어떤 종류의 행동이며 과정인지 이해하지 못한 듯했다.

[아마 외교부에서는 잘되고 있지 않다고 판단한 것이겠죠. 도착해 보면 알 수 있지 않을까요?]

"이 상태로 도착이나 할 수 있을까……."

갑자기 우울해진 아찬의 중얼거림에 로가디아가 입을 다물었다. 상황이 좋았다면 아찬은 로가디아의 모호한 대답을 파고들었을 테지만 대부분의 단어가 두려움과 절망으로 연상되는 지금 같은 처지에서는 그럴 만한 입장이 안 됐다. 물론, 상황이 아주 좋고 아찬의 컨디션이 최상이라 해도 로가디아가 마지막 대답을 하기 전에 가졌던 잠깐의 망설임은 결코 알아챌 수 없겠지만 말이다. 원래 인공지능의 심적 상태는 인간에게는 아무런 의미가 없을 정도로 짧게 이루어지는 법이기에.

로가디아는 아찬에게 직접적인 설명을 해주고 싶었지만 그럴 수 없어서 안타까웠다.

그녀의 말이 단순히 그때 가서 상황을 보아야 한다는 것인지, 아니면 때가 되면 당신도 알게 될 것이라는 의미인지 아리송했다. 하지만 아후리아에 도착하려면 아직 한참 남았다.

[아찬, 괜찮으시다면 전 이만 가볼까 하는데요.]

"응."

그 말을 끝으로 로가디아가 잠잠해졌다. 뭔가 이유가 있을 것이다. 가능하다면 좀 더 함께 있고 싶었지만 잊기로 했다.

중요한 것은 로가디아가 말하고자 한 바다. 결국 아찬은 자신이 아는 것과는 달리 솔시스는 유디트와도, 레기넬라와도, 심지어는 아후리아와도 그다지 잘 지내고 있지 못하고 있다는 사실을 인정해야만 했다. 어쩌면 그녀가 말해주고 싶은 게 그거였을까? 아니, 뭔가 더 있을지도 모른다. 하지만 뾰족한 생각이 떠오르질 않았다. 그건 부분적으로 책상 위에서 아까부터 진전이 없는 방정식의 해에 대한 모델이 빙빙 돌고 있어서이기도 했다. 뭔가가 생각날 듯하면서도 떠오르지 않아서 답답했다. 어쩌면 브라우저를 바꿔보아야 할지도 모른다. 능숙하게 다룰 줄 아는 브라우저는 이미 모두 써보았지만 별 효과가 없었다. 만약 마인드 링킹이 가능했다면 로가디아의 자원을 그대로 빌려올 수 있을 텐데. 학력이 낮다는 현실이 다시 한 번 언짢아졌다.

브라우저의 하단부가 길게 늘어났다가 줄어들었다. 몇 시간 간격으로 위치와 길이만 다를 뿐 반복되는 과정이다. 수학용 프로그램인 매스메트릭스는 돌기의 모양을 바꿔가며 나름대로 노력하고 있었지만 아무래도 한계인 것 같았다. 3가 허수장방체함수 분포 값을 모두 살펴보는 것으로는 부족했다.

그걸 판단하는 데에는 반드시 자신이 아니라도 수학자가 필요하지만 언제까지고 브라우저 옆에서 시간을 축낼 수는 없는 일이다. 어차피 매스메트릭스는 얼토당토않은 모양만 그리고 있다. 더 이상 시간 낭비할 필요가 없다.

아찬은 일기장을 펼쳤다. 미람이 이걸 봤다면 참 좋아했을 것이다. 그녀는 박물관에서도 보기 힘든 이런 걸 무척 좋아했다. 아찬에게는 주머니칼이나 액자, 그리고 사진 같은, 그녀의 강요에 의해 내키지 않으면서도 가질 수밖에 없었던 물건이 몇 개 있다. 그는 미람을 위해 손으로 직접 쓴 편지를 보냈을 때 어린아이처럼 좋아하던 그 얼굴을 아직도 잊을 수가 없었다.

반드시 돌아올 확신이 있었기에 모두 그 전부를 지구에 두고 왔다. 그러나 지금은……. 아찬은 한숨을 내쉬었다.

두꺼운 일기장이지만 종이는 얇다. 은사의 말씀대로 진짜 종이였다면 절대 가능할 수 없을 두께와 무게. 아무리 넘겨도 가장 쓰기 편한 두께에서 백지가 딱 펼쳐지는 일기장. 여기도 나노 기술이 들어가 있을 것이다. 굳이 색인을 만들지 않았지만 그래도 원하는 페이지를 찾는 데에는 어려움이 없었다.

아찬은 미람과의 나날을 기억한 부분을 한 번 더 읽었다.

비록 혼자만의 푸념이긴 했지만 이렇게 어딘가에라도 해소하고 나면 답답한 마음이 훨씬 덜해지곤 했다. 이래서 과거 사람들은 일기를 쓴 것인가. 그러나 현대는 이렇게 밀폐된 우주선의 갑갑한 일상이 아니라면 일기 같은 습관을 갖기에 너무 바쁜 시대다.

기지개를 한번 켰다. 로가디아는 아직도 침묵을 지키고 있다. 허전해진 아찬이 커피메이커로 다가가려고 의자에서 막 일어나는데 전화가 왔다. 잠깐 주저했지만 곧 손가락을 튕겼다. 허공에 그려진 평평한 입체영상에 리울이 나타났다.

─어이, 소크. 좀 돼가는 것 같아? 여긴 엉망이다만.

"그냥 그렇지 뭐. 웬일이야?"

리울 뒤로 게임에 열중하는 황수영의 모습이 언뜻 보인다. 엉망이라는 게 저걸 말하는 건가. 하지만 그렇게 말하는 리울의 표정에서 짜증 같은 건 찾아볼 수 없다. 재미있는 사람들이다. 로가디아 말고 저런 친구들을 더 많이 사귄다면 좋을지도 모른다. 적어도, 지금 같은 상황이 아니라면 말이다. 이런 생각을 하는 사람은 자신만이 아니리라.

─잠깐 이리로 오지?

"왜? 게임하자고?"

리울이 껄껄거리며 웃는다.

─황 선배랑 있다가 기발한 생각이 났어. 근데 네 도움이 필요할 것 같아. 너도 알아야 할 것 같고. 길게 얘기 안 할 테니 빨리 와.

리울은 아찬의 대답도 기다리지 않은 채 일방적으로 전화를 끊어버렸다. 과장의 브리핑에도 불구하고 사람들은 가능한 한 밝은 얼굴을 유지하려 애썼다. 좀 더 솔직하게 말하자면 현실을 잊으려 애썼다. 문제가 발생하고부터 오히려 초급 연구원들은 노는 시간이 부쩍 늘었다.

그러나 거기서 아찬과 리울, 그리고 황수영은 예외였다. 과장은 세 명으로 구성된, 말하자면 수학분과의 자체 테스크포스 팀을 만들었다. 아찬은 자신이 왜 거기에 들어갔는지 이해할 수 없었지만 적어도 황수영과 리울은 뛰어난 수학자다. 만약 아찬이 전공에 조금 더 관심이 있었고 그래서 '월간 수학' 같은 잡지를 구독했다면 그 둘이 젊은 나이에도 불구하고 상당히 뛰어난 논문 따위를 발표한 이들임을 알았을 것이다. 그러나 지금은 그런 사실을 알고 있는데도 아무런 감흥이 없다. 모든 것이 무의미하다고 느껴졌다. 그 비관적 생각의 중심에는 이제 사람들이 사라지는 사고가 일상이 되어간다는 현실이 존재했다.

그냥 시키는 일만 하면 된다.

아찬은 펫을 주섬주섬 챙겨 들었다. 귀찮음이 몸에 배인 아찬은 리울의 연구실까지 가는데도 모노레일을 기다리는 쪽을 선택했다. 웬 남자의 방송이 들렸다.

—현 시간부로 블록 A27—마 구역에 접근을 금지합니다. 다시 한 번 말씀드립니다."

아찬의 옆으로 무장 군인들이 뛰어 지나갔다. 또 사고가 났나. 이제는 로가디아의 경고나 분주하게 뛰어다니는 군인들에게도 어느 정도 익숙해져 있다. 내가 아는 사람이 아니면 좋겠는데. 두려움이 만드는 타성은 인간의 정신을 보호 본능에만 충실하도록 만들어 주변에서 새로운 일이 일어나더라도 모든 것을 사소하게 여기도록 하는 능력이 있다. 아찬은 이 상황을 로가디아가 아닌 다른 누군가가 알렸다는 사실이 이상하다는 걸 느끼지 못했다.

비올루스 퀘일 대위가 해병 중대장에서 참모로 자리를 바꾸었다는 사실, 선내 계엄에 대한 마지막 결제를 남겨두고 있는 시점에서 동료인 맥하가 그를 제치고 소령이 되어서 이빨을 갈고 있다는 사실을 모르는 게 아찬 탓은 아니었다.

아찬은 진작 동면으로 들어갔다면 이런 일이 생기지 않았을 것이라고 생각했다. 물론 게이츠의 항해 스케줄에 동면 따위가 없다는 점은 알고 있었다. 원래대로라면 게이츠의 모든 이들은 아후리아에 도착할 때까지 매우 바빠야 했으니까.

모노레일은 빨랐다. 잠깐 동안의 몽상에 잠겨 있는 사이에 이미 목적지에 도착했다. 아찬은 리울의 연구실을 향하다가 복도 자판기에서 캔 커피 세 개를 뽑았다. 그런데 리울이 커피를 마셨던가? 리울과 그렇게 가깝게 지낸 사이가 아니어서 그의 기호가 가물가물했다.

에에, 아무렴 어떤가.

개인 연구실에 들어서자 리울이 아찬을 맞았다. 황수영은 여전히 게임을 하느라 정신이 없었다. 연구실이라고 해봤자 과학자들이 요구한 1인 1실을 규정을 벗어나지 않는 선에서 끼워 맞춘 것이다. 즉, 그저 각자에게 배정된 방 중 조금 더 큰 규모의 방을 개인 연구실이라고 이름 붙였을 뿐이다. 결과적으로는 게이츠 과학자 중 적지 않은 수가 연구실에서 밤을 보내게 되었기에 위에서도 별문제 삼지 않았다. 어쨌든 민간인들이 복작거리는 내무반의 삶을 억지로 참아야 할 이유 따위는 전혀 없었다. 그렇다고는 해도 군인들이 이 이기적 동료들을 좀 고깝게 보는 것까지 막을 수는 없었지만.

게이츠는 규모에 비해 주거구가 협소한 편이 아님에도 불구하고 단순히 구석에 처박혔다는 선입견 하나만으로 리울의 방은 왠지 좁게 느껴졌다. 분명히 자기 방보다 약간 더 큰데도 말이다.

조그만 방에 세 명이 들어앉으니 순식간에 갑갑해졌다. 평균보다 조금 커봤자 결국 한 명이 쓰기에 딱 좋을 정도로 최적화되어 있는 방이다. 조금씩 땀이 나기 시작한 건 거의 들어섬과 동시다. 앉은 지 몇 분 되지도 않아 짜증이 나기 시작한 아찬은 어떻게든 이 사람들을 바깥으로 끌어내고 싶어졌다.

"무슨 일이야? 뭐예요, 형."

"그보다 네가 들고 있는 것부터 좀 줘보지?"

아찬은 가져온 캔 중 두 개를 황수영에게 건네주었다. 그는 어느새 리울에게 패드를 넘기고 캔을 넙죽 안아 들며 대뜸 물었다.

"아찬. 너, 이 게이츠가 언제 서는지 알아?"

전화를 급히 끊은 리울만 애가 탔던 게 아닌 모양이다. 게임은 어쩌면 연기의 일종일지도 모른다. 그게 로가디아를 속이기 위한 것인지, 아니면 자기 자신에게 그렇게 하려는 것인지는 알 수 없지만.

지금 상황에서는 원하는 온도를 맞추기란 절대 불가능하다는 사실을 모르는 에어컨이 부하에 걸려 발하는 희미한 소음조차 거슬리기 시작했다. 아찬은 건성으로 대답했다.

"글쎄요? 로가디아가 이천칠백……."

"헛소리! 그거, 날짜로 계산해 봤어?"

"3개월요."

황수영이 알기로 석아찬은 그 정도의 암산조차 즉석에서 할 수 있는 사람이 아니다. 아찬이 로가디아에게 같은 질문을 했고 설마 그걸 계산해 봤으리라는 예상은 하지 못한 황수영이 약간 당황한 헛기침을 했다.

"흠, 흠. 그건 별로 안 중요하고. 이 항해, 뭔가 이상해."

"에?"

보통 이 분위기로 시작이 된다면 틀림없이 비밀이다. 하지만 어떻게? 로가디아가 다 듣고 있을 텐데. 모두가 알고 있다. 게이츠에 탑승하려는 계약서에 동의하는 순간 로가디아의 감시에도 동의하는 것이다. 아찬처럼 그게 감시라는 개념을 아예 못 갖느냐 아니면 감시로 보고 스트레스를 받을 것인가는 개인 문제다. 아무튼 게임이 스스로를 속이기 위한 연극이라는 점 하나는 확실해졌다.

"리울, 네가 알아낸 거 말 좀 해봐."

"네."

리울은 황수영이 다시금 차지한 단말기 대신 펫으로 입체영상을 띄웠다.

"소크, 방정식 하나를 세웠어. 밤을 꼬박 샜지."

"뜸 들이지 말고 말해."

"아니, 그게 이걸 누구에게 보여줘야 할지 몰라서……."

"나한테 보여주려고 부른 거 아냐?"

"이걸 물리학과에 가져가야 하나 망설이는 중이야. 네가 좀 봐줘."

"옆에 수영이 형 있는데 왜 나한테 물어봐?"

"내가 너한테 물어보라고 했다."

다시 패드를 들고 게임에 열중하고 있는 황수영이 뒤돌아보지도 않고 말했다. 아찬이 인상을 찡그렸다.

"잠깐 좀 보자.

입체영상에 손을 집어넣어 이것저것 뜯어내고 상수를 바꾸고 나니 동일 시공간 위에서 시간을 벡터로 간주하지 않을 경우 생기는 인과계 모형이다. 왠지 아주 낯익은 모형. 아찬은 확인을 위해 안구 투사로 초점 고정을 시키고 장애가 될 만한 모형을 한 번 조심스럽게 걷어냈다. 리울은 자신의 공식을 아찬이 마음대로 뜯어고치는데도 불구하고 안색 하나 변하지 않는다. 오히려 아찬이 머쓱해지고 말았다.

"야, 원래 다 이렇게 해. 안 그러면 내가 어떻게 알아보냐."

"그래. 커피가 시원했으니 봐주지. 소감이 어때?"

말은 그렇게 하면서도 아찬이 그걸 건들든 말든 상관없다는 투다.

리울은 매스메티카 써드 파티를 사용했다. 아찬에게도 익숙한 브라우저지만 매스메트릭스만큼 능숙하게 다루지는 못하는 종류다. 그럼에도 불구하고 아찬은 모델이 의미하는 바를 거의 정확하게 파악할 수 있었다.

리울에게 뭔가 말을 해야 한다는 사실을 깨닫기 위해서 고민이 필요한 종류의 결과가 아니다.

분명히 이럴 때는 할 말이 없다면 지어내서라도 해야 한다. 상대의 결과가 영 아닌 경우라면 그의 자존심에 상처를 주지 않기 위해서, 그리고 자신의 능력 미비로 결과를 이해하지 못한 경우라면 스스로의 자존심에 상처를 주지 않기 위해서.

그러나 아찬은 잠시, 뭐라고 말하기에 곤란함을 느꼈다. 이건 그 어느 쪽도 아니다. 이해가 안 되는 게 아니다. 오히려 이해가 너무 잘되고 있다. 인정할 수 없을 뿐이다.

아찬은 리울과 황수영을 번갈아 쳐다보았다. 저들도 이 공간 함수의 좌표들이 나타내는 의미를 알고 있을까? 불안한 눈빛의 리울이 간신히 말을 걸었다.

"너도 그렇게 생각해?"

저들도 알고 있다. 눈빛에 전염된 억양의 불안함이 리울의 입술을 타고 이어졌다. 두 명은 아찬에게 검산을 부탁하고 싶었던 것이다. 자신들이 틀렸다는 결과를 기대하면서.

"그럼 과장 이야기는, 적어도 반은 개인 의견이 아니야. 사실인 거지."

"불가능해."

"지금 보면서 그래?"

"불가능해!"

"보고 있잖아!"

아찬이 먼저 잘못했다. 리울의 펫을 손으로 쳐 날려 버렸다. 허공에서 기댈 곳이 없어진 입체영상이 잠시 혼란스러운 잔상을 남기더니 산산이 흩어지며 사라졌다. 벽에 부딪쳐 흐느적거리던 펫이 침대와 벽 사이로 빨려 들어갔다. 리울이 갑자기 아찬의 가슴을 밀었다. 황수영이 패드를 집어 던지고 둘을 뜯어내기 시작했다.

"왜 싸워! 이거 정말 웃기는 녀석들이네. 이게 싸울 일이야?"

아찬과 리울은 얼굴이 달아올라 식식거리고 있지만 분노 때문은 아니다. 그들의 눈길은 서로가 아니라 벽과 천장에 절망적으로 향해 있을 뿐이다. 실재로는 짧으나 느끼기에는 그렇지 않은 침묵의 끝에 황수영이 담배를 꺼내 물었다. 아찬도 생각난 듯 주머니를 뒤적였고 리울은 쏟아져 이미 분해되어 버린 커피가 아쉬운 듯 넘어진 캔을 만지작거렸다. 라이터로 불을 붙인 황수영이 입을 열었다.

"과장의 이야기는 반만 맞았어."

"충돌 따위는 없었죠."

이미 알고 있었기에 아찬보다는 충격이 좀 덜한 리울이 황수영의 망연한 중얼거림을 받았다.

"어쩌면 사실일지도 모르지. 타키온 드라이브라고 해도 내부에서 중력 뒤틀림이 생길 정도의 밀도와 충돌한다면… 끝장이야."

타키온 드라이브는 정상 우주와 본질적으로 다른 세계다. 그리고 그 말이 사실을 그대로 적시하지 않는다는 점이 가장 큰 문제다. 우주선이 어딘가 다른 이면 세계로 들어갔다는 듯한 이 진술은 사실, 타키온이 아닌 실수 입자로 구성된 우주와 우주선은 아무 상관이 없다는 뜻에 불과하다.

타키온 드라이브는 실제로 하이퍼 스페이스 드라이브나 워프 드라이브와 다르다. 빛을 넘어서는 운항을 위해 정상 우주가 아닌 다른 공간으로 진입할 필요가 없다. 드라이브 인을 위해 우주선을 멈추거나 감속 혹은 가속할 필요도 없고 오직 이탈 후 다음 진입 사이에 필요한 재예열 시간만 있으면 된다.

바로 이 점이 타키온 드라이브의 장점이자 진정한 강점이다. 반물질 기관의 복잡한 구동과 압도적인 에너지만 있으면 시간이나 공간 따위에 거의 구애받지 않는 기술 덕분에 솔시스인들은 언제나, 원하는 때에 원하는 곳에 존재할 수 있었다.

타키온 드라이브는 우주선의 구성 입자를 타키온으로 변환한 상태에서 항해하는 방식이다. 구동 분류상으로 볼 때 그저 반작용을 이용해 우주로 솟아오르던 천 년 전의 화학 로켓과 다를 바가 없다는 의미다. 타키온 드라이브가 드라이브일 뿐 엔진이 아닌 이유가 그것이다. 우주선이 타키온화 되는 경계는 바로 선체 가장자리 그 자체다. 그 표면을 구성하는 분자 중에서도, 최외각 전자 궤도 함수다. 반물질 엔진은 타키온 드라이브로의 진입과 이탈 순간에만 구동된다.

물론, 빛보다 빠르게 이동하는 배에서 바라보는 우주는 상상할 수 있는 가장 어두운 우주보다도 더 어둡지만, 그건 우주선이 어딘가 차원 너머에 존재해서가 아니라 그 어떤 빛도 우주선을 따라오지 못하기 때문에 생기는 현상일 뿐이다.

그러나 아찬은 그런 사실들이, 오도되는 비유적 표현과 결과적으로 아무런 차이가 없다는 점 때문에 그 이외에는 달리 어떤 상상도 가지지 않았다.

아마 황수영과 리울도 비슷한 모양이다. 전부 혼란과 곤혹으로 가득한 낯빛으로 아무런 말이 없다. 한참이나 있다가 리울이 겨우 입을 열었다.

"전에도… 이런 사례가 있었을까요?"

"적어도, 공식적으로는 없어."

"확실해요?"

"로가디아가 그랬으니까."

황수영의 망연한 대답이 의미하는 바는, 적어도 로가디아가 그런 기록을 가지고 있지 않는 한에는, 사실이라는 뜻이다. 그러니까 결론은 게이츠 내부에서 뭔가 문제가 생겼다는 것이다.

하지만 왜? 지난 사례가 아니라 해도 그냥 상식적으로만 생각해 봐도 우주선에 문제가 생겼다면 폭발이 일어나거나 최소한 눈에 보이는 징후는 있어야 한다. 아니, 아무래도 좋다. 적어도 사람이 옷만 남기고 홀연히 증발하는 일 따위는 생겨서 안 되는 일이다. 아찬이 물었다.

"그럼 내부 중력 뒤틀림 때문에 사람들이 사라진다는 말인가요?"

"중력 뒤틀림은 결과고, 그 원인 때문이 아닌가 싶어."

중요한 것은 충돌이 아니다. 지금 사건의 본질은 내부 중력 뒤틀림이다. 충돌은 있을 수 있는 원인 중 하나일 뿐 결론과는 상관이 없다. 황수영이 자꾸 원인을 충돌로 몰고 가려는 이유가 뭔지는 모르지만 본인도 그게 사실이 아니란 걸 알고 있다.

"그게 뭐든 간에 이런 식은 될 수 없어요."

리울의 말이 끝나는 순간 다시 방 안이 조용해졌다. 담뱃재와 커피를 분해하는 나노머신들 특유의 자기음이 들릴 정도의 적막. 물론 착각일 것이다. 나노머신이 내는 소리는 인간의 가청 대역을 벗어난다. 그럼에도 불구하고 세 명의 수학자들은 그게 들린다는 착각이 들었다.

입자 응결성을 가진 클라크 파장이라면 단백질을 순식간에 분해시킬 수 있다. 결코 엉킬 리가 없는 다른 파장, 예를 들어 아시모프 레이가 동시에 산란되고 있다면 칼슘을 포함한 기타 유기물까지 모두 소멸할 수도 있기는 하다. 물론 타키온 드라이브 중인 게이츠 내부에서 그럴 수는 없다. 맨몸으로 백조좌의 블랙홀에 빨려드는 성간 가스에 뛰어들 경우에나 가능한 일이다.

그러나 근본적인 문제는 그 어떤 가능성도 몇몇 사람만을 선택적으로 그렇게 할 수 없다는 점이다. 사라진 사람들의 질량 자체가 소멸했다는 리울의 계산이 의미하는 또 다른 하나는 그런 방식의 증발이 아니라는 증거기도 하다.

아찬이 담배를 튕겨 날렸다. 짧아져 비례가 엉망이 된 채 구겨진 몸통이 불꽃과 분리될 듯 말 듯하면서도 공중에서 제비를 돌며 정확히 분해기로 들어갔다. 방 주인인 리울이 인상을 찡그렸다. 하지만 덕분에 좁은 공간에 인간미가 조금 생기기 시작했다. 아찬이 로가디아를 불렀다. 로가디아는 방 안 가득히 들어찬 뿌연 담배 연기에 눈살을 찌푸렸지만 그런 잔소리를 할 상황이 아니라는 사실 정도는 알고 있었다.

"로가디아, 사라진 사람들이 가진 공통점 같은 게 있어?"

[왜 물어보시죠?]

왜 물어보시죠? 왜 물어보냐고? 로가디아가 저런 식으로 말한 적이 있던가? 이 상황에서 나올 반문이 아니다. 아찬은 직감적으로 밀어붙여야 한다고 결정했다.

"그 사람들이 공통적으로 들렀던 장소라던가 시간대 같은 거."

로가디아가 대답하기까지 1초가 넘게 걸렸다. 지휘부에 물어보기에는 너무 짧고 로가디아로서 고민했다고 하기에는 지나치게 긴 시간이다. 아찬의 눈썹이 꿈틀거렸다.

[글쎄요.]

글쎄요라고?

"그래?"

아찬은 건성으로 대답하면서도 눈짓을 잊지 않았다. 리울과 황수영이 눈알을 굴려 알아들었다는 표시를 했다.

"다시 확인해 보고 뭔가 나온 게 있으면 바로 알려줘."

[없어요. 아니, 못 찾겠어요.]

로가디아가 미소 지었다. 그녀는 결코 말실수를 하지 않는다. 인간인 그들로서는 절대로 웃을 수가 없는 상황이다.

"우리가 하는 이야기 다 들었는데도 그런 확신을 가질 수 있다는 거야?"

[하지만 말씀은 새겨둘게요. 뭔가 확인이 되면 즉시 알려 드리죠. 적어도 지금은 확실할 거예요.]

황수영이 한숨을 쉬었다. 여기서 로가디아에게 자기 자신에 대한 고장 가능성을 확인해 보라는 말은 할 필요도, 의미도 없다. 하지만 이런 상황에서는 정작 누구에게 말해야 하는지 감이 잘 잡히지 않았다. 어쩌면 오늘 안으로 인공지능 분과를 찾아가 봐야 할지도 모른다. 아찬은 한 번 더 묻지 않을 수 없었다.

"그토록 확신한다면, '그럴 거예요' 말고 정확한 대답을 해봐."

[아찬, 솔직히 말해서 나도 잘 몰라요. 난 단지 있을 법한 모든 일들을 동시에 실수없이, 그리고 단번에 인식해요. 내가 확신할 수 없는 사건은 그 추론들 속에

존재하지 않았어요.]

"아니, 그런 설명을 원하는 게 아니야. 오히려 우리야말로 네가 그런 존재라는 걸 알고 있어. 그렇기 때문에 네 확신 가득한 대답을 원하는 거야."

로가디아가 대답을 하기 전까지 다시 몇 초가 걸렸다.

[아찬, 미안해요. 전 그런 식으로 대답하도록 만들어져 있지는 않아요.]

로가디아는 말이 끝나기가 무섭게 죄송합니다만 바빠서 이만이라는 형식적인 인사를 이어 붙이고는 푸르스름한 입자를 뿌리며 사라졌다. 바빠서 이만? 모든 걸 동시에 인식하는 존재가 바빠서 이만이라고? 맞다. 로가디아는 그런 식으로 말하도록 만들어졌다. 누군가가, 가령 알이나 클라우드가 로가디아가 사람들과 접촉하는 것을 원하지 않는다면 말이다. 그러고 보면 로가디아는 언젠가부터 사람들에게 가능한 한 모습을 드러내지 않으려 들면서 예전 자신이 수행하던 역할을 인간들이 서로 대체하는 분위기로 유도했다. 단순히 임무뿐 아니라 인간관계까지 마찬가지다. 게이츠의 바에서는 언젠가부터 맥주보다 독한 술을 내기 시작했고 남녀 승무원들 사이를 가로지르는 격벽이 열려 닫히지 않게 된 지는 오래다. 로가디아로 외로움과 향수를 달래던 사람들은 이성을 사귀며 공포와 고통을 나누고 있다. 아찬은 머릿속을 파고드는 에이의 최후를 억지로 떨어냈다.

"너도 알다시피 기본적으로 타키온계라는 건 물질계 기준에서는 지독히 불안정해. 하지만 일단 드라이브에 들어서면 그건 문제가 안 돼. 타키온 드라이브에서 나갈 때도 들어갈 때와 같은 수준의 에너지가 필요하다는 것만 빼고."

사라진 로가디아가 떠 있던 허공에 더 이상 시선을 둘 필요가 없어진 황수영이 담배를 분해기로 집어 던졌다. 리울이 다시 한 번 눈살을 찌푸렸다. 공조기는 담배 냄새를 완벽하게 제거하고 있지만 그는 눈앞을 가리는 뿌연 안개조차 거부하고 싶은 듯하다.

"물론 그 에너지 준위는 타키온 드라이브에 들어서는 순간 이미 음수지. 양자 요동은 공간이 아니라 시간 축으로 발생하고. 단지 일관성 법칙 덕분에 이렇게 존재하고 있지만 관찰자 입장에서는 차이가 없어 보일 수도 있어. 게이츠의 드라이브가 개선된 것이라고 하지만 그건 개념이 아니라 단순히 기술적인 것일 거야. 가령 진입 전 질량 함수 간섭을 덜 받는 구동이라던가……."

아찬도 게이츠뿐 아니라 솔시스 연방의 우주선 설계에 대한 기본적인 개념은 알고 있다.

"우리가 알고 있는 이 사실을 지휘부가 모를 리 없어. 모르긴 몰라도 자신들이 가진 지식과 기술로 밝혀냈겠지. 아니면 그러기 직전이거나. 이 결론에 이르기 위해서 필요한 건 가벼운 직관으로 충분하니까. 내 결론을 정리해 주지. 내가 보기엔 이 배는 처음부터 탐사용으로 만든 게 아니야. 이 배의 시스템이 개선된 것이라고는 해도 그건 개념이 아니라 타키온 안정화 시스템의 기술적인 면이나, 뭐 그런 걸 의미하는 거지. 중요한 건 현재 발생하는 문제를 게이츠에 물리적인 이상 증후와 맞춰봐야 한다는 거야. 아무튼 현재 상태로 이런 질량 결손은 결국 에너지 준위 붕괴로 이어지겠지. 파멸의 신에게 우리 권리를 손 놓고 양도하는 셈이야."

분위기에 전혀 걸맞지 않는 우스꽝스러운 시적 표현. 하지만 틀린 말은 아니다. 허수 우주든 통상 우주든 간에 물리법칙은 에너지 준위가 높은 쪽이 횡포를 부릴 수 있는 권리를 준다. 차이라면 단지 그 규칙일 뿐.

"그러니까 눈에 띄지 않는 질량 결손이 언제 어디서부터 생겼는지를 아는 게 중요해. 틀림없이 이런 심각한 상황이 오기 한참 전부터 어디에선가는 질량이 살살 새어나가고 있었을 거야."

황수영은 목이 말랐는지 이미 다 마셔 버린 커피 캔을 들었다 놨다 했다. 아찬은 정신이 없어 미처 따지도 못한 자신의 캔을 그에게 건네주었다. 황수영은 캔을 단숨에 들이키려다가 아직 할 말이 많이 남았음을 의식했는지 몇 모금을 남겨둔다.

"실수계에서 보면 타키온계는 아주 불안정해. 광속 이하로 움직이는 게 불가능하단 건 위치에너지가 허수란 뜻이니까. 너도 원리를 알겠지만 우리 몸을 포함해서 게이츠라는 닫힌 계 안의 모든 존재는 그 구성 입자가 허수 입자로 대체되어 있지. 그리고 지금 배는 지속적으로 질량 결손이 생기는 중이고. 정확한 예는 아니겠지만 우리는 계속 연료가 새는 비행기에 타고 있는 거야. 단지 다른 건 이 비행기는 비행 자체가 아니라 이착륙에만 연료가 필요한 종류라는 거고. 결국, 착륙할 연료가 없어서 영원히 활강해야 하는 비행기처럼 우리는 시간과 시간 사이를 떠돌아야 해. 그리고……."

아찬은 '시간과 시간 사이'라는 표현은 그 어떤 타키온 물리학자나 철학자도 쓰지 않는다고 지적하고 싶었지만 지금은 황수영의 말을 끝까지 듣는 게 더 중요했다.

"그리고요?"

"문제는 로가디아가 말해준 항해 시간이랑 우리가 워크숍에서 배운 정보가 안 맞아."

아찬은 얼빠진 동료들이 도대체 뭔 이야기를 하고 있는 건지 도무지 감을 잡을 수가 없었다.

"정상이라면 그전에 제니트 파워스테이션 부근에서 멈춰야 해. 그런데 로가디아가 알려준 해는 핵융합 엔진을 쓸 수 없을 경우에 나오는 값이야."

"형, 알아듣게 얘기를 해요. 우리는 분명히 목적지가 있어요. 아후리아의 학술 교류단이란 말이죠."

"글쎄, 우리가 정말 학술 교류단인지, 아니면 항복 사절단인지, 그것도 아니면 협박을 하러 가는 건달들인지 알 게 뭐냐? 어쩌면 산 제물일지도 모르지. 여기서 아후리아에 대해 제대로 아는 사람 있어?"

라울은 곧바로 고개를 저었다. 아찬은 뭔가 이야기를 해보려고 했지만 말문이 막혀 버렸다. 떠오르는 건 현자라느니, 다른 외계성종에게 신성함이라는 개념이 있다면 말이지만, 신성시한다느니, 거대한 항성환이니, 그 자체가 생물이라느니 하는 피상적인 지식뿐이다. 심지어는 아후리아를 '그린' 모습만 보았을 뿐, '찍은' 것들도 본 적이 없음을 비로소 깨달았다. 아찬도 어쩔 수 없이 고개를 흔들었다.

"아뇨. 몰라요……."

"우리가 아후리아에 어떻게 도착한다 해도 돌아가기 위해서는 다른 우주선을 기다려야 해. 아니면 아후리아가 우리에게 연료를 보급해 주던지. 그런데 그 아후리아는 실제로 정체도 모르는 대상이지."

황수영의 눈빛이 조금 음울해졌다.

이 사람은 굉장히 진지하게 말하고 있다.

아찬은 한순간 방임해 두었던 마음을 다잡았다. 나이가 몇 살 더 많을 뿐이지만 통찰력은 훨씬 더 뛰어난 선배의 말에 귀를 기울일 필요가 있다.

"여기, 군인이 너무 많아. 못 느꼈어?"

아, 그러고 보니 그렇다. 게이츠에 탑승하고 얼마 동안 주변을 떠돌던 허망한 껄끄러움. 맞다. 탐사선이라고 보기에는 군인이 너무 많다. 무슨 스페이스 비글 시대도 아니고.

"그리고 여자도 너무 많아. 알겠지만 아광속 항행 시에는 설비를 줄이려고 가속에 견디는 능력이 상대적으로 부족한 여자 승무원들은 안 태우려 들잖아. 그런데 지금 게이츠에 여자 승무원들 비율은 거의 반이야."

"하지만 그건 좀 억지인 거 같은데요. 이건 전투함선이 아니에요."

리울이 끼어들어 자신없는 반론을 폈다. 하지만 황수영의 말이 더 논리적이었다.

"그래. 탐사선이면 가능하지. 그런데 봐. 인문학과 자연과학 따위의 분과학에 종사하는 사람 성비를 생각하란 말이야. 게이츠에서 자연과학 계열이 차지하는 비율 자체도 이미 일반적인 탐사선에 비하면 비상식적으로 커. 목적이 외교에 가까운 학술 교류라면 의사소통을 위한 인원이 실제 연구 인력에 비해 두 배는 돼야 한다는 게 정설인데. 여기 외교관이 탔다는 이야기 들어봤어? 외계성종이랑 인사라도 나누려면 인공지능이랑 파트너십을 맺은 외교관이 있어야 하는 거, 다 알지 않아? 또 있어. 인문학이랑 달라서 자연과학에 종사하는 사람들은 대부분 남자들이지. 마인드링킹 입자 자체가 남성호르몬(테스토스테론:Testosterone)에 더 적극적으로 작용하니까. 그렇다고 하면 게이츠에 오른 연구원들의 성비는 억지로 짜 맞추었을 가능성이 많아."

"하지만 탁월한 자연과학자들 중에는 여자들도 많아요. 그리고 여자들은 마인드링킹이 없어도 남자들보다 더 잘하고요."

"물론이지. 하지만 봐. 전부 어려, 너무 어리단 말이야. 난 겨우 스물여덟이야. 그런데 이제 갓 박사 학위를 딴 내가 팀장이야. 이거 정상 맞아?"

"스물여덟에 박사 학위를 얻었다는 게 비정상이겠죠. 형은 월간 수학에 논문도 내고—"

"나라면 월간 수학에 논문 낸 젊은 박사보다는 체스터필드 심사위원을 하는 영감님을 믿겠어."

리울이 아찬의 말을 잘랐다. 아찬은 다리를 꼰 채 새 담배를 꺼내다가 문득, 이미 불이 붙은 담배가 재떨이에서 자신을 기다리고 있다는 사실을 깨달았다. 그는 거의 다 타버린 담배를 마지막으로 한 모금 빨아들이고 나서 여전히 손에 쥐고 있던 담배에 새로 불을 붙였다. 처음엔 어땠을지 몰라도 황수영이 밀고 나아가서는 안 될 곳에 발을 들이고 있는 느낌이었다.

"형, 뭔가 비약이 좀 심한데요. 주장하고 싶은 게 뭔지 모르겠네요."

황수영이 아찬과 리울을 번갈아 물끄러미 쳐다보았다.

"아니, 특별히 주장하는 건 없어. 그냥 그렇다는 거지."

싱거운 웃음. 하지만 진심이 아닐 것이다. 아까의 진지함과는 눈빛이 다르다. 아니, 눈이 너무 불안하게 왔다 갔다 한다. 그러나 눈빛으로 다른 이의 심정을 알 수 있는 사람은 별로 없다.

로가디아라면 가능할지도 모르지.

아찬은 준비한 격렬한 반론을 써먹을 기회가 사라졌음에도 불구하고 가슴을 쓸어내렸다. 황수영의 입에서 나오는 소리가 '우리는 아후리아에 뼈를 묻으러 가는 거야' 따위였다면 그는 논리를 절대 방치해 둘 수 없었을 것이다. 아찬의 정신은 황수영의 음모론에 휘말려 그 근본적 의미가 이제 게이츠를 멈출 수 없다는 뜻임을 알아채지 못했다.

황수영은 황수영대로 아찬이 한참 뒤에야 편입된 보충 인원에 불과하다는 말을 차마 하지 못했다. 어차피 그런 류의 말은 상황을 개선하는 데에는 전혀 도움이 안 된다. 그는 아찬을 언짢게 하고 싶지 않았다.

아찬은 잠시 더 앉아 있었지만 아무도 입을 열지 않았다. 그는 끄응 하며 불편한 기색을 억지로 감춘 채 일어섰다. 리울이 말했다.

"아까 그 모델, 네가 전에 만들었던 그걸로 재구성해 본 거야."

아찬은 고개만 끄덕이고 그대로 방을 나섰다. 다시 리울의 목소리가 등 뒤에서 들려왔다. 그럴 필요가 전혀 없는 거리였음에도 불구하고, 거의 고함이었다.

"뤠이쓰의 방정식! 기억해. 너라면 할 수 있을 거야!"

하지만 아찬은 한 귀로 그 말을 흘렸다. 뤠이쓰 공식은 이미 전에도 써봤지만 말도 안 되는 결과만 얻었을 뿐이다.

로가디아는 게이츠의 어디든 동시에 존재하고 생각하는 존재지만 근래에는 함교에만 머물렀다.

함교 장갑 셔터는 내려진 채다. 타키온 드라이브의 우주는 빛이 없다. 진짜 우주의 색깔이 빛나는 암흑이라면 이 허수 공간의 우주는 단순한 암흑 그 자체다. 어두운 실내에서 명멸하는 빛들이 승무원들의 노곤함을 다독이는 가운데에 여군 정복을 입은 로가디아가 함장을 뒤돌아보았다.

[로가디아가 충무공께 보고드립니다. 구역 A— 사— 118d 구역에서 2급 보안에 관한 내용을 확인했습니다.]

"뭐지?"

[최근 일어나고 있는 일련의 사태에 대해 게이츠의 보안 사항과 연관 지어 추론하였습니다. 지난번 구역 A— 마— 296a와 구역 D— 사— 1f에서 발생한 상황과 흡사합니다만 이번에는 좀 더 깊이 들어간 듯합니다. 거의 근접했다고 보입니다.]

"네 의견은?"

[저로서는 가치판단을 할 수 없습니다.]

로가디아는 클라우드의 지시를 정확히 받아들여 감정이 담기지 않은 목소리로 오직 현상만을 말했다. 덕분에 충무공은 로가디아에게 가졌던 두려움을 떨친 지 이미 어느 정도 시간이 지났다. 사람은 로가디아처럼 모든 걸 영원히 기억하지 못하니까.

"마인드링킹 걸어봐."

[하지만 마인드링킹을 하는 건…….]

알의 눈초리에 로가디아는 말을 멈추고 고개를 숙이며 물러났다. 명령을 거부할 수 있는 능력이 자신에게 있다면 아찬과 동료들을 고자질이나 하는 끄나풀 역부터 맡지 않았을 것이다. 그녀에게는 선택의 여지가 없었다.

알 바라마드가 로가디아와 마인드링킹 터미널을 시작했다. 기온과 함께 로가디아의 회로와 충무공의 신경을 링크해 주는 메타트론 입자의 진동계수가 내려가기 시작했다. 늙은 군인은 섭씨 4도에서는 가능한 링킹을 섭씨 24도에서는 왜 못하는지, 오한과 함께 기술자들에게 투덜거렸다. 목덜미가 서늘해지며 잠시 현기증이 밀려왔다. 반사적으로 눈을 감지 않을 수 없게 만들 정도의 아찔함. 마치 아이스크림을 한꺼번에 급히 먹었을 때 같은 느낌.

어쩌면 정말로 눈을 감은 것은 아니라 단순히 뇌가 그렇게 느끼는 것일지도 모른다. 그러나 알 바라마드는 그 사실을 확인할 수 없었다. 자신처럼 눈을 뜨고 선 채로 마인드링킹으로 들어가는 사람은 아무도 없었고 그래서 다른 이를 보면서 그 진입의 순간에 눈을 질끈 감는지 확인하는 것은 불가능했다. 다른 이들은 모두 편안하게 앉아 눈을 지그시 감고 이 특별한 경험에 임하곤 했던 것이다. 그러나 야전 군인인 알 바라마드는 그런 행동이 사치라고 여겼다. 일순간 초점 풀린 눈으로 여전히 병상에 앉아 허공에 도형을 그리는 저겐젤이 떠올랐다.

알 바라마드는 뇌에서 쓰지 않는 부분에 채워지는 로가디아의 데이터를 공유하기 시작했다.

아찔함이 사라지고 시야가 밝아지니 세 명의 젊은이로 복작이는 방 안에 들어와 있다. 대개는 기초 물리학과 수학에 기반한 이야기지만 그들이 능숙하게 다루던 모델은 전혀 알아볼 수 없었다. 그 순간, 자신의 것이 아닌 로가디아의 직관이 알의 뇌 속으로 밀려 들어와 그 즉시 모델이 의미하는 바를 배울 필요 없이 **그냥 알았다.**

알은 그들을 각자 격리시켜 둘 필요가 있다고 판단했다. 빛의 속도로 사고하는 로가디아가 돕는 알의 갈등과 판단에 긴 시간은 필요치 않았다.

"여기까지."

알 바라마드는 로가디아에게 의견을 다시 한 번 물어보았고 장교의 모습을 한 인공지능 입체영상은 여전히 판단을 유보했다. 게이츠의 우두머리는 로가디아에게 테스크포스 팀을 호출하라고 명령했다.

이년 5월 1일.
어제 황수영 선배의 그 말. 머릿속에서 떠나지를 않는다. 몸서리쳐지도록 기분 나쁜 이야기.

아찬은 전날 보았던 모델을 다시 재구성했다. 이번에도 마인드링킹은 허락되지 않았다. 어제는 방으로 돌아오자마자 갑작스런 두통 때문에 그냥 잠자리에 들어버렸다. 연락해 보니 리울과 황수영도 원인 불명의 두통으로 고생깨나 한 모양이다.

모델을 재구성하는 것은 쉬웠지만 그것을 게이츠에 응용하는 것은 생각보다 힘들었다. 시간 벡터가 상수항으로 나와야 하는데 게이츠의 질량 가변성과 내부 충격 주체라고 가정한 원인 1F를 연관시키는 순간 시간이 구해야만 하는 해로 변해 버렸던 것이다. 이래 가지고서는 결국 풀 수 없는 다차 방정식과 다를 게 없다. 이미 모델은 3차원의 시공에서 존재하는 인간으로서는 도저히 알아볼 수 없는 수준까지 엉켰다. 차라리 그냥 공식을 전개하는 것이 낫지 싶다.

브라우저 대신 일기장을 펼치는 아찬은 은사 덕분에 손으로 글씨를 쓰는 데 소비한 일 년여가 낭비인지 호재인지 잘 분간이 가지 않았다. 전자라면 그 일 년 동안 더 많은 수학을 공부할 수 있었을 것이고, 후자라면 알아볼 수 없는 모델을 해결하기 위해 공식을 전개한다는 것은 언감생심이었을 터.

하지만 아찬은 결국 펜을 쥐지도, 브라우저를 다시 펼치지도 않았다. 해가 시간일 수밖에 없는 방정식의 의미는 아찬이 원하던 것이 아니다. 다른 방법이 전혀 없다면 이곳으로 다시 돌아와야 하겠지만 어쨌든 지금은 그럴 필요가 없다. 아니, 오늘은 그러고 싶지 않다. 다시 돌아오게 된다고 해도 오늘은 아니다.

학문적 고민을 하기에는 집중력이 이미 흐트러져 버린 아찬의 귓전에 로가디아의 목소리가 들려왔다. 평소보다 냉정한 목소리에 옷차림은 군복이다.

[아찬, 충무공께서 면담을 원하십니다.]

충무공이? 알 바라마드? 분과도 아닌 연구원에게 무슨 볼일이라는 거지?

아찬은 충무공의 얼굴도 가물거릴 정도로 그를 본 일이 드물다. 출발할 때 뭔가 거창했던 신년회와 승선 후에 두어 번 있었던 격려 만찬 외에는 그를 본 적도 없다. 자신과 상관없는 군인이라고는 해도 어쨌든 간에 그는 이 작은 사회의 수장이다. 그런 사람이 보자는 것은 뭔가 문제가 있지 않다면 있을 리 없는 일이다. 면담이라면 직접 만나자는 뜻이 아닌가.

"왜?"

[충무공께서 면담을 원하십니다. 직접 와달라고 하십니다.]

로가디아는 그저 같은 말을 반복했다. 이유를 말하면 안 되는 상황에서 거짓말을 할 수 없는 인공지능의 고육지책이리라. 하지만 그런 이해심보다는 그저 그녀의 전에 없이 딱딱한 말투가 부담스러워 더 캐물을 엄두가 안 났다. 아찬은 로가디아에게 그 면담을 하려면 어떻게 해야 하는지 물었다. 그냥 함장실로 찾아가라는 뜻은 아닐 것이다.

[밖에 사람들이 와 있습니다.]

아찬은 어깨를 한번 으쓱하고 일어섰다.

복도에는 장교 한 명과 부사관으로 보이는 정복을 입은 군인 두 명이 기다리고 있었다. 눈을 부라린 기골 장대한 장정들의 인상은 그다지 좋은 편이 아니다.

"난 고급 승용차라도 기다릴 줄 알았는데……."

"여기서야 상관없지만 충무공 앞에서는 부디 입 조심하기를 바랍니다."

작은 혼잣말을 들은 장교의 강압적 충고에 아찬은 입을 다물었다. 거만한 태도에 주먹이 꽉 쥐어졌지만 지금 주먹다짐을 해봐야 좋을 게 없다.

"경례할 줄도 모르겠지만 할 수 있는 한 예의를 다하십시오."

표정이 없고 눈이 날카로운 대위가 억양이 전혀 없는 음산한 목소리로 아찬을 쏘아보며 말했다. 좋은 일로 가는 것이라면 이런 분위기일 리가 없다. 그들이 모노레일을 타기 위해 스테이션으로 발걸음을 옮기는 도중 로가디아의 목소리가 들렸다. 어제와 비슷한 이야기였다. 누군지는 모르지만 역시 불행히도 한 줌 연기로 사라진 것이다. 아니지, 연기가 아니라 아주 소멸되어 버리는 거지. 연기라면 적어도 질량은 보존되지 않은가 말이다. 아무튼 이로써 오늘부터는 그쪽도 며칠간 접근이 금지될 것이다. 아찬은 아까보다 더 작은 소리로 한숨을 내쉬었다. 젠장. 매일같이 통제만 하면 뭐 하나. 티끌 하나 못 찾는데. 그러고 보니 거긴 황 선배랑 리울이 있는 곳이군. 설마 그들에게 무슨 일이 생긴 것은 아닐까? 그럴지도 모른다. 징후도 없고 예측도 불가능한 증발이다. 아찬이 악수하고 뒤돌아섰다가 담뱃불을 빌리기 위해 다시 돌아보고 나면 옷이 흘러내리고 있어도 이상하지 않은 곳이 바로 이 게이츠다. 그는 불길한 생각을 떨기 위해 머리를 세차게 흔들었다.

"여기요. 조용히 하고 있어요."

아찬의 작은 한숨도 놓치지 않은 대위가 방임된 그의 경황을 일깨웠다. 모노레일은 평소 한 번도 본 적이 없는 선로로 진입하고 나서 한 일 분이나 달렸을까 한눈에 봐도 군용임이 타가 나는 스테이션에 멈춰 섰다. 아마도 모노레일의 종점보다도 더 들어간 곳 같다. 두 명의 군인이 아찬에게 주의를 게을리 하지 않으면서 앞장섰다. 몇 번인가 승강기를 갈아타고 자동복도에 오르기도 했다. 어느 순간부터 부산하지만 조용한 복도에는 오직 군복뿐이다. 아찬이 입은 황토색 연구원 복장은 소외감과 동시에 위축감을 안겨다 주었다. 이젠 오히려 빨리 볼일이 끝났으면 했다. 어수선하지만 사람의 목소리 하나 묻어나지 않는 죽은 공간에 더 있고 싶지 않았다. 다행히도 목적지는 몇 발짝 가지 않아 나타났다. 말로만 듣던 함교. 상상한 것보다 평범하고 초라한 입구에서 눈이 날카로운 대위는 아까보다 더 음산한 말투로 아찬에게 주의를 주고는 자신만 먼저 들어갔다. 아찬은 중사와 단둘이 남았다. 사라진 대위보다는 사람이 조금 좋아 보이는 그에게 넌지시 말을 건넸다.

"이렇게 가끔 면담 같은 걸 즐기시나 보죠?"

아찬의 억양이 농담으로 들린 것일까? 그로서는 최선을 다한 정중한 물음이지만 돌아오는 대답은 역시나 차갑다.

"들어가면 쓸데없는 말은 하지 말고 그분이 묻는 말에만 잘 대답해요. 그럼 문제없을 겁니다."

중사는 대위보다도 더 싸늘한 목소리로 아찬에게 한마디 일러주고는 묵묵히 그를 외면했다.

"충무공께 최대한 예의를 갖추시오. 민간인 식으로라도 말이오."

아찬은 심호흡을 한번 하고는 문을 열고 함교 안으로 들어섰다.

이년 5월 2일.

내가 충무공과 면담해야 한 이유는 간단했다.

수학과에 남은 사람이 나뿐이었다.

수영이 형은 갔다. 리울도 갔다. 알 바라마드는 자신의 짓이 아니라고 했다. 나도 그가 그런 힘이 없다는 것쯤은 알고 있다. 하지만 최근에 일어나고 있는 이 사건들에 대해 뭔가 알고 있는 것은 틀림없다. 충무공의 요점은 이것이었다. 이 게이츠와 그 목적에 대해서는 자신들을 믿으면 된다는.

난 순식간에 테스크포스 팀의 일원이 되어 있었다. 수학과만 이 꼴이 아닌 건 분명했다. 테스크포스 회의석을 차지한 사람들은 대부분 나보다 나이가 많지 않은 애송이었다. 심지어 총괄 엔지니어링분과에는 얼마 전 만났던 레진이 앉아 있었다. 나이와 연륜만으로 미더워 보이는 사람은 오직 인공지능학분과의 클라우드 박사뿐이었다. 그 노인은 볼에 솜털도 가시지 않은 레진이 수석 엔지니어라는 사실에 기가 막혀 했다.

아무런 소득도 없었다. 난 우리가 알아낸 것들을 사람들에게 발표했지만 그 결과를 물리학과 기술적인 의미로 연결시키고 번역할 능력이 있는 사람들은 이미 존재하지 않았다. 아니, 어쩌면 처음부터 없었을지도 모른다.

정말일까?

아니. 사실은, 사실은 모두가 알고 있었다. 단지 인정하고 싶지 않을 뿐.

우리는 그렇게 그냥 멍청하게 앉아 처음 보는 사람들의 안부를 확인하고 일어섰다. 하지만 나는 나오면서 군의관 니오자일……

일기 쓰기는 마음을 진정시키는 데 아무런 소용이 없었다.

그래서 아찬은 펜을 집어 던져 버렸다. 화가 나서가 아니라 그냥 가슴이 터질 것 같아서다. 전이었다면 부드러운 목소리로 위로해 줄 로가디아조차 침묵하고 있다.

아찬은 얼굴을 한번 쓸어 올리고는 천장을 쳐다보았다. 그리고 세수를 했다. 담배도 피워보고 시원한 맥주도 한달음에 들이켰지만 답답함을 가눌 길이 없었다.

모두 그 빌어먹을 회의 때문이다.

아찬이 가장 늦었지만 자신의 책임은 아니었다. 그를 '모신' 군인들이 늦게 데리고 온 것을. 역시 레진은 쉴 새 없이 떠들고 있었다. 다만 이번에는 상대가 존재했다. 그 소녀는 자신이 살아온 인생을 족히 대여섯 번은 겪었을 클라우드 박사를 향해 최소한의 예의조차 지키지 않았다.

"박사님, 박사님은 로가디아를 그렇게 믿고 있지만 그녀가 한 게 뭐죠? 아무 것도 없어요!"

"학생, 자네가⋯⋯."

"박사님, 전 학생이 아니라 박사님과 같은 학위를 가진 학자고 여기 오르기 전에는 강의를 했어요. 그리고 지금은 부재중이신 프라이안 수석 엔지니어의 대리고 말이죠. 예의는 지켜주셨으면 좋겠군요."

적반하장 격의 소녀의 행위에 좌중은 당황했고 감히 제지할 생각조차 하지 못하고 있었다. 서슬에 질려서라기보다는 너무나도 황당해서 갈피를 못 잡는 것 같았다. 알 바라마드조차 팔짱을 끼고 방관만 하고 있었다. 단지 그의 경우는 다른 사람들과 달리, 당황에 의한 것이 아니라 의도적인 것 같아 보였다.

이런 상황을 그대로 두고 보는 성격이 못 되는 아찬이 회의실에 들어선 인사 를 그녀에게 대한 타박으로 시작하려는 찰나 클라우드가 아찬을 바라보며 고개 를 흔들었다. 황당함을 삼킨 아찬은 어쩔 수 없이 둘의 대화를 들어야만 했다. 역시 알아들을 수 없는 이야기가 오갔지만 어느 순간부터는 자기도 모르게 집중하게 됐다. 로가디아에 대한 이야기가 나오면서부터다. 인공지능의 속성에 관한 내용이었는데 아찬은 이럴 줄 알았다면 심리철학을 더 열심히 공부해 둘 걸 이라는 후회가 들 정도였다. 물론 이야기의 장본인은 클라우드였다. 레진은 상대의 이야기를 다 알아듣는다는 듯한 표정을 억지로 짓고 있었지만 안 그래도 어설픈 연기력에 자존심이 심각한 방해가 된다는 걸 모르는 것 같았다. 그녀는 여전히 어린 소녀일 뿐이었다.

"로가디아는 본체가 없네. 물론 본체를 에뮬레이션할 수는 있어. 다르게 말하면 비록 물리적 실체를 가지고 있지 않다 하더라도 그런 상태를 가정하고 정확한 추론을 할 수 있다는 의미라네."

"전 그걸 못 믿겠다는 거예요. 박사님 말 자체가 틀린 건 없죠. 문제는 그런 추론이 완전할 수 없다는 데에 있고 그 의미는 바로 로가디아가 게이츠를 완전히 장악하지 못한다는 뜻이에요."

"레… 아니, 박사. 우리 논의가 계속 겉도는 이유는 박사가 로가디아를 만든 내 말을 믿지 못해서네. 로가디아는……."

"그럼 이건 뭐죠?"

레진이 허공에 손가락을 튕기자 게이츠를 단순화 한 모식도와 곡률 도표를 포함한 그래프 몇 개와 표 두 개가 떴다. 그녀는 그중 하나를 끄집어내며 클라우드에게 따졌다.

"이건 로가디아의 광양자 유동 패턴을 통제하기 위해 만든 원구 모양 구역이에요. 알파 룸이라고 부르고 있죠. 실제 공간은 방 따위에 비교할 수 없을 정도로 거대하지만."

사실이었다. 모식도만으로도 게이츠의 크기와 가늠해 볼 때 엄청나게 커다란 공간이 배면에 존재했다. 아찬은 그 크기를 대충 상상해 보았지만 잘되지 않았다. 확실한 것은, 게이츠를 처음 탔을 때 감탄했던 그 어마어마한 공간감을 준 광장보다 더 크면 크지 덜하진 않으리라는 사실이었다.

잠시간의 쓸모없는 상상을 하던 아찬의 정신은 소녀 특유의 가늘고 높은 음성에 자극받아 현실로 돌아왔다.

"게이츠에서 가장 쓸모없어 보이는 부분인 동시에 문제가 생겼을 때 유일한 희망이 되는 부분이죠. 이 텅 빈 공간은 로가디아를 구성하는 입자 자체를 시뮬레이션하면서 그녀의 의식 전반을 구성하도록 의도적으로 만들어진 부분이에요. 우리는 그걸 위해서 정말 심혈을 기울였고요. 무슨 뜻인지 아시나요?"

아찬은 클라우드뿐 아니라 알의 인상이 굳어지는 것을 놓치지 않았다. 알은 아찬과 눈이 마주치자마자 재빨리 그래프로 시선을 돌렸지만 맞은편의 젊은 친구가 의심조차 하지 못할 정도로 빠르게 그러지는 못했다. 그를 순간적으로 본 사람은 그뿐이 아니었다. 피곤해 보이는 늙은 장교의 시선도 알을 향했다. 그는 아찬과 달리 알을 노려보았다. 시선으로 다른 이의 마음을 알아채는 것 따위는 불가능하다고 믿는 아찬조차도 그 눈빛의 의미만큼은 확실히 알 수 있었다. 피곤해 보이는 늙은 장교는 알에게 '이런 제기랄, 내게 거짓말을 했군!' 이라고 말했다.

그 와중에도 클라우드는 레진의 말을 차분하게 받아냈다.

"물론 알고 있네. 그 공간은 시간조차 멈추어 있다고 할 수 있는 곳이지. 말하자면, 그 공간 안에서 로가디아는 무소불위의 힘과 능력을 가질 수 있어. 물론 그것이 물리적인 의미는 아니네만."

레진의 입가에 감출 수 없는 엷은 미소가 떠올랐다. 경솔한 나이에 지을 법한, '걸렸다' 는 표정이었다.

"게이츠를 설계한 저보다도 더 쉽게 설명하시는군요."

레진이 미소를 유지한 채 말을 이었다.

"이 도표를 보시죠. 일정한 주기로 알파 룸의 전자기 궤도 함수가 변화하고 있죠. 그전에 곡률의 급격한 상승이 보이시죠? 이건 게이츠 설계상 알파 룸이 열렸을 경우 생기는 자연스러운 현상이죠. 순간적으로 상이한 시공의 마찰이 생기면서 엄청난 휨 현상이 생겨서 그래요. 다르게 말하면 아주 짧고 격렬한 중력 뒤틀림이 생긴다는 뜻이죠. 그리고 그 압도적인 힘이 게이츠의 등골을 부러뜨리는 걸 막기 위해서 알파 룸은 중력 통제를 실시하는 거예요. 이게 무슨 뜻인지는 클라우드 박사님이 더 잘 아시겠죠?"

클라우드의 표정은 변하지 않았다. 그러나 변할 준비를 하고 있었다. 그게 어떻게 가능하고, 한걸음 나아가서 무슨 의미인지는 잘 알 수 없지만, 아무튼 아찬에게 클라우드는 그런 식으로밖에 보이지 않았다. 클라우드가 평정심을 잃었다는 의미가 아니다. 오히려 그는, 그럴 상황이 오지 않기를 바라는 것 같았다. 그러니까, 클라우드의 묘한 얼굴은 달리 표현할 길이 없기 때문에 준비라는 단어를 쓴 것뿐 뭐라고 형언할 수 없는 종류의 것이었다. 그리고 그건 곧바로 나온 노학자의 대답이 증명해 주었다.

"모르겠네. 내가 그 설명을 할 수는 없다고 생각하네. 비록 내 생각이네만, 지금 중요한 것은……."

도발하는 느낌을 보기에도 안쓰러울 정도로 죽이려고 노력하는 노인. 그의 부드러운 대답이 무색하게 레진은 어이가 없다는 듯이 한쪽 입꼬리를 올리고 같은 쪽 눈으로만 웃으며 고개를 돌리면서 짧고도 고의적인 한숨을 내뱉었다. 무례하기 짝이 없는 행동이지만 이 상황은 그런 걸 따지기에는 너무 중요하다는 데에 이견이 없는 듯 모두 침묵으로 일관했다. 아찬뿐 아니라 다른 참석자들도 지금 이야기 대부분을 이해하고 있다는 의미다. 그러나 아찬은 레진을 말리고 싶었다. 클라우드가 레진에게 어떤 표정을 지을지 알 것 같았기에.

"클라우드 박사님은 지금 거짓말을 하고 계세요. 아니면 스스로 만든 로가디아가 어떤 존재인지를 잘 모르고 계시거나. 도표의 의미는 바로 로가디아의 본체가 그녀에게 장착되는 순가—"

의기양양한 레진의 눈이 클라우드와 마주친 순간 그녀는 말을 멈추고 말았다. 동시에, 아찬은 노학자가 준비한 그 표정을 절실하게 인정할 수밖에 없었다.

그건 바로 애처로움이었다.

아니, 그보다는 훨씬 더 근본적인 어떤 것이었다. 비웃음 따위가 아니라 그건 마치, 자식을 앞에 둔 부모가 어떤 이유로 가질 법한 고통 그 자체. 클라우드의 인상은 그랬다. 갑자기 아찬의 가슴에 쥐어뜯는 듯한 통증이 밀려들었다. 나도 저런 얼굴을 본 적이 있어. 그는 이빨을 깨물고 들킬세라 가까스로 호흡을 유지했다.

레진은 클라우드의 괴로운 눈빛을 경멸로 받아들인 게 틀림없다. 그녀의 얼굴이 점점 붉어지다가 앙다문 입술이 파르르 떨리며 눈동자에 눈물이 맺혀 번들거렸다. 모욕이 아닌 것을 모욕으로 받아들인 그녀의 필사적인 인내가 선했다.

붉어진 눈으로 모든 사람의 시선을 외면하며 초점없이 한곳으로 시선을 두던 레진이 결국 탁자에 엎드리고 말았다. 어떤 사람은 우월감에 의한 동정심을, 어떤 사람은 예의없는 소녀가 받은 응징에 대한 만족을, 또 어떤 사람은 애써 무관심을 보였다.

조용한 좌중은 레진이 거칠게 일어나면서 약간 어수선해졌다. 그녀는 여전히 그 누구에게도 시선을 두지 않은 채 회의실을 빠르게 걸어나갔다. 자기도 모르게 그녀를 따라가려는 아찬을 또 다른 무의식이 잡아끌었다. 어쩐지 지금 레진을 따라 나가면 그녀 역시 에이처럼 사라져 버릴 것이라는 불길함이 그를 덮쳤던 것이다.

지금까지 지켜만 보던 알 바라마드가 마침내 팔짱을 풀어 허리를 숙이고 깍지 낀 손으로 턱을 괴었다. 그가 보인 성의는 그것이 전부였다. 오만한 태도로 다리를 꼰 채 무관심으로 일관하던 알의 입에서 나온 말은 고작 한마디였다.

"계속하시오, 여러분."

마침내 아찬의 성질이 폭발했다. 여기 오기 전부터 군인들 때문에 이미 열받은 그였다. 누가 말릴 틈도 없이 회의 탁자를 타고 넘은 아찬은 알 바라마드의 멱살을 붙잡고 거칠게 밀어붙였다. 늙은 군인과 젊은 수학자가 한 덩어리가 되어 뒤엉키고 사람들이 모두 일어섰다. 싸움이 시작됨과 동시에 치솟는 엔도르핀의 쾌감이 만드는 이상한 몽환적 느낌. 그 속에서 아찬은 군홧발 소리로 들리는 둔탁한 소음을 듣는 순간 뒤통수에 격렬한 통증을 느끼며 정신을 잃었다.

여자들의 비명과 어수선함이 꿈결처럼 스치는 가운데 쓰러진 자신을 내려다보는, 헬멧을 쓴 사나이가 어른거린 기억이 났다. 정신을 잃거나 한 것은 아니었다. 그럼에도 불구하고 급소를 정확히 맞았는지 온몸에 힘이 빠져 언감생심 반항은 꿈도 꾸지 못했고 당시의 일이 먼 기억처럼 떠오를 뿐. 메디팩은 터지지 않았고 의료용 나노머신도 방출되지 않았다. 있을 수 없는 일이다. 머리가 부서질 듯 아팠지만 아찬은 로가디아의 무반응이 어떤 의미인지 모를 정도로 멍청하지는 않았다. 그를 부축한 사람은 군의관이었다.

소령이면서 의무대대장. 에이의 실종에 충격을 받은 아찬을 돌보아준, 선량하게 나이를 먹은 인상 좋은 니오자일이 그를 황급히 의무실로 데려갔다.

의무실은 우주선에 설치되는 전형적인 스타일이었다. 희고 깨끗하며 수술대와 시트를 둘러싼 여러 대의 의료용 로봇이 서 있는 조용한 공간. 그리고 유리 너머로 보이는 입원실과 분주한 간호장교들. 다만 별실로 보이는 곳은 짙은 코팅으로 내부가 들여다보이지 않았다. 뭔가 특별한 처치를 요구하는 사람들의 입원실일까?

자신에게는 이번이 처음이지만 다른 많은 사람들이 신세를 여러 번 진 흔적이 감춤없이 묻어 있는 시트. 아찬은 그 위에 앉아 응급처치를 받았다.

"조금 아플지도 몰라요. 마취제를 놔줄까?"

반쯤 말을 놓는 니오자일은 나이가 많았다. 외모로만 보면 제온 피오르도기 원사와 나이가 비슷해 보였다.

"아뇨. 그냥 빨리 해주세요."

"미안하네. 거칠게 행동하지 말라고 그렇게 이야기했건만……."

자기도 모르게 니오자일을 돌아보려던 아찬의 목덜미가 따끔거렸다.

"윽!"

"손으로 봉합하는 중이네. 움직이면 안 돼."

봉합이라고? 찢어졌다는 건가? 그런데 왜 굳이 손으로 직접?

하지만 그 모든 사실들보다 아찬은 방금 니오자일의 말이 더 마음에 걸렸다. 늙은 의사의 말을 뒤집어보면 전에도 이런 일이 있었다는 의미다.

"군의관님."

"그냥 선생님이라고 부르게. 내가 군인이 된 건 얼마 되지도 않았어. 난들 방법이 있나. 하라면 해야지."

역시 처음부터 끝까지 뭔가가 이상하다. 하지만 뭐가 이상한 거지?

아찬은 무엇인가를 물어보아야 한다고 생각했지만 도대체 자기가 알고 싶은 게 무엇인지도 모를 지경이다. 그건 뭐랄까, 궁금하다기보다는 그냥 알 수 없는 기분 나쁨에 가까운 것이다. 그럼에도 그는 뭐든지 말을 하고 싶었다.

"신세를 여러 번 지는 것 같습니다. 선생님이 제 주치의이신 것 같아요."

"주치의라······."

니오자일은 봉합에 집중하며 건성으로 말했다.

"의사라고 무사할 수는 없지. 이젠 나 하나 남았네."

아찬의 턱이 저절로 벌어졌다. 그는 억지로 정신을 다잡았다.

"저기, 아까 회의에서 말인데요······."

"자, 끝났네. 드레싱은 새로 갈 필요 없어. 자기 전에 떼면 돼. 드레싱에 진물이나 고름이 얼마나 묻었는지 꼭 확인하고."

"아니, 저 잠시만······."

"이제 그만 가봐. 치료는 끝났잖아."

아찬의 말을 차갑게 자른 니오자일이 그의 등을 떠밀었다. 상처를 봐줄 때와는 너무 다른 태도였다. 희미한 불쾌감과 좀 더 강한 무안함에 아찬은 그에게 인사도 하지 않고 의무실을 나와 버렸다.

그게 어제였다.

일기를 쓰다가 집어 던진 펜을 주우려고 몸을 숙인 순간 머리로 피가 확 몰렸다. 맞은 자리가 욱신거리며 다가온 통증으로 자연스레 연장되는 불쾌한 기억.

좋지 않은 경험을 되살린 욱신거림을 억누르며 펜을 집어 드는데 문이 왈칵 열렸다. 문이 열렸다는 사실보다 보안장치가 고장 났다는 생각에 깜짝 놀란 아찬이 당황해 고개를 돌렸다. 자기도 모르게 얼간이 같은 말이 튀어나왔다.

"누, 누구세요?"

"수호자입니다."

빌어먹을. 이런 촌스런 이름이라니. 차라리 그냥 경비대라고 하지. 안심한 아찬이 투덜거리며 일어섰다. 테라스를 메운 트롤리 한 대와 함께 서 있던 두 명의 군인들이 아찬의 허락을 받지도 않고 그의 어깨를 거칠게 밀고 들어왔다.

"뭐, 뭐야."

군인들은 방 주인을 완전히 무시한 채 여기저기를 의심스럽게 살피다가 서로 고개를 끄덕이더니 방 한구석에 총을 기대어놓았다. 검은색 윤기가 흐르는, 보기에도 묵직한 총이다. 아찬이 눈을 몇 번 끔뻑거렸다.

"건드리지 마쇼. 아주 위험한 물건이니까. 문제가 생기면 로가디아가 알아서 할 거요."

"그게 무슨……."

군인들은 이번에도 아찬을 무시한 채 들어올 때만큼이나 난폭하게 그를 밀치며 나가 버렸다. 엉겁결에 그들에게 밀려 침대에 걸터앉게 된 아찬의 얼굴에 기가 찬 표정이 스쳤다. 군인들은 신경이 날카로워 보였지만 그건 자신도 마찬가지다. 아찬의 목소리에 짜증이 심하게 섞였다.

"로가디아, 이게 뭐야?"

허공을 향해 건성으로 던진 한마디에 뜻밖에도 로가디아의 대답이 돌아왔다.

[지휘부의 지시입니다. 그 총은 만지지 마십시오. 무척 위험한 겁니다. 문제가 생기면 제가 알아서 통제할 겁니다. 아찬은 그때 제 지시에 따라주시기만 하면 됩니다.]

로가디아의 목소리는 억양이 없는데다 딱딱하기까지 했다.

"그게 무슨 뜻이지?"

[게이츠는 전투함이 아니라서 내부에는 전혀 무장이 없습니다. TH—201A 소총은 리니어 모터를 부속하고 있어서 제가 컨트롤하는 것이 가능합니다.]

"아니, 그게 아니라 도대체 어느 정도기에?"

[미안합니다, 아찬.]

"그래. 로가디아. 네가 뭘 어떻게 할 수 있겠어."

아찬은 포기한 듯 가벼운 한숨을 내쉬었다. 방금 전부터 한방을 같이 쓰게 된 낯선 존재를 그는 일말의 기대감을 가지고 물끄러미 쳐다보았다. 그러나 룸메이트가 자신을 지켜줄 수 있을 것 같지는 않았다.

이년 5월 3일.

거의 패닉 상태다. 군인들이 더 이상 자신들을 보호하지 못한다는 사실을 명백히 알게 된 몇백 명의 민간인들이 갈팡질팡하고 있다. 충무공의 직권으로 선내에 무의미한 계엄령이 내려진 지 오래지만 그걸로 달라지는 건 아무것도 없다. 누구도 방 바깥으로 나오려 하지 않고, 다른 사람을 찾아가지도 않는다. 물론 나도 마찬가지다. 여기저기 흘러내린 옷을 분해하는 나노머신의 불길한 윙윙거림조차 소음이 될 정도의 적막, 그 자체.

사람이 사라지는 이상 현상은 대상을 가리지 않으며 무엇으로도 저지할 수 없다. 함교의 출입문 앞에서 눈을 부라리고 있던 솔시스 연방군 위병은 전우가 눈앞에서 사라지는 것을 봐야만 했다. 과장된 표현을 좀 쓴다면 오직 중성미자를 제외하고는 무엇도 드나들 수 없는 완벽한 밀폐 구조의 메탈갑옷조차도 그들을 보호하지 못했다(하긴, 그것은 이미 게이츠도 마찬가지다).

소문이다. 그래, 다 소문이다.

거짓말.

소문은 듣는 것이지 직접 보는 게 아니다.

물론 메탈갑옷이 주저앉은 그 순간에 난 자리에 없었다. 그렇지만 주인없는 메탈갑옷의 공허한 바이저는 봤다. 저녁 먹은 걸 모두 토한 사람은 나만이 아니었다. 아니, 에이는? 내 눈앞에서 사라진 에이는?

그 메탈갑옷이 그냥 그 자리에 놓인 것인지, 아니면 입고 있던 누군가가 사라져 그렇게 된 것인지는 중요치 않다. 이제 누구도 만나고 싶지 않다. 모두가 그렇다. 이제는 아무도, 이야기를 나누던 상대의 옷이 흘러내리는 것을 보고 싶어 하지 않는다. 그걸 보느니 그냥 이렇게 혼자 있는 게 낫다.

사람들이 사라지는 현상은 점점 가속이 붙어 며칠 전에는 수십 명이 한꺼번에 사라져 버렸다. 로가디아는 그때마다 적색경보를 울리지만 더 이상 달려올 의료팀도, 군인들도 없다. 그리고 어느 순간 동물들조차 사라지기 시작했다. 그 알 수 없는 힘은 게이츠의 모든 씨를 말리려 드는 것처럼 보인다.

선내의 구조는 완전히 붕괴됐다. 지휘부의 상당수는 속절없이 사라진 게 틀림없다. 민간인들의 분과 팀 수뇌부도 마찬가지다. 로가디아는 대답이 없고 우주선은 계속 움직인다. 다릴은 불안하게 건들거리고 있고 눈빛은 모두 변했다. 만약 다른 누군가를 요조리 죽여 버리고 자신이 살아남을 수 있다면 그렇게 할 눈빛이다. 그리고… 내 눈빛도 그렇다.

이런 제기랄! 인간은 죽어가고 누가 조종하는지는 몰라! 텅 빈 배가 혼자 우수를 가로지른다고?! 유령선! 유령선! 유령선!

총의 잠금장치를 풀어야 한다. 저걸 풀어야 해. 저검ㄴ이; ㄴㅣ달ㅈㄷㅈ댜 ㅎㄱㅅ.

주먹으로 벽을 때리는 아찬의 정신은 마지막 부분을 자신이 일기장에 쓴 것인지, 아니면 단지 울부짖은 것인지조차 알 수 있는 상태가 아니었다.

전시도 아닌데 지휘 체계 유지를 위한 억지 진급이라니. 하지만 차라리 그게 낫다. 전투라면 적어도 뭐가 아군을 죽이는지 확인은 가능하다. 어차피 자신도 오늘부터는 낙하산 중령이 아닌가.

한타랏사는 아무 억양 없이 물었다.

"총기 지급은 끝났나?"

"예."

소령 견장을 붙인 비올루스 퀘일이 한타랏사의 질문에 작은 목소리로 대답했다. 대위 견장을 붙였던 흔적이 채 가시지도 않은 젊은 장교다.

평소라면 어린 장교의 군기 해이가 눈에 거슬렸을 터지만 이제는 그런 시시한 사치를 부릴 여유가 없다. 역시 비슷한 흔적을 가진, 퀘일처럼 소령 견장을 단 맥하가 머뭇거리다가 한타랏사를 똑바로 보며 입을 열었다.

"중령님, 에이 영 소위의 일은 정말로 안타깝습니다. 하지만……."

"보고 끝났으면 나가."

"……."

맥하의 눈치를 보던 퀘일이 그와 함께 등을 돌렸다. 한타랏사는 한숨을 쉬고 서류를 집어 들었다. 웬일인지 근래 사령부는 지시를 종이 서류로 하달했다. 로가디아에게 무슨 문제가 생긴 걸까?

영관 급 이상의 장교들에게 배부된, 근간의 사건과 대책에 대해 빼곡한 기록이 들어 있는 서류였다. 그러나 한타랏사는 에이에 대한 생각에 도저히 집중을 할 수가 없었다. 그는 서류를 책상 위에 던져 두고 방을 나섰다. 아무래도 바람을 쏘여야 할 것 같아서다.

아찬은 주먹의 통증 때문에 억지로 일어났다. 손등과 손가락 사이 튀어나온 부분을 온통 피로 칠갑한 채 주변을 둘러보니 난장판이다. 일기장 중 몇 페이지는 발기발기 찢겨져 있고 치료도, 청소도 전혀 되어 있지 않다. 이젠 나노머신마저도 맛이 간 모양이다. 울고불고 난리치며 발광한 기억이 희미하게 났다. 그는 잘 움직이지 않는 손가락으로 담배를 꺼내 물었다. 곧 니오자일과 만나기로 한 시간이다. 이걸 피우고 일어서면 딱 맞출 수 있을 것이다.

이곳은 자기 같은 사람이 올 곳이 아니다. 너무 으슥하고… 뭐랄까, 기분 나쁜 곳이다. 조망 공원의 가장 구석진 공중 화장실 뒤편에 기계실 문을 열고 들어가자 아래층으로 내려가는 사다리가 나왔다. 게이츠에도 이런 곳이 있을 거라고는 상상조차 하지 못한 아찬은 니오자일이 처치해 준 드레싱의 안쪽에 써 있는 구역 번호를 다시 한 번 살펴보았다.

B—라—46s. 장소.

굳이 장소라고 친절하게 부연해 두지 않았다 해도 생겨먹은 기호 자체가 장소 아니면 다른 어떤 의미도 가질 수 없을 것 같은 종류다. 그럼에도 혹시나 하는 마음에 호주머니에서 펫을 꺼내서 내비게이션 된 주소와 비교해 보았지만 역시 틀림없다. 아찬은 다시 한 번 망설이다가 에라 모르겠다는 심정으로 사다리를 타고 내려가기 시작했다. 주먹이 너무 아팠다.

천장이 어지간히도 두껍거나 그게 아니라면 이 사다리 통로는 거의 몇 층 이상을 그냥 관통하는 게 틀림없다. 키 높이의 몇 배를 내려왔는데도 바닥이 보일 기미가 없다. 다시 펫을 꺼내 액정을 켜보았지만 빛을 낸다는 착각을 줄 뿐 실재로는 반대인 광전소자는 시야를 밝히는 데 전혀 도움이 되지 않는다.

니오자일이 무슨 생각으로 이 이상한 메시지를 남겼는지 알 길이 없다. 처음에는 기분 나쁜 의문을 해소하는 데 도움이 될 것 같다는 느낌이 들었기에 이 괴상한 짓을 시작했다. 그러나 지금은 머리 위의 덮개가 닫히지는 않을까 하는 불안감과 어둠 속에 묻혀 보이지 않는 바닥이 만드는 두려움이 겹쳐 지금 하는 일에 회의가 들기 시작하는 중이다.

마침내 아찬이 결정을 내리고 펫을 팔에 감기 위해 고개를 내리는 순간 구덩이 저 아래에서 희미한 불빛이 보이기 시작했다. 포기하려던 그의 결정은 간사하게도 즉시 바닥까지 내려가 보는 쪽으로 기울었다.

발이 바닥에 닿자 아찬은 비로소 안도의 한숨을 쉬며 주위를 둘러보다가 실망을 느꼈다. 위에서 볼 때는 꽤 밝을 줄 알았는데 실제로는 어둠에 적응한 눈이 일으킨 단순한 착시다. 로봇의 광감지기가 반응할 수준에서 광량이 조절된 조명. 다르게 말하면 이 불빛들은 인간을 위해 설치한 것이 아니다. 뭘 하든 별 도움이 안 될 정도로 약한 형광등이다. 침을 꿀꺽 삼키는 아찬의 어깨에 뭔가가 올려졌다. 그는 반사적으로 그걸 뿌리치며 주먹을 올렸다. 무술 따위를 배웠든 안 배웠든 그로서는 주먹 외에 선택의 여지가 없다.

하지만 막상 통증 때문에 주먹을 쥘 수 없자 당황하지 않을 수 없었다. 목소리가 들렸다.

"늦었군."

니오자일의 모습은 간신히 실루엣만 보일 정도다. 처음에는 안도의 한숨이 나왔지만, 그건 곧 황당함과 의문이 섞인 질문으로 변했다.

"군의관…… 아니, 선생님. 이게 뭡니까?"

"여긴 사람이 오지 않는 곳이야. 여기라면 로가디아를 걱정할 필요가 없네."

니오자일이 손전등을 켰다. 아찬은 그때서야 아까 너무 놀라서 침이 목에 걸린 채 남아 있다는 사실을 알아챘다. 갑자기 경련에 가까운 기침을 하기 시작한 그의 등을 니오자일이 두드렸다.

"내가 너무 놀라게 해서 사레라도 들린 모양이군. 미안하네. 손도 다친 모양이군. 이리 줘보게."

"무, 무슨 일이죠?"

이번에도 역시 얼간이 같은 대답이 나와 버렸다. 하지만 기침을 그치지 못하면서도 달리 어떤 말을 해야 할지 판단이 잘 서지 않았다. 니오자일은 아찬의 양 손등에 연고를 듬뿍 바르며 대답했다.

"잘 모르겠네. 솔직히 왜 자네에게 그랬는지도 잘 모르겠어. 어쩌면 그 재수 없는 영감의 멱살을 쥐고 흔든 게 내 마음에 들어서인지도 모르지. 아무튼 나만 알고 있으면 안 될 것 같았네. 분명히 숨기긴 해야겠지만 나만 알고 있으면 안 될 것 같았어."

밑도 끝도 없는 이야기. 하지만 자신이 원하는 게 바로 이런 종류의 이야기일지도 모른다.

"필체가 멋지시더군요. 전 펜과 종이를 쓰는 사람이 여기서 저 하나뿐인 줄 알았습니다."

"의사들은 누구나 그런 훈련을 받네. 인공지능 없이도 수술을 하고 처방전을 써야 할 상황은 얼마든지 있으니까."

니오자일은 아찬의 농담에 반응을 하면서도 관심은 그다지 없어 보였다. 손전등 불빛 뒤에 숨은 니오자일이 잘 보이지 않았다. 눈을 가늘게 뜨는 아찬에게 그가 뭔가를 내밀었다.

합성수지 봉투다. 자신이 게이츠에 오르기 전 그랑마이어 선생에게 받은 것과 같은.

"뭔가요?"

"혼자 있을 때 뜯어보게. 로가디아의 눈에서 벗어날 수 있는 장소에서."

"네?"

"나도 설명해 주고 싶지만… 사실은 내가 의뢰하는 쪽에 가깝네. 환자 중 한 명이 나한테 준 거야. 그런데 그걸 누구에게 보여줘야 할지 모르겠더군. 환자는 수학과였네. 자네가 알지도 모르겠군. 리울이라고."

아찬이 숨을 한번 몰아쉬었다.

"누구라고 하셨습니까?"

"리울."

어둠 속의 인물은 여전히 보이지 않았다. 아찬은 한쪽 눈을 더 가늘게 뜨며 고개를 쑥 내밀었다. 눈꺼풀에 힘을 주면 초점이 맞으며 그의 정체를 확인할 수 있다고 믿기라도 하는 듯이.

이 사람을 믿어도 될까? 여기까지 농담하려고 부른 건 아닐 것이다. 하지만 그렇다면 누굴 믿지? 아니, 리울이 사라졌다는 말도 생각해 보면, 그냥 들었을 뿐이다. 여기에 지구처럼 부음 따위가 있을 리 없잖은가. 그저 게이츠의 유일한 수학자가 자신이라는 이야기를 알 바라마드에게 들었을 뿐이다. 그, 절대 믿기 싫은 작자에게.

"지금 상태는 어떻습니까?"

어두웠지만 니오자일이 고개를 흔드는 것은 알 수 있었다. 처음에는 친구를 만들고 싶지 않았지만 이제는 정말로 외톨이라는 사실을 자각한 순간 아찬의 행동이 격렬해졌다. 그는 니오자일의 팔을 와락 잡아 흔들며 소리치듯이 물었다.

"죽었습니까?! 네? 어쩌다가 그렇게 된 거죠? 게이츠에 역병이 돌고 있는 겁니까?!"

당황한 니오자일이 아찬의 손을 억지로 잡아떼며 말했다.

"진정하게. 그 봉투를 열어보면 뭔가 나올 거야. 아니, 그걸 자네가 알아내야 해. 그리고 리울은 아직 살아 있네."

아직?

그 한 단어에 담긴 뜻을 지금 상황과 자연스럽게 연결시킬 용기가 나지 않았다. 아찬의 침 넘기는 소리를 들은 것일까. 니오자일이 침울하게 말했다.

"역병일지도 모르지. 하지만 감염 경로를 알 수가 없어. 진원지도 마찬가지고. 작용하는 메커니즘 역시 오리무중이야. 의사는 이제 나뿐이고 감조차 못 잡겠네."

"로가디아는 선생님께도 아무 말이 없습니까?"

아찬은 니오자일이 어둠 속에서 자신을 물끄러미 쳐다보는 것 같은 느낌을 받았다.

"자네에게는 입을 다물고 있나?"

"예. 오늘 총을 가져다주면서 입을 잠깐 열었는데… 그게 며칠 만인지도 잘 모를 정도입니다."

"그렇군. 나에겐… 적어도 치료와 관계되는 이야기는… 아주 가끔이지만, 하기는 하네. 조언도 아니고… 그냥 간호사가 심부름할 거 없냐고 물어보는 정도지만. 어쨌든 로가디아 역시 아무것도 몰라. 그녀도 이 상황에 대해 아는 게 나만큼이나 없네. 아니, 입을 다물고 있는 건지도 모르지. 아무튼 확신할 수 있는 건 지구에서 옮겨온 역병은 아니라는 거야."

당연한 이야기다. 솔시스에서 역병 따위는 존재할 수가 없다. 보건 방역 시스템의 완벽함부터 시작해서 바이러스를 확인하는 즉시 생산되는 백신. 솔시스에서 질병으로 인한 사망의 개념은 역사책에나 나오는 이야기다. 수많은 사춘기 청소년들은, 자신들은 상상도 할 수 없는 방식의 죽음 앞에서 속절없이 쓰러져간, 지난 과거의 수많은 사람들이 가진 불행과 그걸 이겨내기 위해 영웅적인 싸움을 해온 의사와 병리학자, 그리고 생물학자들의 분투에 눈시울을 덥혔다. 아찬 역시 그런 시기를 겪었고.

"바이러스가 아닙니까?"

"아니네. 이건 마치……."

"마치요?"

"유령 같아. 무슨 유령이 사람들을 하나씩 살해해서 먹어치우는 것 같은 느낌일세."

은유적 표현이 니오자일의 말이 진심을 그대로 반영하지는 않는다는 점을 보여주기는 하지만, 그렇다고 해서 단순한 농담으로 하는 이야기도 아니다. 늙은 의사의 목소리는 아주 진지했다.

"다른 외계성종이 아닐까요?"

"우주 병리학적 관점에서도 마찬가지야. 바이러스가 아니라 다른 종류의 감염체라도 마찬가지네. 게이츠에 설치된 생리 스캐너는 지구환 검역소의 것과 같은 모델이지. 그걸 통과할 수 있는 존재는 비물질적 존재뿐이야."

아찬이 눈을 몇 번 끔뻑거렸다. 비물질적 존재라고? 그런 게 가능하기나 한가? 존재하는데 물질이 아닌 게 있다고? 설령 있다고 한들, 물질이 아닌 게 어떻게 물질인 인간의 신체에 영향을 끼칠 수 있단 말인가?

아찬의 침묵을 이해한 노학자가 말을 제대로 못 알아들은 젊은이에게 다시 설명했다.

"그런 건 존재하지 않는다는 뜻일세. 간단히 말해서 이건 역병과 비슷해 보일 뿐 병이 아니라는 거야."

"이해가 잘······."

"내가 그 봉투를 자네에게 준 이유가 그거야. 이건 의사나, 우주 생물학자가 해결할 수 있는 문제가 아니라는 게 내 결론일세."

아찬이 고개를 끄덕이며 가슴을 다시 한 번 더듬었다. 그럴 리 없다는 걸 잘 알면서도 봉투가 제대로 있는지 확인하지 않으면 견디지 못할 것 같아서다.

"지금 문제는 아무도 입을 열지 않는다는 데에 있어. 전부 우왕좌왕하기만 하지 아무도 나서질 않아. '뉴욕에서는 여자 한 명이 죽을 때까지 서른여덟 명이 지켜만 본다'는 속담이 있지. 지금까지 난 그 속담이 고대인들의 야만성을 뜻하는 건 줄 알았는데 그게 아니라 말 그대로였어. 도대체 어쩌다가 이렇게 된 건지 모르겠어. 누가 시킨 것도 아니야. 공명심에 욕심낼 상황도 아니지. 이 문제가 우리 몫이 아니라 자연과학 분야라는 사실도 레진 박사가 이야기해 주어서 알았네. 로가디아가 정상이라면 모든 걸 통합해서 그럴싸한 이야기 하나쯤은 들을 수 있을 텐데."

"레진이요?"

"너무 오래 이야기했군. 벌써 내가 사라진 걸 눈치 챘을지도 몰라."

니오자일은 아찬의 되물음을 무시했다. 이건 또 무슨 뜻이지? 누군가가 니오자일을 감시하고 있다는 뜻인가? 그렇다면 누가? 군인들? 하지만 왜?

"리울은 아마 회복되기 힘들 걸세. 그리고 만약······."

"······."

"만약 내가 사라지거든 한타랏사를 찾게. 그 친구는······."

"그건 무슨 말씀입니까? 사라지다뇨?"

"자네 이야기를 해놓겠네. 그 친구는 한때 내 제자였고, 분별력이 있어. 가능하면 빨리 그걸 검토해 주게. 그리고 내일 이 자리에서 다시 만나지."

아찬의 물음을 한 번 더 무시한 니오자일은 그가 뭐라고 말할 새도 없이 몸을 돌려 빠르게 걷기 시작했다.

"그쪽에도 길이 있습니까?"

몇 번째인지 모를 얼간이 같은 물음. 의사는 당연히 대답하지 않았다. 발걸음 소리는 점점 빨라지나 싶더니 급기야 뜀박질로 변하며 멀어져 갔다. 다른 쪽에도 입구가 있는지 따위는 지금 상황에서 전혀 중요한 게 아닌데.

아찬은 크게 한숨을 내쉬고 위를 올려다보았다. 까마득한 위에 빛나는 점이 보였다. 뚜껑은 닫히지 않았다.

여기서는 구원의 빛이지만 막상 올라가면 어두운 기계실뿐이라는 생각이 들자 몸에 소름이 돋았다. 사다리를 잡은 아찬은 결국 도망갈 곳은 아무데도 없는 현실과 곧 나가게 될 지상의 어두움이 맞물리는 묘한 절망감에 몸을 한 번 부르르 떨었다.

자리에서 군복을 입지 않은 사람은 유일하게 클라우드뿐이다. 침통한 표정을 감추지 않은 알 바라마드가 부재중인 과학 참모 헤르미트의 업무를 대신하는 늙은 제온을 쳐다보았다.

"헤르미트는 찾았나?"

"예. 오라고 하는 중입니다."

알이 끄응 하는 옅은 신음을 내뱉었다. 근래 들어 헤르미트의 행동이 점점 이상해져 가고 있다. 어쩌면 저겐젤처럼 병실에 처넣고 동면시켜야 할지도 모른다. 어쨌든, 그가 있든 없든 논의는 시작해야 한다.

"다른 이야기는 없나?"

"로가디아는 이 상황을 멈출 수 있는 유일한 가능성으로 메테오를 통한 통상공간 복귀를 제안합니다. 장군님께서 아시다시피……."

"제온 피오르도기 원사, 그 이야기는 그만두게. 지금 우리가 처한 질량 결손이라는 불가항력적 상황이 아니라 해도 어차피 배를 멈출 수는 없네. 우리 중단 한 명이라도 살아서 아후리아에 도착하기만 하면 돼."

알은 '물론 그 한 명은 테라인을 의미하네. 그게 아니라면 로가디아라도' 라는 말을 억지로 삼켰다. 일부러 그 이야기를 할 필요는 없다. 과학 장교에게 정식으로 업무 인계를 받지는 못했지만 그래도 제온 원사 역시 알고 있을 터. 그는 로가디아가 최초로 문제를 인지했을 때 정상 공간으로 복귀하자는 권고를 무시한 스스로에 대한 원망을 지우지 못하는 눈빛으로 고개를 끄덕였다. 아니, 그 후에도 기회는 있었다. 레기넬라 함대와 교전했을 때에도, 어떻게든 버텨 사이클론 함대의 구조를 받을 수 있었을 것이다. 비록 희생은 엄청났겠지만.

마지막 기회를 놓친 알에게는 이제 자포자기의 심정으로 갈 때까지 가보자는 마음뿐.

"아시겠지만 로가디아는 질량 결손을 인식하지 못합니다. 그녀는 모든 시스템이 정상 구동되는 것으로 판단하고 있습니다."

말을 끝낸 제온이 클라우드를 쳐다보았다. 정말 하기 싫은 일을 억지로 하고 있다는 감정이 역력한 눈빛. 그의 흉터가 소름 끼치는 모양으로 일그러졌다. 클라우드로서도 제온을 탓할 이유가 없다는 정도는 알고 있다. 은발의 인공지능학자가 담배를 만지작거리자 충무공이 고개를 저었다. 그러나 그는 충무공의 제스처를 무시한 채 담배에 불을 붙였다. 클라우드가 한숨과 함께 연기를 뱉어냈다. 연무 사이로 알 바라마드를 쏘아보는 눈이 무섭게 번득였다.

"그 아이의 팔다리를 다 뺏고도 그런 소리가 잘도 나옵니까?"

"다른 뾰족한 수가 있소? 박사님, 박사님 심정은 알지만 지금은 사사로운 감정을 생각할 때가 아닙니다."

알의 눈초리도 매서웠다. 담배 연기가 희석되어 완전히 사라질 즈음 클라우드가 담배 쥔 손에 들고 있던 서류철을 알의 앞에 아무렇게나 집어 던졌다. 파일에 끼워져 있어 흩날리지는 않았지만 알은 눈썹을 부르르 떨며 허리를 숙여 서류철을 집어 드는 모욕을 감내해야 했다.

"충무공, 그게 내가 줄 수 있는 마지막이요."

클라우드는 곧바로 제온을 향해 돌아섰다. 도움 안 되는 자와는 말조차 섞기 싫다는 듯한 몸짓에 늙은 알이 이빨을 깨물었다.

"로가디아의 분리된 모듈은 잘 보관되고 있습니다. 그렇지만 그게 양날의 칼이 될 가능성이 있습니다."

제온과 한 줌도 안 되는 군인들의 갸우뚱거림.

"원칙적으로 로가디아는 사람들이 사라졌다는 사실조차 이해하지 못하고 있습니다. 그녀 입장에서는 이 배에 아무런 이상이 없습니다. 그래서 저희 인공지능 연구팀은……."

이제 자기 혼자뿐이다. 이런 걸 팀이라고 불러도 될까? 쓴웃음이 나왔지만 드러내지는 않았다.

"인공지능 연구팀은 분리된 모듈을 통해 이 사실을 로가디아에게 인식시키고 있습니다."

여기서 제온이 말을 잘랐다.

"잠깐, 박사님. 이해를 못하는데 인식을 한다는 게 말이 됩니까?"

"우리가 어딘가 아프다고 할 때, 우린 그 고통을 인식하는 것이지 이해하는 것은 아닙니다. 인식은 그냥 인식입니다."

사람들이 이해하기 어렵다는 표정을 지었지만 이 늙은 학자의 말은 끝까지 들어보아야 한다. 보통, 그의 말은 끝까지 듣고 나면 이해되는 경우가 대부분이다.

"로가디아의 보조 모듈은 인간을 이해하기 위해 특별히 만들어진 유닛입니다. 인간과 선험지가 다르고 사고방식이 다른, 인간이 아닌 로가디아가 항상 인간적 관점을 갖도록 유지시켜 주는 모듈이죠. 말하자면 로가디아와 모든 자원을 공유하는 보조 인공지능이라고 보시면 됩니다. 문제는 바로 그 이유 때문에 보조 모듈에 문제가 생기면 로가디아에게도 그 영향이 간다는 겁니다."

"그래서 보조 모듈에 문제가 생겼습니까?"

"아직은 아닙니다. 하지만 문제가 생길 수도 있습니다. 이런 상태라면 보조 모듈의 부하를 곧 넘어설 겁니다. 모듈은 독립된 자체 하드웨어를 가지고 있고 단지 자원만 공유할 뿐입니다. 지금은 보조 모듈 때문에 그 아이가 순기능을 하고 있지만 그게 정지하거나 하는 순간 게이츠는 로가디아 없이 움직여야 합니다. 그렇지만 보조 모듈의 구동을 정지시킬 수도 없는 상황이고……."

"처음부터 여유를 두고 설계했어야 하지 않소?"

알 바라마드도 알고 있다. 이게 아무런 의미가 없는 불평에 불과하다는 사실을. 하지만 이런 말이라도 하지 않으면 답답함을 견디지 못할 것 같았다.

"물론입니다. 사실은, 로가디아에게 생긴 문제를 보조 모듈이 수리할 수 있습니다. 굉장히 오랜 시간이 걸리기는 하겠지만… 모듈의 존재 목적에는 그것도 분명히 있으니까요. 어쨌든 인간의 입장이 되어야 하는 유닛이었습니다. 고장 나지는 않을 겁니다. 하지만 보통의 사람들처럼… 비유하자면 상처받고 힘들어할 수 있습니다. 여러 가지 안전장치가 있기는 합니다만 지금 같은 상황에서는 장담 못합니다. 아무튼 확실한 것은 지금 이렇게나마 우리가 목숨을 부지할 수 있는 이유가 모듈 덕분이라는 겁니다."

노여움이 사라지지 않았음에도 알은 클라우드가 무슨 말을 하는지 비로소 알 수 있을 것 같았다. 클라우드 역시 로가디아를 승무원에 포함시키고 있다. 그가 걱정하는 것은 막을 수 없는 파멸 앞에서 유일하게 안전할 수 있는 마지막 승무원조차 무사하지 못할지도 모른다는 사실이다. 알 바라마드는 결국 목구멍에서 맴돌던 그 말을 끌어올리고야 말았다.

"그렇다면 '단 한 명'도 목적지에 도착 못할 수도 있다는 말씀이오?"

클라우드가 감정은 별개라는 듯이 알의 대답에 고개를 끄덕였고 그 허망한 몸짓을 끝으로 회의 자리는 다시 침묵에 휩싸였다.

클라우드는 그 보조 모듈이 로가디아를 고치려면 사람들의 도움이 필요하다는 말은 하지 않았다. 어차피, 아무도 도와주지 않을 것이다. 인간들은 스스로를 구원하는 법을 전혀 모르고 있다.

이년 5월 4일.

리울이 남긴 것은 타키온 드라이브에 진입하는 존재가 갖는 부하에 관한 내용이었다. 수영이 형과 함께 셋이 했던 이야기의 연장. 하지만 훨씬 더 확장이 되어 있었다. 어느 정도냐면, 인정할 수도, 받아들일 수도 없을 정도로. 하지만 그게 단순한 심정적 문제 때문만은 아니다. 리울의 확장은 수학자가 할 만한 종류의 것이 아니며 더욱이 공간 통계적학을 전공한 사람으로서는 특히 그렇다.

리울의 공식에는 외적 요인에 대한 상수가 존재하지 않았다. 그는 원인을 게이츠 내부에서 찾고 있었다. 하긴, 그건 말이 된다. 어쨌든 내가 보기에는 합리적이다.

아무튼 그의 결과는 내가 이어받을 수 있을 것 같다.

내 전공은 시공분과 미수학이고 어쩌면 그가 발전시키지 못한 공식을 진행시킬 수 있을 듯하다. 로가디아가 있다면 도움을 좀 받아볼 텐데.

니오자일 선생에게는 그다지 밝은 소식을 전해주기는 어려울 것 같다. 작업이 끝나려면 적어도 삼사 일은 필요하리라.

하지만 이런 전례 자체가 전무한 상황에서 어디서부터 손을 대야 할지 엄두가 나지 않는다. 타키온 드라이브 중에 우주선 내부에 충격이 있고, 그 결과로 모든 것이 말짱한데 사람만 사라지는 경우는 도대체 어떻게 돼야 가능한지 감도 안 잡혀.

솔직히 니오자일 선생에게 해줄 말이 별로 없다.

미람이 보고 싶다. 보고 싶어. 정말 보고 싶다.

매일 보고 있어도 보고 싶었다.

보고 싶어…….

아찬은 펜을 쥔 채 팔짱을 끼고 천장을 한 번 올려다보았다. 리울은 확실히 뛰어난 친구였다. 전공이 아님에도 불구하고 그 정도로까지 공식을 확장시키려면 대단한 수학적 직관력이 필요하다. 그러나 지금의 그를 혼란스럽게 만드는 점은 그보다 리울의 안부다. 니오자일을 만나려면 지금 출발해야 했다. 그는 의사에게 리울을 한번 보고 싶다고 말해볼 참이었다.

아찬이 사다리를 모두 내려갔을 때 그곳에는 아무도 없었다. 니오자일은 아직 오지 않은 듯싶었다. 이번에는 자신이 조금 빨랐다. 펫 광전소자의 불빛은 역시 아무런 도움이 안 됐다.

하지만 도움 안 되는 불빛 덕분에 확인한 사실이 있다. 바닥에서 기다린 시간이 생각보다 오래라는 점이다. 니오자일이 어제 한 말을 되짚어볼 때 뭔가 문제가 생겨 자리를 빠져나오지 못한 것일지도 모른다. 그렇다면 더 이상 여기 있을 필요가 없다. 그럼에도 불구하고 아찬은, 니오자일이 어제 사라졌던 그 방향으로 조금 더 가보기로 했다. 다른 통로를 알아두어서 나쁠 것도 없다.

인간의 눈은 색에 반응하는 원추세포와 명암을 감지하는 간상세포를 따로 가지고 있는 편리한 기관이지만, 근본적으로 후자는 거의 선택 사항에 가깝다. 덕분에 아찬은 어떻게든 앞을 더듬거릴 수는 있음에도 불구하고 원근을 알 수 없어 어둠 속 건너편 벽에 부딪치고 말았다.

갑작스런 충격이 만든 휘청거림과 그에 이은 허우적거림. 소소한 저항은 실패했고 아찬은 넘어졌다. 그리고 그 순간 그는 다시 용수철이 튕겨지듯 다시 일어나다 또 한 번 뒤로 넘어졌다.

물컹거리는 뜨뜻한 덩어리와 끈적이는 액체. 아찬은 그게 뭔지 몰랐다. 어쩌면 어둡지 않다 해도 마찬가지일지 몰랐다. 아찬은 '시체'라는 대상에 대해 개념 외에는 그 어떠한 것도 가져 본 적이 없는 탓이다.

물론 대부분의 인간은 본능적으로 삶과 죽음의 의미를 배움없이 아는 법이다. 아찬은 자신을 놀라게 한 대상이 무엇인지 더듬다가 어느 순간엔가 그 '대부분'의 범주에 들어섰다. 그 즉시 그의 행동은 멈추었고 손바닥에서는 식은땀이 솟아 나왔다.

아찬은 아주 천천히 손을 떼며 엎드린 채 조금씩 물러났다. 그의 정신은 여전히 본능에 지배받고 있었지만 이성의 영향력이 아주 없는 것은 아니었다. 결국 혼란이 아찬의 후퇴를 방해했다. 그 순간 누군가가 뒤통수를 때렸다. 지난번 알의 멱살을 잡을 때보다는 훨씬 덜한 고통이었다. 이번에도 메디팩은 터지지 않았지만 오히려 고통 덕분에 정신을 좀 차릴 수 있었다. 하지만 그조차 아주 잠깐 뿐, 아찬은 뭔가에 일방적으로 얻어맞기 시작했다. 그는 거의 엎드린 자세로 양팔로 머리를 감싸다가 한순간 공격이 뜸해진 틈을 타 재빨리 옆으로 굴렀다. 몰아쉬는 숨소리 따위로 볼 때 상대는 분명히 사람이고 자신처럼 어둠 속에 무방비로 노출된 것이 틀림없다. 타격의 강도나 방향에 일관성이 없다.

그는 거의 구르다시피 자리를 벗어나 무작정 사다리 쪽으로 뛰었다. 기습에 맞서 싸울 수 있는 상황이 아니다.

기계실로 기어 올라오자 비로소 정신이 좀 들었다. 도대체 어떻게 여기까지 올 수 있었을까 의문이 들 정도로 혼란스러운 마음을 추스르고 나자 시커먼 아가리를 벌린 구멍이 들어왔다. 소름 끼치는 두려움 속에서 아찬은 문을 단단히 닫고 틈새를 한 번 더 확인했다. 뭔가가 문을 열 기색은 없다. 그는 비로소 숨을 몰아쉬며 떨리는 손으로 담배를 한 대 피웠다.

아찬이 기계실에서 나와 모퉁이를 돌자마자 화장실에서 나오던 어떤 여자와 마주쳤다. 피투성이가 된 그와 눈이 마주친 여자는 눈이 점점 커지더니 급기야 겁에 질려 비명을 질러댔다. 동시에 천장에서 메디팩이 터져 나노머신이 아찬과 여자에게 달려들고 박스가 열리며 응급처치로봇이 전개됐다. 응급처치로봇은 아찬을 다짜고짜 들것에 올려 묶고 여자는 여전히 눈물범벅이 되어 비명만을 질러댔다. 이윽고 사람들이 하나둘 모여들기 시작했다. 그 와중에 아찬의 얼굴에 엠부 주머니를 씌운 채 의무병을 기다리던 응급처치로봇이 반응했다.

"진정하세요. 전 장교입니다. 의대를 졸업했습니다."

한 젊은 군인이 군중을 헤치며 뛰어나왔다. 그는 들것의 패널을 조작해 아찬의 엠부 주머니를 벗기고 동공을 살폈다. 아찬이 얼굴을 찡그리며 몸을 꿈틀거렸다.

"난 괜찮아요."

"유감이오."

뭐? 유감이라니, 설마 내가 어디론가 끌려가야 한다는 건가?

그러자 갑자기 겁이 더럭 났다. 뒤통수를 개머리판으로 사정없이 내려치고 군화발로 자신을 짓밟은 군인, 함부로 방에 들어와 거칠게 방 주인인 자신을 밀어젖힌 수호자들. 남자의 목깃에 붙은 군인의 계급장을 보는 순간 아찬은 반사적으로 변명하기 시작했다. 아찬이 어떻게든 자신에 대한 변명을 해야 한다는 결정을 내리는 데는 시간이 거의 필요치 않았다.

"화장실 문에 코를 부딪친 것뿐이에요! 아무 이상 없어요. 바로 병원을 가려고 했어요."

"진정하세요. 잠깐 살펴보는 겁니다."

장교는 아무래도 아찬이 쇼크를 받아서 그런 모양이라고 생각하며 들것의 패널을 확인했다. 바이탈 사인은 모두 정상이고 나노머신들이 상처에 연고를 발라 두었다. 코피 때문에 얼굴이 만신창이가 된 것처럼 보일 뿐 실제 외상은 오히려 타박상이 대부분이다. 갑자기 군인의 얼굴이 일그러졌다.

"죄송합니다, 선생. 아무래도 병원에 가보셔야겠군요."

"난 괜찮다니까요!"

"전 의대를 졸업했습니다. 그리고 임관 당시는 군의관이었죠."

그걸로 끝이었다. 염려스러운 얼굴을 한 군중은 안도하며 제각각 흩어지기 시작했고 여전히 밴드로 아찬의 사지를 묶은 들것은 한타랏사의 명령에 반응했다. 젊은 군인은 재빨리 엠부 주머니를 아찬에게 다시 덮어씌우고 목까지 고정시켜 버렸다.

"타박상이 심하시군요, 선생님. 여러 군데를 심하게 맞으셨네요."

엠부 주머니는 기도 확보를 위해 삽관된 종류였고, 목구멍에 관이 쑤셔 박힌 아찬은 말조차 할 수 없었다. 그럼에도 불구하고 자신이 가는 방향은 병원이 아니라는 것만큼은 확실히 알 수 있었다. 여유 공간만 있으면 나무를 심어둔 화사한 민간인 거주 구역은 이미 몇 분 전에 끝났다. 이 꼴을 한 사람을 이런 식으로 끌고 가는데 이상하게 생각하는 사람이 아무도 없다니. 로가디아조차 나타나지 않았다.

아찬이 끌려온 곳은 의무대였다. 그제 저녁 니오자일에게 치료를 받은 바로 그곳. 그러나 이번에는 조금도 안심이 되지 않았다. 목조차 돌릴 수 없는 상황에서 웅성거리는 주변. 그리고 어른거리는 그림자들. 가위눌림이라고 하던가. 간혹 꾸는 악몽이 그대로 현실로 재현되는 상황과 통제 불가능한 부자유스러움이 아찬을 점점 공황 상태로 몰고 갔다. 차라리 눈을 감고 싶었지만, 그때 덮쳐올 또 다른 공포가 두려워 그러지도 못하고 눈알만 굴렸다.

아찬은 심호흡을 하고 싶었지만 엠부 주머니가 강제로 밀어 넣는 공기의 리듬에 호흡을 맞출 수밖에 없는 상황에서 그조차도 불가능했다. 이건 완전히 최악이다.

그러다가 팔에 따끔한 느낌이 들고 저지할 수 없는 잠이 밀려오기 시작했다. 아찬은 있는 힘을 다해 눈을 부릅떴지만 소용이 없었다. 그의 경련하는 눈꺼풀이 잦아들 때쯤 웅성임과 그림자들의 어른거림이 사라졌다. 아찬에게, 어쩌면 이게 꿈일지도 모른다고, 그렇다면 지금 잠이 들어야 깰 수 있다는 생각이 들었다.

그렇게 생각하자 그는 저항없이 눈을 감을 수 있었다.

"로가디아의 제안을 검토해 보기로 했소. 현재로서는 그게 유일한 대안이고 최선이오."

클라우드를 의식하고 반높임말을 쓴 알 바라마드의 낮은 목소리에 네들과 늙은 제온 원사가 고개를 들었다. 입술을 찌푸린 제온이 물었다.

"메테오 시스템 말씀입니까? 그걸 이용한 통상 공간 복귀 말씀입니까?"

알의 끄덕임.

"그건 단지 이론일 뿐입니다. 어떤 일이 생길지 모릅니다."

"제온, 남은 방법은 그것뿐이네."

네들이 끼어들었다.

"왜 게이츠를 멈추지 않는 겁니까?"

알의 인상이 심하게 일그러졌다. 그러나 네들은 거리낌없이 말을 이었다.

"알파 룸이란 게 충무공 말씀과는 다른 거던데 말입니다."

"그 이야기는 좀 있다 하는 게 좋겠군, 대령."

"장군님, 전 인내심이 많지 않습니다."

부하의 느릿느릿한 말에 알의 눈썹이 꿈틀거렸다. 네들은 알을 기다리지 않고 간부용 휴게실로 들어가 버렸다. 알이 클라우드에게 말했다.

"괜찮으시다면 제온 원사와 함께 좀 기다려 주십시오."

양해라 해도 말뿐이고 일방적이기는 매한가지. 그는 클라우드가 고개를 끄덕이든 말든 신경 쓰지 않고 네들의 뒤를 따랐다.

휴게실에 들어서자마자 문을 잠근 알의 인상이 험악했다.

"지금 자네 뭐 하는 건가?"

"그저 이야기를 좀 나누고 싶을 뿐입니다, 선배님."

알에게서 끄응 하는 신음 소리가 절로 흘러나왔다.

"테라인 계획은 분명히 사실이더군요. 하지만 선배님이 모든 이야기를 하시진 않았던데요."

"무슨 말을 하고 싶은 거야?"

"이 배에 칼리가 실려 있다는 것, 저랑 선배님 말고 또 누가 알고 있습니까?"

알이 어금니를 깨물었다. 그의 손이 천천히 권총집으로 다가가는 걸 본 네들이 희미하게 웃었다.

"제가 사라진다고 끝나는 게 아닙니다."

네들이 뒷짐을 지었다.

"하긴, 저도 수뇌부가 테라인 계획 같은 불분명한 것에 모든 걸 걸었다고 믿지는 않았습니다. 로가디아도 여기 칼리가 탑재되어 있다는 거, 알고 있죠?"

알 바라마드가 억지로 고개를 끄덕였다.

"아후리아에 가서 하려는 게 테라인 계획입니까, 아니면 칼리입니까? 확실히 말해주시죠."

끄응. 알이 탄식과도 같은 신음을 내뱉었다.

"칼리를 다룰 수 있는 건 세상에 존재하지 않네."

"제 말이 그겁니다. 저런 전략병기를 아후리아에 던져 놓고 뭘 기대하는지를 모르겠다는 거죠. 모두 죽일 작정입니까? 제가 직접 확인해 보니 그것도 완성품이더군요."

지금까지 칼리는 결코 완성된 상태로 존재한 적이 없었다. 너무 위험해서다. 병기라는 것은 본질적으로 사용자가 통제 가능할 때에만 그 가치를 갖는 법이다. 그러나 칼리는 그게 불가능했다.

"우리는……."

알이 네들을 흘끗 바라보았다.

"테라인이 칼리를 통제할 수 있을 거라고 믿네."

"현재형으로 말씀하시는군요. 그 우리가 도대체 누구인 겁니까? 저한테는 모든 걸 이야기한 것처럼 말씀하셨죠. 그런데 실제로는 칼리를 통제하려는 방법을 유지시키는 법만 알려준 거다, 뭐 그렇게 들립니다."

알이 비로소 권총집에서 손을 떼며 말했다.

"우리가 누군지는 알 필요 없어. 그냥 닥치고 하라는 것만 할 수는 없나? 신념에 가득 차서 여기저기 코를 갖다 박는 애송이도 아니잖나?"

"물론 맞는 말씀입니다. 제가 중요하게 생각하는 건 칼리처럼 위험한 걸 여기에 완성체로 싣고 다니면서까지 아후리아에 가려는 의미가 뭐냐는 거죠. 제 생각을 말씀드려도 될까요?"

말은 그러면서도 알의 생각에는 관심이 없다는 투였다.

"전 우선, 선배님이 말씀하신 그 '우리'라는 집단이 아후리아에서 어떤 이유로 칼리를 조립할 시간조차도 확보하지 못할 거라고 가정했다고 생각합니다. 다음으로, 칼리가 아무리 전략병기라고 해도 한 기만으로 할 수 있는 건 별로 없습니다. 마지막으로, 로가디아의 알파명령이 칼리와 연관되어 있다고 생각합니다. 이걸 종합해 보니 무슨 결론이 났는지 아십니까?"

알이 부들거리며 대답했다.

"알고 싶지 않네."

"아뇨, 선배님은 이미 알고 계셨을 결론입니다. 게이츠는 아후리아에 착륙하자마자 공장이 되는 거죠. 칼리를 생산하려는 공장. 하지만 더 중요한 것은 칼리의 특성입니다. 기본적으로 나노머신으로 이루어진 이 병기는 환경에 맞추어 유기물, 무기물을 가리지 않고 천착해 자기 자신과 같은 종류로 변형시켜 버리죠. 그런 칼리를 조립할 시간조차 없는데 생산 공장을 만든다, 뭔가 이상하지 않습니까? 제 생각은 이렇습니다. 게이츠는 그냥 앉아서 공장이 되는 게 아니라 칼리와 결합합니다. 게이츠와 칼리를 합치는 이유에는 칼리가 가져야 할 무지막지한 능력도 있지만 그보다는 로가디아가 칼리를 어느 정도까지라도 통제하도록 하기 위해서죠. 물론 곧 그녀조차 칼리에 잠식당할 겁니다. 하지만 전부는 아니겠죠."

"줄줄이 늘어놓을 필요는 없어."

그러나 네들은 알을 무시했다.

"간단히 말해 테라인이 통제하는 건 칼리가 아니라 로가디아가 됩니다. 인공본능을 달랠 수 있는 존재는 인공지능뿐, 인간일 수는 없지만 로가디아가 그 다리를 연결한다면 가능하겠죠. 물론 이러저러하게 해보라고 로가디아에게 명령할 수도 있습니다. 하지만 바로 그 '우리'는 그보다 더 직접적이고 확실하게 하고 싶었나 보죠. 그게 테라인이라고 생각한 거고. 하지만 사실, 아주 최악의 경우도 상정은 해놨겠죠. 생존자가 아무도 없을 경우 말입니다. 그렇게 되면 로가디아의 알파명령 안에서 잠자고 있던 또 다른 명령의 봉인이 풀릴 겁니다. 최악의 경우 단 한 명의 생존자조차 없이 아후리아에 도착하더라도 작전은 성공인거죠. 완전히는 아니겠지만. 제 말 맞습니까?"

알이 다시 권총집에 손을 갖다 댔다. 이번에는 시늉이 아니라 진짜로 총집을 풀고 권총 손잡이를 잡았다. 네들이 손을 내저었다.

"아, 소용없습니다. 칼리는 제가 확보했으니까요. 아마 부하들이 잘 챙겨두고 있을 겁니다."

알의 입이 쩍 벌어졌다.

"상황이 상황이다 보니 별로 어렵지 않았습니다. 하지만 책임은 선배님께 있습니다. 처음부터 로가디아와 희희낙락할 게 아니라 직접 인원을 통제하셨어야죠."

"어, 언제부터 그랬나……."

"퀘일 대신 맥하를 진급시키셨을 때부터 그랬습니다."

알의 인상이 심하게 일그러졌다.

"일주일 드리겠습니다. 우주선을 멈추고 칼리를 파괴한 다음 복귀하는 겁니다."

"지금은 우주선을 멈추고 싶다고 해서 멈출 수 있는 상황도 아니네."

"로가디아도 그러더군요. 심지어는 아후리아에 제대로 도착할 수 있다는 확신도 못하던걸요."

네들이 뒷짐을 지었다.

"하지만 그건 제가 알 바 아닙니다. 일주일 안에 우주선이 회항하지 않으면 칼리도, 게이츠도 모조리 끝장입니다. 선배님이 목숨을 아까워하지 않으실 거란 건 저도 잘 압니다. 하지만 임무 실패는 그렇지 않겠죠."

알이 어금니를 부들거리며 말했다.

"네놈을… 믿었다."

"저도 당신을 믿었습니다, 충무공."

네들은 차갑게 말한 다음 그대로 간부 휴게실을 나가 버렸다.

알은 흰 머리를 감싸 쥐고 아무 의자에나 털썩 주저앉았다. 도무지 이해할 수가 없었다.

군인이 하는 일에 이유 따위가 필요한가? 군이 선후를 따지고 합리성을 알아야 하나? 그러나 네들 저놈은 그러려고 들고 있다. 새파란 소위나 중위라면 젊은 치기로 그럴 수 있기라도 하지. 아무리 생각해도 네들은 그럴 군인이 아니다.

여기까지 생각하자 네들 역시 뭔가 다른 꿍꿍이가 있다는 쪽으로밖에는 생각이 들지 않았다. 알 바라마드는 떨리는 손으로 간신히 권총집을 다시 채울 수 있었다.

"정신이 드나?"

누군가가 아찬을 깨웠다. 솔시스의 수면제는 억지 잠조차도 달콤하게 느껴지도록 하는 종류다. 전날 술을 마시고 따뜻한 자기 방에서 곱게 쓰러졌다는 착각이 들 정도로 맛좋은 잠. 아찬은 눈을 찡그리고 다시 잠에 빠져들고 싶었다.

"이봐. 한가하게 자빠져 잘 때가 아니야."

목소리에 스민 희미한 노기. 아찬은 그때야 아직도 자신은 묶여 있고 이게 꿈이 아니란 걸 알았다. 그럼에도 불구하고 목에 기브스를 했다는 사실을 깜빡한 채 고개를 휙 들다가 위, 아래 이빨이 딱, 하고 부딪쳤다. 턱부터 머리까지 울리는 듯한, 아프다기보다는 불쾌하기 짝이 없는 고통. 그래도 입을 틀어막은 엠부 주머니가 사라졌다는 사실은 알 수 있었다.

"당신 뭐야! 여긴 어디야!"

"조용히 해. 위험한 자로군."

아까와는 다른 나이 든 목소리다. 아찬은 그걸 듣고야 비로소 처음 젊은 목소리가 자신을 데려온 군인이란 걸 기억해 냈다.

"풀어줘요!"

대답없이 목이 자유로워졌다. 그러나 거의 어깨 부근부터 다리까지 묶인 끈들은 여전했다. 아직 초점은 흐리지만, 강제적이었다 해도, 달콤한 수면과 사라진 통증 덕분에 아찬의 정신은 말짱해졌다.

"나 열받기 전에 이거 풀지 그래? 로가디아!"

나이 든 목소리가 그녀 대신 대답했다.

"로가디아는 이제 없어. 정확히는 자기가 나타나고 싶을 때만 나타나지."

"이놈 이거, 연기 잘하는데?"

처음에 들려온 젊은 목소리가 말을 받았다. 연기라고? 무슨 말이지?

"뭔 헛소리들이야! 로가디아!"

악을 썼지만 속절없다. 눈을 몇 번 깜빡거리자 시야가 좀 밝아졌다. 아무래도 수면제 때문에 눈곱이 과하게 생긴 모양이다. 나이 든 목소리가 말했다.

"한타랏사, 어쩌면 우리가 잘못 데려온 것일지도 모르네."

"이놈이 니오자일 선생님을 죽였습니다. 아까 보셨잖습니까. 저한테 두들겨 맞은 놈이 이놈입니다."

한타랏사. 니오자일이 만나라고 한 자. 그렇다면 자신이 본, 아니, 만진 게 정말로 시체였단 말인가? 다른 때라면 시체를 더듬었다는 사실에 욕지기가 밀려 올라오겠지만 지금은 그조차도 한가한 짓으로 여겨질 판이다.

"한타랏사? 당신이오? 잘됐군."

"날 아나? 이놈 이거 미친 거 아냐? 살인을 하다니 양심에 가책이라도 생겼나? 아니면 나한테 머리를 너무 많이 맞은 건가? 응?"

한타랏사의 목소리에는 분노 외에 다른 감정이 거의 느껴지지 않았다. 어쩌면 옆 사람 때문에 간신히 참는 것일 수도 있다.

하지만 그건 아찬도 마찬가지다. 알의 멱살을 쥐고 흔들었을 때처럼 아찬 역시 분노로 폭발하기 직전이다. 자아는 이 순간에 이성을 유지해야 한다고 타이르고 있지만 타고난 성향은 그런 걸 듣는 성격이 아니다.

"난 그냥 수학자요. 당신들 같은 싸움꾼이 아니야!"

"이 살인자!"

옆머리에 강한 통증이 엄습했다. 도대체 이틀 사이에 얼마나 맞는 거지. 솔시스에서 벗어나면 인간은 다 이렇게 변하는 건가.

"이 나쁜 놈아! 수학자로 위장하고 있으면 모를 것 같나? 원래 네놈처럼 비겁한 것들은 아무도 모르게 살살 숨어 있지."

"진정하게. 내가 심문하지."

둘 다 머리 위쪽에 서 있다. 얼굴을 볼 수가 없다. 아니, 그런 건 아무래도 좋다. 심문이라니, 도대체 뭘 심문한다는 건가. 그런 건 죄를 지었을 경우에만 성립이 가능한 행동 아닌가. 그러나 나는 아무런 잘못을 한 게 없다. 며칠 전에 복도를 지나치다가 어떤 사람과 부딪쳤다. 그걸로 이러는 건가? 하지만 난 그때 정중하게 사과했고 상대도 기꺼이 받아주었다.

아찬이 자신의 잘못을 되짚기 위해 창백한 안색으로 머리를 굴리는데 엉뚱한 질문이 들려왔다.

"니오자일 선생을 죽이라고 시킨 게 누구지?"

"뭐?"

"니오자일 선생을 죽이라고 시킨 게 누구지?"

맙소사. 이들은 정말로 내가 군의관을 살해했다고 믿고 있어.

그게 사실이든 아니든 간에 이들이 그렇게 믿고 있다면 자신도 비슷한 꼴이 되는 건 시간문제다. 아찬은 소용없다는 걸 알면서도 로가디아를 찾았다.

"로가디아! 뭐라고 말 좀 해줘! 이런 제기랄! 난 안 죽였어! 난 안 죽였어! 난 그랑 만나기로 되어 있었단 말이야! 니오자일 선생이 죽은 줄도 몰랐다고! 로가디아한테 물어봐!"

"그럼 왜 그의 시체를 살폈나?"

"시체인 줄도 몰랐어! 뭐가 보여야 알 거 아뇨!"

다시 머리에 강한 통증. 이번에는 수도 없이 주먹이 날아들었다. 그리고 우당탕거리는 소리.

"중령! 이러면 심문이 안 돼!"

"헤르미트 대령님, 자백제를 주사해서 죽여 버리지 말입니다. 어차피 지금 상황에서 이런 놈 하나 죽는다고 신경 쓸 사람 아무도 없습니다!"

"한타랏사! 니오자일이 그쪽을 만나라고 했어요. 진짜예요. 내 방, 아니, 니오자일 선생의 방에 가보면 알게 될 겁니다. 그 양반이 해준 드레싱이 어딘가 있을 거예요! 난 아무 짓도 안 했어!"

"이건가?"

아직도 시야는 조금 흐렸지만 눈 위에서 팔랑거리는 드레싱과 거기 쓰인 것들이 글씨라는 건 알아볼 수 있었다. 아찬은 열심히 고개를 주억거렸다.

"놈이 이걸 보고 니오자일 선생을 해친 거군요. 그렇게 주의하시라고 일렀는데……."

목이 메어하는 한타랏사에게 관심이 없는 아찬은, 기가 막혀 입이 반쯤 벌어졌다. 두려움과 분노를 간신히 누를 수 있었다. 머리를 호되게 맞지 않았다면 이번에도 참지 못했을 것이다.

"니오자일 선생이 말을 해놓겠다고 했어요. 석아찬, 난 석아찬이에요!"

"당신이 석아찬이든 뭐든 관심없어. 대령님, 자백제를 주사하겠습니다. 시체는 다른 사망자와 함께 처리하면 됩니다. 이젠 어차피 로가디아가 아니라 제가 보고합니다. 다른 사람들 눈은 속일 수 있습니다."

아무런 대답이 없다. 분명히 그 대령인지 뭔지 하는 작자는 어깨를 한 번쯤 으쓱거리고 한발 물러났으리라. 아찬은 발버둥이라도 치고 싶어졌다. 자백제인지 뭔지 하는 게 정말로 자백을 할 수 있게 해주는 약일까? 어쩌면 사실일지도 모른다. 문제는, 조금 전 한타랏사가 한 말이 사실이라면 그 약은 자백을 하고 죽는 약이라는 점이다. 아찬은 필사적으로 목소리를 쥐어짰다.

"좋아, 좋아. 다 자백할게요. 다 자백할 테니 목숨만은 살려줘요!"

"아니, 싫어."

망설임조차 없는 대답이 너무 짧아 아찬은 말문이 막혀 버렸다.

빌어먹을. 그 순간 아찬은 아주 중요한 것을 잊고 있다는 사실을 깨달았다. 펫에는 니오자일에게 돌려주기 위한 리울의 팁이 끼워져 있고, 그의 공식을 자신이 또다시 발전시킨 데이터가 있다는 것을 기억해 낸 것이다. 그리고 방에는 일기도 있다. 만약 그걸로도 안 되면 정말로 끝장이다.

"내 펫 어디 있어?"

"죽으면서 그거라도 껴안고 싶은가? 안됐지만 완전히 망가졌어."

펫이 망가졌다고? 거짓말. 펫은 얇고 투명한 필름에 불과하지만 보통 충격으로는 찢어질 수가 없는 소재다. 물론, 지금은 그런 말을 할 필요도, 시간도 없다.

"고쳐 봐요. 니오자일 선생이 내게 부탁한 게 들어 있을 거야."

"도대체 언제까지 거짓말을 할 거지? 그냥 주사 한 방 맞으면 자기가 죽는다는 것도 몰라. 아프지 않으니 겁내지 마, 이 자식아."

"아니, 한타랏사. 만약 이자 말이 사실이라면 죽이면 안 돼. 지금 자네는 이성을 잃었어. 팁은 지금 확인해 볼 수 있고 펫도 내가 수리할 수 있을 거야. 내가 개발한 거니까."

헤르미트라는 이름이 낯익다 싶었는데, 아닌 게 아니라 펫을 상용화시킨 그 헤르미트였군. 그가 과학자라는 걸 알게 되니 마음이 조금 편해졌다. 적어도, 한타랏사처럼 비이성적이지는 않을 것이다. 그러나 한타랏사는 그조차 마음에 들지 않는 것 같았다.

"대령님!"

"나한테 소리 지르지 말게. 지금은 내가 판단하는 게 더 나아."

헤르미트라는 자가 갑자기 그랑마이어 교수처럼 느껴졌다. 이 상황에서 제정신을 유지하며 한타랏사를 저지하고 있다. 하마터면 스톡홀름 증후군에 걸릴 뻔할 정도로 따뜻하게 느껴지는 나이 든 군인의 목소리에 눈물이 핑 돌 판이다. 아찬은 헤르미트에게 말을 걸었다. 이젠 그가 희망이다.

"대령님, 대령님! 절 저놈과 남겨두고 가지 마세요. 절 죽일 겁니다!"

만약 펫을 고치지 못한다면? 하지만 펫의 개발자라면 그럴 리 없다. 그래도 만약이란 게 있는데.

불길함이 정도를 달리하며 아찬의 머리를 휘젓는 가운데, 아찬에게는 사형 선고로 느껴지는 헤르미트의 말이 들려왔다.

"걱정 마시오. 별일없을 거요. 한타랏사? 잘 지키게."

한타랏사의 대답이 들리지 않았다. 그럼에도 불구하고 문이 여닫히는 소리가 들려왔고 사라진 발소리가 의미하는 불길함에 아찬은 절망적인 심정으로 눈을 감았다.

"들어오너라."

클라우드가 문가를 쳐다보지 않은 채 대답했다. 누구인지 알고 있기 때문이다.

"저인 줄 아셨나 보네요."

"솔시스 사람들은 노크가 뭔지 모르니까."

"왜 절 똑바로 쳐다보지 못하는 거죠?"

"레진, 그렇게 심하게 말하지 말거라……."

레진은 두 주먹을 쥐고 있었다. 그 때문에 오른손에 쥔 종이 서류들은 구겨지다 못해 우그러져 있다. 클라우드가 천천히, 아주 천천히 고개를 돌렸다.

"그렇게 심하게 말하지 말거라, 레진……."

힘겨운 노인의 음성을 차가운 얼굴로 무시한 레진은 몇 발짝을 다가와 우그러진 종이 뭉치를 아무렇게나 그 앞에 던졌다.

"이게 뭔지 아세요?"

"넌 내 딸과 마찬가지다, 레진. 네가 인정하든 하지 않……."

레진의 눈가가 분노로 파르르 떨렸다. 이미 들어서면서부터 눈매가 사나워져 있던 그녀다.

"상관없는 이야기는 그만두세요, 영감님. 그거나 읽어보세요. 그리고 연락 주세요."

클라우드는 매몰차게 뒤돌아올 때보다 더 차갑게 방을 나서는 소녀의 뒷모습을 물끄러미 바라보았다. 그는 문이 닫힌 뒤에도 한참 동안을 그렇게 슬픈 눈으로 앉아 있다가 양손으로 얼굴을 감싸며 팔꿈치를 책상에 괴었다. 메마른 노인의 눈가 주름에 습기가 촉촉해질 즈음 로가디아가 그의 아래에 다리를 포개어 앉았다. 그녀는 클라우드의 다리에 머리를 부드럽게 기대고 아무 말도 하지 않았다.

한타랏시는 어쩔 줄을 몰라 아찬을 외면했고, 아찬을 묶은 끈은 헤르미트가 풀었다. 나이 든 군인은 이 청년이 속박에서 벗어나자마자 튀어나갈 것이라고 생각했는지 모든 끈을 돌아가며 조금씩 풀었다.

"저 젊은 친구에게 주먹을 날리지는 않을 겁니다, 대령님. 그냥 사과만 받으면 돼요. 그냥 풀어주십시오."

헤르미트가 아찬을 한 번 힐끗 쳐다보았다. 으쓱거리는 어깻짓에 망설임이 많이 걸려 있다. 아찬은 최대한 자제력을 동원해 다시 한 번 조용히 말했다.

"대령님, 약속하죠. 전 저 친구처럼 싸움꾼이 아닙니다. 그냥 풀어주십시오."

끈을 풀던 손이 잠시 멈췄다. 아찬은 운신 폭이 약간 넓어진 상반신을 들어 헤르미트 쪽을 내려다보았다. 아찬과 눈이 마주친 나이 든 장교가 끄응 하는 신음 소리를 내며 끈을 쭉 당겨 한 번에 풀었다. 그런 식으로 풀기 시작하자 다섯 군데의 결속 부위를 푸는 데는 몇 초도 걸리지 않았다. 다리 쪽의 마지막 한 개는 아찬이 직접 풀었다.

끈을 다 풀고 나자 거의 마비 상태인 몸이 갑자기 움직이며 생기는 혈류의 요동으로 미미한 아찔함이 아찬을 덮쳤다. 하지만 그게 전부다. 팔다리가 아주 약하게 저릴 뿐 다른 문제는 없다. 어쩌면 수면제를 맞고 잔 시간이 생각보다 많이 짧을지도 모른다.

"제가 여기 온 지 얼마나 지났죠?"

"이십 분? 십오 분? 그리 긴 시간은 아니야. 선생이 잠들었던 시간은 고작 몇 분이오. 그저 의무실에서 스태프들을 몰아낼 시간을 벌기 위한 것이었으니까. 정말 미안하게 됐소."

"아뇨, 사과는 저 친구에게 받고 싶은데요. 안 그래, 한타랏시?"

조금 의기양양해진 아찬이 목을 한 바퀴 돌리며 우두둑거리다가 한타랏사의 눈초리에 움찔했다. 아찬의 주먹에 힘이 들어갈 때쯤 한타랏사가 다시 그를 외면했다. 비록 짧은 찰나였지만, 여전히 어쩔 줄 몰라 하는 표정에도 불구하고 그게 아찬 때문은 아니라는 의미가 날카로운 눈빛에 담겨 있었다. 그러나 아찬은 그걸 알았다 해도 이대로 넘어갈 수가 없었다. 처음에는 이럴 생각이 아니었는데. 그냥 곱게 사과하면 받아줄 생각이었다. 몇 대 맞은 건 분명히 열받을 일이었지만 동료를 잃었다고 믿은 상대의 심정도 이해가 갔기 때문이다. 하지만 저렇게 자기 잘못을 인정도 못하는 놈이라면 봐줄 가치가 없다.

"이봐, 다시 한 번 붙어보는 게 어때? 비겁하게 어둠 속에서 기습으로 몇 대 날리고서 그게 승리라고 생각하는 거냐? 아니면 옴짝달싹도 못하는 사람을 두 들겨 팬 게 자랑스러워?"

거의 마지막 부분에서는 목소리조차 떨렸다. 말하다 보니 정말로 분노가 참을 수 없이 치솟았던 것이다. 그 미묘한 노여움을 감지한 헤르미트가 재빨리 끼어들었다.

"내가 대신 사과하겠소, 선생. 저 친구는 아까 많이 흥분했고 또……."

헤르미트는 말을 끝맺지 못했다. 아찬의 어깨를 짚으려던 손은 허공만을 저었을 뿐.

아찬의 날아차기가 한타랏사의 등에 정통으로 꽂혔다. 싸움이라고는 해본 적이 없는 사람의 어설픈 발차기지만 아찬의 체격은 건장한 편이다. 의무실 구석이 순식간에 난장판이 되기 시작했다. 결국 상황이 헤르미트가 바라지 않은 예상대로 흘러가기 시작했다. 그는 어쩔 수 없이 총을 뽑아 둘을 겨눠야 했다.

"둘 다 그만두게. 난 마지막으로 사격 연습을 한 지가 몇 년이 넘었어. 어디를 쏠지 몰라."

조용하지만 단호한 목소리. 그때는 이미 상황이 완전히 역전된 다음이었다. 아찬은 한타랏사의 밑에 깔려 일방적으로 얻어맞고 있었다. 아찬을 깔고 앉은 한타랏사의 주먹이 허공 어딘가에서 멈추고 아찬은 그를 거칠게 밀어냈다. 헤르미트가 총을 집어넣으며 말했다.

"선생, 난 수학자가 아니지만, 그런 직업을 가진 사람이 군인을 상대로 몸싸움에서 이길 확률이 전무하다는 정도는 알고 있소."

분한 감정을 지우지 못하는 아찬이 터진 입술에서 흘러나오는 피를 대충 훔치며 일어났다. 한타랏사는 거의 아무런 표정이 없었지만 헤르미트는 그 밑에 숨겨진 부하의 분노를 읽어낼 수 있었다. 하지만 그는 어느 한쪽의 편을 들 수가 없다. 두 젊은이가 치고받는 이유는 지금 상황에 비하면 너무나도 사소하다.

"둘이서 개인적으로 친해지고 싶으면 그건 따로 시간을 내게. 석 선생, 미안하지만, 선생이 원하든 원하지 않든 지금부터 선생은 테스크포스 팀에서 수학과의 장이 되셨습니다."

"네?"

"선생 외에 유일하게 활동 가능한 연구원이었던 황 선생이 방금 사망했소. 선생의 펫을 가지러 갔을 때 직접 확인한 바요."

아찬은 도대체 뭐가 뭔지 알 수 없었다. 이미 알에게 멱살을 잡던 그날 이미 자신은 테스크포스였다. 그리고 수학과에서 유일하게 남았고. 그리고 보니 니오자일은 리울도 살아 있다고 했다. 그럼 지금은 죽었다는 뜻인가? 그리고 황수영도 살아 있었다는 뜻인가?

그러나 그런 의문은 곧, 다른 감정에 순식간에 덮여 사라졌다. 혼란과 두려움 속에서도, 오랜 시간을 같이하지는 않았지만, 친구였던 이들에 대한 메마른 부고가 아찬의 온몸에서 힘을 빼버렸다. 다시 털썩 주저앉으려는 아찬의 겨드랑이에 한타랏사가 팔을 집어넣었다.

"난 네놈이 빼앗아간 에이의 죽음 앞에서도 이렇게 허무하게 무너지지 않았어. 너같이 몸도, 마음도 약해 빠진 놈이 우리 희망의 일부라니 정말 한심하군."

아찬이 한타랏사를 천천히 돌아다보았다.

그랬군. 그래서 나에게 그렇게 화를 낸 거였어. 그녀가 말한 남자 친구가, 바로 좋은 사람이라던 한타랏사였군. 하지만 난 네놈의 여자 친구에게는 손가락 하나 까딱하지 않았다, 이 얼간이 같은 놈아. 손 한 번 잡아본 적도 없단 말이다.

"선생, 충격이 큰 건 이해하오. 동료 일은 정말 안됐어요. 하지만 우리는 우리대로 앞가림을 해야 하오."

한타랏사의 팔을 뿌리치고 벽에 가까스로 등을 기댄 아찬이 한숨인지 심호흡인지 구별이 안 되는 묘한 숨소리로 씨근거리다가 헤르미트에게 시선을 향했다.

"그럼 다른 사람들은 어디 있죠?"

"우리가 전부요. 전에는 네들 대령이 있었지만… 아마 그는 돌아오지 않을 거요."

"알은 어디 있습니까?"

"그는 그대로 자신의 테스크포스 팀을 꾸려 나가겠지."

상황이 대충 이해가 갔다. 이들은 항명을 계획하고 있는 게 틀림없다.

"그럼 우리는 이제부터 뭘 해야 합니까?"

헤르미트가 아찬을 우울하게 쳐다보았다.

질문에 대한 대답은 여전히 아무 표정이 없는 한타랏사가 했다. 하지만 별로 희망적인 내용은 아니다.

"우리도 몰라."

한타랏사는 차갑게 말하면서도 아찬에게 따라오라는 턱짓을 했다. 그는 두 군인을 따라서 코팅되어 보이지 않던 입원실에 들어갔다. 작은 방에는 오직 한 사람만을 살리기 위한 최첨단 장비들로 가득했다. 그럼에도 불구하고 희미하게 오르내리는 그래프는 장비에 의존하는 주인공의 상태가 별로 좋지 않다는 사실만을 보여주고 있었다.

"이런 방은 많지만, 지금 사용하는 곳은 이 하나뿐이요. 환자는 리울이고."

헤르미트가 뭔가 말을 더 하려다가 그만두고 아찬을 캡슐이 잘 보이는 쪽으로 안내했다. 안에 누워 있는 사람을 보자마자 그는 병실 세면대에 먹은 걸 몇 번이나 비워냈다. 자신이 아까 보고 만진 니오자일의 시체까지 새삼스러워지며 눈앞의 광경과 중첩되어 도저히 참을 수가 없었다.

캡슐 안에는 거의 미라에 가까운 상태에서 숨을 몰아쉬는 리울이 누워 있었다. 본인이 아니기에 그 고통을 이해할 수는 없으나, 그냥 보기에도 차라리 도를 넘는 마취제를 놓아 영원히 잠들 수 있게 해주는 것이 도덕적으로 보일 정도로 몰골이 흉했다.

"석 선생, 괜찮은가?"

"네, 꽤, 괜찮습니다."

한타랏사가 구역증 억제제를 아찬에게 조용히 내밀었다. 아찬이 물을 벌컥거리며 남은 한 손을 내저었지만 한타랏사는 억지로 약을 떠넘겼다.

"그냥 가지고라도 있어. 앞으로는 자주 필요하게 될지도 몰라. 구역증 억제제기도 하지만 영양제기도 하니까. 한 알만 먹으면 삼사 일은 안 먹어도 되지. 뭐, 싸는 것도 비슷해지고."

"그건 그쪽 경험인가?"

"아니, 그렇지는 않지만 곧 경험이 되겠지."

둘의 대화에는 관심이 없는 헤르미트가 리울을 물끄러미 바라보며 한타랏사에게 물었다. 그의 눈빛은 사람이 아닌 다른 뭔가를 무심하게 쳐다보는 그것이었다.

"나노머신을 통한 종말체 복구는 해봤나?"

"소용없었습니다. 종말체 호르몬 저지와는 상관이 없었고 리노이신 처방도 아무 소용이 없었습니다. 아니, 정확히 말하면 아주 약간 소용이 있었습니다만 그게 전부였습니다. 리울은 아무 합병증도 없습니다만… 그냥 늙어가고 있습니다."

"다른 환자들과 비교했을 때도?"

"예. 모두 마찬가지였습니다. 그나마 리울이 가장 오래 버티고 있는 상태입니다. 사멸하는 세포 상태를 보면 시간당 상태가 거의 일 년분에 해당합니다. 뇌세포는 말씀드릴 것도 없고… 의식 매트릭스 전이도 불가능합니다. 이 상태에서는 아무것도 할 수 있는 게 없습니다. 폐포나 혈구가 수행해야 할 기능을 나노머신이 하고 있는 실정입니다."

"뇌만 어떻게 살려서 사이보그로 바꾸는 방법은?"

"뇌는 이미 죽었습니다."

헤르미트는 아무 동요도 없다. 아무 감정 없이 자신을 바라보며 건조한 질문을 던지는 군인의 눈빛을 보고서야 아찬은, 그가 몰라서 한타랏사에게 그런 걸 물어본 것이 아님을 알았다. 현재 상황을 자신에게 좀 더 확실히 각인시켜 두고 싶었던 것이다.

"니오자일 선생의 팁에 달아둔 석 선생의 주석을 봤소."

"아, 그건⋯⋯."

"쉽게 설명해 주시오."

아찬은 망설였다. 분명히 설명할 수는 있다. 하지만 그건 대안 따위가 전혀 없는 단순한 상황의 해석에 불과하다. 어떤 말을 하더라도 지금 상황을 개선하는 데에는 전혀 도움이 되지 않는다. 무엇보다 지금 눈치로 볼 때 자신이 가진 유일한 몸값은 그것뿐이다. 쉽사리 밝힐 만한 성질의 정보가 아니다.

"그전에, 저부터 뭘 좀 물어보고 싶습니다."

"얼마든지."

헤르미트가 의외로 순순히 고개를 끄덕였다.

"그냥⋯ 전후 사정을 좀 알고 싶습니다. 솔직히 전 지금 뭐가 뭔지 하나도 모르겠습니다."

"이봐, 네 앞에서 에이가 죽었어. 어떻게 그런 뻔뻔스러운 말을 할 수 있는 거지?"

주먹을 불끈 쥐고 일어나려는 아찬을 헤르미트가 잡아당겼다.

"한타랏사, 그건 이 사람 잘못이 아니네. 이야기가 길고 장소도 적당치 않소. 다른 곳으로 갑시다."

클라우드는 레진이 거의 던지다시피 한 서류를 집어 들다가 말았다. 안 봐도 뻔한 이야기다. 로가디아는 그의 침대에 말없이 걸터앉아 있었다.

"얘야, 의기소침해 보이는구나."

[아니, 전 그냥⋯⋯.]

"왜 요즘 그렇게 가만히 있는 거지? 왜 사람들에게 위로와 희망을 주지 않는 거니?"

[⋯⋯.]

대답이 없다. 클라우드는 로가디아를 돌아다보았다. 그녀가 울고 있다.

"로가디아……."

[소용없어요. 아무것도 못해요, 전. 소용없어요.]

클라우드는 인간에게 하는 방식의 위로가 통할지 잠시 고민해 보았다. 아마 그렇지 않을 것이다. 로가디아는 틀림없이 자신의 위로에 대해 '적절한' 반응을 할 것이다. 하지만 로가디아는 아마, 위로에도 불구하고 자신이 할 수 있는 것은 아무것도 없다는 말을 할 것이 분명하다. 인간에게 그런 부정은 포기의 의미지만 그녀에게는 불가능을 뜻한다.

로가디아가 그렇다고 하면, 그것은 일어나지 않았다 해도 사실이다. 그렇다면 해야 할 일은 위로가 아니라 심문이다.

그러나 그는, 그렇게 할 수 없었다. 노인은 단지 레진을 불러달라고 했고, 로가디아는 고개를 끄덕였다. 클라우드는 이제, 함교에서 일어나는 일에 대해 관심이 없었다.

"다릴을 모조리 창고에 처넣었습니다. 로가디아가 다릴을 신경 쓰지 못합니다."

"그게 가능한 말인가?"

제온 원사는 입을 다문 채 알 바라마드의 눈을 피하지 않았다.

비록 클라우드가 큰소리치거나 한 것은 아니지만 그래도 지금까지는 나름 장담에 가까운 말을 하기는 했다. 그런데 이제는 자신의 물음에 답해주어야 할 그조차 거의 날 잡아 죽이라는 식으로 입을 다물고 있고, 로가디아는 여전히 나타나지 않았다.

그러나 이제는 그런 원망 같은 건 아무런 의미도 없다. 그들이 로가디아를 언급하는 근거에는 단지 현실을 인정할 수 없는 왜곡된 희망 외에 아무것도 없다. 로가디아가 존재한다는 유일한 증거는 오직 게이츠의 운항뿐이다. 인공지능의 도움 없이 타키온 드라이브는 절대로 불가능하다는 그 사실.

저급한 기본 인공지능을 가진 2미터짜리 투박한 로봇은 엉뚱한 작업을 하거나 아귀가 하나라도 맞지 않으면 안 되는 중요한 일에서 엉뚱한 행동으로 사고를 치기 일쑤였다. 없는 것이 나았다. 그런 위험 요소가 무려 수십 대가 넘고, 잠재적 요소까지 친다면 수백 기의 다릴을 모두 포함시켜야 할 판이다. 부하들이 미쳐 버린 로봇을 하나씩 파괴하는 중이지만, 위험 구역에서 활동하기 위해서 최소한은 남겨두어야 했다. 게다가 유감스럽게도, 제온의 말은 거기서 끝이 아니었다.

"그리고 에멘시가 불안합니다."

알이 눈살을 심하게 찌푸렸다. 도대체 자신이 왜 에멘시의 보고까지 듣고 있어야 하는지를 이해할 수 없다는 표정이다. 하지만 제온이 그걸 몰라서 지금 그런 이야기를 할 리가 없다.

"수동 인공지능이 불안하다니, 그게 가능한가?"

다릴에 대한 보고를 받은 조금 전과 정확히 같은 되물음. 제온은 구두 보고로 넘어갈 요량인지 자료는 부르지 않고 말했다.

"사람이 만든 거니까 말입니다."

어깨를 조금 으쓱할 뿐 더 이상 이어지는 말이 없다.

"이건 원사보다는 담당장교에게 물어봐야겠군. 맥하."

"예."

아무 표정 없이 부동자세로 서 있던 젊은 소령 하나가 앞으로 나섰다. 너무 앳된 인상 때문에 신뢰도 문제에서 꽤나 곤란을 겪은 경험을 가진 듯, 중령 계급의 기갑 참모가 해야 할 일이 이제는 자신의 몫임을 잘 알고 있다는 표정을 조금 과장되게 짓고 있다.

"뭐가 문젠가?"

"에멘시가 자기가 하는 일의 의미를 제대로 파악하지 못하고 있습니다. 여러 가지 면에서 너무 과도하게 반응하거나, 과소하게 행동합니다. 가령……."

"됐어. 그냥 봉인해 버려."

"예?"

"안 들리나? 창고에 처넣든 회로를 날려 버리든 하라고!"

결국 알의 스트레스가 폭발하고 말았다. 움찔한 맥하가 거수를 붙이고 물러나며 눈짓했다. 맞은편, 알의 뒤에 서 있던 중사 하나가 조용히 경례하고 부하 몇을 데리고 사라졌다.

에멘시의 이야기까지 들어야 할 필요는 없다. 부하들은 그저, 우왕좌왕하며 뭘 해야 할지 모르는 것뿐이다.

에멘시가 아니라 그 할아버지가 온다 해도 그걸 자신이 처리할 이유는 없다. 이건 권위의식이 만드는 허세 때문이 아니다. 알에게는 그 이외의 모든 것, 그러니까 로가디아부터 시작해서 그들이 계획했던 메테오 시스템의 건조까지, 그 무엇 하나 제대로 돌아가지 않는 모든 것들에 대해 고민해야 할 사안이 산더미처럼 쌓여 있다.

부하들만 없다면 손으로 머리를 감싸 쥐고 싶었다. 알이 지긋지긋하다는 표정으로 손짓하자 한 줌도 안 되는 부하들이 눈치를 보며 주섬주섬 물러갔다. 그러나 알의 바람대로, 그리고 예상대로 제온은 움직이지 않았다. 그는 입을 다물고 그저 알과 눈을 맞출 뿐이다.

"무슨 할 말이라도 있나?"

지금 알과 함께 벌이고 있는 사건의 전말을 모르는 사람이 본다면, 그 누구라도 그들의 대화를 도무지 함께 받아들일 수 없을 듯한 제온이 잠시 망설이다가 힘들게 운을 뗐다.

"충무공, 친구로서 말하고 싶습니다."

이번에는 알이 망설였다. 얼마 남지 않은 함교의 인원들은 그들을 애서 외면하며 업무에 집중하는 시늉을 하고 있다. 그렇다고는 해도, 제온의 요청 자체가 아무렇게나 함부로 해서는 안 될 말이 나오리라는 예고다. 알은 턱짓을 하며 간부 휴게실을 향해 앞장섰다. 네들의 협박이 떠올라 알은 잠시 아득해졌다.

휴게실 안으로 들어서자마자 문을 닫은 쪽은 제온이었다. 그는 알을 물끄러미 쳐다보다가 소파에 털썩 앉았다.

막상 먼저 입을 열기 시작한 사람은 알이다. 그는 대뜸 불평부터 털어놓았다.

"여기에 도대체 왜 이천 명이나 앉아 있는 거지? 그 이유는 간단해. 로가디아가……."

"이제는 민간인 승무원까지 합해봐야 팔백 명도 안 되네."

제온이 일부러 그랬다는 표정으로 알을 똑바로 쳐다봤다. 눈살을 찌푸린 알은 헛기침을 작게 하고는 무시로 맞받아쳤다.

"로가디아가 없더라도 모든 상황을 직접 해결하기 위해서야. 한숨으로 하루를 때우는 건 학자들이나 그렇게 하라지. 우리는 군인 아닌가. 이런 상황은 얼마든지 예상하지 않았나? 아니, 그렇지 못했다 해도 상관없어. 우리는 인간이야. 몰랐다 해도 적응을 했어야 해. 진작 말이네. 그런데 아직도 저 멍청이들은 나에게 다릴과 에멘시를 어떻게 해야 하나고 묻고 있지."

"알, 자네는 좋은 친구네. 맞나?"

"물론 나는 자네 친구네. 좋은 친구인지는 모르겠지만."

"젊은 녀석들이 들고 온 모든 것들은 자네도 알아야 할 필요성이 있어서 내가 허락한 거네. 알겠나?"

알의 미간이 심하게 일그러졌다.

"본론이나 말해, 제온."

"그걸 원하나?"

아까보다 훨씬 더 눈살을 찌푸린 알이 선뜻 대답을 하지 못했다.

"알, 난 솔직히 지금 자네가 하고 있는 행동에 대해 확신이 안 서. 그게 옳은 일이라고 생각하나?"

"물론 아니네."

너무나도 쉽게 튀어나온 뜻밖의 대답에 제온이 눈을 가늘게 뜨자 흉터가 일그러졌다. 알이 말을 계속했다.

"우리 같은 늙은이는 옳든 그렇지 않든 해야 하는 일이 있다는 건 잘 알지 않나? 그건 자네가 이 시대에 그 고색창연한 흉터를 훈장 삼아 내버려 두는 것과는 성격이 다른 종류의 선택이지."

"정말로 레진과 클라우드를 붙잡아두면 원하는 것을 얻을 수 있다고 믿는 건가?"

다시 일어난 알은 깍지 낀 채 앉아 자신을 올려다보는 제온의 눈빛이 한순간 번득였다는 느낌을 받았다. 하지만 그게 조명에 반사된 눈망울 때문인지, 아니면 정말로 안광이 발했기에 그런 것인지는 알 수가 없었다. 어쨌든 적어도, 후자의 경우는 정말이지 소설에나 나오는 문학적 표현일 따름이다. 제온이 고개를 숙이며 한숨을 쉬었다.

"일단 아까 에멘시 이야기를 다시 해보지. 그게 왜 자네한테까지 올라왔다고 생각하나?"

"물론 그놈이 없으면 이나마 돌아가는 게 없기 때문이겠지."

"그다음은?"

"그다음은 난 그걸 반려하는 거야! 그냥 회로를 단락시키고 동력을 끊어버리면 된다는 생각을 못하는 멍청이를 위해서! 도대체 그게 내가 결정 내릴 사안인가?"

"물론 그건 자네가 결정 내릴 사안이네. 자네는 맥하를 무시하고 있어!"

"내가 왜 그 애송이를 신경 써야 하나?"

"왜냐하면 바로 그 애송이가 언제 퀘일처럼 사라질지 모르기 때문이네. 알겠나?"

알의 안색이 변했다.

"그걸 어떻게 알았나?"

"네들은 자기 협박이 자네에게 통하지 않을 거라고 믿는 모양이더군. 나도 그 점에는 동의하네."

"이런 제기랄!"

알이 책상을 내려치자 음료수 깡통 따위가 어수선하게 튀어 올랐다.

"그래서, 그놈 이야기를 들으며 고개만 주억거렸다는 건가?!"

"그럼 어쩌나? 나도 처음 듣는 이야기인데. 집어치우고 끝까지 들어. 에멘시는 수동 조작이 가능한 인공지능이야. 네들까지 접근이 가능하지."

"그놈 이야기는 꺼내지도 마!"

"자네는 그게 문제야. 왜 다른 사람 말을 들으려 하질 않나? 나한테 전부 이야기해 줘. 그래야 나도 뭔가 생각을 해볼 것 아닌가."

갑자기 알이 헛웃음을 지었다.

"허. 학교 선후배로서 편하게 이야기하고 싶습니다라고 한 놈이 내 뒤통수를 쳤네. 내가 자네라고 믿을 수 있을까?"

제온은 기분 나쁘지도 않은 듯 한숨만 내쉬었다.

"알, 굳이 적을 만들려고 노력할 필요는 없네."

알이 자리에서 몇 번 일어났다 앉았다를 반복했다. 그는 안절부절못하며 조금 서성이다가 마침내 담배를 꺼내 물고 숨을 몰아쉬었다.

"좋아. 그냥 본론부터 짧게 이야기하지. 테라인이 아후리아를 위협할 요소가 된다는 건 사실이네. 하지만 자네가 생각하기에도 그 계획이 얼간이 같지? 맞아. 모두가 알고 있었네. 최악의 경우 테라인 계획이 실패하더라도 아후리아에서 목적을 이룰 수 있도록 로가디아의 알파명령 깊숙한 곳에 또 다른 명령이 봉인되어 심겨졌고, 칼리가 탑재된 거야."

"칼리 하나로 아후리아에서 뭘 하려고 한 건가?"

"칼리가 주변 환경을 자기 자신처럼 바꾼다는 건 알고 있지?"

제온이 인상을 찌푸렸다. 물론 알고 있다. 아주 끔찍하고 처참한 과정이다. 식물도, 미생물도, 당연히 인간도 변한다. 그게 뭐든 간에, 탄소 분자만 가지고 있다면 칼리의 나노머신은 거기 달라붙는다. 기계와 유기물이 섞여 기괴한 존재가 탄생한다.

"아후리아는 그냥 보기에 화성의 공전궤도와 비슷한 지름을 가진, 아후리아 항성 주위에 둘러쳐진 띠일 뿐이지만 그 핵심은 유기물일세. 우선 거기 착륙하면 칼리는 게이츠와 융합하지. 게이츠의 반물질 발진기를 동력으로 주변을 바꾸는 거야. 그 동력이면 몇 년 안에 아후리아 표면의 3퍼센트를 변형시킬 수 있어. 한 세기면 모든 게 변하지. 몇 세기 안에 아후리아는 중추까지 감염되는 거야."

제온이 놀란 표정을 지으며 중얼거렸다.

"차라리 반물질 미사일이 편하겠군……."

알이 잠시 뜸을 들이다 이야기를 계속했다.

"목적은 파괴가 아니라 위협이네. 아후리아를 우리가 쥐고 있다는 걸 보여줘야 한다는 거지."

"하지만 무슨 수로 그 감염을 통제한다는 말인가? 칼리 자체도 제대로 통제하지 못하는 마당에."

"바로 그 때문에 로가디아와 테라인이 필요한 거야."

제온은 어처구니없어하면서도 알겠다는 듯이 고개를 끄덕였다.

그러니까 이건, 아주 황당한 계획이다. 통제 불가능한 전략병기를 통제해 보겠다는 거다. 인류에 이익이 되도록. 그뿐 아니라,

"결국 우주에서 가장 위대한 지성적 존재에게 병원균을 심어놓고 살해 위협을 하겠다는 거로군?"

알이 인상을 찡그렸다.

"네들처럼 인본주의자 흉내를 내고 싶나?"

제온은 숙인 고개를 흔들었다.

"아니, 나도 우리가 전쟁 중이라는 건 잘 알고 있네. 목숨이 왔다 갔다 하는 판국에 도덕 따위를 챙기고 싶은 생각은 없어. 단지 이 무모한 계획이 현명한가 하는 의심이 들 뿐이지. 들킬 경우는 생각해 본 적 없나? 그 즉시 전면전 시작인데?"

"가상으로 모형을 만들어 추측해 봤지. 지금 상태가 계속된다면 어차피 전면전은 삼사 년 안에 시작되네. 처음에는 레기넬라만 상대하겠지만 전황은 순식간에 확대된다는 결론이더군. 그다음부터는 모형 작업 따위도 필요없었네. 뻔한 거 아닌가? 전 우주를 상대로 우리 중 누가 살아남을 수 있겠나? 지금 그 꼴을 막자고 하는 거 아닌가. 게다가……."

"게다가?"

"발각당할 염려는 없어. 아후리아는 신진대사 속도가 만드는 정보 전달에 시차가 많네. 몸이 화성 궤도만 한 놈이란 말일세! 그렇다 보니 띄엄띄엄 존재하는 국지 중계 세포가 각기 정보 인수 하부 결절을 두고 있지. 독립적인 생명체를 따로 진화시키지 않기 때문에 아후리아는 정보를 찾아 나서기보다는 유입되는 편에 의존하고 있으니까. 한마디로, 아후리아는 게이츠를 어디선가 날아온 정보로 간주하고 우호적 세포의 하부 결절의 관리하에 둘 것이라고 추측하네."

"결국 추측뿐 아닌가?"

"그럼 그것 말고 달리 뭘로 움직여야 하나?"

"알았어. 계속해 보게. 감염을 알아챌 가능성은 없나?"

"우호적 세포란 게 있네. 물론 표현과 달리 우리 편이라거나 스파이라는 의미가 아니야. 그저, 자기를 구성하는 분자오비탈 함수를 '언어로 쓰는 아후리아에 존재하는 수천조 개의 국지 중계 세포 중 솔시스에서 번역 가능한 규칙을 가진, 그리고 비록 제한적이지만 의사소통이 가능한 종류의 세포를 그렇게 표현할 뿐이지. 그 모양은 실제로 보면 거대한 구조물, 혹은 건물에 가까운 무엇인가지 생물학적 의미에서 세포라고 볼 수도 없네. 적어도 지구 생물학적 관점에서는."

"그래서?"

"그것들을 거치면 그 범인이 솔시스라는 걸 아후리아가 눈치 채지 못할 거야."

"범인이라……. 자네가 하려는 짓이 어떤 건지 알고는 있나 보군."

"계속 그렇게 비아냥거릴 텐가?"

"자네나 나는 그런 것 좀 당해도 싸. 아무튼 난 우리 솔시스가 아후리아에 대해서 그렇게 많이 알고 있는 줄은 꿈에도 몰랐는데."

알이 담배를 발로 밟아 껐다.

"그만 해. 난 요즘 인내심이 바닥났으니까."

"흥분하지 마. 난 인본주의자는 물론, 감상주의자도 아닐세. 자, 그럼 그 모든 걸 믿는다 치고, 우리가 뭘 해야 하나?"

"몰라서 묻나?"

"정말로 게이츠를 아후리아에 갖다 박을 생각인가?"

알이 어깨를 으쓱했다.

"가능하다면 그렇게 해야지. 하지만 그게 안 된다고 이대로 돌아갈 수는 없네."

"그건 무슨 의미지?"

알은 아무 대답도 하지 않았다.

"나도 한 대 줘보게."

알이 말없이 담뱃갑을 내밀었다. 제온의 담배에 불이 붙자 알이 어눌하게 입을 뗐다.

"노련한 참모 셋 중 하나는 모반을 꾸미러 잠적했고 하나는 죽어버린데다가 나머지 작자는 도대체 무슨 생각을 하는지 알 수가 없지."

갑자기, 오래전 교전 브리핑 때, 앉은 자리에서 꾸벅거리며 졸던 어린 여군 소위가 생각났다. 그 아이의 자리는 그 후 얼마 있지 않아 비어버렸는데. 함교 상층 외곽 줄에서 가운데쯤이었지, 아마.

알이 고개를 흔들었다. 그런 생각은 이제 쓸데없는 잡념 이외에 아무것도 아니다.

"헤르미트 대령도 기왕이면 네들과 같은 쪽으로 분류하는 게 나을 성싶군."

알은 제온을 날카롭게 쳐다볼 뿐 아무 말도 하지 않았다. 제온이 콜록거리며 담배를 비벼 껐다.

"우선, 로가디아에게 게이츠를 다시 이양하고 타키온 드라이브를 멈추게."

"입으로는 아니라고 하면서도 행동은 인본주의자가 맞는 것 같은데 그래."

알이 다시 담배를 물며 말을 덧붙였다.

"불가능해."

"지금 자존심 세울 때가 아닐 텐데?"

"내가 자존심 때문에 이러는 걸로 보이나?"

제온이 내뱉듯이 한숨 쉬었다. 당연히 아니겠지.

"알, 인정하게. 계획은 실패했고 아무도 살아남을 수 없네."

"제온, 내 말을 못 알아듣는 모양인데, 게이츠는 처음부터 귀환할 생각이 없었네. 여기 오른 사람 중 살아남을 수 있는 이는 처음부터 아무도 없었다 이 말이야. 이 일 때문에 훈련받은 지난 오 년 내내 졸기만 했나?"

"아니. 하지만 솔시스가 우리를 버리는 식일 거라고는 상상도 못했어. 난 그냥 거기서 아후리아와 이웃이 되어 농사나 지으면서 기다리다 보면 구조선이 올 줄 알았지."

"마지막 경고야. 나한테 유머 감각 같은 건 사라진 지 오래야."

알이 으르렁거렸다. 그러나 제온은 상대에 무관심한 한숨을 한 번 더 쉬고 벽면의 입체영상을 켰다. 지구 어딘가의 바닷가에서 지는 여명이 반입체로 벽면 가득히 펼쳐졌다. 그가 천천히 말했다.

"알, 난 우리가 실패했다는 사실을 가능한 한 빨리 알려야 한다고 생각하네.

그래야 제2의, 제3의 게이츠가 임무를 수행할 수 있단 말이지. 그걸 모르나?"

"제온, 유감이네만 제2의 게이츠란 건 없네."

"판테온이 대신할 거야. 이미 십여 년 전에 다이달로스의 마지막 신호를 잡았지 않나."

알이 제온의 맞은편에 조용히 앉았다.

"팔백 년도 더 전에 떠난, 그 빌어먹을 구닥다리 우주선을 찾는 것과 이건 상관없어. 우리는 지금 아후리아에 반드시 도착해야만 하고, 작전을 성공시키려면 테라인은 반드시 존재해야만 하네."

"불난 집에 기름 붓는 격이 될 거라는 생각은 안 해봤나?"

"해봤다면 어쩔 텐가? 자네는 그런 생각을 했나? 그럼 또 어쩔 텐가? 우리는 그냥 명령대로 하는 거야. 내려진 명령에 대해서 사심 따위는 집어치우게. 알 만한 사람이 왜 그러나? 내가 자네한테 이 모두를 이야기한 걸 후회하게 만들지 말게."

알은 네들에게 그랬던 것처럼 권총에 손을 슬며시 갖다 대었다. 그걸 봤는지 못 봤는지는 모르지만, 아무튼 제온은 고개를 희미하게 끄덕였다.

"내 말을 이해를 못하는군. 지금 게이츠가 어디 있다고 생각하나? 이 순간에도 배는 계속 가속 중이네. 그런데도 멈추지 않고 있지. 그게 무엇을 뜻한다고 생각하는 건가? 알고 있지? 알면서도 인정하지 않는 거지?"

부드러운, 그러나 단호한 추궁에 알이 내키지 않는 입맛을 다시며 말했다.

"사실은, 로가디아의 알파명령이 완전히 전개되었네. 정황만이 아니야. 비상용 수동 통제 인공지능인 에멘시가 출력하는 데이터를 볼 때 틀림없네."

"에멘시의 오작동과 관계가 있나?"

"숨겨진 명령은 테라인에 반응하도록 되어 있네. 누군지는 모르지만, 지금 이 배 안에 테라인이 실제로 존재하고 있을 거야."

"테라인이 뭔지도 모른다면서 어떻게 찾는다는 건가?"

"맞아. 우리가 아는 건 딱 하나뿐이네. 테라인은 마인드링킹 따위가 없어도 로가디아와 직접 반응할 수 있다는 거지."

"그럼 로가디아가 먼저 알아본다는 말인가?"

알이 고개를 끄덕였다.

"문제는 숨겨진 명령이 로가디아의 의지와 별로 상관이 없다는 것이네. 그녀의 본성을 잠식하도록 되어, 있지. 비록 그녀가 저항하기는 하겠지만, 처음부터 이길 수가 없는 싸움이야."

"클라우드가 그렇게 만든 건가?"

"클라우드가 그걸 만들 리가 없지 않은가. 호링이 만든 거야."

제온이 알을 질타하듯 물었다.

"그건 또 뭐 하는 작자야?"

"그런 자가 있어. 3류라는 걸 알고는 있었지만, 달리 맡길 사람이 없었네. 아무튼, 자네 말이 맞을 수도 있어. 분명히 뭔가 잘못되었어. 에멘시는 그 명령에 따라 작동하도록 되어 있지. 에멘시의 오작동은 테라인을 위주로 생기는 것 같네만 시간도, 장소도 일관성이 없어. 단지 열 명 안팎이라는 것만 알 수 있었네. 그걸 근거로 테라인을 추적할 수도 없는 형편이지."

"그럼 결국 에멘시가 고장 난 게로군. 간단한 문제 아닌가?"

알이 마지못해 고개를 끄덕였다. 제온이 벽면의 풍경에서 고개를 돌리지 않으며 조용히 말했다.

"자, 정리해 보지. 임무 수행은 불가능하고 희생자도 늘어만 간다. 물론 해결은커녕 원인 파악도 안 된다. 귀항조차 불가능하다."

알이 세 대째의 담배에 불을 붙였다. 이후 정말로 오랜 침묵이 흘렀다. 누군가가 바깥에서 휴게실로 인터컴을 몇 번 넣었지만 전부 무시했다. 갑작스러운 침입에 방해받고 싶지 않아 카메라를 향해 조용히 손을 한번 들었다 올린 것이 전부다. 마침내 침묵이 어색함을 넘어서 존재감의 상실 자체를 의미할 즈음 제온이 물었다.

"우주 부표 사출은?"

알의 대답에 힘이 없다.

"이젠 불가능해."

"그럼 우리가 할 수 있는 일은 뭔가?"

"없네."

"진심인가?"

"그렇다면 해야 할 일은 있을 거 아닌가?"

알이 얼굴을 쓸어내리며 일어섰다. 그가 휴게실을 서성이며 왔다 갔다 하다 조용히 말했다.

"테라인."

"몇 명인지도, 누군지도 모른다면서?"

"상관없어. 자폭할 게 아니라면 모조리 데려갈 거니까."

"가능은 한가?"

알이 네 번째 담배를 물었다.

"생각해 본 게 있기는 하네. 두 가지 정도인데, 어느 쪽이든 별로 가능성이 없는 도박이지."

제온이 알을 자극했다.

"그중에 하나가 여기에 앉아 모조리 죽어버리자는 것만 아니면 뭐든 해볼 가치가 있지."

알의 인상이 납빛이 되었다. 그도 분명히 두려운 것이다. 군인으로서 적과 싸우다 전장에서 맞이하는 전사라면 모를까, 이런 식의 개죽음은 두렵지 않을 수 없다. 알은 초조하게 담배를 거푸 빨고 나서야 입을 열었다.

"좋아. 첫째로, 수단과 방법을 안 가리고 기관실의 반물질 발진기를 재가동시켜서 타키온 드라이브 아웃을 하는, 매우 간단한 방법이 있지. 물론 질량 불안정 상태인 지금 그 짓을 했다가는……."

"했다가는?"

"나도 모르네. 적어도, 로가디아는 무조건 실패할 거라고 하더군. 물론 실패란 건 게이츠가 우주 먼지가 된다는 걸 의미하네. 아마 말 그대로 타키온이 되어 온 우주를 휩쓸고 다니겠지. 사실, 그건 중요한 게 아냐. 이래 죽으나 저래 죽으나 상관없으니까."

제온이 조용히 고개를 끄덕였다.

목숨만 걸어도 된다면 도박을 하겠지만, 그 판돈이 솔시스 연방이라면 이야기가 다르다. 아무도 살아남지 못해도 상관없다. 테라인만 빼면.

보다 중요한 것은, 테라인을 확보하는 것이다. 그리고 지금 상황에서 확보란 다름 아닌 솔시스로 데려가는 것이고. 어쨌든 인류에게 솔시스보다 안전한 곳은 존재하지 않는다.

테라인도 인간이라고 부를 수 있다면 말이다.

"두 번째 방법은 좀 더 가망성이 있네. 기관실과 주 함체를 분리시키는 거지. 그렇게 되면 기관실은 당연히 잉여 에너지 때문에 저절로 드라이브 아웃하게 될 거야. 기관실만의 질량이라면 가능할 거라고 보네. 어쩌면, 지금 기관실에 들어가도 될지 확신은 안 서네만, 그게 가능하다면 생존 인원들을 모조리 그리로 데려가야 하네. 물론 그게 가능하든 말든 남은 함체는 자침시켜야 하고. 타키온 드라이브 상태라고 해도 레기넬라나 아후리아가 무인 함선으로 알파 룸을 수거하려 들 수 있으니까. 로가디아를 넘겨줄 수는 없네."

제온은 고개를 끄덕였다. 물론 다른 외계성종이 무인 함선으로 게이츠를 찾아 회수한다는 것은, 솔시스 연방에 구조될, 사실상 전무한 확률에 비할 때조차도 없는 것이나 마찬가지다.

그럼에도 불구하고 아주 낮은 가능성도 남겨두어서는 안 됐다. 어쨌든 게이츠는 이미 레기넬라의 공습을 한 번 받았지 않은가.

"알, 말할 것도 없이 두 번째 아닌가?"

"기관실로 우리가 어디까지 갈 수 있을 거라고 생각하는 건가?"

"그거야 모르지. 하지만 나라면 당장의 확률이 높은 쪽을 택할 것 같군."

"고맙군. 좋은 보좌는 역시 필요해. 난 첫 번째 방법을 시도하려고 했거든."

"유머 감각이 완전히 사라지진 않았는데 그래? 아무튼 그럼 결정난 거군."

"우선 보조 모듈을 찾아야 하네. 기관실을 분리하려면 로가디아가 있어야 하고, 보조 모듈 없이는 그녀를 재시동시킬 수가 없어."

"확보해 둔 게 아니란 말인가?"

"자가 작동 방식이야. 스스로 위험 상황을 피해 다닐 수도 있고… 로가디아에게 이상이 생기면 정비도 가능한 모듈이지. 어떤 의미에서는 규모가 작은 로봇이라고 볼 수 있네."

알의 말이 너무 모호하다. 이 상황에서도 숨길 게 있단 말인가? 하지만 제온은 더 이상 친구를 몰아붙이고 싶지 않았다.

"좋아. 그렇다면 그건 자네가 찾게. 난 기관실이 드라이브 아웃 하는 즉시 타즈림을 쓰도록 조절하겠네."

"그러고 나서 난 칼리를 처리하도록 하지. 가능하면 네들도."

"결국은 네들과 우리 목적이 같아졌는데 억지로 그럴 필요가 있을까?"

"그런 놈이 살아서 솔시스에 돌아간다면 어떤 꼴이 날지 모르나?"

지금 남은 한 줌도 안 되는 생존자들조차, 결국에는 같은 운명을 맞이하게 될 것이다. 누군지도 모르는 테라인을 제외하면. 물론 자신이나 알도 예외가 없으리라. 전쟁에서 장성 한 명의 전사는 전략적 손실에 들어간다. 솔시스는 그 사실을 알면서도 알 바라마드 준장을 여기까지 내몰았다.

제온은 어쩔 수 없이 고개를 끄덕였다.

"그럼 그는 자네가 처리하게."

알이 확인하려는 듯이 물었다.

"타즈림에 입력할 메시지는 알고 있나?"

"이번 작전은 완전히 실패며 게이츠는 자침."

알에게 동요의 눈빛 같은 것은 존재하지 않았다. 제온이 단지 짧게 되물을 뿐.

"지금 할까?"

"할 수 있는 사람이 남아 있을 때 해야 하지 않겠나?"

제온 원사가 고개를 끄덕였다. 하지만 속마음은 사뭇 달랐다.

그렇게까지 할 필요는 없다. 제온 원사는 마지막까지 남아 있을 사람들을 떠올리자 자침 타이머 조작을 하는 것이 과연 그들을 정말로 위하는 일일지에 대해 잠시 망설임이 들었다.

제온 원사가 자리에서 일어났다. 알이 권총집을 만지작거리고 있었지만 늙은 하사관은 친구의 행동을 못 본 척했다. 그는 알고 있었다. 알이 저걸 쓰게 되는 때는 네들을 향해서가 아니라 스스로에게가 될 것임을.

이제, 클라우드와의 거래도 끝이다. 남은 일은 로가디아를 해체하고 시간의 벽 속에 영원히 가두어 버리는 것뿐이다. 그러나 로가디아를 살해하기 위해 반드시 게이츠를 파괴해야 할 필요는 없다.

제온은 곧 마음을 정했다. 지금 그 조작을 한다고 해서 당장 침몰하지는 않을 것이다. 그는 타이머의 여유를 충분히 두기로 마음먹었다.

솔시스가 뭘 원하든, 알이 뭘 하려고 들든 간에 어쩌면 마지막 한두 명이 이 지옥을 탈출할 수 있을지도 모른다. 일어나지도 않은 일에 대해 선심을 쓸 필요는 없지만 그렇다고 그게 알 수 없는 미래를 말살시킬 이유가 되는 건 더더욱 아니다.

그가 나가기 직전 뒤돌아서지 않은 채 말했다.

"폭탄은 기관실에 설치할 거네. 그럴 리는 없겠지만, 자네가 실패할 수도 있으니까."

알은 대답없이 고개만 끄덕였다.

아찬은 로가디아가 궁금했지만 그가 채 입을 떼기도 전에 헤르미트가 짧게 질문없는 대답을 했다.

"로가디아는 신경 쓸 필요 없소. 이제는 나타나지도 않으니까."

"하지만 니오자일 선생은……."

"군의관이 시체로 발견되기 전까지는… 그러니까, 어제까지는 그나마 가끔이라도 나타났지."

아찬의 머릿속을 다시 시체의 물컹물컹한 촉감과 뜨뜻미지근한 불쾌감이 엄습했다. 그는 살아 있는 사람이라 해도 비슷한 느낌이었을 거라고 스스로에게 중얼거리며 머리를 세차게 흔들었다.

"그 어제가 백 년은 된 듯한 느낌이요. 모든 게 하룻밤 사이에 변했어."

"진정제를 좀 주지."

아찬은 이번에도 손을 저으려다가 생각을 고쳐먹고 곱게 받아 들었다. 한타랏사는 어쨌든, 이런 상황에서 자신보다 경험이 많았다.

"혹시 인공지능에 대해 잘 알고 있소?"

"아뇨, 전혀……."

대학 수업에서 들은 것들이 도움이 될까? 아마 그렇지 못할 것이다. 학부 수준의 심리철학 과목은 백화점식의 맛보기 수업들로 이루어져 있고 본격적인 공부는 다음 학위에서 가능했다. 고작 몇 학점 정도의 인공지능 관련 과목은 모두 기본 개념을 가르치는 수준에 불과하다.

"뭐, 우리도 문외한이오. 이제 남은 유일한 전문가인 클라우드 조이아 교수는 알 바라마드 충무공 쪽에 붙었지."

"충무공은 무슨. 인간이 늙으면 추해진다는 걸 그대로 보여주……."

"말조심하게, 소령."

이런 일이 자주인 듯, 조금 전까지도 꼬박꼬박 말대꾸를 하던 한타랏사가 뜻밖에도 곧바로 입을 다물었다.

"그럼 테라인 계획이란 건 알고 있소?"

"그것도 전혀……."

"당연하겠지. 그에 대해 조사를 하던 네들 대령이 행방불명되었고, 마지막으로 넘겨받은 정보 이외에는 우리도 알지 못하오. 아무튼 우리는 선생의 주석과 네들의 파일을 다각도로 분석해 본 결과, 이 일이 테라인 프로젝트와 로가디아가 함께 얽혀 있다는 혐의를 잡아낼 수 있었소."

말을 끝내며 헤르미트가 파일 하나를 아찬 앞으로 내밀었다. 인조 종이다.

"마인드링킹이 가능했다면 시간을 들일 필요가 없었을 테지만, 지금은 가능하다고 해도 그건 피해야 하오. 마인드링커들이 이번 사건에서 가장 먼저 희생되었다는 증거가 있거든."

어차피 아찬은 마인드링킹을 할 수 있는 자격이 없었다. 하지만 자신의 무능을 군이 증명하려 들 필요는 없다.

파일은 다행히도, 군인답게 명쾌하고 간결한 어구로 들어차 있었다. 아찬은 파일을 읽으면서 무료함은 범접조차 할 수 없는 초조함 속에 서성이는 두 사람을 힐끗거렸다. 그는 시간을 들여 내용을 꼼꼼히 살펴보았다. 몇 가지 특기 사항이 눈에 띄었다. 원래 군인들, 그중에서도 장교 자체가, 반쯤은 학자에 가깝다고는 해도 주석과 파일에 나오는 이야기들을 통합하고 재해석한 통찰력은 놀라울 정도다. 아찬은 감탄 같은 칭찬을 하지 않을 수가 없었다.

"정말 대단하시군요. 이걸 작성한 네들이란 분도 그렇고, 해석한 대령님과 저 친구도 그렇고."

"고맙소. 하지만 칭찬에도 불구하고 할 말이 있다는 뜻으로 이해하겠소."

아찬이 고개를 끄덕이며 파일과 함께 넘겨받은, 다시 말짱해진 팻을 켰다. 손가락을 튕긴 아찬의 앞에 곧바로 빙글빙글 도는 입체가 나타났다. 일전 황수영이 보았던 그 함수 모델을 좀 더 개량한 것이다.

"파일의 내용 중 사실이라고 인정되는 것만으로 이 모델을 고쳐 보겠습니다."

입체영상에 손을 넣어 가지 하나를 집어넣고 평평하게 물결치는 파도를 잠재우며 아찬이 말했다.

"지금 이건 타키온 드라이브상에서 대상을 구성하는 물질의 응력을 나타내는 모식도입니다. 간단히 말해 정상 세계에서 전자 결합 오비탈을 나타내는 것과 비슷하죠."

헤르미트와 한타랏사가 고개를 끄덕였다. 표정으로 보건대 아찬의 주석을 해석하며 거기까지는 이미 알아낸 듯했다.

"지금 제가 잡아 뽑는 입체가……."

주욱 끌려 나오다가 표면장력을 능가하는 힘에 의해 방울처럼 떨어져 나오는 작은 덩어리.

"바로 네들 대령님의 보고를 적용시켰을 때입니다. 그전에는 이, 뤠이쓰 함수라고 부르는 상수가 끊어지지 않고 한없이 늘어났지요. 지금 네들 대령님의 보고서 중 몇 가지 사실을 수학적으로 치환했을 경우와 그렇지 않을 경우의 차이가 크다는 뜻입니다."

"좀 어렵군요. 쉽게 설명해 보시오."

"가능한 한 그러려고 노력 중입니다. 보고서에 의하면 증발 사고는 가장 먼저 기관실에서 일어났습니다. 그 후, 기관실이 연결된 주 통로, 게이츠의 주 뼈대를 따라 움직이는 통로에서 발생했지요. 일단 이 장소에서는 네들 대령이 로가디아의 조언을 받아들여 격벽을 내린 후 사고가 없었습니다. 정확히 말하면, 아무도 없었지요. 그러고 나서가 큰일이었습니다. 이후 문제의 장소인 기관실과 봉쇄된 구역에 들어갔던 이들 중 생존자가 특별한 일관성없이 때와 장소를 가리지 않고 증발했습니다. 그 후 로가디아는 몇 군데의 격벽을 더 내렸고, 봉쇄 구역은 점점 늘었습니다. 그녀는 사건의 원인이 무엇인지 파악하지 못했지만, 적어도 어떤 식으로 전개되는지는 안 게 틀림없습니다."

헤르미트의 눈에 깊은 후회가 스쳤다. 이 젊은이의 말이 맞다면 로가디아를 믿었어야 했는데. 로가디아는 자기 자신만이 납득할 수 있는, 그러니까 인간의 언어로는 묘사도, 설득도 되지 않는 어떤 현상을 확인했지만 그걸 믿게 할 수가 없었던 것이다.

헤르미트의 심정을 모르는 아찬은 설명을 계속 이어나갔다.

"그러다가, 왜인지는 모르지만 봉쇄된 구역 중 상당수가 다시 개방되었습니다. 그 순간 이 현상은 아주 빠르게 게이츠 전역으로 확산된 거죠."

그 부분에서 헤르미트의 눈썹이 꿈틀거렸다. 로가디아가 고장 나서 쓸데없는 행동을 했다고 판단한 알이 참모 회의를 통해 구역을 다시 개방했던 것이다. 자신도 개방에 동의했고.

"마인드링커들이 메디팩 나노머신을 뒤집어쓴 거 알고 계시죠?"

헤르미트가 안색을 간신히 감추며 고개를 주억거렸다.

"구역 개방 후 그들이 먼저 사라지기 시작했습니다. 시간을 '흐름'으로 인식하는 존재는 생물뿐입니다. 게이츠의 감지기나 로가디아 입장에서는 시간이란 단순히 '순서'에 불과하죠. 메디팩 감지기는 그들을 이미 죽은 걸로… 아니, 적어도 심각한 부상으로 판단했던 겁니다. 타키온 드라이브의 시간은 일방향이 아니기 때문에 감지기로써는 충분히 그럴 수 있죠. 적어도, 이 괴현상의 영향 아래서는 말입니다."

"그건 무슨 뜻인가?"

"사라진 존재들은 사람뿐이지만 게이츠 자체도 무사하지 못하다는 뜻입니다.

단지 인간보다 훨씬 튼튼하기 때문에 드러나지 않을 뿐이죠. 사실은, 가장 먼저 나노머신에 이상이 있었습니다. 문제는 로가다이는 우리와 달리 시간을 순서로 인식하다 보니 이 같은 사건들의 연결 고리에 대한 인과를 파악하지 못한 거죠."

한타랏사가 기가 막히다는 표정으로 의자에 털썩 주저앉았다. 헤르미트는 가까스로 아찬을 독촉할 수 있었다. 이 심각한 순간에도 이 친구는 정말 신나게 떠드는군이라는 표정을 억지로 감춰야 했다.

"일반적으로 타키온 드라이브에 진입하는 순간 인간을 포함한 우주선은 그 구성 입자가 타키온으로 전환됩니다. 그 의미가 그 순간 빛보다 낮은 속도로 움직일 수 없다는 것임은 잘 아실 테고 문제는 이렇게 되면서 벡터 값의 전이가 생긴다는 겁니다. 즉, 공간으로는 한 방향으로만 움직이지만 시간적으로는 그렇지 않다는 것이죠. 간단히 말해 타키온 드라이브 과정에는 우리가 '어디에' 있는지 확신할 수 있지만 '어느 때' 있는지는 그럴 수 없다는 겁니다. 그래서 타키온 항법 장치는 공간 수준 측정계, 즉 시간을 측정하는 시계에 해당하는 공간의 측정 장치가 있고, 공간을 확인하려는 지도에 해당하는 시간 지도가 있습니다. 우리는 정상 세계에서와 달리 공간이 아닌 시간의 어느 때인가를 점유하고 있기 때문이죠."

"맞는 말이오. 그렇다면 뭐가 문제인지도 아시겠군."

"알고 계십니까?"

"모르오."

어이없는 되물음에도 짜증조차 내지 않는 눈이다. 단지 초조함만 가득할 뿐. 물론 거짓도 아니다. 자신들도 알고 있는 사실을 아찬에게 확인하는 과정이 아니다. 그렇다면, 적어도 저쪽이 진실 되게 나온다면, 이쪽도 그렇게 해주어야 할 필요가 있다. 하지만 인정하고 싶지 않아 숨기고 있던 결론을 이렇게 허탈하고 허무하게 꺼내야 할 줄은 몰랐다. 그럼에도 불구하고 그 짧은 시간 동안 너무나도 격렬한 고생과 경험을 해서인지 긴장된다거나 하지는 않았다. 하지만 저들은 저들대로 이 사실을 받아들일 수 있을까? 강인한 사람들이기는 하지만 자신과는 상황이 다른데.

"일단 상수 이야기는 좀 있다가 하기로 하겠습니다. 아무튼 정상 공간으로 친다면 현재 게이츠는……."

자신 외의 두 사람이 침을 넘기는 소리가 벼락처럼 들려오는 것 같았다. 하지만 결국 해야만 할 이야기다. 시간을 점유하는 공간의 괴리를 뜻하는, 물방울처럼 떨어진 입체영상을 보며 아찬이 가급적 감정없이 말하려 노력했다.

"폭발한 상태입니다."

침을 채 넘기지 못한 헤르미트와 한타랏사의 표정이 굳어졌다. 시작될 때는 그럴 것 같지 않던 잠시간의 침묵이 점점 영원으로 흐를 것만 같은 적막으로 변해가고 있었다. 아찬은 자신이라도 뭔가 말을 해야 한다고 생각했지만 도대체 무슨 말을 해야 할지 감이 잡히지 않았다. 그 역시 조용히 앉아 있는 수밖에 없었다. 앞가슴 주머니를 더듬거리는 아찬에게 한타랏사가 담배를 내밀며 적막이 깨졌다.

"그건, 유예를 의미하는 거요?"

뜬금없지만 무슨 의미인지는 확실했다. 게이츠가 타키온 드라이브에서 벗어나는 순간 산산조각이 날 것이냐는 뜻이다. 아찬은 조용히 고개를 흔들었다. 헤르미트의 표정이 더 어두워졌다. 절망적인 아찬의 낯빛에서 상황이 그보다 훨씬 더 심각하다는 사실을 알았기 때문에.

"아니요. 이미 폭발했다는 뜻입니다."

알이 전령을 보내왔지만 클라우드는 응하지 않았다. 알은 아직까지는, 자신에게 레진을 대하듯이 난폭하지는 않았다. 사실상의 구금 상태지만 억지 동행을 강요하거나 하지는 않는다는 의미다. 로가디아는 레진이 알의 옆에서 꼼짝도 못하고 있다는 유감스러운 소식만을 전해왔다. 그는 레진이 팽개치다시피 한 보고서를 들여다보았다. 첫 문장부터 엔지니어로서의 훌륭한 통찰력뿐 아니라 어린 나이에 학위를 몇 개나 거머쥔 소녀다운 천재성이 스며 있는 내용이다. 하지만 클라우드는 조금도 기쁘지 않았다. 불행한 소녀의 발버둥은 이미 운명이 정해져 있는 종류의 것이기 때문이었다.

…따라서 타키온 드라이브 중의 마인드링킹 시 사용자의 메타트론 입자 추출은 그 자체가 이미 부작용이 생길 수밖에 없다. 입자 추출을 위해서는 중력 뒤틀림이 필요

하며 그 압도적인 에너지를 상쇄시키기 위해서는 알파 룸 개방에 의한 중력 통제를 필요로 한다. 결과적으로 메타트론 입자 추출을 위한 중력 뒤틀림은 곧바로 통제로 이어지며 입자의 상전이를 유도해 부피는 전무하나 질량은 압도적인 작은 블랙홀을 발생시킨다. 이는 타키온 드라이브를 위한 반물질 엔진의 파인만선(Feynman Ray)이 튕겨져 나오는 과정에서 발생하는 피할 수 없는 결론으로서……

그녀의 결론은 정확했다. 결론은 검증할 필요 없이 사실이다. 비록 레진은 자신이 직접 쓴 보고서의 현실적 의미를 알지는 못했지만, 이 학문적 서술을 현상으로 치환한다면 결국 테라인 프로젝트를 게이츠에서 행하겠다는 발상 자체가 문제라는 의미였다. 더 정확히 말한다면 테라인을 의도적으로 확인하겠다는 것이 문제였다. 로가디아에 의하면, 테라인은 때가 되면 자연스럽게 나타나는 종류의 인간들이고 그들을 가장 먼저 확인할 수 있는 존재는 인공지능인 그녀 자신이다. 안 되는 걸 억지로 하려고 들다 보니 그 과정에서 우주선 자체에 피할 수 없는 부하가 걸린 것이다. 그 결과 게이츠는 시간의 방향은 마음대로 잡을 수 있되 공간 속에서는 오직 한 방향으로만 흘러야 하는, 존재가 갖는 질량과 부피가 혼재되고 뒤섞인 타키온의 세계에서 산산조각이 나버린 것이다. 게이츠의 등골은 연속적인 중력 뒤틀림과 그에 이은 통제를 견딜 수 있을 만큼 튼튼하지 못했다. 하지만 그건 게이츠를 만든 레진과 다른 엔지니어의 탓이 아니다. 정상세계에서 만들어진 우주선은 공간의 휨 응력에는 충분히 저항할 수 있지만 시간의 비틀림 앞에서는 방법이 없다는 걸 몰랐을 뿐이다. 공간의 휨을 저지하려는 기술로는 틀어지는 시간을 막아낼 수 없다는 걸 몰랐을 뿐이다.

클라우드는 머리를 감쌌다. 바깥의 사람들은 어떻게 되었을까. 갈가리 찢어진 시간 속에서 각자의 시간을 안고 파편이 되어 사라져 가고 있을 것이다. 마치 우주선이 대폭발을 일으킬 때 그 파편의 일부가 되어 화염 속에 잠기거나, 혹은 끝도 없는 영원의 심연 속으로 튕겨져 나가듯이.

로가디아는 인간이 아니고, 입자 인공지능 특성상 현재 문제를 스스로 극복할 수 있다. 로가디아를 구성하는 바로 그 메타트론 입자 자체가 그럴 능력이 있다. 보조 모듈의 도움이 있다면 더 빠르게 복구될 수 있다. 설령 그 시간이 인간에게는 아무 의미가 없을 정도의 영원이라 해도 말이다.

하지만 그 후는? 그녀도 시간의 파편이 되어 영원의 심연 속으로 사라져 갈지, 아니면 운 좋게 남아 이 여행의 끝을 볼지 알 수 없다. 확실한 것은, 어느 쪽이 되든 클라우드 자신은 그 여정을 견뎌낼 수 없으리라는 점이었다.

이 무한한 여행의 끝에조차 영원만이 기다리고 있기에.

헤르미트가 얼굴을 쓸어내리며 벌떡 일어섰다. 아찬과 한타랏사가 깜짝 놀라 그를 올려다보았다. 조금 상기된 늙은 군인은 잠시 서성거리다가 마침내 아찬을 쳐다보며 입을 열었다.

"그렇다면 이 상황을 개선하기 위해 할 수 있는 게 아무것도 없겠소? 우리가 가능한 모든 지원을 해주겠소."

아찬이 얼빠진 얼굴로 헤르미트를 한번 쳐다보고 다음으로는 한타랏사를 돌아다보았다. 자신과 연배가 비슷한 젊은 장교 친구도 비슷한 표정이다. 아찬으로서는 기가 막힐 수밖에 없었다. 비록 그 형식은 듣도 보도 못한 것이라 해도 사라진 이들은 틀림없이 죽었다. 그들뿐이 아니다. 노후화로 부식되고 있는 게 이츠도 마찬가지다. 산산조각난 우주선의 파편을 그러모아 이어 붙인다고 그게 정상이 되는 것은 아니다. 정상 세계에서와 마찬가지로 타키온 드라이브에도 엔트로피는 존재한다. 단지 그 적용되는 벡터가 다를 뿐이다. 아찬이 머뭇거리며 대답하려는 찰나 헤르미트가 말을 이었다.

"내 말을 오해하지는 마시오, 선생. 개선이라는 말에 현혹되지 말라는 말이오. 이 상황을 어떻게 벗어날 수 있는가를 이야기하는 거요. 만약 정상 공간으로 나가서 구조를 요청한다면 어떻겠는가, 뭐 그런 뜻이오."

헤르미트의 심정이 충분히 이해가 갔다. 자신 역시 마찬가지였던 것이다. 그러나 선뜻 대답하기가 어려웠다. 거기까지는 전혀 생각해 두지 못했던 것이다. 하지만 대충의 암산으로도 결론은 곧 나왔다.

"만약 지금이라도 타키온 드라이브를 멈춘다면 더 이상 상황이 악화되는 것은 막을 수 있을 겁니다. 물론 그전 상태로 되돌아가지는 않습니다. 가령 게이 츠의 노후된 부품이 제 기능을 못하거나 하는 건 그대로라는 말이죠. 하지만 지금처럼 지속적으로 악화되지는 않을 겁니다."

하지만 그 공식은 뤠이쓰가 만든 것이다. 풋내기 수학자가 공식에 가한 변형에 그가 동의할까? 결코 그럴 리 없을 것이다. 시온의 공식을 바꾼 켈빈의 기분도 이랬을까?

"그렇군. 기대했던 말씀이었소. 그럼 선생께 부탁을 하나 하겠소. 괜찮겠소?"

헤르미트는 자신이 무슨 생각을 하는지 모른다. 그의 어조는 희망적이다. 아찬은 차마 진실을 밝힐 수도, 거절할 수도 없었다. 그가 쥐어짜 낸 목소리로 대답했다.

"무, 물론입니다."

"어려운 부탁인 건 압니다. 하지만 현재로서는, 선생뿐 아니라 그 누구라도 언제 어느 때 사라질지 알 수 없소. 최선의 경우조차 리울처럼 될 것이란 뜻이요. 내가 보기에 리울은, 음……."

헤르미트가 잠시 말을 계속해야 할지 망설였다. 아찬을 감안하는 것 같았다.

"리울은, 한 사람 몫을 절대 할 수 없다는 뜻이오. 따라서 우리는 서로 아는 모든 것을 숨김없이 공유했으면 하오. 하지만 절대로 알의 귀에 들어가서는 안되지."

"알겠습니다."

"이제부터는 제가 설명하겠습니다."

한타랏사가 아찬의 어깨를 짚으며 일어섰다. 아찬은 움찔했지만 적의에 차 있던 지금까지와는 달리 눈빛이 온건해져 있다. 일단 사람을 한 번 믿기 시작하면 전폭적인 신뢰를 보내는 타입일지도 모른다.

"지금으로서는 믿을 사람이 우리 셋과 네들 대령님뿐이야. 하지만 네들 대령님은 지금 알의 옆에서 정보를 캐고 있고 접촉 자체가 그분의 이중간첩 행위를 드러내는 일이 될 수 있으니 그쪽에서 연락이 오기 전까지는 없다고 봐야 하지. 저겐젤 중령이 어쩌면 공군 장병들을 우리 편으로 끌어들일 수 있을지도 모르지만 그는 공식적으로 정신질환으로 입원한 상태고, 동면장치에 들어가 있어. 우리가 중령을 자유롭게 해준다고 해도 부하들이 따를지도 미지수고. 더 큰 문제는, 육군들 대부분을 충무공과 제온 피오르도기 원사가 장악하고 있다는 것이고."

"그렇다면?"

"우선, 우리가 아는 정보는 분명히 문서화시켜서 어딘가에 숨겨둘 필요가 있어. 우리가 없더라도……."

한타랏사는 잠시 헛기침을 한 다음 말을 이었다.

"누구라도 상황을 정확히 파악하고 대응할 수 있게 말이야. 그리고 가능한 한 우리 편을 많이 만들어야지. 어쩌면 맥하와 진국 상사를 끌어들일 수 있을지도 몰라. 그러기 위해서는 비올루스 퀘일부터 제거해야 하고."

"제거라고! 그건 죽인다는 말인가?"

아찬은 하마터면 펄쩍 뛸 뻔했다. 갑자기 두려움이 밀물처럼 밀려왔다. 그는 인위적인 죽음이라는 것을 너무나도 낯설어하는 전형적인 솔시스인이었다.

"진정해. 가능하다면 우리도 그러고 싶지 않아. 같은 솔시스 연방군이니까. 하지만 상황이 허락하지 않는다면 어쩔 수 없어. 진급 때문에 맥하와 알력이 있긴 했는데, 그런 사소한 일로 자기가 전에 맡던 중대를 빼서 사라질 줄 몰랐지. 게이츠는 넓어. 이렇게 우왕좌왕하는 상황에 로가디아조차 없다면 중대가 아니라 사단이 사라져도 찾기 어렵고."

헤르미트가 말을 받았다.

"참고로 우리는 그가 단독으로 그런 일을 했다고 보지는 않네. 어쩌면 시선을 분산시키려 드는 알 바라마드 준장의 계획일 수도 있고, 지금은 생사를 알 수 없는 한타스키가 꾸민 일일 수도 있지. 우리는 일단 전자에 무게를 두고 있지만."

아찬은 둘의 말을 믿을 수가 없었다. 솔시스 연방군이, 우주의 정의를 수호하는 깃발을 휘날리는 솔시스 연방군이 같은 전우를 배신한다고?

풀린 눈으로 입을 약간 벌린 아찬의 생각을 대충이나 읽었음인지 한타랏사가 한숨을 쉬며 그의 어깨를 두드렸다.

"넌 솔시스에서만 살았으니까 모르겠지. 네 탓은 아니야. 낙원에서 살아온 사람들은 그 누구라도 절대로 이해를 못할 테니까. 하지만 세상은 지구만 있는 게 아니고, 사람들도 마찬가지야. 어디에나 선량한 사람들이 훨씬 많지만 문제는 그렇지 않은 소수 때문에 생기지. 당장 이 지옥을 누가 만든 건지 생각해 봐. 알 바라마—"

"소령."

"죄송합니다."

헤르미트의 단호한 일침에 한타랏사가 어깨를 으쓱했다. 아찬은 멍한 기분으로 한타랏사의 말을 되짚었다.

"아무튼 우리 궁극적인 목적은 게이츠를 멈추는 거야. 그러기 위해선 두 가지 방법이 있지. 첫째는 로가디아를 확보하는 것이지만 지금으로선 허공을 잡으려 드는 것과 같아. 두 번째는 함교를 장악하는 거지. 역시 기대하기 어렵긴 하지만 어디 존재하는지도 모르는 인공지능을 구워삶으려 드는 것보다는 현실적이지. 아마 여기서 헤르미트 대령님이 하실 말씀이 있을 테지만."

헤르미트가 급수기에서 물을 한 잔 받아 마신 다음 입을 훔쳤다. 그러고도 몇 잔을 연거푸 더 마시고 나서야 비로소 말하기 시작했다.

"나로서는 로가디아를 확보하는 것이 우선이라고 보네. 여러 가지 이유가 있지만 로가디아를 우리 쪽으로 끌어들이면 그걸로 상황 종료라는 게 가장 확고한 이유지. 그러기 위해서는 클라우드 박사의 신병만 확보하면 되니 일이 간단하다는 것 역시 장점이고 말이야."

"하지만 저로서는 한타랏사의 말이 더 끌리는군요. 아무튼 한타랏사가 낸 의견에 전문가는 여기 둘이나 있지만 로가디아 쪽은 도무지 어디서 시작해야 할지조차 감이 안 잡히는 상황 아닌가요?"

아찬은 그렇게 말했지만 사실 문외한인 자신이 보기엔 어느 쪽이나 황당해 보였다. 모반이라니. 글쎄, 그런 표현이 적당한지 확신이 서지는 않지만 아무튼 이들은 그런 식의 계획을 갖고 있다. 문제는 이들이 가진 힘이 사실상 전무하다는 것이지만.

헤르미트가 턱을 쓰다듬었다. 복안이 있기는 한데 섣불리 말하는 것이 경솔해 보이지는 않을까 걱정하는 듯한 표정이었다. 물을 한 잔 더 마신 후 결정한 그가 천천히 입을 열었다.

"레진이라는 아가씨가 있지. 클라우드와 별다른 관계가 있는 듯하더군. 입수한 정보에 의하면 보통은 거의 함교에서 충무공에게 붙들려 있지만 알파 룸을 점검할 때는 빠져나오네. 경비병이 둘 따라붙기는 하지만 알파 룸 자체가 비전문가는 전혀 배려치 않은 구역이다 보니 보통은 지상에서 대기하지. 자기들도 그런 음습한 곳에는 가고 싶지 않을 테니까. 또 하나, 확인되지 않은 정보가 있는데, 기관실에서 함수에 이르는 등골 라인과 알파 룸을 수용하는 섹터 자체가 완전히 격리되어 레진 말고는 아무도 못 들어가게 되어 있다더군. 왜인지는 모르겠지만 최초 사라지기 시작한 사람들이 그곳을 들렀다는 공통점이 있어. 뭐, 그거야 선생도 알 테고 아무튼 우리가 먼저 가서 대기하고 있다가 그녀를 데리고 나오는 방법이 있지."

"대령님, 레진을 데리고 나오면 클라우드 박사님과 연결 고리가 생기나요?"

"내 생각에는 가능하지 싶소. 왜인지는 모르겠지만 로가디아가 그 둘에게만은 계속 접촉을 하고 있다고 하니까. 알 바라마드 중장님이 레진을 계속 옆에 두려는 이유가 바로 그거요. 그렇지 않다면 어차피 구금 상태나 마찬가지니 굳이 눈앞에 보이는 곳에 두려들 이유가 없지. 또 하나, 당신과 분야가 다르긴 하지만 그녀도 전문가요. 아는 게 많으면 운신의 폭이 넓어지는 법이지."

"그렇다면 클라우드도 그렇게 해야 이야기가 맞지 않습니까?"

"구금 말이오? 이건 단순한 내 추측이지만, 클라우드는 뭔가 쥐고 있는 게 있소. 그게 뭔지는 몰라도 충무공에게 억지력이 될 만한 것이겠지. 정보든 뭐든 간에 말이야. 역시 추측이기는 하지만 현재로서는 그가 로가디아를 통제할 수 있는 유일한 사람이기 때문이 아닌가 싶어. 그걸 자신의 패로 해서 충무공과 거래를 하고 있는 거지."

아찬은 대화를 따라가기가 어려웠다. 만약 거래를 한다고 해도 도대체 뭘 얻기 위한 거래를 한다는 말인가? 단순한 신체적 자유? 도대체 언제 시간의 저편으로 사라져 갈지 모르는 이 상황에서 그런 사소한 게 의미를 갖거나 할까? 클라우드가 알에게 얻어내려고 하는 것은 그런 종류가 아닐 터. 그렇다면 알에게 가장 중요한 것이 무엇일까? 언제 죽을지조차 불확실한 상황에서 그런 행동을 한다면 목숨보다 소중하고, 또 자신의 죽음과는 상관이 없는 종류의 것이리라. 그가 지키려드는 것은 분명히 죽음 너머에 존재하는 그 무엇이며 따라서 사람은 아닐 것이다.

아찬은 잠시 너무 지엽적으로만 사고하고 있음을 깨달았다.

인간을 제외하는 것이 너무 섣부른 생각일 수도 있어. 만약 클라우드가 현재 상황을 저지할 수 있는 방법을 알고 있다면, 그리고 그 방법이 보편적이고 광범위한 효과를 발휘하는 종류의 것이 아니라면 그것으로 거래를 해볼 수도 있겠지.

그러니까, 그 방법으로 자신이 원하는 존재를 지키는 것을 알이 방해하지 않는다는 약속과 로가디아의 통제권을 맞바꾸는 식도 가능할 것이다. 어쨌든 인간이 아니라고 한다면 클라우드로서 지켜야 할 존재는 오직 로가디아뿐이지만 그래 가지고서는 거래 자체가 성립될 수 없다. 아니면 로가디아의 구속을 배제한다는 조건으로 그녀를 지키려드는 걸까?

레진을 생각해 볼 수도 있었다. 비록 그녀 역시 바람 앞의 촛불과 같은 존재라고는 하지만 클라우드 입장에서는 그녀를 필사적으로 지키고 싶어할지도 몰랐다. 적어도, 클라우드가 레진에게 지은 표정을 직접 본 아찬으로서는 그런 생각이 들었다.

어쨌든 아찬으로서는 이 작자든 저 작자든 오로지 자기가 원하는 것 하나밖에 생각지 않는다는 사실 자체가 짜증이 나기 그지없었다. 물론 아찬은 자신 역시 오직 안전한 귀향만 바라며 이런다는 생각, 그리고 누군가가 가장 중요하게 여기는 것은 저마다 다르다는 생각은 하지 못했다.

아찬은 방으로 돌아왔다.

정말이지, 몇 년 만에 고향에 돌아온 느낌이다. 사람들이 사라지고 남은 이들 역시 자기만의 공간에 틀어박혀 나올 생각을 하지 않기에 텅 빈 게이츠의 광장이 주는 낯섦 때문에 그 안도감은 더할 수밖에 없다.

테라인 프로젝트란 게 정확히 어떤 것인지 여전히 감이 잘 잡히지 않았다. 헤르미트는 계획의 핵심이자 본질이 '창조'가 아닌 '발견'임을 거듭 강조했다.

그럼에도 불구하고 아찬은 그 계획이 뭔가 새로운 인류를 만들기 위한 것이라고 이해할 수밖에 없었다.

인공지능과 인간의 결합이라니. 하지만 그게 사이보그와 다른 점이 뭐지?

일반적으로 사이보그는 신체의 일부, 혹은 대부분을 인공물로 대체한 사람을 이르는 말이지만 그 '일부, 혹은 대부분'이라는 기준의 경계는 뇌에서 끝이다. 하지만 그 역시 정확한 것은 아니다. 에이처럼 단순히 실제 신체와 성능 차이가 거의 없는 수준의 인공물이라면 상관없지만, 만약 해병대처럼 몸 전체를 기계로 바꾸게 되면 뇌에도 어쩔 수 없이 손을 대야만 한다. 인간에게, 정확히는 뇌에게 주어진 신체의 성능을 압도적으로 뛰어넘는 기계 신체는 생체 뇌에 심각한 무리를 줄 수밖에 없다. 그래서 운동 등을 관장하는 영역은 인조 뉴런을 사용하고 필요없어진 연수나 소뇌 따위도 역시 인공물로 대체해야 한다. 결국 인공지능과 결합한 인간이라는 개념은 기술적인 수준과 정도의 차이지 본질적으로 새로운 개념이 아니다.

하지만 그렇게 본다면 결국 네들의 보고서나 헤르미트의 이야기와 자신의 결론은 앞뒤가 맞지 않았다. 요약하자면 게이츠의 문제는 바로 그, 인간을 인공지능과 결합시키기 위한 작업이 바로 타키온 드라이브 중에 행해졌다는 점에 근본적인 원인이 있다.

그러나 보고서에서 알아낼 수 있는 내용은 그게 전부였다. 아마도 로가디아일 것이라고 추측할 뿐인, 미지의 인공지능과 결합하는 인간에 대한 이야기뿐.

그 실험에서 실패한 사람들은 어떻게 되는지, 사라진 사람과 피실험자 간에 어떤 상관관계가 존재하는지, 그 실험이란 게 도대체 어떤 종류의 것이고 어떤 방식으로 행해지는지 하나같이 알 방법이 없었다. 그저 실험이라고 해도 수술대에 사람을 올려놓고 끔찍한 짓을 하는 방식은 아니었다는 정도가 추측할 수 있는 전부다. 아니, 아무래도 상관없다. 반드시 배를 갈라 내장을 꺼내야만 몸서리쳐지는 일인 건 아니다. 결국 테라인 프로젝트는 비인간적인 무엇이라는 점에서 여전히 끔찍하고 혐오스럽기 이를 데 없는 행위다.

아무리 기억을 떠올려 봐도 게이츠에서 이런 실험이 이루어진다는 내용은 계약서에서 읽은 기억이 없다. 결국 아찬은 헤르미트의 손을 들어주기로 결정했다. 일이 쉽고 어렵고를 떠나서 이 모든 의문을 풀어줄 수 있는 존재는 오직 로가디아뿐이다.

도저히 잠이 오지 않을 것 같았는데 샤워를 하고 이불을 턱까지 끌어 올리자 단번에 잠이 들어버렸다. 내일은 어떻게 될지, 헤르미트나 한타스키 둘 중 하나라도 무사할지에 대한 걱정조차 할 시간도 없이. 그러나 그 와중에도 눈을 뜨면 여기가 지구고 옆에 미람에 쌔근거리고 있지는 않을까, 이게 진짜 현실이라면 차라리 이대로 잠 든 채 영원히 행복한 꿈만 꾸었으면 좋겠다는 생각이 통증처럼 뇌한 켠을 스쳤다. 하지만 그 고통조차 수마를 억누를 정도로 강렬하지는 않았다.

아찬은 선택해야만 했다. 갈라진 시간의 틈에서 몰아치는 차가운 물살. 지나쳐 온 게이츠의 복도는 부서지며 어두운 심연 속으로 빨려 들어갔고 앞에는 도저히 건널 수 없을 것만 같은 거친 물살이 광풍처럼 휘몰아치고 있었다. 미람은 이 벌어진 틈을 결코 뛰어넘을 수 없었다. 그리고 가깝지만 결코 닿을 수 없을 듯한 맞은편에는 구원이 존재하고 있었다. 빛으로 가득한 지구환의 거리. 사람들은 불과 몇 미터 앞에서 죽음과 맞선 남녀를 무심하게 쳐다보고는 그대로 지나쳤다. 스스로를 구하지 않는다면 그 끝에는 종말뿐.

아찬은 아무런 망설임 없이 그녀를 안아 올렸다. 미람이 자신의 목을 끌어안았다. 짭짤한 눈물과 그녀 특유의 살 내음에 섞인 향기에 아찬은 아득함을 느꼈다. 불안하고 두려운 눈으로 자신을 바라보는 미람의 입에 가볍게 키스한 그는 뒤로 두세 걸음 물러나서 다시 세차게 뛰었다. 벌어진 틈과 견고히 발을 지탱해주는 그 경계선 부근의 느낌이 발끝에 생생했다.

도약.

알고 있었다. 혼자 뛰어도 간신히 닿을 수 있을까 싶은 폭이었다. 뭔가가 발목을 옥죄며 잡아끄는 느낌. 허리 아래가 물살에 빠르게 잠겨갔다. 미람은 끌어안은 팔을 풀지 않았다. 아찬은 그녀에게 속삭였다.

'저편에서 나를 끌어줘.'

있는 힘을 다해 그녀를 맞은편의 빛 속으로 던졌다. 발목을 조이는 느낌은 이제 종아리까지 올라왔고 물살은 어느새 거의 턱까지 들어찼다. 다리가 풀리며 뒤로 넘어지는 느낌이 들었다. 미람이 시선의 아래쪽으로 빠르게 내려가다가 사라졌다. 그녀가 손을 내밀며 울부짖었다. 눈앞을 덮치는 물살의 기운과 한 꺼풀 흐르는 유리 너머로 보이는 일그러진 광경. 물이 차가웠지만 아찬은 따뜻한 눈물을 느낄 수 있었다.

"헉!"

잠에서 갑자기 눈을 뜰 때 특유의 고통. 아찬은 어두운 천장을 멍하니 바라보며 눈을 몇 번 깜빡거리다가 눈꺼풀 사이로 새어든 땀을 닦으며 위해 허리를 일으켰다. 식은땀이라고 하기에는 과하다 싶을 정도로 몸이 푹 젖었다.

다시 잠들기가 두려워질 정도로 기분 나쁜 꿈이다. 죽는 꿈은 태어나서 처음 꾸는 것 같았다. 어디선가 듣기로는 꿈속에서 죽으면 자는 도중 그대로 숨이 끊어지는 거라고 하던데.

물론 그런 어린애들 장난 같은 이야기는 믿지 않았다. 하지만 지금은 혐오감에 가까운 불길함이 느껴졌다. 아찬은 샤워를 할까 잠시 망설이다 그냥 옷을 껴입었다. 그저 바람이나 조금 쐬다가 달아나 버린 잠이 되돌아와 유혹하면 곱게 침대로 파고들 생각이었다. 그렇다고는 해도 땀이 증발하며 빼앗는 체온을 생각하면 아무래도 윗도리는 입는 게 낫지 싶었다.

옷장을 여는 순간 예고없이 지독한 공복감이 밀려왔다. 구역질이 날 것 같은 공복감 특유의 괴로움. 밥을 먹을 기분이 도저히 나지 않은 아찬은 식사 대용으로도 쓸 수 있다던, 한타랏사가 준 구역증 억제제를 두 알이나 털어 넣었다. 빈 속이 만드는 불쾌감이 사라진 이유가 구역증을 억제하는 성분 때문인지, 아니면 음식 따위를 필요치 않게 하는 약의 효능 때문인지 알 수 없었다.

담배를 입에 문 채 습관적으로 펫을 팔에 감은 아찬은, 거의 문을 나서자마자 인정할 수 없는 상황에 떠밀려 공원으로 내달려야 했다.

처음에는 저게 뭔가 싶었다. 광장과 면한 테라스에서 내려가는 계단을 밟을 때도 저 앞에서 설치고 다니는 물건들이 뭔지 몰랐다. 한 줌도 되지 않는 사람들이 허리를 숙이고 어디론가 달리는 장면이 시선에 들어왔다. 비명 소리조차 없이 너무나도 조용한 아우성. 아찬은 계단을 거의 내려와서야 빛줄기를 가로질러 이리저리 움직이는 것들이 메탈갑옷이라는 사실을 알았다. 하지만 있을 수 없는 현실을 직시하는 와중에도 그 의미를 파악하지 못한 채, 도망치는 사람들과 메탈갑옷의 인과를 맺지는 못했다.

아찬은 메탈갑옷을 이렇게 가까이에서 보게 될 것이라고는 생각지도 못했다. 옷과는 전혀 상관없게 생긴, 거의 로봇에 가까운 사지 달린 쇳덩이들이 거주구를 난장판으로 만들고 있었다. 그때조차 아직 꿈이라고 생각했다. 그러다가 어디에선가 발사된 미사일이 공기를 가로지르며 만든 파공이 소리없는 아비규환의 한가운데에서 멍하니 서 있던 자신의 머리카락을 건드리자 비로소 그는 엎드렸다. 그 느낌이 너무나도 생생해 이게 꿈이든 현실이든 일단 피하고 보자는 현실적이고도 본능적인 움직임을 불러일으켰다. 아찬은 엎드린 채 몸을 숨길 만한 곳을 찾아 필사적으로 기기 시작했다.

갑옷의 주인들은 아찬에게 전혀 관심이 없었지만 안심할 수는 없었다. 바로 그 무관심이 문제였다. 그들은 아찬이 아예 보이지 않는 듯 난폭하고 거칠게 움직이며 총을 쏘아댔고 여기서 양손을 들고 항복 의사를 나타내는 건 그냥 생각해도 연습용 표적의 넓이만 늘여주는 꼴인 것 같았다.

도무지 상황 판단을 할 수가 없었다. 우주선 안에서 이렇게 총질을 해도 괜찮은지, 저 작자들이 왜 저러고 있는지에 대해 답해줄 사람도 없고 감도 잡히지 않았다. 어쩌면 헤르미트와 한타랏사가 일을 시작한 걸지도 몰랐다. 시계를 보니 심하다 싶게 오래 자기는 했다. 하지만 겨우 열서너 시간 사이에 이 정도로 뭔가가 변했다는 건 너무 비상식적이었다.

이런 식으로 나무 사이에 엎드려 있는 게 잘하고 있는 건지조차 불확실했다. 가끔가다 희미한 폭음 비슷한 게 들려왔지만 아는 게 맞다면 레일건은 원래 소리가 거의 나지 않는 물건이다. 실제로 머리 위에서 얼마나 많은 총알들이 오가고 있는지 확인할 용기가 도저히 나지 않았다. 아찬은 가능한 한 빨리 방으로 돌아가고 싶어졌다. 그는 이를 악물고 바닥에 완전히 엎드리다시피 한 상태로 가까스로 공원의 바깥쪽으로 기어나왔다. 그러나 시야가 좀 틔면서 상황을 자세히 볼 수 있게 되자마자 방으로 돌아가겠다는 생각을 즉시 접었다. 거주 구역의 벽이나 문 따위로는 몸을 보호할 수 없다는 사실만 확인했을 뿐이다. 메탈갑옷을 입지 않은 군인 한 명이 방 안으로 뛰어들며 몸을 숨겼지만 어디에선가 날아온 엄청난 총알들이 군인이 숨어든 방의 벽과 문을 말 그대로 걸레짝으로 만드는 장면을 똑똑히 본 것이다.

어쩔 수 없다. 이대로 끝나기를 기다리는 수밖에. 하지만 도대체 언제 끝날지조차 알 수 없잖아. 만약 이러다가 우주선 장갑에 구멍이라도 나면 어쩌지?

그렇게 생각하는 순간, 지금까지 있지도 않았던 밀실 공포증이 그의 머리에서 등골을 타고 온몸으로 퍼지며 사지를 서늘하게 압박했다. 하지만 언제까지 이렇게 겁먹은 강아지처럼 머리를 땅에 처박고 있을 수만은 없다. 모노레일까지 가야 했다. 지금 상황에서 그나마 자신을 보호해 줄 수 있는 이들은 헤르미트와 한타랏사뿐이다. 물론 그조차 도박이기는 했다. 만약 이 일의 원인이 그들이라면……. 아찬은 고개를 도리질했다. 어차피 다른 방법이 없는 마당에 불길한 생각은 사기만 떨어뜨릴 뿐이다. 그는 마음이 안정될 때까지 심호흡을 했다. 더이상 심장 뛰는 소리가 들려오지 않는다 싶어지자 비로소 용기를 억지로 쥐어짜고개를 쳐들었다.

진정하고 상황을 받아들이자 뭔가가 좀 보였다. 하지만 결과는 절망감만 더했다. 어떤 작자들이 전투를 벌이고 있는지는 여전히 알 수 없었지만 뭘 놓고 싸우는지는 드러났기 때문이다.

그들은 모노레일을 놓고 싸우고 있었다. 메탈갑옷을 입은 소수의 부대가 모노레일 스테이션을 향해 행여 레일이 부서질까 전전긍긍하면서도 거칠게 공격하고 있고 표현이 적절치는 않겠지만 그래도 말하자면, 맨몸의 다수가 그에 대해 응전하는 것 같았다. 차이라면 그냥 군인들은 메탈갑옷을 입은 기갑장병들에게 응전하는 그 자체가 목적이고 뭔가 거점 같은 걸 지키려는 건 아닌 듯하다는 정도뿐. 어느 쪽이든 난폭하기는 매한가지다. 양쪽 다 민간인은 전혀 관심 밖인 듯했고 아찬으로서는 어느 쪽에 붙어야 할지 때려잡는 수밖에 없다. 하지만 그게 의미가 있을까? 의무실로 가려면 모노레일을 타야만 한다. 그리고 상황을 보건대 선택이 옳든 그르든 모노레일이 제대로 운행될 가망은 없어 보인다. 앞이 보이지 않는 막막한 초조함에 갑자기 소변이 보고 싶어졌다. 하지만 화장실까지는 너무 멀었다. 이렇게 엎드려 기어가는 속도로 제때 도착할 수 있을까?

남들이 이 고민을 알았다면 아마 크게 웃었을 것이다. 머리 위에서 삶과 죽음을 결정짓는 빛줄기들이 머리 위에서 난무하고 있는데 고작 화장실을 가야 하나에 대한 걱정이라니.

하지만 그 덕분에 아찬은 니오자일과의 만남을 위해 어둠 속을 헤쳐 나가던 기억을 떠올릴 수 있었다. 그 무저갱으로 향하는 통로는 화장실 뒤편 기계실에 있었다. 갑자기 흥분이 되며 마음이 급해졌지만 그렇다고 섣불리 머리를 들지 않기 위해 자제심을 발휘하거나 할 필요는 없었다. 조금 전, 레이저 빛줄기가 가로등을 훑는 순간 그 두터운 쇳덩이가 깨끗하게 잘려 나가는 장면을 보고 나서부터는 허리를 일으킬 생각이 완전히 사라졌던 것이다.

아찬은 기계실에 들어서서조차 엎드린 채 뚜껑을 열었다. 오금을 압박하던 요기(尿氣)는 사라진 지 오래였다.

아찬은 이곳에서 나가는 순간 아예 손전등을 하나 찾아봐야겠다고 생각했다. 도대체 몇 번째 오는 건지.

니오자일이 쓰러져 있던 곳을 지날 때는 솔직히 조금 으스스하기도 했다. 그로서는 아직도 니오자일이 누군가에게 살해당한 것이라는 실감이 들지 않았던 것이다. 아무래도, 인간이 같은 인간을 죽이는 행위는 솔시스인으로서 도저히 받아들일 수 없는 없는 종류의 사실이다. 인간에 대한 신뢰와 거짓없는 도덕적인 삶은 그가 받은 교육뿐 아니라 주변 환경에서 자연스럽게 얻어온, 그래서 몸에 배인 당연한 미덕이다. 그런데 어느 순간부터 그 모든 가치관이 서서히 무너지기 시작했다. 그러고 보니 그게 언제부터였지? 게이츠에 오르면서? 아니, 그런 느낌은 그랑마이어 선생에게 받은 봉투를 뜯으면서 시작되었다. 어쩌면 미람과 만난 그 알 수 없는 노인에서 시작된 것일지도 모른다. 그게 아니라면 '안개

문서' 같은 영화에서나 나올 법한 일들이 정말로 일어나고 있다는 사실을 모르는 게 자기 자신뿐일 수도 있다. 하긴, 한타랏사도 아찬이 철부지라는 식의 말을 하긴 했다.

눈덩이처럼 불어난 혼란스러움에 정작 어둠이 만드는 공포가 미미해진 덕에, 그 속을 헤쳐 나가던 아찬은 갈림길에 이르렀을 때야 비로소 너무 무작정 걸었다는 사실을 깨달았다. 하지만 막상 시계를 보니 그리 오래 걸은 건 아니었다. 고작 십 분 남짓. 그렇다면 게이츠의 반 정도를 가로질렀을 것이다. 어둠 때문에 착각한 것뿐이다. 하지만 이렇게 벽을 손으로 더듬으며 걷는 경우는 확연히 꺾어진 통로가 아닌 다음에야 복도가 얼마나 구불구불한지조차 파악하기 어려웠다. 달리 말하면 한쪽 벽만 짚고 왔기에 다른 갈림길은 알아채지도 못했을 수 있다는 의미다.

되돌아가 봐야 할까? 아니, 그러고 싶지는 않다. 여기서 발걸음을 돌릴 경우 하게 될지도 모를 헛수고 때문이 아니다. 그저 총탄이 날아다니는 난장판에서 조금이라도 멀어지고 싶다.

아찬은 털썩 앉아 주머니를 뒤적거려 담배를 한 대 피웠다. 라이터를 가져오지 않은 것, 그리고 미리 물을 마셔두지 않은 것을 후회했다. 얄팍하긴 하지만 이런저런 경험은 아찬이 생존을 위해 무엇부터 가지고 있어야 하는지를 시사해주었다. 앞으로 얼마나 무사하게 견딜 수 있을지는 모르지만 최소한 자기 한 몸을 보호할 장비나 도구, 그리고 무엇보다 능력은 갖추어야만 한다. 가령 지금처럼 언제 어디서 어떤 일과 마주칠지 모르는 상황에서 적어도 불과 조명, 물과 음식 정도는 지니고 있어야 한다는 사실 같은 것 말이다. 아, 담배도.

아찬은 위에서 싸우는 자들 중 타키온 드라이브를 멈추려는 쪽이 이기기를 바라며 힘없이 자리에서 일어섰다. 갈림길이라고 해봐야 그냥 직진을 할지 아니면 오른쪽으로 짚은 벽을 따라 꺾어질지 선택하는 것에 불과했다. 미람이 가끔 말하던, 여자의 육감이란 게 자신에게도 있다면 좋을 텐데라는 생각이 들었다. 어느 쪽이 맞을지에 대한 고민은 고사하고 선택 자체에 대한 감이 잡히지를 않았다. 어쩌면 여자의 육감이란 건 그 정확성의 문제 이상을 의미하는 심오한 무엇일지도 몰랐다.

결국 아찬은 벽을 짚은 채 오른쪽으로 꺾어지는 길을 택했다. 느낌 따위가 아니라 단순히 게이츠의 크기와 걸어온 시간을 볼 때 이쯤에서 꺾어지는 것이 나을 것 같아서다. 그러나 아찬은 몇 분도 안 돼서 그 선택에 대해 망설이지 않을 수 없었다. 저 앞에 빛이 보이기에 걸음을 빠르게 했는데 막상 도착해 보니 막다른 벽에 싸늘하고 희미하게 붙어 있는 백색등에 불과했던 것이다. 그 아래에는 이 무저갱으로 처음 진입할 때와 비슷하게 생긴 뚜껑이 사다리를 매단 채 아가리를 벌리고 있었다. 아찬은 아래를 조심해서 내려다보았다. 위에 붙은 등 덕분에 바닥이 보이는 것 같았다. 그렇다면 고작 한 층 정도만 내려간다는 뜻이다.

이미 한참을 내려와 깊이에 대한 감각이 상대적으로 둔해져 있던 그의 입장에서는 한 번쯤 해볼 만한 일이었다. 그는 사다리를 잡고 아래로 내려갔다.

아래층은 오히려 위보다 더 인간적이었다. 아니, 희고 쾌적한 게이츠의 복도 같다는 뜻은 아니다. 단지 조명 자체가 존재하지 않는 위에 비해 이층은 그나마 희끄무레한 발광 라인 같은 게 벽을 따라 쭉 이어져 적어도 방향은 잡을 수 있다는 의미다.

어차피 게이츠는 고작 1.2킬로미터짜리 우주선이다. 뭐, 솔직히 말하자면 그 크기가 한눈에 들어올 정도로 멀리 떨어질 엄두도 나지 않을 규모지만. 그래도 끝도 보이지 않는 사막에서 신기루를 좇는 것보다야 훨씬 나을 것이다. 걷다 보면 끝은 나오게 마련일 테니.

발광 라인 하나에 너무 많은 것을 건 게 아닌가 하는 의구심을 억누르며 아찬이 모퉁이를 도는 순간 누군가가 튀어나왔다. 안 그래도 어둠이 만드는 두려움에서 간신히 벗어난 상황이다. 그는 본능적으로 방어 자세를 취했다. 일전 한타랏사에게 얻어맞은 경험에도 불구하고 도망가야겠다는 생각을 반사작용이 압도했던 것이다. 사물을 분간하는 데에는 거의 도움이 안 되는 빛이 만든 실루엣을 향해 아찬이 달려들려다가 멈칫했다. 여자들에게서 주로 나는 향내가 느껴졌다. 하지만 아찬은 가슴까지 끌어 올린 주먹을 내리지 않은 채 더듬더듬 엄포를 놓았다. 적어도 자신이 듣기에는, 단호하고 위협적인 어조라고 믿으며. 상대방도 어지간히 놀랐는지, 바닥에 주저앉아 있었다.

"거, 거기, 누, 누구야?"

"아, 나, 난……."

여자가 확실했다. 이제 막 변성기가 끝난 앳되고 가는 목소리. 아찬은 놀라서 바닥에 주저앉은 여자를 상대로 주먹을 치켜들고 있는 자신이 부끄럽게 느껴져 양손을 슬며시 내렸다.

"괜찮아요? 아, 전, 수학과의 석……."

아니, 지금 자신을 밝혀서 좋을 게 없다. 상대가 에이처럼 여군이라면 어느 한쪽 편일 가능성이 높다. 아찬이 다시 슬그머니 주먹을 쥐었다.

"양손을 올리고 일어서서 가까이 와요. 얼굴을 확인할 수 있게."

영화에서나 나오던 대사를 정말로 하게 되다니. 뭔가 너무 비현실적인 느낌이 강했지만 지금이 진짜 꿈인지를 확인하기 위해 위험을 감수할 생각은 들지 않았다. 만약 그랬다면 이미 위에서 메탈갑옷을 향해 반갑게 손을 흔들었을 것이다.

"나, 난, 난 그냥……."

여자는 발음이 정확하지 않은 말을 심하게 더듬었다. 어쩌면 다쳐서 저러는 걸지도 몰라.

아찬은 학교가, 그리고 속했던 사회가 가르친 대로 어려움에 처한 사람을 돕기 위해 조건반사적으로 반응했다. 경계를 풀고 그녀에게 다가갔다. 어둠에 제법 익숙해진 눈 안에 들어온 여자는 낯익은 사람이었다.

"레진!"

"아니, 나, 난 그러니까……."

"괜찮아? 어디 다친 거 아냐? 어디 아파?"

레진은 눈에 초점이 없다. 좀 여윈 것 같기도 하고, 두려움과 당황으로 창백해진 소녀의 안색은 얼마 전 그녀의 무례한 모습 대신 동정심을 불러왔다.

"레진, 레진, 내가 도와줄게. 나가는 길을 알고 있어."

레진은 아찬의 내민 손에도 불구하고, 혼자서 벽을 짚고 비틀거리며 일어나려다 다시 주저앉기를 반복했다. 하지만 그 품이 너무나도 힘들고 고통스러워 보여 호의를 무시하는 것이 아니라 아예 그걸 보지도 못한 게 아닌가 싶었다. 아찬은 소녀를 도와 일으키려고 다가서다가 갑자기 들려온 조용하고 익숙한 목소리에 멈칫했다.

[아찬, 레진을 그대로 두세요. 그녀는 많이 아픕니다. 아주 많이요.]

"로가디아?"

[그녀를 그대로 두세요.]

"레진! 로가디아가 말을 해! 도와달라고 하면 돼. 레진? 레진?"

짧은 동안 반가운 환호와 함께 로가디아를 찾으려고 두리번거리고 나니 레진이 사라져 있었다. 당황한 아찬이 뒤를 돌아보자 그녀의 비틀거리는 실루엣이 보였다.

"레진! 내가 부축해 줄……."

[아찬, 그녀를 그대로 두세요. 그녀는 아픕니다.]

"그러니까 도와줘야지! 로가디아, 여긴 메디팩 없어? 레진이 왜 그러는지 알아?"

[알고 있습니다. 레진은 그냥 쉬면 됩니다.]

"하지만……."

[레진은 혼자 있고 싶어합니다. 그냥 두세요. 나가는 길을 모르시지요?]

아찬이 자기도 모르게 고개를 끄덕였다. 왠지 로가디아의 말이, 온 길을 되돌아가는 것이기보다는 자신의 목적지를 알려주겠다는 것 같았기 때문이다. 그 묘한 어조가 아찬의 무의식을 유혹해 레진에게서 그의 신경을 돌렸다.

[아까 갈림길에서 꺾어 들어오셨죠? 그러지 말고 그냥 직진하세요. 가다 보면 사다리가 하나 나옵니다. 올라가면 길이 하나뿐이에요. 가다 보면 통로 중간에 기계실이 있습니다. 안쪽에 승강기가 있으니 그걸 타고 위로 올라가십시오.]

"그럼 어디에 도착하는데?"

[아마 당신이 원하는 곳일 거예요. 그렇지 않다 해도, 적어도, 그곳으로 갈 수 있는 장소로 나올 겁니다.]

"그래. 가는 동안 말상대나 좀 해줘. 솔직히 꽤 무서워서 말이야. 너한테만 하는 이야기지만."

대답은 없었지만 아찬은 든든한 동반자가 생겼다는 사실에 콧노래까지 나올 것 같았다. 헤르미트나 한타랏사도 로가디아가 말문을 열었다는 것을 알까? 만약 자신에게만 그런 것이라 해도 결국 모두에게 희망적인 소식이 될 것이다.

아찬은 기계실에 들어서자 비로소 안도의 한숨을 내쉬었다. 사람이 다녀간 지 정말 오래된 흔적뿐인 을씨년스러운 장소지만 밝다는 이유 하나만으로도 인간미가 넘쳐 보였다.

승강기가 오르는 순간 생기는 가속도가 만드는 특유의 느낌에 아직 죽지 않았다는 묘한 존재감이 들었다. 비로소 아찬은 로가디아에게 잊었던 걸 물어봐야겠다고 생각했다.

"로가디아, 물어볼 게 좀 있는데."

대답이 없다. 소음이 전혀 없는 자기부상 승강기의 닫힌 공간에서 공허하게 메아리치는 자신의 목소리가 전부다.

"로가디아?"

마찬가지.

"로가디아? 대답해. 뭐 문제라도 있어?"

그럼 그렇지. 예상한 건 아니지만 왠지 그러리라 싶은 대로다. 아무리 불러봤자 건초 더미에서 바늘을 찾으려 드는 것만큼이나 무의미한 짓임을 알아채는 데 그리 많은 시간이 필요하지 않았다. 어쩌면 로가디아는 그 장소에서만 활성화되는 것일 수도 있고 혹은 아주 짧은 시간 동안만 우연히 재시동된 것일지도 모른다. 하지만 역시, 레진이 있어서라는 것이 가장 있을 법한 이유다. 헤르미트는, 왜인지는 몰라도 로가디아는 클라우드와 레진에게만 반응을 한다고 했다.

클라우드는 로가디아의 아버지나 마찬가지고 레진은 그 늙은 인공지능학자와 뭔지 모를 깊은 관계를 맺고 있다. 결국 열쇠는 레진과 클라우드의 신병 확보다. 거기까지 생각이 미치자 억지로라도 레진을 끌고 올 걸 그랬나 싶은 후회가 생겼다. 이 상황에서 두 사람 중 하나라도 찾는다는 건 쉬운 일이 아닐 텐데.

머릿속이 혼란스러웠지만 로가디아의 어투가 너무 일방적이고 딱딱하다는 사실이 묻힐 정도는 아니다. 그녀가 한 번도 그런 식으로 말하는 건 본 적이 없다. 게다가 입체영상도 나타나지 않았고. 어쩌면 레진에게 사용하는 말투일 수도 있지만 그걸 자신에게 그대로 썼다는 것도 이상할뿐더러, 로가디아는 결코 말을 자르거나 하지 않는다. 어지간히 급한 상황이 아니라면 그건 인공지능의 기본이다. 결국, 인간뿐 아니라 인공지능에게도 문제가 생겼다는 의미 외에는 아무것도 아니다. 정말 최악의 상황.

승강기는 꽤 오래 이동했다. 위아래뿐 아니라, 전후좌우로도 느껴지는 관성으로 추측하건대 승강기라기보다는 선내 작업자용의 이동용 기밀실 같았다. 뭐 아무렴 어떨까. 안전한 곳에 도착할 수 있다면 그것으로 충분할 터.

로가디아는 정말로 그의 목적지를 알고 있는 듯했다. 승강기가 멈추며 문이 열린 곳이 비록 의무실 바로 앞은 아니었지만 자연스레 향한 시선의 앞쪽에는 그곳을 가리키는 표지가 켜져 있었다.

표지판을 보고 나서야 아찬은 레진이 알파 룸 쪽에서 나왔음을 알았다. 헤르미트가 말한 그 정비인지 뭔지를 하고 나오는 길에 마주친 모양이다. 그렇다면 그녀를 쫓아가지 않은 게 정말 다행이다. 알의 부하에게 그대로 목을 내민 꼴이 될 뻔했다. 아찬은 호위 병력과 마주치지 않았다는 쪽으로 스스로를 위로하며 고개를 흔들었다. 어쩌면 로가디아가 그 때문에 그를 반대 방향으로 인도한 것인지도 모른다.

표지를 따라 몇 번인가 모퉁이를 돌자 익숙한 복도가 나왔다. 드물게라도 보이던 인적이 완전히 사라진 썰렁한 복도다. 어쩌면 모두 총을 들고 전투 중일지도 모른다.

의무실도 마찬가지다. 헤르미트도, 한타랏사도, 아무도 없다. 철수하기 전 청소를 한 듯한 을씨년스러움을 볼 때 적어도 마지막 회합 이후로 아무도 찾지 않은 것 같다. 그렇다면 모두 어디에 있다는 말인가? 설마 총알이 빗발치는 곳으로 되돌아가 메탈갑옷의 바이저를 일일이 들여다봐야 하는 건 아닐까 싶은 생각에 소름이 돋았다.

아찬은 한타랏사에게 받아 아무렇게나 집어넣은 구역질 억제제를 호주머니에서 꺼내 한 알 더 삼키고 불 꺼진 입원실로 조심스레 들어섰다. 준비가 무색하게 인적도, 아무것도 없다. 리울은 사라졌다기보다는 누군가가 옮긴 것 같다. 생명유지 장치의 전원도 모두 내려져 있고 시트도 깨끗하게 정리되어 있다. 어쩌면 밤 사이에 그들 모두 없어진 건 아닐까? 섬뜩함이 온몸을 훑고 내리는 통에 몸을 한 번 부르르 떤 아찬은 정리한 그간의 경과와 데이터를 확인했다. 리울의 생명 유지 장치 모니터를 뜯어내고 안에 집어넣어 둔 얇은 종이 뭉치는 삭아가고 있었다.

종이조차 파편으로 사라져 가고 있다는 건가. 하긴 에이도 마찬가지였다. 그녀의 사이보그 팔에 먼저 문제가 생겼다. 이런 식이라면 기록을 남기는 따위는 아무 도움이 안 될지도 모른다. 그럼에도 불구하고 가만히 있을 수도 없는 노릇이다. 아찬은 선반을 뒤져 뭔가 적을 만한 것을 찾았다. 멀쩡한 차트가 보였다. 급히 요약을 하고 모니터 안에 집어넣은 다음 플라스틱 나사를 돌려 잠갔다. 막 일을 끝낼 무렵 밖에서 문이 열리는 소리가 들렸다. 의무실이다. 그러고 나서 침묵.

헤르미트나 한타랏사라면 발소리조차 죽여야 할 이유가 없다. 아찬은 침대 밑에 들어가 몸을 숨겼다. 입원실 문이 열렸다. 우주복을 입고 있다. 하지만 분명히 코팅 종이로 만든 민간용은 아니다. 그렇다면 군인이나 작업자일지도 모른다. 설상가상으로 그림자를 보니 총까지 들고 있는 것 같았다. 어찌해야 하나 망설이는 아찬의 귀에 아수라장의 소음이 들려오기 시작했다. 누군지 모를 침입자가 입원실을 닥치는 대로 뒤집고 있었다. 어디에도 사람이 없다는 걸 확인하자마자 나오는 가증스러운 행동. 손전 등의 불빛이 바닥을 훑기 시작했다. 아마 사람을 찾으려는 건 아닐 터다. 그랬다면 저렇게 조심성없이 행동할 리가 없다. 하지만 상대가 뭘 찾고 있든 여기 엎드려 있다가는 발각되는 건 시간문제다. 집중치료실의 벽은 임시 칸막이에 불과하고 켄타로스의 화장실처럼 아래쪽은 개방된 형태다. 총 든 상대를 방어하기에 도움이 될 수 있는 구조가 아니다.

아찬은 출구까지 거리를 재어보았다. 침상이 몇 개 되지도 않는 좁은 집중치료실 문을 열고 나가 또다시 입원실 문을 젖힌다니. 자동문이라 단번에 열 수 있는 것도 아니다. 아무래도 자신이 없다.

소리는 점점 가까워지고 있다. 그리고 점점 화가 나는 듯 소음도 거칠어지고. 뭔가 무기로 쓸 만한 게 없을까 둘러보았지만 침대를 들어 던질 수 있지 않은 한에는 그것도 불가능하다. 결국 아찬은 침입자가 문을 열자마자 얼굴을 한 방 먹이고 도망치기로 결심했다.

문 바로 옆의 벽에 등을 딱 붙이고 긴장하는 아찬의 근육에 힘이 들어갔다. 마침내 문이 열리고 손부터 먼저 들어왔다. 예상대로 총을 들고는 있지만 경계심은 어딘가 던져 둔 상태인지 왠지 느슨해 보였다. 아찬은 있는 힘을 다해 총을 든 손을 발로 차버리고 우주복을 덮쳤다. 헬멧을 쓰지는 않았지만 커다란 선글라스 비슷한 은색 안경을 쓴 상대가 누구인지 알 수 없었다. 아찬은 처음 마음먹은 대로 얼굴을 한 대 세게 때리고는 뒤도 돌아보지 않고 일어나 바깥으로 굴렀다.

아찬은 충분히 빠르게 움직였다고 생각했지만 실제로는 그렇지 못한 모양이었다. 의무실 출구까지 뛰는 건 성공했지만 자동문이 열리는 시간 차를 극복하지는 못했던 것이다. 감지기가 문 앞에 선 사람이 얼마나 바쁜 몸인지까지 인식할 능력이 없는 한에는 당연한 결과다. 아무튼 아찬은 침입자가 쏜 총알이 머리 부근 벽에 박히는 걸 보고 나서 조용히 양손을 들고 뒤돌아섰다.

우주복을 입은 작자는 뜻밖에도 노인이었다. 낯익은 입꼬리지만 거의 이마부터 광대뼈까지를 덮는 은색 안경을 쓴 상대를 알아보기란 불가능했다. 귀 쪽에 붙은 뭔가의 소형 장비와 일체가 된 안경을 쓰고, 방금 깎은 듯한 스포츠 헤어스타일의 노인. 제기랄. 이 배에서는 왜 이렇게 영감들이 설치고 다니는 건가.

"내 나이가 많아서 놀랐나? 하지만 새파란 놈들이 사사건건 헤집고 다니는 건 싸구려 양산형 소설에서나 그런 거야. 실제로는 경험이 많은 나 같은 늙은이들이 사건의 핵심 부근에서 서성이는 게 현실이지. 자, 넌 뭐고 여긴 왜 왔지?"

"영감님한테 묻고 싶은 게 그건데요."

이성은 가능한 한 아부를 하라고, 그게 어려우면 예의라도 차리라고 종용했지만 자신도 모르게 튀어나오는 성격적 퉁명스러움은 어떻게 할 방도가 없다.

대답 대신 총구의 화염이 번쩍였다. 아찬은 반사적으로 두 팔로 머리를 감싸며 허리를 돌렸다. 뻗댄다고 통할 상황이 아니다. 이건 정말로 현실이다.

"그냥, 아는 사람이 있어서 왔어요."

"그게 누군데?"

"니오자일 중령."

아무리 당황했다고는 해도 헤르미트나 한타랏사의 이름을 댈 정도로 경황이 없지는 않다. 그리고 이 상황이라면 니오자일이 죽었다는 사실을 모르는 척하는 게 더 나을 것 같았다. 만에 하나, 한타랏사처럼 아무것도 모르는 상대는 죽여 버림으로써 문제를 해결하려 드는 작자라고 해도 그때와 똑같은 대사를 반복하면 기회를 잡을 정도의 시간은 벌 수 있을 터다.

"니오자일? 군의관? 그 친구에게 무슨 볼일이 있는 건가?"

"전에 그 사람에게 치료를 받은 적이 있어요."

"그래?"

은빛 안경 때문에 표정을 정확히 알 수 없는 반백의 노인은 경계를 풀지 않으면서도 입꼬리를 내려 의혹을 표시했다. 지레 뜨끔해진 아찬이 황급히 말을 덧붙였다.

"아, 저, 전 수학잡니다. 그냥 어쩌다 보니 그렇게 돼버린 거라……."

"수학자?"

아찬 딴에는 전문성을 밝혀 일종의 미끼를 던진 셈이지만 그는 별 관심이 없는 듯했다. 헤르미트와 한패라면 저럴 리가 없는데.

"여기 다른 사람은 없었나?"

아찬은 그 순간 지금 해야 할 대답이 자신의 삶과 죽음을 결정하는 기로란 걸 알았다. 아까부터 방아쇠에 시선을 집중하고 있던 그로서는 미묘하게 움직이는 나이 든 군인의 손가락 움직임을 놓치려야 놓칠 수가 없었다. 분명히, 뭔가 말을 하지 않으면 저 총은 발사되고 말리라. 그는 헤르미트와 한타랏사 외에 가장 먼저 떠오르는 이름을 댔다.

"네들 대령과 함께 있었습니다."

미간이 심하게 찌푸려진 상대가 손전등을 가슴에 걸고 양손으로 권총을 추켜올렸다. 조준사격 자세다. 젠장, 뭐가 잘못된 거지?

"거짓말을 하고 있군. 하지만 뭔가 알고는 있고. 네 입에서 어떤 말이 튀어나오나에 따라 방아쇠를 당길지 말지 결정할 거야."

네들이라는 이름을 대지 말았어야 하는 게 틀림없다. 왜인지는 몰라도 아무튼 그랬다. 아찬은 고개는 그대로 둔 채 눈알만을 굴려 의무실을 한 번 더 둘러보았다. 분명히 전에 구석 어딘가에 TH—201이 세워져 있는 걸 본 기억이 났다.

있다. 수술대 옆, 그러니까 저 망할 자식 뒤쪽이다. 저걸 집어 들 수만 있다면……

가로막은 저 작자를 어떻게 처리할까를 고민하는 아찬에게 그가 느긋한 목소리로 말했다.

"소총을 노리는 거라면 그만둬. 지금 저건 로가디아가 아니면 누가 들어도 쇠막대기일 뿐이야. 자, 뭘 말해야 목숨을 건질 수 있을지 결정했나?"

"……."

"유감이군. 네가 누구든 간에, 지금 상황에서 사람 하나쯤 죽는 건 문제가 안 돼. 설령 네가 없어진 걸 누군가가 알아챘다 해도 그냥 사라져 버렸거니 하겠지. 다른 사람들이 그렇듯이 말이야. 알고 있으니 니오자일에게 보호를 요청하러 온 거겠지만."

아무리 봐도 괜한 협박이나 해보겠다고 허투루 하는 소리가 아니다. 분명히 뭔가를 찾으러 온 건 사실이지만 그걸 아찬이 가지고 있다는 예상조차도 하지 않은 자다. 그런데 아찬의 허세가 살짝 먹힌 것뿐이다. 이대로 허무하게 머리가 날아갈 수는 없다. 적어도 미람은 그걸 원하지 않을 것이다.

"자, 잠깐! 니오자일은 내게 뭔가를 부탁했어요! 난 그걸 전해주기 위해서 온 거고."

아찬은 눈을 치켜뜨며 생기는 인상이 바뀌며 은빛 안경이 실룩거리는 모습을 놓치지 않았다. 역시 상대의 허세가 시간을 질질 끌며 뭔가를 얻어내려는 의도라는 추측이 맞은 것 같았다. 더 몰아쳐야 했다. 하지만 무슨 말을 해야 할지 고민할 시간 따위가 없는 상황에서 결국 그는 이판사판식으로 나가기로 했다.

"물론 그쪽이 누군지는 모르겠지만 여기까지 와서 뭔가를 찾는다면 지금 가장 큰 문제는 게이츠 자체란 걸 알고 있을 겁니다. 니오자일은 그 문제에 대한 해법 제안을 내게 부탁했고 난 그걸 가지고 있으니……."

"그 솔루션은 검증을 받은 건가?"

걸렸다. 흥미를 보인다는 자체는 문제가 아니다. 상대는 아찬이 던진 '가장 큰 문제는 게이츠 자체'라는 말을 단번에 뛰어넘고 해법에 대해서만 관심을 보이고 있다. 그렇다면 지금 쥔 것이 정말로 저쪽이 찾는 것일 가능성이 높다.

"총을 내려놓는다면 이야기하죠."

그는 왼손을 다시 손전등에 갖다 대며 조준하던 총을 허리께로 내렸다. 하지만 총구는 여전히 아찬을 향한 채다. 원래 말이 별로 없는 건지 아니면 일부러 그러는 건지 그것도 아니라면 아찬에게 말을 할 필요 따위가 없다고 생각하는 건지, 아무튼 아까부터 협박 외에는 입을 벙긋하지 않는 것이 무척 능구렁이 같은 자다. 총부리를 치우지 않은 것만 해도 아찬은 거래 따위를 제안할 입장이 아니라는 사실을 확인시켜 주는 행위에 불과해 보인다. 그렇다 해도 이 작은 상황 하나하나가 커다란 기회로 다가가는 한 발짝일 수 있는 만큼 그는 가능한 한 정신을 차려야 했다.

"전 석아찬입니다. 뭐라고 불러야 할지 곤혹스럽군요."

아찬은 펫의 액정을 보이도록 내밀며 신분증을 투사했다.

"내 이름은 알 필요 없어. 그냥 네가 아는 것만……."

그는 갑자기 생각을 바꿨는지 총을 총집에 집어넣었다. 어떻게 바꿨는지는 몰라도 이만저만하게 고쳐먹은 게 틀림없었다.

"내가 바로 네들이야."

이건 또 뭔 소리야.

"스스로 생각해도 너무 경솔했다 싶겠지. 이야기를 종합해 보면 니오자일이 죽은 것도 알고 있고 헤르미트와 한타랏사를 만난 게 틀림없군. 거기서 내 이야기를 전해 들은 것이고. 난 선생 얼굴을 모르지만 그 펫은 알고 있지. 헤르미트가 잠시 작업대에 두고 갔을 때 말이야. 벌어진 필름 사이를 메워 넣은 충진물."

말짱하다고 생각했는데 그렇지만도 않았나 보군.

"내가 찾고 있던 사람이 바로 선생이야. 그리고 당신들이 남긴 기록."

이건 무슨 뜻이지?

"헤르미트 대령님이나 한타랏사에게 물어보는 편이 확실할 텐데요."

네들은 귀를 후비며 짜증스럽게 대답했다. 커다란 은빛 안경을 쓴 채 굳게 입을 다물고서 그런 행동을 하는 장면은 정말 우스꽝스러웠지만 아찬은 도저히 웃을 기분이 아니었다.

"둘 다 죽었어."

잠시 아찔함이 밀려왔다. 그 미미하고 소리없는 현상은 곧 현기증으로 변하며 아찬의 다리에 힘을 빼버렸다. 그는 벽에 등을 기대어 정말로 간신히 버틸 수 있었다. 헤르미트와 한타랏사에게는 정말 미안했지만, 두 사람의 죽음보다는 앞에 펼쳐진 지옥을 벗어날 끈이 사라져 버렸다는 게 더 막막했다. 그럼에도 불구하고 네들은 아찬의 상태에 아랑곳하지 않았다. 그의 심정을 정말로 알았다 해도 마찬가지일 것이다.

"헤르미트는 전사했고, 한타랏사는 사라졌지."

"두, 둘 다… 겨우, 겨우 하룻밤 사이에 말입니까?"

"하룻밤? 허."

헛웃음을 짓는 네들의 눈이 다시 실룩거렸지만 아찬은 그걸 보지 못했다. 다만, 지금까지와는 달리 네들의 대답이 나오는 간극이 약간 길어진 정도만 느꼈을 뿐. 하지만 충격을 받은 상태에서 그런 소소한 사건은 별다른 의미로 전환되지 못했다.

"알겠지만 모든 게 예고없이 일어나는 상황이니까. 자, 그들과 선생이 숨긴 서류는 어디 있나?"

네들이 손전등을 든 손으로 귀를 또 후비며 짜증스럽게 되물었다. 하지만 두꺼운 우주복의 장갑을 낀 채로는 잘되지 않는 듯 이번에는 손을 펴서 손바닥으로 귓바퀴를 털었다.

"전사요? 어떻게? 한타랏사고 헤르미트고 그렇게 경솔하게 움직일 사람들이 아니었어요."

"서류는 어디 있나? 그걸 찾아서 문제를 해결하는 것만이 그들의 명복을 비는 가장 좋은 방법이야."

"둘 다 같은 때 사고를 당했나요?"

"아니. 서류 어디 있지? 펫 암호는 뭔가?"

갑자기 멍청해진 상대를 맞아 끈기있게 묻고 있지만 얼굴이 점점 달아오르는 것이 이 이상의 안내심을 기대하기는 어려울 것 같은 네들의 인상. 그에는 무관심한 듯 창백한 얼굴의 아찬은 몸이 쓰러질 듯이 벽을 타고 조금씩 미끄러지며 옆으로 움직였다. 간신한 게걸음질로 서 있는 자세를 가까스로 유지하고 있지만, 저런 식이라면 문까지 미끄러지다가 결국 움푹 팬 문틀에 닿는 순간 뒤로 넘어지고 말 터.

그럼에도 불구하고 네들은 아찬을 부축하기보다는 목적을 이루려는 데에 여념이 없다. 이제는 한술 더 뜨고 있다.

"서류는 같이 찾아보기로 하지. 당신 펫엔 암호가 걸려 있더군."

"정말로 그들이 죽었다고요? 시체는 확인했나요?"

"정말로 죽었어. 펫부터 주게."

그 순간 아찬의 왼쪽 견갑골이 문턱으로 미끄러졌다. 사람을 감지한 감지기가 문을 열고 아찬은 거의 넘어질 듯이 몸을 돌려 그대로 문밖으로 뛰어나갔다.

"저 개새끼!"

짜증이 치밀어 오른 네들이 안경을 벗으며 열린 문을 향해 질주했다. 그의 실수다. 그럼으로써 벽 뒤에 있는 상황을 파악할 수 없게 된 것이다. 은빛 안경은 일종의 광학장비였다.

문을 나섬과 동시에 아찬이 사라진 쪽을 향해 몸을 돌리던 그가 넘어졌다. 복도 저편의 모퉁이를 향해 달리고 있을 줄 알았던 애송이 수학자 놈이 벽 뒤에 딱 붙어 서 있다가 다리를 건 것이다.

아찬은 아찬대로 군인과 몸싸움을 해서는 도저히 승산이 없다는 걸 알고 있기에 일단 옆구리를 한 번 걷어차고 다음으로 총을 냅다 차버린 후 달리기 시작했다. 계속 그렇게 총을 발로 차다가 충분히 거리가 벌어지면 그때 주워서 위협할 생각이었던 것이다.

그러나 지금까지 그랬던 것처럼 이번에도 일이 생각대로 돌아가지 않았다. 그 영감쟁이는 무척 재빠른 작자인 듯 헉헉거리지도 않는 침착한 숨소리가 점점 가까워졌다. 아찬은 모퉁이에 거의 이르렀을 때 마지막으로 총을 한 번 더 차기 위해 보폭을 맞췄다. 힘껏 찬다면 총은 벽에 맞고 어디론가 튕겨져 나갈 것이고 거리는 다시 한 번 벌어질 터. 하지만 그다음에는? 유감스럽게도 아찬의 뇌는 이미 부하에 달해 거기까지 생각할 겨를이 없었다.

그리고 유감을 넘어선 불행으로, 아찬의 계획은 완전히 수틀렸다. 때맞춤을 못 잡은 통에 오히려 발이 미끄러지며 넘어진 것이다. 선택의 여지가 없어진 아찬은 그대로 몸을 굴려 모퉁이로 돌아 들어갔다. 고개를 들지도 않았는데 이미 시선을 가린 거대한 그림자에 아찬이 절망했다.

막다른 통로다.

총이 발사되며 생기는 공기의 파열음이 엎드린 채 절망하는 아찬의 귀를 후벼 팠다. 한 번도 아니고 두 번씩이나.

그는 힘없이 그 자리에 쓰러졌다.

"스텐덥, 취큰."

"우리는 솔시스어를 알지만 저 친구들은 우리 켄타로스 말 몰라. 안됐지만."

"쳇. 불공평한데 말입니다. 어이, 촌닭. 일어나."

여긴 어디지? 초점이 너무 흐려 간신히 사물의 윤곽만 흑백으로 보일 뿐이다. 아픔은 없다. 어쩌면 기적적으로 살아나 병실에 누워 있는 것일지도 모른다. 그것도 아니면 이제 비로소 잠에서 깨어난 것일 수도 있고. 이도저도 아니라면 정말로 저승에 와 있는 걸지도 모른다는 어리석은 생각이 머리를 스쳤다. 그는 태어날 때 울던 힘까지 짜내어 간신히 입을 열었다. 타는 듯이 바싹 마른 입술이 갈라지며 짜릿한 통증이 왔다. 덕분에 아직 죽은 게 아니라는 확신이 생겼다.

"여긴… 여긴 어디죠?"

"뭐? 이거 진짜 촌닭일세? 엄살은……."

"괜찮습니다. 일어나요."

차갑고 냉정한 목소리들이지만 죽지 않았다는 사실 하나만으로도 용기가 생겼다. 설령 네들에게 잡힌 것이라 해도 살아 있다면 기회는 잡을 수 있다. 죽지 않은 데에 감사하며 아찬은 몸을 일으켰다.

변한 게 없다. 그냥 그 복도다. 단지, 맞은편에 막다른 벽이라고 생각한 것이 실제로는 거구의 메탈갑옷들이라는 점만 달랐다. 불길한 꿈이 마침내 하나 끝나나 싶더니 더한 악몽이 다시 시작되는 운명을 저주하며 앉은 채로 뒷걸음질치던 아찬은 손에 묻어오는 미끌거리고, 끈적하며 뜨거운 액체를 확인하다가 결국 비명을 질렀다.

"우와악! 으아아아!"

"저 친구 입도 막아버리고 싶어지는데 말입니다, 야가 병장님."

"충격이 컸을 거야. 상사님께 보고는 했나?"

"예. 데리고 오랍니다."

"그러지. 선생님? 저희와 같이 가셔야겠군요."

친절한 말투와는 달리 딱딱하고 차가운 금속의 손이 아찬을 거칠게 일으켰다. 어쨌든 네들은 총을 쏜 것이 아니라 맞은 쪽이고 자신은 정말로 살아 있다. 그렇다면 그걸로 충분하다.

"나요. 혼자 걸을 수 있으니까."

"야가 병장님이 선생님이라고 해주니 무슨 벼슬이라도 얻은 줄 아나? 넌 포로……"

옆구리에 무슨 곡식 자루를 끼듯이 무지막지하게 아찬의 허리를 팔로 들어올린 기갑장병의 속삭임 아닌 속삭임을 야가가 잘랐다.

"조용히 해. 내가 그렇게 주의 주지 않았나. 너나 나나 정말로 운이 좋아야 평생 구금감이야. 국 상사님이 군사재판을 열어준다면 그걸로 감사해야 할 상황인 걸 몰라?"

"하지만 병장님, 전 정말로 어쩔 수—"

"조용히 하라고 했다."

야가의 목소리가 정말 무거웠다. 사람이 저런 식으로 말할 때는 그의 성격에 상관없이 절대로 건드리지 말아야 한다는 정도는 아찬도 알고 있다. 이건 군인이고 민간인이고 가를 필요가 없는, 인간만이 가진 기본적인 요소다.

목적지는 멀지 않았다. 그들은 로비 같은 넓은 공간에서는 어느 정도 경계를 하며 움직였지만 곧 같은 편의 경비 태세가 삼엄한 곳으로 진입했다. 병사들이 눈을 부라리고는 있었지만 수는 그다지 많지 않아 보였다. 거의 축 늘어진 채

목을 움직이는 건 참으로 피곤했지만 나중에 도망가야 할 경우를 대비해서 지형은 익혀놔야 했다. 야가라는 병사와 그의 부하는 아찬의 그런 행동에 신경을 전혀 쓰지 않는 듯했고 덕분에 그는 도착한 곳이 지휘통제실임을 알 수 있었다. 경계병 역시 메탈갑옷을 입고 있었다. 야가와 경계병은 친구거나 그에 준하는 사이인 듯 서로 말을 놓았다.

"상사님은 바쁘시냐?"

"아니. 들어가 봐."

"병장 야가 외 일 명입니다. 상사님께 용무 있어서 왔습니다."

인터컴에서는 별다른 대답이 없이 문이 열렸다. 둘은 메탈갑옷을 벗지도 않은 채 안으로 들어섰다.

"충성. 근무 중 이상 없습니다. 말씀드린 대로 민간인으로 보이는 남자 한 명을 잡았습니다. 교전이 있었고 무장한 반군 한 명을 사살했습니다. 신원은……."

야가가 망설였다.

"문제라도 있나?"

"알 바라마드 충무공이셨습니다."

몇 시간이 지나도록 아찬은 돌아가지 못하고 있었다. 뭐, 막상 돌아가라고 해도 어디로 가야 할지도 모를 판이지만.

유일한 집이라고 할 수 있는 방은 너무나도 위험했다. 모험을 위해 전부를 버렸는데 이제 유일하게 기댈 수 있는 게이츠마저 변했다. 더 이상 황수영과 맥주를 마시던 바도, 아니, 황수영조차도, 힘들 때면 위로가 되어주던 로가디아도, 에이도 존재하지 않았다. 아찬은 모든 것을 잃고 나서야 자신의 선택이 얼마나 치기 어린 것이며 준비도 전혀 되어 있지 않았나를 비로소 느꼈다. 미람이 사무치게 보고 싶고 로가디아의 따뜻한 목소리가 너무나도 그리웠다. 하지만 책상 맞은편에서 자신을 윽박지르는 미련하게 생긴 덩치는 자신처럼 나약한 자가 아닌 것 같았다.

"그럼 충무공이 네들 대령이 아니라는 건 어떻게 안 거야?"

"귓바퀴에 있는 머리카락 부스러기를 봤어요. 머리를 기계가 깎으면 그럴 리가 없잖아요. 여기서 손으로 머리를 깎을 줄 아는 사람은 네들 대령뿐인데 자기 머리를 자기가 어떻게 깎습니까. 네들이 아닌 게 당연하잖아요."

"네들 대령이 머리를 깎을 줄 안다는 건 어디서 알았나?"

"에이 영 소위에게 들었다고 했잖아요!"

"자기가 깎은 게 아닌지 확신할 수 있었단 말인가?"

아까는 대답을 하며 아이 씨라고 욕을 하다가 한 대 맞을 뻔했다. 구타라면 이제 끔찍했다. 그래서 이번에는 그냥 곱게 대답할 수밖에 없었다.

"시체 못 봤어요? 자기 혼자 어떻게 그렇게 깔끔하게 스포츠머리를 깎아요?"

심문관이 콧방귀를 뀌고는 아찬과 책상 주변을 정확히 세 바퀴 돌았다. 그러니까, 여기 들어온 후 구십 바퀴째였다.

저 창의력도 없는 자식. 분명히 대사 하나까지 시킨 대로 읊고 있으리라. 하지만 중요한 건 창의력이 아니다. 저 인간에게는 상식이 존재하지 않는다는 게 가장 큰 문제다. 마음속으로 퍼붓는 아찬의 욕과는 상관없이 그 거구는 서른 번째의 헛기침을 하고 그와 똑같은 횟수째의 똑같은 질문을 했다.

"좋아. 왜 거기를 얼쩡거렸지?"

"말했잖아요. 도움을 받으러 갔다고."

"그렇게 아무렇지도 않게 사람을 두들겨 패는 작자 입에서 나올 소리가 아닌 것 같은데, 응? 안 그래?"

그건 당신들이 나를 그렇게 만들었어라는 말을 아찬은 그냥 삼켰다. 이번에도 그 말을 한다면 역시 서른 번째가 될 것이다. 아무 부질이 없다. 아찬은 갑자기, 여기서 엉뚱한 대답을 하면 저 곰 같은 작자가 어떻게 나올지 궁금해졌다. 그래도 인간이니 적어도 당황은 하겠지.

이들은 자신의 말을 전혀 믿지 않았다. 그나마 시체의 주인이 알인 것이 정말 다행이다. 덕분에 적어도 아찬이 알과 한패는 아니라 생각하고 있으니.

죽은 알이 떠오르자 맞은편의 저 친구가 윽박지르는 이유에 단순한 도덕적 질타만 존재하는 것은 아니라는 생각까지 미쳤다. 제정신인 인간이 그렇게 잔인

한 행동을 할 리가 없다는 생각을 하는 건 타당했다. 오죽하면 아찬으로서도 자신이 그런 폭력을 휘두를 줄 상상조차 하지 못했을까. 네들의, 아니, 알 바라마드의 옆구리를 걷어찬 것은 순전히 거의 반사작용에 가까웠다. 물론 그 순간에도 아찬의 뿌리 깊은 윤리의식은 돌아가고 있었다. 하지만 그 의식은 노인을 발로 찼다는 죄책감으로 작용한 것이 아니다. 알의 옆구리를 걷어찬 순간이야말로 인간이 어떤 때에 윤리의식이나 도덕관에서 얼굴을 돌리고 폭력을 행사하게 되는지를 이해하게 된 촉매였던 것이다. 만약 그때 승산이 있다는 확신이 섰다면 정말로 죽여 버렸을지도 모른다. 폭력은 인간의 이성과는 전혀 상관이 없었다. 우발적 폭행이라는 개념은 폭력의 범주 아래에 속한 것에 불과했던 것이다.

그렇기에 동기도, 양도, 질도 다르지만 정말로 상대를 죽이려고 총을 쏘는 자들에 대한 이해, 아니, 그보다는 공감을 느낄 수 있었다. 그러나 그럼에도 불구하고 폭력은 정상적인 교육을 받은 솔시스인들에게는 전혀 익숙한 것이 아니고 용납할 수 있는 것도 아니다. 그럴 합법적 자격을 가진 인간들은 자신을 잡아두고 있는 군인을 제외하면 솔시스 18개 행성 272억 인구를 통틀어도 극소수에 불과했다. 개인에 대해 그럴 수 있는 자들은 훨씬 더 소수고 군대는 거기 포함되지도 않았다. 게다가 더 중요한 점은 합법성과 도덕성은 다른 종류의 가치라는 것이다.

그러니까 앞에서 나대는 이 망할 녀석은 커다란 착각을 하고 있는 셈이다.

"좋아, 좋아. 언젠가는 불겠지. 그럼……."

인상이 더럽고 덩치가 산만 한 젊은 군인이 잠시 멈칫하더니 손을 한쪽 귀에 갖다 대고 뭐라 뭐라 중얼거렸다.

"일단은 여기까지 한다. 배고픈가?"

개새끼야, 너 같으면 지금 배가 고프겠냐?

도망치는 와중에 알에게 배운 욕지거리를 차마 내뱉지는 못하고 아찬은 그저 고개만 흔들었다.

"물은 급수기에서 마음대로 받아 마셔. 담배도 피우고 싶으면 피우고."

"한 대 줘."

처음으로 써본 반말이었다. 자신도 모르게 튀어나온 실수에 아뿔싸 했지만 병사는 뜻밖에 아무런 반응이 없었다. 그저 담배를 뒤적여 몇 개비를 뽑아 책상 위에 올려두었을 뿐이다. 그는 뒤도 돌아보지 않고 방을 나갔다. 아찬은 담배 첫 모금을 깊숙이 빨아들이고 내뱉었다. 날숨과 함께 서러움이 치밀어 오르는 것을 가까스로 참았다.

어쩌면 맞는 게 더 나을 것 같기도 했다. 맞기 '만' 하는 것이라면.

이런 모욕적인 상황은 정말이지 견디기 어려웠다.

"저 친구, 정말로 모르는 것 같습니다."

"자기가 삼 일을 내리 잤다는 것도 모르다니."

정말 한심한 친구로군. 국이 혀를 끌끌 찼다.

"정말 로가디아가 없으니 아무것도 못하겠군."

거울 유리 너머로 머리를 쥐어뜯는 아찬을 물끄러미 바라보던 국이 짜증난다는 투로 덧붙였다.

"상사님 말씀이 맞습니다. 그러게 처음부터 그렇게 불안한 인공지능을 탑재하는 게 아니었는데 말입니다."

"지금 와서 그렇게 이야기하면 뭐 하나. 아무튼 알 충무공께서 그렇게 생각하셨고, 우리도 동의했지. 자네는 그때 진심이 아니었나?"

헵자이가 슬며시 고개를 흔들었다. 그들은 아직도 알 바라마드가 이 모든 일을 꾸몄다는 사실을 제대로 받아들이지 못하고 있었다. 충성을 바치던 상관이자 존경하는 군인을 순식간에 배신하고 모욕한다는 것은 결코 쉽지 않은 일이다. 군인이기에 더 그렇다. 특히 국 상사에게는 이 모든 일도 분명히 뭔가 이유가 있어서일 거라는 생각조차 간혹 들곤 했다.

"이쯤 하고 보내는 게 낫겠습니다."

"어디로?"

"예?"

"어디로 보낸다는 건데? 민간인 거주구는 놈들에게 거의 점령당했고 저 친구 같은 사람들 대다수가 볼모로 잡혀 있다. 간신히 모노레일 스테이션을 지키는 게 고작인데 어디로 보낸다는 건가? 인질 하나만 더 늘려주는 꼴이야."

헵자이가 얼굴을 붉혀 자신의 생각이 짧았다는 점을 시인했다.

반군들은 거주구에 아군이 함부로 화력을 투입할 수 없다는 점을 이용해 농성 중이었다. 문제는 그 과정에서 전선 후퇴에 실책이 생겼고 기관실로 진입할 수가 없어졌다는 사실이다.

"다릴은 아직도 미쳐서 날뛰나?"

"예. 빈도가 낮아지기는 했습니다만, 여전합니다."

국이 희미하게 욕설을 내뱉었다. 도대체 어쩌다가 일이 이렇게 되어버린 거지? 이제는 로봇마저 설치고 있다. 그나마 칼리를 자신들이 확보하고 있다는 게 다행이다. 그 끔찍한 전투병기의 인공본능이 눈을 뜨기라도 했다면… 국은 잠시 몸을 부르르 떨었다.

부하들은 위험하지 않은 곳을, 그리고 때때로 위험을 감수해 가면서도 게이츠를 이 잡듯이 뒤지고 있지만 아직도 퀘일은커녕, 클라우드와 레진의 신병조차 확보하지 못했다. 반군들도 미친 듯이 수색하는 꼴을 봐서는 피차 마찬가지인 것 같았다. 저 수학자를 구출한 것도 사실은 그 과정에서 우연히 일어난 일이다.

전투의 핵심인 정보전이 전혀 이루어지지 않고 있었다. 함내 전투 자체가 완벽한 정보를 획득한 상태에서도 위험한 작전인데 이건 완전히 장님 신세와 다를 바가 없었다. 감지기가 많아도 인공지능인 로가디아가 입을 다물어 버린 상태에서는 아무 쓸모가 없었다. 다르게 말하면, 클라우드 등의 핵심 인물의 생사조차 불분명하다는 의미다. 아니, 단순한 행방불명을 이야기하는 것이 아니다. 알 바라마드의 '전사' 역시, 단순히 그 사실 자체만으로 놀라운 것이 아니다. 국이 직접 그의 우주복을 기관실 부근에서 발견했고, 그래서 당연히 그가 사라졌다고 믿었던 것이다. 바로 그 때문에 반군들이 기관실로 난입해 들어온 것이고. 그렇다면 알의 우주복을 대신 입은 채 폭탄을 설치하고 사라진 자는 누구란 말인가.

"마인드링킹이라도 할 수 있으면 좋을 텐……."

국이 쏘아보는 바람에 헵자이가 입을 다물었다. 왜인지는 몰라도 현재 위기가 마인드링킹을 할수록 심각해지고 있다는 것 하나는 확실했다. 반군들도 그걸 모르지는 않을 터다. 하지만 그 작자들은 마치 오늘만 살다가 죽을 하루살이마냥 미친 듯이 전투 마인드링킹까지 해댔다. 대부분의 중화기와 메탈갑옷을 확보한데다 사용할 수 없다고 판단한 것들은 거의 다 파기해 버렸음에도 불구하고 반군들을 제대로 제압하지 못하는 가장 큰 이유가 그 때문이다. 국의 병력은 간신히 격납고와 병기고를 지키는 수준이었다. 마인드링킹으로 상황을 파악하고 있는 저들을 상대로 정보전에서 승리하겠다는 생각은 꿈에 가까웠다.

그럼에도 불구하고 국은 결코 그 위험한 행위를 하고 싶은 생각이 없었다. 아무튼 마인드링킹을 한 사람은 거의 틀림없이 반나절을 못 넘기고 연기처럼 사라져 버리곤 했다. 국으로서는 인간적인 의미를 도외시하고 전투력만 생각한다 해도 수적 열세인 입장에서 병사가 귀할 수밖에 없었다. 결국 그는 조만간 인질 구출 작전을 펼쳐야겠다고 생각했다. 단순히 도덕적인 이유만은 아니었다. 설령 클라우드 박사를 구해내기에는 너무 늦었다고 해도, 게이츠를 멈추는 데 필요한 인력은 자신들이 아니라 과학자다. 당장 저 친구의 경우만 봐도 몰랐던 사실을 불과 몇 시간의 심문으로 얻어낼 수 있었다.

국이 잠시 쉬기 위해 지휘통제실로 돌아가 의자에 털썩 앉자마자 아찬을 심문하던 병사가 쭈뼛거리며 다가왔다.

"충성. 국 상사님, 저……."

"왜?"

국의 목소리가 차가웠다. 병사는 그 까닭이 단순히 피곤 때문인지 아니면 다른 이유인지 알 길이 없었다. 하지만 말은 꺼내야 했다. 포로가 정체 모를 약을 입 안에 한꺼번에 털어 넣고 자살을 기도한 사건은 그냥 넘어갈 수 있는 게 아니다. 특히 일병으로서는.

까딱하다가는 과도한 심문 때문에 포로가 자살한 것으로 될 판이었던 것이다. 그 작자가 죽어버린다면 호인(好人)으로 소문난 국이라 해도 그냥 넘어갈 리가 없다.

"그놈이 보내달랍니다."

"엉?!"

갈수록 기어들어 가는 일병의 목소리에 국은 자리에서 벌떡 일어나며 큰 소리로 반응했다.

"그게 뭔 소리야? 네가 처리 못해?"

"그게 저……."

아찬은 문이 열리며 누가 들어왔는데도 쳐다보지조차 못할 정도로 심하게 구역질을 하고 있었다. 누군가가 등을 두드리며 티슈를 입 근처로 갖다주었다. 얼마 만에 느껴보는지 기억조차 안 날 정도로 오랜만의 호의였다. 뜨거워진 눈시울이 서러움의 끝에 느낀 친절함에 대한 과한 감정 때문인지 아니면 구역질이 만드는 생리적 반사작용인지 분간이 안 갔다. 그렇게 쓰레기통을 부여잡고 몇 분간을 더 구역질하고서야 비로소 정신을 차렸다. 더러운 토사물이 그대로 고인 쓰레기통. 이젠 이걸 분해할 나노머신조차 남지 않았다는 생각에 황수영이 나노머신으로 불평을 늘어놓을 때 진작 이 꼴이 되리란 걸 왜 못 알아차렸나 싶은 후회감이 물밀듯 밀려왔다. 결국 그 모든 것은 그때 해야 할 일을 나중으로 미루다가 생긴 일이다. 만약 그때 뤠이쓰의 방정식을 붙들고 제대로 고민하기만 했어도 이런 비참한 상황은 겪지 않았을 텐데. 아니, 그때는 이미 늦었을지도.

고개를 들자 서른 초반 정도의 인상 좋은 군인이 자신을 내려다보고 있었다. 뜻밖에도 짜증은커녕 동정심이 스민 얼굴이다. 인상 자체가 웃음이 얼굴에 배어 있는 사람. 또한 그런 웃음조차도 상황에 따라 조심스럽게 꺼낼 것처럼 사려 깊어 보이는 사람이기도 했다. 왠지 아찬은 이 사람을 믿고 싶어졌다. 그는 아찬의 어깨를 짚어 부드럽게 몇 번 두드리며 아찬이 완전히 진정할 때까지 기다렸다가 의자를 뒤로 뺐다.

"앉으십시오, 선생님."

정말 얼마 만에 받아보는 존중일까. 아찬은 자신이 선생님 호칭을 들은 게 백년도 더 전의 일 같았다. 지금까지 그가 겪은 가장 무서운 일은, 미람과의 이별도 아니었고 에이의 죽음 역시 아니다. 인간이 같은 인간에 대해 무슨 짓이든 할 수 있다는 사실이 가장 소름 끼치고 끔찍한 일이었다. 그 최악이 바로 심문이었다.

그냥 죽이려 들거나 때리는 것이 아닌, 비인간적인 대접 그 자체가 가장 두려웠다.

"많이 힘드셨을 겁니다. 제 부하가 너무 미숙하고, 또 솔직히 말씀드리면 저로서도 그게 조금은 필요하다고 생각했습니다. 아, 죄송합니다. 전 상사 진국입니다. 솔시스 한 토박이죠."

"저도… 저도 그래요. 아니, 켄타로스에서 나기는 했지만 정말 어릴 때 와서……."

켄타로스 이야기를 하자 갑자기 아찬의 가슴이 찌릿했다. 뭔가 근원을 알 수 없는, 흔히 말하는 미어지는 고통. 참기 어려웠다. 하지만 이곳은, 아니, 이제는 솔시스가 아니다. 솔시스는 공간적으로뿐 아니라 시간상으로도 다른 세상이다. 여기서 어리광 따위는 약점을 광고하는 행위에 불과하다. 고향처럼, 고통을 호소하면 반드시 누군가가 달려와 도와주고 걱정해 주는 곳이 아니다.

하지만 분명히 불과 얼마 전까지는 여기도 그랬다.

사람도 같고 환경도 같은데 왜 그런 거지? 이들도 모두 솔시스인이고 자신과 같은 교육을 받고 동질의 환경에서 자란 사람들일 텐데, 왜 그런 거지?

하지만 아찬은 그런 말조차도 투정과 불평이란 걸 이제는 알고 있었다. 알의 얼굴을 때리고 옆구리를 사정없이 걷어찰 때부터 그럴 자격조차 사라졌다는 사실 역시 알고 있었다. 결국 아찬은 세상이 변하는 것이 아니라 인간이 변하는 것이며 그건 시간이 아니라 공간, 그러니까 환경 때문이라는 사실을 뼈저리게 인정해야만 했다.

잃어버린 자신을 상징하는 것같이 느껴져 왠지 눈물이 핑 돌 것 같은 고향의 이야기.

"오, 진짭니까? 정말 반갑습니다. 전 함웅에서 자랐죠. 이제는 모든 게 변했지만……."

모든 게 변했지만.

그래, 모든 게 변했다. 세상은 조금밖에 안 변했지만 사람의 모든 것이 변했다.

"산이 거칠고, 그만큼 외지긴 하지만 아름다운 곳입니다."

"전 서울……."

"아, 도시로군요. 아쉽게도 전 서울은 가본 적이 없습니다. 함웅에서 학교를 졸업하고 곧바로 아메릭에서 입대했죠. 부사관 임관은 문 베이스 클라비우스에서 받았지만. 천성이 게을러서 여기저기 돌아다니는 걸 별로 좋아하지 않는 편이라 외딴 시골에만 처박혀 있다가 갑자기 움직이려니 거참 적응이 안 되더군요."

어쩌면 협박으로 안 되니 달래려는 게 아닐까?

십중팔구는 그럴 것이다. 하지만 아무래도 좋다. 모든 이야기를, 적어도 그쪽이 물어본 모든 이야기는 이미 다 했다.

아찬은 어느 쪽 편도 들고 싶지 않았다. 단순히 따뜻하고 안온한 예전의 삶으로 돌아가고 싶은 마음뿐이다. 그 예전이 지금은 이미 존재치 않는다고 해도.

처음부터 이렇게 인간적으로 대해주었다면 자신은 고통스럽지 않고 상대는 피곤하지 않았을 텐데.

"저… 죄송한데, 전 아무것도 할 말이 없어요. 모두 이야기했거든요."

"선생님, 저희도 정말… 아니, 제가 죄송합니다. 개인적으로 부탁 하나만 드리고 싶습니다."

"뭐… 데요?"

"선생님 입장에서는 결국 아까 그 상황의 연장으로 느껴질 거란 걸 알고는 있지만… 솔직히 말씀드리면 저희 쪽에는 선생님 같은 전문가가 전혀 없습니다. 그래서 몇 가지만 물어봤으면 해서요."

이런 식이라면 얼마든지 대답해 줄 수 있다. 여전히 솔시스 같지는 않았지만, 상대도 자신처럼 솔시스트의 품위를 지키려고 노력한다면 얼마든지 가능하다. 아무리 그래도 인간은 인간으로서 가져야 할 태도가 있다. 아찬은 결코 그걸 버리고 싶지 않았다.

"제가 아는 건 다 말할게요. 솔직히 지금 제가 너무 멍한 상태라… 먼저 말을 꺼내고 싶어도 뭐부터 이야기해야 할지 모르겠어요."

국이 진심으로 미안하다는 표정으로 고개를 끄덕였다.

"아, 참. 배 안고프세요? 저희가 가진 건 전투식량뿐이지만 먹을 만은 할 겁니다."

"아뇨……. 별로……."

"뜻밖이군요. 아마 대충 현상은 파악하고 계시겠지만 음식도 대부분이 사라졌거나 심각하게 부패했습니다. 수경 농장의 벼조차도 듬성듬성이죠. 전투식량이야 군용이니 용기만 파손되지 않으면 천만 년이 지난들 멀쩡합니다만."

"알고 있어요. 아니, 음식이 그렇단 걸 아는 게 아니라 왜 그러는지 안다는 뜻이에요."

국의 표정은 여전히 온화했지만 입이 약간 굳어졌다. 그가 시원한 캔 커피를 권했다. 담배는 아예 갑째 아찬 쪽으로 내밀었다.

"선생님, 사실 저희도 그런 쪽의 이야기를 좀 들었으면 합니다."

"하지 않으면… 보내주지 않을 건가요?"

"물론 그렇지는 않습니다. 저는 지금 부탁을 하고 있는 겁니다. 어떤 약이라도, 심지어 구역증 억제제조차도 생명에 위험할 정도로 복용하면 아까처럼 저절로 게워내도록 성분이 포함되어 있습니다. 달리 말씀드리면 선생님께는 이제 같은 의도를 수행할 수단이 없다는 겁니다. 무슨 뜻인지 아시겠습니까?"

아찬은 순순히 고개를 끄덕였다. 자살을 기도할 방법조차 없다면, 더 이상 그들에게 저항할 길이 없다. 국의 입장에서는 '그럼에도 불구하고 우리는 당신에게 도움을 부탁한다'는 뜻으로 말한 것이겠지만 아찬으로서는 협박의 일종으로 들릴 수밖에 없다. 하지만 그가 국의 말을 긍정한 이유는 협박 때문이 아니라 정말로 도움을 주고 싶어서였다. 어쩌면 여기서 가장 아는 게 없고 답답한 사람은 바로 자신일 터. 단지 운 좋게, 저들이 모르는 것을 이 순간 알고 있기에 이런 상황이 발생한 것뿐이다.

"왜인지는 몰라요. 아무튼 뭔가가 게이츠의 선체에 부하를 만들었어요. 그 때문에 게이츠는 이미 박살이 난 상태죠. 단지 타키온 드라이브라는 특성 때문에 그 파편이 공간으로 비산되는 것이 아니라 시간 속으로 흩어져 가는 것일 뿐이에요."

국의 얼굴이 일그러졌다고 하기도 뭣한 이상한 안색으로 변했다. 믿어야 할지 말아야 할지도 모르겠고 상황으로 보건대 앞뒤는 맞지만 상식을 신봉하는 입장에서 받아들일 수도 없다는 얼굴이다. 이 이야기를 들은 사람은 누구나 저런 표정을 짓곤 했다. 아찬은 더 말할 것이 없었다.

"무슨 뜻인지 모르겠군요. 선생님, 좀 더 쉽게 설명해 주시면……."

"말씀드린 대로예요. 우린 이미 죽었다고요."

국이 자리에서 일어났다. 아까의 곰퉁이와는 달리 진짜 심각하고 혼란스러운 품으로 턱을 만지며 벽의 양 끝을 왔다 갔다 하더니 마침내 담배를 집어 들었다.

"한 대만 피워도 될까요, 선생님?"

"아, 그거야 원래 상사님 담배니까……."

"아뇨, 지금은 선생님 거고 그전에도 제 건 아니었습니다. 헵자이 중사 거죠. 전 담배 끊은 지 한참 됐거든요. 케네이드에서 전면전 훈련을 받을 때 끊었죠."

국의 말이 갑자기 많아졌다. 뭔가 몹시 초조한 안색이었다. 저런 행동 역시 이야기를 들은 대부분에게 나타났다. 아찬은 리울에게 들은 이야기를 암산으로 대충 때려맞추던 때의 자신을 떠올렸다. 그때의 유치함에 비하면 국은 매우 이성적인 편이다.

"하지만, 이젠 담배를 끊을 필요가 없다는 이야기군요. 전 이미 죽은 거니까요. 그럼 여기는 저승이라는 뜻입니까?"

농담이 아니다. 국은 정말로 진지하게 묻고 있다. 아찬은 비로소 자신의 말을 상대가 잘못 이해했음을 알았다.

"아… 상사님, 지금 죽었다는 뜻이 아니라 그냥… 그냥, 죽은 거나 마찬가지라고요. 사라진 사람들은 정말로 죽은 거고."

이번에도 역시 국은 진심이 담긴 한숨을 담배 연기와 함께 크게 내뿜었다. 그는 곧바로 담배를 부벼 끄며 미소마저 띠었다.

"아, 그럼 담배를 계속 끊어야죠. 아이를 낳으면 끊겠다고 마누라에게 그렇게나 약속을 했는걸요."

"부인이 있으시군요."

"오, 물론이죠. 딸도 있는걸요. 벌써 열두 살입니다. 제가 좀 일찍 결혼했거든요. 학위 대신 입대를 선택했으니까요."

"행복하시겠군요."

"나중에 기회가 된다면 사진을 보여 드리고 싶군요."

국은 아찬의 눈치를 보는 듯 눈을 흘깃거리다가 좀 전의 화제로 이야기를 돌렸다.

"음. 그런데, 아까 그 이야기를 좀 자세히 하고 싶군요. 제 생각으로는 상황을 개선할 방법이 반드시 있을 것 같은데 말입니다."

"있긴 해요. 당연한 이야기지만 게이츠를 타키온 드라이브에서 꺼내면 문제는 해결되죠. 모든 게 예전으로 돌아가지는 않겠지만 적어도 악화되지는 않을 거예요."

"확실합니까?"

"네?"

"가령… 타키온 드라이브에서 나가는 순간, 그 시간의 파편이란 게 공간으로 전환되면서 진짜로 산산조각이 난다던가… 뭐 그런 거 말입니다."

헤르미트가 했던 것과 같은 질문이다. 여전히 자신이 없다. 이 지옥에 발을 들이기 전 가졌던—적어도, 현실에 비하면 천국이나 마찬가지인 미람의 꿈을 꾼—마지막 단잠이 들기 직전까지 고민했었다. 그러나 그때도 역시 동의하지 않은 공식 변형을 뤠이쓰가 지금이라고 동의해 줄 리 없다는 결론밖에는 안 나왔다. 수학은 인간이 울부짖든 말든 관심이 없기 때문이다.

"솔직히 말씀드리면 잘 모르겠습니다. 그 부분은 생각을 좀 더 해봐야 할 것 같아서요. 기관실 상태에 따라 다르기 때문에……."

국의 얼굴이 눈에 띄게 어두워졌다. 이만저만 실망이 큰 게 아닌 모양이다.

"제가 돌아가겠다고 한 게, 그 부분에 대한 연구 결과가 대부분 단말기에 있거든요."

"여기서 새로 작업하실 수는 없나요?"

"할 수는 있지만… 새로 시작한다면… 작업이 끝날 때쯤이면 너무 늦을 거예요. 하루 이틀 만에 가능한 게 아니라서……."

국은 실망을 감추지 않으면서도 애써 웃었다.

"그렇군요. 솔직히, 전 선생님이 계속 여기 계셨으면 했습니다."

"하지만 전……."

왠지 국이 말을 자를 거라고 느꼈는데 뜻밖에도 그는 그저 천장을 쳐다보며 한숨만 내쉬었을 뿐. 결국 아찬만 멍청하게 말꼬리를 흐린 격이 되고 말았다.

"알겠습니다. 만약 다시 돌아오실 생각이 있다면 언제든 환영입니다. 하지만 선생님께서도 상황을 알다시피 직접 찾아오셔야 합니다. 주거 지역은 저희가 장악한 곳이 아니니까요."

"어떻게 하면 되죠? 제가 선택한 길은 너무 위험해서……."

어느새 국의 말투가 딱딱해져 가고 있다. 스스로도 느끼지 못하는 사이에.

"어떻게든 모노레일 스테이션까지만 도달하시면 저희 병사들이 보호해 줄 겁니다. 선생님 얼굴은 이미 숙지시켜 두었습니다. 하지만 선생님, 한 가지 약속해 주셔야 할 것이 있습니다."

"물론이죠."

무엇인지도 모를 약속의 요구에 대해 아찬이 그런 대답을 해야 할 의무는 전혀 없다. 그럼에도 불구하고 아찬은 진심으로 선뜻 대답했다. 그에게 곰처럼 미련하게 생긴 일병의 학대보다는 국의 따뜻함이 각인되어서다. 아마 평범한 사람이라면 누구라도 마찬가지리라.

"그들이 선생님께 어떻게 대할지는 저희도 모릅니다. 솔직히 말씀드리면 반군은 대부분 전신 사이보그고 그 때문에 뇌와 결합된 기계적 장비에 이상이 생겨 저런 행동을 한다고 추측할 뿐입니다. 보통은 아주 광포하고 피에 굶주린 듯 행동하지만 경우에 따라서는 인정하기 싫을 정도로 교활하고 이성적으로 행동하곤 하죠. 다만 다행인 건 그들 대부분은 선생님 같은 과학자에게 무관심해 보인다는 겁니다. 여자만 빼고요."

"그건 무슨 뜻입니까?"

아찬의 안색이 몹시 불안해 보였다. 국은 이 세상물정 모르는 학자, 아니, 학생이 앞으로 이 풍파를 어떻게 헤쳐 나갈 수 있을지 벌써부터 동정이 들었다. 여자만 빼고라는 말을 정말로 몰라서 물어보는 저 한심함이라니. 심문 때 이미 폭력을 휘두른 사실에 대해 추궁할라 치면 알아서 위축되곤 한 사람이다.

하지만 그건 솔시스, 그것도 지구에서 곱게 큰 아찬의 탓만은 아니다. 솔시스에서 자란 젊은이는 원래 나약했다. 함웅에서 큰 뜻을 품고 아메릭의 부사관 학교의 문을 두드린 자신이 입교하자마자 내던져진 곳은 연병장이 아니라 8천 광년 떨어진 유디트의 뒷골목이었다. 그 사실은 다른 모든 선, 후배 부사관은 물론 동기들과 함께 무덤까지 끌고 가야 할 솔시스 연방군의 비밀이자 수치였다. 장교들은 도기나에 버려두고 온다고 했던가, 아마.

어렸을 때 늠름한 군인이 되어 고향을 찾은 형들을 보며 뭔가가 변했다고 느끼고 혹시 군대라는 곳은 보통 사람은 아무도 모르는 비밀 같은 게 있는 곳은 아닐까라는 상상을 한 적이 있었다. 그런데 그건 정말이었다. 만약 국 자신도 군인이 아니었다면 이런 말을 받아들이기는커녕 입에 담지조차 못했을 것이다.

물론 여기는 솔시스가 아니다. 그렇다고는 해도 하든 안 하든 결과가 같을 이야기를 자세히 해줄 필요까지는 없다.

"그 작자들은 여자들에게 특히 난폭합니다. 왜인지는 모르겠습니다."

국은 여기서 침이 걸려 기침이 나올 뻔했다.

"험, 험. 어쨌든 굉장히 난폭합니다. 어쩌면 눈 뜨고 볼 수 없을지도 모를 정도로요. 하지만 아무것도 하지 마십시오. 물론 힘들 거란 건 잘 알고 있습……."

"예? 그게 말이나 됩니까? 누구나 어려움에 처한 사람을 당연히 도와야……."

"그게 선생의 목숨을 부지하는 길입니다."

국은 어쩔 수 없이 가능한 한 거친 단어를 골라서 써야만 했다. 필요에 의한 것이 아니라 진심으로 이 젊은이가 죽기를 바라지 않았다. 그리고 가능하면 겁을 먹고 생각을 고치기를 바랐다. 이미 너무 많은 사람들이 죽었다. 그 전부는 죽지 않아도 좋을 사람들이다.

알 바라마드처럼.

"제가 알아야 할 게 더 있나요?"

두려움을 감추지 못한 눈빛으로도 이 어른아이는 고집을 피우고 있다. 그리고 그 단어는 아이에게 속한 속성이다. 어른은, 적어도 진짜 어른은 고집을 버릴 때 비로소 태어나는 존재다.

"돌아오시게 된다면 가능한 한 많은 분들을 데리고 오세요. 그렇지 않다 해도, 그들에게서 벗어나기를 원하는 사람이 있다면 어떻게든 모노레일로 보내십시오."

"네."

"아까 말씀드렸지만, 놈들은 경우에 따라 이성적으로 행동하기도 합니다. 아마 그럴 것 같지는 않지만, 만약 놈들이 선생님에게 뭔가를 알아내려고 들면……."

"그, 그럼요?"

"다 말해도 됩니다. 다만 저희 이야기는 하지 마십시오."

그럴 수 있을까? 자신이 없다. 말로 하는 심문만으로도 견딜 수가 없을 지경이다. 그토록 폭력적인 자들이라면 정신적으로뿐만 아니라 육체적으로도 견디기 어려울 모멸을 받을 터. 한타랏사에게 머리를 얻어맞는 정도와는 비교도 할 수 없을 것이다. 적어도 그 당시는 모멸이 아니라 싸움이었다.

"저기, 혹시 많이 먹어도 토하지 않거나 하는 약은 없나요? 가령 자백제라던가……."

"네?"

"만약… 만약 정 안 되면 그걸 삼켜 버리면 되니까요."

가능한 한 어깨를 펴고 당당한 표정으로 겨우 한 말이었다. 그런데 국은 입을 약간 벌린 채 아찬을 뚫어져라 쳐다볼 뿐이었다. 어색한 침묵을 어떻게 해야 하나 싶어 아찬이 곤란을 느낄 즈음 국이 헛웃음을 지으며 어깨를 두드렸다.

"그런 건 없습니다. 아니, 있다 해도 못 드립니다. 그런 마음가짐이면 잘 이겨내실 수 있으리라 믿습니다."

"고맙습니다."

분명히, 믿어주어서 고맙다는 뜻이리라.

아찬은 담배를 두 개비 뽑은 다음 자리에서 일어나며 담뱃갑을 국 상사 쪽으로 밀었다.

"담배, 그분께 돌려주세요. 제 방에는 많아요."

"그러지요. 힘드시겠지만, 돌아가시는 건 온 길로 가십시오. 모노레일에서 내리는 모습을 반군이 본다면 선생님께 좋을 일이 없습니다. 아까 저희를 만났던 곳까지는 병사들을 붙여 드리겠습니다."

"네. 감사합니다."

물을 한 잔 마시고 심문실의 문을 여는 아찬을 국이 불렀다.

"선생님?"

"네?"

"부디 살아남으십시오."

아찬은 고개를 끄덕이고 문을 나섰다.

"저대로 보내도 되겠습니까?"

헵자이의 걱정스러운 물음에 국은 대답없이 고개를 끄덕였다. 처음에는 잘 구슬려서 정보를 뽑아낼 작정이었다. 물론 그 후에도 괴롭히거나 할 의도는 전혀 없었다. 단지, 보낼 생각이 조금도 없었을 뿐.

하지만 고생으로 초췌해졌을 뿐 아니라 고통 때문에 주눅 들고 약간은 비굴해 보이기도 한 어린 친구의 모습에서 국은 동생을 보아버렸다.

동생은 솔시스가 주는 혜택을 받지 못하며 불우하게 자랐다. 켄타로스에 다른 아내를 둔 아버지의 이중생활. 그 사실을 안 이후로 국은 아버지를 계속 증오했고, 가능한 한 빨리 자립하기 위해 군인이 되려 했다.

결혼을 하고 딸이 아버지 얼굴을 얼마간 보지 않아도 울지 않을 나이가 되었을 때, 아내에게 어린것을 부탁하고 동생을 만나기 위해 켄타로스를 밟은 게 사년 전이었다. 그리고 그때 국은, 자신이 '적응 훈련'을 위해 몇 년이나 처박혀 있던 유디트와 그곳이 별다르지 않다는 사실에 충격을 받았다. 하지만 유디트에서 겪은 충격과는 비교가 되지 않았다. 바로 그 모든 더러움과 부덕들이, 외계성 종이 아닌 인간에게서 나온다는 사실 때문에 거의 공포에 질리기까지 했다.

더러운 거리, 부랑자, 거지, 비위생적인 생활, 교통신호, 아황산가스를 내뿜으며 지상을 달리는 차.

그뿐이 아니었다. 질병, 빈부 격차, 불륜, 강간, 이혼, 매춘, 살인, 가난, 모략, 비방.

솔시스에는 아예 있지도 않거나, 오직 문학과 역사에만 나오는 단어와 개념들이 그곳에는 '진짜로' 존재하고 있었다.

바로 자신의 아버지가 행한 부덕이 켄타로스에는 그 범주와 양을 확장한 채 고스란히 존재했다. 아니, 그렇게 생각한다면 보이지 않을 뿐 솔시스 역시 사악함과 더러움은 가득하리라. 결국 다 같은 인간이니까.

도시가 농촌보다 조금 나은 면도 있었지만, 뒷골목은 그야말로 최악이었다. 유디트에서 '비인간적인 상황'에 대해 충분히 겪었다고 생각했는데도 적응이 힘들었다. 어쨌든 유디트는 외계성종이지만 켄타로시안은 같은 인간이었다.

너무나도 어린 동생은 켄타로스 기준에서 보면 잘살지도 못살지도 않았다. 그러나 국이 보기에는 정말 비참하게 살고 있었다. 인생에서 선택권은 거의 없고 학위 자체도 아닌, 학위를 받기 위한 학교에 의해 미래가 결정되는 곳에서 허옇고 멀대 같은 동생은 커다란 가방을 메고 힘없이 학교와 집을 왔다 갔다 할 뿐.

열몇 살밖에 안 된 아이가 가질 십 년 후의 미래를 어른들이 대신 걱정하고 강요하고 있었다. 그래서 어린 동생은 건드리면 부러질 듯한 젓가락 같은 다리로 커다란 가방을 메고 쳇바퀴 같은 소년기를 보내고 있었다.

그 와중에서도 동생은 마음을 켄타로스가 아닌 솔시스에 두고 있었고 바로 그 이유 때문에 친구들에게조차 따돌림을 당하고 있었다. 축 늘어진 동생의 어깨가 한 번이라도 올라가는 모습을 보고 싶었지만 그건 그냥 바람에 불과할 뿐 그는 언제나 주눅 들어 있었고 심지어 때때로는 비굴하기조차 한 인상까지 지으며 터덜터덜 걸어다닐 따름이었다.

국은 거의 한 달이나 되는 휴가 내내 담벼락 뒤에 숨어 동생을 지켜보았지만 결국 말조차 건네지 못하고 지구로 되돌아오고 말았다. 그를 수렁에서 꺼내줄 방법 자체가 존재하지 않았다. 동생은 얼굴도 모르는 아버지가 산다는 솔시스에 대한 허망한 꿈만을 꿀 뿐 그것이 끝이었다. 그에게는 솔시스를 향한 노력도, 투지도, 아무것도 없었다. 그저 좋은 대학에 가서 여생을 적당히 사는 것이 목표인 듯했다.

그러나 동생에게 실망할 수는 없었다. 동생은 켄타로스에 안주하고 싶어했지만 그 이유는 그가 켄타로스 말고는 아무것도 모르기 때문이었다. 켄타로스의 주민 입장에서는 솔시스에 대한 관념이란 한낱 뜬구름에 불과했고, 동생의 경우는 거기에 '자신의' 어머니에게 들은 백일몽 같은 이야기가 더해져 빈약한 상상력이 조금 더 부풀었을 뿐이다. 다르게 말하면 솔시스는 동생에게 있어 목표가 아니라 이상에 불과했다는 뜻이다.

그래서 국은 아찬에게 동생의 모습을 볼 수밖에 없었으리라. 어쩌면, 그가 켄타로스 출신이라는 말만 하지 않았어도 안 그랬을 수도 있었다. 하지만 결과적으로는 이렇게 되어버렸다.

아찬도 마찬가지였다. 어쩔 수 없이, 자신이 아는 것에 얽매여 그 인식을 벗어나지 못하고 그래야 하는 순간에는 망설이고 두려워하는 동생과 다를 바가 없는 젊은이였다. 그리고 지금의 게이츠는 당시 국이 켄타로스에서 정말로 '인식한' 그 단어와 개념들이 현실로 고스란히 존재하는 시공이다. 하지만 아찬은 스물다섯이다. 그때 나이로 세어보니 동생은 아직도 공부에 한창일 때다. 그렇게 비교하니 조금은 위안이 되었다. 적어도 동생은 아찬보다 사 년 이상의 가능성을 가진 셈이리라.

국은 아찬이 살아서 돌아오기를 바랐다. 그래야만 했다. 국이 아찬을 그냥 보낸 이유는 결국 아찬 자신이 스스로를 구하지 않으면 그 어떤 손길도 소용이 없다는 것을 알고 있어서다. 그리고 스스로를 구원하지 못하는 자는 그 누구도 구할 수 없다는 사실 역시 알고 있어서다. 그리고 그는 그 젊은 수학자를 믿고 있다. 나약해 보이지만 그는 분명히 성장하고 있고 의지도 있으며 지금까지 잘해왔다. 그렇지 않았다면 살아남기 힘든 곳이 지금의 게이츠인 것을.

그가 가진 힘을 믿어도 좋을 것 같았다.

국은 이 위기를 반드시 극복하고, 이번에는 동생에게 솔시스의 판솔라니아 모듈을 선물로 사 가리라 결심했다. 아마 아내와 딸도 자신의 영웅적인 이야기를 듣고 나면 그 정도 여행쯤은 허락해 주리라.

하지만 그때도 타키온 드라이브에 들어갈 배짱이 존재할지는 자신할 수 없었다.

아찬은 기계실을 조용히 빠져나와 짐짓 화장실에 들렀다 나오는 척하며 주변을 둘러보았다. 총격전은 어디로 갔나 의심이 갈 정도로 먼 세상의 꿈이 아닐까 싶게 광장은 조용했다. 그리고 그 뜻은 적어도 눈에 보이는 사람은 아무도 없다는 것이기도 했다.

가능한 한 발소리를 죽이면서도 의심받지 않으려고 걷는 아찬의 시선에 총알 세례를 받고 걸레가 된 구역이 들어왔다. 나노머신이 복구를 시도했지만 결국 힘에 부쳐 포기한 듯 내부 골조만 너덜거리며 얼기설기 짜여진 모습에 소름이 돋았다. 아찬은 이 조용함이 을씨년스러움으로 변해 두려움을 불러일으킬세라 방으로 향하는 발걸음을 빨리했다.

도착해서 문을 걸어 잠그고 나서야 비로소 안도의 한숨이 나왔다. 다행히도 변한 것은 없어 보였다. 책상 위 일기장과 펜도 그대로 놓여 있다. 아까보다 훨씬 더 커다란 안도의 한숨.

아찬은 일기장을 가지러 간다는 말을 차마 할 수가 없었다. 분명히 그들은 자신의 진지함을 유치함이라고 마음대로 생각하며 비웃을 터. 연구한 모든 데이터는 펫에 들어 있다. 그리고 그 물건은 일부러 거기 두고 왔다. 자신이 없다 해도 수학이나 물리학에 조금이라도 지식이 있는 사람이 습득한다면 전부 이해 가능할 것이다. 그렇게 하려고 암호조차 해제해 두었다.

옷을 벗고 샤워실로 뛰어들었다. 다이얼을 초단파 대신 온수 모드로 돌려놓자 뜨겁기 직전의 물이 상쾌하게 쏟아져 나왔다. 아찬은 피곤할 때면 밍밍하고 그냥 몸만 뜨끈해지는 느낌의 초단파보다 뜨거운 물로 하는 샤워를 훨씬 더 좋아했다. 그건 거의 축복이라 할 만한 것이다.

아찬은 거의 비틀거리다시피 욕실을 빠져나와 내의를 주워 입고 그대로 침대로 들어가 담요를 뒤집어썼다.

지금 제대로 행동하고 있는 것일까? 나는 사람을 죽일 마음이 있었고, 고통과 공포 앞에서는 나약해졌다. 나뿐 아니라 남들도 그럴까? 이 감정이 수치감인지 아니면 단순한 부끄러움인지 알 수 없었다.

그건 도대체 무슨 뜻일까? 판솔라니아는 이런 걸 가르쳐 준 적이 없다. 아니, 물어보지조차 않았지. 아버지가 살아 계셨더라면……

아찬은 또 가슴에 통증을 느꼈다. 자기도 모르게 아버지 생각을 해버린 것이다. 도대체 왜인지, 병원에서도, 심리치료사로부터도 뾰족한 이유를 듣지 못했다. 켄타로스에서 보낸 영아 시절이나 부모님에 대한 기억만 떠올려도 가슴이 미어지는 것 같은 아픔이 심장으로 스며들곤 했던 것이다. 그게 아마 사춘기 시절부터였던가.

반복되는 고통은 아찬으로 하여금 반사적으로 켄타로스에 대한 생각을 피하게 만들었다.

아버지도, 어머니도 기억조차 나지 않을 정도로 어릴 때, 자신이 태어난 직후 돌아가셨다는 점에서는 어떤 의미도 없을 터인데.

아찬은 고민을 그만두었다. 고통을 참기 어려워서였다. 지나온 잊어버린 시절에 대한 기억을 극한까지 밀고 나가고 싶어도 통증 때문에 번번이 실패하곤 했다. 이번도 다르지 않았다. 아찬은 담요를 뒤집어썼다.

잠에서 깬 아찬은 조심스럽게 바지를 챙겨 입었다. 문 앞에 서기 전에 심호흡을 한 번 했다. 아무튼 자동문이란 것은 그 열리는 의지가 인간의 것이 아닌지라 준비할 시간 따위는 존재치 않았다. 아찬은 왠지 전에도 이런 적이 있다는 느낌이 들었다.

열린 문으로 머리를 살짝 내밀어 보았다. 광장은 여전히 조용하고 어두웠다. 그리고 걸레가 된 구역도 복구가 되다 만 상태로 버려져 있다. 역시 모든 건 현실이었어. 아찬은 한숨을 한 번 더 내쉬려다가 숨을 들이마시고 참았다. 이러다 한숨이 버릇이 되어버리면 곤란하다. 손톱 물어뜯기, 다리 떨기와 함께 한숨 쉬기는 인생에 전혀 도움이 안 되는 습관이다. 앞으로 그 인생이란 게 얼마나 남았는지는 알 수 없지만.

아찬은 그대로 문 옆의 벽에 등을 기대고 쭈그리고 앉아 멍청하게 하늘을 올려다보았다. 물론 하늘 따위는 존재하지 않았다. 그래도 광장을 비추던 따사로운 인공 태양은 있을 줄 알았다. 한숨 자고 나면 모든 것은 아닐지라도 되돌아오는 것이 많을 거라고 생각했다. 그러나 깨지고 부서져 어둠에 묻혀 버린 태양은 다시 돌아올 수 없을 터. 이젠 그걸 고치고 복구할 사람도, 로가디아도 없다. 천장은 백 미터가 넘는 아득한 높이고 어둠은 깊이만 더해갔다. 문득 게이츠에 오른 그날, 밤이 그리워질 거라고 생각했다는 기억이 떠올랐다. 하지만 지금은 어둠이라면 치가 떨렸다.

사실 아찬이 멍청하게 앉아 천장만 쳐다보고 있는 진짜 이유는 막막해서였다. 혼란과 피로, 그리고 고통에 젖어 돌아올 때까지만 해도 일단 실컷 자고 싶다는 생각을 했다. 그런데 막상 일어나니 이젠 뭘 해야 할지 알 수가 없었다. 그러고 보면 매스메키텍트사의 면접에 실패한 것은 당연한 것일 수도 있다. 회사의 인사 담당관도 분명히 아찬을 보며 자기가 할 일도 스스로 찾을 줄 모르는 얼간이라는 사실을 알아챘을지도 모른다. 그런데 아찬은, 정작 본인은 거의 일 년이 다 되어가는 이제야 그 사실을 깨달은 터다. 아찬은 일기장을 펴 뒤에 곱게 끼워놓은 미람과 자신의 사진을 물끄러미 쳐다보았다. 미람의 말대로 사진 속의 두 명은 정지한 시간 속에서 웃고 있다. 그 어느 누가 이 사진을 보며 불행을 상상할까.

하지만 이런 자기 연민에 빠져 스스로를 무너뜨리는 것은 미람도 결코 바라지 않을 것이다. 아찬은 일어섰다. 할 일을 찾을 수 없다면 주어진 일을 하는 게 순서다. 비록 헤르미트와 한타랏사는 죽었지만 자신은 그렇지 않다. 레잔을, 그리고 클라우드를 찾는다면 우주선을 멈출 수 있을 것이다. 어쩌면 둘 중 하나만 찾아도 가능할 것이다. 레잔은 게이츠를 설계하고 건조한 장본인 중 한 명이었고 클라우드는 로가디아의 창조자다. 그 둘이라면 적어도 이 게이츠에서는 전능을 의미하리라.

아찬은 레잔의 연구실부터 추적해 보기로 했다. 일전 클라우드와의 대화를 감안하건대 그녀는 수강생을 가진 치프 급일 것이고 그렇다면 펫으로 검색이 가능할 것이다. 아찬은 망설임없이 다시 방으로 돌아가 서랍을 뒤적였다. 역시 여분의 펫이 있다. 그는 단말기에 든 자료부터 펫에 옮긴 다음에야 검색을 시작했다.

멀다. 그것도 상당히 멀다. 모노레일을 타야 할 거다. 총알에 벌집이 되고 싶다면야 산책 삼아 걷는 것도 나쁘지는 않을 거리기도 하지만.

여기서 어떻게든 국의 부대가 지키는 구역까지는 갈 수 있을 것이다. 하지만 그들이 레진의 연구실이 있는 블록에서 모노레일을 세워줄까? 아니, 그전에 그들에게 레진과 클라우드 이야기를 해도 될까? 국은 분명히 인간적인 사람인 것 같았다. 하지만 그것도 내가 시시하고 별 볼일 없는 존재기 때문에 그런 것 아닐까?

심문받는 내내 자신을 괴롭혔던 생각이 다시 떠올라 그는 머리를 세차게 흔들었다. 어쩔 수 없이 아찬은 다시 지하 통로를 이용해 보기로 했다.

그러려면 우선 단말기로 구조를 파악하고, 또 물과 손전등을 챙겨야 한다. 물통은 자판기의 음료수 병을 대신 쓸 수 있을 것이다. 하지만 손전등은 어디서 구한다?

고민하면서도 아찬은 지도를 펫에 집어넣는 작업을 게을리 하지 않았다. 게이츠의 구조 중, 적어도 인간이 다닐 수 있는 부분의 정보는 거의 대부분 개방되어 있다. 아찬은 그중에서 엔지니어들을 위한 통로를 확인하면 될 간단한 일이지만 실제는 말처럼 쉽지가 않았다. 평면도만 보고 위치를 파악하는 일은 건축가가 아니면 영화배우나 가능한 일이었다. 결국 그는 게이츠 전체의 구조를 통째로 옮긴 다음 입체로 전환해서 그중 거주 구역을 제외한 나머지 통로에 색을 입히는 작업을 일일이 지시해야 했다. 로가디아가 있었다면 말 한마디면 끝날 것을.

그러고 보면 자신만 어린애는 아니다. 그 군인들 역시 로가디아가 없으니 거의 꼼짝을 못하고 있었다. 사람은 공기의 고마움을 모른다는 흔해 빠진 이야기가 아니더라도 정말 인공지능이 없으니 속수무책이다. 문득 자신이 고려 시대로 되돌아간다면 할 수 있는 게 뭘까 떠올려 봤다. 아무것도 없다. 이렇게 허연 살결과 비실거리는 몸으로는 고작 산속에서 살해당하는 것이 고작이리라. 다시 수학자가 먹고살 만한 시대인 근대 문명의 암흑기 정도로 돌아가 본다면 어떨까 생각했다. 운이 좋다면 대학 교수가 될 수 있을지도 모른다. 물론 그건 '교통사고'라던가 '백화점 붕괴' 혹은 '교량 붕괴' 따위에서 살아남을 때 의미가 있다. 정말이지 옛날 사람들은 어떻게 살았는지 모르겠군. 하지만 난 분명히 그들의 후손이니, 정말 신기하단 말이야.

시시한 잡념으로 시간을 때우던 아찬은 내가 이럴 때가 아닌데라며 머리를 벅벅 긁고 펫을 확인했다.

레진의 연구실은 블록상으로는 두 개 건너였지만 하부 통로를 이용할 경우는 엄청나게 돌아가야 했다. 좀 더 가로지르는 길은 아찬도 익숙한 의무실을 거치는 경로다. 그러고 보니 의무실 구역 자체가 하부 통로를 기준으로 하면 거의 결절점이나 마찬가지다. 앞으로도 그 기분 나쁜 장소와 계속 인연을 맺어야 할 생각을 하니 불쾌감이 들었다. 아니, 어쩌면 헤르미트는 그걸 알고 일부러 의무실을 거점으로 삼은 걸지도 모르지. 니오자일과 한패라는 것보다는 그게 더 중요했을 거야. 어쩌면 그 때문에 니오자일을 끌어들인 걸지도 모르고.

아찬은 내친김에 클라우드의 연구실도 확인했다. 이상하게도 그의 방은 위치가 안 나왔다. 검색은 되는데 좌표가 없었다. 이런 상황을 겪고도 그 이유가 고장 때문이라고 믿는다면 자신은 정말 구제불능일 것이다. 아찬은 레진이 클라우드를 찾는 또 다른 물꼬가 되리라 확신했다.

"그 아찬이라는 친구는 결국 오지 않을 모양입니다."

"이제 고작 하루니……."

국도 헵자이가 한 말의 의미를 알고 있다. 그 정도로 겁이 많은 사람이 발길을 돌리겠다고 마음먹었다면 진작 그랬으리라는 뜻이다. 국은 보고서를 책상에 내려놓고 손으로 얼굴을 감쌌다. 정말이지 한숨밖에 나오지 않았다.

헤르미트의 통신을 접수하고 부랴부랴 달려간 접선 장소에서는 그의 시체만 찾았을 따름이다. 한타랏시는 상태가 더 심각했다. 의무실에서 흘러내린 옷가지만 간신히 찾았을 뿐. 난장판인 의무실과 여러 정황을 보건대 누군가와 격투 중에 증발해 버린 것 같았다. 누군지는 몰라도 상대조차 어처구니가 없었으리라.

결국 고급장교는 모조리 죽거나 증발했다는 의미다. 적어도 아군에게는 그랬다. 아직 흔적을 발견하지 못한 장교는 네들과 비올루스 퀘일, 그리고 제정신이 아닌 저겐젤 정도다.

지금의 상황은 한타랏사의 옷이 너부러져 있던 의무실보다 훨씬 더 난장판이다. 전신 사이보그인 해병대들은 광란 속에서 폭도들처럼 여자들을 강간하고 다녔고 알 바라마드의 잔당은 여전히 남아 있었다. 다릴은 다릴대로 미쳐 날뛰는 판이고 그 속에서 자신과 한 줌도 안 되는 부하들만이 상황을 바로잡기 위해 애쓰고 있다. 설상가상으로 여기에 전문가는 거의 없다. 부사관들은 전투에 있어서는 최고의 훈련과 풍부한 경험을 가졌을지 몰라도 장교들이 가진 전문성은 별로 없다. 지휘 역시 마찬가지다. 자신들의 특기는 조언과 충고, 그리고 전투지 지휘와 책임이 아니다. 이 모든 문제의 실마리, 아니, 핵심은 로가디아다. 로가디아가 최초의 희생자인 프라이안에게 뭔가를 숨기면서 사건이 시작된 것이다.

"상사님, 작전회의 시간입니다."

헵자이의 목소리에 국은 현실로 돌아왔다.

빌어먹을. 아무 결론도 없는 작전회의는 만날 해서 뭐 하나. 하지만 그 행위에는 단어 그대로의 뜻 외에도, 아니, 어찌 보면 더 중요한 의미가 담겨 있다. 부하들은 모두 회의에 참석한 전우들의 안부를 확인하며 안도하곤 했다. 오늘은 열외한 사람이 없는지, 했다면 그것이 영원한 것인지 아니면 일시적인 것인지를 확인하고 싶어했다. 즉, 누군가의 부재가 단순한 열외인지 아니면 영구적인 사고인지에 따라 사기가 판가름 나는 상황이었다.

회의는 지휘통제실에서 의자만 끌어 모아 즉석에서 열리곤 했다. 다행히 이번 회의에서도 사고자가 없다. 증발 현상은 한동안 두려울 정도로 가속되다가 어느 순간 뜸해졌다. 물론 사라진 것은 아니다. 하지만 적어도 이 임시 지휘소를 설치한 지 나흘째인 지금까지 아군 중 증발에 의한 희생자는 없다. 교전에 의한 희생자도 마찬가지고.

제아무리 전신 사이보그라고 해도 메탈갑옷을 걸친 기갑장병을 제압할 수는 없다. 만약 민간인 볼모가 없다면 여기에 이렇게 처박혀 한숨이나 쉬고 있지는 않을 터. 국은 헵자이의 눈짓에 고개를 끄덕여 점호없이 약식 인원 보고만을 받고 개회를 승인했다. 알의 사체를 부검하는 란 영 상사와 부검실을 경계하는 아가, 그리고 모노레일 및 진입부, 병기고와 격납고 경계병 각 둘씩 외에는 열외없이 전원 모여 있다.

"우선, 로가디아가 없어서 작업이 굉장히 오래 걸렸습니다."

헵자이가 유감스럽다는 표정으로 보고를 시작했다. 당연히 그로서는 그럴 필요가 없지만, 가냘프지만 성실한 인상의 중시는 이 상황에서 아무것도 하지 못하는 자신의 존재 자체를 부끄러워하는 사람이다.

"인원 보고입니다. 우선 아군은 현재 이십구 명 전원 이상 없습니다. 그리고 반군은 백사십여 명으로 파악되었습니다. 그중에서 최소 백십여 명이 전신 사이보그화된 해병대일 것으로 추산됩니다. 민간인은 삼백팔십일 명으로 확인되고 있습니다. 이 경우는 그들이 두려움 때문에 대부분 두문불출하는 관계로 각 구역에 설치된 카메라에 의해 거의 정확한 파악이 가능했습니다. 마지막으로… 충무공 측은 파악 자체가 불가능하지만 주변 여건으로 볼 때 열 손가락으로 꼽을 수준도 되지 않을 거라고 봅니다. 문제는 그들이 따로 움직이면서 게릴라식의 활동을 하는 게 아니라 민간인이나 반군 사이에 암약해 있을 가능성이 높다는 점입니다. 혹은 아예 아지트를 만들고 거점을 중심으로 활동할 수도 있습니다."

"계속해."

"그럼 세부 사항입니다. 우선, 현재 고급장교의 유해……."

헵자이는 영 어색한지 말을 잠시 멈추고 작게 기침했다. 시체조차 없는 상황에서 너부러진 옷가지를 유해라고 부르는 행동부터가 우스꽝스럽기 짝이 없었지만 달리 표현할 방법이 없다. 솔시스의 어휘는 이런 때를 대비한 단어를 가지고 있지 않았다.

"유해조차 발견되지 않은 장교는 정확히 다섯 명입니다. 네들 대령, 맥하 소령, 저겐젤 중령, 비올루스 퀘일 소령, 엘몬드 대위. 네들 대령은 여전히 행방이 묘연합니다. 그리고 비올루스 퀘일은 아시는 대로입니다. 그리고 맥하 소령은 퀘일에게 억류되어 있을 가능성이 높습니다. 물론 예상치 못한 곳에서 유해를 발견하게 될지도 모른다는 점은 전부 마찬가지입니다만. 에… 또… 전사… 한 헤르미트 대령이 가지고 있던 자료를 분석한 결과 얻은 결론입니다. 그는 우리와 접촉하지 못했을 경우 저겐젤 중령과의 접선을 시도하고자 했던 것으로 보입니다. 물론, 전술한 사실을 파악하고 계획을 수정했지만 말입니다."

"좋아. 계속해."

"이게 오늘 새로운 정보입니다만, 저겐젤 중령은 혼란 중에 병실에서 사라졌습니다. 그 부분에 대해 조사를 하던 중 새로이 알아낸 사실은, 중령의 동면을 누군가가 수동으로 해제했으며, 다음으로 우리가 아는 것처럼 정신이상 상태가 아닐 수도 있다는 점입니다. 적어도, 동면을 해야 할 정도로 심각하지는 않았습니다."

국이 주춤거리며 일어나려다 말았다.

"뭐라고?"

"정황으로 볼 때 아무래도 충무공께서 그를 구금하기 위해 그렇게 조치하신 듯합니다."

여전히 충무공에게 깍듯한 헵자이를 보며 몇 명인가의 젊은 병사들이 몰래 이빨을 깨물었다. 국은 그중 몇몇을 확인했지만 못 본 척했다.

"굳이 설명할 필요가 없다면 넘어가고, 다음은?"

"네들 대령은 그야말로 오리무중입니다. 역시 헤르미트 대령의 자료를 분석한 결과 어느 시기까지는 충무공 옆에서 정보 수집을 하고 있던 것으로 보입니다. 그러나 헤르미트 대령과 연락이 끊어진 이후로는 거취를 알 수 없습니다. 여기서 제 개인적인 의견을 첨부해도 되겠습니까?"

국이 고개를 끄덕였다. 실제로는 사실상의 보고를 하겠다는 뜻이지만 요식행위 정도는 갖출 필요가 있다. 여기저기서 모인 잡탕부대라고는 해도 여전히 그들은 솔시스 연방군이다.

"현재 상황을 해결하려는 핵심은 바로 네들 대령님입니다. 그는 니오자일 중령의 사망과 저겐젤 중령의 구금 같은 일련의 상황으로 신변에 심각한 위협을 느꼈고, 그래서 잠적한 것으로 보입니다. 즉, 대령님이 충무공의 신뢰를 어느 정도 얻고 있었음에도 불구하고 그래야만 했다는 것은 알아서는 안 될 것을 알았기 때문이라고 봅니다. 충무공은 그래서 대령님을 직접 제거하기 위해 나선 것이고 말입니다."

"헵자이, 중사의 이야기는 그럴듯해. 하지만 상황이 상황이니만큼 아무리 부하가 없었다 해도, 쾌일까지 제쳐 두고 직접 나설 정도였다는 의미인가?"

"그 부분은 저로서도 조금 모호하다고 봅니다. 그래서 제온 피오르도기 원사의 행적을 추적했습니다. 원사는 아시다시피 충무공과 실제로도 막역한 사이고, 위치상으로 왼팔이나 마찬가지입니다. 그런데……."

"그런데?"

"두 사람 사이에 모종의 분쟁이 있었던 것 같습니다. 로가디아가 아닌 에멘시의 자료를 수집한 거라 저희가 직접 아귀를 맞춰야 했기에 불분명하기는 합니다만, 저희가 기관실에 진입했을 때의 상황, 그리고 반군들의 반응으로 볼 때 가능하다고 봅니다."

폭탄을 말하는 것이다. 삼 일 전 기관실로 후퇴하며 본 그것. 잔여 반물질 융축기의 감지기가 이물질을 감지하고 빽빽거리며 울어댔고 국의 소대는 주변을 수색 끝에 알의 우주복과 시한폭탄을 찾아냈다. 그걸 발견하던 때를 떠올리니 다시 등골이 서늘해졌다. 초신성 등급의 시한폭탄은 보통의 핵폭탄처럼 고작 게이츠의 구역 한 개 정도 날리고 끝나는 시시한 물건이 아니었다. 그냥 그 자체만으로도 게이츠의 등골을 완전히 부러뜨릴 수 있는 종류였다. 더 큰 문제는 그걸 해체할 방법이 없었다는 것이다. 조심스럽게 떼어내 가지고 오기는 했다. 하지만 그게 최선이었다. 폭탄의 인공지능은 로가디아가 직접 통제하는 메타트론 모듈로 구성되어 있었고 혹시 그녀가 정신이 나간 나머지 격발이라도 시키는 순간에는 모든 게 끝이었다. 다릴이 이미 미쳐 날뛰는 걸로 볼 때 그럴 가능성은 얼마든지 있었다. 다른 유일한 방법은 우주선 바깥으로 나가 폭탄을 버리는 것뿐이지만 타키온 드라이브 중인 우주선에서 타키온화 되는 경계면은 우주선 자체다. 달리 말하면 메탈갑옷을 입고 그냥 해치를 열고 나가 대충 아무 데나 던져 버릴 수 있는 것도 아니라는 뜻이었다. 저겐젤의 신병을 확보해야 하는 이유가 바로 거기에 있었다. 타키온 드라이브가 장착된 우주 전투기 태풍은 조종간을 잡을 줄 안다고 몰 수 있는 게 아니었다. 적어도 로가디아의 도움이 없다면 그랬다. 육군 특전사 출신으로 전투 헬기를 조종한 경험이 있는 헵자이가 유감스러워 어쩔 줄 몰라 하는 이유 중 하나기도 했다.

그것으로 끝이 아니었다. 그들이 폭탄을 제거했음에도 불구하고 감지기는 여전히 울어댔고 국의 소대는 마침내 하나를 더 찾아냈다.

맙소사. 초신성 급 두 개라니.

그 폭발력에 게이츠 급 우주선의 반물질 발진기 연쇄 규모까지 생각하면 항성 하나는 간단히 날려 버릴 수준이었다. 그걸 가까스로 제거하고 경보가 멈추는 순간 국과 부하들은 안도할 틈도 없이 폭탄을 버려두고 후퇴해야 했다. 반군들이 기관실로 난입해 들어왔던 것이다. 후퇴하면서 본 광경은 정말이지, 무슨 미친 원숭이 떼가 피투성이 제물을 둘러싸고 꽥꽥거리는 것 같았다. 우스웠다는 뜻이 아니다. 소름 끼치고 혐오스러웠다는 의미다.

앞선 폭탄을 옮기느라 반밖에 남지 않은 소대로 수십 명의 해병대를 상대하기는 어려웠다. 어쩔 수 없이 그들은 기관실에 폭탄을 두고 퇴각해야 했다. 그리고 그 후에 있은 충무공의 사망 보고는 폭탄 밑에 흘러내린 알 바라마드의 우주복이 의미하는 바가 예상과 다름을 확인시켰다.

"…따라서, 저희는 최우선적으로 네들 대령님과 클라우드의 신병을 확보해야 하며, 차선은 저겐젤과 레진입니다. 이상으로 보고를 마칩니다."

이런. 혼란스러움에 고개를 국이 고개를 절레절레 흔드는 동안 보고가 끝나 버렸다. 그는 헵자이의 입을 멍청하게 쳐다보는 수밖에 없었다. 표정을 파악한 헵자이가 다가와 조용히 속삭였다.

"중요한 내용은 아까 그게 끝이었습니다."

국이 고개를 끄덕이며 일어섰다.

"자, 그럼 통상 작계대로 행동한다. 단, 간부회의가 끝나는 대로 새 명령을 하달할 거니 전투 배치를 풀지 말도록."

헵자이가 약식 보고를 하고 거수를 붙임으로써 회의는 끝났다. 그리고 그게 어떤 종류든 회의가 끝나는 때 생기는 어수선함 속에서 황급히 들어선 야가가 이마에 피를 줄줄 흘리는 채로 절뚝거리며 국에게 다가왔다.

"상사님."

"뭔가? 니 머리에 피는 뭐야? 란 상사에게……."

"아니, 그게 아니라 저희의 그……."

"너희의 뭐?"

야가는 움찔하면서도 물러서지 않았다. 답답했다.

"야가, 지금 우린 시간이 없다. 빨리 말해."

"충무공의 사체 부검이 끝났습니다."

"그럼 왜 직접 보고하지 않나?"

"상사가 전사했습니다."

어처구니가 없어진 국의 입이 반쯤 벌어졌다.

"야, 이 새끼야! 그 소리를 각두기에 된장 들어갔다는 것처럼 이야기하나!"

부검실로 뛰려는 국을 야가가 잡아끌었다.

"군장을 착용하셔야 합니다. 부검실은 폐쇄해 놨는데 충무공, 아니, 퀘일이 살아났습니다."

"뭐?"

"충무공이 아니라 퀘일이었습니다. 전신 사이보그화한 퀘일이었습니다."

도대체 일이 어떻게 돌아가는 거야, 이거.

"권, 준, 경계를 중단하고 즉시 부검실로 진입해서 제압 작전을 실시한다. 즉시!"

─상병 연권. 알겠습니다! 표적 대상을 지시해 주십시오.

"나도 몰라. 인간처럼 생긴 뭔가다. 사이보그일 수도 있고. 제압은 하되 사살은 하지 마라."

─하지만 어떻게 그렇게……

"하라면 해! 완력으로 잡아 비틀란 말이다. 다 날려도 되니까 머리통만 건드리지 마! 나도 지금 갈 거야!"

─옛!

앞으로는 작전회의고 뭐고 무조건 무장한 상태로 해야겠다고 다짐하며 국이 임시 격납고까지 가서 메탈갑옷을 완전 착용한 시간은 거의 삼 분이나 지나서였다. 두 경계병에게 표적을 제압했다는 보고는 이미 들어왔지만 직접 확인해야만 했다.

지휘통제실 아래층의, 부검실로 사용한 4번 의무실은 아수라장이었다. 메탈갑옷의 베릴륨 글러브에 찢겨 이미 형체를 거의 알아볼 수 없는 범인의 시체가 캠이나 링크 따위를 사방에 퍼뜨린 채 너부러져 있었다. 연 상병이 인간의 머리통을 들고 멍청하게 서 있고 준 일병이 란의 사체를 수습하고 있었다.

"이게 어떻게 된 거야? 아니. 야, 그 머리통부터 처리해. 아니, 아니지. 기술병 어디 갔어? 훈 오라고 해."

너무나도 황당하고 돌발적인 상황에 정신을 수습하기조차 어려운 국은 갈피를 잡지 못하고 우왕좌왕했다. 그는 지금까지 상황 조치나 대처에 대해 너무 안이했다는 사실을 뼈저리게 느끼며 자책했다.

"병장 전훈, 상황은 어떻습니까."

"보면 몰라? 너, 이 새끼 머리통 살려봐."

"이미 죽었는데 말입니다."

"사이보그잖아! 누가 저딴 새끼 살아 숨 쉬게 하래? 대가리에서 뽑을 수 있는 거 다 뽑아내란 말이야!"

병사들이 군소리없이 조용히 움직였다. 국의 입도 저렇게 걸걸해질 수 있다는 사실을 처음 알았다는 얼굴들이다. 평소에 온순한 사람일수록 화나면 더 무섭다는 일반론이 증명되는 순간이기도 했다.

"사체 확인한 사람 누구야? 야가, 정말로 충무공 사살한 거 맞아?"

"맞습니다."

상사님도 실어온 시신을 직접 확인하지 않았냐는 말은 차마 꺼낼 수가 없었다.

"그래. 맞지. 나도 봤으니까. 그냥 피 좀 흐른다고 사이보그일 거라는 생각을 못한 내 문제지."

메탈갑옷이 들고 다니는 레일건은 기본적으로 장갑을 두른 상대에게 사용하는 탄환을 쓰는 휴대용 고속 발사 기관포지만 선내에서 사용하기에는 파괴력이 너무 강해 위력이 약한 탄환을 사용했다. 그건 인간처럼 부드러운 물체에 맞을 경우 그대로 깨끗하게 관통해 버리는 종류다. 물론 탄두 역시 폭발하지 않았다.

국은 목이 거의 한 바퀴에 가깝게 돌아간 채 오른손이 누더기처럼 찢어진 란의 시신을 착잡하게 바라보다가 너덜거리는 그녀의 손에서 부검을 기록한 데이터 팁을 회수했다. 팁 자체는 손톱만 하지만 36개들이 팁 케이스는 그렇지 않았다. 란이 마지막 순간까지 팁을 뺏기지 않으려 분투했는지, 피투성이 강화 플라스틱 케이스는 거의 너덜거릴 정도로 금이 가 부서져 있었다. 안 봐도 상상이 갔다. 야가는 불사신처럼 일어난 퀘일에게 소총의 탄창을 거의 다 비워가며 분전했지만 놈은 그를 무시하고, 오른손에 쥔 팁을 절대로 놓을 생각이 없는 란에게 다가갔을 것이다. 그녀는 손가락이 거의 뜯겨 나가는 와중에도 팁을 쥐고 있었다. 목이 부러진 건 그다음이었을 것이다. 총알을 다 써버린 야가는 총검을 꽂은 다음 개머리판을 옆구리에 끼고 달려들었을 테고.

란에게도, 야가에게도 책임을 물을 수는 없는 상황이다. 이제 부사관조차 헵자이와 나뿐이군. 란의 빈자리는 클 것이다. 그녀는 병사들에게 단순히 간호사관 이상의 존재였는데. 성격도 털털하고 마음씨도 좋은 아줌마였다.

국은 헵자이와 함께 데이터를 확인했다. 카메라는 대부분 시신 쪽을 향해 있었지만 간혹 돌아가는 장면에서 파악해 봐도 란에게 긴장감은 엿보이지 않았다. 야가 역시 경계를 느슨히 하지 않으면서도 때때로 농담을 던지기도 하고, 구역질을 하는 야가를 란이 카메라로 잡으며 놀리는 장면도 있었다. 당연히 야가의 시선은 대부분 시신이 아니라 문 쪽을 향하고 있었고. 자신이었다 해도 적이 안에 있었다고는 상상하지 못했을 터.

"직접적 사인은 두 발의 H—3A탄이 흉곽을 관통하면서 생긴 걸로 보입니다. 탄흔은 두 발 모두 거의 한 곳에 명중한 것 같습니다. 역시 화기 관제 시스템이 끝내주네요."

자기 부사수의 사격 실력이라는 야가의 말과 웃음소리. 란에게 자주 지적하곤 했던, 저 민간인 말투가 곧 그리워지리라.

"스캐닝 데이터는… 어머, 뭐지? 야가, 충무공이 보철물을 사용했다는 이야기 들어본 적 있어?"

"못 들어봤습니다. 금시초문인데 말입니다."

"1번 의무실에 있는 중저파장 스캐너가 있었다면 좋았을 텐데 아쉽네요. 부검이 끝나고 충무공의 건강 기록을 확인해 봐야겠습니다. 이렇게 필요할 때만 로가디아가 보고 싶어지는걸요."

"로가디아는 다 듣고 있을 텐데 말입니다."

"그런가? 자, 농담은 그만 하고, 일단 입체영상으로 볼 때는 준 외골격으로 보입니다. 그냥 여기에 피부를 덮어씌운 형상이로군요. 음… 탄환은 빈 공간을 절묘하게 비껴 나갔군요. 골격을 거의 대부분 대체하고 있고, 일부 장기… 아니, 장기는 아닙니다. 복강의 빈 공간에 뭔가가 채워져 있네요. 화면으로 볼 때 내출혈 같지는 않습니다. 준 외골격은 거의 전면적으로 구성되어 있고 일부는 근육과 힘줄에 연결되어 피드백되고 있습니다. 이상하군요. 이 정도 골격은 동력원 없이 근육에 부하가 상당할 텐데 기동부도, 배터리도 보이지 않습니다. 역시 열어봐야겠네요."

란이 한숨을 쉬며 레이저 메스를 집어 들었다. 수술용과 달리 부검용은 출력이 높았고 희미하게나마 빛줄기가 보이는 모델이라 어디를 자르고 있는지 국과헵자이도 알아볼 수 있었다. 가장 먼저 열기 시작한 곳은 역시나 흉곽이었다.

"오, 이런. 뭐야."

이제 시작인가 싶어 국과 맥이 입체영상에 얼굴을 바싹 갖다 대다가 다시 물러났다. 골격에 메스가 들어가지 않아 란이 놀란 것뿐이었다.

"세라믹이 아니군요. 베릴륨강도 아니고 처음 보는 거예요. 자, 이 견본도 분석하겠습니다. 그리고 소장… 의 조직도. 아마 머리 쪽으로 이동할 때쯤이면 둘 다 결과가 나올 거예요. 아무튼 장기는… 이건 또 뭐지? 생각보다 손상이 심하군요. 증발 현상 때문은 아니에요. 노화가 아니라 골격이 주는 부하를 견디지 못했네요. 충무공이 오늘 아침에 뭘 먹었을까 궁금했는데 세상에, 한 삼사 일은 굶은 것 같아요. 어떻게 이럴 수가 있지? 어딘가에 동력원이 틀림없이 있을 거예요. 이런 골격은 건장한 사람도 그냥은 쓸 수 없는 종류인데 사흘을 굶은 영감님이 근육의 힘만으로 이걸 지고 다닌다는 건 불가능하죠. 하지만 더 이상한 건… 응… 뭐지? 알 수가 없네? 젊은 사람의 내장이에요. 현재로서는 배양한 것인지 알 수 없습니다만 충무공이 전면적인 신체 교환 시술을 받았을 가능성이 있어요.

뭐, 신체 개조는 불법이니까 금방 알아내기는 어렵겠지만 시도는 해볼 수 있겠죠. 아무튼 장기는 다 들어냈어요. 보통 동력원은 복강에 있게 마련인데 정말로 없군요. 모델에 따라 드물게 시상하부나 연수 자리에 넣는 경우도 있어요. 그전에 일단 오른팔과 오른 다리를 절개해 볼게요. 어깨와 허리로 볼 때 이건 그냥 순수한 골격이에요. 가동 부위에 동력부 자체가 없어요. 하지만 속단하기는 이르죠. 관절이 리니어모터 방식이면 동력부가 눈에 띄지 않거든요. 흠… 역시, 그 방식일지도 모르겠네요. 하지만 근육의 미약한 전기력만으로 이 골격을 지탱할 자기력을 전환시킨다는 건 불가능해요. 역시 머리를 열어봐야 할까 봐요. 그전에 동력 확인을 위해 접지시키겠습니다. 자… 심장 박동과 비슷한 수준의 펄스예요. 머리에 동력이 있다면 이 펄스에 반응하겠죠. 동력을 제공하려는 건 아니고 대부분의 전신 사이보그 모델이 가진 바이탈 박스 데이터를 복사하려는 거예요. 두부 동력원의 경우는 단락과 동시에 데이터가 날아가는 경우가 많거든요. 그래서 잘 쓰이지 않는 이유기도 하죠. 아… 음… 아, 견본 분석이 끝났군요. 우선 골격의 구성 물질은… 웅? 플라스틱 분자결합이네? 자, 그리고 유전체 확인… 뭐지? 야가, 이리 와서 확인해 봐. 맞지? 사람들 불러. 국 상사님한테 보고해. 시신은 충무공이 아니라 퀘이… 뭐지? 야가! 야가! 아아악! 야, 야가! 나, 나 좀……."

국은 처음에는 소리를 줄이고, 곧 입체영상을 꺼버렸다. 더 볼 것도 없다. 추측한 그대로다. 다른 게 있다면 상상한 것보다 훨씬 끔찍했다는 것뿐. 헵자이가 엄지와 검지로 눈물을 훔쳤다. 둘은 잠시 멍하니 앉아 있다가 헵자이가 담배를 물었다.

"나도 한 대 주게."

말없이 갑째 내민 담배를 받아 들고 이리저리 뒤집던 국이 결국 한 개비를 뽑아 물며 일어섰다. 헵자이는 자신이 어디로 가는지 알고 있을 것이다. 그러나 국은 확실히 해두고 싶었다.

"아찬이라는 개새끼를 잡아 오겠다."

헵자이는 그냥 고개만 한 번 끄덕였다.

사실, 전혀 그럴 필요는 없음에도 불구하고 숨을 몰아쉬는 소리조차 들릴세라 아찬은 손으로 입을 틀어막았다. 몸을 숨길 필요 역시 없었다.

　다른 사람들이 그러는 것처럼 그저, 그 광경을 외면한 채 못 본 척 지나가면 그만이다. 하지만 정말로 그럴 수 있을까? 비교적 북적거리던 연구동의 로비는 어느새 텅 비어버렸다. 사람들은 무슨 썰물마냥 갑자기 어디론가 사라졌다. 자신이 나선다 해도 가세해 줄 사람이 아무도 없다. 아니, 있었다면 진작에 저 꼴이 되도록 그만두지 않았을 것이다. 저런 것들이 솔시스의 시민이라니.

　사람들의 정의감은, 이 장면을 외면하고 자기 한 몸을 보전코자 하는 다른 모르는 사람이 문을 두드릴 때 그를 안으로 끌어당긴 것이 고작이었다.

　하지만 아찬은 그럴 수가 없었다. 그리고 자신이 갈등하는 이유가 사실은 다른 사람이 아니라 레진이기 때문은 아닐까 하는 생각이 드는 순간 지금을 외면하는 이들을 욕할 자격이 없다는 사실도 깨달았다.

　레진의 상의가 거의 다 찢어져 가고 있었다. 레이크라 원단도 군인들의 총검 앞에서는 아무 소용이 없었다. 찢어질 수 없는 옷과 무엇이든 벨 수 있는 칼의 대결은 너무나도 허무하게 폭력의 승리로 흘러가고 있었다. 고개만 내밀어 끔찍한 광경을 지켜보던 아찬은 철렁한 가슴에 황급히 목을 집어넣었다.

　레진과 눈이 마주쳤던 것이다. 그녀는 분명히 자신을 기억하고 있다. 그렇지 않고서는 그런 눈빛으로 아찬을 바라볼 수가 없다. 그녀의 목소리가 들려왔다. 도와달라고 하고 있다.

　귀를 막자 그녀의 울부짖음은 더 이상 들리지 않았지만 이번에는 양심이 만든 환청이 아찬을 압박했다. 그는 여기서 벗어나야겠다고 결심했다. 레진은 죽지는 않을 것이고 설령 그녀를 다시 볼 수 없다 해도 클라우드를 찾으면 된다고 스스로에게 속삭였다. 어쨌든 여기서 벗어나려면 실실거리며 웃는 짐승 같은 군인과 애처롭게 도움을 청하는 레진의 앞을 가로질러야 했다. 로비를 통과할 수 있는 길은 그뿐이다. 지독한 기회주의 앞에서 아찬은 무력하게 발걸음을 뗐다. 레진의 날카로운 비명이 아찬의 귓전을 다시 스쳤지만 그는 그쪽을 바라보지 않으려 애썼다.

그렇지만 결국 흘끔거리는 눈이 또다시 그녀와 마주쳐 버렸다. 소녀는 단추 하나까지도 즐기면서 뜯어내는 군인들에게 저항하며 아찬에게 도와달라고 울부 짖었다. 레진은 그의 이름을 불렀다. '아찬, 도와줘요. 제발'이라고…….

한 발짝만 더 떼면 다른 복도다. 그리고 거기서 두 발짝 더 앞에 문이 있다. 어떻게든 저 문만 지나면 끝이다.

아찬이 뒤돌아섰다. 어쩔 수 없다. 레진은 이미 아찬에게 '아는 사람'이다. 그녀와 눈이 마주치는 순간을 기점으로 그녀에 대한 앎의 의미가 단순한 안면이 든 절친한 깊이든 그 양이 중요한 순간은 지나 버린 것이다. 그건 처음부터 그 랬다. 결국 그대로 지나치지 못하리란 것을 자신도 알고 있었다.

그는 후들거리는 다리를 수습하고 몸을 던졌지만 상대가 안 됐다. 사악하게 웃 으며 입에서 점액을 흘리는 두 병사는 새로운 놀잇감이 나타나자 지금까지 즐기던 연약한 소녀를 내버려 두고 아찬을 구타하기 시작했다. 한타랏사와 붙었을 때와는 비교가 되지 않았다. 이들의 주먹과 발은 강화플라스틱과 세라믹이고 한 대 맞을 때마다 그 자리의 혈관이 터져 빨갛게 부풀었다. 레진은 앉은 채 뒤로 물러나 옷을 추슬렀다. 그 표정만으로도 두려움과 수치심에 온몸이 휩싸였을 법한 소녀는 놀랍 게도, 다시 일어나 군인들에게 달려들어 허리를 잡고 매달렸다. 아찬은 입술이 터 져 발음조차 불분명하게 레진에게 도망치라고 절규했지만 그녀는 아랑곳없었다. 귀찮아진 군인이 그녀를 내던지자 애써 여몄던 옷깃이 벌어지며 뽀얀 살결이 드러 났다. 군인들은 뭐라 말할 것도 없이 즉석에서 다시 장난감을 바꾸기로 결정했는 지 아찬의 옆구리를 몇 번 세게 걷어차고 레진에게 서서히 다가갔다. 저놈들의 다 리를 걸어 넘어뜨리고 싶었지만 생각일 뿐 손가락 하나 까딱할 힘도 없었다.

엉망으로 맞아 눈물과 피로 덮여 초점조차 맞지 않는 시야로 이제 어떻게 해 야 하나라는 절망을 바라보고 있을 때 메탈갑옷이 나타났다. 그렇다면 아마도 국의 부하일 것이다. 하지만 아찬은 그때조차도 두려움과 고통 때문에 아무런 다른 감정을 느끼지 못했다. 그 군인은 아마도 전우였을 두 인간 말종들을 아무 런 망설임없이 쏴버렸다. 아찬은 그대로 정신을 잃었다.

이대로 두면 저 사람은 정말로 죽을 것 같았다. 자신들을 구해준 줄 알았는데 더 가증스럽고 사악한 짐승만 한 마리 더 나타난 꼴이었다. 사냥감을 가로챈 하이에나를 물어 죽인 사자 앞에서 이제 살았다고 기뻐한 것이나 마찬가지다. 레진이 아찬을 감싸며 고함을 질렀다.

"이제 그만 해요! 군인이면 다야?! 힘이 있으면 다야?! 왜 이러는 거야, 왜?! 당신들이 인간이야?!"

들어 올려진 좁은 바이저 사이로 보이는 국의 미간이 심하게 일그러졌다. 엷은 당황이 눈빛을 스쳤지만 잠깐뿐이었다.

"아가씨, 비켜. 이건 저놈과 나 사이의 문제야."

"날 구해줬어! 모두가 외면하고 모른 체할 때 날 구해줬어!"

"아가씨도 속았나 본데 게이츠를 강탈하려는 놈이야. 난 게이츠를 지키는 수호대의 지휘자고, 상사 국이오."

"게이츠? 강탈? 그런 거 관심없어! 당신들이 없어도 우리는 이미 두려워!"

레진이 소리를 빽 질렀다.

"그럼 한꺼번에 밟아버린다!"

정체를 밝혔음에도 불구하고 표독하게 자신을 노려보던 여자가 얼굴을 돌리고 여전히 신음하는 아찬을 덮은 채 울기 시작하자 그녀에게도 화가 나버리고 말았다. 하지만 여자를 뜯어내면서까지 그래야 할까? 그러고 보니 고작 딸보다 나이가 조금 더 많은 소녀다. 이 여행이 무사히 끝나게 된다면, 그러니까 오 년이나 육 년 후에 집으로 돌아가게 된다면 아마 저 정도 나이쯤 될 것이다. 국이 잠시 주춤했다.

지금 이 발을 그대로 내려찍어 버린다면 저놈은 당연히 죽어버릴 것이다. 그것도 한 번에.

소녀를 함께 밟지 않으며 아찬이라는 가증스러운 놈을 처단할 방법이 없었다는 이유는 자신에게도 부하에게도 용납될 수가 없을 것이다.

란은 죽지 않았을 수도 있었다. 저놈이 퀘일과 짜고 들어오지만 않았다면 말이다. 한 번에 고통없이 죽일 수는 없지.

국은 다리를 내려놓았다.

피에 대한 굶주림이야말로 살인에 대한 가장 정당한 명분이 되는 이 현실에 대한 절망감과 함께. 살인의 유예에 인간적인 이유를 대는 것이야말로 비상식적인 행동이 되는 때가 지금이다.

국은 아찬을 벽에 기대 앉혀놓고 자신도 무릎으로 앉은 다음 메탈갑옷의 상체를 열었다. 머리 부분이 젖혀지고 흉갑이 벌어진 메탈갑옷에서 국이 양팔을 꺼내 아찬의 목에 손을 대고 동맥을 타고 흐르는 박동을 확인했다. 레진은 믿을 수 없다는 얼굴로도 아찬을 기대는 것을 도와주었다. 청년의 흐느적거리는 상반신이 고정되자, 국은 레진을 날카롭게 쳐다보고 나서 메탈갑옷의 두 팔로 울타리를 만들어 버렸다. 거대한 로봇 안에 묻혀 자기 팔을 휘두르는 것 같은 인간의 꼴이 기괴했다.

"일어나, 이 개새끼야!"

예상 못한 상황에 레진이 손을 입가로 가져가며 다시 비명을 질렀다. 그와 동시에 격렬하면서도 짜릿한 통증이 아찬의 얼굴을 할퀴었다. 아찬은 또다시 엄습하는 두려움에 맞설 기운도 없이 양손을 들어 얼굴을 가리며 일어났다고 말을 하려고 했지만 성난 목소리는 아찬의 뺨을 계속 후려쳤다. 여전히 앞이 잘 보이지 않았지만 자신을 그렇게 때리는 사람이 국이라는 사실 하나만은 확실히 알 수 있었다. 레진인 것 같은 여자가 고함을 치는 것도 같았다.

"왜… 왜……."

"이 개새끼, 다 말해! 몇 놈이나 더 있지? 어디에 있어?"

"몰라… 모르겠어……. 무슨 말인지 모르겠… 어……."

"이 새끼!"

훨씬 더 심하고 둔탁한 통증인 것이 아까와는 질이 다르다. 이제는 주먹으로 때리기 시작한 모양이다. 갑자기 입 안에서 뭔가 딱딱한 게 돌아다니기 시작했다.

"누가 좀 도와줘요! 제발! 이러다 죽겠어요!"

레진이 비명을 지르며 울부짖었지만 여전히 로비는 썰렁했다. 이 절규가 사람들의 공포심만 더 자극할 뿐이라는 사실을 레진은 몰랐다. 아니, 알았다 해도 상관없다. 어차피 자기 자신만 아는 졸렬한 자들이다.

"국! 국이라고 했나요? 그만 해요! 죽겠어요, 이러다가! 날 구해줬어요! 나쁜 사람이 아니에요! 제발요!"

갑자기 주기적으로 가해지던 아픔이 사라졌다. 주먹질이 멈춘 것일까? 아니면 죽기 직전에 마비가 오는 것일까? 인간은 고통이 극한에 이르면 스스로 마약을 내뿜는다는 말을 어디선가 들었는데, 지금이 그때일까? 그럼 난 죽는 건가?

하지만 살아온 인생이 주마등처럼 스쳐 지난다거나 하지는 않았다. 그냥 가물거리면서도 졸리기만 했다. 아찬은 여기서 잠들어 버리면 정말로 죽을지도 모른다는 생각에 있는 힘을 다해 눈을 부릅떴다.

하지만 모두 생각뿐이다. 그저께의 악몽처럼 미람의 얼굴이 빠르게 멀어져 가는 느낌과 함께 눈앞이 캄캄해졌다. 레진이 뭐라고 말하는 것 같기는 한데 그게 자기에게 하는 말인지 도무지 알 수가 없다.

"뭔지는 몰라도 내가 다 말하겠어요! 내가 알고 있는 걸 다 말할 테니 이 사람을 놔둬!"

"뭐?"

아찬을 사정없이 때리던 국의 미간이 찌푸려지더니 레진의 멱살을 잡아챘다. 그녀가 눈을 질끈 감으며 얼굴을 돌렸다. 아까의 그 하이에나들도 처음에 이런 식으로 입술을 빼앗으려 들었다. 지금은 아까보다 더 심했다. 목이 너무 졸려 숨이 막혔다.

레진이 캑캑거리자 그가 갑자기 손을 놓았다. 눈이 약간 동그래져 어쩔 줄 모르는 표정으로 자신의 양손과 레진을 번갈아 보던 국이 기침하는 레진에게 손을 뻗어 어깨를 짚었다.

"미, 미안. 나도 모르게……."

"가요! 우릴 놔두고 사라져요!"

레진은 아직 기운이 조금은 남아 있는지 흔들리면서도 국의 팔을 뿌리쳤다.

"난 이자를 데리고 가야 해요. 원한다면 아가씨도 와도 좋아요."

국은 차마, 당신을 지켜줄 테니 있으니 함께 가자는 말을 할 수가 없었다. 면전에서 이런 짓을 해놓은 사람의 입에서 나올 말이 아니다. 레진의 반응은 예상하지 못했다 해도 당연한 것이다.

"꺼져! 그냥 우리를 두고 꺼져요!"

그냥 아찬과 여자를 '들고' 가야 하나 어쩔 줄 몰라 하던 국에게 통신이 들어왔다.

—충성. 헵자이입니다. 어디십니까?

"아찬을 찾았다. 무슨 일인가?"

레진의 눈물을 인식하는 순간에 때맞춰 들어온 부하의 침착한 목소리에 어느 정도 이성이 돌아오기 시작한 국이 감정을 억누르며 대답했다.

—그 새끼는 버려두고 이쪽으로 오시는 게 어떨까 합니다. 폭도… 아니, 반군들이 기관실로 집결하고 있습니다. 무장은 거의 하지 않은 상태고 아군 전 병력을 투입한다면 쓸어버릴 수 있을 것으로 보입니다.

"준비 태세는?"

—전 병력은 집결했습니다. 다만 한 명이 아쉬운 상황이라 격납고랑 병기고 경계 병력까지 투입해야 할 것 같습니다.

그렇다면 자신도 필요하다는 의미다. 열외 한 명 없는 병력 투입에 대한 허락과 함께, 당장 달려오라는 우회적인 요청이다. 국은 손가락을 튕겨 허공에 지도를 펼쳤다.

"좋아. 지금 가겠다. 지휘통제실에 경계 한 명만 남기고 전원 투입하도록. 먼저 G포인트를 거점으로 점령하라. 거기서 합류하자."

—아침에 부상을 입은 야가를 남겨두도록 하겠습니다. 좀 있다가 뵙겠습니다. 통신 끝.

국은 먼저 만신창이가 되어 물에 젖은 솜처럼 너부러진 아찬을, 다음으로 자신에게는 신경도 쓰지 않고 아찬의 이마만을 쓰다듬으며, 닦아도, 닦아도 흘러나오는 피를 훔치는 레진을 물끄러미 쳐다보았다.

고개를 몇 번 설레설레 흔들며 흉갑을 닫기 직전, 뭔가가 생각난 국이 가슴주머니에서 새끼손가락만 한 막대기를 꺼내 레진에게 내밀었다.

"구조용 통신깁니다. 문제가 생기면 엄지로 이 끝을 꽉 눌러요. 곧바로 우리에게 연락이 될 겁니다."

레진은 자신을 노려볼 뿐 꼼짝도 하지 않았다. 국은 통신기를 재차 내밀었다.

"내가 싫으면 날 바꿔달라고 안 하면 돼요. 어차피 부하들이 받을 거니까."

여전히 꼼짝도 않는 레진. 눈빛이 더 표독해져 있다.

"우린 약도 있고 의무병도 있어요. 의사는 몇 시간 전에 죽었지만……."

국이 아찬을 쳐다보며 아무 감정이 없는 목소리로 말했다.

"난 지금 가야 해요."

세 번째로 내밀자 레진이 떨리는 손으로 통신기를 받아 들었다.

"비상용이라서 단 한 번밖에 못 씁니다. 확실하게 결정하고 난 다음에 연락을 줘요. 그리고……."

통신기를 버려야 할지 말아야 할지 결정을 못하겠는 듯 주머니에 집어넣지도 않고 그렇다고 확실히 놓아버린 것도 아닌 엉거주춤한 손을 든 채 자신을 외면하는 레진의 뒷모습을 보며 흉갑을 닫은 국이 등을 돌린 채 말했다.

"미안합니다."

G포인트로 향하는 국에게 다시 헵자이의 통신이 들어왔다.

─상사님, 지금 어디십니까?

"방금 출발했다."

─직접 와보시고 판단하셔도 되겠지만, 제 의견을 말씀드려도 될까 싶어서 말입니다.

"똥개 훈련시키려는 것만 아니라면 괜찮다."

헵자이의 대답이 없다. 게이츠에 탑승하기 전 선내 상황 대처 훈련에서, 전사처리 직전의 국에게 지휘권을 인수한 헵자이가 나중에 가까스로 살아서 나타난 국을 소위 말하는 '뺑뺑이' 돌린 적이 있다. 물론 국은 자신을 기다리다가는 작전에 심각한 차질이 올 상황임을 인정했고 그래서 한발 물러나 후임 분대를 지휘했다. 그러나 그 사건은 두고두고 놀림거리가 되었다. 적어도 국은 그걸로 헵자이를 놀리는 것을 재미있어했다. 헵자이가 농담으로 받아들일지는 별개로 하더라도 말이다.

─험험, 척후의 보고를 토대로 한 제 의견을 개진해 드리면, 민간인들을 모두

대피시켜 두는 것이 나을 듯싶습니다. 일단 이 작전으로 적을 완전 섬멸 가능할 것으로 보이고 현재로서 저희가 지연 작전은 충분히 펼칠 수 있으니까 말입니다.

"네 말은, 다시 거기로 돌아가서 사람들을 우리 구역으로 보내라 이거군."

—…사실을 말하자면 그렇습니다.

"좋아. 그렇게 하지."

이번에도 대답이 없다. 허락이 뜻밖에도 너무 시원하게 나와 오히려 당황한 것 같다.

—괜찮으시겠습니까?

"지휘 경험은 많을수록 좋다."

짧지만 뼈가 있는 말이다. 아무튼 현재로서는 언제 누가 증발할지 모르는 상황이다. 서너 명 이상이 동시다발적으로 증발한 적조차 있는 전례로 볼 때 부하들은 한 분야의 전문가보다는 팔방미인이 되어야만 한다. 이런 상황이라면 상관으로서 똥개훈련 정도는 애교로 봐줄 수도 있는 법이다.

—알겠습니다. 그럼 저지하고 있겠습니다. 일이 끝나면 오시기 전에 연락 주십시오. 포인트에 애들 보내겠습니다.

"그러지."

—알겠습니다. 통신 끝.

국은 오던 발걸음을 되돌렸다. 역시 아찬과 소녀는 사라지고 없다. 어차피 더 급한 건 반군이다. 그래서 아찬을 두고 발길을 옮긴 것이다. 어쨌든 기관실이 먼저다 아니다 문제 이전에, 해결할 수 있는 일을 가장 먼저 하는 것은 작전의 기본이다. 국은 지휘실에서 경계를 서는 야가에게 연락해 선내 방송을 전 구역으로 확산하라고 명했다. 사람들이 믿든 안 믿든 해야만 했다.

란은, 말하자면 이런 선무 방송을 참 잘했다. 그녀는 때때로 오래전의 라디오 대본을 참고한다고 했다. 병사들조차 하루에 두 번씩 있던 그녀의 방송을 즐겼는데.

"연결됐어?"

—됐습니다, 상사님. 셋, 둘, 하나, 시작하십시오.

"민간인 여러분, 오늘은 약간의 사고가 있어서 제가 대신 방송을 하게 되었습니다. 에……."

도대체 어떻게 말해야 할까. 란이었다면 어떻게 말을 했을까?

아니, 그게 중요한가? 지금은 SYB에서 앵커를 뽑는 자리가 아니다.

"게이츠 안전 책임자인 진국 상사입니다. 현재 수호자들을 지휘하고 있지요. 에… 여러분을 위협하던 폭도들을 저희가 일시적으로 저지하고 있습니다. 가능한 한 빨리 모노레일을 타고 종착역까지 가시기 바랍니다. 일시적이긴 하지만 여러분 모두가 가실 정도의 시간은 충분합니다. 질서를 지키시고 모노레일에 탑승하시기 바랍니다. 다시 말씀드립니다. 에… 여러분을 위협하던 폭도들을 저희가 일시적으로 저지……."

국의 말이 끊어졌다. 그가 혀를 내밀어 통신을 내선으로 전환했다.

"내 방송이 이상한가?"

대답이 없다. 설마?

"야가, 대답하라. 이상 없나?"

―이상없습니다.

―상사님, 방송 잘 들립니다.

야가와 헵자이의 목소리가 동시에 들려오자 안도의 한숨이 나왔다.

"내 방송이 이상한가?"

―좀… 좀 그렇습니다.

헵자이가 대신 대답했다. 야가의 대답이 없던 것은 아마 말하기가 곤란해서였을 것이다. 바보같이 그런 기본적인 사실을 잊다니.

"끄응. 방송이 확실히 전파되는 건 맞아?"

적어도 이 로비에는 들렸다. 헵자이에게도 들렸을 것이다. 일부러 외부 소음을 들을 수 있도록 해둔 상태였다.

―모니터링으로는 그렇습니다. 몇 명이 모노레일에 탔기는 한데 출발을 시켜야 할지 모르겠습니다. 사람들이 더 올지도 불확실합니다.

"사람들 안심시켜. 계속해 보겠다."

—예.

하지만 도저히 자신이 없었다. 이 로비에 면한 방들에는 분명히 사람이 있을 것이다. 아까 소녀의 절규에는 나 몰라라 했다 해도, 아니, 그랬다면 오히려 이런 방송을 들었다면 얼굴을 내밀어야 할 것 아닌가.

어쩔 수 없이 국은 일일이 문을 두드리기 시작했다.

"나오십시오. 여러분을 보호해 드리겠습니다."

문을 뜯어내야 할까? 거주구의 문이나 벽들은 약하다. 그리고 베릴륨 특수강으로 만들어진 메탈갑옷은 자기 덩치만 한 바위를 주먹으로 쳐서 가루를 내도 아무 상관이 없다. 손목의 자기부상 모터가 지랄을 하며 울기는 하겠지만.

국이 결심하고 문틈으로 베릴륨 글러브를 쑤셔 넣으려는 순간 문이 열렸다. 시커멓고 커다란 금속 손가락이 자기 머리를 덮친다고 오해한 여자의 날카로운 비명 소리가 귀를 아프게 했다. 국은 외부 스피커를 껐다. 이번에는 공포에 질린 여자가 입만 벙긋거렸다. 그는 다시 스피커를 켰다.

"죄송합니다. 진정하세요. 자, 진정하세요."

바이저를 들어 올렸다. 사람의 눈이 보이자 여자는 비로소 안정한 듯했다. 어딘가에 숨어 있었는지 조금 전까지 없던 남자 셋이 비굴한 표정으로 어깨를 축 늘어뜨리고 엉금엉금 걸어나왔다. 아까 소녀가 그렇게 당할 수밖에 없었던 이유를 알 만했다. 문조차도 여자에게 열게 하다니. 처음에는 어처구니가 없어 화가 났지만 지금은 분노를 삭여야 할 때다.

여자는 젊음에도 불구하고 초췌하고 빈곤해 보였다. 이들을 이렇게 가까이에서 보기는 처음이다. 뭐랄까, 동생을 찾아 켄타로스에 발을 디뎠을 때, 공항을 나오자마자 아무 데서나 자고 있는 부랑자를 보았을 때와 비슷한 기분이다. 왜 이렇게 된 거지, 이들이? 이것도 증발의 한 과정?

그러나 여자가 가장 처음으로 한 말은 국의 예상을 벗어나는 종류였다.

"거기 가면 먹을 건 있나요?"

"예?"

"그들은 먹을 걸 줘요."

국은 머리를 한 대 맞은 느낌이었다. 굶고 있다고? 굶어?

국은 실전 경험이 꽤 많은 군인이었다. 유디트 내전에 상호 방위 조약군으로 참전도 했고 구상성단 평화유지군 경험도 있었다. 도기나가 파룬에 침공받았을 때도 가서 싸웠다. 하지만 그 지옥 같은 전투에서도 굶은 적은 없다. 배고픔은 인간이 겪을 수 있는 가장 비인간적인 상황 중 하나다. 사선을 오가면서도 그런 상황은 겪은 적이 없다. 그래서 국은 솔시스를 위해 싸울 수 있었다.

이들이 무엇을 하든 반군이 신경조차 쓰지 않는데 왜 탈출을 시도조차 않는지 이제야 알 것 같았다. 고통은 그 자체도 견디기 어렵지만 그것이 삶의 종말과 인과를 맺기 시작하는 순간 진짜 문제가 시작된다. 가치관을 내던지고 오직 자기 보존에만 집착하게 되는 것이다.

국은 비록 굶주림은 아니지만 여러 다른 형태로 그런 모습을 많이 봐왔다. 당장, 부하를 시켜 아찬을 심문하며 상대가 느끼길 바란 것도 바로 그런 종류의 고통이다.

하지만 그런 국조차도 이들이 이런 종류의 고통을 겪고 있으리라고는 상상조차 해본 적이 없었다. 그저, 척후나 카메라에 잡힌 영상으로 여자들이 심각한 성적 고통을 당하고 있으며 따라서 다른 이들 역시 비슷한 수준으로 힘들 것이니 이들을 구해야 한다는 생각을 가졌을 뿐이다. 그리고 그 모든 것이 그저 추상적인 정의감에 기반해 자기 마음대로 생각한 유치함에 불과했음이 그대로 드러나며 혼란이 다가오자 국은 마음을 추스르기 위해 애를 써야 했다.

그렇게 생각한다면 어쩌면 아찬이란 놈도 그렇게 나쁜 놈은 아닌지도 몰라. 내 충고와 눈앞의 현실이 머릿속을 교차하지 않았을 리 없었을 텐데. 그럼에도 소녀를 구하려 달려들었다면 정말로 죽음을 각오했겠지. 그 친구는 어쩌면 그저 자기도 모르는 사이에 이용당한 것일 수도 있어. 나와 부하들이 알에게 이용당한 것처럼.

국의 혼란은 여자의 메마른 질문으로 잠시 유예되었다.

"거긴 먹을 게 있나요?"

"무, 물론입니다, 부인. 전투식량이라도 괜찮으시다면……."

말해놓고 아뿔싸 싶었지만 분명히 아가씨일 여자는 부인이라는 소리를 듣고도 아무 관심이 없었다. 그런 호칭에 신경 쓰는 사치 따위와는 거리가 멀어졌기 때문이리라.

난 아직도 멀었어. 이런 고통을 겪는 사람들 앞에서 호칭 따위를 두고 당황하고 있다니. 아찬을 아이라고 동정했던 자신에 대해 얼굴을 들 수 없을 정도로 낯이 화끈거렸다.

"광장 쪽 사람들은 식당에서 먹을 걸 훔쳐 온대요. 자판기도 있고. 그래서 우리보다는 사정이 많이 나아요."

"네. 걱정 마세요. 먹을 건 충분합니다. 지금 수경 농장도 복구 중이고 단백질 배양 시설 역시 마찬가집니다. 우유나 치즈, 뭐, 그런 거 말이죠. 농장에서 배추를 기르면 아마 김치도 먹을 수 있을 겁니다. 효모 배양도 마찬가지죠. 아하하."

거짓말이다. 국과 부하들이 가진 것은 전투식량뿐이다. 물론 양은 충분하지만.

하지만 이들을 전부 데려간다면 정말로 거짓말이 현실로 변하는 것도 꿈만은 아니다. 자신이 아는 게 맞다면 이들은 모두 최고의 전문가들이고 분명히 생물학자는 물론 생명공학자라던가, 아무튼 뭐, 그런 종류의 과학자도 있을 터. 아마도, 게이츠를 타키온 드라이브에서 꺼내고 그 순간 방출될 조난신호를 받은 솔시스의 구조대가 먼저 달려오겠지만.

"그럼 매일 세 끼를 다 먹을 수 있다는 건가요?"

남자 중 하나가 인상만큼이나 비굴한 목소리로 물었다. 국은 아까의 역겨움보다는 측은함 때문에 진심으로 대답했다. 제온은 그런 동정심이 언젠가는 군인으로서 파멸을 가져올 거라고 했는데.

"약속드립니다."

그러나 그들은 여전히 망설이고 있다.

"제 눈 밑의 살집 보세요. 잘 먹어서 그런 겁니다. 땀도 보이시죠? 전 사이보그가 아닙니다."

자신들을 학대하는 존재들이 사이보그란 걸 이들은 알고 있을까? 믿어주기를 바라는 수밖에 없다. 국으로서는 민간인들이 자기를 믿게 하려는 확실한 근거가 전혀 없었다.

"그럼 잠시 이야기할 시간을 좀 주세요."

"죄송하지만 시간이 없습니다."

"잠깐이면 돼요."

"여기서 기다려도 될까요?"

'좋으실 대로'라는 표정으로 고개를 끄덕인 여자가 남자들을 이끌고 안쪽의 벽 뒤로 사라졌다. 국은 스피커의 감도를 높여볼까 하다가 그만두었다. 저들이 자신을 믿어준다면 자신도 저들을 믿어야 했다. 그는 짧은 기다림이 만드는 초조함을 소대원들의 생체신호를 불러내 일일이 확인하며 때웠다. 전부 문제가 없고 헵자이에게도 특별한 연락이 없다. 게이지의 심박이나 호흡, 감정 전도 화면만 놓고 보면 대치 중이거나 매복 상태다. 마인드링킹을 한다면 이런 계기판 따위나 확인할 필요 없이 그 자리에 함께 서 있는 그 자체일 텐데. 국은 순간 전투 마인드링킹을 하고 싶은 충동을 가까스로 억눌렀다.

때마침 여자가 나왔다.

"모두 그쪽으로 가기로 했어요. 우리 여자들은 순서가 며칠에 한 번씩 오는 거죠?"

앞서의 굶주림 이야기가 없었더라면 국은 이 말을 전혀 알아들을 수 없었을 것이다. 그러나 이제는 어떤 의미인지 알고 있다.

언제 증발해 사라질지도 모르는 이 상황 속에서도 이들은 '자기가 지금은' 살아 있다는 이유 하나로 그런 소름 끼치는 일을 행했던 것이다. 결국 인간의 본성이라는 것은 전부가 조금씩 말라가기보다는 한 명을 굶겨 죽이고 남은 모두가 살찌기를 선택하는 종류의 것이다. 그러나 그건 인간 이전에 생물의 본능이기도 했다. 인간이 진화의 법칙에서 살아남을 수 있었던 거의 유일한 이유는 바로 그 짓을 잘해서였다. 그리고 인정하든 않든 솔시스도 그렇게 탄생했다.

말하자면, 그 소녀도 일종의 제물이었던 것이다. 이들로서도 나이 어린 소녀를 그렇게까지 몰아넣고 싶지 않았을 것이다. 하지만 결국은 어쩔 수 없었겠지. 그렇다고는 해도 전체가 생존해야 한다는 명분으로 어린아이를 희생시킬 생각을 했다는 것은 정말 용납하기 어려운 일이다. 그러나 자신에게는 그걸 용납하느니 못하느니 할 자격이 없다.

그래서 국은, 겨우 말할 수 있었다.

"아가씨, 그곳은 안전하고 그런 일은 절대로 없습니다. 저희는 솔시스 연방의 정규군입니다. 같은 군복을 입고 있다 해도 폭도인 저들과는 다릅니다."

믿기 어렵다는 표정을 지으면서도 여자의 입꼬리가 희미하게 올라갔다. 어떻게 되든 지금보다 더하겠냐는 생각이 없다면 결코 나올 수 없는 종류의, 웃음과 닮았지만 웃음은 절대로 아닌 그 어떤 표정.

"우리끼리 가야 하는 거죠?"

국의 끄덕임에 그럴 줄 알았다는 듯이, 예의 그 '웃음' 을 다시 지으며 여자가 문을 열었다. 도대체 어떤 통신 수단을 가졌는지는 몰라도 소식을 들은 사람들이 로비에 나와 있었다. 어쩌면 펫을 이용한 근거리 통신일 수도 있지. 어쨌든 그런 건 나중에라도 알아볼 수 있다. 할 수 있는 행동을 가장 먼저 하는 것이 작전의 기본이다.

연구동 로비는 국방 과학 연구소의 같은 공간과 비슷한 넓이였기에 결코 좁지 않았음에도 불구하고 사람들로 발 디딜 틈이 없었다. 같이 가든 말든 이들을 먼저 내보내지 않는다면 메탈갑옷은 절대로 움직일 수 없을 정도였다. 여자가 이들의 통솔자인 듯 그녀가 나서자 사람들은 좁은 공간에서도 운신하며 길을 비켜주었다.

"모노레일 스테이션은 아시죠?"

원래 말이 없는 것인지, 아니면 대답할 기운조차 아끼려는 것인지 여자는 자기 할 말만 하고 난 다음부터는 침묵으로 일관이었다. 여자가 사라지기 전에 하나 더 물어볼 것이 있었다.

"아까 그 소녀는 누군가요?"

일말의 양심 때문인지, 아니면 기억이 잘 나지 않아서인지 모를 야릇한 표정으로 여자가 갸우뚱거리다 짧게 대답했다.

"레진."

아찬은 계속 자기 힘으로 걸어보려고 했지만 잘되지 않는 듯 끊임없이 무너져 내렸다. 레진은 울상이 되어 부축하려 했지만 결국 거의 끌고 가다시피 할 수밖에 없었다.

"내가⋯ 내가 걸을 수 있어⋯⋯."

"잠만 들지 말아요. 제발."

"미안⋯ 해. 구해주지 못해서⋯⋯."

"아니에요, 당신이 없었다면 난 그대로 죽었을지도 몰라요. 힘내요. 이름이 뭐죠?"

"내⋯ 이름을 몰라?"

퉁퉁 부어 졸음과 상관없이 거의 감은 눈이 된 아찬이 천천히 고개를 들었다. 검은자위가 보이지도 않을 정도로 부푼 아찬의 눈과 마주친 레진이 왈칵 눈물을 쏟았다.

"미안해요. 날 구해줬는데 이름도 몰라요. 정말 미안해요."

"아는 줄 알았어⋯⋯. 내 이름을 불렀다고 생각했거든."

"미안해요. 정말 미안해요."

소녀는 소리 내어 울면서도 계속 아찬을 끌어당겼다.

"이름⋯ 아찬, 석아찬. 나 근데, 너무 춥고 졸려. 좀 자고 가면 안 될까⋯⋯."

"안 돼! 자지 말아요, 아찬. 고향이 어디죠? 솔시스죠? 솔시스는 정말 멋진 곳이라고 들었어요. 어디? 지구? 화성? 목성 부유도시가 그렇게 아름답다면서요. 고향이 어디죠?"

세 명의 군인에게 돌아가면서 어찌나 맞았던지, 부러지고 깨진 이빨에 찢어진 혀와 터진 입술에서 나오는 발음을 거의 알아들을 수가 없었다. 레진은 아찬이라는 이름이 희미하게 기억나는 것 같았지만 도무지 떠올릴 수가 없었다. 어쩌면 테스크포스에서 봤을지도 모른다. 빛이라고는 희미한 가로등뿐인 텅 빈 광장을 가로지르며 레진은, 어쩌면 여기서 아찬을 보았을지도 모르겠다는 생각이 들었다. 아찬이 힘없이 손을 들어 벤치를 가리켰지만 레진은 입술을 깨물며 고개를 흔들었다.

"안 돼, 아직은 안 돼요. 내 방에 메디팩이 있어요. 깨뜨릴 수 있을 거야. 자, 고향이 어디죠? 아찬, 고향이 어디예요?"

"담배……"

이제야 기억났다. 멍청한 표정으로 자신에게 담배를 달라던 사람이었다. 얼굴이 멀쩡했다면 기억했을지도 몰랐다. 그때 담배를 배워둘 걸이라는 생각에 뼈아픈 후회가 몰려왔다. 하지만 담배가 있다 해도 지금 물려주는 게 현명한 짓일까? 어쩌면 이게 아찬이 원하는 마지막 소원일지도 모른다는 불길함이 온몸을 휩쓸었다. 돋아 오르는 소름에 몸이 부르르 떨렸다. 여기서 포기할 수는 없어.

소녀는 더 힘을 냈다. 그래도 느리지만 꾸준하게 조금씩 전진해 나가고 있었다. 아까 국 상사의 방송을 들었지만 그의 도움을 받고 싶은 생각은 조금도 없었다. 아찬이 고개를 떨군 채 들지 않을 때는 정말로 통신기를 눌러야 하나 망설이긴 했지만. 국은 분명히 아찬을 사로잡기 위해 거짓말을 하는 것일 터다. 지금까지 방송해 온 온화한 목소리의 여자 대신 직접 나선 걸 봐서 틀림없다.

이 순간만 이겨낸다면 아찬은 죽지 않을 것이다. 확신이 있다. 왜냐하면, 로가디아가 그랬기 때문에. 그러나 마음이 급했다.

'로가디아, 다릴은 안 돼? 아직도?'

[레진, 이제는 제 명령을 안 듣습니다.]

알고 있었다. 그래도 물어볼 수밖에 없었다.

아찬의 대답이 없다. 자신보다 몸집이 훨씬 크고 무거운 남자를 부축한 채로 흔드는 것은 정말 힘든 일이었지만 레진은 결국 해냈다. 몇 번이나 그의 몸에 딸려 같이 넘어질 뻔했지만 레진은 억지로 그를 끌고 갔다. 아찬이 마침내 고개를 들었다. 레진은 기회를 놓칠세라 재빨리 물었다.

"결혼했어요? 여자 친구 있어요? 여자 친구 이름이 뭐예요?"

"미람……"

"성은?"

"우……"

그게 여자의 성인지 아니면 신음인지 분간이 안 갔다. 그래도 계속 말을 시켜야 했다. 팀장 급의 대우를 받는 레진의 방은 1층이었다. 그렇지 않았다면 처음부터 여기까지 오느라 고생하지도 않았을 것이다.

"우미람? 정말 예쁜 이름이에요. 그렇죠?"

"그렇지? 나도… 나도, 그 이름에 반했어."

레진의 기준에서는 예쁘다기보다는, 좋게 말해도 좀 특이한 편에 가까웠지만 그건 아찬이라는 이름도 그랬다. 원래 솔시스인들은 외우기 어려운 이름을 가진 이가 많다.

이제 거의 다 왔다.

'로가디아, 문 열어줘. 다릴은 도저히 안 되는 거야?'

[미안합니다.]

레진이 아랫입술을 깨물자 앞니를 먹어버린 반투명한 분홍빛 피부에서 피가 배어 나왔다. 하도 깨물어서 앞니 자국이 결국 찢어지고 만 것이다. 그래도 레진은 아픈 줄 모르며 아찬을 겨우 침대에 눕힐 수 있었다.

"이제 다 왔어요. 조금만……."

땀을 닦으며 애써 미소 짓고는 아찬을 내려다본 레진의 얼굴이 하얘졌다. 먼저 아찬의 목에 손을 대봤다. 국이 아찬에게 그러는 걸 본 기억이 나서였다. 그러고 나서 자기 목에 손을 댔다.

자신에게는 있는 것이 아찬에게는 없다. 분명히 자기만큼 따뜻하기는 했지만 그것뿐이다. 아찬에게는 핏줄을 타고 흐르는 심장 박동도, 규칙적으로 들락날락해야 할 기관지의 움직임도 없다. 레진이 비명을 질렀다.

'로가디아! 로가디아! 어떻게 해야 되지? 메디팩, 메디팩!'

[지금 아찬을 살릴 수 있는 사람은 레진, 당신뿐입니다. 인공호흡을 하세요. 아직 죽지 않았을 겁니다.]

처음부터, 태어난 것이 아니라 만들어진 존재이기에 죽음의 의미가 무엇인지 몰라서인지 아니면 시간의 개념이 없어 삶이란 것은 때를 놓치면 영원히 끝난다는 걸 몰라서인지 로가디아의 말이 너무 느릿느릿했다.

'어떻게?!'

레진이 소리를 빽 질렀다.

[먼저 입을 벌리고 혀를 꺼내세요. 미끈거려서 안 나오면 손수건을 손가락에 감아서 해보세요. 네. 이젠 아찬의 위에 올라타고 양손을 포개십시오. 더 아래. 손을 명치에 올리고, 네. 그렇게. 이젠 체중을 싣고 아찬의 머리 쪽으로 밀어 올린다는 기분으로 힘껏 누르십시오. 하나, 둘, 셋, 다시, 하나, 둘, 셋, 다시, 하나, 둘……]

로가디아의 아무 감정이 없는 목소리는 상황과 겹쳐지면서 느긋해 보일 정도였다. 그러나 인공지능에게 짜증을 내봤자 아무 소용도 없다. 겨우 말라가던 레진의 이마가 다시 땀으로 촉촉해졌다. 같은 말은 반복하는 로가디아의 공허한 목소리에 리듬감이 있다는 착각이 들 즈음 아찬의 가슴이 아주 천천히, 그리고 희미하게 들썩이는 느낌이 왔다.

'로가디아! 숨을 쉬는 것 같아! 아찬, 내 말 들려요? 응?'

[아직 아닙니다. 자, 이젠 왼손으로 코를 잡고 오른손은 턱을 잡아 입이 닫히지 않게 하십시오. 네. 그렇게 하면 됩니다. 이제 숨을 들이쉰 다음 입술을 포개세요. 완전히 붙이세요.]

이제 끝났다고 생각한 레진이 당혹스러운 표정을 지었다. 어쩔 수 없이 얼굴을 아찬의 입 가까이로 하는 순간, 옷을 칼로 찢으며 입술을 빼앗으려던 군인이 겹쳐 버린 그녀가 진저리를 쳤다.

[레진, 공기가 새면 안 됩니다. 입술을 더 가까이 붙이세요.]

로가디아의 말을 인간식으로 표현하자면, '그렇게 하면 아찬은 죽어요' 라는 뜻이다. 망설일 시간 따위는 조금도 없다. 레진은 즉시 입술을 완전히 포갰다. 다시 말려 들어가려는 아찬의 혀는 입술로 빨아 꺼낼 수밖에 없었다.

[레진, 공기를 빨아들이면 안 됩니다. 아찬의 폐에 공기를 불어넣는다는 기분으로 숨을 내쉬세요. 이제 입을 떼고 셋을 세요.]

얼굴이 붉어진 레진이 오른쪽 귀 뒤로 머리카락을 쓸어 올리며 상체를 일으키며 끄덕였다. 부끄러움 때문인지 아니면 단순히 겁이 나서인지 혹은 숨이 차서인지 알 수 없지만 박동이 자신도 느낄 수 있을 정도로 빠르게 콩닥거렸다.

[자, 다시 공기를 불어넣으세요. 천천히. 네. 입을 떼고 셋을 세십시오……]

또다시 아까처럼 같은 행동이 짧은 시간 차를 두고 반복되었다. 그리고 마침내 아찬의 가슴이 자신과 비슷한 수준으로 오르락내리락하기 시작하자 땀에 푹 젖은 레진은 그대로 주저앉아 침대에 기대며 한숨을 내쉬었다.

시간으로 따지면 고작 몇 분이었을 테지만 레진에게는 십 년은 되는 것 같았다. 아찬은 이제 거친 숨소리를 내며 잠으로 빠져드는 것 같았다. 레진이 걱정 가득한 눈으로 어두운 벽을 바라보자 침묵하던 로가디아가 다시 입을 열었다.

[외상이 많지만 내출혈 같은 건 없어 보입니다. 가벼운 뇌진탕과 대퇴골, 견갑골, 우수지에 골절이 있군요. 특히 간장이 상태가 안 좋네요. 허파도 마찬가집니다. 그대로 두면 반드시 죽었을 거예요. 내부에서 감염이 시작될 수도 있지만 나노머신이 제대로 역할만 해준다면 몇 시간 안에 치료 가능할 겁니다. 운이 좋기를 비는 수밖에 없습니다. 그밖에 기억상실 증세가 있을 수 있고, 뇌출혈이 약하게 있습니다. 메디팩의 내복약은 사용하지 마십시오. 유통기한이 오래전에 지난 것들뿐입니다. 이제 외용제를 상처에 발라주고 몸을 따뜻하게 해주십시오. 왼쪽 턱 아래 길게 찢어진 부분부터 시작하세요. 방에 들어서면서 안심하며 받은 쇼크로 체온이 떨어지는 것 같습니다. 완전히 회복이 될 때까지는 몸을 따뜻하게 하며 계속 지켜보아야 합니다.]

이미 아찬의 상처에 약을 바르고 있던 레진이 볼멘소리로 대답했다.

'난방을 넣어줘야지!'

이제야 겨우 옷깃을 여미는 레진에게 로가디아가 감정이 없어 억양 또한 없는 메마른 대답을 했다.

[레진, 제가 통제할 수 없는 것은 다릴뿐만이 아닙니다. 전 모든 통제권을 상실했습니다.]

레진은 어쩔 수 없이 애써 여민 옷을 다시 벗었다. 아찬은 몹시 추워했다. 레진은 그를 껴안고 아찬의 머리를 자신의 어깨와 턱 사이로 끌어당겼다. 맨살에 닿은 연고가 빠르게 스며들었는지 이미 상처가 아물기 시작한 그의 몸이 차가웠다.

난방은 되지 않더라도 담요는 따뜻할 것이다. 동력이 없어도 온도를 조절할 수 있는 물건이니까. 적어도 메이커의 광고는 그랬는데 정말일까. 이 기능은 한 번도 써본 적이 없는데. 그럴 필요가 없었거든.

레진은 담요 끝자락에 작게 붙어 있는 온도 조절기를 최대로 올렸다. 통증이 가라앉기 시작했는지 가끔 들썩이며 경련하던 아찬의 움직임이나 거칠고 불안한 숨소리도 잦아들고 있었다. 영겁과도 같은 시간의 끝에 로가디아의 공허한 음성조차 사라진 어두운 방 안에 아찬의 고른 숨소리만이 잠시 들썩이다 마침내 그마저도 가라앉았다. 레진은 아찬의 벌어진 입과 코에서 나오는 따뜻한 기운을 느끼며 자기도 모르게 잠이 들고 말았다.

레진은 눈을 비볐다. 절대적인 수면 자체가 부족해서인지 아니면 그저 일어날 시간이 안 돼서인지는 알 수 없지만 아무튼 저절로 떠진 눈에도 불구하고 막 잠이 들려는데 깬 기분이었다. 침대에는 혼자뿐이었다. 황급히 주변을 둘러보는데 화장실 겸 욕실에서 거의 쾌감에 가까운 신음이 물줄기 떨어지는 소리에 겹쳐 들려왔다. 곧이어 1초도 안 되는 시차를 두고 변기가 물을 빨아들이는 소음과 함께 만족스러운 얼굴로 기지개와 하품을 한꺼번에 하며 화장실에서 나오는 아찬.

레진은 그의 얼굴부터 살폈다. 거의 말짱했다. 여전히 만족한 표정으로 팔을 내리며 아찬은 하품이 닫히는 순간 눈을 떴다.

눈이 마주친 둘의 눈이 동그래졌다. 시간이 정지한 듯한 상태가 몇 초쯤 계속되다가 마침내 레진이 담요를 황급히 끌어당겨 브래지어뿐인 몸을 가렸다. 아찬은 천천히 팔을 들고 손을 내젓기 시작하더니 그 속도가 점점 빨라졌다. 그 모든 일은 사실, 몇 초 만에 일어난 것들이다.

"아, 아니, 레진. 그, 그러니까, 나, 난 아무 짓도 안 했어. 기억도 안 나고. 저, 정말이야, 정말."

레진이 아무 표정 없이 손가락을 들어 아찬의 지퍼를 가리켰다. 열려 있다. 아찬이 다시 더듬거렸다.

"이, 이건, 그러니까, 방금 올린 거야. 아니, 내 말은, 아까 올렸는데 지금 다시 내렸다가 올린 거라는 뜻이야. 진짜야."

"됐어요. 나가요."

"지, 진짜야. 난 거짓말 같은 거 안 해. 그러니까……."

아찬은 결국 레진이 집어 던진 베게에 맞고 나서야 방에서 쫓겨났다. 그는 허둥지둥 나가면서도 손을 내저었다.

'로가디아, 아찬이 이상한 짓 안 했지?'

[당신이 그런 것도 모를 정도로 둔한 여자던가요? 그는 새벽 두 시에 눈을 떴고, 그 이후 내내 바닥에 앉아 잤습니다.]

시계는 오전 열한 시. 그렇게 오래 쪼그리고 앉아 잤다면 어제 맞은 곳보다 허리가 더 아플지 모른다. 레진은 어제의 악몽을 되새기며 찢어진 채 바닥에 널브러진 옷을 손가락 끝으로 집어 분해기에 쑤셔 넣었다. 분해용 나노머신이 없어 저 상태로 천 년이고 만 년이고 가겠지만 적어도 눈에 띄지 않는다면 그것으로 충분했다. 새 옷을 꺼내 입으면 기분이 좀 나아질지 모른다. 하늘'의 선내 생활복은 실용적이기만 할 뿐 디자인은 정말이지 지독히도 촌티 났다. 레진은 옷장 가득한 같은 모양의 촌스런 모양에 질려 손에 집히는 대로 한 벌만 꺼내고 문을 쾅 소리 나게 닫아버렸다. 이런, 치마를 꺼내다니. 그녀는 이제 두 번 다시 치마와 스타킹은 입고 싶지 않았다. 활동성 문제가 아니었다. 다리를 더듬으며 치마 사이로 손을 집어넣던 짐승의 손길이 느껴지는 듯해 눈을 질끈 감았다. 옷장 안을 더듬어 바지를 찾아내 입다가 잠시 멈추고 문밖을 향해 소리 질렀다.

"거기 있어요?"

"아, 그래. 사, 사과하려고."

귀여운 남자네? 자기도 모르게 웃음에 새어 나오는 걸 참으며 레진이 정색했다.

"뭘 사과해야 하는지 알고는 있어요?"

"어… 어… 그래, 네 방에 마음대로 들어온 거. 정말로 기억이 안 나. 진짜야."

이제 정신이 좀 드는지 말은 더듬지 않았지만 여전히 당황이 역력한 목소리다. 바지를 입고 거울을 보며 품을 추스른 레진이 문을 열었다.

"들어와요."

"괘, 괜찮을까?"

말은 그렇게 하면서도 한쪽 발은 이미 들여놓고 있는 모습이라니.

"허락했잖아요."

"고, 고마워."

레진은 아찬을 쳐다보며 팔짱을 풀어 위로 한 손바닥을 침대로 향했다. 팀장 대우라고는 하지만 위치상의 특혜일 뿐 그녀의 방 역시 보통 연구원들에게 배정된 공간과 다르지 않기에 달리 앉을 곳이 없었다. 레진의 눈치를 보며 손짓을 따라 아찬이 침대에 앉자, 레진은 의자에 거꾸로 앉아 양팔을 등받이에 올린 채 턱을 괴고 뚱하게 물었다.

"원래 그렇게 말을 더듬어요?"

"아니, 원래는 안 그래."

아찬은 이제야 생각났다는 듯이 황급히 덧붙였다.

"사실은 갈 데가 없어……."

"당신 방은?"

"거긴……."

아찬이 머뭇거렸다. 이해가 갔다. 그 역시 무섭고 두려운 것이다. 언제 증발될지도 모르는데 흉기 그 자체인 갑옷을 입은 군인들이 자신을 쫓고 있다. 레진은 주눅이 들어 어깨를 늘어뜨린 아찬의 옆으로 옮겨 앉았다.

그를 더 몰아넣는 행동은 이쯤에서 그만둬야겠다 싶었다. 따져 보지 않아도 그 역시 피해자고 상처받은 사람이다. 어쨌든 아찬은 자신을 구해주려 한 단 한 명의 사람이다. 어쩌면앞으로 유일하게 믿고 의지해야 할 사람일 수도 있다. 그 의미와 방법이 어떤 모양을 띠든 간에.

"얼굴 안 아파요?"

대부분의 상처는 완전히 아물었지만 이빨이 빠진 곳은 어쩔 수 없었기에 양 볼은 여전히 부풀어 있다. 구강 연고는 메디팩에 들어 있지 않았다.

"덕분에……."

"고맙죠?"

"응."

아찬이 이빨을 드러내며 환하게 웃었다. 처음에는 그저, 잘생기지도, 못생기지도 않은 평범한 얼굴이라고 생각했는데 웃는 모습을 보니 좀 매력적인 느낌이 들기도 했다. 하지만 어금니 대신 앞니가 빠졌다면 저 웃음을 보고도 이런 생각이 들었을까?

분명히 아닐 것이다. 지금은 단지, 너무 외롭고 힘들어서 그런 것뿐이리라.

"기억나요?"

"잘……."

"잘?"

"아니, 사실은, 전혀……."

가벼운 뇌진탕이라더니 완전히 바보가 된 것 아닐까? 이 어눌함이 원래 그런 것이라면 앞으로 뒤치다꺼리하느라 고생이 좀 있을 것 같다. 그럼에도 불구하고 아찬이 어제의 지옥을 기억하지 못한다는 점은 정말 다행이 아닐 수 없다. 그녀 자신을 위해서.

레진은 아찬뿐 아니라 그 누구라도 어제의 자신을 기억하기 바라지 않았다.

"저기, 레진."

"응?"

"부탁 좀 해도 될까?"

"내 방에 머물러도 좋아요. 하지만 그 작자도 당신이 여기 있다는 걸 이미 알고 있을걸요?"

"아니, 그게 아니고……."

아찬은 말을 흐리며 몸을 일으켜 펫을 꺼내 레진의 단말기에 연결했다. 단말기가 시동되는 속도가 너무 느렸다.

"너무 느리네……."

"로가디아가 단말기 자원을 끌어 쓰고 있어서 그래요. 다른 것들은 알 바라마드가 허락을 하지 않았으니까."

아찬은 손을 멈출 수밖에 없었다. 게이츠 승무원이라면, 그런 이야기를 듣고도 제 할 일을 다 하며 아무런 표정도 없이 제대로 된 대화를 나눌 수 있는 사람은 아마 없을 것이다. 천천히 고개를 돌린 아찬의 눈에 의혹이 가득했다.

"그걸 어떻게 아는 거지?"

"로가디아가 그랬으니까."

레진은 너무나도 당연하다는 듯이 어깨를 으쓱하며 대답했다. 일어선 아찬의 키가 컸다.

"지금 부를 수 있어?"

"아마 안 나타날걸요. 나 혼자 있을 때만, 그것도 가끔가다 자기 맘대로 나와요."

끄응. 아찬이 신음 소리를 내며 의자에 다시 털썩 앉았다.

"로가디아가 필요해."

"그녀에게 도움 같은 건 바라지 말아요. 지금 아무것도 못해요. 간신히 목숨만 부지하는 것 같던데요."

"왜?"

"알이 자기한테 아무것도 하지 말라고 했대요. 거긴 사람들한테 도움을 주는 것도 포함이 됐겠죠, 당연히."

"너한테는 나타난다면서?"

"나한테는 그래도 된대요."

역시 어린애다. 지금 상황이 얼마나 심각한지, 또 자신이 어떤 존재인지를 전혀 이해하지 못하고 있다. 인공지능에게 예외란 게 있을까? 알이 '레진은 열외다'라고 딱 짚어서 언급하지 않은 이상 그게 가능할 리 없다. 레진의 역할이 뭔지는 몰라도 그런 조치가 필요할 정도로 중요한 존재이리라. 분명히 그 테라인 프로젝트인지 뭔지와 관련이 있을 것이다. 지금 이 여자 아이의 품을 보건대 미처서 환청을 듣는 것 같지는 않다. 그렇다면 그녀와 먼저 해야 할 일이 있다.

"레진, 너 게이츠 부수석 엔지니어라고 했지?"

듣는 순간 얼굴에 약간 그늘이 진 레진이 주저하며 고개를 끄덕였다. 아마 그 사실 때문에 심한 상황을 많이 겪은 모양이었다. 아찬은 소녀가 받은 알지 못할 상처를 건드리지 않도록 노력하며 부드럽게 말했다. 단말기는 이제 완전히 켜졌다.

"자, 봐."

게이츠의 입체영상이 떠올랐다.

"지금 이건 증발 현상이 생긴 곳을 확인한 데이터야. 이것 봐. 처음에는 기관실에서 시작됐어. 그리고……."

"당신이 이걸 어떻게 알죠?!"

레진의 갑작스런 고함에 아찬이 화들짝 놀랐다.

"아, 그냥 여러 가지 경로로……."

레진이 눈물을 글썽이다가 아찬을 와락 끌어안았다. 어안이 벙벙해진 아찬은 놀란 마음을 추스를 경황도 없이 뭘 어떻게 해야 할지 혼란스러워졌다. 그는 어쩔 수 없이 레진의 어깨를 살짝 안았다.

"아, 이제야 만났어. 이제야……."

웃어야 할지 울어야 할지 분간이 안 갔다. 분명히 꿈에 그리던 백마의 왕자를 만났다는 의미는 아닐 터다. 레진은 아무것도 모르는 아찬이 보기에도 서러웠다고밖에는 느껴지지 않게 소리 내어 울었다. 그가 이제는 소녀를 달래야 하나 고민할 무렵 레진이 눈물을 닦으며 물러났다.

"미안해요, 정말. 정말 미안해. 지금까지는 나 혼자서만 이걸 붙들고 고민하고 있다 생각했어요. 아무도 도와주지 않았어요. 아무도……."

알 만하다. 아찬이 어제 레진을 발견한 것도 그야말로 우연이었으리라. 그녀도 자신과 같은 생각으로 연구동에서 누군가를 찾아 이 문제를 해결해야 한다고 생각했던 것이다. 그러나 그 결과는 참혹했고.

"우리는 분명히 이겨낼 수 있어, 레진. 서로 도울 수 있을 거야."

"응."

여전히 눈물이 그렁그렁한 소녀는 고개를 끄덕이고는 일어나 단말기로 다가섰다. 아찬이 자리를 비켜주자 아주 능숙한 솜씨로 스크린을 짚어 몇 개의 영상들을 불러냈다.

"자, 내가 알아낸 걸 먼저 말해줄게요. 우선, 문제는 기관실에서 시작되었어요. 하지만 그런 부분은 사람이 있을 필요가 없는 곳이라서 처음엔 희생자가 없었죠."

"그건 무슨 뜻이야? 희생자가 없는데 문제가 시작되다니?"

"이건 바이러스 같은 게 아니에요, 아찬. 당신은 수학자고, 이걸 가지고 고민했다면 알겠죠? 이건 타키온 드라이브 중에 발생했을 뿐, 결과적으로는 통상적인 폭발 과정이에요."

"폭발한 상태란 건 나도 알아."

"아니, 아직 폭발한 건 아니에요. 우주선은 기본적으로 데미지 컨트롤, 즉 손상 관리가 가능하도록 설계하죠. 게이츠의 반물질 엔진이 하는 일은 크게 두 가지예요. 하나는 타키온 드라이브를 유지하는 것이고, 또 하나는 로가디아의 본체라 할 수 있는 메타트론 입자를 수용하는 알파 룸의 상태를 안정화시키는 거예요."

"알파 룸?"

"그 이야기는 나중에. 아무튼 뭔가 알 수 없는 이유로 알파 룸이 열렸어요. 알파 룸은 개방 시에 메타트론 입자를 안정화시키기 위해 중력 뒤틀림을 발생시키죠. 물론 그대로 두면 게이츠는 두 조각나 버려요. 그래서 그때 게이츠 전체에 중력장을 걸어 그걸 상쇄시켜요. 하지만 그때 들어가는 에너지는 너무나도 압도적이기 때문에 반물질 엔진만으로는 타키온 드라이브 유지와 안정화 두 가지를 동시에 유지할 수가 없죠."

"타키온 드라이브는 진입과 이탈 시에만 에너지가 필요한 거 아니었어?"

"게이츠는 좀 특수해요. 그것도 나중에 이야기해 줄게요. 아무튼 당연히 게이츠의 자제 자체가 그때 가해지는 응력에 견딜 수 있도록 만들어져 있어요. 자제는 켄타로스의 심장부에서 제련된 베릴륨 특수강이고 그 자체가 갖는 엄청난 밀도 때문에 항구적인 중력장을 형성하거든요."

"너, 너무 어려워. 쉽게 말해봐."

"어려운 부분은 거의 끝났어요. 자, 이 그림을 봐요."

게이츠의 입체영상에서 레진이 짚은 기관실 부분에서 붉은 빛줄기가 생기더니, 그녀의 손가락이 가리키는 등골을 따라 함수까지 이어졌다.

"문제는 그 어떤 함선도 이런 경우를 겪어본 적이 없다는 것이었죠. 이유는 모르겠지만 함교에서 마인드링킹을 했고, 마인드링킹을 위해서는 메타트론 입자 방출이 필요하죠. 사실 마인드링킹 자체는 너무나도 흔한 거니까 특별히 대단한 이유는 아니었을 거예요. 문제는 그때 알파 룸이 열렸고 로가디아는 중력 뒤틀림에 대항하려는 중력장을 걸었단 거죠. 하지만 타키온 드라이브라는 특수성 때문에 중력장은 공간이 아닌 시간상으로 영향을 끼쳤고 보호를 받지 못한 게이츠는 그 힘을 견디지 못하고 뒤틀린 거예요. 사실 이때까지도 괜찮았어요. 로가디아는 즉시 문제점을 확인하고 격벽을 내렸으니까요. 쉽게 말하면, 통상 공간에서 문제가 발생해 그 구역을 폐쇄한 것과 같은 조치를 취했다는 거예요. 이게 정말로 통상 공간이었다면 화재가 발생했거나 국지적인 폭발이 있었겠죠. 하지만 타키온 드라이브 중에는 눈에 보이는, 적어도 인간이 단번에 알아볼 수 있는 가시적 문제는 없기 때문에 그걸 확인하려고 로가디아의 경고를 무시한 채 기관실로 들어와 버린 거예요. 그리고 나서 총무공은 격벽을 열어버린 거죠. 그때까지도 로가디아는 방금 말한 문제에 준하는 위기 상황이 왔다는 것까지만 알았지 왜 그러는지, 어떤 일이 일어나고 있는지는 몰랐어요. 격벽을 열어젖힌 사람에게 그래서는 안 된다는 합리적인 이유를 말할 수 없었다는 거죠. 인간은 눈에 보이지 않으면 믿지 않으니까. 그래서 오히려 로가디아가 고장이 났다고 생각한 거고."

"그 사람은 멀쩡했어?"

"프라이안 박사님이었어요."

레진의 목소리가 작아졌다. 그 상황이 정확히 어땠는지는 알 수 없지만 같은 부서의 상급자며 또한 동료의 죽음을 떠올리는 심정은 충분히 이해가 갔다. 아마 자신이 에이를 잃은 충격 못지않을 것이다.

레진이 잠시 고개를 젖혔다가 억누른 목소리로 말을 이었다.

"박사님이 최초의 사망자였어요. 그리고 나서 그 이후 손상 제어를 위한 구역을 로가디아가 봉쇄했지만 총무공은 믿지 않았죠. 등골을 구성하는 모듈 전체를 폐쇄한다는 건 게이츠의 항행을 포기한다는 의미니까요. 그곳에 드나든 사람들은, 말하자면 그때 죽은 거예요. 다만 공간으로는 한 방향으로 흐르되 시간에서는 자유로운 타키온 드라이브의 특성 때문에, 우리처럼 상대 시간 개념을 가진 존재에게는 살아 있는 것으로 보인 것뿐이죠. 로가디아는 그때 이미 그 사람이 죽었다는 걸 알았을 거예요. 아무 이유 없이 메디팩의 나노머신을 뒤집어쓴 사람들 기억나죠?"

"그, 그럼 나, 나도 죽었을지도 모르잖아!"

"당신은 괜찮아요."

아찬은 믿을 수 없다는 표정이었다. 그러나 레진으로서는, 로가디아가 보장한 아찬의 생존을 믿고 있었다. 그가 이미 죽은 사람이라면 어제 그렇게 고생을 해가며 데려오지 않았을 것이다. 아니, 적어도 로가디아는 그럴 필요가 없다고 말했을 것이다.

"그럼, 그럼 내가 본 에이도……."

"아찬, 미안해요."

레진이 아찬을 돌아다 봤지만 에이가 누구냐고 묻지는 않았다. 그런 기억을 떠올려 줘봤자 좋을 게 없다. 어쨌든 아찬은 그 사람의 과거와 함께한 것이다. 레진은 조심스럽게 설명을 계속했다.

"아까 말한 손상 관리 체계에 의해서, 게이츠에 가해지는 손상은 어느 정도 문제가 생겨도 되는 부분으로 옮겨지게 되어 있어요. 그러니까 게이츠의 등골에 어떤 힘이 계속 가해진다고 생각해 봐요. 언젠가는 부러지겠죠? 아무리 베릴륨이라도 영원히 버틸 수는 없어요. 그래서 처음부터 설계할 때 어떻게 하냐면, 그 힘이 등골을 따라 흘러가게 만들어요. 그리고 나서 부서져도 되는 곳에 힘을 집약시키죠."

한마디로 말해, 위에서 뛰어도 바닥이 꺼지는 게 아니라 다리 네 개가 동시에 부러지도록 만들어진 침대와 같다는 뜻이다. 그렇게 되면 적어도 허리는 보호할 수 있으니까. 그리고 빈곤해 보일 방의 모습만 감수한다면 침대도 계속 사용할 수 있으니까.

"그래서 가장 먼저 함수가 손상됐어요. 함수는 감지기가 집약되어 있기는 하지만 생존에 반드시 필요한 부분은 아니니까요. 물론 탐사는 물 건너가겠지만."

"그다음은?"

"더 심해요. 격벽이 열렸고, 그 이후에도 몇 번이나 알파 룸이 열렸다, 닫혔다를 반복했죠. 로가디아는 계속 그 사실에 대한 문제점을 지적했지만 그녀를 고장으로 간주한 알은 게이츠의 통제권을 빼앗아 버렸죠. 그리고 알파 룸의 개폐는 지금도 계속되고 있어요."

"그, 그럼 이제 어떻게 되는 거지?"

레진은 대답없이 절망적으로 아찬을 돌아보기만 했을 뿐이다.

"저것들이 도대체 뭘 하는 거지?"

"모르겠습니다. 밤새도록 저러고만 있습니다."

메탈갑옷을 입은 헵자이의 표정이 보이지 않았다. 하지만 아마 자신만큼 황당한 표정을 짓고 있으리라. 국은 조심스레 머리를 내밀어보았지만 바이저를 때리는 탄알의 느낌만 얻었을 뿐이다.

국은 처음부터 그랬던 것처럼, 이제는 반군이 아니라 폭도라고 불러야 할 때가 왔다고 생각했다. 지금까지는 고작 오합지졸들과 대치하고 있다는 사실을 인정하고 싶지 않은 솔시스 연방 정규군의 자존심 때문에 쓸데없는 단어 하나에 매달렸지만 결국 그런 건 전부 허세일 뿐.

놈들은 아무리 봐도 제정신이 아니다. 무슨 의식 같은 걸 치르는 광신도 같다. 자신들이 사로잡은 사람들을 기관실 중심부에 위치한 핵융합로의 기둥에 묶어놓고, 건들거리며 그 주변을 돈다. 그러다가 아무런 일관성도, 규칙도 없이 몇 놈이 총을 들고 열을 빠져나오면 경계를 서던 놈들이 들어가는 식이다.

그렇다고는 해도 이게 단순히 충동적인 상황이 아닌 것만은 틀림없다. 기관실 같은 곳은 원래 사람이 있을 필요가 없는 공간이고 그래서 산소도, 중력도 없다. 그런데 이놈들은 어떤 방법을 썼는지 그걸 만든 것이다. 아무리 봐도 인질들을 위해서라고밖에는 생각이 안 들었다.

아니, 그런 게 다 무슨 소용이지? 아무튼 중요한 것은 이래 가지고서야 인질의 희생 없이 놈들을 제압하는 것은 불가능하다는 점인데. 하지만 우리는 군인이지 대테러부대가 아니잖아.

국은 다시 시작되려는 합리화를 머리를 흔들어 지워 버렸다. 군인이라고는 해도 혹시 발생할 선내 상황에 대비한 훈련을 분명히 받았고, 그것들은 사실상 대테러 훈련과 마찬가지다. 그렇다면 군이 지시 따위가 없다 해도 그런 상황에 입각해 움직이라는 명령을 받은 것과 마찬가지다. 하지만 지금 와서 명령이 무슨 소용일까. 여기는 지구에서 얼마나 떨어져 있는지도 모르는 망망한 우주 공간이고 지휘관은 자신인데.

국이 헵자이의 어깨를 짚었다. 메탈갑옷은 손가락을 제외하면 모든 느낌이 둔탁하게만 전해져 왔다.

"아찬을 찾아오겠다. 레진도. 그러면 클라우드도, 충무공도 찾을 수 있겠지. 배를 멈추고 폭탄도 제거할 수 있을 거야."

메탈갑옷을 입은 채로는 머리를 끄덕여 봤자지만 헵자이는 그렇게 했다.

"다녀오십시오. 안 계실 때 기회가 생긴다면……."

"네가 알아서 해."

"예."

국은 망설임없이 등을 돌렸다. 야가가 피난민들은 모두 배불리 먹고 막사에서 잠이 들었거나, 두려움에 떨고 있다는 말을 전했다. 덧붙여서, 인질과 석아찬, 그리고 레진을 제외하면 확인이 안 된 낙오자는 없다는 말도.

담배를 꺼내려던 아찬의 손을 레진이 찰싹 때렸다.

"여기가 어디라고!"

아찬은 얼굴이 빨개져서 담배를 다시 집어넣고 한숨을 푹 내쉬었다. 예전이라면 바깥에 나가서라도 한 대 태웠을 테지만 지금은 어둡기만 한 광장이 너무 소름 끼쳤다. 아찬을 데리고 오며 담배를 배워두지 않았다는 사실을 후회하던 때를 까맣게 잊은 레진이 아찬을 흘끗 쳐다보며 물었다.

"자, 이젠 당신 이야기를 좀 해봐요."

"내 이야기? 내 이야기라고 해봐야……."

아찬은 이 똑똑한 소녀 앞에 결론을 내밀 자신이 없어져 버렸다. 그는 말을 돌렸다.

"클라우드 박사를 찾는다면 로가디아를 다시 살려볼 수 있을 텐데."

"그 인간 이야기는 하지도 말아요."

아찬은 사사로운 감정에 휘둘릴 때가 아니라는 말을 하려고 했지만, 말투와 달리 너무나도 힘들어 보이는 레진의 얼굴을 보는 순간 말문이 막혀 버렸다. 그녀가 먼 산을 바라보는 듯한 눈빛으로 중얼거렸다.

"그리고 이제는 그 사람은 벗어났어요. 어디선가 쓸쓸하게 죽어가고 있겠죠. 아니, 아마 죽었을 거예요."

하지만 레진의 표정이야말로 쓸쓸함 그 자체다. 아찬은 단말기에 연결된 펫을 주섬주섬 끌어당겼다.

"레진, 내가 계산한 게 있는데, 그러니까, 아까 말한 그 폭발 말이야."

"응?"

"대충 암산으로 해봐도 네 말이랑 좀 안 맞는 거 같아."

"그럴 리가 없을 텐데?"

그녀는 자존심이 좀 구겨진 듯한 표정을 지으면서도 막상 대답은 자신없어했다. 아찬은 어깨를 한 번 으쓱하고 입체영상을 띄웠다.

"뤠이쓰 방정식을 알아?"

레진이 고개를 흔들었다. 알 리가 없지. 거의 문맹에 가까웠던, 그러나 수학을 위해 만들어진 입체영상 소프트웨어를 다루는 데는 천재였던 뤠이쓰가 스스로 방정식이라고 불렀기에 지금도 그렇게 부르는 것일 뿐. 수학자 중에서도 자신과 같은 전공이 아니라면 논문조차 읽고 싶지 않을 정도로 골치 아픈 정리였다.

"그걸 좀 변형하면 타키온 상태에서 시공을 모형화하고 인과를 시뮬레이션할 수 있어. 자, 이것 봐."

아찬이 가리킨 부분은 기관실이다.

"네 덕분에 모든 문제가 기관실에서 시작된 거란 걸 알았지. 그리고 기관실이 항구적으로 방출하는 에너지를 생각하면 모든 게 말이 돼. 문제는 타키온 드라이브 중에는 에너지의 벡터가 어디로 튈지 모른다는 거야. 간단히 말해서 우리 관점에서는 비상식적인 촉발 행위 하나만으로도 기관실 자체가 날아갈 수 있다는 거지. 그때는 어떻게 될까?"

"기관실에 문제가 생기면 격벽이 닫혀요. 그리고 기관실 자체를 분리해서 다른 공간으로 날려 버리죠. 이 경우는, 정상 공간으로 던져 버리게 되겠군요. 기관실 폭발은 문제가 안 돼요. 타키온 드라이브를 멈추지 않으면 이 불안한 상황이 계속될 거라는 점이 중요한 거지."

"지금 일단 기관실은 격리되어 있지. 그러니까……."

"아뇨, 거긴 네들이 장악하고 있어요."

"뭐?"

레진이 뭐라고 대답하려는 순간 문이 열렸다. 놀란 아찬의 시선이 그쪽으로 향했다. 어둠 속에서 메탈갑옷이 버티고 있었다. 아찬과 레진이 거의 동시에 비명을 질렀다. 왜 그렇게 멍청했던 거지? 국이 레진을 찾아올 거란 걸 몰랐단 말인가? 아찬은 레진의 손을 잡고 문밖으로 뛰쳐나가려 했지만 메탈갑옷이 훨씬 빨랐다. 거대한 덩치에 미어터지는 문 때문에 안 그래도 어두운 광장은 잘 보이지조차 않았다.

"진정해요. 국이오. 기관실을 네들 대령님이 장악하고 있다고?"

진정이 될 리가 없다. 아찬은 주변을 두리번거렸지만 눈에 띄는 것이라고는 자신의 방에 놓인 것과 같은 종류의 시커먼 소총뿐이었다. 저거라도 잡고 휘둘러야 할 것 같았다. 자신에게 신경을 돌리게 만들면 레진은 도망갈 수 있을 터. 아찬은 총을 향해 몸을 던졌다. 뜻밖에도 국은 보고만 있었다.

"그걸 실제로 쏠 수 있다 해도 아무 소용이 없소. 그냥 보면 모르겠어요?"

아찬은 옅은 신음을 흘리면서도 총을 놓지는 않았다. 그때 뜻밖에도 레진이 나섰다. 그녀는 이제야 단말기에서 얼굴을 돌리고 있었다. 뭔지는 몰라도, 그녀가 비명을 지르고 놀란 건 국 때문이 아니었다. 퀭한 눈을 크게 뜬 레진이 처음 꺼낸 말은 아찬과 국의 예상을 벗어난 것이었다.

"위험해요."

바이저를 들어올린 국의 눈빛에 당황이 스쳤다.

"미스 리아, 우리와 함께 있으면 안전합니다. 지난번 일은 진심으로 사과드립니다. 우리는 솔시스 정규군……."

"지금 그게 중요한 게 아니에요! 사람들 모두 어디 있죠?!"

"모두들 안전합니다. 막사에서……."

"막사면 함교 아래층이에요. 맞죠?"

"잘 아시는군요."

"모두 나오라고 해요! 당장! 거기 있는 사람들뿐이에요?"

국의 당황이 황당함으로 바뀌어갔다.

"부대는 작전 중입니다. 제가 그런 것까지 이야기해야 할 필요는 없을 것 같습니다만."

"안 돼, 안 돼. 제발, 그 사람들 나오라고 해요. 로가디아가 격벽을 닫을 거야. 기관실을 분리시키고 함교를 폐쇄할 거예요. 제발, 제발요."

"아가씨, 하지만……."

아찬이 총을 아무렇게나 내팽개치고 단말기를 끌어당겼다. 입체영상 따위는 물론, 컬러로 된 그림 하나 없었다. 화면에는 빼곡한 문자가 대부분이었다. 하지만 그 속에 뤠이쓰의 정리와 그것이 적용된 단순한 그래프를 찾기란 어렵지 않았다. 간단하고 명쾌한 곡선. 그것이 의미하는 바는…….

아찬이 악을 썼다.

"말도 안 돼! 상사님, 제가 아는 건 다 말할게요. 사람들부터 피난시켜요! 부탁입니다. 게이츠는 폭발하지 않아요. 하지만 두 동강이 날 겁니다."

"그게 무슨……."

"1초가 아까워요. 제발!"

이번에는 레진이 소리를 질렀다. 국은 어리둥절해하면서도 혀를 움직여 통신을 넣었다. 어쨌든 자신들이 이 남녀를 찾으려 들었던 이유가 바로 이런 이야기를 듣기 위해서다. 다만 그 시기가 너무 일러 혼란이 생긴 것뿐이다. 어쨌든 폭도들은 모조리 기관실에 처넣었으니 당분간이라면 문제 될 것은 없다.

"야가, 지금 사람들 어디 있나?"

대답이 없다.

"야가? 들리나? 대답해."

―상사님, 문제가 생겼습니다.

목소리는 야가가 아니라 헵자이였다. 떨리고 있었다.

"뭔가? 상황인가?"

―기관실이 봉쇄됐습니다.

"뭐야!"

국이 황급히 덧붙였다.

"그것뿐인가? 밖에서 열 수 있을 거다. 인질은?"

―그게 문제가 아닙니다. 폭탄이 예열되고 있습니다.

"뭐죠? 무슨 일이에요?"

레진이 국을 올려다보며 거의 울 것 같은 표정으로 서 있었다.

"잠깐. 헵자이, 30초 후에 다시 연락하겠다."

―빠른 연락 부탁드립니다. 교신 끝.

"부하들이 기관실에 있는데 봉쇄됐답니다. 당신은 엔지니어니까 열 수 있겠죠? 거기 폭탄이 있습니다. 해체는 가능할까요?"

레진이 무너져 내렸다. 손으로 머리를 감싸는 통에 엉망으로 헝클어져 버린 커트 머리조차 외모가 목숨보다 중요한 것처럼 행동하던 소녀에게도 관심의 대상이 되지 못하는 것 같았다.

"로가디아, 안 돼. 멈춰. 제발, 제발 멈춰. 이러지 마, 로가디아!"

이런 제기랄. 국이 희미하게 욕설을 중얼거리며 통신을 재개했다. 1초가 급하다고 하던 당사자들이 이러고 앉아 있다니. 아무리 생각해도 도움이 안 될 것 같았다.

"헵자이, 수단과 방법을 가리지 말고 탈출하라. 거기서 벗어나!"

―격벽이 꿈쩍도 안 합니다. 화력조차 소용이 없습니다.

"헤미팜을 써! 헤미팜을 쓰란 말이야!"

―하지만 선내에서 헤미팜은……

"빌어먹을! 다 죽고 나면 그게 뭔 소용이야! 지금 가겠다. 기술자를 데리고 갈 테니 안에서도 노력해!"

국이 거칠게 레진과 아찬의 허리를 잡아 채 양 옆구리에 끼었다.

"괴로워도 참으시오."

"함교는? 거기랑은 연락됐어요? 거기가 더 급해요!"

레진만큼 자세히는 상황을 알지 못하는 덕에 그나마 정신이 좀 있는 아찬이 물었다.

"지금 연락하는 중이오. 바쁘니까 이야기는 나중에 합시다."

야가를 부르는 틈새에 힘겹게 대답을 끼워 넣은 국이 다시 부하를 불렀지만 응답은 여전히 없었다. 국이 거의 포기할 때쯤 야가의 통신이 들어왔다. 상사의 부름에 대한 대답이 아니었다.

—상사님! 상사님! 들리십니까! 문제가 생겼습니다! 사람들이 사라지고 있습니다!

이건 뭐랄까, 당황이나 공포를 넘어선 목소리다. 그냥 처절한 비명인데 그 비명으로 말을 하고 있는 것에 가깝다.

"거기서 나와! 나와 합류한다. 내 쪽으로 와! 당장!"

—사람들이 많습니다. 혼자서는 통제가 안 됩니다.

멍청이. 지금은 자기 자신만을 걱정해야 하는 때란 말이다.

공포의 절규가 자리 잡은 근원이 타인에 대한 안위에서 나오는 부조리함에 국의 온몸에 소름이 돋았다.

"아이, 씨팔! 그냥 버리고 혼자 나오란 말이야! 이봐, 어디를 먼저 가야 하지?"

어느 쪽이 더 가능성이 있을까 견줄 자신이 없는 국은 레진을 내려다보자마자 그만 고개를 돌려 버리고 말았다. 그녀의 입에서 나올 말이 두려웠기 때문이다. 국은 우선 야가를 구해 기관실로 향하기로 결정했다. 도약 추진기가 불을 뿜자 메탈갑옷이 크게 도약했다.

레진은 레진대로 오늘의 아침이 너무 후회스러워 눈물을 참을 수가 없었다. 늦잠만 자지 않았어도, 아니, 그렇게 한가하게 빈둥거리지만 않았어도 희망은 있었을 텐데. 이 대가를 무엇으로 치러야 할까?

분명히 일이 이렇게 된 원인이 자신의 탓은 아니다. 하지만 잡을 수 있는 기회를 흘려보내고 그 때문에 희생이 생긴다면 책임을 피할 수는 없다.

책임을 피할 수 없다고? 책임? 그건 타인이 자신에게 묻는 것이 아니었나? 하지만 지금은 그 '남'은 어디에도 존재하지 않는걸.

그럼에도 불구하고 가슴이 미어지듯 아파왔다. 이대로 국이 향하는 함교 쪽으로 간다면 그대로 죽을 것이다. 아마 보이지 않는 폭발에 휘말려 미래에 죽어버린 사람으로 존재하게 될 것이다. 차라리 그게 나을지도 모른다. 자신은 아무도 구해내지 못했으니까. 하지만 아찬은? 이 사람도 같은 생각을 할까? 물론 이 남자 역시 책임이 있다. 하지만 자신만큼은 아니다. 게이츠를 책임지고 관리하는 사람은 엔지니어지, 수학자가 아니다.

아래가 아득한 반면 광장의 천장은 잡힐 듯했다. 깨어진 인공 태양의 마가리늄 필라멘트가 산화되어 형체를 알아보기 힘들 정도로 삭아 있다. 옆에서 자신과 비슷한 자세로 매달려가는 아찬은 눈을 부릅뜨고 앞만을 바라보고 있다. 저 사람은 뭘 저렇게 바라보는 걸까? 레진도 그의 시선이 향한 쪽으로 고개를 돌렸지만 어둠뿐이다.

메탈갑옷이 착지하며 둘을 놓자마자 뜻밖에도 아찬이 가장 먼저 앞으로 튀어나갔다. 짧은 순간 선두였던 아찬은 곧 국에게 추월당했지만 여전히 전력을 다해 달리고 있었다. 지금이라도 그의 옷깃을 잡아야 할까? 지금 달려봤자 보이지 않는 시간의 불길에 휘말리는 것이 고작이리라. 어쩌면 국은 조금 나을지도 모른다. 정말 운이 좋다면 메탈갑옷이 국의 연약한 육신 대신 견뎌줄지도 모른다. 하지만 레진은 결국 아찬을 말리지 못했다. 그녀는 대신 그들의 뒤를 따르기로 했다.

"야가! 야가! 군장 착용했나? 완전군장이냐?"

─진작 입고는 있었습니다. 어떻게 해야 할지 모르겠습니다! 4내무반에 있던 피난민들이 한꺼번에 증발했습니다! 다른 내무반도 마찬가집니다. 지금도 한 움큼씩 사라집니다!

"나와. 거기서 나와."

─지금 사람들을 출구로 인도하는 중입니다.

"야, 이 새끼야! 그 사람들 이미 다 죽은 상태야! 그냥 너만 나오란 말이야! 명령이야, 명령!"

─거의 다 됐습니다. 몇 분이면 2번 섹터 기밀실로 대피가 끝납니다.

야가는 요지부동이었다. 국이 달리기를 좀 늦추며 뒤처진 레진에게 절망적으로 물었다. 목소리가 심하게 떨리고 있었다.

"아가씨, 함교 아래 기밀실은 어때? 괜찮을까?"

후방 영상은 일부러 켜지 않았다. 그녀의 표정을 볼 필요는 없다. 국은 레진의 대답이 없다는 사실을 마음대로 해석했다. 숨이 차서 대답을 못했을 수도 있고, 그래서 고개만 끄덕였을지도 모른다. 물론 같은 이유로 머리를 흔들었을 거라는 불길한 생각 따위는 후방 영상만큼이나 필요없다.

이제부터는 자신의 일이다. 끌어들여 봤자 짐에 불과해질 이들까지 데리고 갈 필요는 없다. 국은 부스터를 다시 점화해 부상하며 모퉁이를 돌았다. 앞에서 뭔가 육중한 것이 움직이고 있었다. 국은 내려오는 격벽을 향해 최대 출력으로 추진기를 내뿜었다. 보지 못했다면 도무지 상상조차 어려울 메탈갑옷의 헤드슬라이딩이 거의 바닥에 닿아가는 격벽 밑으로 미끄러졌다.

모퉁이를 돈 아찬이 갑자기 달리기를 멈췄다. 마지막으로 왔을 때는 열려 있던, 함교로 향하는 주 복도에 격벽이 내려와 있었다. 국은 보이지 않았다. 아찬이 미친 듯이 문을 두드렸다. 몇 초 후 도착한 레진이 아찬을 말렸다. 리겔 켄타로스의 심장부에서 200만 지(G)로 제련된 베릴륨 격벽이 내려와 있다는 의미는 오직 하나다. 이 구역은 폐쇄되었다는 뜻, 그 이상도 이하도 아니다. 격벽은 밖에서도, 안에서도 열 수 없다. 작동 방식 자체가 오직 닫히도록만 만들어진 물건이다. 레진이 절규했다.

"로가디아, 그만둬! 구할 수 있어! 구할 수 있는데 왜 이러는 거야!"

―야가를 구해 나갈 테니 기관실로 가고 있어요. 여긴 위험하니까.

"국! 국! 늦었어요! 나와요!"

―지휘권 이양 코드가 있으니 뒷구멍으로 나갈 수 있을 거요.

국은 제 할 말을 끝내고 일방적으로 인터컴을 끊어버렸다. 아찬이 격벽에 기대에 멍하니 주저앉았다.

진입부에서 기밀실까지는 걸어서 몇 분 거리다. 추진기가 불을 뿜고 있는 지금은 불과 몇 초도 걸리지 않아야 하는데 목적지가 왜 이리 나타나지 않는지. 복도가 끝이 없는 것 같다. 그래도 메탈갑옷은 움직이고 있다. 마침내 나타난 하얀 문.

국은 브레이크를 걸며 개방 코드를 입력했고, 문이 곧바로 열렸다. 만일의 사태가 생겼을 경우 감압을 위해 대기하는 목적을 가진, 함교 인원 전부를 수용할 수 있을 만큼 넓은 방으로 거칠게 뛰어든 국은 모든 게 끝나기 직전에 가까스로 도착했음을 알았다.

널브러진 옷가지들. 발 디딜 틈 없는 끔찍한 풍광의 한가운데서 야가의 메탈갑옷이 천천히 뒤돌아섰다.

"여기까지 겨우 데리고 왔는데……."

"야가, 나가자."

"소용없었습니다. 모두가 피할 수 있을 거라는 생각은 안 했지만, 그래도 기밀실은 안전하니까, 그래서 할 수 있는 한 데리고 왔는데……."

"야가, 그들은 이미 죽은 거나 마찬가지였다. 나가자. 당장."

어떻게 설명해야 할지 자신이 없었다. 온몸이 산산조각나 시간 너머로 튕겨져 나갔다고 해야 할까? 레진이나 아찬이라면 어떻게 이야기했을까. 하지만 지금 중요한 건 그런 고루한 물리법칙에 대한 설명이 아니다. 그런 건 나중에조차 할 필요가 없는 이야기다.

"구할 수 있다고 믿었습니다."

절망과 자기 연민으로 떨고 있는 야가에게 뭐라 할 시간도, 필요도 없다. 어쩔 수 없다. 완력으로 끌고 나가는 수밖에. 국은 필요하다면 지휘관의 직권으로 진정제를 놓을 수 있도록 야가의 켈리를 동조시키며 메탈갑옷 전투배낭에 달린 클립을 잡아끌었다. 예상과 달리 그는 순순히 끌려왔다. 레진의 말이 맞다면 이곳도 곧 보이지 않는 화염이 뒤덮을 터. 차라리 이게 불타고 있는 우주선이었으면 더 나았을 것이다. 적어도 그랬다면 지금 처한 상황이 현실감있게 다가올 텐데.

들어온 길로 다시 나갈 수는 없었다. 하지만 3중 격벽으로 이격된 비상구는 사용 가능할 것이다. 구조대원들을 위한 비좁은 통로. 국은 먼저 지휘관 전용 코드를 입력했다. 해치를 고정시킨 볼트의 봉인이 해제되자마자 망설이지 않고 해치를 뜯어냈다. 야가는 완전히 공황에 빠진 듯 꼼짝도 않았다. 진정제가 아니라 각성제를 투여해야 할 판이다.

"야가, 정신 차려라. 나 혼자서 널 업고 갈 수는 없어."

메탈갑옷의 손목 아래쪽에서 튀어나온 만능 렌치가 돌아가는 속도가 더뎠다. 모터에 문제가 생긴 모양이다. 어쩌면 지금 상황 자체가 메탈갑옷이 불길 속에서 녹아가는 중일지도 모르지. 둘이서 동시에 볼트를 푼다면 더 빠를 것이다. 국은 야가를 다시 한 번 채근했다.

"야가, 정신 차려! 적어도 우리는 늦지 않았다."

여전히 야가는 움찔거리지조차 않았다. 국은 부하에게 각성제를 투여하라고 야가의 메탈갑옷 켈리에게 명령을 내리고 그의 어깨를 흔들었다.

"어이, 잠들지 마라. 대답해, 야가. 잠들면 안 돼."

대답없는 부하의 바이저를 들여다본 국은 어깨 흔들기를 그만두었다. 야가의 바이저가 공허했다. 각성제를 놓을 대상이 없다는 오류 경보의 엥엥거림이 그제 야 들려왔다.

격벽 바깥에서 멍하니 앉아 있던 아찬이 유령처럼 일어났다. 불안하게 그 모습을 지켜보던 레진이 다가서는 모습을 무시한 채 그가 인터컴을 눌렀다. 아무 소리도 들리지 않았다. 다시 눌렀지만 역시 마찬가지다. 다시 한 번. 그리고 예상된 침묵.

눈빛이 여전히 풀린 아찬이 천천히 몸을 돌려 레진을 지나쳤다.

"어디 가는 거예요?"

"기관실."

말이 끝나기 무섭게 레진이 아찬의 허리를 잡고 매달렸다. 아찬은 간신히 넘어지지 않을 수 있었다. 덕분에 제정신이 돌아왔지만 자신의 행동에 확신만 더했을 뿐이다.

"제발, 아찬. 죽어요! 거기 가면 진짜 끝이에요! 기관실에는 들어갈 수도 없어요."

"아직 늦지 않았을 거야! 레진, 놔줘. 부탁이야."

"부탁은 내가 할게요. 제발, 아찬. 이제 아무도 잃고 싶지 않아요! 날 버리지 말아요!"

레진의 울부짖음에 아찬이 주춤했지만 결정을 바꿀 수는 없다는 듯 그녀의 팔을 풀기 위해 힘을 주었다.

꿈쩍도 않았다. 여자 애의 힘이 너무 셌다. 레진의 팔과 자신의 허리 사이에 손을 집어넣었는데도 뿌리칠 수가 없다.

"레진, 놔줘. 내가 함께 간다."

갑자기 드리워진 그림자만큼이나 어두운 목소리. 실랑이를 벌이던 눈 네 개가 한곳을 향했다. 도색이 벗겨진 메탈갑옷이 서 있었다.

"혼자… 군요."

메탈갑옷은 대답없이 성큼성큼 걸어와 둘을 아까처럼 옆구리에 끼었다.

"기관실에 가지 말아요. 늦었어요."

"구조하러 가는 게 아니야."

음산한 분위기에 눌려 레진조차 아무런 대답을 하지 못한 채 도약 추진기가 불을 뿜었다. 통로를 지나 다시 어두운 광장으로 나왔을 때 국이 남은 말을 마저 했다.

"알을 죽이러 가는 거다."

이제는 경계조차 없이 모조리 인질들의 주변을 터덜터덜 도는 광신도들 사이에서 갑자기 튀어나온 해병대를 메탈갑옷을 걸친 기갑장병들이 에워쌌다. 양손을 들고 천천히 걸어나온 품이 항복인지, 아니면 음모인지 알 수 없는 상황에서 헵자이는 결단을 내려야 했다. 어쩌면 품속에 폭탄을 숨기고 있을지도 몰랐다. 부하들이 직접 한 우선적인 수색에서는 특별한 이상은 보이지 않았지만 안심할 수는 없다. 사이보그라면 자기 몸 안에 든 핵융합로를 과열시키는 것만으로도 얼마든지 작은 핵폭발을 일으킬 수 있다. 물론 그러기 위해서는 외부에서의 조작이 필요하지만 놈들의 상태로 볼 때 충분히 있을 수 있는 상황이다.

부사관용의 메탈갑옷은 사병용과 사실상 같은 모델이고 장착된 스캐너는 파장이 낮은 종류다. 그걸 쓰려면 거의 직접 몸을 훑어야 한다. 부하들은 뒤에 남겨둬야 했다.

헵자이는 지휘를 부하에게 넘기고 수색조로 약진했다. 이럴 필요까지 있나 싶기도 하지만 어쨌든 한순간의 실수로 전멸할 수도 있다. 이미 문제는 산적해 있는 마당이다. 그러니까 폭탄 같은 것들 말이다. 무릎을 꿇고 앉아 양손을 뒤통수에 한 포로가 헵자이를 보더니 고개를 들며 대뜸 물었다.

"중사? 자네가 지휘관인가?"

"이 새끼 뭐야, 이거?"

"중사가 지휘를? 상황이 이렇게까지 되어버렸다니. 바깥에는 아무도 없나?"

"너, 뭐야? 인질은 몇 명이냐?"

"인질 걱정할 때가 아니네, 중사."

헵자이의 눈썹이 꿈틀거렸다. 낯익은 말투와 목소리다.

"이 새끼 헬멧 벗겨봐."

현명한 짓일까? 일이 이 꼴이 되기 시작한 직후를 제외하면, 적의 헬멧을 벗겨본 적은 한 번도 없다. 당연한 말이지만 모두들 한때는 전우 사이였기 때문이다. 어차피 지금 부대조차 여기서 한 명, 저기서 몇 명씩 알아서 모인 누더기 같은 부대다. 사살한 시체의 헬멧을 벗겨봤더니 오며 가며 농담 따먹기 하던 옆 내무반의 동료, 심지어는 자신의 상관인 경우조차 있었다. 그런 짓거리는 단 두세 번만 해봐도 교훈을 금방 얻는 법이다. 하지만 포로는 처음인데 괜찮지 않을까? 하지만 역시 나중에 죽여야 할 상황이 올 수도 있다. 더구나 포로가 낯익은 목소리를 가졌다면 적어도 안면이 있는 자일 가능성이 높다.

그러나 헵자이는 호기심을 참을 수가 없었다. 아니, 포로에 대한 호기심보다는 그가 취하는 태도가 도대체 무엇을 근거로 하는지 궁금했다. 헵자이가 손짓을 한 번 더 하자 주춤거리던 부하 둘이 포로의 헬멧을 들어 올렸다.

국은 기관실로 진입하기 전 마지막 방에서 부하를 애타게 불렀다. 몇 번인가의 시도 끝에 연결이 되었지만 헵자이는 대뜸 국에게 합류를 포기하라고 말했다.

"헵자이, 들리나?"

—상사님, 오지 마십시오.

"뭐야?!"

국이 자기도 모르게 소리를 질렀다. 오지 말라는 말 자체보다 목소리가 의미하는 체념이 마음에 안 들었다. 아니, 어쩌면 이제 헵자이도 상황을 인식한 걸지도 모른다. 원래 현실이라는 것은 고루한 설명이나 묘사가 아니라 직접 뛰어듦으로 확인이 가능한 경험의 영역에 속하는 것이다. 어쩌면 헵자이가 자신보다 더 절실하리라. 설명이 아니라 느낌으로.

—알입니다.

"뭐?"

—충무공을 포로로 잡았습니다.

조금 전까지만 해도 알 바라마드를 자기 손으로 처치하겠다, 분노에 앞뒤 없어질 뻔한 그다. 그런데 막상 그 기회가 눈앞에 보이자 당황이 먼저 밀려들었다. 국은 기관실로 향하는 승강기 부근에 착륙해 레진과 아찬을 내려놓고 다시 뛰어올랐다. 두 남녀가 아우성쳤지만 관심 밖이다.

—본인과 이야기해 보시는 게 좋겠습니다.

"기다려. 곧 가겠다."

—아니, 오지 마십시오. 여긴 늦었습니다.

"살아 있잖아, 이 새끼야!"

화를 낼 상황이 전혀 아니란 걸 알면서도 목소리가 높아졌다. 헵자이는 대답 대신 거친 숨소리만 내뿜었다.

왜 체념을 하려는 거지? 포기할 필요가 없는데. 살아 있는데 왜 포기하려는 거지?

"헵자이, 지금 가고 있다. 구조용 통로까지 봉쇄되지는 않았을 거다."

—실망하실 겁니다. 정말로 늦었습니다. 충무공과 연결해 드리겠습니다.

"그 새끼는 직접 가서 족치겠다. 헵자이, 헤미팜은 써봤나? 안 통해? 그럼 핵

이라도 써! 인질은 신경 꺼라. 메탈갑옷 입고 헤드코럿 쓰면 작은 핵폭발 정도는 버틸 수 있잖―!'

―진 상사, 오랜만이군. 알이다.

국의 격렬한 일갈을 비집은 노인 특유의 거친 목소리에 그가 멈칫했지만 아주 짧은 침묵의 간극에 마음을 다잡은 듯 조용히 대답했다.

"널 죽이러 간다."

다시 이어지는 통신기의 적막. 헵자이에게 통신기를 넘겨준 것일까? 겁이 나서? 이제 와서 그러기엔 너무 늦었어.

그러나 국의 생각일 뿐, 알은 몇 번 작게 기침하다가 말을 계속했다.

―화낼 만하다는 것은 알고 있네. 국, 거기 몇이나 있나?

"죽기 전에 알고 싶은 게 그건가, 영감?"

―거기 몇 명이나 있지?

국의 분노를 무시하는 알의 목소리는 정말 차분하고 평온했다. 그 점이 그를 더 열받게 만들었다. 이빨을 깨문 국의 눈썹이 부들거렸다. 이조차 싸움이라고 생각한 국이 애써 감정을 조절했다

"나까지 셋이다. 왜 묻지?"

―클라우드인가?

이건 또 뭔 소리야? 모두 한패가 아닌가?

"과학자 둘이야. 이름까지 말해야 하나?"

―클라우드가 아니라면 한 명은 레진일 테고, 나머지 한 명은?

"수학자다."

―여자인가?

"영감, 변태인가? 그게 중요해?"

―대답해!

순간적으로 국이 움찔했다. 적반하장 격의 고함에 놀라서가 아니었다. 그 일갈이 알이 존경받는 군인이었을 때의 것과 비슷했기 때문에 생긴 반사적 반응이다. 단순한 착각일까? 이 미친 늙은이가 잠시라도 제정신을 찾은 것일까? 어쨌

든 그 호령 덕분에 알의 단호하고도 막무가내 같은 질문이 단순한 투정이 아니라는 건 확신할 수 있었다.

"남자다. 젊은 남자."

상대가 숨을 들이키는 소리가 희미하게 들렸다. 당황한 것 같았다. 귀중한 몇 초의 침묵이 통신기를 지배하는 동안 국은 기관실로 통하는 복도의 격벽에서 아까와 같은 구조용 통로를 스캔했다. 통로가 보이지 않았다. 훈련받은 대로라면 이 복도에도 분명히 구조용 통로가 있어야 하는데. 국은 마치 천 년은 된 듯한 옛날의 일처럼 느껴지는, 프라이안이 사라진 그 통로를 향해 몸을 돌렸다. 그때, 레진이 우주복을 입기 전에 자신이 조금만 일찍 도착했더라면, 그래서 레진의 얼굴을 알았다면 이러지는 않았을 텐데.

때늦어 의미없는 후회를 가로질러 다시 통신이 들어왔다.

―진 상사, 시간이 많았다면 길고 긴 사과를 했겠지만 상황이 그렇지 못하니 모든 건 처음부터 판단을 잘못한 내 탓이라는 변명만 하겠네. 이제는 어떻게 해야 할까가 더 중요하지. 일단 게이츠의 도면을 불러와 보게.

국의 눈썹이 다시 꿈틀거렸다. 상상한 것과는 전혀 다른 반응이다. 이런 때는 어떻게 해야 하지? 그러고 보니 네들과 클라우드가 자신과는 상관이 없는 것처럼 말했다. 그리고 레진은 주범이 네들인 것 같은 언급을 했고. 국의 마음이 조금씩 약해져 갔다. 그에게는 의지할 만한 지휘관이 필요했다.

어차피 경로를 탐색하기 위해 하려던 일이었어. 그는 그렇게 중얼거리며 게이츠의 입체영상을 불렀다. 떠오른 영상을 본 국의 눈가가 경련했다.

이게 어떻게 된 일이지? 엔진 부위가 거의 투명한 프레임으로만 이루어져 있다. 국이 자기도 모르게 알에게 존대했다.

"기관실이 활성화되지 않았습니다, 충무공. 들어갈 길은 모두 봉쇄되어 있고……."

―기관실이 분리되고 있네.

그렇지. 깜빡 잊고 있었다. 원래 이런 커다란 우주선은 함체를 구성하는 각 덩어리가 탈출선이자 구조선이다. 그렇다면 생존은 저들의 몫일 수도 있어. 생각이 거기까지 미치자 오히려 안심이 됐다. 왠지 자신의 목숨을 알과 헵자이가 대신 받아갔다는 이상한 현실감이 몰려왔다. 기관실 정도라면 여분의 연료도 충분할 것이다. 사이보그 병사들은 사이보그니까 기나긴 방랑을 버틸 수 있을 것이고, 부하들은 메탈갑옷 안에서 동면할 수도 있을 터. 그리고 인질은…….

그 생각은 하지 말기로 하자.

─네들을 잡아 처넣으려고 한 건데 이렇게 될 줄은 몰랐어. 기관실은 곧 타키온 드라이브에서 빠져나갈 거야. 우리에겐 주어진 시간이 거의 없네. 드라이브에서 빠져나가는 순간 폭탄이 폭발할 거야.

"예? 그건 또 무슨…….”

─잘 듣게. 지금은 로가디아가 폭발을 최대한 저지하고 있지만 그녀의 통제력이 정상 공간까지 미칠 수는 없으니까.

여전히 알은 국의 말에 관심이 없다. 얼마나 뛰었는지 얼굴이 터질 것처럼 빨개진 아찬과 레진이 양손을 무릎에 짚은 채 허리를 숙이고 헐떡이는 모습이 눈에 들어왔다. 그 와중에서도 둘은 고개를 간신히 들어 이쪽을 바라보고 있었다.

국은 외부 스피커를 켜 대화를 그들이 들을 수 있게 하면서 간신히 이성을 유지한 채 대답했다.

"전 로가디아가 폭발을 시키려고 하는 줄 알고 있었습니다.”

─아니, 아니야. 제온이 내 옷을 입고 폭탄을 설치했네. 난 보통 병사의 옷으로 갈아입었고.

"네들 대령과 퀘일이 한패였단 말입니까! 저흰 지금까지 네들 대령을 찾으려고…….”

─시간없네. 그냥 듣기만 하게. 아무튼 그놈들이 장악한 병력의 눈에서 피하려면 그 수밖에 없었어. 아쉬워하지는 말게. 내가 자네와 합류했다면 자네 손에까지 피를 묻혀야 할 뿐, 나아질 것도 없었어.

"듣고 있습니다.”

─네들은 귀항을 조건으로 내걸고 날 위협했네. 기만책이었지. 내 주의를 그쪽으로 돌리고 놈은 손에 넣은 칼리를 통제하려고 들었어. 그런데 자네들이 병

기고를 확보해 준 덕분에 그 상황까지는 안 갔네. 다행이지. 결국 놈은 이용가치가 없어진 퀘일을 제거하려 들었지. 해병대의 두뇌를 모조리 날려 버린 거야.

레진이 짧고 낮은 비명과도 같이 중얼거렸다. 어쩌면 그런 끔찍한 짓을…….

—옆에 아직도 누구 있나?

"예."

알이 잠시 조용해졌다. 이 이야기를 그들이 듣는 데서 해도 될지 판단이 안 서는 모양이다. 그러나 곧 그는 다시 말을 이었다.

—병력을 한순간에 잃은 퀘일은 퀘일대로 배를 장악하기 위해 나로 모습을 바꾸는 수술을 받은 다음 자네들에게 접근한 걸세. 로가디아 없이 에멘시를 족쳐 가며 받은 수술이니 그 꼴일 수밖에.

아마 알은 거기서 고개를 설레설레 흔들었을 것이다.

—퀘일은 네들과 독자적으로 행동했어. 부녀를 속여 테라인 계획이 무엇인지 알아냈지. 처음에는 우리처럼 문제를 해결하기 위해서였을 거야. 하지만 테라인 계획이 어떤 의미인지 알게 되었고, 욕심이 생긴 거겠지. 그래서 자신의 몸을 메테오 유닛으로 바꾸고…….

부녀란 건 아마 클라우드와 로가디아를 말하는 것이리라. 국이 궁금한 건 그게 아니었다.

"잠깐, 죄송합니다만 그건 뭡니까?"

—헵자이가 부검 이야기를 해주더군.

"혹시 사이보그 신체 말입니까?"

—메테오란 건 특정 범위의 공간에서 흐르는 시간을 완전히 정지시켜 버리는 기술이네. 엔트로피의 흐름을 동결시킨다는 뜻이야. 타키온 물리를 응용한 거지. 아니, 자꾸 쓸데없는 이야기를 하는군. 아무튼 메테오는 타키온 드라이브처럼 진입과 이탈 시에 일종의 충격 현상이 있어. 그래서 생체 구성 요소를 최대한 제거하는 쪽이 나중에 편하지. 뇌가 직접 충격을 받을 수도 있지만 적어도 다른 신체 부위가 상하면서 쇼크를 받을 확률은 줄어드니까.

국이 아찬과 레진을 흘끗 돌아보았다. 둘 다 이빨을 깨물고 부들부들 떨고 있다. 이 대화를 계속 들려주어도 될까? 하지만 이제는 두 남녀 역시 자신과 동등한 위치다. 개개인의 의무와 역할만으로는 결코 이겨낼 수 없는 현실. 분업이라는 것은 사회가 구성되었을 때 의미를 갖는 개념이다. 난 군인이니 당신들을 지켜야 하고 그 대가로 정보를 내가 쥔다는 소리 따위는 헛소리다. 이미 그런 오만함 때문에 이 꼴이 됐지 않은가.

아찬과 레진이 뭐라 소리 지르며 자신의 팔을 잡고 흔들어댔지만 느끼지도 못했다. 어지간한 외부 충격에는 꿈쩍도 않는 메탈갑옷이 아니었다 해도 마찬가지였으리라.

—현재로서는 자네도, 우리도 할 수 있는 일은 아무것도 없어. 내 말을 잘 듣게. 어쨌든 조금이라도 알고 나면 모르는 것보다는 상황에서 벗어날 확률이 높아질 테니. 우선 우리는 커다란 도박을 하고 있네. 현재로서는 폭탄을 해체할 방법이 없네. 그래서······.

"로가디아는 가능합니다! 로가디아를 살려보겠습니다!"

"폭탄이 아니라도 거의 확률이 없어요! 기관실은 나가는 순간 분해되고 말 거예요!"

레진이 끼어들어 울부짖었다. 그에 반해 알은 침착하게 대답했다.

—아가씨, 우리도 알고 있소. 제대로 될 확률은 가장 조건이 좋을 때도 말 그대로 천에 하나 정도란 걸. 국과 이야기하게 해주시겠소?

"레진, 잠시만. 미안해요."

국이 메탈갑옷을 붙잡은 레진을 애써 외면했다.

—로가디아는 내 명령으로 대부분의 통제권을 상실했네. 내 가장 큰 실수지. 그 과정에서 그녀는 자기 보존 기능까지 잃었고 지금은 내 명령이 있든 없든 할 수 있는 게 거의 없네. 충분한 시간이 주어진다면 가능하겠지.

"다른 방법이 있을 겁니다. 저겐젤 중령이 전투기를 몰고 폭탄을 버리고 올 수도 있습니다!"

—지금 기관실은 저겐젤이 조종하고 있네. 정확히 말한다면, 생명 유지 장치에 의지해 명령을 내리는 그가 시키는 대로 조종 중이지만.

"정신이상이 아닙니까?!"

—지금도 반쯤은 맛이 간 상태야.

국은 눈앞이 아득해졌다. 미친 건 저겐젤뿐만이 아니라는 생각이 들었다.

"도대체 뭐가 얼마나 중요하기에 그렇게까지 하시는 겁니까?"

—말 끊지 말게. 전부 이야기해 줄 거야, 전부.

"알겠습니다……."

—기관실이 정상 공간으로 나가는 순간 폭탄이 폭발하지 않을 확률도 있긴 하네. 낮지만.

"어느 정돕니까?"

—그리 낮지는 않아.

국이 안도의 한숨을 내쉬었다. 그리고 곧바로, 아주 작은 속삭임이 들려왔다.

—사실은 거의 없네. 전혀 기대하지 않는 게 좋아.

이런 제기랄. 결국 안심시키려고 한 말에 불과했다. 그러나 그걸 모르는 아찬과 레진은 그 말을 듣자마자 상당히 진정을 하기 시작했다. 거의 발광에 가깝던 몸짓을 멈추고 벽에 기대에 앉아 멍청한 눈길로 국을 올려다보고 있다.

국이 헛기침을 하고 말을 이었다.

"더 하실 말씀은 없으십니까?"

—우리는 폭발을 최대한 저지하면서 구조를 기다리겠네. 기관실이 분리되면 함체는 관성항해로 바뀌는 거지. 기관실이 없으면 거의 영원을 떠돌아야 할지도 모른다는 의미네.

"알고 있습니다."

정말이다. 그리고 아찬과 레진도 마찬가지인 듯했다. 둘 다 담담한 표정이다.

—하지만 아주 절망적이지는 않아. 어떤 의미에서는 자네들이 더 확실할 수도 있어. 로가디아에게 진작 지시해 둔 것이 있네. 메테오 시스템인데, 언제 어떤 지역에서 발동될지는 모르겠네. 충격이 반드시 몸을 상하게 하는 건 아니니 희망은 버리지 말게. 메테오 시스템은 유지를 위해 에너지를 필요로 하고, 타키온 엔트로피를 조금씩 갉아먹을 걸세. 언젠가는 멈춘다는 뜻이지. 그게 중요한 거야.

"알겠습니다."

—이 모든 일은 테라인 프로젝트를 성공시키겠다는 내 욕심에서 비롯된 것일세. 미안하네.

이 말에 대해서만은, 대꾸하고 싶지 않았다. 차라리 하지 않는 게 나을 말이었는데. 그러나 그 말은 본론을 꺼내기 위한 치레에 불과했다. 그가 뜸을 들이는데 둔중한 울림이 사방에서 전해져 왔다. 게이츠는 거대하지만 함체의 3분의 1이 넘는 기관실이 분리되는 충격은 크기와는 상관없는 것이다. 알이 조급하게 말을 이었다.

—시간이 별로 안 남았군. 테라인 계획의 결과는 레진과 같은 인간을 의미하는 것이네. 레진이야말로 테라인의 표본이자 그 자체와 같은 존재야. 그 어린것이 이 험난한 여정에 올라야만 했던 이유—

갑자기 레진이 국을 가로질러 격벽으로 달려들었다. 아찬이 곧바로 그녀를 따라와 말렸다. 국은 레진을 아찬에게 맡겨두기로 했다.

외부 스피커는 꺼버렸다. 국은 직감적으로, 이제부터는 젊은 두 남녀가 들어서는 안 될 이야기가 나오리란 걸 알 수 있었다.

"레진이 특별합니까?"

—레진이 자신의 의식과 지성을 전개하기 위해 로가디아를 사용한다는 표현이면 어떨지 모르겠군. 클라우드라면 훨씬 명쾌하게 설명했을 텐데…….

"예?"

—테라인 계획의 본질은 인간의 두뇌가 인공지능의 자원을 끌어 쓸 수 있도록 만드는 거야. 알겠나? 빛의 속도로 사고하는 인간을 말하는 거야. 생각하는 데 시간이 필요치 않은 인간이 갖는 가능성이 뭐라고 보나? 그건 영생처럼 시시한 것 따위와는 비교가 안 되는 걸세.

알의 말 중간 즈음부터 국은 머리를 한 대 세게 얻어맞은 느낌을 받았다.

생각에 시간이 필요없다고? 마인드링킹을 할 때와 비슷한 느낌일까? 하지만 마인드링킹을 하게 되면 감각은 직접 느끼는 게 아니라 켈리가 제공하는 데이터에 맞춰지는데? 그렇다면 그게 어떻게 가능하지? 말을 내뱉기 전에 그게 어떤 의미인지 백만 번쯤 생각할 수 있다는 뜻인가? 방아쇠를 당기기 전에 이게 옳은 일인지 천만 번쯤 고민할 수 있다는 거야? 그렇다면 영생 따위는 정말로 시시한 거잖아. 늙어 죽을 때쯤이면 이미 해볼 수 있는 생각은 다 해본 다음일 텐데.

그런 인간은 뭐든지 다 할 수 있을 것이다. 비록 육체의 한계는 있겠지만 그조차도 결국에는 극복 가능하겠지. 영원한 고민을 찰나에 할 수 있다면, 의지하는 즉시 그것은 현실이 될 테니까.

갑자기 시간이 느리게 흐른다는 느낌이 들었다. 물론 착각이다.

국은 기침을 할 뻔했다. 그러면서 조금 수습이 되는 혼란. 그리고 보니 조금 전부터 뭔가 거슬리는 소리가 들려오고 있다. 이게 무슨 소리지? 바이저 안쪽에서 메탈갑옷의 켈리가 진정제 투여를 허락해 달라고 엥엥거리고 있다. 하지만 이 소리 때문이 아니야.

국은 소음의 정체를 알았다. 자신의 이빨이 딱딱 부딪치는 소리다. 그 사실을 자각하자마자 돋아 오르는 소름.

뭔가 잘못됐다. 이건 정말로 잘못된 거라는 생각이 머리가 터질 정도로 압박해 왔다. 테라인이 뭔지는 몰라도 그건 모든 인간이 시지프스의 바위를 영원히 굴려 올려야 한다는 뜻으로밖에는 해석이 안 됐다.

올려도, 올려도 다시 굴러 떨어지는 바위를 진 시지프스가 형벌에서 해방될 수 있는 유일한 길은 죽음뿐인데 그걸 앗아간다고? 그리고 그 불행한 첫 번째 인간이 레진이라고? 저 가녀린 소녀가 마지막 비상구조차 잃어버린 불쌍한 아이라고?

국이 천천히 고개를 돌리자 시선 안에 들어온, 영원한 시간을 가진 소녀가 절규하며 두드리는 격벽 너머에서 꿈결 같은 목소리가 그치지 않고 들려왔다.

—상황이 너무 안 좋아.

순간 혐오감이 국의 온몸을 감쌌다. 어떻게, 어떻게 고작 그런 시시한 이유로 아무렇지도 않게 동료를 살해할 수가 있는 거지? 겨우 영원한 형벌을 얻으려고?

—자, 이제부터는 정말 중요한 이야기야. 난 놈들 세력 안에 잠입하고 곧바로 네들이 레기넬라와 손을 잡았다는 혐의를 확보했네.

이번엔 놀란 게 아니라 당황했다. 솔시스 연방군의 고급장교 중 한 명이 레기넬라의 간첩이라고?

"레기넬라라니 그 무슨……."

—원래대로라면 거기도 폭탄이 설치되어야 하지만 제온은 기관실에서 그만 증발하고 말았네. 어찌 보면 다행일 수도 있지.

"확실합니까? 믿을 수 없……."

—증거를 확보했어. 아무튼 이제부터 우리는 두 팀으로 갈라지네. 알겠나?

국은 자기도 모르게 웃을 뻔했다. 이 상황에서 지휘란 말인가. 하긴, 알은 그래서 훌륭한 군인인 거다.

—어처구니없다는 건 알아. 우선 우리는 가능한 한 폭탄을 해체하려고 노력할 거네. 우리는 가능한 한 지구에 이 계획의 실패와 함께 네들이 레기넬라의 첩자였다는 사실을 알릴 거다.

국이 보기에 후자가 특히 중요했다. 네들 대령 같은 이가 적과 손을 잡았을 정도라면 솔시스 연방군과 정부의 내부가 얼마나 썩어 들어갔을지 감도 잡기 어려울 정도일 것이다.

—자네들은 우선 수단과 방법을 가리지 말고 칼리를 파괴해야 하네. 로가디아도.

"로가디아든, 칼리든 파괴한다는 게 가능은 합니까?"

—병기고를 뒤져 봐. 특별한 물건들이 몇 개 있을 거야. 지휘 코드는 자네 메탈갑옷에 지금 전송하겠네.

국의 바이저에 새로운 명령이 수신되었다는 표시가 떠올랐다. 조건부 개봉 명령인 것으로 보아 나중에 어떤 상황이 만족되면 열리는 종류인 모양이다. 하지만 그럼에도 불구하고 그는 코드만 보고 그 의미를 알 수 있었다.

"장군님, 제가 잘못 안 게 아니라면, 이건 항성계용 전략병기 코드 아닙니까?"

—맞아. 초신성 폭탄이지.

이젠 놀랍지도 않다. 아까부터 계속 놀라운 이야기만 듣다 보니 면역이 된 것 같다. 그런데도 숨이 국의 목에서 걸렸다. 국은 간신히 대꾸할 수 있었다.

"자, 자침을 명령하시는 겁니까……?"

—두렵나?

국이 목소리를 가다듬었다.

"전혀 아닙니다. 저 혼자라면 당연히 명을 받들 겁니다. 하지만 여기 둘은 민간인입니다."

—게이츠는 이미 습격을 한 번 받았네. 놈들은 아마 시간의 물결 흔적을 찾느라 혈안이 되어 있을 거야. 칼리와 로가디아를 넘겨주고 싶나?

"제 임무는 민간인을 죽이는 것이 아닙니다."

—목소리가 꽤 단호하군. 그 면에서는 우리도 마찬가지야. 만에 하나 우리가 정상 우주로 빠져나간다고 해도 적에게 들키는 그 순간 자침할 계획이야.

"거기 민간인들과 함께 말입니까?"

—정말 피곤하게 하는군. 명령을 거부하는 건가?

국이 입술을 깨물었다. 그는 한동안 대답이 없었다.

국은 다시 외부 스피커를 켰다. 자신의 입으로는 결코 들려주고 싶지 않은 이야기다.

—대답해. 우린 소풍 온 게 아니다. 지금 이 순간도 기관실과 함체의 연결쇠는 하나씩 해체되고 있어.

"…알겠습니다. 명령을 확인시켜 주십시오."

—명령은 칼리와 로가디아를 수단과 방법을 가리지 말고 완전 해체하는 것이다. 자침을 추천한다.

국은 대답하지 않고 레진과 아찬을 흘끗 돌아봤다. 둘은 안색이 새하얘져 허둥거리기만 했다.

—방금 마지막 연결쇠가 분리됐군. 네들은 망설이지 않고 쏴버렸지만 클라우드는 찾지 못했네. 죽지 않았다면 자네들 쪽 어디엔가 숨어 있을 거야. 그 작자를 잡으면 꼭 말하게.

"무엇을 말입니까?"

감정이 배제된 국의 질문.

—테라인 프로젝트는 성공했다고.

알은 목소리에서 자신이 이겼다는 희미한 승리의 감정을 완전히 지우지 못했다. 국은 앞으로 영원히 할 기회가 없을, 알에 대한 마지막 실망을 했다. 그래서 아무런 대답을 하지 않았다.

그 빌어먹을 계획이 뭐란 말인가? 그게 얼마나 대단한 짓거린지는 몰라도 이 정도로 많은 사람을 희생시킬 가치가 있는 계획일 리가 없다.

간단하다. 그 결과가 고작 인간이 가진 마지막 피난처, 죽음이라고 부르는 영원한 안식을 빼앗은 것에 불과하니까. 그리고 인간의 희생을 밟고 이루어야 할 정도로 가치있는 일이란 결코 존재할 수가 없기 때문에.

가끔 근사하게 포장되는 영웅적 희생의 미담은 결국, 모두가 함께 말라가기보다 남은 자들이 자신의 배에 기름을 끼게 하고자 강요해 만들어진 위선에 불과하다. 남은 자들이 남자든 여자든, 어린아이든 노인이든 다 함께 힘들고자 했다면 결코 존재하지 않았어도 좋을 희생들이다.

하지만 그걸 가지고 인간을 탓할 수는 없다. 필요하다면 쌍둥이 형제 중 하나를 죽이고 자신만 세상에 내던져지기를 선택하는 것이 인간이니까. 아무도 그런 건 가르친 적이 없는데.

이젠 통신기에서 아무런 소리도 들리지 않는다. 적어도 헵자이, 그리고 부하들과 인사 정도는 할 시간이 있을 거라고 생각했는데 그들은 이렇게 떠나 버렸다.

어쩌면 이것도 희생이지. 헤미팜을 써서 통로를 개척하고, 그래서 탈출을 하고, 그 때문에 기관실은 분리되지 못하고, 그러다 보면 언젠가는 폭탄이 터졌겠지. 그러나 알이 한 것은 그런 위선조차도 되지 못한다. 그건 단순히 추악하기 그지없는 자기중심적 행동일 뿐이다.

결국은 그들 중 아무도 살아남을 수 없을 것이다. 알은 계획이 성공하든 말든 그 누구도 살려두지 않을 것이다. 그 늙은이는 이미, 지구에 아내와 딸을 남기고 온 육군 상사와 자리에 주저앉아 울기만 하는 어린 소녀와 썩은 시체나 가질법한 눈으로 망연해 있는 젊은이를 죽였다.

국은 하염없이 울고 있는 레진과 멍하니 앉아 있는 아찬을 물끄러미 쳐다보았다.

할 수만 있다면 저들에게 기대고 싶다.

현기증으로 비틀거리는 몸을 메탈갑옷이 받쳐 주고 있었다. 목숨을 걸고 레진을 구하려 한 아찬과 사람들을 구하려고 든 레진. 비록 속은 것이기는 하지만 자신들이 버림받고 다른 이들이 살아난다는 말에 차라리 안도했던 사람들이 바로 저기 망연히 앉아 있는 두 남녀다.

세상에 저런 사람들만 있다면 이렇게 추악한 꼴을 볼일은 절대 없을 텐데.

정말일까?

유감스럽게도, 그 대답은 아니오였다.

하지만 미래는 존재한다. 남자와 여자가 살아 있는 한에는.

둘에게 테라인 계획 이야기를 할 필요는 없으리라.

이년 6월 29일.

국은 우리를 쏘지 않았다. 그는 나와 레진을 데려가서 병기고를 열었다. 그리고 그것들을 하나하나 설명해 주기 시작했다.

흥미없어 한 쪽은 나였다. 난 그저 아무 데나 걸터앉아 그 광경들을 지켜보기만 했을 뿐. 그는 게이츠가 언젠가 멈추게 되면 우리끼리 살아가는 법을 배워야 한다고 했다. 사뭇 불길한 이야기였지만 솔직히 말해서 난 그가 우리를 등 뒤에서 쏠 것 같아 두려웠기 때문에 그의 손과 뒷모습을 절대 놓치지 않았다.

그를 제압할 자신이 있으면 내가 먼저 국을 사로잡을 텐데. 레진에게 도와달라고 해볼까? 하지만 그녀는 국을 믿고 있는 것 같다. 이래서 어린애는 안 된다.

이년 6월 30일.

국은 자기가 곧 사라질지도 모른다고 했다. 레진이 눈물을 왈칵 쏟을 것 같은 표정으로 그런 불길한 말은 하지 말라고 했다. 하지만 그녀도, 나도 국의 말이 사실이라는 걸 알고 있다. 그는 부하를 구하기 위해 들어가지 말아야 할 곳에 들어갔었다. 언제인가가 문제일 뿐 그는 이미 죽은 것이다.

내가 오늘 본 국은 과거의 그일까, 아니면 미래의 그일까?

레진은 메탈갑옷 입는 법을 배웠다면서 자랑했다. 하지만 그게 뭐 어쨌다는 건가. 그걸 써먹을 곳이 어디 있는데?

이년 7월 2일.
바보같이!
그만 그럴까? 나도, 레진도 마찬가지다.

이년 7월 3일.
일기는 매일 써야 한다. 그리고 가능한 한 길게 써야 한다.
최악의 상황에서도 날마다 면도를 해야 하는 이유와 같다.
하지만 도대체 뭘 쓴단 말인가. 이런 시시한 푸념? 자기 연민? 이딴 걸 쓴다고 제정신을 차리는 데 도움이 될까?
이젠 레진조차 날 이상하게 바라보는 것 같다. 하지만 난 아직 제정신이란 말이다!

이년 7월 8일.
진국 상사는 우리를 쏠 생각이 정말로 없는 것 같다. 그는 단지, 우리를 데리고 매일같이 순찰을 돌 뿐이다. 설마 다른 생존자가 있을지도 모른다는 생각을 하는 걸까? 아니면 클라우드를 찾아다니는 것일까? 만일 그렇다면 국 상사는 정말로 미친 거다. 클라우드가 살아 있다면 우리 눈에 띄지 않을 수 있었을까? 인간은 조금이라도 먹지 않으면 안 되는데 그렇게 완벽하게 숨어 있을 수 있을까?
그럼 도대체 왜 여길 돌아다니는 거지? 무엇을 위해 그렇게 순찰하는지도 말하지 않는다. 산책이라면 혼자 다니면 안 되나?
그저 가끔 테라인이 어쩌고 하는 말을 중얼거릴 뿐이다. 그리고 곧이어 그녀가 테라인이란 게 뭐 어쨌단 거냐는 투덜거림. 그녀가 도대체 누군데? 아니, 그보다 망할 놈의 테라인이 더 지긋지긋하다. 그것 때문에 이 요양 이 꼴이다. 나라면 생각조차 하기 싫을 것 같은데 도대체 왜 그러는지 이해가 안 된다.
레진의 말수가 점점 줄어들고 있다. 좋지 않은 징조다.

심각하게 손상된 부분을 버리는 우주선은 정말이지 영화나 게임에서만 나오는 줄 알았는데. 기관실이 사라지며 상황은 끝났다. 적어도 그렇게 믿고 있다.

아니, 믿고 싶다.

이년 8월 14일.

우리 사진이 바스러져 간다. 미람의 사진이 그렇게 된 건 언제일까? 어쩌면 이 방조차 너울대는 화염에 휩쓸렸던 것일까? 나는 그때 운이 좋아 다른 곳에 있었던 것일까?

변색되어 액자에 들러붙은 우리 사진. 미람은 사진 속의 우리가 영원할 거라고 말했는데, 사실이 아니었다. 그녀는 정말로 시간 속에서 영원한 것이 있으리라 믿은 걸까?

적어도 나는 믿지 않는다.

아찬은 귀퉁이가 딱딱해져 부서져 가는 사진을 액자에서 조심스럽게 꺼내 일기장의 가운데쯤 조심스럽게 끼워 넣었다. 기억이 부서져 가는 것을 저지할 수 없다면, 일기장에 녹아들게라도 하고 싶었다.

삭은 종이가 완전히 부서져 파편이 되고, 그 파편조차 가루가 되는 때는 언제쯤일까.

그걸 직접 확인하고 싶지는 않았다.

이년 8월 29일.

이런 어둑어둑한 바에서 혼자 술을 마시면서 잘 보이지 않는 종이 위에 일기를 쓰는 기분도 나쁘지 않다. 물론 바텐더 로봇은 고개를 숙이고 움직이지 않는다. 레진은… 옆에서 글라스만 만지작거리고 있군. 라임주스가 입에 맞지 않는건가? 뭐, 자기가 알아서 찾아 마시겠지.

이제 아무도 없다. 아까 불과 한 시간 전이었다. 진국 상사가 사라진 것이.

그는 어른답게 행동했다. 자신의 아내와 딸 이야기를 자주 했고, 우리를 격려해 주었다. 지금 생각해 보니 그는 나보다 여덟 살 많다. 많은 차이일까?

적어도 내가 그의 앞에서 철부지 꼬마같이 굴었다는 것 하나는 확실하다.

상사의 옷은 내가 치웠다. 나는 그의 최후를 보지 못했다. 내가 방에서 혼자 무기력하게 앉아 있을 때 그는 레진이 울음을 멈추고 잠이 들 수 있도록 그녀 옆에 앉아 있었다. 그가 너무 오랫동안 나타나지 않아서 내가 가보았을 땐 이미 모든 게 끝나 있었다. 의자 위에 옷만이 덩그러니 남아 벽에 기대어진 커다란 총과 함께 오지 않을 주인을 기다릴 뿐. 그의 유품을 치울 때에는 다른 때와는 달리 구역질은 전혀 하지 않았다. 가슴이 아리는 통증을 참느라, 흐려지는 눈을 비비느라 그런 걸 할 틈이 없었다.

국 상사는 우리가 의기소침해 있을 때면 항상 그 커다란 총을 들고 씨익 웃으며 뭐든지 이걸로 다 때려잡을 수 있다고 했다. 거짓말이란 건 우리 모두 다 알고 있었지만 그래도 그때 뭔가 든든한 느낌이 든 건 분명한 사실이다. 오직 그만이 부릴 수 있는 종류의 허세. 내가 레진에게 그의 몫을 대신할 수 있을까?

이제 그는 없다. 이 커다란 우주선에 살아서 존재하는 사람은 나와 레진, 이 둘이 전부다. 이제는 내가 보호자다. 로가디아가 다시 돌아오는 기적 같은 건 포기했다. 그녀가 말을 멈춘 것이 몇 명이 남았을 때였더라?

최초에 사고가 났을 때 난 우리가 이렇게 넋 놓고 최후를 맞이해야 할 거라고는 전혀 상상도 하지 않았다. 언제나 그래왔듯이 뭔가 돌파구를 찾아서 훌륭하게 극복해 낼 수 있을 거라 믿었다. 그러나 그것은 망상이었다. 조금 위로가 된다면 나만의 망상은 아니었을 것이란 사실 정도일까? 이제 어떻게 해야 할지 모르겠다. 곧 내 차례도 오겠지? 처음에는 사라져 간 이들을 애도했지만, 지금은 그들이 부러울 따름이다. 이천 명이 넘는 사람들이 없어지는 동안 할 수 있는 일이 아무것도 없었다니.

레진이 먼저든 내가 먼저든 되도록 빨리 이 현실에서 벗어나고 싶다. 하지만 자살은 싫다. 왜?

일기장에까지 너저분한 거짓말을 쓰기는 싫다. 그냥 두렵다. 죽는 게 두렵다. 난 죽고 싶지 않다.

제기랄. 맥주를 다 마셔 버렸다. 이 맥주 한 잔을 제대로 받기 위해서 난 또 진땀을 빼야 한다. 아니, 썩지 않은 맥주가 남아 있다는 현실에 감사하는 편이 나을 것이다.

뭐, 그런 거야 아무래도 좋겠지. 단지 내가 불안인 것은 맥주 거품을 딱 알맞게 하기 위해서 어떻게 해야 하는지 가르쳐 줄 이가 아무도 없다는 사실이다. 왜 난 그걸 진작 배워두지 않았을까?

만약 미람이 있다면 가르쳐 줄지도 모른다. 그녀는 여러 가지를 할 줄 알았으니까. 심지어는 카드를 펼쳐 놓고 그녀가 결코 보지 못하는 상황에서 내가 무슨 카드를 골랐는지조차 알아맞힐 줄 알았다. 난 여전히 그게 어떻게 가능한지 모르겠다. 설마 그녀가 텔레파시스트는 아니겠지.

아찬은 일기장을 덮으며 레진을 돌아보았다. 그녀는 여전히 잔을 만지작거리며 아무것도 나오지 않는 모니터를 쳐다보고 있다. 바는 정말 넓다. 여기는 서울이 아니니까. 이천 명의 사람을 위한 유일한 장소가 소화해야 할 수요를 생각한다면 이 정도 넓이는 당연한 거다.

로가디아가 말을 멈춘 이후 아무것도 제대로 작동하는 것이 없었다. 심지어 문조차도 붉은색 경고 표시를 찾아서 일일이 에틸론 펌프를 작동시키지 않으면 열 수가 없었다.

당연히 함교로 접근하는 건 불가능했다. 함교도 물론 수동으로 열 수는 있다. 문제는 그걸 가능하게 하는 고색창연한 금속 재질의 열쇠가, 아마도 함교 안에서 흘러내려 버린 어떤 고급장교의 옷 안에 들어 있으리란 점이다.

아찬은 함교로 들어가기 위해서 해보지 않은 짓이 없었다. 완력으로라도 열고 싶었다. 그러나 다릴은 그의 말을 듣지 않았다. 그 인간형의 거인은 로가디아의 명령이 사라지자 더 멍청해졌고 더 요령이 없어졌다. 문외한인 아찬이 보기에도 이제는 녹이 슨 스테인리스 머리를 한 로봇들은 정상이 아니었다. 기록영화에서 나오던, 마약에 취해 거리를 배회하는 행려들의 꼴 그 자체였다. 당연히 심부름을 시킬 수도, 무엇인가를 물어볼 수도 없었다. 석아찬은 다릴의 시동을 켜고 끄는 법조차 몰랐다.

하지만 함교로 들어간다고 해서 배를 멈출 수는 있을까? 사실은 별로 희망적이지 않다. 그럴 수 있었다면 이미 다른 누군가가 그렇게 했을 것이다. 당장, 알바라마드가 그렇게 했겠지.

아찬은 이 부분을 일기에 추가하고 바에 엎드려 버렸다. 로가디아는 입을 다물기는 했지만 적어도 작동을 멈추지는 않았다. 황수영의 말이 맞다면 게이츠의 순항을 위해서는 끊임없는 관리와 보정이 필요하고, 그것은 로가디아 없이는 불가능하다. 그는 먼저 사라져 버린 선배의 말을 믿고 싶었다.

"로가디아?"

역시 대답이 없다.

"로가디아!"

아찬은 알면서도 대답 없는 인공지능을 계속 불렀다. 허망한 외침이 바의 술병과 의자들에 부딪쳐 산산이 부서졌다.

갑자기 이 상황이 너무 나쁘다는 생각이 들었다. 곧이어 과중한 부담이 몹시도 싫어졌다.

스스로를 보호하기에도 이미 충분히 힘겨운데 이젠 레진까지 보호하지 않으면 안 된다니.

그는 순전히 이기적인 마음에서 국 상사가 보고 싶어졌다. 그건 레진을 위해서도 옳을 것이다. 레진은 나 따위는 믿지 않았어. 그녀는 국 상사만을 따라 다녔다. 하지만 그녀가 인상 좋은 군인에게 믿음을 준 이유는 자신의 탓이 아니다. 어쨌든 그는 이미 지구에 딸이 있는 아버지고 레진에게 무엇을 어떻게 해주어야 하는지 잘 알고 있었다. 레진을 돌아다보았다. 그녀는 여전히 아찬과 거리를 유지한 채 초점없는 눈동자로 모니터를 쳐다보고 있다.

"뭐가 보여?"

"……."

"모니터에 뭐가 보이니?"

소녀가 청년을 물끄러미 쳐다보며 머뭇거리다 입을 열었다.

"아니요. 아무것도."

이제는 아찬이 레진을 돌봐야 했다. 그녀는 얼마 전부터 겁에 질린 작은 짐승처럼 울다가 지쳐 자는 것 외에는 아무것도 하지 않았다. 레진은 절대로 혼자 있으려고 하지 않았다. 그녀가 잠들기 위해서는 아찬이나 국 상사 중 적어도 한 명은 옆에 있어야 했다. 차라리 이 소녀보다 내가 먼저 사라져 버렸으면. 아찬은 그렇게 생각했다. 이곳에서 탈출할 수 있는 유일한 방법은 스스로의 손으로 생을 마감하는 방법을 제외하면 앞서 간 사람들의 뒤를 좇는 것뿐이다. 아찬은 이미 오래전부터 이번에는 제발 자신의 차례가 되기를 빌어왔다. 자살은 생각하기도 싫었다. 하지만 이런 상황이라면…….

역시 레진을 혼자 남겨둘 수는 없다. 레진이 자신을 믿지 않았다는 것은 책임을 벗기 위한 치졸한 자기 위안일 뿐이다. 레진의 옷이 찢길 때 아무것도 하지 못했다. 그러나 레진은 자신의 감사와 믿음을 아찬에게도 기꺼이 나누어 주었다. 레진은 아찬을 믿고 있었다. 그녀를 두고 먼저 가버린다는 생각은 언제나 불편함을 불러왔다.

추위에 눈을 떴다. 바에 엎드려 잠이 들었나 보다. 잠들기 전 레진이 자리를 뜨는 걸 본 기억이 났다. 하지만 알아채지는 하지 못했다. 만취한 사람이 보이는 것들을 전부 인식하지는 못한다는 의학적 견해는 사실이었다. 아찬은 여전히 술에 취해 있었고 결여된 감각을 되찾지 못한 채였다. 불안정한 동력으로 불길하게 명멸을 반복하는 불빛이 아찬의 의식과 리듬을 맞추었다. 그는 무엇이 잘못되었는지 정확히 파악하지 못한 채 레진이 앉아 있던 자리를 손으로 쓱 한번 훑고는 그녀의 옷이 없음을 확인한 다음 다시 맥주를 따르기 위해 분투했다. 제기랄. 왜 이건 사람이 따르기에 이렇게 불편하게 만든 거지? 하지만 다릴이었다면 가능할지도 모른다. 아찬의 눈에 동작을 멈춘 채 서 있는 바텐더 로봇이 가물거렸다.

취기가 조금씩 깨기 시작하자 한때나마 가졌던 자기 연민에 부끄러움이 치솟았다. 말 그대로 누구에게도 기댈 수 없는 상황에서는 자기 자신을 불쌍히 여기는 감정 따위는 전혀 도움이 안 됐다. 이제 모든 일들은 바로 지금 해야 했고,

그렇다면 행동부터 해야만 했다.

그러기 위해서는 이… 술부터 그만 마셔야 한다.

아찬은 맥주잔으로 향하던 손을 거두어들이고 자리에서 일어섰다. 한 번 휘청거리기는 했지만 그게 다였다. 그는 세수를 한 번 하고 레진의 방으로 향했다.

방문이 닫혀 있다. 그녀는 방문을 닫는 걸 두려워했다. 아찬은 불길한 느낌을 애써 억누르며 고개를 들이밀었다.

"레진, 혹시 자니?"

불 꺼진 그녀의 방 안에서는 아무런 대답이 없다. 부푼 담요가 호흡을 따라 규칙적으로 오르내린다. 자는가 싶어 조용히 나오려는데 레진의 가느다란 목소리가 들렸다.

"가지 말아요."

아찬은 어떤 말을 해야 할지 몰라 잠시 당황했다. 국 상사에 대한 얘기를 하는 건 좋지 않다는 것만 막연히 알 뿐. 하지만 레진이 먼저 그의 이야기를 꺼냈다.

"이제 어떻게 하지? 아저씨까지 없으면 난 이제 어떻게 해."

"이제부터는 내가 지켜줄게."

"……."

"이제, 돌아가야지. 집으로."

빛이라고는 살짝 열린 문틈으로 비쳐 들어오는 것이 전부인 어두운 방에서 그녀의 웃음이 흐릿한 실루엣으로 나타났다. 레진도 아찬이 거짓말한다는 걸 알고 있다. 아찬은 무력감과 막막함을 느끼며 그저 하릴없이 앉아 있었다. 뭔가 방법을 생각해 봐야 했지만 감조차 잡히지 않았다. 이곳이 도대체 어딘지도 모른다는 문제가 아니었다. 우리은하의 동맹은 고사하고 처음 접하는 외계성종조차 마주칠 확률이 별로 없다는 수준도 아니었다. 타키온 드라이브 중인 우주선을 찾아낼 수 있는 기술은 오직 솔시스만 가지고 있다. 다른 외계성종은 떠도는 게이츠가 바로 옆을 스쳐 지나간다 해도 알아챌 수조차 없다. 유일한 희망은 기관실 모듈과 함께 떠난 알 바라마드뿐인데, 그마저 무사하다는 확신을 가질 근거는 조금도 없다.

아마 반경 수천, 혹은 수만 광년 안에서 존재하는 물질이라고는 수소분자가 전부이리라. 아후리아는 이미 오래전에 지나쳤을지도 모른다. 게이츠의 방문을 몰랐던 게 틀림없다. 알았다면 구조대를 파견했을 것이다. 아니, 아니다. 타키온 드라이브를 할 수 있는 존재는 인간뿐이다. 오직 인간뿐. 솔시스에서 구조를 포기했다면 모든 게 끝났다는 뜻이다.

레진이 잠시 침묵을 지키고 있다가 울음을 겨우 삼키며 소곤거리는 목소리로 아찬에게 다시 말을 걸었다.

"정말로 끝난 걸까요? 만약 아니라면 이제… 누구일까요? 난… 내가 먼저였으면 좋겠어요."

아찬은 여전히 무슨 말을 해야 할지 알 수 없었다. 레진은 나의 태도를 어떻게 받아들일까. 분명히, 그녀가 귀찮아서 그런 건 아니다.

대답없는 상대가 답답한 것일까. 레진이 의미 모를 질문을 했다.

"이기적이죠?"

"아니."

왜 그런 걸 물었는지는 알 수 없지만 적어도 진심으로 대답할 수는 있는 질문이다. 이제는 그런 일 없을 거야라는 말이 목구멍까지 올라왔지만 애써 꿀꺽 삼켰다. 지금은 차라리 그게 나을지 모른다. 조금이라도 믿을 만한 구석이 있을 때 희망이라는 단어가 의미를 갖는다. 하지만 지금은 아니다.

"나, 이제 울지 않기로 했어요."

"지금까지도 별로 안 울었잖아."

"여태까지 너무 귀찮았죠?"

"…아니. 절대로."

아찬은 의자에 앉은 채로 숙인 고개를 들지 않았다. 이번에는 자신의 눈에서 눈물이 나려 하고 있다. 그것을 애써 참을 생각은 전혀 없지만 레진에게 그런 모습을 보이고 싶지는 않다.

시계를 쳐다보았다. 오전. 지금이라면 지구의 서울환오름과 지구환의 그림자가 막 한강을 덮어가고 있을 것이다. 그러니까 난 밤새도록 술을 마셨다는 거로군……. 그런 자각을 하자마자 두통이 엄습해 왔다.

"우리, 왜 이런 곳까지 왔을까요?"

"응?"

"바보 같지 않아요? 앞에 뭐가 있는지도 모르면서 이렇게 끝없이 나아가기만 하고… 이 모양이 되었는데도 멈출 생각은 않고……."

머저리 같은 대답조차 하기 어려운 질문이다. 사실 그녀는 뭔가를 묻는 게 아니라 단순히 화를 내고 있는 걸지도 모른다.

"이건 너무했어요. 도대체 우리가 이 차가운 우주 공간에서 떠돌아야 하는 이유가 뭔가요?"

흥분한 억양. 이상할 건 없다. 아찬도, 레진도 흥분한 상태일 때가 그렇지 않은 때보다 많다. 단지 억누르고 있을 뿐. 그래서 아찬은 레진의 히스테릭한 반응을 진정시키려 들지 않았다. 사실 일부러 그랬다기보다는 그럴 만한 여유가 없었다. 두통이 오는 것은 순식간이었지만 가시는 것은 그렇지 않다.

너무 피곤해… 두통… 뭔가 진통제가 없을까… 라고 생각하는 순간 갑자기 참을 수 없는 졸음이 밀려들었다. 레진은 계속 뭐라고 떠들고 있었지만 이미 내용 같은 것은 전혀 들어오지 않았다. 마침내 레진의 말이 꿈결처럼 희미해지면서 꿈인지 생시인지 분간할 수 없는 지경에 이르렀을 때 먼 시간 저편에서 누군가가 자신을 애타게 부르는 목소리가 들려왔다. 아찬은 그 목소리의 주인이 미람이라고 착각할 뻔했지만 처음 듣는 목소리였다. 저지할 수 없는 잠으로 빠져들었다. 의자 위에 앉은 아찬의 몸이 점점 앞으로 수그러지며 희미해져 갔다.

울지 않겠다는 약속에도 불구하고 흘러내리는 눈물을 주체하지 못하는 레진이 절망적인 절규와 함께 자신을 향해 손을 휘저어보지만 속절없다. 허공을 통과하다가 흘러내리는 그의 상의만을 잡는 하얗고 작은 손이 보였다.

가물거리는 그녀의 얼굴이 저지할 수 없는 어둠으로 잠기는 순간 아찬은 졸음에서 벗어나기 위한 최소한의 노력조차 하지 않았다는 사실을 자각했다.

난 정말로 이 모든 현실에서 떠나고 싶은 걸까? 그게 내 진심인 걸까? 하지만 이건 그냥 잠일 뿐이야. 잠은 죽음과 전혀 다른 거라고.

어쩌면, 눈을 떴을 때 지구일지도 모르지.

하지만 실제로 든 생각은 달랐다. 아찬은 쾌락 비슷한 이상한 기분 속에서 왠지 생각이 분리된다는 느낌을 받았다. 이건 꿈이라는 생각과 이제 안식을 얻는구나 싶은 생각이 동시에 들었다.

아, 레진보다 내가 먼저인가. 이런 기분이구나. 시간의 파편이 된다는 게 이런 기분이었어. 아프지 않구나……

아찬은 벌거벗은 채 어떤 공간에 떠 있었다. 그곳이 어딘지는 알 수 없었다. 우주는 아닌 것 같다. 어떤 느낌도 존재하지 않는다. 심지어 중력조차도. 분명히 처음 맞는 환경이지만 당황스럽지는 않고 단지 조금 멍할 뿐이다.

어디에선가 빛이 나타나고, 크게 부풀어 올랐다. 비로소 뭔가가 느껴졌다. 그 다음에 자신을 덮친 것은 강렬한 뜨거움이었다. 고통 같은 건 없었다. 그것이 열이라고 인식한 것은 그저 그런 생각이 들어서일 뿐, 뜨겁다는 감각을 느끼기에는 몸이 유지될 수 있었던 시간이 너무 짧았다. 아찬은 어느새 몸이 공간 속에서 엄청난 열과 압력으로 증발해 버렸음을 알았다.

아, 그런 사실을 내가 어떻게 알 수 있는 거지? 이미 몸은 사라졌을 텐데. 아찬은 이 잔혹한 사건을 놀라울 정도로 조용히 반추했다. 그렇게 공간을 떠돌다가 상상할 수 있는 가장 어두운 어둠보다 더 어두운 은하를 보았다. 타키온 드라이브의 우주보다도 더 어두운 광기와도 같은 칠흑이 눈앞으로 빠르게 다가왔다. 마치 뭐랄까, 타키온 드라이브로 방황 중인 허수 우주에 존재하는 은하라면 저렇게 생겼겠다 싶은 은하.

개념이 존재하지 않기에 단어가 없어 설명이 안 되는 시커먼 소용돌이. 그러나 아찬에게는 어쩐지 그 속에 고향이 있을 것만 같다는 충동에 가까운 확신이 들었다. 하지만 지구는 아니다. 분명히 고향이라는 느낌이 들지만 지구는 아니다. 지구는 저런 암흑 속에 존재하지 않는다. 따뜻한 지구는 작고 파란빛이 나는 아름다운 별이다.

손발을 허우적거렸지만 아무런 느낌이 없다. 몸은 이미 사라지고 없다는 사실을 잠시 잊었다. 다시 무엇인가에 밀려나는 느낌. 은하에서 점점 멀어지고 있다.

그것도 엄청난 속도로. 아찬은 마치 엄마의 뱃속으로 다시 돌아가려 하는 갓난아이처럼 허우적거렸다. 그러나 그 모든 것은 속절없었다. 갑자기 속에 폭풍우가 몰아치는 밤바다의 등대처럼 게이츠가 나타났고 아찬은 그 속으로 빨려 들어갔다.

"으헉!"

"아찬, 왜 그래요?! 괜찮아요?"

잠이 항상 모자랐지만 눈은 순간적으로 떠졌다. 따끔거리는 눈동자를 자극하는 엷은 눈물 너머로 주위를 둘러보았다. 당연히 아무것도 변하지 않았다. 열린 문틈으로 복도에서 흘러 들어오는 하얀빛이 은은한 실루엣을 만드는 어두운 레진의 방. 의자에 앉아 있는 자신과 침대에서 몸을 반만 일으킨 소녀.

"깜빡… 잠이 들었나 봐."

레진은 불길한 단어를 입 밖에 꺼내기 싫은지 악몽이었나 봐요? 라고 얼굴로 물었다.

"응."

아찬은 말로 대답했다.

"괜찮아요?"

"처음부터 깊게 잠들지 못한걸……. 악몽인 건 어떻게 알았니."

"땀을 많이 흘리네요. 지금도 이마에 송골송골해요."

"……."

"난 아무리 무서운 꿈을 꾸어도 영화에서처럼 허리를 벌떡 일으킨 적이 한 번도 없어요. 당신도 그래요?"

"그건 영화에서나 나오는 거지. 실제로 그런 사람은 없어. 있다면 그건 영화 흉내를 내는 걸걸."

"더 자요. 같이 잘래요?"

"잠은 깼어. 사실은 더 자고 싶은데 불안해서 잠이 다시 올 것 같지가 않아."

레진이 미소 지으며 아찬의 이마를 쓰다듬어 땀을 훔쳐 주었다.

"고마워, 레진."

아찬은 습관적으로 손가락을 튕겼다. 물론 물 잔이 나타나야 할 자리에는 아무것도 생기지 않았다. 무의식적으로 다시 시계를 봤다. 여전히 지구환의 그림자가 한강을 덮고 있을 시간. 시간이 거의 흘러 있지 않았다. 아주 잠깐 조는 사이에 꾼 건가? 정말로 긴 여행이었는데. 갑자기 든 오한에 아찬의 몸이 가볍게 떨렸다.

"사실은 자는 줄도 몰랐어요. 고개를 숙이나 싶더니 갑자기 비명 같은 신음을 흘리기에 깜짝 놀랐어요. 몇 초도 안 된 거 같은데, 도대체 얼마나 무서운 꿈을 꿨기에……."

"아… 그냥……."

"얘기 좀 해봐요."

"별건 아니고… 내가 사라지는 꿈이었어. 네가 놀라서 사라지는 날 잡으려고 손을 막 휘젓고……."

레진의 눈살이 찌푸려졌다. 물어본 것을 후회하는 표정. 짧지만 깊었던 잠에서 덜 깬 아찬은 자신이 불길한 이야기를 했다는 사실을 깨닫는 데에 시간이 조금 걸렸다.

두려움에도 깊이가 있다면 진작 바닥을 만졌을 정도의 시간을 지나쳤지만 그 감정은 여전히 마찬가지다. 해서 좋을 것이 없는 말은 않는 게 낫다. 레진의 표정이 눈에 띄게 어두워졌다.

"아주 불길한 꿈이네요. 하지만 이젠 그런 일은 없을 거예요. 왠지 그렇게 느껴져요. 너무 긴장했나 봐요. 그러니 그런 불길한 얘기는 입 밖에 꺼내지도 말아요. 생각조차도."

레진의 말이 맞다. 아찬은 레진의 말대로 꿈에 대해서는 생각지 않기로 했다. 그들이 해야 할 일은 이제 어떻게 하면 집에 돌아갈 수 있는지를 연구하는 것이다. 하지만 그전에 둘 중 누군가가, 아니면 둘 다 사라지지 않는다는 보장이 없는 것도 엄연한 현실이다. 만일의 경우에 그가 먼저 사라지게 된다면 이 작은 소녀는 정말로 스스로 생을 끝내려 들지도 모르는 일이다. 하지만 그래서는 안 된다.

희망을 갖는 것은 인간의 의무다.

"레진."

"응?"

"지금부터 내가 하는 말 잘 들어."

"네."

대답하는 소녀의 안색이 어두워졌다. 상대가 무슨 말을 할지 알 것 같다는 눈빛. 그러나 아찬은 말을 해야 한다고 생각했다.

"혹시라도 내가 먼저 사……"

"그만둬요! 무슨 말하려는지 알겠어요. 그런 말 입 밖에도 내지 말라고 했잖아요!! 난… 난… 혼자 남게 되면 정말로 죽어버릴 거야!!"

"레진……"

약속을 지키기 위해 입술을 깨물고 있는 소녀의 모습이 애처로웠다. 아찬이 생각하기에도 지금 상황은 열여섯밖에 안 된 소녀가 정상적으로 받아들이기에는 불가능한 현실이다. 그러나 사정없는 현실이기도 하다. 그리고 그 단어 안에는 벗어날 수 없다는 뜻이 함축되어 있다. 여기에서 벗어나기 위한 방법은 오직 죽음뿐. 레진은 최악의 방향으로만 상상하고 있다. 이야기를 뒤로 미루어야 했다. 자신의 입장에서는 절대 용납할 수 없는 마지막 탈출 방법을 기꺼이 택하겠다는 사람에게 무슨 말을 할 것인가. 시간이 필요했다. 적어도, 레진이 준비할 수 있을 정도만큼은 필요했다. 남은 시간이 얼마나 되는지는 알 수 없지만 지금은 격려와 다짐조차 준비와 각오가 필요한 시기다.

아찬이 레진을 끌어안고 도닥였다. 가는 어깨의 들썩임이 잦아진 다음에도 둘은 한참을 그렇게 앉아 있었다. 훌쩍이던 소녀가 아찬을 올려다보며 억지로 웃었다.

"아찬."

"응?"

"여자 친구 있다고 했죠? 그 얘기 해줘요. 나도 지구로 돌아가면 근사한 남자 친구부터 사귈 거야."

여전히 훌쩍거리면서 눈물이 그렁그렁한 눈으로 아찬을 바라보면서도 어색한 미소를 유지하려 애쓰고 있다. 아찬도 최선을 다해 억지 미소를 지었다.

"음, 우리가 처음으로 만난 때는 십일 년 전이었어."

이년 9월 7일.

원래대로면 지금은 아후리아에 도착해 있어야 한다. 거대한 다이슨 링의 외곽에 착륙해 막 장비를 풀고 부산하게 움직이겠지. 호흡관저를 설치하고 나서 헬멧을 벗으며 심호흡을 하느라 눈을 감고 있을지도 모른다. 어쩌면 종이처럼 얇은 다이슨 링의 가장자리에 서서 신기한 듯 우주를 바라볼지도 모르지.

아니, 다 집어치우자. 모든 건 끝났다. 적어도 아후리아는 생각하기도 싫다.

레진은 이제 약속을 지키려는지 우는 모습을 볼 수 없다. 하지만 그녀나 나나 불안해하기는 매한가지다. 우리가 나누는 대화에는 언제나 거짓 웃음뿐이고 사실은 불안에 떨고 있다. 그럼에도 지난 시간보다는 훨씬 나은 편이다. 그때는 정말이지 먹지도, 자지도 못하고 죽지 못해 사는 것이나 마찬가지였다. 국 상사가 사라진 지 벌써 열흘 가까이 지났다. 하루하루는 고통스러웠지만 돌이켜 보면 언제 이렇게 되었나 싶기도 하고. 어쩌면 희망을 가져도 좋을지 모른다.

하지만 정말일까? 정말로 그런 걸 가져도 될까? 구조될 가능성이란 게 있기는 할까?

하루에도 몇 번씩 동면 시설로 들어가는 게 낫지 않을까 생각한다. 하지만 꿈조차 꾸지 못하는 얼어붙은 잠을 자다가 나도 모르는 사이 죽어버린다면? 적어도 굶어 죽는 것보다야 인간적일지 모른다. 하지만 그래도 난 내 최후의 순간에 눈을 뜨고 있고 싶다.

왜 인간은 죽어가는 과정을 겪지 않으면 안 되는 것일까? 아니, 왜 그 경험을 인식하지 않으면 안 되는 것일까?

죽음 자체보다, 그게 더 고통스럽다.

이년 11월 2일.

레진이 확신에 찬 어조로 말했다. 펄럭거리는 펫을 들고 와서 기쁘게 이야기했다. 이제 게이츠는 안전하다고. 그 말을 하는 그녀의 표정은 확연히 안정되어 있었다. 하지만 난 그 말을 믿을 수 없다. 그녀는 뤠이쓰 정리를 무시했고 그런 계산으로는 제대로 된 결과를 얻을 수가 없다. 하지만 난 그 말을 차마 할 수 없었다.

요즈음에는 산다는 의미가 꼭 먹는 데 있는 것 같다. 먹는 일과 자는 것 말고는 아무런 할 일이 없으니까. 있다고 해도 하고 싶지도 않고. 레진의 경우는 아직도 뭔가를 먹는 모습을 볼 수 없지만 그래도 살도 안 빠지는 것을 보면 자기 나름대로 뭔가 찾아 먹는 모양이다.

어제는 의무실에서 검진을 받았다. 최소한의 필요를 에멘시가 관리한다는 게 이렇게나 다행일 거라고는 생각해 본 적이 없었다. 로가디아까지 가지 않더라도 단순히 판솔라니아와 있을 때도 난 그녀를 고맙게 여겨본 적이 없었다.

나도 레진도 건강했다. 심각하게 불안해하고 우울증 증세가 있기는 했지만 그게 다였다. 아무런 문제가 없었다. 난 오히려 체지방률이 적당한 수준으로 내려가기까지 했고 레진은 그 반대였다. 어느 쪽이든 둘 다 건강한 신체에 가까워지고 있었다. 너무 안심이 되어 스캐닝 데이터를 보고 레진에게 통뼈라고 놀리기까지 했을 정도였다(그녀는 정말로 뼈가 굉장히 굵었다! 나보다도 더!)! 체지방률까지 높아진 레진의 얼굴이 빨개졌지만 곧 우리 둘은 크게 웃었다.

먹는 이야기를 쓰다 보니 갑자기 배가 고파졌다. 일기는 보고서가 아니었고 배가 고프면 끝내도 되는 종류의 일거리다. 펜을 놓았지만 좋지 않은 느낌에 잠시 머뭇거렸다. 기억이 틀렸기를 바라며 설마 하는 마음으로 책상과 벽 사이를 기웃거렸지만 쌓아두었던 휴대식은 역시나 남아 있지 않았다. 이런 일에는 꼭 계산이 맞는다.

아찬은 설명서를 겨우 찾아 가까스로 전원을 내린 다릴을 구동할까 다시 한 번 망설였다. 게으름이나 귀찮음 때문이 아니었다. 레진도, 자신도 국의 부대원이 있던 병영에 가기를 꺼려했다. 아니, 그곳뿐 아니라 게이츠의 어디도 혼자서는 결코 가고 싶지 않았다. 처음부터 이천 명의 사람이 어울려 살도록 만들어진 이 배를 혼자서 방황하며 다닌다는 사실 자체가 싫었다.

맛이 괜찮은 전투식량은 이미 오래전에 떨어졌다. 하지만 먹지 않고 살 수는 없다. 결국 그는 한타랏사가 준 알약을 찾기 위해 의무실을 뒤졌고 그러다가 미처 치우지 못한, 텅 빈 환자복을 보고 몸서리를 친 적도 있었다. 당연히 그 이후로 혼자서 외진 곳을 찾는 행동은 결코 하지 않았다. 그 지독한 경험은 먹는 즐거움을 완전히 배제한 채 오직 생존을 위한 휴대식에 입맛을 길들일 정도였다. 아찬은 온갖 마음의 준비를 하고 레진까지 불러 한 번 식당에 갈 때마다 들고 올 수 있는 한 많은 휴대식을 들고 오곤 했다.

문제는 그게 단순히 휴대식 용기 몇 개를 들고 오는 식으로 끝나지 않는다는 데에 있었다. 대부분의 휴대식은 용기 자체가 파열된 상태였고 그나마 성해 보이는 것 중에서도 내용물이 온전한 것 역시 몇 개 없었다. 결국 식당을 헤집을 용기가 없는 아찬으로서는 한 번에 가능한 한 많은 음식을 들고 와야 했고 그러려면 손이 더 필요할 수밖에 없었다. 레진은 그녀가 짊어지는 양에 비해 적게 먹었다. 그녀는 언제나 다 비우지 못한 휴대식을 재분해기에 집어넣곤 했다.

전에 다녀온 게 일주일밖에 안 된 것 같은데 그 많던 양이 벌써 사라져 버렸다니. 항상 나오던 상쾌한 도시의 전경이 더 이상 투사되지 않는 쓸쓸함을 견디기 어려워 잡지에서 오려낸 조잡한 그림이 붙어 있는 벽을 물끄러미 쳐다보다 몸을 일으켰다. 끄응 하는 신음 아닌 신음이 저절로 새어 나왔다.

역시 다릴은 아니다. 그 멍청한 로봇은 단순한 오작동 말고도 걱정해야 할 것이 많았다. 갑자기 보조 추진기 정비실에 들어가 핵융합 촉매를 꺼내며 한 구역 전체를 방사능으로 물들여 버린 적도 있다. 에멘시에게 자동으로 응급복구를 하는 체계가 없었다면 정말 위험할 뻔했다. 레진이 어쩔 줄 몰라 하는 아찬을 밀어내고 로가디아를 거치지 않는 작업자용 명령 체계를 찾아내 문제의 쇳덩이에게 원자로에 몸을 던지라고 명령했고, 다행히도 다릴은 그 명령을 이행했다. 그 때문에 핵융합에 필요한 촉매가 모조리 사라져 버렸지만. 그 멍청한 로봇은 동력을 내리는 것조차 어려웠다.

어쩔 수 없이 벌써 식당에 가도록 만든 식욕이 경멸스러웠지만 그건 자신의 식탐 때문이기보다는 생물이기에 가질 수밖에 없는 일종의 저주성 운명이다.

온 은하를 헤집는 이 시대에도, 인간은 여전히 먹어야만 했다. 수천만 광년 너머의 초보적인 문명을 가진 다른 행성까지 가서 반중력이나 반가속 관성기동 따위로 겁을 주기 위한 목적의 함대조차도 화장실과 식당, 그리고 접시나 변기 따위가 필요했다. 콜롬비아 같은 역사의 유물이든 근대의 솔라리스 스테이션이든 우주 시대의 최전선에 선 게이츠든 모두 마찬가지다. 왜냐하면 인간이 조금도 변하지 않았으므로.

레진과 함께 가려고 그녀의 방으로 먼저 향했다. 자존심이 문제가 아니었다. 정말로 혼자서는 가고 싶지 않았다. 어차피 저녁 먹을 때도 다 되었으니 말만 잘하면 따라오리라. 레진도 이해할 것이다. 적어도 지금까지는 그랬다.

레진은 언제인가부터 다시 자신의 방으로 되돌아갔다. 얼마 전까지만 해도 아찬의 방에서 나갈 생각을 않는 바람에 한동안 의자에서 자야 했던 적도 있었다. 덕분에 허리도 뻐근한데다 낮에는 항상 반쯤 조는 상태로 생활했다. 결국 그는 침대에 대한 권리를 주장했고 합의를 보았다.

문제는 레진이 아찬의 제안 아닌 제안을 무척 반겼다는 점이다. 아찬은 머릿속을 도무지 알 수 없는 이 꼬마가 협박이란 단어를 알고는 있는지 의심스러웠지만 어쨌든 정말로 그렇게 했다.

수벌이 장미한테 반하는 게 가능하지 않듯이 아찬 역시 마찬가지였다(만약 그런 인간이 있다면 그는 동화책을 너무 많이 읽었거나, 변태거나 둘 중 하나일 거라고 아찬은 생각했다).

레진과 자는 건 분명히 기분 좋았다. 따뜻하고 부드러운데다가 외롭고 쓸쓸하지도 않았다. 하지만 아찬은 곧 제 발로 다시 의자를 찾아들었다. 우선, 침대는 둘이서 자기에 명백히 좁았다. 다음 문제는 좀 더 직접적인 것인데, 레진의 몸부림이 너무 심했다. 꿈 속에서 둔중한 통증을 느껴 눈을 떠보면 아찬은 바닥으로 굴러 떨어져 있기 일쑤였다.

그래도 결과적으로는 아찬의 협박이 통한 것과 같아졌다. 레진이 자신이 아찬에게 엄청난 폐를 끼치고 있다는 걸 비로소 알았기 때문이다. 아찬이 차가운 바닥에서 눈을 뜬 어느 날 그녀는 그에게 담요를 덮어준 다음 사라져 있었고 그날 내내 아찬을 피해 다녔다.

아무튼 그녀는 기특한 자립에도 불구하고 보통 낮에는 찾아와서 이런저런 이야기도 하며 놀다 가곤 했는데 오늘은 하루 종일 보이지를 않았다.

거기까지 생각이 미치자 불길함이 가슴을 한가득 메우는 것은 순식간이었다. 그동안 너무 평화로웠던 것이다. 가끔 말썽을 부리는 다릴을 제외하면 영화와 책, 게임으로 점철된 지겹고 지루한 시간들. 잊고 싶어 일부러 들여다보지도 않은 지난 고통을 반추하자 지금이라도 그 지옥이 재생되지 않으리라는 보장 따위는 전혀 없다는 사실을 잠시 잊고 있었다. 레진의 통뼈를 놀리며 서로 터뜨린 웃음에 묻어버린 현실의 절망감.

지금은 로가디아가 없다. 그리고 게이츠는 여전히 타키온 드라이브 중이다. 레진에게 무슨 일이 생길 가능성은 여전하고 그때 자신이 그걸 알 방법은 전혀 없다.

아뿔싸 싶어진 아찬이 뛰기 시작했다. 레진의 방은 가까웠지만 아찬의 마음은 이미 지칠 만큼 지친 상태였다. 문이 열린 그녀의 방에는 아무도 없고 다행히 흘러내린 옷도 마찬가지다.

다 나 때문이다. 나 때문이야.

아찬은 아직 생기지도 않은 일을 걱정하는 사람마냥 허둥지둥했다. 물론 자신이 레진의 마지막 순간에 옆에 있다고 해서 아무런 도움도 될 수 없다는 것쯤은 잘 알고 있다. 심지어 손조차 한번 잡아줄 수 없다는 비극적 현실까지도. 하지만 레진은 어리다. 자신에게는 레진의 옆에서 그녀를 보호해야 할 의무와 책임이 있다.

화장실 문도 잠겨 있지 않았다. 침대에도, 의자와 책상에도 온기나 사용한 흔적 따위는 없었다. 그는 밖으로 뛰어나갔다.

"레진!! 레진!!"

어쩌면 광장 어딘가에 숨어서 혼자 울고 있을지도 모른다. 레진은 아직 사춘기를 갓 벗은, 혹은 겪고 있는 시기고 아찬은 소녀에게 무엇을 어떻게 해주어야 할지 잘 모르는 사람이다. 국의 존재가 절실해지며 다시금 가슴이 옥죄었다.

레진은 어딘가 다른 곳을 갈 때면 항상 자신에게 말하곤 했다. 아찬은 그녀가 이번에는 깜빡 잊었을 것이라고 믿으며 미친 듯이 우왕좌왕했다.

그렇게 믿고 싶었다. 레진이 그런 걸 잊을 리 없다는 사실은 지워야만 했다. 지금은 침착함만으로 머리를 가득 채워도 뾰족한 방법을 찾아낼 수 있을지 확신이 안 서는 때다. 어딘가를 돌아다니면서 말을 하지 않는 쪽은 오히려 자신이다.

하지만 도대체 어디서부터 찾아야 하지? 게이츠는 사람이 살아가는 순수 거주 구역만도 길이 육백 미터에 폭이 이백 미터가 넘는다. 당장 둘러보아야 할 광장만 해도 그 절반 수준이다. 그런 거대한 갑판 공간이 십육층이다. 비록 기관실이 사라졌다 해도 결국 창고나 격납고 같은 곳까지 고려하면 아득한 면적 전부를 수색 구역에 포함시켜야 할 지경이다. 사람이 돌아다닐 수 있는 장소 전부를 생각한다면 후자 쪽이다. 게이츠에 승선하고 느꼈던 그 어마어마한 공간감을 떠올리자 아찬은 그만 포기하고 싶어졌다. 물론 정말로 그럴 건 아니지만.

어차피 그런 패배 의식은 누가 어떤 상황을 맞건 간에 조금씩 피어오르는 쓸모없는 감정의 찌꺼기에 불과하다. 마음을 다잡아야 한다. 차근차근, 침착하게. 레진이 그렇게 멀리 움직일 리가 없어. 모노레일도 가동되지 않으니까 이 근처에 있을 거야.

호흡을 가다듬고 이성적으로 생각하기로 했다. 이 상태로는 아무것도 할 수 없다. 아찬은 장비를 구하는 것이 우선이라는 결론을 내렸다. 뛰어가던 관성에 주춤거리던 몇 발짝을 보상하기 위해 몸을 크게 돌려 레진의 방으로 되돌아갔다. 단말기 화면이 뜨자마자 바로 검색을 시작했다. 입체영상 브라우저를 기대하지는 않았지만 단순히 모니터의 화면에 뜨는 얇은 화면에는 여전히 적응하기 어려웠다. 안구투사 디스플레이라도 가능하다면 좋을 텐데.

심장이 급하게 뛰었다. 일부러 크게 숨을 쉬며 일일이 모니터의 자판을 찾아 두드렸다. 그래도 설계자는 이런 상황도 생각한 모양이다. 자판 두드리는 수고를 뺀다면 직관적으로 무엇을 어떻게 해야 할지 알 수 있을 정도다.

방법만 일단 안다면 편리한 인터페이스다. 음성 명령 시스템은 구동되지 않지만 에멘시는 자판으로 한 글자씩 입력되는 명령들을 끈기있게 기다려 주었다. 아찬이 몇 번인가 입력을 실수했음에도 불구하고 에멘시는 그의 의도를 이해했다.

탐지기, 생명. 머리가 아찔할 정도의 목록이 화면상으로 쏟아져 나왔다. 아찬이 실수를 깨닫는 데에는 시간이 거의 걸리지 않았지만 그걸 어떻게 고쳐야 할지는 분명히 고민해 보아야 했다. 다시 한 글자씩 자판을 두들겼다. 인공지능은 이번에도 아찬의 의도를 빠르게 이해했다. 아찬이 집어넣은 최초 두 단어의 해당 사항을 알아서 합집합에서 교집합으로 바꾼 다음 친절하게도 어디서 쓸 거냐고 물어보기까지 해주다니. 아찬은 망설임없이 '여기'라고 쳐 넣었다. 이번에는 기대한 만큼의 목록을 볼 수 있었고 화면을 한두 페이지 넘기자 목적한 목록을 찾을 수 있었다.

지구형 고등 생명체 탐지 장치. 이거다.

제원 열람을 요청하자 화면이 바뀌며 장비의 제원이 출력되었다. 반구 200미터 이내에서 에너지 대사와 체온 및 호흡 시 나타나는 대기 밀도 파악, 순환계에 따른 신체 내부 기관의 움직임 파악 따위를 원리로 생명체를 탐지하는 장비.

아찬이 원한 건 이런 성능보다는 장비의 위치와 운용 방법이다. 다시 화면을 넘기자 위치가 나와 있다. 엔지니어들이나 알아볼 약호로 표시되어 있지만 에멘시는 이미 자신을 다루는 사람이 전문가가 아니라는 사실을 알고 있다. 인간의 친절한 피조물은 아찬이 알아볼 수 있도록 내용을 번역해 주었고 덧붙여 격려의 기원도 잊지 않았다. 부디 성공하시기 바랍니다. 아찬은 이 비정상적인 상황에 대해 섬뜩해할 여유도, 정신도 남아 있지 않았다. 그의 머릿속에는 A타입 장비 저장실 S—라—88번을 어떻게 가야 하는가라는 생각뿐이었다.

지도에 따르면 S—라—88은 거주구의 최하층에서도 여섯 층을 더 내려가야 하는 으슥한 곳이다. 만에 하나 이 장비마저 고장이 나서 쓸 수가 없다면? 또는 이 엄청난 탐지기로 게이츠를 싹 훑었는데도 아무런 반응이 없다면?

아니, 아찬은 순간 자신이 하고 있는 일의 의미에 대한 의구심을 머리를 크게 흔들며 떨쳐 버리고는 모든 힘을 다해 장비가 있는 곳을 향해 뛰었다. 일어나지도 않은 일을 걱정하기에는 마음이 급했다.

에스컬레이터나 승강기는 멈춘 지 오래다. 다행히도 베릴륨 골조로 된 약해 보이는 비상계단은 눈에 잘 보이는 곳에 있었다.

하부의 어둠 컴컴한 복도와 낯선 곳에서의 헤맴.

정말이지 두 번 다시 이 지긋지긋한 하부는 오지 않으리라 했다. 더 이상 올

일이 없을 것 같았는데. 몇 번을 겪어도 낯선 환경. 그러나 덕분에 아찬은 어둠에 반응하는 반사적 기억을 떠올렸다. 레진은 로가디아를 점검하러 갔을지도 몰랐다. 일전에도 그녀와 그 때문에 마주친 적도 있지 않았는가. 아득한 옛날 일로 느껴지는 기억 덕에 조금 안심이 되긴 했지만 지금까지 그랬던 것처럼 자기 위안일 가능성이 더 높다. 망설일 시간도, 그럴 권리도 없다.

어둠과 방황은 보통 원인과 결과라는 관계로 맺어지게 마련인 개념이다. 그러나 두 단어 사이에 다급함과 진저리라는, 묘하게 이질적인 감정을 끼워 넣은 아찬에게 어둠과 방황은 그저 방해물에 불과했다.

원래 이런 구역은 자신 같은 비전문가가 찾아왔을 때 불편이 없도록 설계된 곳이 아니다. 더 엄밀히 말하면 사람이 올 필요도 거의 없다. 항해 중이라면 다릴로 충분했고 지구환에 정박된 상태였다면 그림자가 생기지 않을 정도로 밝은 조명 아래에서 하늘'의 우주선 건조 실력을 믿지 못하는 회의주의자나 돌아다닐 곳이다. 특히 이번 층부터 그랬다.

위층까지는 희미하게나마 조명도 있고 단말기를 통해 위치도 확인할 수 있었지만 이곳은 어림도 없었다. 아찬은 니오자일의 시체를 발견했던 그때가 떠올라 다리가 후들거렸다.

지독히도 희끄무레한 발광표지만이 끝이 보이지 않는 어두컴컴한 복도를 그나마 밝히고 있지만 그는 차라리 아무것도 없는 완전한 어둠이 더 낫다고 생각했다. 그 발광표지가 내는 어정쩡한 빛 때문에 온갖 파이프와 배선으로 덮인 복도가 무슨 역겨운 생물의 뱃속처럼 보였다. 더욱이 왜인지는 몰라도 이곳은 추워졌다 더워졌다 하는 바람에 벽에 맺힌 이슬들이 꼭 위액이나 그런 종류의 더러운 액체를 연상할 정도로 번들거렸다. 아찬은 오래전에 본, 사람의 몸속에 기생하다가 배에서 갑자기 튀어나오는 외계 생물을 주제로 만든 영화 생각이 나서 소름이 돋았다. 그 우주 괴물 하나에 여자 주인공과 고양이 한 마리를 제외한 모두가 몰살당하는 끔찍한 내용이었다.

아찬은 몇 번 로가디아를 불러보았지만 역시 대답이 없었다. 기대도 하지 않았다. 결국 그는 다시 위층으로 돌아가 랜턴이든 뭐든 무엇이라도 어둠을 밝힐 장비를 찾아와야겠다고 마음먹었다. 아마 국의 유류품을 뒤진다면 휴대용 전조등이나 하다못해 야간 투시경이라도 찾을 수 있을 터다. 이런 일을 두 번 다시 겪을 리 없다고 철썩같이 믿어버린 멍청함이라니. 경험해 보지 않은 것도 아니면서 이럴 거라 생각도 없이 경솔하게 뛰어들기부터 한 부끄러움이 밀려들었다.

아찬이 어둠의 두려움을 떨치려 심호흡을 한 번 하고 조심스럽게 발걸음을 돌리려는데 희미한 소리가 들렸다. 뒤쪽이다.

"레진?!"

방금 전 들리던 소리가 그쳤다. 잘못 들은 것일지도 모른다. 이 복도는 은근히 소음이 많다. 아찬은 고개를 갸우뚱하며 서둘러 계단을 향했다. 어둠을 밝히는 데 전혀 도움이 안 되는 펫이지만 혹시나 해서 꺼내보았다. 역시나. 그저 레진을 찾아 나선 지 어느새 한 시간이 지났다는 사실만 확인했다. 어둠에 상실한 감각은 시간의 흐름마저도 망각시키는 모양이다.

아찬은 아직 시작도 하지 않은 수색 작전이 벌써부터 이런 난관에 부딪혔다는 사실보다는 상황이 이렇게 된 근본적 원인인 자신의 무능 이외에는 화풀이할 곳이 없다는 점에 울화통이 터졌다. 당장 이 기분 나쁜 곳에서 벗어나자. 그리고 크세논 손전등을 찾는 거야. 그러면 이곳도 그다지 기분 나쁘지만은 않은 곳으로 변하겠지.

어두운 복도의 끝을 향해 시선을 고정시킬 용기가 없다는 사실을 알고 있는 아찬은 투덜거리면서도 걸음을 빨리했다. 여전히 거의 보이지 않아 더듬거리고는 있지만 그래도 한 번 왔던 길이기에 올 때보다는 조금 빨리 계단이 있는 곳을 향하는 모퉁이에 도달할 수 있었다.

숨이 많이 가빴다. 걷지 않고 뛰었던가. 어둠의 공포와 두려움, 그리고 레진에 대한 불안과 걱정이 뒤엉켜 자기 통제력을 점점 잃어갔다. 다시 한 번 숨을 가다듬고 앞을 가린 어둠을 향해 눈을 부릅떴다. 한 걸음을 떼어 모퉁이를 막 돌려는 순간 앞쪽에서 뭔가 시커먼 것이 불쑥 튀어나왔다. 그렇지 않아도 긴장을 하고 있던 아찬은 소스라치게 놀라 비명조차 지르지 못하고 그저 '억' 하는 짧은 신음 소리와 함께 무너지듯이 그 자리에 주저앉았다. 갑자기 오줌이 나올 것 같았다. 에이가 사라졌을 때처럼 이빨만 부딪치며 허망하게 앉아 거의 절규에 가깝게 로가디아를 불렀다.

"뭐, 뭐야?! 로, 로가디아! 구해줘!"

자기도 모르게 터져 나온 대답없는 로가디아에 대한 애원. 그러나 짧은 순간의 당황이 가시자 이미 대충 어둠에 익은 아찬의 눈은 자신을 놀라게 한 그 검은 물체가 레진임을 알아봤다.

방금 전 지릴 뻔한 두려움과 그 때문에 대답할 리 없는 로가디아를 불렀다는 묘한 중첩이 아찬을 부끄러움으로 몰아넣었다. 거기에 지금까지의 불안과 초조감이 촉매가 되자, 감정의 연금술이 그 어떤 원소와도 상관없는 감정을 결과물로 내놓았다. 마개가 열린 병에서 흘러내린 말이 순식간에 화를 내는 형태로 변해 쏟아졌다.

"레진!! 도대체 여기서 뭐 했어? 어딜 가면 간다고 말을 해야 할 거 아냐?!"

아찬의 얼굴이 화끈해졌다. 그런 것은 어둠이 아니라 해도 스스로가 가장 잘 알 수 있는 상황 중에 하나다. 다만 그 확 달아오른 양 볼이 부끄러움 때문인지 화가 나서인지는 잘 알 수 없을 뿐이다. 중요한 것은 그 어느 쪽이든 레진을 더 몰아붙일 감정 상태에 이르기에는 충분하다는 점이다.

"말이라도 해봐! 응? 사람을 이렇게 걱정시키면 어떻게 해!"

"나, 난… 그, 그러니까……."

레진의 표정은 주위의 어둠 때문에 거의 알아볼 수 없지만 말을 더듬는 목소리에 스민 두려움은 확실히 느껴졌다. 아찬에게 레진도 무서워하고 있다는 당연한 사실을 잠시 망각한 자신에 대한 부끄러움이 치밀어 올랐다. 로가디아에게 애원하던 조금 전과는 비교도 되지 않는 수치심이 후회와 더불어 판단력을 무디게 만들었다. 아찬은 레진의 두려운 목소리가 가진 얄팍한 두께와 그 밑에 숨은 당황을 알아차리지 못했다.

"어……."

레진을 진정시키는 것 말고는 달리 무엇을 해야 할지 판단이 서질 않았다. 아찬은 레진을 도닥이며 자신도 좀 진정되기를 바랐다. 걱정과 불안, 그리고 두려움이 만든 긴장이 아랫도리의 저릿함으로 전해져 왔다. 여기는 화장실이 없다.

레진은 고개를 숙이고 헐떡였다. 이마에 짚어본 손바닥에 찹찹한 식은땀이 묻어 나왔다. 소변을 참기 어려웠지만 레진의 가쁜 숨이 잦아질 때까지는 기다려야 했다. 긴장이 불러온 요기(尿氣)가 초조함을 일으켰고 그 느낌이 오금을 더 저리게 하는 악순환을 멈출 방법은 하나뿐이다. 레진의 가슴이 들썩이는 품이 조금 고르게 변했다. 주저할 틈 없이 일어난 아찬이 모퉁이를 돌자마자 지퍼를 내렸다. 소리가 다 들리겠지만 더 이상 참기 어려웠다.

원래 한참 동안 참은 소변은 생각처럼 쉽게 터져 나오지 않는 법이다. 여자도 이런 통증이 있을까? 그래도 참는 것보다는 나았다. 찡그린 미간을 풀지 않은 아찬은 등 뒤를 가로지는 레진의 인기척을 느꼈지만 배뇨의 카타르시스는 이제 막 절정을 행하고 있었다. 몸은 가능한 한 벽을 바라보게 유지하며 고개를 한껏 비틀어 레진을 불렀다. 그러나 희미한 빛 아래 섬처럼 떠 있는 계단을 향해 이마에 손을 짚고 비틀거리는 레진은 대답이 없다. 저렇게 걷다가 계단에서 구르기라도 하면 크게 다칠 것이다. 아찬은 어쩔 수 없이 지퍼를 올렸다. 조여진 배뇨관 너머에 남아 있던 몇 방울의 소변이 새어 나와 아랫도리를 불쾌하게 만들었다.

여전히 잘 보이지 않는 어둠 속에서 계단에서 흘러내리는 빛 가운데 실루엣으로 보이는 레진의 뒤를 거의 따라잡았다. 놀라지 않게 조심스레 어깨를 잡을 수 있는 거리에서 팔을 뻗는 순간 아찬은 발을 헛디뎌 넘어질 뻔했다. 레진을 위해 느슨히 한 마음이 아니었다 해도 허둥거리는 자세는 과장이 아니다.

그는 잠시 로가디아의 목소리를 들었다는 착각에 빠졌다. 눈으로는 계단의 난간에 의지해 힘겹게 비틀거리는 레진을 쫓으며 귀를 열어 정신을 집중했다. 역시 복도에 끊임없는 소음 속에 로가디아의 목소리는 섞여 있지 않다. 그런 착각은 전에도 여러 번 있었고 이상한 일이 아니다.

그래서 이번에는 정말로 넘어졌다. 계단을 올라가기 직전이어서 다행이었다. 극히 짧은 정신적 공황이 신체 통제력을 완전히 포기했던 것이다.

[아찬, 말하지 말고 듣기만 하십시오.]

"로가—!"

[레진을 그냥 두십시오. 레진은 아픕니다. 아주 많이. 그냥 두시면 됩니다.]

그토록 기다렸지만 간신한 반가움의 인사조차 꺼내기 어려울 정도로 냉랭함과 견고함이 빈틈없이 스민 목소리. 감정이 없어 억양이 배제될 수밖에 없는 공허한 울림.

로가디아의 목소리 안에는 수긍 이전에 이미 거부하기 어려운 명령적 요구가 존재하고 있다. 가슴속에서 스멀거리며 피어오르는 이 기분이 어둠과는 다른 종류의 두려움이라는 사실을 고민해 보지 않아도 충분히 알 수 있다. 잠시간의 경직. 로가디아는 말을 잇지 않았다. 지금 이건 내가 잘못 들은 것일지도 모른다. 좀 더 현실적으로 느껴지는 착각일지도 모른다. 아찬은 용기를 내어보았다.

"로가디아, 이젠 괜찮아?"

[약간, 시간이 더 필요하지만 당신과 대화하는 데는 불편이 없을 겁니다. 다만 지금은 아직 피로하군요. 때가 되면 제가 먼저 말을 걸겠습니다. 전 거의 괜찮아졌으니까요.]

이번에는 엉덩방아 따위는 찧지 않았다. 하지만 레진이 흘리던 그런 식은땀이 흐르고 있다. 어쩌면 레진도 로가디아의 목소리를 듣고 여기까지 온 것일지도 모른다. 아찬은 주먹을 꽉 쥐었다. 손가락 사이로 긴장이 흘러내렸다. 손톱에 찔린 손바닥이 얼얼했지만 그게 나았다. 짜릿하면서도 희미한 고통이 느껴졌지만 머리가 더 맑아진다거나 하지는 않았다. 스스로도 알고 있다. 자신은 정상이며 머리는 아까부터 맑았다는 것을.

전에도 겪은 일이 왠지 정확히 반복되고 있다는 사실을 자각하자마자 소름이 오싹 돋았다.

문제가 있는 쪽은 로가디아다.

아찬은 로가디아 같은 거대 인공지능에 대해서는 아는 것이 거의 없었다. 전문 시스템 오퍼레이터라도 파악하기 어려웠을, 인공지능의 비정상적 언어 표현을 인지하기란 불가능했다. 그러나 지금은 다르다. 로가디아의 말투가 이상하다는 사실을 주장하기 위해 기술적인 증명 따위는 필요치 않다. 아찬으로서는 인공지능에게 받는 명령적 요구와 통보가 어떤 의미를 갖는지 고민할 필요가 없었다.

한참을 서 있다가 몸을 돌렸다. 계단의 난간을 잡자 차가운 금속에 맺힌 이슬이 손바닥의 식은땀에 반응해 불쾌감을 일으켰다. 아찬은 오늘 있었던 일을 모두 떨어버리려는 듯 머리를 세차게 한번 흔들고는 발걸음을 위로했다. 하지만 어쩌면 로가디아를 정말로 멈추어야 할지도 모른다는 사실만큼은 잊지 않았다.

로가디아가 없이도 메탈갑옷을 움직일 수 있을까? 글쎄, 아마 안 될 것이다. 함교 문을 열기 위해 이미 메탈갑옷을 떠올린 것은 진작이었다. 이미 오래전 병기고에 들러보았지만 그 입는 로봇은 꿈쩍도 하지 않았다.

아찬은 머리를 한 번 더 저었다.

"아찬, 일어났어요?"

"으. 뭐지? 내가 언제 잠이 들었었나?"

머리에 고통의 여운이 아직 남아 있다. 허리를 일으키자마자 혈류가 빠져나가며 욱신거리는 느낌. 과음한 다음날 같은 기분이다. 눈곱을 비벼 떨어내자 켄타로스의 사진이 비치는 디지털 전자 일력이 가물거렸다. 거의 하루 이상은 잔 모양이다.

레진의 방이다. 침대 옆 의자에 걸터앉은 레진이 턱을 괸 손을 떼 아찬이 허리를 일으키는 것을 도왔다. 레진의 어수선한 표정과 품새를 보아하니 아무것도 하지 않고 그가 일어날 때까지 그저 앉아만 있었던 모양이다. 반가움과 다행스러움이 함께하는 웃음을 함빡 지은 레진은 비로소 안심하는 표정을 지었다.

"아무리 피곤해도 그렇지, 걸으면서 조는 사람이 어디 있어요?"

그래. 그랬지. 아찬은 어제의 일을 조금씩 기억해 냈다.

그 기분 나쁜 미로를 빠져나오자마자 귀가 갑자기 멍해졌다. 그리고는 지독한 이명이 생기면서 머리가 몹시 아파왔다. 그는 말할 수 없는 고통 속에서 로가디아를 부르며 방을 향해 거의 기다시피 했다. 로가디아가 뭐라고 대답했는지는 모르겠다. 어쩌면 아무 말도 하지 않았는지도 모른다. 이명이 너무 심했다. 비틀거리며 걷다가 레진을 보았고 그녀를 향해 도움을 바라는 손을 내밀었지만 그녀는 차갑게 자신을 바라보기만 했다. 아찬은 그 싸늘한 눈빛에 뭐라 말할 수 없는 절망감을 느끼면서 그대로 손과 함께 고개를 떨어뜨렸다. 그것이 자신이 기억하는 마지막이다. 그런데 졸면서라니. 내 고통스러운 표정과 몸짓이 그거로는 충분하지 못했단 말인가?

"졸면서… 걸었다… 고?"

끄덕.

"그럼 너한테는 도대체 어떤 표정을 지어야 내가 아프단 걸 알릴 수 있지?"

"네?"

불만이 가득히 배어 있는 아찬의 말투에 의자에 앉아 있던 레진은 어이가 없다는 듯한 표정으로 아찬을 보며 방어적으로 되물었다.

"무슨 말이에요?"

"말도 안 하고 사라져서 사람 혼을 다 빼놓더니 뒤늦게 나타나서는 없어져 버리고, 그러다가 내가 도움이 필요해져서 내민 손은 장난으로 보였어?!"

"왜 화를 내는지조차 모르겠어요. 내가 잘못한 게 뭐죠?"

레진의 방어적이던 자세가 도전적으로 바뀌며 조금씩 억양이 높아졌다. 그러나 아찬으로서는 레진이 그럴 입장이 아니다. 당연히 그의 목소리는 더 커졌다.

"좋아! 로가디아에게 물어보자고! 로가디아라면 전부 알고 있을 거야. 로가디아! 로가디아!"

"대답이 있을 리가 없잖아요. 몇 달 전 마지막으로 입을 연 이후 아직까지 아무 말이 없어요. 아찬, 이제 그만 해요. 어린애처럼 이러지 말아요! 난 당신이 제자리에 올곧게 서 있어도 불안해요!"

아찬의 얼굴이 붉어졌다. 아까가 분노 때문이었다면 이번에는 무안함 때문이다. 왜 자신이 레진에게 의지하는 것처럼 그녀도 나에게 의지하고 있다는 생각을 하지 못할까. 하지만 덕분에 아찬은 어느 정도 이성을 되찾았고 레진에게 사과해야겠다는 생각을 할 수 있었다. 그 이유에는 전략을 바꿔보자는 얄팍한 의도도 끼어 있었다.

"그래, 레진. 미안해. 내가 신경이 많이 날카로워져 있었나 봐."

레진은 아찬이 태도를 너무 갑자기 바꾸자 약간 당황한 듯했지만, 곧 이쯤에서 타협을 하는 것이 좋겠다고 생각했는지 고개를 끄덕여 주었다. 어색한 침묵이 둘 사이를 잠시 동안 흐른 후 아찬이 다시 입을 열었다.

"그리고 로가디아는 곧 정상으로 돌아올 것 같아. 어제 내게 말을 했었어. 조금만 기다려 달라고, 곧 자기를 완전히 고칠 수 있다고."

레진이 미간을 찌푸리며 아까의 방어적 자세로 되돌아갔다. 표정을 보아서는 아무리 잘 봐줘도 아찬이 여전히 환자라고 믿는 것 같았다. 하지만 아찬의 입장에서는 자신이 정상이며 단지 증명할 방법이 없을 뿐이다. 한발 물러나야 했다. 아찬은 화제를 바꾸었다.

"레진, 어제 지하 창고 쪽에서 뭘 하고 있었지? 너도 날 본 것 같던데. 내가 있던 곳 밑에 층에서 올라오다가 말이야."

"네? 무슨 말인지 모르겠네요. 난 지하 근처에도 간 적이 없었는데요?"

"난 분명히 봤는데?"

"무슨 말하는지 모르겠군요. 난 그때 방에서 누워 있었는걸요?"

더 들을 것도 없다. 그녀의 말이 사실이라면 그때가 언제인지 알 리가 없다. 그녀가 재빠르게 말을 덧붙였다.

"당신이 방에 오기 직전까지 지하에 있었다면 말이에요. 다릴을 잘못 본 거 아니에요?"

아냐. 레진도 다릴이 제대로 작동하지 않는다는 사실을 알고 있다. 게이츠에서 인간과 착각할 수 있는 존재라면 다릴뿐이다. 정말 에누리 많이 줘도 메탈갑옷까지다. 나머지 로봇은 모두 붙박이형이다. 바텐더 로봇처럼.

뭔가 이상해. 아찬은 뭔가 앞뒤가 하나도 들어맞는 것이 없다는 사실에 대해 짜증이 울컥 났지만 두통의 여운이 아직도 은근하지만 강하게 남아 그를 괴롭혔다. 생각이란 것 자체를 더 하고 싶지가 않아졌다. 어쩌면 그 두통 때문에 더 짜증이 나는지도 모르지. 머리를 짚으며 허리를 숙인 아찬을 레진이 부드럽게 끌어안으며 속삭였다.

"어쩌면 당신이 맞을지도 몰라요. 사실은 나도 머리가 너무 아팠어요. 정신을 차려보니 방이었거든요. 기억이 안 나요. 많이 아프죠? 이해해요. 나도 아팠는걸요. 몰아세워서 미안해요. 우리, 이러지 말아요. 서로에게 상처 주는 거 싫어요. 아찬, 난 이미 너무 힘들단 말이에요."

떨리는 따뜻한 목소리의 끝에 레진의 눈물방울이 머리카락을 타고 흐르는 느낌이 전해져 왔다. 편안한 간질거림. 그러고 보면 레진의 표정은 아무렇지 않았던 것 같기도 하다. 맞아. 난 어른인데 왜 항상 레진의 달램을 받는 걸까. 어차피 로가디아가 회복되면 모든 것이 명확해질 거야.

갑자기 피로가 몰려와 마음대로 생각을 정리해 버린 아찬이 다시 잠으로 빨려 들어갔다. 한쪽 팔이 침대 시트 사이로 삐져나와 밑으로 축 늘어졌다. 아찬을 물끄러미 쳐다보던 레진이 고개를 들어 벽을 잠시 쳐다보다가 초점없는 눈동자로 로가디아의 이름을 살며시 불렀다. 절연이 잘된 방에서 소녀의 가는 목소리가 허탈하게 부서졌지만 대답은 없었다. 실망한 눈빛이 아찬의 얼굴로 다시 향했다. 소녀도 곧 침대에 엎드렸다.

이년 11월 14일.

몸이 지독히 안 좋았다. 로가디아가 없으니 하다못해 진통제조차도 직접 찾으러 다녀야 하는 터. 레진이 가져다준 두통약은 아무 소용이 없다. 그렇지안 지금… 지금은 거짓말처럼 다 나았다. 역시 잠 같은 약이 없다. 그게 아니면 정말로 신경쇠약에 걸린 것일지도 모른다. 레진은 아무 일 없다는 듯한 표정을 하고 있다. 그녀에게 미안해 종일 눈을 제대로 맞추지 못했다. 더 힘든 건 레진 쪽일 것이다.

마젤란은 결국 바다에서 죽었다. 심우주 탐험의 전설 엘미라오 역시 우주에서 죽었다. 그들 모두 곁에서 지켜보는 이 없이 쓸쓸히 죽어갔다. 하지만 그들은 목적이 있었다. 그렇기에 억울하지는 않았을 것이다. 다르게 말하면 그들은 언제든지 준비되어 있었다. 그래서 가장 먼저 우주로 첫 발을 떼었고 그 영광을 죽음으로 가져갔다.

그렇다면 나는 뭐지? 내게는 그들 같은 두려움을 모르는 강철 같은 용기도, 충만한 탐험 정신도 없다. 목적조차 없다. 진정한 탐험가들이 이미 만들어둔 이 길에 가장 편한 방법으로 또 다른 탐험의 대열에 편법으로 기어든 뜨내기에 불과하다.

나는 내 자신에 대해 잘 알고 있었다. 그리고 그것을 인정했어야만 했다. 미람이 나의 여행에 반대하지 않은 것은 내 자신도 인정하지 못하는 고집을 진작 알았기 때문이었을 것이다. 미람은 다른 사람과 기술이 나를 보호해 줄 것이라 믿었을지도 모른다. 그걸 두고 난 미람의 무책임함을 비난해야 할까? 아니다. 그녀도 일이 이렇게 될 줄 알았더라면 무슨 수를 써서라도 날 막았으리라.

내가 파일럿보다 수학자가 되기를 택한 것은 어느 정도는 잘한 결정이었다. 적어도 우리에게 이 같은 상황이 닥치기 전까지는.

지금 내가 할 수 있는 일이라고는 빨리 로가디아가 정상이 되고 뭔가 목적을 가진 그런 여행을 할 수 있게 되기를 기다리는 것뿐이다. 내가 할 수 있는 일은 그저… 기다리는 것뿐이다.

모르겠다. 어떻게 될지. 난 항상 레진에게 어린아이처럼 군다.

나 자신이 싫다……

아찬은 자신이 쓴 일기를 다시 읽어보았다. 염세적이고 유치하지만 자기만 보는 일기라는 점, 그리고 지금의 절망적인 상황을 감안한다면 봐줄 만한 정도다. 논리적이지 못하거나 망상 징후 같은 건 보이지 않았다. 그는 앞 페이지를 몇 장 넘기며 다른 것들도 보았다. 역시 환각이나 환청 증상에 시달리는 사람이 쓴 일기라고 보기에는 너무 정상이다. 그리고 면도도 매일같이 하고 있다. 일시적으로 착각했거나 그런 건지는 몰라도, 아직 미친 건 아니다. 물론 정신병이란 게 자가진단이 가능한지는 논외로 해야겠지만 말이다.

아찬은 의자에 등을 한껏 기대며 기지개를 켰다. 양 손가락을 깍지 껴 뒷머리를 받치자 비로소 펜이 거치적거렸다. 슬쩍 던진 길쭉한 플라스틱이 책상을 구르다 끝에서 간당거렸다. 나노머신이 펜을 반대로 굴려 '안전한' 위치로 옮겼다. 아직도 남아 있는 나노머신이 있었던가?

그 어떤 행위로도 생각을 전부 표현할 수는 없다. 고색창연한 펜으로 쓰는 일기는 그런 경우가 좀 더 심했다. 어차피 마인드링킹을 할 수 없는 아찬으로서는 펜이 아니라 무엇을 선택하든 마찬가지리라. 아찬은 문득 자신의 학력이 너무 낮다는 사실을 다시 한 번 깨달았다. 공부를 좀 더 열심히 해서 다른 사람들과 함께 졸업했다면, 그래서 다음 학위를 가졌다면 마인드링킹을 할 수 있었을 것이다. 마인드링킹 훈련을 하는 것은 모든 학자에게 거쳐야 할 중요한 과정이었다.

지구환으로 변한 그림을 물끄러미 쳐다보던 아찬은 깍지 낀 손을 풀어 기지개를 한 번 더 켜며 고개를 설레설레 흔들었다. 수학과에서는 다른 사람들도 전부 늦게 졸업했다. 모교의 수학과에서 두세 번의 낙제는 단지 전투에 몇 번 참가했느냐를 나타내는 훈장 정도에 불과했다.

무심코 꺼내어 문 담배 한 개비. 마인드링킹이 가능했다면 담배를 피울 필요는 없었을 것이다. 글이란 것은 다 쓰고 나서도 언제나 미처 짚어내지 못한 무엇인가가 남는다. 그때 한 대의 담배는 다듬어지지 않은 거친 표면을 눈감고 지나갈 수 있게 하는 하나의 방법이다. 물론 항상 효과가 있지는 않지만 보통은 마음을 가라앉혀 주는 역할 정도는 해주곤 했다. 하지만 이번에는 보통의 경우에서 벗어나고 있다. 담배는 이미 거의 꽁초가 되어가고 있지만 원인을 알 수 없는 초조감과 불안은 가시지를 않았다. 뭔가 잡힐 듯하면서도 이유를 알 수 없는 불편함.

연이어 한 대를 또 뽑아 입에 물었다. 검지 정도 길이의 담뱃대가 속삭이듯이 푸시시 하는 소리를 내며 불이 붙었다.

편안하게 기댄 등받이. 피로로 치환된 고통의 여운이 아찬을 잠의 나락으로 빠뜨렸다. 눈꺼풀의 상하 왕복 속도가 점점 느려졌다. 꿈결처럼 들려오는 로가디아의 목소리.

[아찬, 이제 완전히 회복되었습니다. 이젠 다시는 이런 일이 없을 겁니다.]

편안한 잠으로 빠져들며 거의 이완된 근육이 갑자기 긴장하며 아찬이 튕겨지듯이 일어났다. 입체영상은 뜨지 않았다. 멍하게 응시하는 벽의 그림이 이제는 화성환으로 변해 있다. 아직 완공되지 않은 은빛 건축의 상상도가 화성의 붉은 모래와 하얀 하늘에 섞여 묘한 어울림을 만들고 있다. 그림이 다시 흔들리며 바뀌었다. 이번에는 월면도시 클라비우스로. 일그러지는 붉은 행성을 침잠하며 선명해지는 지구의 회색빛 위성.

내 마음은 저 기괴한 치환 장면보다 훨씬 더 혼란스럽다. 역시 잘못 들은 것이다. 하지만 잠은 달아나 버렸어. 레진은 뭘 하고 있을까.

[아찬, 내가 반갑지 않습니까?]

근육은 일어날 때부터 긴장되어 있었다. 경직된 목을 돌려 주위를 두리번거렸지만 입체영상은 여전히 뜨지 않았다. 글쎄, 이걸 어떻게 받아들여야 하지? 역시 정신병을 스스로 진단한다는 것부터가 미쳤다는 뜻일지도 모른다. 아찬은 눈을 몇 번 깜빡거렸다.

바로 어제 로가디아가 한 말을 잊은 것은 아니다. 그 순간부터 준비는 하고 있었다. 그렇지만 역시 받아들인다는 행위 자체와 그 이후에 인정하는 것은 별개의 문제. 아찬의 마음은 이미 받아들임 자체를 거부하고 있었다.

[아직 입체영상을 구동하기는 어렵습니다. 그를 위해서는 당신이 아는 것보다 많은 요건이 필요합니다.]

뭔가를 말하려던 아찬은 말이 걸렸는지 작게 기침했다.

"로, 로가디아?"

[네, 아찬. 제 나름대로 고생을 좀 많이 했습니다. 하지만 당신들이 겪은 불편에 비하면 아무것도 아니라고 생각합니다.]

정말로 로가디아다. 그러나 아찬은 기뻐할 수가 없었다. 목구멍까지 치밀어 오른 환호를 무엇인가가 틀어막아 버렸던 것이다. 정체가 불분명한 의심과 회의, 그리고 이질감. 그 감정들은 굳이 느끼려 들지 않아도 로가디아의 차갑고 단단한 목소리로 더 견고해졌다.

"아. 그래, 다행이야. 걱정 많이 했어."

그래서 나올 수밖에 없는, 인사치레로밖에는 보이지 않는 일상적인 대답.

한 명의 인간이 상황을 받아들이는가의 여부는 처한 입장에 대한 인식이 결정한다. 그리고 그 결과로써 인정할 준비가 안 된 일이 생겨 버리면 마음의 요동과 표현은 별개의 행위가 되곤 한다.

아찬의 억양에 흔들림이 없는 이유는 동요하지 않아서가 아니라 지금이 현실 같지 않아서다. 로가디아도 그걸 알까? 로가디아에게도 '마음'이란 게 존재한다면 분명히 알 것이다. 하지만 로가디아에게 그런 게 존재할지는 의문이다.

[아찬, 그런데…….]

아찬만의 생각일까? 로가디아의 목소리가 갑자기 우울해졌다고 느낀 것은. 몸이 없이 목소리만으로 자신의 존재감을 강요하는 존재에게서 나올 다음 말이 뭔가 불길한 것일 거라고 직감적으로 느끼는 순간 아찬은 이게 현실임을 인정했다.

[제가 회복이 되자마자 당신에게 이런 말을 하게 되어서 유감입니다만, 아, 그 전에, 레진에게는 아직 이 말을 하지 않았습니다.]

뭐지, 이건? 아찬의 입술이 뻐끔거리고 있었다. 할 말이 있는데 말이 되어 나오지 않는 당혹감.

[우리에게 문제가 생겼습니다.]

아니, 로가디아. 너의 그 차가운 말투 말고도 다른 문제가 있다고? 나에게는 지금 너의 그 냉랭함도 감당하기 어려운 문제야.

물론 로가디아는 아찬의 당혹과 공황에 관심이 없다. 여전히 견고한 목소리. 표정을 볼 수 없기에 더욱 그러한.

[일단 당신만 알고 계십시오.]

이년 11월 15일.

설마 했지만 로가디아가 정말로 그런 무책임한 말을 할 줄은 몰랐다. 말이 끝나고도 한동안 할 말을 찾지 못한 채 입만 벌리고 있었다. 연거푸 피워댄 애꿎은 담배 꽁초들이 너부러진 책상. 이걸 쓰기 위해 대충 일어낸 손바닥에 배인 악취.

소득이 없었던 건 아니다. 항상 내게 들던 그 정체 모를 나쁜 기분이 왜인지를 알았으니까. 간신히 유지하는 온전한 정신. 글쎄, 이걸 다 쓸 때까지도 그럴 수 있을까?

로가디아는 나에게 자신의 상태를 제대로 설명하지 못했다. 그것만으로도 로가디아에게 문제가 있다는 충분한 증거가 될 수 있었다. 하지만 그녀는 스스로가 가진 문제를 계속 설명하고 싶어했고 난 끝까지 들었다. 어려웠다. 로가디아는 결코 어렵게 말하는 법이 없는데. 어쨌든 내가 확실히 알아들은 것은 로가디아는 인간이 아닌 인공지능이며 그 덕분에 가능할 수 있었던 일련의 자가 치유 작업 과정이 존재했다는 사실이다.

독립적으로 구성된 백업 바이패스 회로가 작동을 했다는 식의 이야기는 별로 중요한 게 아니다. 핵심은 바로, 외부에서 일어나는 일에 대한 인식은 가능했다는 것이다. 단지 표현할 수 없을 뿐.

그렇다면 로가디아가 말하는 인식이란 건 도대체 어떤 종류의 것일까? 자신이 스스로 판단을 하지 못하는 인식이 인식이라고 불릴 수 있을까? 모르겠다. 인간이 갓난아기 때의 일을 거의 기억하지 못하는 이유는 간단하다. 그 살덩이는 인식 능력이 없어서다. 인식이란 건 그 인식의 대상이 갖는 상태와 상황에 대해 이해를 하고 판단을 할 수 있음을 암암리에 함축한다. 그러니까 감각을 받아들인 것만으로는 부족하다. 그 '의미'를 '이해'할 때 비로소 인식이 되는 것이다.

인간의 기억은 단순히 데이터의 저장만을 의미하지 않는다. 그건 인식을 수반한다. 이게 중요하다. 그걸 뒤집어 말하면 인식없는 기억이란 아무런 의미도 없는 기록에 불과하다는 의미다. 내가 비록 칸트의 책을 모조리 외웠다 하더라도, 그걸 이해하지 못했다면 그건 그냥 기록이지 기억이 아니다.

솔직히 말하면 난 여전히 로가디아가 무슨 말을 하는지 알아듣지 못한 상태다. 로가디아는 자신이 무슨 말을 하는지 알고 있을까? 아마 그럴 것이다. 인공지능은 자신이 모르는 것을 말할 수 없다. 처음부터 그렇게 만들어져 있기 때문에. 그렇다면 내가 못 알아들은 것이다. 로가디아가 한 말의 정확한 의미가 무엇인지 확인해 보아야만 한다.

일기장을 덮는 순간 아찬은 자신이 의심하는 바를 확인하는 데 망설일 필요 따위가 없다는 사실을 의식했다. 고민 같은 것은 필요없다. 그는 철학적 논변에 자신이 있었다. 물론 인공지능에게 논리로 이기려는 생각은 어리석기 짝이 없는 경솔한 행동이다. 그러나 철학은 다르다. 그 학문은 인간의 영역에 속해 있다. 철학은 세계를 해석하려는 것이 아니라 세계를 바꾸기 위해 인간이 '발명'해 낸 학문이다.

적어도 아찬은 그렇게 자기최면을 걸었다.

책상에 양팔을 올리고 심호흡을 한 번 한 다음 고개를 들지 않고 그대로 로가디아를 불렀다. 설령 로가디아의 입체영상이 작동한다 해도 자세는 바뀌지 않았을 것이다. 그는 그녀에게 자신의 표정을 보여주고 싶지 않았다.

"로가디아?"

역시나 목소리만 들려왔다.

[예, 아찬.]

"넌 인식이란 게 뭐라고 생각하지?"

[어떤 관점을 원하십니까?]

아찬은 주먹을 꽉 쥐었다. 로가디아가 아찬에게 입장의 선택권을 양보하는 순간 인간과 인공지능과의 논리적 대결이 시작되었다. 하지만 먼저 공격하는 쪽이 항상 유리한 것은 아니다. 아찬은 선공권을 로가디아에게 다시 넘겼다.

"기본적인 것. 너의 관점."

아찬은 마지막 어절에 강하게 힘을 줬다.

[인식은 하나의 행위입니다. 동시에 그 행위는 주체의 속성이기도 합니다. 주체는 인식을 위해 대상에 대한 지각, 이해, 그리고 판단을 합니다. 인식 대상은 고정된 것이 아니며, 존재거나, 사건이 됩니다. 인식 주체는 그 대상 자체에 대해서는 절대로 인식이 불가능합니다. 그것이 사건이든 존재든 말입니다.]

한순간의 망설임도 없이 곧바로 대답이 튀어나왔다. 물론 인공지능의 고민이란 것이 인간과 같을 수는 없다. 그럼에도 불구하고 로가디아의 즉각적인 대답은 상대가 자신에게 다시 기회를 넘길 수밖에 없음을 알고 있다는 의미로 전해져 와 아찬은 오싹해졌다.

이 싸움은 이길 수 없으리라는 확신이 아찬에게 들었다.

어쨌든 모든 문제의 핵심에는 바로 로가디아가 있고 그렇기에 저항을 멈출수는 없다. 아찬에게는 로가디아보다 훨씬 더 긴 고민을 할 수 있다는 현실이 정말 다행이었다. 어쨌든 지금은 체스 판이 아니다.

그녀는 현상학이나 정언철학 교과서에 나오는 인식론을 섞어 대답했다. 그건 달리 말하면 로가디아 자신이 인식을 그런 식으로 정의하고 있다는 의미다. '인식한다'는 말을 하기 위해서는 주체가 이미 그럴 수 있는 능력을 가짐을 암암리에 함축해야만 했다. 하지만……

"그렇지만 넌 분명히 인식할 수 없는 상태였어. 그럼에도 불구하고 이 모든 일들을 인식했다고 주장하고 있고."

[아찬, 우리가 타키온 가속 상태에 있을 때에는 실재 물리계에 대한 일체의 상황을 알 수 없습니다. 중요한 것은 우리는 그때 실재 물리계에 대해서는 전혀 고민할 필요가 없다는 것입니다. 그냥 그 사실을 받아들이면 됩니다.]

아찬은 로가디아가 왜 그런 말을 하는지 이해할 수 없었다. 인식에 대한 정의를 내리기 위해서 타키온 물리를 들먹일 필요는 없다. 하지만 아찬을 더 불편하게 만든 원인은 로가디아의 대답, 그 자체다. 이전의 로가디아였다면 절대로 저런 식으로는 대답하지 않았을 것이다.

"난 타키온 물리가 왜 여기서 끼어드는지 모르겠는데. 아무튼 그럼 인식의 주체가 서로 다를 때 그 인식을 공유하는 것이 가능해?"

[경우에 따라 다릅니다.]

"네 경우를 생각해 봐. 사람까지 갈 필요도 없어."

로가디아가 이 말뜻을 알까? 알아주었으면 했다. 그러나 '지금 네 이야기를 하고 있는 거야'라는 말은 차마 나오지 않았다. 어쨌든 그녀의 대답은 자신이 아찬의 의도를 파악했다는 사실을 모호하게 전달했다.

[그렇다면 인식의 공유는 불가능합니다.]

"왜?"

[먼저 인식의 주체가 판단과 이해의 능력이 있는 존재라는 전제가 있어야 합니다. 그러나 이 전제는 인식할 능력을 가진 존재가 지극히 물리적인 실체를 가지고 있음을 의미합니다. 같은 인식을 하고 그것을 공유하기 위해서는 양 존재의 물리적 조건이 동일하지 않으면 안 됩니다. 당신이 느끼는 가을 낙엽의 부스러짐을 레진이 똑같이 느낄 수는 없습니다. 이 시공에서 저는 명백히 유일무이한 존재입니다. 저와 인식을 공유하는 존재는 있을 수 없습니다. 만약 제가 아닌 그 무엇이 저와 공유한 어떤 것이 있다면 그것은 인식이 아니라 사건입니다.]

그래. 내가 듣고 싶었던 말이야. 넌 걸렸어.

"좋아. 그럼, 네가 인식이란 특별한 행위를 할 만한 능력을 다시 가지게 된 건 불과 얼마 전인데, 도대체 어떻게 지금까지의 외부 상황에 대해 인식을 할 수 있었다는 거지?"

[전 사람이 아닙니다, 아찬.]

"그 정도는 나도 알고 있어. 설마 에멘시를 통했다는 이야기를 하지는 않겠지? 그렇다면 방금 네 이야기에 의해서 그건 이미 인식이 아니야."

[제겐 시간이라는 개념 같은 건 없습니다.]

고개 숙인 아찬의 눈이 갑자기 커졌지만 로가디아는 말을 멈추지 않았다. 아찬의 표정을 봤다 해도 마찬가지였을 것이다.

[아찬, 제 사고 알고리즘은 시간으로 측정될 수 있는 종류의 것이 아닙니다. 제가 생각하는 속도는 언제나 시간 자체의 속도입니다. 제가 시간을 의미하는 표현을 쓰는 이유는 오직 인간들과 대화하기 위해서입니다.]

"아니, 좀 더 쉽게 설명하려고 노력해 봐. 그럼 내가 알아들을 수 있을지도 몰라……."

아찬의 가벼운 승리감은 이어진 로가디아의 한마디 한마디에 이내 마모되다가 완전히 사라져 버렸다. 그의 목소리가 점점 풀죽어갔다.

[제 사고 알고리즘은 항상 빛의 속도로 움직입니다. 전 제게 입력된 정보를 순차적으로 받아들이지 않고 한꺼번에 받아들입니다. 정보를 처리하는 데에 과정 같은 건 필요하지 않습니다. 제가 광양자 인공지능이라는 사실을 알고 있지 않습니까? 시간 개념이 없는 제게는 사건이 언제 일어났든 아무런 문제가 없습니다.]

"지금 네 연산 능력에 한계가 없다는 이야기를 하는 거야?"

[왜 그렇게 풀이 죽었지요?]

아찬은 로가디아의 그 억양이 비웃음이라고 느끼는 것이 단순히 혼자만의 착각일까라는 의심이 들었다. 그녀는 자신을 비웃고 있었다.

[당신이 테라인이라면 좋았을 텐데요.]

아찬이 허리를 숙이며 머리를 감싸 쥐었다. 충혈된 눈이 튀어나올 듯이 붉었다. 로가디아는 자신의 판단이 정확하고 최선이라 주장하고 있다. 적어도 테라인이 아닌 아찬은 이해할 수 없을 거라는 사실을 알고 있었다. 하지만 중요한 것은 그게 아니다. 아찬이 로가디아의 결론을 이해하고 동의하든 말든 결과는 마찬가지란 사실. 아찬이 중얼거렸다.

로가디아는 아직도 아후리아에 가려고 해……

이년 11월 16일? 적어도 16일.

며칠인지 모른다. 이젠 방 한 켠을 차지하고 있는 세슘 원자시계 따위는 믿지 않는다. 로가디아가 통제하는 세슘 원자시계 따위. 그녀라면 그 원자 운동 따위는 마음대로 할 거다. 뭐가 현실인가.

타키온 드라이브라고? 타키온? 그게 뭔지 난 잘 모른다. 아무도 모르지……

우리가 아는 건 그저 그것이 질량이 허수인 입자들의 통칭이고, 특별한 조작과 함께 막대한 에너지를 가하면 우리 실체를 이루는 입자와 순식간에 대체가 되며, 그 순간 우리는 이미 빛의 속도를 넘을 수밖에 없다는 것뿐이다. 순간? 그건 도대체 무슨 뜻이지? 순간이란 건 도대체 얼마나 짧은 시간인 거지? 로가디아가 순간의 의미를 알기는 할까?

인공지능학자들에게서 철학자들의 지위를 빼앗아간 건 내 책임이 아니다. 그건 시대의 요구였으니까. 하지만……

난 몰랐다. 그리고 아무도 몰랐다. 빛의 속도로 생각하는 인공지능이 빛보다 빠르게 생각하게 될 때 어떤 일이 생길지. 지금도 확실히는 모르겠다. 하지만 변한다.

적어도 로가디아는 변한다.

이년 11월. 시계로는 23일……

타키온 드라이브로 거의 일 년을 항해했다. 하지만 그 일 년은 단지 일 년분의 사건을 의미할 뿐이다. 허수 질량의 우주에서 사건과 시간은 어떤 관계도 없다. 사건이나 운동은 시간과 함께 달리지 않는다. 그러나 다행히도 빛보다 가벼운 입자로 이루어진 이 세계에서 일 년분의 사건은 정상 공간으로 나가는 그 순간 진짜 일 년이라는 시간으로 치환된다. 그 얼마나 다행인가. 무슨 뜻이냐고?

나도 모른다. 그냥 교과서에 그렇게 써 있을 뿐이다.

감속은 나도 모르는 사이 오래전에 시작됐다. 내가 레진을 찾아 나설 때쯤? 아니, 그보다 좀 전… 국이 사라지고 내가 악몽을 꾼 그 부근 어디선가. 도대체 어떻게 가능했는지는 모르지만, 로가디아는 게이츠를 타키온 드라이브에서 꺼낼 수 있었다.

내 몸의 구성입자가 내가 느끼지도 못하는 사이에 지금의 허수 질량 입자에서 실제 질량을 가진 원자와 전자로 대체되고 이 막막한 우주 공간에서 우리가 참고로 삼을 만한 데이터를 수집할 수 있는 '실제 몸'을 갖게 된 것이다. 그렇지만 그다음은?

우리는 어디쯤에 위치하고 있을까? 근처에 솔시스 연방의 우주선은 있을까? 로가디아는 아무 대책 없이 게이츠를 아광속으로 꺼내놓고……

아니, 사실은 그게 최선이지. 내가 불과 얼마 전까지 하려 들었던 일이다. 그걸 로가디아가 했다고 이렇게 말해서는 안 된다.

물론 세상에는, 인간은 해도 되지만 인공지능은 그렇지 않은 일들이 얼마든지 존재한다. 하지만 이번 일은 로가디아가 옳다. 하지만 거기까지다.

내가 아는 한에는 어떤 우주선도 이런 식으로 통제없는 가속을 한 적이 없다. 타키온 드라이브는 시간이 중요한 게 아니라 그 가속이 문제란 말이다!

하지만 아무렴 그게 다 무슨 소용인가? 로가디아는 항해를 포기하지 않을 것이다. 그게 핵심이다. 조난신호를 보내는 것조차 허락하지 않을 것이다. 정상우주로 나간 이유는 우리를 위해서가 아니라 게이츠의 문제를 해결하기 위해서였다.

그것으로 끝났다. 로가디아는 계획인지 뭔지 하는 걸 계속하려 들고 있고 게이츠와 자신이 아니면 절대 안 된다는 망상을 품고 있다. 그건 인공지능이 아니라 인간이라 해도 결코 해서는 안 되는 생각이다. 뭔가를 자신만이 할 수 있다고 믿는 존재는 그걸 위해 모든 걸 희생시키려 들기 때문이다.

내가 로가디아처럼 빛보다 빠르게 생각할 수 없는 이유는 뭐지? 인공지능은 우리 인류의 미래라고 누가 그랬더라?

어쩌면, 내가 국 대신 이 배를 침몰시켜야 할지도 모른다.

아찬은 자고 싶었다. 아무런 생각도 하고 싶지 않았다. 그저 꿈에서 미람이나 한번 봤으면 더 바랄 것이 없겠다는 생각만 들었다. 시계의 숫자를 희미하게 가리는 담배 연기를 따라 훑던 시선이 자신이 비운 담뱃갑에 이르자 갑작스러운 좌절감이 밀려왔다.

그리고 졸렸다. 지독하게 졸렸다. 아찬은 일기장도 채 덮지 못하고 그대로 책상에 고개를 떨구었다.

[아찬.]

"우웅."

[아찬, 일어나요. 당신이 필요합니다.]

눈이 잘 떨어지지 않았다. 아찬은 그대로 담요를 끌어올리며 중얼거렸다.

"내가 필요한 일이 뭔데. 그냥 알아서 해. 넌 그럴 만한 능력이 있잖아."

[문제가 생겼습니다.]

잠결에서조차 고의적으로 담은 아찬의 적개심과 비아냥거림을 모르는 것인지, 아니면 무시하는 것인지 담담하고 차가운 대답이 돌아왔다. 덕분에 아찬의 잠은 들 때와는 비교도 안 되게 빠르게 달아났다.

문제. 지겹게 들어왔고 그래서 이제는 익숙해질 때도 되었건만 여전히 가슴이 쿵쾅거리고 불안해지는 단어.

"그래, 이번에는 뭐야? 집에 돌아가기 전에 노이로제에 걸려 말라 죽고 말겠어."

아찬은 담요 안에 하반신만 묻은 채로 허리를 반쯤 일으켜 몸을 팔꿈치로 지탱하고는 벽을 쳐다보았다. 모습을 보이지 않는 로가디아를 대신해 자신의 기분과는 아무런 상관이 없는 사진만을 반복적으로 바꾸는 잡지 조각을 쳐다보는 것은 어느새부터인가 습관이 되어갔다. 아찬은 자전하는 지구환의 은빛 테두리를 노려보았다. 침대 앞으로 끌어당긴 의자에 다소곳이 앉은 레진이 무엇인가를 원하는 얼굴로 아찬의 눈빛을 불안하게 훑었다. 로가디아는 아찬의 말에 섞인 집이라는 단어를 완전히 무시한 채 똑같은 말을 반복했다.

[문제가 생겼습니다, 아찬.]

"로가디아."

[네.]

"지금 우리가 어디에 있는 거지?"

[유감이지만 잘 모르겠습니다.]

로가디아가 말하는 문제가 무엇인지 듣고 싶지 않은 아찬은 인공지능의 말을 잘랐다. 잠들기 전에 겪은, 완패를 인정할 수밖에 없었던 사건에 대한 여운이 아찬의 자존심을 자극했다.

"지금도 아광속이지?"

[네.]

로가디아의 짧고 공허한 대답. 아찬은 허리를 일으킨 채 멍청한 표정을 짓는 일 이외에는 달리 할 게 없다는 듯이 미동도 하지 않았다. 변해 버린 로가디아라면 단순히 현재 위치 파악의 불가능 정도로 문제라는 이야기를 할 것 같지는 않았다. 집에 갈 방법을 찾는 것 이외에는 그 어떤 사실도 문제가 될 수 없는 아찬에게는 유감 따위를 훨씬 넘어서는 상황이다.

아찬이 원한 것이든 아니든 한참 동안의 적막이 방을 가득 채웠다. 달아난 잠에도 불구하고 자신의 지표를 잡지 못하는 가벼운 공황에 빠진 아찬의 당황한 눈과 가늘게 떨리는 레진의 눈썹이 마주쳤다. 아찬은 가장 먼저 자신이 무엇을 해야 할지 비로소 인식했다. 그는 담요 안에서 천천히 바지를 입었다. 불안함이기보다는 두려움에 가까운 적막 속에 부스럭거리는 소리가 이 공간의 생존을 미약하게 웅변했다. 아찬은 바지를 입을 때만큼이나 느린 동작으로 천천히 입술을 떼었다.

"레진, 넌 언제 와 있었지?"

일전의 일이 두통과 함께 어렴풋이 떠오른 아찬은 의도하지 않은 방어적 날카로움을 뒤에 숨긴 채 낮은 목소리로 물었다. 비로소 방 안에 현실감이 들어서기 시작했다. 그 인간적 날카로움 뒤에는 자신이 분명히 책상에 엎드렸음을 알고 있다는 묵언의 시위가 포함되어 있었다.

[제가 불렀습니다. 함께 있을 때 말하는 것이 좋을 것 같아서 그랬습니다.]

"우리가 지금 어디에 있지?"

[유감스럽…….]

"유감 얘기는 그만둬. 그런 이야기는 딱 한 번만 들어도 충분히 각인이 되니까."

[잘 모르겠습니다.]

"로가디아!"

자신도 모르게 높아진 언성. 하지만 화들짝 놀라는 시늉의 로가디아는 존재하지 않았다. 입체영상이 있었다면 그녀는 어떤 표정을 지을까. 대신 레진이 경기라도 일으킬 듯 손가락을 입에 집어넣었다.

"제기랄."

아찬은 자신이 갑자기 집어 던진 베개의 둔탁함에 깜짝 놀라 당장이라도 눈물을 쏟을 것 같은 표정을 지은 레진의 얼굴을 한번 쳐다보며, 흥분으로 반쯤 일으켰던 몸을 다시 침대에 고정시켰다. 레진의 겁먹은 눈빛에 아무런 동정도 일지 않았다. 그렇기는커녕 짜증이 조금씩 밀려 올라왔다. 아찬은 저지하기 어려운 감정 과잉을 제어하기 위해 많은 자제심을 발휘해야만 했다.

"좋아. 말해봐."

[이 벡터를 유지하며 30일 정도를 가면 항성계가 하나 있습니다.]

"항성계?"

[이중항성인데 특이합니다. 주항성이 있고 그 주위를 부항성이 공전하고 있습니다. 행성은 모두 일곱 개인데, 그중 두 개가 부항성 주위를 돌고 있습니다.]

"그래서?"

[착륙했으면 합니다.]

아찬은 옅은 한숨을 내쉬었다. 담배를 한 대 빼어 물자마자 갑자기 화가 치밀어 불까지 붙은 담배를 부러뜨려 버렸다. 거칠게 던졌다 해도 고작 몇 그램도 되지 않는 담배는 바닥에 힘없이 너부러졌을 뿐인데 레진은 옆에서 폭탄이라도 터진 것 같은 표정으로 화들짝, 짧은 신음까지 내뱉었다. 로가디아는 레진에게조차 관심이 없었다.

[대체적인 상황을 고려해 볼 때 상당히 비옥한 항성계로 보입니다. 나이도 들

어 보이고—]

"설마, 거기 행성 중 하나에 착륙하자는 뜻은 아니겠지?"

[맞습니다. 두 번째 행성에 착륙했으면 합니다. 지구보다 조금 작고 공전 궤도는—]

"로가디아, 게이츠는 우주에서 태어나서 우주에서 생을 마치도록 설계된 배야. 그걸 내가 모를 줄 알았어? 이 덩치가 한번 내려앉으면 그곳이 달이라도 다시는 떠오르지 못한다는 것쯤은 나도 알고 있어. 그런 짓은 게이츠가 아니라 군용 전투함이라도 불가능해. 그런데, 지구만 한 행성에—"

[지구보다 작습니다. 정확히 말하면 화성 정도의……]

로가디아는 결코 말을 자르지 않는다. 하지만 아찬에게 지금의 로가디아는 이전의 그녀와 완전히 다른 존재고, 다른 대상에게 친분의 선입견에 대한 꼬리표를 찾지 못한 그의 기억은 인공지능에 대한 적개심을 강요했다.

"그래, 그래! 나도 알고 있어. 별로 중요한 거 아니잖아. 어차피 똑같은걸!"

[지금 당신 상태는 단순히 화를 내는 것만으로도 치명적입니다. 진정제를 가져다 드릴까요?]

고개를 숙인 채 무릎 위에 모은 손을 떨고 있는 레진이 아니었다면 아찬은 정말로 흥분할 뻔했다. 그 덕분에 새삼 아찬은 레진에 대해 갖던 자제심을 로가디아에 대해서도 조금 나누어줄 수 있었다. 그런데도 그의 목소리는 부들거렸다.

"그래, 화성만 한 행성에 이 운동장만 한 우주선을 덜컥 앉혀놓은 다음 어떻게 할 건데?"

[게이츠는 정상 항해를 할 수 있는 상태가 아닙니다. 선체의 많은 부분이 소실되었고 나머지 부분도 지속 항해로 인한 노후 현상을 일으키고 있습니다. 현재 상태에서 항해 중 보수는 사실상 불가능합니다.]

습관적으로 다시금 한 개비의 담배를 꺼내어 입술에 대기 직전 아까의 불쾌함을 떠올린 아찬은 다시 가늘고 하얀 막대기를 부러뜨리며 집어 던졌다. 레진은 다행히도 이번에는 놀라지 않았다.

"왜 착륙해야 하는데?"

아찬은 로가디아가 들이댄 이유를 무시했다. 그가 원한 것은 구체적이고도 정확한 내용이다.

물론 이런 식으로 물어볼 필요는 없다. 이유는 뻔하다. 엔진도 없는 우주선으로 뭘 어쩐다는 말인가? 지금의 움직이는 것도 아마 관성항해일 것이 뻔하다.

그럼에도 불구하고 아찬은 당연히 그 이유를 알 권리가 있다. 아니, 그보다는 로가디아는 대답해야 할 의무가 있다. 인간이 그 사실을 알든 모르든 그녀는 묻는 말에 대답해야 했다.

"이유를 내가 알아도 돼?"

이번엔 거의 부탁에 가깝게 물었다. 그럼에도 불구하고 로가디아는 역시 말이 없다. 그녀가 저렇게 머뭇거린 적이 있던가. 인간에게도 짧지 않은 망설임. 인공지능에게는 억겁 같은 세월 동안의 고민이 아닐까? 아찬은 빛보다 빠르게 생각하는 그녀에게 생각할 시간을 주고 싶지 않았다.

"아니, 이유가 뭐지?"

[말씀드렸다시피 선체의…….]

"구체적으로 말이야."

[말씀드려도 모르실 겁니다.]

내용이 아니더라도, 억양만으로도 그녀는 이미 충분히 단호하다. 기관실이 날아갔다는 말을 내가 모를, 아니, 못 알아들을 거라고 생각하는 건가? 그럴 리가 없지.

생각이 거기까지 미치자 아찬은, 로가디아가 자신에게 허락을 받는 것이 아니라 단순히 보고를 하고 있다는 사실을 비로소 깨달았다. 그렇다면 더 이상 대화할 필요가 없다.

"상태가 많이 안 좋은가 보군."

[그런 편입니다.]

"내가 만약 반대하면?"

침묵.

싫다, 이런 건…….

"괜찮아. 말해."

[그래도 전 강행해야 합니다.]

"그래."

예상한 대답이다. 아찬은 레진을 힐끗 한번 쳐다보고 다시 담요를 뒤집어썼다. 그녀가 방을 나가는 소리는 한참 후에 들렸지만 아찬은 그 이후에도 잠이 들지 않았다.

게이츠는 옆구리에서 인공위성 아프로디테와 아테나이, 그리고 프로메테우스를 사출했다. 세 기 모두 아무리 약하고 미세한 흔적일지라도 자신이 보내는 것과 같은 종류의 신호를 잡아내기 위한 모델이다. 그러면서도 자신이 지능있는 생물이 만든 존재라는 신호는 보내지 않는 종류다. 게이츠가 정말로 항해 불가능이라는 사실을 증명하는 데에 그보다 더 확실한 근거는 없다. 만약 게이츠가 조금이라도 움직일 수 있는 상태였다면 이륙시키기 위한 반물질을 만들 인공위성형 공장을 사출했을 것이다. 아찬은 절망감에 몸을 떨었다. 그로서는 감조차 잡히지 않는 미지의 임무를 결코 포기할 생각이 없는 인공지능이 한 선택의 의미 때문에.

인공위성들이 분사기에서 희미하고 뿌연 가스를 분출하며 자리를 잡기 시작할 때 게이츠는 이미 그 행성의 대기권에 진입하고 있었다. 함수를 지표와 수직으로 세우고 역추진기를 최대로 분사하며 한 명뿐인 승무원의 단잠을 깨우지 않기 위해서 조심스럽게 내려서고 있었다. 지표에 거의 다 이르렀을 때 삼백 개가 넘는 강화 베릴륨제 감속산이 튀어나와 곧바로 계산된 모양으로 찢어지며 선체에 걸리는 하중을 최소로 만들었다. 그렇게 일곱 번을 반복하고 나서야 게이츠는 가까스로 땅에 내려설 수 있었다.

이년 12월 30일.

레진이 일기를 흘끔거린다. 내용을 읽고 싶은 것은 아닐 것이다. 그녀로서는 단지 내가 자신을 쳐다봐 주기를 바라는 것이리라. 물론 그럴 것이다. 나도 레진과 함께 있는 편이 훨씬 더 안심된다. 나도 그렇고, 그녀도 그렇고 모두 불안해하고 있으니까.

잘못이란 것은 그 행위자가 그것에 대해 책임질 능력이 있을 때에만 물을 수 있는 거다. 그러니까 로가디아의 잘못은 아니다. 누구의 잘못도 아니지. 그런데도 로가디아가 원망스러워지는 것이 어쩔 수 없음은 내가 아직 다른 누군가의 탓을 하지 않아도 될 정도로 성숙하지 못해서일까. 아니면 그녀가 인공지능이어서일까?

로가디아는 이 행성 주위를 돌며 데이터를 수집하고 있다. 보통의 궤도 항해와 다른 점이라면 가속이 아니라 감속이라는 것뿐.

자원이 부족하다면서 자신의 모습은 코빼기조차 보이지 않는 로가디아가 지구처럼 푸르게 빛나는 이 행성의 입체영상은 자세히도 비춰주었다.

지구와 흡사한 환경. 산소도 있고, 기압이 아주 약간 낮고, 자외선이 조금 많다는 것만 빼면 고향과 별로 다를 것이 없는 곳. 그럼에도 이곳이 내가 살던 그곳보다 따뜻하고 편할 거라는 생각은 조금도 들지 않는 건 당연한 거겠지?

이제 이곳에 내리면 언제 이륙하게 될지 아무도 모른다. 당장 내일이 될 수도 있고 어쩌면 나와 레진 모두 늙어서 죽을 때까지도 이 별에서 살아야 할지도 모른다. 농사를 지어야 할지도 모르고, 사냥을 해야 할지도 모른다. 그럼 별수없이 이 레진과 아이를 낳아야겠지. 어쨌든, 그녀나 나나 살아가야 하니까 말이다.

나 대신 레진과 나의 아이가, 어쩌면 그 아이의, 아이의 아이가. 그렇게 길고 긴 시간이 흐른 끝에 조상의 고향을 향해 이 별을 떠나게 될 때쯤이면 게이츠가 필요없을지도 모른다. 아니, 게이츠뿐 아니라 지구도 필요없을지 모르지. 하지만 하나 분명한 것은 적어도 나는 포기하지 않을 거라는 사실이다.

이미 엔진조차 존재하지 않는 게이츠는 대기권을 진입하는 과정에서 또 한 번 많은 것을 잃었다. 처음부터 착륙 장치란 것이 존재하지 않는 이 커다란 우주선을 착륙시키기 위해 로가디아는 반중력 발진기로 최선을 다했다. 그러나 게이츠의 착륙 과정은 도저히 지면을 미끄러졌다고 볼 수 없었다. 로가디아는 강줄기를 선택했지만 게이츠의 덩치를 감안하면 달리는 에어바이크를 도로변 배수구에 밀어 넣고 제대로 정지해 주기를 바라는 것과 다를 바가 없는 수준이었다.

기관실이 사라졌지만 여전히 칠팔백 미터는 되는 거대한 우주선이 대기권에 들어서며 밀어낸 공기는 그 아래의 세계에 파멸을 가져올 법도 했지만, 로가디아는 신천지에 첫 발을 딛는 솔시스인들이 반드시 지켜야 할 사항을 잊지는 않 았는지 대기압 우회 시스템을 작동했다.

그리고 바로 그 때문에 배면이 모두 벗겨지고 자잘한 핀들이 부러지는 상황 까지 막을 수 없었다. 그 모두는 대부분 섬세하게 설계된 감지기들이어서 지금 의 로가디아가 얼마간 눈뜬장님 신세가 될 수밖에 없다. 난 오히려 다행이라고 생각하지만.

하지만 역시 가장 중요한 사건은 내 어깨가 부서졌다는 것이다. 왼쪽 어깨뼈 두 군데가 부러지고 두 군데는 으스러졌다. 타박상 하나 없이 뼈만 이렇게 부러 지는 일이 흔한가라는 물음에 레진이 마치 로가디아와 같은 표정으로 말없이 고 개를 저으며 퉁퉁 부어버려 거무죽죽해진 어깨를 치료했고 재생에는 거의 한 시 간이나 걸렸다. 내가 멍청한 토끼처럼 눈을 끔뻑이며 그동안 하릴없이 노닥거린 덕분에 레진이 나 대신 몸을 움직여야 했다. 그녀는 내가 영상을 지켜보는 앞에 서 서툴게 다릴의 동력 플러그를 다시 끼우느라 조금 화가 났던 것 같다. 그렇 지 않고서야 날 본척만척할 리가 없으니까.

그래도, 레진의 고생 덕분에 머리가 나쁜 그 로봇 중 하나가 몸을 일으켰고 다릴은 자신의 동료와 메탈갑옷을 구동시켰다. 적지 않은 수가 가동 불능이지만 어차피 우리에겐 그렇게 많은 하인은 필요없다.

아직도 왼팔이 내 팔 같지 않지만 하루면 충분하리라. 내일은 뭔가 맛있는 거 라도 좀 해서 레진을 달래야지 싶다.

아찬은 펜을 잠시 놓고 벽화를 바라보았다. 이번에는 화성환이다. 로가디아는 여전히 모습을 보이지 않는다. 않는 것인지, 못하는 것인지는 알 방법이 없지만.

"어때?"

[대역 레이더 같은 큼직큼직한 것들은 멀쩡하지만 자잘하고 섬세한 감지기들 과 연구 시설이 많이 손상되었습니다. 당분간은 자료 수집을 메탈갑옷과 항공 기, 인공위성에 의존해야 할 것 같습니다. 분석은 또 다른 문제입니다만.]

"로가디아."

[네.]

"이젠 어떻게 할 거지?"

침묵. 로가디아에게는 1초의 침묵이 의미하는 바가 사람과 같을 리가 없다. 항상 그것이 문제다. 그런 영겁의 침묵이 너무 자주 있다. 인공지능으로서 그토록 오랫동안 고민해야 할 일이 무엇이란 말인가. 유한한 시간마저도 잘게 쪼개어 수많은 고민에 나누어 주어야 하는 아찬으로서는 영원히 고민할 일이란 것이 무엇인지 전혀 상상조차 가지 않았다.

"내가 어떻게 하든 상관없이 넌 착륙을 강행해야 한다고 말했어. 그리고 착륙했지. 너에게 게이츠와 내 어깨가 부서진 일에 대해 책임을 물으려는 게 아니야. 그런 건 지난 일이니까. 난 그보다는 네 계획이 알고 싶어. 왜 이렇게 되었는가보다는 어떻게 할지가 더 궁금하다는 뜻이야."

로가디아가 가볍게 숨을 들이쉬는 소리가 들렸다. 마치 할 말의 첫 단어를 차마 떼지 못하는 것처럼. 너무나도 사람과 닮아서 아찬은 그만 오싹해져 버렸다.

[저는 항성계에서 문명의 흔적을 찾았습니다.]

"그리고?"

로가디아는 그 흔적이 어떤 종류의 것인지는 언급하지 않은 채 여전히 자기 할 말만을 짧게 했다.

[이 항성계에서 찾은 문명의 흔적은 이 행성까지 이어져 있었고, 그 문명을 가진 존재들이 아직도 이 별에 생존해 있다는 사실을 추측할 수 있었습니다.]

"그렇다면 희망은 있겠군. 솔시스를 모르는 외계성종이 있을 리가 없어."

그러나 말과는 달리 아찬은 전혀 희망적인 얼굴이 아니었다. 아찬이 이 우주에 솔시스를 알게 될 정도로 발달한 종족은 한 줌도 안 된다는 사실을 몰랐다 해도 마찬가지였을 것이다. 대부분의 문명은 고작 원자력을 손에 넣은 정도고 그런 걸로는 이 상황을 개선시키는 데에 아무 도움이 안 되었다. 적어도 로가디아가 그럴 생각이 없는 한에는.

이미 아찬에게 배어 있는 그 무엇이 되어버린 절망감을 로가디아의 대답이 뚫고 들어왔다.

[아니, 아닙니다. 단지⋯⋯.]

"단지?"

[당신이 그들과 함께 살 수 있지 않을까 생각해 본 겁니다.]

정말이야. 집에 갈 수 없어, 이젠.

아찬과 레진은 함교의 모든 화면을 켜두고 있었다. 대부분의 화면은 여전히 대기 중이거나 복구 중이라는 메시지가 떴지만 적막한 함교에서 회색 일색의 꺼져 있는 모니터보다는 그게 나았다. 그들이 아직 이름조차 붙이지 못한 행성에 찾아온 황혼이 함교의 커다란 창문을 통과해 두 남녀를 어루만졌다. 함교의 수많은 모니터와 금속성 장비에 반사된 광선이 아찬과 레진의 마주 본 옆모습을 황금빛 실루엣으로 그려냈다. 두 실루엣에서 미학적인 곡선이 특히 두드러지는 부분이 점점 가까워졌지만 닿지는 않았다. 아찬은 레진을 끌어안고 그녀의 머리에 코를 묻은 채 머리카락을 계속 쓰다듬었다.

로가디아는 강렬하지는 않지만 은은하게 물결치는 그 빛의 파도 속에서 자신에게 아찬과 레진의 행동이 갖는 의미를 관조했다.

『지구환 연대기 : 기시감』 제1권 끝